Frans G. Bengtsson:
Die Abenteuer des Röde Orm

Deutsch von Elsa Carlberg

Deutscher
Taschenbuch
Verlag

dtv

Ungekürzte Ausgabe
November 1978
12. Auflage November 1994
Deutscher Taschenbuch Verlag GmbH & Co. KG,
München

Titel der schwedischen Originalausgabe: ›Röde Orm‹

Deutsche Erstausgabe: München 1951
Umschlaggestaltung: Klaus Meyer
Umschlagbild: Georg Schedlbauer
Gesamtherstellung: C. H. Beck'sche Buchdruckerei,
Nördlingen
Printed in Germany · ISBN 3-423-11631-5

Das Buch

Wie eine nordische Saga beginnt und endet, höchst stilvoll, diese Wikingergeschichte. Was dazwischen liegt, ist aber alles andere als feierlich, sondern spannend und vergnüglich zu lesen. Mit Speeren, Äxten und Menschenleben geht man allerdings sorglos um, Hauptsache, die eß-, trink- und liebesfreudigen Helden haben ihren Spaß! Die Geschichte beginnt so: Orm, Mutters Jüngster, verzärtelt und hypochondrisch, wird von plündernden Nachbar-Wikingern verschleppt. Das Schiff, auf dem die Nordmänner zu ihrem alljährlichen Raubzug gen Spanien fahren, kapern die Mauren. Orm und seine Freunde geraten nach hartem Galeerendienst überraschend in die Leibwache des Kalifen von Cordova. Leider sehen sich die Wikinger eines Tages genötigt, einen ihrer maurischen Widersacher zu erschlagen, und müssen deshalb – nicht ohne Hinterlassung aufrichtiger Entschuldigungen an den Kalifen – fliehen. Ihre letzte Beute, die große Jakobsglokke aus Santiago, in ihren Augen reiner Metallwert, erweist sich auf der Heimreise wider Erwarten als nützlich: zum Taktschlagen für die Rudersklaven ...

Der Autor

Frans G. Bengtsson, geboren 1894 in Schweden, wurde zunächst als Lyriker, Essayist und durch seine große Biographie Karls XII. bekannt. Weltberühmt aber wurde er durch den ›Röde Orm‹, der auch unter dem Titel ›Die Wikinger‹ verfilmt wurde. 1954 verstarb Bengtsson in Stockholm.

Prolog

Wie es den Geschorenen zur Zeit des Königs Harald Blauzahn in Schonen erging

Bue und Vagn verließen Schonen und mit ihnen viele Männer, die unruhigen Blutes waren. Sie hatten kein Glück im Kampf bei Hjörungavåg. Andere folgten Styrbjörn gen Uppsala und fielen dort mit ihm. Als daheim bekannt wurde, daß nur wenige zurückerwartet werden konnten, errichtete man Gedenksteine und sagte Trauergesänge her; worauf alle Verständigen sich darüber einig waren, daß es so am besten sei, wie es gekommen war. Denn nun konnte man auf mehr Stille hoffen und auf weniger Besitzwechsel durch scharfe Klingen. Für Roggen und Heringsfang kamen nun ertragreiche Jahre, und den meisten sagte das zu; und wer der Meinung war, daß die Ernte zu lange auf sich warten ließ, fuhr nach England und Irland und heerte dort mit Gewinn; und viele blieben für immer in der Ferne.

Von Sachsen und England waren jetzt geschorene Männer gekommen, um in Schonen die christliche Lehre zu predigen. Sie hatten von gar vielem zu reden, und anfangs war man neugierig und hörte gern zu; und die Frauen fanden es lustig, von den Fremden getaucht zu werden und von ihnen ein langes weißes Hemd geschenkt zu bekommen. Aber bald war der Hemdenvorrat der Fremden zu Ende, und man hörte auf, ihren Predigten zu lauschen, die man nun ermüdend und wenig glaubwürdig fand; dazu war ihre Redeweise stockend und gab ihnen den Anschein, als seien sie kindischen Geistes. Sie mochten solches Reden in Hedeby oder auf den westlichen Inseln gelernt haben.

Mit dem Taufen wollte es daher nicht recht vorwärtsgehen, und es kam vor, daß Geschorene, die viel von Frieden sprachen und dennoch in Gewaltsamkeit gegen die Götter entbrannt waren, von glaubenstreuen Männern ergriffen und in die heiligen Eichen gehängt wurden; man stach ihnen Speere in den Leib und überließ sie Odins Vögeln. Aber andere, die zu den Wäldern derer von Göinge gelangt waren – mehr nach Norden zu, wo man für Dinge des Glaubens wenig Sinn hatte –, wurden mit Freuden begrüßt und gebunden und auf die Marktplätze in Småland geführt, wo man sie gegen Ochsen und Biberfelle eintauschte. Einige von ihnen ließen sich nun als småländische Knechte das Haar wachsen, und wenig zufrieden mit Jehova taten sie als Arbeiter das ihre; aber die meisten wollten auch weiterhin die Götter stürzen und Frauen und Kinder ins Wasser tunken, lieber als Steine brechen und Korn mahlen; und sie machten ihren Herren so viel Verdruß, daß die von Göinge für einen richtigen Priester bald kein Paar dreijährige Ochsen mehr bekommen konnten, es sei denn, daß sie noch Salz und Wollstoff dazugaben. Deshalb war man in den Grenzlanden den Geschorenen nicht wohlgesinnt.

Da ging einst im Sommer durch das ganze Dänenreich die Kunde, daß König Harald Blauzahn die neue Lehre angenommen habe. Schon einmal, in jungen Jahren, hatte er einen Versuch damit gemacht, es dann aber bald bereut; nun aber war er im Ernst übergegangen. Denn König Harald war alt geworden und hatte an Rückenschmerzen lange schwer gelitten, so daß er an seinem Bier und seinen Frauen nur noch wenig Freude haben konnte. Da hatten kluge, vom Kaiser gesandte Bischöfe ihn mit Bärenfett eingerieben, das durch Apostelnamen besonders wirksam gemacht worden war; und statt des Bieres hatten sie ihm geweihtes Kräuterwasser gegeben und zwischen seinen Schultern das Kreuz geschlagen und viele Teufel aus ihm herausgebetet, bis der Schmerz vergangen und der König zum Christen geworden war.

Dazu hatten die Gottesmänner verheißen, daß noch schlimmeres Elend über ihn kommen werde, wenn er wieder den Opferbräuchen verfallen oder sich als lau im Glauben erweisen sollte. Sobald er sich wieder rühren und auch die junge maurische Sklavin zu sich nehmen konnte, die Olof-mit-den-Edelsteinen, der König von Cork, ihm als Zeichen der Freundschaft gesandt hatte, befahl daher König Harald, daß alles Volk sich taufen lassen sollte; und obwohl das seltsam schien bei einem, der selber von Odin abstammte, gehorchten doch viele seinem Gebot, denn er hatte lange und glücklich regiert und daher im Lande viel zu sagen. Er verhängte die härtesten Strafen über alle, die Hand an die Priester legten; deren Zahl nahm nun in Schonen zu. In den Ebenen wurden Kirchen erbaut; und nur in Seenot und bei Krankheiten des Viehs waren die alten Götter noch in Brauch.

Indes in Göinge wurde über das alles viel gelacht, denn die Leute in den Grenzwäldern wurden vom Lachen leichter gepackt als die Nüchterndenkenden auf dem schweren Lehmboden, und über königliche Befehle lachten sie am meisten. Die Macht der Gebietenden reichte in jenen Gegenden meist nicht weiter als ihr rechter Arm, und von Jellinge bis nach Göinge war es ein langer Weg, auch für die größten Könige. Zu alten Zeiten, in den Tagen König Hildezahns und Ivars des Weitgreifenden und noch früher, da pflegten wohl Könige nach Göinge zu kommen, um dort in den großen Wäldern Wildochsen zu jagen, und nur selten kamen sie in anderen Geschäften. Seitdem hatte es mit den Wildochsen ein Ende genommen und auch mit den Besuchen der Könige; und wenn einmal einer – durch Ungehorsam oder kärgliche Steuerzahlung verärgert – mit seinem Kommen drohte, dann bekam er gewöhnlich zur Antwort: daß Wildochsen in dieser Gegend nicht gesehen worden seien, daß man ihm aber Nachricht geben und ihn freundlich empfangen würde, sobald sie sich wieder zeigen sollten. Daher war es bei den Grenzbewohnern eine alte Rede, daß kein König zu ihnen kommen werde, bevor nicht die Wildochsen wieder da seien.

So blieb denn in Göinge alles, wie es gewesen war, und

das Christentum kam dort nicht in Gang. Die Priester, die sich dorthin wagten, wurden nach wie vor jenseits der Grenze verkauft; aber es gab Leute in Göinge, die meinten, von Rechts wegen sollte man sie alle auf der Stelle erschlagen und Krieg anfangen mit den Nährigen in Sunnerbo und Allbo, weil der Preis, den die Småländer für Priester zahlten, diesen Handel nicht lohnend genug machte.

Erstes Buch

Die lange Reise

Vom Bauern Toste und seinem Haushalt

Die Leute an der Küste lebten aus Nahrungsgründen und der größeren Sicherheit wegen in Dörfern; denn von den Schiffen her, die Schonen umfuhren, wurden oft Strandüberfälle versucht. Das geschah sowohl im Frühling durch Männer, die, auf der Ausfahrt begriffen, billig zu frischen Eßvorräten kommen wollten, wie auch im Herbst durch solche, die nach fehlgeschlagener Heerfahrt mit leeren Händen heimkehrten. Hörner ertönten in der Nacht und riefen die Nachbarn zu Hilfe, wenn es sich zeigte, daß eine Schar an Land gegangen war; und wo die Dorfbewohner tüchtig waren, geschah es wohl, daß die Daheimgebliebenen das eine oder andere Schiff unvorsichtigen Fremden wegnahmen, so daß sie den Hinausgefahrenen schöne Beute vorzuweisen hatten, wenn die Langschiffe heimkehrten zur Winterrast.

Aber reiche und stolze Männer, die eigene Schiffe besaßen, litten nicht gern Nachbarn in ihrer Nähe; sie wohnten am liebsten jeder für sich, denn ihr Gehöft stand, auch wenn sie draußen auf See waren, unter dem Schutz tüchtiger Männer, die man zurückgelassen hatte. In der Gegend von Kullen gab es viele solche reiche Bauern, und sie standen dort im Ruf, hochmütiger zu sein als andere. Wenn sie daheim waren, gab es leicht Streitigkeiten zwischen ihnen, obschon ihre Gehöfte weit voneinander lagen. Aber oft waren sie fern; denn von Kindheit an blickten sie auf das Meer hinaus, das sie betrachteten als ihr eigenes Grenzland, wo jeder selbst schuld war, wenn er ihnen in den Weg geriet.

Es gab da einen Bauern namens Toste. Er war ein geachteter Mann und ein großer Seefahrer; obschon bei Jahren, steuerte er doch noch wie stets sein Schiff und fuhr jeden Sommer außer Landes. In Limerick auf Irland hatte er unter den dort ansässig gewordenen Wikingern Verwandte, und er pflegte dorthin zu fahren, um Handel zu treiben und dem Häuptling, der vom Blute Lodbroks war, beim Eintreiben der Steuern von Klöstern und Kirchen und von den Iren zu helfen. Die Wikinger hatten jetzt auf Irland nicht mehr so gute Zeiten, seit der König von Connacht, Muirkjartach-mit-den-Ledermänteln, seinen Rundgang um die Insel mit der Schildseite gegen das Meer gemacht hatte; denn die Eingeborenen wehrten sich nun besser und folgten williger ihren Königen, so daß es viel Mühe machte, ihnen die Steuern abzunehmen; und sogar Klöster und Kirchen, die früher leicht zu plündern gewesen waren, hatten nun hohe steinerne Türme, in denen sich die Priester mitsamt ihren Schätzen versteckt hielten, und wo sie weder durch Feuer noch mit Waffengewalt zu erreichen waren. Darum meinten nun viele von den Männern Tostes, daß es besser wäre, die Fahrt nach England oder Frankreich zu richten, wo die Zeiten noch gut waren und wo mit weniger Mühe mehr gewonnen werden konnte. Aber Toste hielt es am liebsten so, wie er es gewohnt war, und meinte auch, er sei zu alt, um in Ländern, in denen er nicht heimisch sei, Neues zu versuchen.

Seine Frau hieß Åsa und stammte aus dem Waldlande. Sie hatte eine beredte Zunge und war recht unwirsch im Wesen, und Toste sagte bisweilen, er könne nicht viel davon merken, daß sie mit den Jahren milder werde, wie das wohl mit Männern zu geschehen pflege. Aber sie war eine tüchtige Hausfrau und verwaltete das Gehöft gut, wenn Toste abwesend war. Sie hatte ihm fünf Söhne und drei Töchter geboren, aber mit den Söhnen hatten sie nicht viel Glück gehabt. Der älteste war als Jüngling auf einer Hochzeit umgekommen, als er, vom Bier erheitert, hatte zeigen wollen, daß er einen Stier reiten könne; der zweite war während eines Sturmes auf seiner ersten Reise über Bord gespült worden. Aber am schlimmsten war es mit Are, dem vierten, gegangen; denn mit neunzehn Jahren hatte er zwei Nachbarsfrauen zu Kindern verholfen, zur Sommerszeit, während ihre Männer außer Landes waren. Daraus war viel Schererei und Nachrede entstanden, und für Toste auch große Ausgaben, als die Männer zurückkamen. Are wurde davon mißmutig und menschenscheu, und schließlich hatte er einen Mann, der über seine Behendigkeit zu viel Späße gemacht hatte, erschlagen und war aus dem Lande geflohen. Es hieß, er habe sich schwedischen Kaufleuten zugesellt und sei mit ihnen gen Osten gefahren, um nicht Leuten zu begegnen, die von seinen Unannehmlichkeiten wußten; aber danach hatte man nichts mehr von ihm gehört. Åsa hatte von einem schwarzen, an den Schulterblättern blutigen Pferde geträumt, und damit wußte sie, daß er tot war.

Zwei Söhne waren nun alles, was Åsa und Toste noch hatten. Der ältere hieß Odd; er war kurz von Wuchs, krummbeinig und breit gebaut, stark, harthändig und bedächtig in seiner Rede. Er war schon früh auf Tostes Fahrten mit dabei und verstand sich auf Schiffe und Waffen. Daheim zeigte er sich nach kurzer Zeit störrisch, denn der Winter verging ihm zu langsam, und mit Åsa kam er dann nicht leicht überein. Er pflegte zu sagen, es verhalte sich mit ihm nun einmal so, daß ranziges Eingesalzenes auf dem Schiff ihm besser schmecke als der Julbraten an Land; aber Åsa sagte, sie habe nie merken können, daß gerade er am wenigsten nehme, wenn sie das Beste vorsetzte. Tagsüber schlief er so viel, daß er häufig über schlechten Nachtschlaf klagte; und auch wenn er eine Magd zu sich ins Bettstroh nahm, machte das, wie er sagte, die Sache nicht viel besser. Åsa mochte nicht leiden, daß er bei ihren Mägden lag; denn von dergleichen konnten sie leicht eingebildet und trotzig gegen ihre Brotherrin werden. Odd solle sich lieber verheiraten. Odd aber sagte, damit habe es keine Eile; die Frauen, die ihm am besten gefielen, habe er auf Irland gefunden, und von dort könne er schwerlich eine mit heimnehmen; denn dann würden vermutlich bald sowohl Schnäbel wie

Klauen bei ihr und Åsa im Gange sein. Das ärgerte Åsa, und sie fragte, ob er nun dasitze und wünsche, daß sie sterben möge? Odd gab dann wohl zur Antwort, sie möge es damit halten, wie es ihr selber gut scheine; er wolle ihr in dieser Sache keine Ratschläge geben. Aber er werde aushalten, was auch komme.

Obschon er langsam in seiner Rede war, hatte Åsa es nicht immer leicht, das letzte Wort zu behalten, und sie pflegte zu sagen, daß es in Wahrheit hart für sie sei, drei gute Söhne verloren und gerade den nachbehalten zu haben, den sie am leichtesten entbehren könne.

Mit Toste kam Odd besser überein; und sobald der Frühling kam und es anfing, um Bootshaus und Landungsbrücke nach Teer zu riechen, pflegte er besserer Laune zu werden. Mitunter versuchte er sich dann sogar mit dem Zusammensetzen von Liedern, obschon dabei nicht viel herauskam; er beschrieb, wie die Flur des Alkvogels nun zum Pflügen bereit liege, oder wie die Meerrosse ihn bald zum Sommerlande tragen würden.

Aber einen großen Ruf als Dichter gewann er nie, am wenigsten bei den heiratsfähigen Bauerntöchtern der Umgegend. Man sah selten, daß er beim Hinaussegeln den Blick zurückwandte.

Sein Bruder Orm war Tostes jüngstes Kind und der Augenstern seiner Mutter. Er wuchs schnell heran, wurde lang und gelenkig, und Åsa jammerte viel darüber, daß er so mager war. Sobald er nicht ein gut Teil mehr aß als ein Erwachsener, glaubte sie stets, daß sie ihn verlieren werde; sein Mangel an Eßlust werde noch einmal sein Verderben werden, sagte sie. Orm hatte viel für gutes Essen übrig und murrte selten über die Mühe, die seine Mutter sich mit seinen Speisen gab; aber Toste und Odd knurrten bisweilen wegen der guten Bissen, die er bekommen sollte. Als Kind war er mehrmals krank gewesen, und seither konnte Åsa nie recht glauben, daß seiner Gesundheit zu trauen war, vielmehr machte sie sich ständig ängstlich um ihn zu schaffen und brachte ihn bisweilen so weit, daß er wirkliche Schmerzen fühlte und heilige Zwiebeln, heilkräftige Tränke und gewärmte Tonschüsseln dringend nötig zu haben schien, obschon sein schwerstes Leiden darin bestand, daß er sich an Gerstengrütze und Schweinefleisch den Magen verdorben hatte.

Als er nahezu erwachsen war, machte er Åsa noch mehr Sorgen. Sie lebte in der Hoffnung, daß er ein hervorragender Mann und Häuptling werden würde, und Toste gegenüber betonte sie oft mit Befriedigung, daß er groß und stark zu werden verspreche; und seine Rede, sagte sie, sei so klug, daß er in allem nach der mütterlichen Seite zu schlagen scheine. Aber wegen der Gefahren, die ihm als Mann begegnen mußten, war sie voller Ängste. Sie sprach oft mit ihm vom Unglück, das seine Brüder getroffen hatte, und er mußte ihr versprechen, sich vor Stieren zu hüten, auf Schiffen sich in acht zu nehmen und nie bei den Frauen anderer Männer zu liegen; doch gab es außerdem so viel anderes, was ihm zustoßen konnte, daß sie sich keinen Rat wußte. Als er sechzehn Jahre war und mit den anderen hinausfahren sollte, verbot Åsa das, weil er noch zu jung und von zu zarter Gesundheit sei; und als Toste fragte, ob sie ihn auch weiterhin zum Küchenhäuptling und Altweiberhelden zu erziehen gedenke, geriet sie in solche Raserei, daß Toste bange wurde, der Sache ihren Lauf ließ und selbst so schnell wie möglich das Weite suchte.

In diesem Herbst kamen Toste und Odd spät zurück und hatten so viel Mannschaft verloren, daß sie kaum Leute genug für die Ruder hatten; aber sie waren dennoch zufrieden und hatten viel zu erzählen. In Limerick war der Verdienst nur gering gewesen, denn die irischen Könige in Munster waren nun so mächtig geworden, daß die Wikinger dort schon mit ihrer Verteidigung genug zu tun hatten. Aber einige Freunde Tostes, die mit ihren Schiffen dort lagen, hatten ihn gefragt, ob er nicht beim Überfall auf einen großen Mittsommermarkt mit dabei sein wolle. Er werde in Merioneth in Wales an einem Ort abgehalten, wo Wikinger noch nie gewesen seien, aber man könne dorthin nun mit Hilfe einiger zuverlässiger Wegweiser gelangen, die die Freunde Tostes bei der Hand hätten. Odd hatte Toste beredet mitzumachen, und auch ihr Schiffsvolk hatte Lust dazu gezeigt; und so waren sie denn mit sieben Schiffen in Merioneth gelandet, einen mühsamen Weg landeinwärts gezogen und unbemerkt zum Marktflecken gekommen. Dort hatte es scharfen Kampf und Verlust an Mannschaft gegeben, und die Wikinger hatten gesiegt und große Beute an Gut und Gefangenen gemacht. Darauf waren sie nach Cork hinübergesegelt und hatten ihre Gefangenen verkauft, denn in Cork sammelten sich von alters her Sklavenhändler von allen Enden der Erde, um unter dem Fang zu wählen, den die Wikinger dorthin brachten. Und der König dort, Olof-mit-den-Edelsteinen, der ein Christ und sehr alt und weise war, pflegte selbst die ihm geeignet Scheinenden zu kaufen, um sie später mit gutem Verdienst von ihren Angehörigen auslösen zu lassen. Von Cork waren sie in großer Gesellschaft nach Hause gesegelt, um nicht an Seeräuber zu geraten, denn mit schwacher Bemannung und großen Reichtümern an Bord hatten sie wenig Lust gehabt, sich zu schlagen. So waren sie, ohne Schaden zu nehmen, um Skagen herumgekommen, wo Buchtenbewohner und Vestfolder lohnenden Schiffen, die auf der Heimreise waren, aufzulauern pflegten.

Nachdem das Schiffsvolk seinen Anteil an der Beute erhalten hatte, war für Toste noch viel übrig; er wog sein Silber in der Kammer und sagte dann, eine Reise wie diese könne ein guter Abschluß seiner Fahrten sein, und er habe die Absicht, hinfort daheim zu bleiben, um so eher, als er körperlich anfange steif zu werden; Odd könne nun alles ebensogut besorgen und werde dazu noch Hilfe an Orm haben. Odd sagte, das scheine ihm klug gesprochen. Aber Åsa versicherte gleich, daß das nicht klug sei; gewiß sei viel Silber gewonnen worden, aber das werde, da sie im Winter immer so viel Leute durchfüttern müßten, nicht lange reichen; und wie könne man sicher sein, daß Odd nicht den ganzen Verdienst mit seinen Frauen auf Irland durchbringen und überhaupt je Lust verspüren werde, wieder heimzukommen? Und was Toste angehe, so solle er endlich begreifen, daß er nicht von seinen Fahrten auf See so steif im Rücken sei, sondern weil er den ganzen Winter hindurch untätig am Feuer sitze; und ihr sei es genug, das halbe Jahr lang über seine Beine zu stolpern. Sie könne nicht begreifen, sagte sie, wie es mit dem Mannsvolk eigentlich bestellt sei; denn der Bruder ihres eigenen Großvaters mütterlicherseits, Sven Rattennase, unter den Göingern ein gewaltiger Held, sei in einer Fehde gegen Småländer gefallen wie ein Mann, drei Jahre nachdem er auf der Hochzeit seines ältesten Großsohnes alle unter den Tisch getrunken habe; und nun müsse man anhören, wie Männer in den besten Jahren von ihren Schmerzen schwatzten und sich nicht schämten, wie Kühe auf dem Stroh zu sterben. Jetzt aber sollten Toste und Odd und alle Heimgekehrten gutes Bier zum Willkomm haben, ein Gebräu, das ihnen schmecken werde; und Toste solle sich die Grillen aus dem Kopf schlagen und auf eine ebenso gute Reise trinken auch im nächsten Jahr; und sie würden zusammen einen guten Winter verbringen, wenn bloß niemand sie ärgern wollte mit dergleichen Geschwätz.

Als sie gegangen war, um das Bier zu besorgen, sagte Odd: wenn alle Frauen in diesem Geschlecht so viel tobten, dann habe vielleicht Sven Rattennase die Småländer als das bessere Teil erwählt. Toste meinte, er wolle da nicht durchweg widersprechen, aber sie sei in vielem eine tüchtige Hausfrau und er wolle sie nicht mehr als nötig reizen; auch Odd solle das bleiben lassen.

In diesem Winter fiel es allen auf, daß Åsa mitunter bleich und bedrückt ihren Beschäftigungen nachging und daß ihre Zunge weniger flink lief als gewöhnlich; sie machte sich mehr als sonst um Orm zu schaffen, und mitunter blieb sie stehen und sah ihn an, wie wenn ihr ein

Gesicht würde. Orm war nun groß geworden und konnte, was Stärke anging, mit allen Gleichaltrigen und vielen, die älter waren, wetteifern. Er war rothaarig und hatte helle Haut, war breit zwischen den Augen, kurznasig und hatte einen großen Mund; seine Arme waren lang, und er hielt sich im Rücken nicht ganz gerade. Dazu war er schnell und beweglich und mit Bogen und Wurfspieß sicherer als die meisten. Er geriet leicht in Raserei und konnte sich dann blind auf den stürzen, der ihn gereizt hatte, und sogar Odd, dem es früher Spaß gemacht hatte, ihn in bleiche Wut zu bringen, war nun vorsichtig mit ihm geworden, seit er durch seine Kraft anfing, gefährlich zu werden. Aber sonst war er ruhig und gefügig und immer noch gewohnt, sich nach Åsa zu richten, obschon sie sich bisweilen stritten, wenn ihre Vorsorglichkeit ihm unbequem wurde.

Toste gab ihm nun Männerwaffen: ein Schwert und eine Streitaxt und einen guten Helm, und Orm machte sich selbst einen Schild; aber schlimmer war es um ein Kettenhemd bestellt, denn keines von denen, die sich im Hause fanden, paßte ihm, und es gab jetzt nur wenige gute Brünnenschmiede im Lande, da die meisten nach England und zum Jarl in Rouen gefahren waren, wo sie besser bezahlt wurden. Toste meinte, daß Orm sich einstweilen mit einer Lederjacke begnügen solle, bis er sich auf Irland ein gutes Hemd beschafft habe; dort seien in allen Häfen Waffenkleider toter Männer billig zu haben.

Als sie eines Tages beim Essen saßen und von diesen Dingen redeten, stützte Åsa ihr Gesicht in die Arme und fing zu weinen an. Alle wurden still und blickten sie an, denn nicht oft vergoß sie Tränen. Odd fragte, ob sie Zahnschmerzen habe? Da trocknete sich Åsa das Gesicht und wandte sich Toste zu; sie sagte, dieses Reden von den Kleidern toter Männer scheine ihr ein böses Vorzeichen, und sie sei bereits sicher, daß Orm, wenn er über das Meer mitfahre, umkommen werde; denn dreimal habe sie ihn nun schon im Traum blutig bei einer Schiffsbank liegen sehen, und alle wüßten, daß auf ihre Träume Verlaß sei. Darum wolle sie Toste nun bitten, gut gegen sie zu sein und Orms Leben nicht unnötig aufs Spiel zu setzen, sondern ihn noch diesen Sommer daheim zu lassen. Denn sie glaube, daß ihm nun sehr bald Gefahr drohe, aber wenn er diese Zeit überlebte, werde er später vielleicht weniger gefährdet sein.

Orm fragte, ob sie im Traum habe sehen können, wo er verwundet gewesen sei? Åsa sagte, sie sei jedesmal vor Schreck über den Anblick gleich aufgewacht, aber sie habe sein Haar blutig und sein Gesicht sehr bleich gesehen, und dieser Traum habe, so oft er wiedergekommen sei, schwerer und schwerer auf ihr gelastet, obschon sie bisher nichts davon habe sagen wollen.

Toste saß im Nachdenken versunken und sagte dann, daß er von Träumen nicht viel verstehe; ihn habe dergleichen noch nie geängstigt. »Denn die Alten pflegten zu sagen, daß es so kommen müsse, wie die Spinnerinnen spinnen. Aber daß du, Åsa, dreimal den gleichen Traum gehabt hast, mag doch eine Warnung sein, und wir haben schon Söhne genug verloren. Darum werde ich dir in dieser Sache nicht widersprechen, und wenn Orm Lust dazu hat, mag er diesen Sommer zu Hause bleiben. Was mich angeht, so habe ich das Gefühl, daß ich gut noch einmal hinausfahren könnte; und so ist es vielleicht für uns alle am besten.«

Odd hielt zu Toste, denn er hatte mehrere Male gemerkt, daß Åsas Träume eingetroffen waren. Orm war mit dem, was man beschlossen hatte, nicht zufrieden, aber er war gewohnt, sich in wichtigen Dingen nach Åsa zu richten, und es wurde nun nicht mehr davon geredet.

Als der Frühling gekommen war und eine genügende Anzahl Männer aus dem Binnenland sich mit Toste wegen der freien Plätze auf den Ruderbänken verabredet hatte, segelten er und Odd wie gewöhnlich hinaus, und Orm blieb zu Hause zurück. Er war Åsa gegenüber schlechter Laune, und um sie zu ängstigen, stellte er sich mitunter krank; aber wenn sie ihn dann gleich pflegen wollte und sich mit Arzneien um ihn zu schaffen machte, fing er selbst an zu glauben, was er zuvor nur vorgegeben hatte, und so ward ihm wenig Freude aus diesem Spiel. Åsa konnte ihren Traum nicht vergessen; wenn Orm ihr auch Kummer machte, so war sie doch froh, ihn bei sich daheim zu haben.

Aber ohne daß Åsa um Erlaubnis gefragt wurde, kam er doch noch in diesem Sommer auf seine erste Reise.

Von Kroks Ausfahrt
und wie Orm auf seine Reise kam

Im vierzehnten Jahre der Herrschaft des Königs Harald Blauzahn, sechs Sommer vor der Heerfahrt der Jomswikinger nach Norwegen, liefen vom Lande Lister drei wohlbemannte Schiffe mit neuen Segeln aus und hielten gen Süden, um bei den Wenden zu plündern. Sie wurden von einem Häuptling namens Krok geführt. Er war dunkel, lang und gelenkig und sehr stark; und er hatte in seiner Gegend großes Ansehen, denn es fiel ihm leicht, kühne Pläne zu ersinnen. Über Leute, denen es schlimm ergangen war, pflegte er sich lustig zu machen und dann zu erklären, wie er an ihrer Stelle es besser gemacht hätte. Er selbst hatte noch nie viel ausgerichtet, sondern gefiel sich darin, zu erzählen, was er vorhabe; aber jetzt hatte er die Jugend jener Gegend so lange mit Reden von der Beute, die behende Männer auf einer kurzen Wendenfahrt gewinnen könnten, aufgereizt, daß sich eine Mannschaft zusammenfand und Schiffe ausgerüstet wurden. Er selbst wurde für diese Fahrt zum Häuptling gewählt. Bei den Wenden, hatte er gesagt, könne viel gewonnen werden, und man könne gewiß sein, einen guten Fang an Silber, Bernstein und Sklaven zu machen.

Krok und seine Mannen gelangten zur wendischen Küste; sie kamen zu einer Flußmündung und ruderten gegen den reißenden Strom flußauf, bis sie zu einer hölzernen Burg kamen, deren Pfahlwerk quer über den Fluß stand. Hier gingen sie in der ersten Morgendämmerung an Land und rückten rund um das Pfahlwerk der Wenden vor. Aber diese schossen fleißig mit Pfeilen, und Kroks Leute waren vom angestrengten Rudern müde; es gab harten Kampf, bevor die Wenden flohen. Krok hatte einige seiner besten Mannen verloren, und als die Beute zusammengezählt wurde, zeigte es sich, daß sie aus einigen eisernen Kesseln und ein paar Schafpelzen bestand. Sie ruderten wieder flußab und versuchten es an einer anderen Stelle; aber auch hier war das Dorf gut verteidigt, und nach schwerem Kampf mit neuen Verlusten gewannen Kroks Männer einige Speckseiten, ein durchlöchertes Panzerhemd und ein Halsband aus kleinen abgenutzten Silbermünzen.

Sie begruben ihre Toten am Strande und hielten Rat; und es fiel Krok nicht leicht zu erklären, warum die Fahrt nicht so geraten war, wie er es beschrieben hatte. Aber es gelang ihm, seine Leute mit klugen Worten zu beschwichtigen; auf Zufälle und Mißgeschick, sagte er, müsse man immer gefaßt sein; der echte Wikinger gebe der einen oder anderen Kleinigkeit wegen seine Sache nicht gleich auf; und es sei nun nicht mehr so leicht wie einst, den Wenden das Fell über die Ohren zu ziehen. Nun aber wolle er einen Vorschlag machen, der ihnen allen zu Nutz und Frommen gereichen werde. Er rate, es mit Bornholm zu versuchen, denn die Reichtümer dieser Insel seien allen wohlbekannt, und sie sei arm an streitbaren Leuten, da letzthin viele von dort nach England gefahren seien. Ein Überfall dort werde bei geringer Mühe reichen Gewinn an Gold, Geweben und Waffen bringen.

Das schien allen wohl gesprochen und machte sie wieder zuversichtlich; sie setzten Segel, hielten auf Bornholm zu und erschienen dort eines Morgens in der Frühe. Bei Windstille und steigendem Nebel ruderten sie die

Ostküste entlang, um einen guten Landungsplatz zu finden. Sie hielten die Schiffe dicht beisammen und waren bei guter Laune; doch um unbemerkt an Land zu kommen, verhielten sie sich still. Da hörten sie vor sich den Laut von Rudergabeln und das gleichmäßige Eintauchen von Rudern, und durch den Nebel konnten sie ein Langschiff unterscheiden, das allein hinter einer Landzunge hervorkam und gerade auf sie zuhielt, ohne die Fahrt zu verlangsamen. Alle starrten zum Schiff hin, das schön und groß war, zwanzig Paar Ruder führte und ein rotes Drachenhaupt hatte, und sie freuten sich, daß es allein daherkam. Krok befahl allen, die nicht an den Rudern saßen, ihre Waffen zu nehmen und bereit zu sein, denn hier könne viel gewonnen werden. Aber das einsame Schiff kam näher, wie wenn man sie dort nicht bemerkt hätte, und ein dicker Mann am Vordersteven mit breitem Bart unter einem gebuckelten Helm setzte, als sie nahe herangekommen waren, die Hand an den Mund und rief mit rauher Stimme: »Aus dem Wege, oder es gibt Kampf!«

Krok lachte und seine Männer mit ihm, und er rief zurück: »Hast du je drei Schiffe vor einem einzigen ausweichen sehen?«

»Ich habe mehr als das gesehen«, schrie ungeduldig der dicke Bewohner des Vorderstevens, »denn Styrbjörn gehen die meisten aus dem Wege. Aber wähle nun schnell das eine oder das andere.«

Da sagte Krok nichts mehr, sondern hielt zur Seite und ließ die Ruder still liegen, während das fremde Schiff vorbeifuhr, und nirgends auf Kroks Schiffen war ein Schwert entblößt. Sie sahen einen hochgewachsenen jungen Mann in blauem Mantel und mit hellem Flaum am Kinn, einen Speer in der Hand, dastehen und sie mit blinzelnden Augen betrachten. Er hatte sich von seinem Ruheplatz neben dem Mann am Steuer erhoben und gähnte nun herzhaft; dann stellte er den Speer beiseite und legte sich wieder nieder. Kroks Leute begriffen, daß das Björn Olofsson war, genannt Styrbjörn, der vertriebene Neffe des Uppsalakönigs, der selten einen Sturm und nie einen Kampf scheute und dem wenige Männer gern auf dem Meere begegneten. Sein Schiff setzte die Fahrt fort und verschwand im Dunst. Aber bei Krok und seinen Mannen wollte die gute Laune nur langsam wiederkommen. Sie ruderten nun zu den östlichen Schären, wo keine Menschen wohnten; dort gingen sie an Land, kochten sich Essen und hielten lange Rat; viele meinten, daß man nun am besten täte, heimzusegeln, da das Mißgeschick ihnen sogar bis nach Bornholm gefolgt sei. Denn wenn Styrbjörn sich in diesen Gewässern aufhalte, sei die Insel sicher voll von Jomswikingern, und dann gebe es hier für andere nichts auszurichten. Einige sagten, daß es vielleicht nicht viel für sie auf dem Meere zu tun gebe, solange sie nicht einen Häuptling hätten wie Styrbjörn, der anderen nicht ohne weiteres aus dem Wege gehe.

Krok war zu Anfang weniger redelustig als sonst; aber er ließ für alle Bier an Land bringen, und als sie getrunken hatten, fing er an, ihnen ermunternd zuzureden. Die Begegnung mit Styrbjörn sei einerseits kein glücklicher Zufall gewesen, das wolle er zugeben; aber andererseits sei es gut, daß sie gerade so ausgefallen sei. Denn wenn sie schon, so erklärte er ihnen, an Land gegangen und dort an seine Leute oder andere Jomswikinger geraten wären, so hätte großer Schaden daraus entstehen können. Alle Jomswikinger und besonders Styrbjörns eigene Mannen seien als halbe Berserker zuzeiten eisenfest; und ebenso gut wie die besten Kämpen von Lister schlügen sie mit beiden Händen drauflos. Daß er Styrbjörns Schiff nicht habe angreifen wollen, könne einem Gedankenlosen vielleicht wunderlich scheinen; er jedoch finde, er habe zu solcher Enthaltsamkeit guten Grund gehabt, und es sei ein Glück, daß er sich noch beizeiten besonnen habe. Denn ein landloser Seeräuber habe ja wohl schwerlich so viel zusammengespart, daß ein harter Kampf lohnend gewesen wäre; und sie selber seien ja nicht auf See gegangen, um eitel Ehre zu gewinnen, sondern um Beute zu machen. Darum habe er es für richtiger gehalten, zunächst an das zu denken, was ihnen allen zum Besten gereiche, statt an sein eigenes Ansehen; und nach einigem Nachdenken würden sie alle zugeben, daß er hier so gehandelt habe, wie es sich für einen Häuptling gehöre.

Während Krok also bemüht war, den Mißmut seiner Leute zu zerstreuen, fühlte er sich selbst durch seine Worte gekräftigt, und er fuhr damit fort, ihnen von der Rückreise abzuraten. Denn die Leute daheim in Lister, sagte er, seien ein spitzzüngiges Geschlecht; und besonders das Wiedersehen mit den Frauen werde seine Unzuträglichkeiten haben. Denn die würden viel nach dem fragen, was sie ausgerichtet und was sie erbeutet hätten, und würden den Grund ihrer schnellen Heimkehr wissen wollen. Solchem Geplapper könne ein Mann, der auf sein Ansehen halte, sich nicht gut aussetzen, und die Heimreise müsse daher noch anstehen, bis man etwas gewonnen habe, womit man sich sehen lassen könne. Einstweilen gelte es für sie, zusammenzuhalten und Ausdauer zu zeigen und ein gutes Ziel für weitere Fahrten zu finden; und bevor er selbst noch mehr sage, wolle er gern die Ansicht verständiger Männer in dieser Sache hören. Einer schlug vor, zum Lande der Kuren und Liven zu fahren, wo es lohnende Beute gebe; aber das fand keinen Anklang, denn solche, die besser Bescheid wußten, sagten, daß große Scharen aus Svealand jeden Sommer in diesen Ländern plünderten und wohl nur ungern andere in gleichen Geschäften dort sähen. Ein zweiter hatte gehört, daß es nirgend auf der Welt so viel Silber gebe wie auf Gotland, und meinte, man solle es dort versuchen; aber andere, die es noch besser wußten, sagten, daß die Gotländer nun, da sie reich geworden seien, in starkbefestigten Dörfern wohnten, und die könnten nur mit großer Heeresmacht genommen werden.

Darauf nahm ein dritter das Wort, ein Mann namens Berse, der bedächtig sprach und seiner Klugheit wegen allgemein geachtet war. Er sagte, es fange nun an, in der Ostsee eng und kärglich zu werden: denn gar zu viele seien auf Plünderungszügen begriffen, und das habe sogar die Wenden gelehrt, sich zur Wehr zu setzen. Da man nicht nach Hause fahren könne – denn hierin denke er ebenso wie Krok –, sei zu erwägen, ob man nicht westwärts segeln solle. Er selbst sei noch nie dort gewesen, aber Leute aus Schonen, mit denen er im vorigen Sommer auf einem Markt geredet habe, seien mit Toke Gormsson und dem Jarl Sigvalde in England und Bretland gewesen und hätten viel zum Lobe dieser Fahrten zu sagen gehabt. Sie hätten mit Goldringen und kostbaren Kleidern geprunkt, und die Wikinger, die – um im Innern des Landes zu plündern – sich des längeren an den Flußmündungen Frankreichs aufhielten, hätten oft Bürgermeister und Äbte zu Sklaven und Grafentöchter sich zur Lust im Bette gehabt. Allerdings könne er nicht wissen, ob seine Gewährsmänner aus Schonen sich mit diesen Behauptungen streng an die Wahrheit gehalten hätten, und mit Hinsicht auf die Zuverlässigkeit der Schonländer im allgemeinen sei es vielleicht klug, die Hälfte abzustreichen. Sicher sei doch dies, daß jene Heimgekehrten den Eindruck größter Wohlhabenheit gemacht und sogar ihn, einen Fremden aus Blekinge, zu einer großen Menge Starkbier eingeladen hätten, ohne nachher, als er eingeschlafen war, seine Sachen zu stehlen. Alles könne daher nicht gelogen sein, was man ja auch von anderer Seite her recht gut wisse. Wo es Leuten aus Schonen so gut ergehe, würden wohl auch Blekinger gedeihen können, und darum, schloß Berse, wolle er es gern mit einer Fahrt gen Westen versuchen, wenn die meisten so dächten wie er.

Viele riefen ihm Beifall zu, aber andere sagten, daß die Eßvorräte kaum reichen dürften, bis sie zu den fetten Ländern im Westen gelangt seien.

Da nahm Krok wieder das Wort und sagte, Berse sei gerade mit dem Vorschlag gekommen, den er selbst habe machen wollen. Dem, was Berse von Grafentöchtern und reichen Äbten gesagt habe, wolle er noch etwas hinzufügen, was unter bereisten Männern allgemein bekannt sei, nämlich, daß es auf Irland nicht weniger als hundertsechzig größere und kleinere Könige gebe, von denen jeder Schätze und schöne Frauen besitze und deren Krieger im Kampf bloß Leinenkleider trügen, so daß es also nicht schwer sein könne, mit ihnen zurechtzukommen. Die einzige Schwierigkeit sei, durch den Öresund zu gelangen, wo man leicht auf zudringliche Leute stoßen könne. Aber drei wohlbemannte Schiffe, an die sich nicht einmal ein Styrbjörn gewagt habe, dürften auch dort Respekt finden. Zudem seien um diese Jahreszeit die meisten Wikinger schon gen Westen unterwegs, und überdies kämen nun mondlose Nächte. Was an Eßvorräten fehle, könne leicht angeschafft werden, wenn man erst einmal glücklich durch den Sund gekommen sei.

Alle waren nun wieder bei guter Laune; der Plan schien ihnen gut, und sie hielten Krok an Verstand und Wissen für den besten der ihren; dazu waren sie stolz auf ihre Verwegenheit, nun nach Westen zu segeln, denn niemand in ihrer Heimat konnte sich eines Schiffes erinnern, das es mit einer solchen Fahrt versuchte hatte.

Sie setzten Segel und kamen nach Moën; dort lagen sie einen Tag und eine Nacht und hielten gut Ausguck, während sie auf günstigen Wind warteten. Darauf steuerten sie bei stürmischem Wetter den Sund entlang und kamen gegen Abend durch dessen Hals, ohne dabei Feinden zu begegnen. Später in der Nacht gingen sie bei Kullen in Lee und beschlossen, sich nun nach Eßvorräten umzusehen. An drei verschiedenen Stellen stieg je eine Schar an Land, und Krok mit der seinen hatte Glück. In der Nähe eine großen Hofes kam er zu einer Schafhürde, und es glückte ihnen, den Hirten und dessen Hund zu töten, noch bevor diese hatten Lärm schlagen können. Darauf fingen sie die Schafe ein und schnitten so vielen, als sie tragen konnten, die Kehlen durch; aber das gab ein großes Geblöke, und Krok befahl seinen Leuten, sich zu beeilen.

Jeder mit einem Schaf auf der Schulter folgten sie nun dem Pfad, den sie gekommen waren, und stiegen, so schnell sie konnten, zu den Schiffen hinab. Hinter sich hörten sie Leute rufen, die auf dem Gehöft erwacht waren, und bald auch das rauhe Gebell der Hunde, die man auf ihre Spur gesetzt hatte. Und dann, weit entfernt, hörten sie eine Frauenstimme, die, den Lärm der Hunde und Männer übertönend, schrie: »Warte! Bleib stehen!« Und dann rief sie mehrfach sehr grell und verzweifelt »Orm! Warte!« Kroks Männern fiel es nicht leicht, mit ihren Bürden schnell zu gehen, denn der Pfad war steinig und fiel jäh zum Ufer ab; dazu war der Nachthimmel bewölkt, und es war noch fast dunkel. Krok selbst ging als der letzte hinter den anderen her und trug sein Schaf über der Schulter; in der anderen Hand hatte er eine Axt. Er wollte sich nicht gern der Schafe wegen schlagen, denn für so Geringes lohnte es kaum, Leib und Leben zu wagen, und wenn seine Leute stolperten oder langsam gingen, trieb er sie mit harten Worten an.

Die Schiffe lagen bei einigen flachen Steinplatten und wurden mit Rudern in Abstand vom Ufer gehalten; sie waren bereit, sofort in See zu gehen, sobald Krok wieder da war, denn die beiden anderen Scharen waren schon, ohne etwas gefunden zu haben, zurückgekehrt. Einige der Männer standen am Ufer, um wenn nötig Krok zu Hilfe zu kommen. Er hatte nur noch wenige Schritte bis zu den Schiffen, als zwei große Hunde den Steig herabgerannt kamen. Der eine sprang auf Krok zu, der aber wich zur Seite und traf ihn mit der Axt; der andere fuhr in großem Sprung an ihm vorbei und warf sich auf den Mann vor ihm, riß ihn zu Boden und biß ihn in den Hals. Einige der Wartenden eilten herzu und töteten den Hund; aber als sie und Krok sich über den Gebissenen beugten, sahen sie, daß sein Hals arg zerfleischt war und daß er schnell verblutete.

In diesem Augenblick kam ein Speer geflogen und strich an Krok vorbei, und zwei Männer kamen den Abhang herab bis auf die Steinplatten. Sie waren so heftig gelaufen, daß sie alle Nachfolgenden hinter sich gelassen hatten. Der vorderste, der barhaupt und ohne Schild war, aber ein Kurzschwert in der Hand trug, stolperte und schlug nach vorn auf die Steinplatten hin; zwei Speere flogen über ihn weg und trafen seinen Begleiter, der hinstürzte und liegenblieb. Aber der Barhäuptige war gleich wieder auf den Füßen und heulte auf wie ein Wolf; er fuhr auf einen Mann los, der mit erhobenem Schwert vorgelaufen war; er traf ihn an der Schläfe und brachte ihn zu Fall. Darauf sprang er auf Krok zu, der am nächsten stand; das alles ging sehr geschwind. Seine Schläge trafen Krok hart und schnell, aber Krok hielt ihm das Schaf entgegen, das er noch trug, und gleichzeitig schlug er mit umgewandter Axt zu und traf seinen Gegner an der Stirn, so daß er bewußtlos zu Boden fiel. Krok beugte sich über ihn und konnte sehen, daß es ein rothaariger Jüngling mit einer Stupsnase und bleicher Haut war; er betastete die Stelle, die der Hammer der Axt getroffen hatte und fand den Schädel unversehrt.

»Ich nehme beides mit, das Schaf und das Kalb«, sagte Krok. »Er mag an Stelle dessen rudern, den er erschlagen hat!«

Damit hob er ihn auf, trug ihn an Bord und legte ihn unter eine Ruderbank; und mit allem an Bord, außer den zweien, die man tot zurückließ, liefen die Schiffe aus, gerade in dem Augenblick, da eine große Schar der Verfolger zum Strande herabkam. Es hatte angefangen zu tagen, und einige Speere wurden den Schiffen nachgeschleudert, doch richteten sie keinen Schaden an. Das Schiffsvolk legte sich kräftig in die Ruder und war froh, frische Speise an Bord zu haben.

Man war schon ein gutes Stück vom Ufer entfernt, als man unter den Gestalten am Strande eine Frau in langem blauen Hemd gewahrte. Mit fliegendem Haar stürzte sie bis an den Rand der Steinplatten vor und streckte rufend die Arme nach den Schiffen aus. Ihr Ruf erreichte die Schiffe über das Wasser hin nur als ein dünner Ton, und noch lange, als man schon nichts mehr hören konnte, stand sie da.

Auf solche Weise kam Orm, Tostes Sohn, der mit der Zeit als Röde Orm, Orm Rothaar, bekannt werden sollte, auf seine erste Reise.

Wie sie südwärts segelten
und wie ein guter Wegweiser gefunden wurde

Kroks Mannen waren hungrig, als sie zur Wetterinsel kamen, denn sie hatten den ganzen Weg rudern müssen; sie legten an und gingen an Land, um Brennholz zu sammeln und sich eine gute Mahlzeit zu bereiten. Es gab dort nur einige alte Fischer, die dank ihrer Armut vor Plünderung sicher waren. Als sie die Schafe zerlegten, lobten die Männer ihr Fett und die gute Frühlingsweide, die es auf Kullen offenbar gebe; sie steckten die Fleischstücke auf ihre Speere und hielten sie ans Feuer; und sie schmatzten mit den Lippen, als das Fett zu zischen anfing, denn es war lange her, seit ihnen ein so guter Geruch in die Nase gestiegen war. Viele erzählten einander, wie es das letztemal zugegangen sei, als es so gute Bissen für sie gegeben habe, und alle waren sich einig, daß die Fahrt gen Westen sich gut anlasse. Darauf machten sie sich ans Essen, so daß die Bärte troffen.

Orm war nun wieder bei Bewußtsein, aber es war nicht weit mit ihm her, und er konnte sich kaum auf den Füßen halten, als er mit den anderen an Land ging. Er setzte sich nieder, hielt den Kopf zwischen den Händen und antwortete nicht, wenn er angeredet wurde. Doch nach einer Weile, als er gespuckt und Wasser getrunken hatte, wurde ihm besser; und als es anfing, nach Braten zu riechen, hob er den Kopf wie jemand, der gerade erwacht, und betrachtete die Männer, die um ihn saßen. Sein nächster Nachbar grinste ihm freundlich zu, schnitt ein wenig von seinem Fleischstück ab und reichte es ihm hin.

»Nimm und iß«, sagte er. »Einen besseren Braten hast du noch nie zu schmecken bekommen.«

»Das weiß ich«, sagte Orm. »Ich bin es ja selbst, der ihn gestiftet hat.« Er nahm das Stück Fleisch und hielt es zwischen zwei Fingern, doch ohne davon zu essen; scharf von Mann zu Mann blickend sah er sich im Kreise um und sagte dann: »Wo ist der, den ich niederschlug?« »Er ist tot«, antwortete sein Nachbar, »aber niemand hier hat Rache für ihn zu üben, und du sollst nun an seiner Stelle rudern. Sein Ruder ist dem meinen zunächst, und daher wird es das beste sein, wenn du und ich Freunde werden. Ich heiße Toke; und wie heißt du?« Orm nannte seinen Namen und fragte dann: »War es ein angesehener Mann, den ich erschlug?« »Er war, wie du wohl gemerkt hast, ein wenig langsam«, sagte Toke, »und so waffentüchtig wie ich war er nicht; aber das hieße zu viel verlangen, denn ich gehöre zu den besten hier. Aber er war stark und zuverlässig und wohl angesehen und hieß Åle, und sein Vater sät zwölf Tonnen Roggen. Er hatte schon zwei Seefahrten mitgemacht; und ruderst du ebensogut wie er, so ruderst du nicht schlecht.« Als Orm das hörte, schien ihm besser zumute zu werden, und er begann zu essen. Doch nach einer Weile fragte er: »Wer war es, der mich zu Boden schlug?«

Krok saß ein Stück entfernt und hörte seine Frage. Er lachte und hob seine Axt, kaute fertig und sagte: »Die hier war es, die dich geküßt hat; denn hätte sie gebissen, so hättest du nicht gefragt.« Aus großen Augen, in die kein Blinken kam, blickte Orm zu Krok hinüber; dann seufzte er und sagte: »Ich war außer Atem und ohne Helm; sonst wäre es vielleicht anders gekommen.«

»Du bist großmäulig, junger Mann aus Schonen«, sagte Krok, »und glaubst schon, ein Kämpe zu sein. Aber du bist noch zu jung und hast noch nicht den Verstand eines Kriegers. Denn kein Verständiger stürzt bloß einiger Schafe wegen hinaus, ja nicht einmal, wenn ihm die eigene Frau weggeholt wird. Aber mich deucht, daß du zu denen gehörst, die Glück haben, und es mag sein, daß du auch uns Glück bringst. Dein Glück haben wir nun schon dreimal gesehen: Du bist ausgeglitten auf den Steinen, gerade als zwei Speere dir entgegenflogen; und für Åle, den du getötet hast, hat niemand hier Rache zu nehmen; und weil ich an seiner Statt einen Ruderer haben wollte, wurdest du nicht von mir erschlagen. Darum glaube ich, daß du viel Glück hast und uns nützlich werden kannst; und in unserer aller Namen gebe ich dir jetzt Frieden für die Zeit, da du an Åles Ruder sitzt.«

Das schien allen Männern eine gute Rede zu sein. Orm saß und bedachte sich eine Weile, dann sagte er: »Ich nehme deinen Frieden an und glaube nicht, daß ich mich deswegen zu schämen brauche, obschon ihr mir Schafe gestohlen habt. Doch als Sklave will ich nicht rudern, denn ich bin von guter Herkunft, und wenn ich auch jung bin, so halte ich mich, da ich einen so tüchtigen Gegner wie Åle zu Fall gebracht habe, doch für einen Mann von Ansehen. Darum will ich mein Schwert zurückhaben.«

Darüber wurde nun viel hin und her geredet. Einigen schien Orms Verlangen unbillig: er solle damit zufrieden sein, daß man ihm das Leben geschenkt habe; andere aber meinten, ein anspruchsvolles Auftreten sei bei der Jugend kein Fehler, und man müsse Rücksicht üben gegen einen, der Glück habe; und Toke fragte lachend, wie viele es wohl unter der Besatzung der drei Schiffe gebe, die vor einem jungen Mann mit einem Schwert Angst hätten? Dieser Äußerung wegen wollte sich ein Mann namens Kalb, der gegen Orms Forderung gesprochen hatte, mit Toke schlagen, und Toke erklärte sich dazu bereit, sobald er mit dem guten Nierenstück fertig sein werde, bei dem er gerade war. Doch Krok verbot jede Schlägerei um einer solchen Sache willen, und es endete damit, daß Orm sein Schwert zurückerhielt und daß man es von seinem Benehmen abhängig machte, ob er als Gefangener oder als Kamerad gelten sollte. Für das Schwert jedoch, das eine gute Waffe war, sollte Krok von Orm Bezahlung erhalten, sobald man auf der Fahrt Beute gewonnen habe.

Nun wehte eine leichte Brise, und Krok sagte, es sei an der Zeit, weiterzufahren. Alle gingen an Bord, und mit vollen Segeln fuhr man durch das Kattegatt. Orm blickte zurück über die See und sagte, es sei Kroks Glück, daß es um diese Jahreszeit nur wenige heimkehrende Schiffe gebe; denn sonst würde seine Mutter, wenn er sie recht kenne, mit der halben Mannschaft von Kullen an Bord hinter ihnen her sein.

Darauf wusch er sich das Haar und spülte das geronnene Blut fort, und Krok sagte, es werde sich dereinst lohnen, diese Narbe an der Stirn Frauen zu zeigen. Nun kam Toke mit einem alten eisengeschienten Lederhelm herbei und sagte, heutzutage sei der wohl kaum mehr ein Helm zu nennen, aber er habe ihn einmal bei den Wenden erwischt, wo nichts Besseres zu holen gewesen sei. Gegen Axthieb, sagte er, tauge er wenig, sei aber doch besser als gar nichts. Orm probierte ihn, und es zeigte sich, daß er passen werde, wenn erst die Beule verschwunden war.

Sie kamen mit gutem Winde um Skagen herum und brachten dort nach alter Sitte Ägir und seinem ganzen Geschlecht ein Blutopfer: Schaffleisch und Schweinefleisch und Schwachbier; und lange folgten ihnen schreiende Möwen, was ein gutes Zeichen war. Sie fuhren nun die jütländische Küste entlang, wo das Land öde war und wo man häufig die Rippen gestrandeter Schiffe aus dem Sande aufragen sah; weiter südwärts gingen sie bei einigen kleinen Inseln an Land und fanden dort Wasser und auch Nahrung, sonst aber nichts. Während sie nun längs der Küste dahinfuhren, hatten sie mit dem Winde meist Glück, so daß die Männer, da sie nun nicht zu rudern brauchten, guter Laune blieben. Toke sagte, Orm habe vielleicht auch Wetterglück, und etwas Besseres könne man überhaupt nicht haben; dann dürfe Orm wahrhaftig auf eine gute Zukunft hoffen. Orm meinte, daß Toke damit recht haben möge, aber Krok wollte in dieser Sache nicht mithalten.

»Unser Glück mit dem Wetter liegt an mir«, sagte er, »denn von Anfang an, lange bevor Orm mit dabei war, haben wir das beste Wetter und den besten Wind gehabt, und könnte ich mich nicht auf mein Wetterglück verlassen, so hätte ich mich nie auf diese Fahrt gewagt. Aber Orm hat wahrhaftig Glück, wenn auch in anderer Art als ich, und je mehr Glücksmänner wir an Bord haben, desto besser ist es für uns alle.«

Der kluge Berse war gleicher Ansicht und sagte, daß Leute ohne Glück es am allerschlimmsten hätten, »denn Männer siegen über Männer und Waffen über Waffen; für die Götter hat man Opfer und wider Zauber Gegenzauber, aber gegen Mißgeschick gibt es kein Mittel.«

Toke sagte, er wisse nicht, ob er für seinen Teil viel Glück habe, es sei denn beim Fischen. Wo er etwas mit Männern habe ins reine bringen müssen, sei er allerdings immer gut zurechtgekommen, aber das möge mehr an Kraft und Geschicklichkeit gelegen haben als am Glück. »Aber nun«, sagte er, »bin ich neugierig, ob ich auf dieser Reise Glück haben werde, was Gold und Frauen angeht; denn ich habe viel von all dem Schönen gehört, das es weiter nach Westen zu geben soll; und es ist nun schon recht lange her, daß ich nach einem Goldring greifen konnte oder nach einer Frau. Und selbst wenn es zumeist auch nur Silber statt Gold sein sollte, und wenn ich nicht gerade eine Grafentochter erwische, wie Berse sich das vorgenommen hat, sondern bloß ein einfaches Frankenmädchen, so werde ich nicht klagen; denn ich bin kein hochmütiger Mann.«

Krok meinte, wenn er auch noch so begierig nach dem einen oder anderen sei, so werde er sich doch noch einige Zeit gedulden müssen; und auch Toke selbst hielt das für wahrscheinlich, denn ihm sah es nicht so aus, wie wenn

Gold und Frauen rings umher reichlich vorhanden wären.

Sie fuhren an flachen Küsten entlang, wo nichts als Sand und Sümpfe und hie und da eine Fischerhütte zu sehen war. Sie kamen an Landzungen vorbei, wo hohe Kreuze aufgerichtet standen, und da wußten sie, daß sie nun das Land der Christen und die fränkischen Küsten erreicht hatten. Kundige Leute an Bord berichteten, daß diese Kreuze zuerst vom großen Kaiser Karl, dem Stammvater aller Kaiser, aufgerichtet worden seien, um nordische Seefahrer dem Lande fern zu halten; aber die Götter der Nordmänner seien stärker gewesen als sein Gott. Sie fuhren, wenn stürmische See drohte oder auch nur um zu übernachten, in Sunde und Buchten hinein, und salzigere und grünere Wasser, als sie bis dahin gekannt hatten, sahen sie dort steigen und fallen bei Ebbe und Flut. Da waren keine Schiffe zu sehen und keine Menschen, mitunter aber Anzeichen alter Besiedlung; denn früher, bevor die Nordmänner hierher gekommen waren, hatte es hier viele Dörfer gegeben. Nun aber war alles längst ausgeplündert und verödet, und erst weit südwärts konnten Seefahrer auf Gewinn rechnen.

Sie kamen dorthin, wo das Meer zwischen England und dem Festlande schmal wird, und man sprach von einem Abstecher nach England. Denn man wußte, daß König Edgar kürzlich gestorben war und nur unmündige Söhne zu Nachfolgern hatte; dadurch war das Land bei Wikingern in guten Ruf gekommen. Aber Krok und Berse und andere von den Klügsten hielten dafür, daß das Land der Franken noch immer am meisten lohne, sobald man nur weit genug nach Süden gekommen sei; denn der König von Frankreich und der Kaiser von Deutschland lagen miteinander ihrer Grenzländer wegen im Streit, und wenn dergleichen in Gang war, pflegte die Küstengegend von alters her einen ausgezeichneten Boden für Nordmänner abzugeben.

Deshalb blieben sie auf der fränkischen Seite, doch in

größerem Abstand zur Küste, und hielten scharf Ausguck nach allen Seiten; denn nun hatten sie das Land erreicht, das die Nordmänner dem König von Frankreich abgewonnen hatten; und gewiß erblickte man hier noch immer auf Landzungen und an den Mündungen der Flüsse das eine oder andere alte Kreuz, aber noch häufiger waren Pfähle, auf denen bärtige Köpfe steckten zum Zeichen, daß die Herren des Landes nur ungern Seefahrer aus der Heimat an diesen Küsten sahen. Krok und seine Leute meinten, daß solche Mißgunst gegen Stammesbrüder eine Schande sei für die, die nun hier im Lande mitten im Reichtum säßen; aber, sagten sie, von Leuten, die aus Schonen und Själland gekommen waren, könne man es nicht anders erwarten; und sie fragten Orm, ob er hier im Lande etwa Verwandte habe? Orm sagte, er glaube das nicht, denn sein Geschlecht sei immer nach Irland gesegelt; aber das Aufsetzen der Köpfe auf Pfähle sei etwas, woran er denken werde, wenn er heimkomme, denn dergleichen könne sich als nützlich für Schafzucht erweisen. Darüber lachten alle und meinten, er verstehe gute Antworten zu geben.

An einer Flußmündung legten sie sich in Hinterhalt und nahmen einige Fischerboote weg, fanden dabei aber wenig von Wert. Auf ihre Fragen, wo in der Nähe es reiche Dörfer gebe, konnten sie von den Leuten in den Booten nichts herausbekommen. Nachdem sie einige von ihnen erschlagen hatten und die anderen trotzdem nichts Verständliches vorbringen konnten, ließen sie sie los, denn sie sahen kläglich aus und taugten weder zum Rudern noch zum Verkauftwerden. Mehr als einmal gingen sie nachts an Land, gewannen aber dabei nicht viel; denn man lebte hier in allzu großen und wohlverteidigten Dörfern, und sie mußten zu den Schiffen zurückeilen, um von der Übermacht nicht abgeschnitten zu werden. Jetzt blieb nur zu hoffen, daß es mit den Landstrichen, in denen Nordmänner regierten, bald ein Ende haben werde.

Eines Abends begegneten sie vier von Süden heranrudernden Langschiffen; es sah aus, als führten sie schwere Ladung, und Krok ließ seine Schiffe nahe an sie herankommen, um zu sehen, wie sie bemannt waren. Der Abend war ruhig, und langsam näherten sich die Boote einander. Die Fremden setzten am Mast ihres vordersten Schiffes einen Langschild mit aufwärts gerichteter Spitze, zum Zeichen, daß sie als Freunde nahten, und Kroks Männer sprachen mit ihnen auf Speerwurfweite, während sie beiderseits versuchten, die Stärke des anderen zu berechnen. Die Fremden sagten, sie seien aus Jütland und nun, nach einer langwierigen Reise, auf der Heimfahrt begriffen. Mit sieben Schiffen hätten sie im vorigen Sommer in der Bretagne und dann weiter im Süden geplündert; darauf hätten sie auf einer Insel vor der Mündung der Loire überwintert und seien den Fluß hinaufgefahren; da aber sei eine schwere Seuche unter ihnen ausgebrochen, und nun seien sie auf dem Heimwege mit so viel Schiffen, als sie hätten bemannen können. Über ihre Beute gaben sie die Auskunft, daß der kluge Seefahrer nie seinen Gewinn preise, bevor er ihn sicher an Land gebracht habe; aber soviel könnten sie sagen – da sie bei dieser Begegnung sich stark genug wüßten, um das ihre zu schützen – daß sie für ihren Teil nicht zu klagen brauchten. Verglichen mit ehedem seien die Zeiten schlecht, und damit müsse auch künftighin gerechnet werden, wie weit man auch komme; wer aber das Glück habe, in der Bretagne oder noch weiter südwärts eine noch unberührte, nicht verwüstete Gegend zu entdecken, der finde noch immer den Lohn seiner Mühen.

Krok fragte, ob sie Wein oder Bier hätten, das gegen Schweinefleisch oder getrocknete Fische getauscht werden könnte, und zugleich versuchte er, näher an sie heranzukommen; denn er war stark versucht, es mit ihnen aufzunehmen und damit auf einen Schlag für die ganze Reise guten Lohn zu gewinnen. Doch der Häuptling der Jüten legte sogleich seine Schiffe nebeneinander, mit dem Vordersteven gegen Krok und gab zur Antwort, daß sie

Wein und Bier zu eigenem Verbrauch zu behalten gedächten, »aber wenn du etwas anderes schmecken willst, so magst du gern näher kommen«.

Während Krok einen Speer in der Hand wog und im Ungewissen zu sein schien, was er tun sollte, entstand Unruhe auf einem der fremden Schiffe. Man sah dort zwei Männer miteinander ringen und schließlich in fester gegenseitiger Umschlingung ins Wasser taumeln. Beide sanken, und den einen sah man nicht wieder, aber der andere kam ein Stück von den Schiffen entfernt zum Vorschein, tauchte jedoch gleich wieder, als ihm von denen, die er verlassen hatte, ein Speer nachgesandt wurde. Nun gab es auf den jütländischen Schiffen viel Rufen hin und her, und als Kroks Leute fragten, was denn vor sich gehe, bekamen sie keine Antwort. Die Dämmerung brach herein; und nachdem man eine gute Weile Worte gewechselt hatte, setzten die Fremden ihr Rudern fort, noch bevor Krok sich für einen Kampf entschieden hatte. Toke, der auf Kroks eigenem Schiff an seinem Backbordruder Orm zunächst saß, rief nun Krok zu: »Komm her und schau! Mein Glück beim Fischen nimmt ständig zu!«

Eine Hand hielt sich an Orms Ruder und eine an Tokes Ruder fest, und auf der Wasserfläche zwischen den Händen lag ein Gesicht und sah zum Schiff empor. Es war sehr bleich, mit großen Augen, schwarzem Haar und schwarzem Bart.

»Das muß ein tüchtiger Bursche sein und dazu ein guter Schwimmer«, sagte einer der Männer, »er ist unter dem Schiff weg getaucht, um den Jüten zu entgehen.«

»Und klug ist er gewiß auch«, sagte ein anderer, »denn er hält sich an uns als an die besseren Leute.«

»Er ist schwarz wie ein Kobold und gelblich-weiß wie ein Halbtoter«, sagte ein dritter, »und er sieht nicht gerade aus wie jemand, der Glück hat; einen solchen aufzunehmen kann gefährlich sein.«

Nun wurde allerlei für und wider geredet, und einige riefen den Mann im Wasser an und stellten ihm Fragen;

aber er lag unbeweglich da und hielt sich an den Rudern fest und klappte mit den Augenlidern. Schließlich befahl Krok, ihn an Bord zu nehmen; man könne, sagte er, ihn nachher totschlagen, wenn sich das als das Bessere erweisen sollte.

Toke und Orm zogen ihre Ruder ein und nahmen den Mann an Bord. Er war von gelber Hautfarbe und kräftig gebaut, war nackt bis zu den Hüften und hatte nur einige Fetzen am Leibe. Er schwankte und konnte kaum auf den Füßen stehen, aber er ballte die Faust hinter den verschwindenden jütländischen Schiffen und spuckte in ihre Richtung und knirschte mit den Zähnen und schrie irgend etwas. Darauf fiel er um, denn das Boot rollte in der Dünung; aber er kam gleich wieder auf die Beine und schlug sich vor die Brust und streckte die Arme gen Himmel und schrie nun laut mit veränderter Stimme, doch mit Worten, die niemand verstehen konnte. Orm pflegte später in seinen alten Tagen, beim Erzählen seiner Erinnerungen zu sagen, daß er nie ein wütenderes Zähneknirschen gehört habe und nie eine so traurige und so wohllautende Stimme wie die des Fremdlings, der da zum Himmel rief.

Er erschien ihnen allen recht seltsam. Sie fragten ihn viel: wer er sei und was ihm widerfahren sei. Einiges von dem, was sie ihn fragten, begriff er und konnte es in gebrochenem Nordisch beantworten; und sie glaubten zu verstehen, daß er Jüte sei und an Samstagen nicht rudern wolle, und sie hielten dies für den Grund seiner Gehässigkeit gegen die, denen er soeben entflohen war. Aber einen Sinn konnten sie in alledem nicht finden, und einige glaubten, er sei mit Verrücktheit geschlagen. Sie gaben ihm zu essen und zu trinken, und er aß gierig von Bohnen und Fisch, aber gesalzenes Schweinefleisch wies er mit Abscheu von sich. Krok sagte, er könne sich als Ruderer nützlich machen, und wenn die Reise zu Ende sei, könne man ihn für gutes Geld verkaufen. Und der kluge Berse möge versuchen, ihn zu verstehen und herauszubekommen, ob er über die Gegenden, aus denen er komme, etwas, das von Nutzen sein könnte, zu berichten hätte.

An den folgenden Tagen war Berse viel mit dem Fremdling zusammen, und sie unterhielten sich, so gut es gehen wollte. Berse hatte eine ruhige Art und sehr große Geduld; er verstand sich auf Dichtkunst und war dazu ein großer Esser. Um einer zänkischen Ehefrau zu entgehen, war er auf See gegangen. Und da er einen guten Verstand und großes Wissen hatte, glückte es ihm allmählich, immer besser zu begreifen, was der Fremde sagte; das teilte er dann Krok und den anderen mit.

»Er ist nicht verrückt, wenn es auch so scheint«, sagte Berse, »und er ist auch kein Jüte, das kann man ja deutlich sehen. Sondern er ist, sagt er, Jude. Das ist ein Volk aus dem Osten, das den Mann getötet hat, den die Christen für einen Gott halten. Dieser Totschlag ist vor langer Zeit geschehen, aber die Christen hegen deswegen noch immer großen Haß gegen die Juden und töten sie gern und wollen nichts von Vergleich oder Geldbuße wissen. Daher leben die meisten Juden beim Kalifen von Cordova, denn dort wird der Getötete nicht für einen Gott gehalten.«

Berse fügte hinzu, daß er selbst schon früher dergleichen habe erzählen hören, und auch einige der Männer sagten, sie hätten solche Gerüchte vernommen. Orm wollte gehört haben, der Tote sei an ein Holz genagelt worden, wie das in alten Zeiten die Lodbroksöhne mit dem obersten Priester in England getan hätten. Aber wie man ihn für einen Gott halten könne, nachdem die Juden ihn getötet hatten, das sei unverständlich, denn ein richtiger Gott könne ja doch nicht von Menschen getötet werden.

Darauf fuhr Berse mit dem fort, was er von der Rede des Fremdlings verstanden hatte: »Er ist ein Jahr lang bei den Jüten Sklave gewesen und hat von ihnen viel ausstehen müssen, weil er an Samstagen nicht hat rudern wollen. Denn sein Gott erzürnt sich über jeden Juden, der an diesem Tage irgend etwas tut. Die Jüten aber konnten das nicht verstehen, obschon er viele Male versucht hatte, es ihnen zu erklären; sie schlugen ihn und ließen ihn hungern, wenn er nicht rudern wollte. Bei ihnen lernte er das wenige, was er von unserer Sprache kann; aber wenn er von ihnen spricht, verflucht er sie in seiner eigenen Zunge, denn von der unseren kennt er nicht Worte genug. Er sagt, daß er bei ihnen viel geweint und zu seinem Gott um Hilfe gerufen habe, und als unsere Schiffe sich näherten, begriff er, daß er erhört worden war. Da nahm er einen Mann mit über Bord, der ihn viel geschlagen hatte. Er bat seinen Gott, ihm gleichsam ein Schild zu sein und den anderen zu verderben; darum wurde er nicht von den Speeren getroffen und bekam Kraft, um unter unserem Schiff hinwegzutauchen. Und der Name seines Gottes hat solche Macht, daß er ihn vor mir nicht nennen wollte, so sehr ich auch versuchte, ihn dazu zu bringen. Das ist, was er von den Jüten erzählt, und wie er entkommen ist; aber von anderen Dingen, die, wie er glaubt, uns nützlich sein könnten, hat er noch mehr zu berichten. Jedoch ist viel dabei, was ich nicht verstehen kann.«

Krok sagte, daß er schwer glauben könne, ein Gott mache sich die Mühe, einem so zerlumpten, elenden Wicht zu helfen, mochte er auch noch so viel rufen; aber es lasse sich nicht leugnen, daß der Mann entschlossen und geschickt gehandelt habe; und nun wollten die Männer gern wissen, warum dieser sonderbare Fremdling Schweinefleisch mit Widerwillen von sich weise, aber eine rechte Gier nach geringerer Nahrung zeige. Berse antwortete, es scheine sich mit dem Schweinefleisch wie mit dem Rudern am Samstag zu verhalten: der Gott gerate in Zorn, wenn er Juden Schweinefleisch essen sehe; aber weshalb er um einer solchen Sache wegen zornig werde, habe Berse nicht herausbringen können. Es lasse sich annehmen, sagte er, daß dem Gotte selbst an solcher Nahrung sehr gelegen sei, so daß er sie seinem Volk nicht gönne; und diese Erklärung fanden die Männer glaubwürdig und priesen sich glücklich, daß ihre eigenen Götter sich mit solchen Dingen nicht abgaben.

Alle waren nun neugierig, was der Jude sonst noch zu erzählen habe, und ob etwas davon ihnen vielleicht nützlich sein könne; und endlich war Berse so weit, daß er das meiste begriff: »Er sagte, daß er in seinem eigenen Lande, beim Kaiser von Cordova, ein reicher Mann sei. Er heißt Salaman und ist Silberschmied; und er sagt, er sei auch ein großer Dichter. Er wurde von einem christlichen Herrn aus Norden gefangengenommen, der in jenen Gegenden Raubzüge machte. Der ließ ihn ein hohes Lösegeld aufbringen, verkaufte ihn aber dann an einen Sklavenhändler, weil die Christen, des getöteten Gottes wegen, den Juden nicht gern ihr Wort halten. Der Sklavenhändler verkaufte ihn an seefahrende Kaufleute, und diesen wurde er weggenommen von den Jüten. Sein Unglück war, daß sie ihn gerade an einem Samstag ans Ruder setzten. Nun hat er gewißlich gegen diese Jüten einen großen Haß; das ist aber nichts, verglichen mit dem Haß gegen den christlichen Herrn, der ihn betrogen hat. Dieser Herr ist sehr reich und wohnt eine Tagesreise weit vom Meer; und er sagt, er wolle uns gern dorthin weisen, damit wir ihn plündern und ihm alles nehmen könnten, was er besitzt; auch sollten wir sein Haus anzünden und ihm die Augen ausstechen und ihn nackt in Gestrüpp und Gestein hinausschleppen. Er sagt, da gebe es Reichtümer für jeden von uns.«

Das seien, meinten alle, die besten Neuigkeiten, die sie seit langem gehört hätten, und Salaman, der während dieser Erzählung neben Berse gesessen hatte und allem, was er verstehen konnte, genau gefolgt war, sprang nun auf, indem er Schreie ausstieß und sehr froh aussah. Er warf sich vor Krok platt nieder, stopfte sich einen Zipfel seines Bartes in den Mund und kaute daran; dann griff er nach Kroks Fuß und setzte ihn sich auf den Nacken, wobei er eifrig redete, doch ohne daß jemand ihn verstehen konnte. Als er sich etwas beruhigt hatte, fing er an, nach Worten, die er kannte, zu suchen; er sagte, er wolle Krok und seinen Mannen gern treu dienen, bis sie diese Reichtümer gefunden hätten und er selbst gerächt sei; doch solle man ihm fest versprechen, daß er selbst dem christlichen Herrn die Augen ausstechen dürfe. Sowohl Krok wie Berse sagten, dieses Verlangen sei recht und billig.

Über dies alles wurde nun auf den drei Schiffen viel geredet, und die Männer waren in bester Laune. Sie sagten, der Fremdling habe wahrscheinlich, was ihn selbst angehe, nicht viel Glück; aber desto mehr Glück bringe er vielleicht ihnen; und Toke meinte, nie einen besseren Fischzug getan zu haben. Sie waren freundlich gegen den Juden, suchten einige Kleidungsstücke für ihn zusammen und gaben ihm Bier zu trinken, obschon nicht mehr viel davon da war. Das Land, wohin er sie führen wollte, hieß Leon, und man wußte ungefähr, wo es lag: rechts vom Lande der Franken und des Kalifen von Cordova; von der Landzunge der Bretagne, die sie nun gesichtet hatten, vielleicht fünf günstige Segeltage gen Süden. Sie opferten aufs neue dem Meervolk, bekamen guten Wind und steuerten in die offene See hinaus.

Wie Kroks Mannen zum Reiche Ramiros kamen und einen Besuch abstatteten, der sich lohnte

Wenn Orm in seinen alten Tagen von seinen seltsamen Schicksalen erzählte, pflegte er zu sagen, daß er, solange er mit Krok zusammen war, nicht über viel zu klagen hatte, obschon er gegen seinen Willen mit auf die Reise gekommen war. Der Schlag auf den Schädel hatte ihm nur kurze Zeit Schmerzen verursacht, und mit den Männern kam er gut überein; bald dachte keiner von ihnen mehr daran, daß er eigentlich ihr Gefangener war. Sie erinnerten sich gern an das gute Schaffleisch, dessen sie auf dem Hof seines Vaters habhaft geworden waren, und auch sonst war er ihnen in vielem nach dem Sinn. Er kannte ebenso viele Gedichte wie Berse und hatte von seiner Mutter gelernt, sie nach Art der Dichter zu sprechen; und er verstand sich auch darauf, in glaubhafter Weise Lügengeschichten zu erzählen, obschon er selbst zugab, daß Toke ihm in dieser Kunst überlegen war. Daher wurde er als ein guter und geschickter Kamerad geschätzt, durch den man an langen Tagen lustigen Zeitvertreib hatte, wenn der Wind gleichmäßig war und niemand zu rudern brauchte.

Einige Leute an Bord klagten darüber, daß Krok an der Bretagne vorbeifuhr, ohne den Versuch gemacht zu haben, neue Eßvorräte zu beschaffen; denn die man an Bord hatte, fingen an, alt zu schmecken: Das gesalzene Schweinefleisch war ranzig, der Stockfisch schimmlig; das Mehl war feucht geworden, dazu hatte das Brot Würmer und das Wasser war verdorben. Aber Krok und alle, die Erfahrung hatten, hielten das für Kost von der allerbesten Sorte, über die Seefahrer nicht klagen durften. Orm aß seinen Teil mit gutem Appetit, aber er erzählte dabei oft von den Leckerbissen, an die er zu Hause gewöhnt war. Berse sagte, es scheine ihm eine weise und göttliche Ordnung, daß man auf See mit Wohlbehagen und guter Eßlust verzehren könne, was man zu Lande, daheim, weder Knechten und Leibeigenen, noch Hunden, sondern nur Schweinen vorsetzen würde; denn wenn das nicht so eingerichtet wäre, würden Seereisen allzu große Schwierigkeiten bieten.

Toke sagte, für ihn sei das schlimmste, daß das Bier zu Ende sei. Was Essen angehe, sei er gewiß nicht verwöhnt, und er glaube, er könne, wenn es sein müßte, das meiste verzehren, sogar seine Schuhe aus Seehundleder, wenn er nur gutes Bier dazu bekäme. Ohne Bier könne er sich das Leben nicht denken, weder zu Wasser noch zu Lande, und er setzte Salaman mit vielen Fragen zu, die das Bier in dem Lande, zu dem sie nun kommen sollten, betrafen: aber er konnte keinen klaren Bescheid erhalten. Er erzählte von großen Festessen und Gelagen, bei denen er mit dabei gewesen war, und trauerte darüber, daß er sich nicht darangehalten und noch mehr getrunken hatte.

In der zweiten Nacht, die sie auf dem Meere waren, bekamen sie starken Wind und hohen Seegang und waren froh, daß der Himmel klar blieb, denn nun steuerten sie nach den Sternen. Krok begann zu fürchten, daß sie auf das grenzenlose Meer hinaus gerieten, aber die Männer, die am seekundigsten waren, sagten, daß man bei südlichem Kurs stets zur Linken Land finden werde, wie man auch segle; ausgenommen im Njörvasund, der die Einfahrt nach Rom sei, und Rom liege in der Mitte der Welt. Wer von Norwegen nach Island segle, habe es nicht so einfach, sagte Berse, denn sei man an Island vorbeigefahren, so könne man auf kein Land mehr hoffen, sondern dann gebe es weithin rings nur das leere Meer.

Salaman war sternkundig und behauptete, sich auf den rechten Kurs zu verstehen, aber das erwies sich als keine große Hilfe, denn seine Sterne hatten fremde Namen, und er selbst wurde seekrank. Orm ging es ebenso, und er und Salaman hingen in großem Elend nebeneinander über der Reling und glaubten, vergehen zu müssen. Salaman schrie, wenn er nicht gerade spuckte, viel in seiner eigenen Sprache, und Orm sagte ihm, er solle stillschweigen, auch wenn ihm schlecht sei; er aber antwortete, daß er seinen Gott, der im Sturmwind sei, anrufe. Da packte Orm ihn im Nacken und sagte, er werde, so krank er sich auch fühle, doch Manns genug sein, ihn über Bord zu werfen, wenn er den Gott noch ein einziges Mal rufe. Denn seiner Meinung nach sei es ohnehin windig genug, so daß es nicht nötig sei, den Gott noch näher heranzuholen.

Salaman war nun still; und gegen Morgen wurde das Wetter besser, was ihnen beiden gut tat. Salaman war sehr grün im Gesicht; aber er lächelte Orm freundlich zu und sah nicht aus, als ob er ihm etwas nachtrüge; und er wies gen Sonnenaufgang über das Meer. Unter den Worten, die er kannte, suchend sagte er, da seien, fern über dem Meer, die roten Flügel des Morgens, und dort wohne sein Gott. Orm antwortete, ihm scheine es am besten, diesen Abstand zu dem Gott beizubehalten.

Später am Morgen sahen sie Felsen vor sich in der Ferne. Sie kamen nahe an die Küste heran und fanden es nicht leicht, eine Bucht zu entdecken, die den Schiffen Schutz gab. Salaman sagte, daß diese Gegend ihm nicht bekannt sei. Sie gingen an Land und gerieten gleich in Kampf mit den Landesbewohnern, die hier dicht beisammen wohnten und bald die Flucht vor ihnen ergriffen. Kroks Mannen durchsuchten ihre Hütten und kehrten mit Ziegen und anderen Eßvorräten zurück; auch brachten sie einige Gefangene mit. Man zündete Feuer an, und alle freuten sich, daß man nun wieder sicheren Boden unter den Füßen hatte und gebratenes Fleisch zu essen bekam. Toke suchte sehr nach Bier, fand aber bloß einige Ledersäcke mit Wein, der so sauer war, daß Toke sagte, er spüre deutlich, wie ihm beim Trinken der Bauch zusammenschrumpfe. Daher konnte er selbst nicht alles austrinken, sondern gab das Übriggebliebene fort, und dann saß er den ganzen Abend lang allein da und sang traurig vor sich hin, wobei ihm die Tränen in den Bart rannen. Berse sagte, er dürfe nicht gestört werden, denn er sei gefährlich, wenn er so viel getrunken habe, daß er weine.

Salaman redete mit den Gefangenen und sagte dann, daß sie sich im Lande des kastilianischen Grafen befänden und daß der Ort, zu dem er sie führen wolle, weit gen Westen hin liege. Krok meinte, um dorthin zu kommen, müßten sie auf anderen Wind warten; unterdessen könnten sie sich erholen und gut essen; aber es würde unangenehm werden, wenn sie hier von starken Scharen überfallen würden, solange der Wind landeinwärts wehe, oder wenn feindliche Schiffe sie in der Bucht, in der sie lagen, einschließen sollten. Salaman erklärte ihm, so gut er konnte, daß es diese Gefahr kaum gäbe, denn der Graf von Kastilien habe kaum ein einziges Schiff auf See, und viel Zeit werde hingehen, bis er eine so große Seemacht zusammenbringen könne, daß ihnen Schaden drohe. Früher, sagte er, sei der Graf von Kastilien mächtig gewesen, nun aber sei er vom Kalifen stark unterdrückt und müsse ihm Steuern zahlen. Denn außer Kaiser Otto in Deutschland und Kaiser Basilius in Konstantinopel gebe es zur Zeit auf der Welt keinen so mächtigen Herrscher wie den Kalifen von Cordova. Darüber lachten die Männer sehr und sagten, der Fremde wisse es eben nicht besser und scheine nicht viel von diesen Dingen zu verstehen. Habe er denn nicht von König Harald von Dänemark gehört? Und wisse er nicht, daß König Harald von allen der mächtigste sei?

Orm war noch matt von der Seekrankheit und hatte keine große Eßlust. Da er sich leicht um seine Gesundheit sorgte, glaubte er nun, ernstlich krank zu werden. Er schlummerte bald am Feuer ein und schlief gut; aber spät in der Nacht, als alles im Lager still geworden war, kam Toke und weckte ihn. Er weinte und sagte, Orm sei der einzige Freund, den er habe, und er wolle ihm ein Lied vorsingen, das ihm in den Sinn gekommen sei; es handle von zwei Bärenjungen, und er habe es als Kind von seiner Mutter gelernt. Es sei die schönste Weise, die er kenne. Damit setzte er sich zu Orm, trocknete seine Tränen und fing zu singen an. Orm hatte die Eigenheit, daß es ihm schwer fiel, freundlich zu sein, wenn man ihn aus dem Schlaf weckte; aber er sagte nichts, sondern drehte sich auf die andere Seite und versuchte wieder einzuschlafen.

Toke, der sich auf sein Lied nicht recht besinnen konnte, wurde traurig; er sagte, er habe den ganzen Abend allein dagesessen, und niemand sei gekommen, um ihm Gesellschaft zu leisten. Daß gerade Orm nicht nach ihm gesehen habe, als er so traurig gewesen sei, das habe ihn am allermeisten geschmerzt, denn er habe Orm vom ersten Augenblick an für seinen Freund gehalten; aber nun begreife er, daß er wie alle anderen Schonländer ein Lümmel sei; und wenn ein Welpe wie er sich schlecht betrage, so sei eine Portion Prügel das einzig Richtige.

Dabei stand er auf, um sich nach einem Stock umzusehen, und Orm war nun ganz wach und setzte sich auf. Als Toke das sah, gab er ihm einen Fußtritt, aber Orm hatte schon einen Feuerbrand ergriffen; den warf er Toke ins Gesicht. Toke wich mitten im Fußtritt, den er gab, aus und fiel auf den Rücken, aber er war schnell wieder auf den Beinen; nun aber war er weiß im Gesicht und völlig von Sinnen. Auch Orm kam geschwind auf die Füße. Es war heller Mondschein; aber Orm sah vor Wut rot, als er sich nun auf Toke stürzte, der einen Versuch machte, sein Schwert zu ziehen; Orm hatte nicht Zeit gehabt, sein Schwert an sich zu nehmen. Toke war groß und stark, breit über dem Nacken und hatte gewaltige Hände; Orm hatte seine volle Kraft noch nicht erreicht, war aber für die meisten stark genug. Es gelang ihm, einen Arm um Tokes Nacken zu schlingen und mit der anderen Hand sein Handgelenk zu packen, damit er nicht das Schwert ziehen könne; aber Toke hatte ihn mit gutem Griff an den Kleidern gepackt; er richtete sich mit einem Ruck auf und schleuderte Orm über die Schulter, so daß seine Beine in der Luft hingen. Orm jedoch ließ nicht völlig los, obschon er das Gefühl hatte, in Stücke zu zerbrechen. Er schwang sich rund, preßte ein Knie gegen Tokes Rücken und warf sich rücklings zu Boden, so daß Toke über ihn zu liegen kam. Dann spannte er alle Kräfte an und warf sich herum, so daß er Toke mit dem Gesicht gegen den Boden unter sich hatte. Nun waren viele erwacht, und Berse kam mit einem Strick angelaufen und sagte, das sei gerade, was man habe erwarten können, nachdem Toke so viel in sich hineingegossen habe. Obschon er sich heftig sträubte, wurde er nun an Händen und Füßen fest gebunden; aber er beruhigte sich bald, und nach einer Weile rief er Orm zu, daß er sich nun an den Schluß des Liedes erinnere. Er fing zu singen an, aber Berse begoß ihn mit Wasser, und darauf fiel er in Schlaf.

Als er am nächsten Morgen erwachte, klagte er darüber, daß er gebunden sei. Er erinnerte sich an nichts, und als man ihm erzählte, was geschehen war, fühlte er vor Orm Reue. Es sei ein Unglück, sagte er, daß er, wenn er getrunken habe, so leicht Ärgernis gebe, denn Bier mache ihn in Wahrheit zu einem anderen Menschen, und Wein vielleicht auch. Er wollte gern wissen, ob Orm ihm wegen des Geschehenen böse sei. Orm antwortete, böse sei er nicht und, wenn Toke dazu aufgelegt sei, habe er auch fürderhin nichts gegen eine kleine Schlägerei. Eines aber müsse er ihm versprechen, nämlich das Singen sein zu lassen, denn der Gesang einer Nachtschwalbe oder einer alten Krähe auf dem Dach eines Schuppens sei bei weitem schöner als seine Nachtlieder. Darüber lachte Toke und versprach, sich zu bessern.

Alle fanden, daß Orm, obschon er so jung war, sich bei dieser Gelegenheit über Erwarten gut benommen hatte; denn die meisten, die in Tokes Hände gerieten, wenn es mit ihm bis zu Tränen gekommen war, pflegten schwere Beulen davonzutragen. Orm stieg daher bedeutend in seiner eigenen und in der Achtung der andern. Nach diesem Auftritt fingen sie an, ihn »Orm Rothaar« zu nennen, nicht nur seines roten Haares wegen, sondern weil er sich als einer erwiesen hatte, der scharf gegen scharf setzen konnte und den man am besten nicht unnötig reizte. »Orm«, das ist »Schlange«.

Nach einigen Tagen wehte günstiger Wind, und die Schiffe gingen in See. Um gefährliche Strömungen zu vermeiden, hielten sie sich weit von der Küste und steuerten längs Ramiros Reich westwärts, bis sie die Landspitze umfahren hatten, die am weitesten gen Westen lag. Nun ruderten sie südwärts eine steile und zerklüftete Küste entlang und dann durch eine Unzahl von Inseln, die die Männer an die Küstengewässer von Blekinge erinnerten, bis sie eine Flußmündung erreichten, nach der Salaman lange ausgeschaut hatte. Sie steuerten mit der Flut in den Fluß hinein und ruderten so lange, bis sie von Stromschnellen aufgehalten wurden. Da gingen sie an Land und berieten sich, und Salaman mußte ihnen den Weg, der noch zurückzulegen war, beschreiben. Er sagte, daß flinke Männer weniger als einen Tag brauchten, um zu dem Mann zu gelangen, an dem er Rache nehmen wollte. Er sei ein Markgraf des Königs Ramiro, namens Ordono, und der größte Räuber und Übeltäter längs der ganzen Grenze der Christenheit.

Krok und Berse fragten ihn genau nach der Festung aus, nach ihrer Stärke und Lage, und wieviel Mann der Markgraf gewöhnlich bei sich habe. Salaman sagte, die Festung liege in einer so felsigen und unwegsamen Gegend, daß das Heer des Kalifen, das größtenteils aus Reitern bestehe, nie in ihre Nähe gekommen sei. Daher sei sie ein guter Aufenthaltsort für Räuber und berge große Schätze. Sie sei aus Eichenstämmen gebaut und von einem Erdwall mit Pfahlwerk geschützt, und die Besatzung könne höchstens zweihundert Mann betragen. Ihrer verborgenen Lage wegen glaubte Salaman, daß sie nicht sehr gut bewacht sei; und die Mannschaft, sagte er, sei oft auf Plünderungszügen unterwegs.

Krok erwiderte, die Stärke der Besatzung beunruhige ihn weniger als der Wall und das Pfahlwerk, die ein schnelles Hineinkommen schwierig machen könnten. Einige der Männer meinten, es dürfte recht einfach sein, am Pfahlwerk Feuer anzulegen, aber Berse erinnerte daran, daß man an den Schätzen wenig Freude haben werde, wenn alles Feuer fasse. Zuletzt wurde beschlossen, sich auf das Glück zu verlassen und erst, wenn man an Ort und Stelle sei, sich für die Art des Angriffs zu entscheiden. Vierzig Mann sollten bei den Schiffen bleiben und die anderen sich auf den Weg machen, wenn es am Abend kühl werde. Man bestimmte durch das Los, wer zurückbleiben sollte, denn alle wollten gern mit dabei sein, wo es Reichtümer zu gewinnen gab.

Sie sahen nach ihren Waffen und verschliefen die heißesten Stunden in einem Eichenhain; dann aßen sie, um sich zu stärken, und als der Abend kam, machte die Schar sich auf. Es waren zusammen hundertsechsunddreißig Mann; Krok ging mit Berse und Salaman voran, dann folgte ein Mann nach dem anderen. Einige trugen Brünnen, andere Lederjacken; die meisten hatten Schwert und Spieß, einige Äxte, und alle trugen Schild und Helm. Orm ging mit Toke, der sagte, es tue gut, nach dem vielen Sitzen auf der Ruderbank die Beine zu rühren.

Sie gingen durch eine Wildnis, in der keine menschliche Behausung zu sehen war, denn diese Grenzgegenden zwischen den Christen und Andalusiern lagen seit langer Zeit verödet da. Sie folgten dem nördlichen Ufer des Flusses und wateten über viele Bäche. Es wurde sehr dunkel; sie hielten Rast und warteten auf den Aufgang des Mondes. Darauf bogen sie durch ein Tal nach Norden ab und kamen nun über offenes Gelände rasch vorwärts. Es zeigte sich, daß Salaman ein guter Wegweiser war, denn sie gelangten noch vor der ersten Dämmerung in die Nähe der Festung. Nun lagen sie im Gebüsch still und ruhten eine Weile und spähten im bleichen Mondlicht nach vorn. Beim Anblick der Palisaden sank ihnen der Mut, denn sie waren aus dicken Stämmen und mehr als zwei Mann hoch; und das Tor war überbaut und sah sehr haltbar aus.

Krok sagte, es dürfte nicht leicht sein, solches Bauholz zum Brennen zu bringen, und er nähme die Festung am liebsten ohne Feuer; aber wenn es keinen anderen Ausweg gebe, müsse man Reisigbündel heranschleppen, sie an der Palisade aufstapeln und anzünden; und dann bleibe nur zu hoffen, daß nicht alles mitverbrenne. Er fragte Berse, ob er einen besseren Vorschlag machen könne, aber Berse rieb sich den Kopf und sagte seufzend, daß ihm Gescheiteres nicht einfalle, obschon er nicht dafür sei, Feuer anzuwenden. Auch Salaman wußte keinen besseren Rat, sondern sagte, er werde sich mit der Verbrennung des Treulosen zufrieden geben, wenn er auch gehofft habe, bessere Rache zu finden.

Toke kam nun zu Krok und Berse herangekrochen und fragte, worauf man denn noch warte? Er sei durstig, und je eher die Festung erstürmt werde, desto eher gebe es für ihn etwas zu trinken. Krok antwortete, die Schwierigkeit bestehe im Hineinkommen. Wenn er fünf Speere bekäme, sagte Toke, glaube er zeigen zu können, daß er auch zu anderem tauge als zum Rudern und Biertrinken. Sie wollten wissen, was er zu tun gedenke; aber er sagte nur so viel, daß er ihnen, wenn alles gut gehe, einen Weg in die Festung bahnen werde und daß die Eigentümer der Speere sich darauf gefaßt machen müßten, ihren Speeren neue Schäfte anzusetzen. Berse, der ihn schon lange kannte, meinte, man solle ihm die Speere geben. Das geschah, und Toke hackte die Schäfte oberhalb der Eisenfassung ab, so daß das Blatt einen Griff bekam, der etwa eine Elle lang war. Darauf sagte er, nun sei er mit allem fertig, und er und Krok machten sich daran, im Schutz von Reisig und Steinen vorsichtig an den Wall heranzukriechen; ihnen folgten ausgewählte Männer. Drinnen in der Festung hörte man ein paar Hähne krähen; sonst war alles still.

Ein Stück seitlich vom Tor krochen sie auf den Wall. Dicht am Pfahlwerk richtete Toke sich auf. Eine gute Elle oberhalb des Bodens steckte er ein Speerblatt zwischen zwei Baumstämme und drückte mit aller Kraft zu, damit es festsitze. Höher oben, in der Lücke nebenan, befestigte er ein zweites Blatt, und dann stieg er vorsichtig auf die Schaftstümpfe und setzte ein drittes Blatt höher oben in die dritte Ritze ein. Aber, so wie er dastand, war es ihm unmöglich, es fest anzubringen, ohne Lärm zu machen, und Krok, der nun seinen Plan verstand, machte ihm ein Zeichen herabzukommen, da es ohne Hammer jetzt nicht mehr ging, selbst wenn dabei die Leute drinnen im Schlaf gestört würden. Er stellte sich an Tokes Stelle auf die festsitzenden zwei Sprossen und trieb mit ein paar Schlägen seines Axthammers die übrigen Speerblätter schräg übereinander in den Palisadenzaun. Auf diese Weise stieg er allmählich höher, so daß er den Rand des Pfahlwerkes erreichte.

Im gleichen Augenblick erhob sich in der Festung Lärm und Geschrei und lautes Blasen der Luren; aber andere Männer folgten, so schnell sie klettern konnten, auf Tokes Treppe nach. An der Innenseite des Pfahlwerks lief eine Holzbrücke für die Bogenschützen, und Krok und die Männer hinter ihm schlugen dort einige verschlafene Leute nieder, die mit Speeren und Bogen herbeigelaufen kamen. Nun wurden sie von untenher mit Pfeilen beschossen und einige wurden getroffen, aber Krok und die anderen liefen längs der Holzbrücke zum Tor und sprangen dort hinab, um es schnell zu öffnen und ihre ganze Schar hereinzulassen. Hier kam es jetzt zu heißem Kampf, denn viele der Verteidiger waren bereits herbeigeeilt und jeden Augenblick kamen neue hinzu. Einer der zwanzig Männer, die Krok gefolgt waren, hing mit einem Pfeil im Auge auf der Palisade und 23 andere waren, als sie die Holzbrücke entlangliefen, von Pfeilen getroffen und hingestürzt; aber die den Boden erreicht hatten, schlossen sich eng zusammen und erhoben den Heerruf und gelangten mit Schwert und Spieß in den Torweg, wo es dunkel war und wo das Gedränge jetzt groß wurde. Denn sie hatten nun Feinde vor und hinter sich.

Ihr Heerruf wurde von draußen beantwortet, denn die Männer dort waren zum Wall vorgelaufen, als sie sahen, daß der Versuch glückte; viele fingen an, mit ihren Äxten gegen das Tor zu schlagen, während andere die Festung auf Tokes Treppe erkletterten und gerade recht kamen, um im Torweg mitzuhelfen. Der Ausgang des Kampfes dort schien ungewiß, da Freunde sich mit Feinden mengten. Krok schlug mehrere mit seiner Axt nieder, wurde aber selbst von einem großen Mann, der einen schwarzen, geflochtenen Bart hatte und wie ein Häuptling aussah, mit einer Keule über den Nacken getroffen. Der Helm fing den Schlag auf, aber Krok schwankte und brach in die Knie. Im Gedränge von Männern und Schilden, in dem Speere nicht mehr benutzt werden konnten und wo die Füße im Blut ausglitten, kamen Toke und einige andere bis zum Tor und schoben den Riegel zurück. Die Feinde im Torweg, die nicht schnell genug entkamen, wurden gleich niedergemacht.

Nun kam großer Schrecken über die Christen und sie flohen, den Tod hinter sich. Salaman, der unter den ersten war, die durch das Tor hereinkamen, rannte wie ein Besessener hinter den Fliehenden her; er stolperte über Gefallene, fand ein Schwert am Boden, schwang es über dem Kopf und schrie überlaut, daß alle zur Burg eilen sollten; und Krok, noch schwindlig vom Schlage und unfähig, sich auf den Füßen zu halten, rief dort, wo er im Torweg lag, dasselbe wie Salaman. Viele Männer eilten zu den Hütten innerhalb des Walles, um ihren Durst zu löschen oder nach Frauen zu suchen; aber die meisten verfolgten die Geschlagenen zur großen Burg mitten in der Festung, wo das Tor voll Fliehender war. Mit ihnen drangen die Verfolger ein, bevor das Tor geschlossen werden konnte, und nun, da die Fliehenden sich zur Notwehr gezwungen sahen, kam es zu neuen Kämpfen. Der große Mann mit dem geflochtenen Bart verteidigte sich tapfer und schlug zwei Männer nieder, die auf ihn losgingen, aber er wurde in eine Ecke gedrängt, und von Hieben getroffen fiel er mit schweren Wunden nieder. Salaman, der sich dorthin vorgearbeitet hatte, warf sich über ihn, griff ihm in den Bart und spuckte ihn an, wobei er eifrig schrie; aber der andere sah nicht aus, als ob er noch viel davon begreifen könnte; er zuckte zusammen, blinzelte mit den Augen und starb. Salaman brach in Klagen aus, als er nun nicht mehr volle Rache nehmen und selbst Hand an seinen Feind legen konnte; und die Christen, die noch übrig waren, gaben alles Verteidigen auf, als sie sahen, daß ihr Anführer gefallen war. Einige von ihnen ließ man am Leben, da sie von Nutzen sein konnten. Die Sieger nahmen sich nun reichlich von Speise und Trank, Bier sowie auch Wein. Dann wurde die Festung nach

Beute durchsucht, und Zank erhob sich um die Frauen, die man aus den Verstecken, in die sie sich verkrochen hatten, hervorzog; denn die Männer waren lange ohne Frauen gewesen. Alle Beute wurde zusammengetragen – Münzen, Schmuck, Waffen, Kleider, Wandbehänge, Panzer, Hausrat, Sattelzeug, Silberschüsseln und mehr, und als alles gesammelt war, zeigte es sich, daß es mehr war, als man sich hatte denken können. Denn hier, sagte Salaman, befände sich das den Andalusiern während vieler Jahre geraubte Gut. Krok, der nun wieder auf den Beinen stehen konnte und ein in Wein getränktes Tuch um den Kopf gewunden hatte, freute sich bei diesem Anblick, aber befürchtete, es würde schwer sein, alles auf die Schiffe zu bringen. Doch Berse meinte, daß alles mitgenommen werden könne.

»Denn niemand«, sagte er, »klagt über schwere Ladung, wenn er Beute an Bord hat.«

In großer Zufriedenheit mit dem Gewonnenen vergnügten sie sich diesen Tag lang und schliefen darnach; nachts brachen sie zu den Schiffen auf. Alle Gefangenen waren schwer beladen, und auch die Männer hatten viel zu schleppen. Im Keller der Festung hatte man einige andalusische Gefangene gefunden. Sie weinten vor Glück über ihre Befreiung; doch elend wie sie waren, vermochten sie nicht viel zu tragen. Sie erhielten die Freiheit und folgten dem Zuge, um später mit Salaman gen Süden in ihre Heimat zurückzukehren. Krok wurde auf einen der gefundenen Esel gesetzt und ritt an der Spitze des Zuges, wobei ihm die Beine bis an den Boden reichten. Hinter ihm führte man die anderen Esel, die mit Speise und Trank beladen waren, und ihre Lasten wurden bald leichter, denn die Männer rasteten oft, um sich zu erfrischen.

Berse versuchte ihnen Beine zu machen, um schnell zu den Schiffen zu gelangen. Er befürchtete eine Verfolgung, denn einige der Besatzung waren entkommen und hätten leicht von weit her Hilfe herbeirufen können; aber die meisten Männer waren froh und lustig und halb berauscht und kümmerten sich wenig um das, was er sagte. Orm trug einen Packen Seide, einen Bronzespiegel und eine große Glasschale, was ihm viel Mühe machte; Toke hatte eine große Holztruhe mit schönen Beschlägen auf der Schulter, die mit vielen Dingen gefüllt war, und dazu führte er ein Mädchen mit sich, das ihm gut gefallen hatte und das er so lange wie möglich behalten wollte. Er lachte viel und sagte Orm, daß sie vielleicht die Tochter des Markgrafen sei, dann aber wurde er wehmütig bei dem Gedanken, daß sie etwa auf dem Schiff nicht Platz finden könnte. Er war unsicher auf den Füßen, weil er viel getrunken hatte, aber das Mädchen schien ihn bereits gern zu haben und stützte ihn, wenn er stolperte. Sie war gut gewachsen und sehr jung; Orm sagte, er habe selten ein so schönes Mädchen gesehen und es sei viel wert, bei Frauen so viel Glück zu haben wie Toke. Aber Toke antwortete, daß er, wenn sie auch noch so gute Freunde seien, sie nicht mit Orm teilen könne, denn er möge sie gar zu gern und wolle sie für sich allein behalten, wenn sich das machen lasse.

Sie kamen wieder zu den Schiffen, und bei den Zurückgebliebenen war große Freude, als sie die reiche Beute sahen, denn sie sollte unter allen verteilt werden. Von allen Seiten empfing Salaman lebhaften Dank, und er erhielt reiche Geschenke. Dann zog er mit den Gefangenen weiter; es war ihm daran gelegen, die Grenzen der Christen bald hinter sich zu lassen. Toke trank unablässig und fing zu weinen an, als er hörte, daß Salaman seines Weges gezogen sei; er sagte, nun habe er niemand, der ihm helfen könnte, mit dem Mädchen zu reden; er zog sein Schwert und wollte hinter ihm herlaufen. Doch glückte es Orm und den anderen, ihn zu beruhigen, ohne Gewalt anzuwenden, und er schlief ein, nachdem er das Mädchen an sich angebunden hatte, damit sie ihm nicht davonspringe oder ihm, während er schlief, gestohlen werde.

Am nächsten Morgen begann die Teilung der Beute, und das war keine leichte Sache. Alle sollten gleiche Anteile erhalten, aber Krok und Berse und die Männer am Steuer und noch einige andere sollten dreimal mehr haben als die übrigen, und obschon die Verständigsten dazu bestimmt worden waren, alles recht zu teilen, war es doch schwer, alle zufriedenzustellen. Berse sagte, da das Einnehmen der Festung zum großen Teil Tokes Verdienst gewesen sei, müsse auch er einen dreifachen Anteil erhalten, und das fanden alle recht und billig. Aber Toke selbst sagte, er wolle sich mit einem einfachen Teil begnügen, wenn er dafür sein Mädchen an Bord nehmen dürfe und man sie ihm dort nicht streitig mache.

»Denn ich will sie gern mit heimnehmen«, sagte er, »obschon ich nicht sicher weiß, ob sie eine Grafentochter ist. Sie gefällt mir schon jetzt so gut, und das wird noch besser werden, wenn wir einander verstehen können und sie gelernt hat, unsere Sprache zu reden.«

Berse meinte, das werde vielleicht nicht so vorteilhaft sein, wie Toke glaube, und darauf sagte Krok, obschon man elf Gefallene abzurechnen habe, würden die Schiffe von der großen Beute so schwer bepackt sein, daß er kaum glaube, das Mädchen könne an Bord Platz finden; es sei am besten, den am wenigsten wertvollen Teil der Beute zurückzulassen.

Darauf erhob sich Toke und setzte sich das Mädchen auf die Schulter. Und er bat alle, genau ihre Schönheit und ihren guten Wuchs zu betrachten.

»Mir scheint, daß sie bei den meisten Begier erwecken kann«, sagte er, »und wenn jemand hier sein sollte, der sich ihretwegen mit mir schlagen will, so geschieht das am besten gleich hier, mit Schwert oder Axt, ganz wie es ihm besser paßt. Wer siegt, soll das Mädchen haben, und wer getötet wird, erleichtert das Schiff jedenfalls mehr als sie; und so kann ich sie dennoch mit mir nach Hause nehmen.«

Das Mädchen errötete und strampelte mit den Beinen; sie hielt sich mit einer Hand an seinem Backenbart fest, und die andere hielt sie sich vor die Augen; doch bald nahm sie sie wieder fort und schien froh zu sein, daß man sie so angaffte. Aber obwohl sie so schön war, wollte niemand sich mit Toke schlagen, denn alle hatten ihn gern, und dazu war er wegen seiner Stärke und Waffengewandtheit gefürchtet.

Nachdem der ganze Raub verteilt und an Bord verstaut war, wurde bestimmt, daß Toke sein Mädchen auf Kroks Schiff mitnehmen dürfe, obschon es schwer beladen war; denn er verdiente diesen Lohn nach allem, was er bei der Festung ausgerichtet hatte. Man beriet nun die Heimfahrt und beschloß, die Küste entlang zu segeln, wenn das Wetter dazu zwingen sollte; sonst aber sollte versucht werden, nach Irland zu gelangen und rund um die schottischen Inseln heimzufahren, denn mit so reicher Ladung war es zu gewagt, durch enge Fahrwasser zu segeln, wo Begegnungen zu erwarten waren.

Darauf aßen und tranken sie, denn nun gab es reichlich Speise und Trank, und einen Teil davon mußte man ohnehin zurücklassen; alle waren zu Scherzen aufgelegt und froh gestimmt und erzählten einander, was sie sich nach der Heimkehr für ihre Reichtümer anschaffen wollten. Darauf stießen sie vom Ufer und ruderten flußab. Krok war nun wieder ziemlich hergestellt, und da der Anführer eines der anderen Schiffe bei der Festung gefallen war, übernahm Berse den Befehl auf dessen Schiff. Toke und Orm saßen an ihren Rudern auf Kroks Schiff wie zuvor und hatten es stromab leicht; Toke hatte ein Auge auf das Mädchen, das meist zwischen seinen Knien saß, und gab acht daß niemand ihr unnötig nahe kam.

Wie Kroks Glück sich zweimal wandte und wie Orm linkshändig wurde

Sie kamen, als die Flut im Sinken war, zur Bucht hinab, in die der Strom mündete, und opferten für glückliche Heimreise einen Schlauch Wein und einen Kessel Fleisch. Darauf setzten sie Segel, zogen die Ruder ein und trieben nun vor schwachem Wind die weite Bucht entlang. Die schwerbeladenen Schiffe lagen tief im Wasser und kamen nur langsam vorwärts; und Krok sagte, daß, bevor sie die heimatlichen Küsten wiedersähen, noch mancher Tag, den sie in den Armen spüren würden, an den Rudern verbracht werden müsse. Und das, sagte Orm in seinen alten Tagen, sei das schlimmste Unglückswort, das er je habe aussprechen hören; denn damit sei Kroks Glück zerbrochen, das auf der ganzen Fahrt so groß gewesen sei, gleichsam wie wenn ein Gott ihn gehört und seinen Worten sofort Erfüllung gewährt hätte.

Sieben Schiffe kamen hinter der südlichen Halbinsel hervor und hielten gen Norden, aber als sie Kroks Schiffe gewahrten, bogen sie ins Innere der Bucht ab. Sie näherten sich mit geschwinden Ruderschlägen. Es waren Schiffe anderer Art, als Kroks Mannen sie bisher gesehen hatten; sie waren flach und lang und lagen leicht auf dem Wasser, und sie waren voll bewaffneter schwarzbärtiger Männer, denen Tücher und allerlei Gehänge um die Helme wehte. Und die Männer an den Rudern, je zwei an jedem, waren nackt und hatten schwarzbraune, glänzende Haut. Unter heiserem Geschrei und beim Lärm hartgespannter Trommeln ruderten sie heran.

Kroks Schiffe legten sich sofort mit den Breitseiten nebeneinander und versuchten, dem Ufer so nahe wie möglich zu kommen, um nicht eingekreist zu werden. Aber Krok wollte die Segel nicht einziehen, denn die konnten ihnen nützen, sagte er, wenn der Wind zunähme. Toke hatte es eilig, sein Frauenzimmer hinter Ballen von Beute unterzubringen und zum Schutz vor Pfeilen und Speeren gut zu überdecken. Orm half ihm, und dann stellten sie sich neben die anderen an die Reling. Orm war nun gut bewaffnet; er hatte sich in der Festung mit Kettenhemd und Schild und auch mit einem guten Helm versehen. Ein Mann neben ihm sprach die Vermutung aus, daß diese Fremden Christen seien, die nun Rache nehmen wollten; aber Orm hielt es für wahrscheinlicher, daß sie zu den Leuten des Kalifen gehörten, da auf ihren Schilden und Standarten kein Kreuz zu sehen war. Toke sagte, er freue sich, daß er bei Beginn des Kampfes, der wahrscheinlich heiß werden würde, nicht durstig sei.

»Wer den heutigen Tag überlebt«, sagte er, »wird etwas zu erzählen haben, denn diese Männer sehen aus, als seien sie eifrig bei der Sache, und im Vergleich zu uns sind es viele.«

Die Fremden waren nun nahe herangekommen und schossen Schwärme von Pfeilen ab; sie ruderten geschickt, umringten die Schiffe, und wo immer sie herankommen konnten, griffen sie von allen Seiten an. Das von Berse geführte Schiff war dem Ufer am nächsten; von dieser Seite her konnten sie sich nicht heranmachen; aber Kroks Schiff lag auf der äußersten rechten und dort gab es gleich harten Kampf. Zwei der fremden Schiffe, das eine hart neben dem anderen, legten sich ihm an die äußere Seite; sie hakten sich mit Ketten und Eisenklammern fest, und die Männer sprangen heulend vom entfernteren auf das zunächst liegende Schiff und versuchten, von dort aus zu entern. Wie rasend, mit großer Übermacht, kamen sie angerannt und erwiesen sich als geschickt mit den Waffen; und Kroks Schiff war nun so belastet, daß es hinter den beiden anderen zurückblieb. Jetzt näherte sich ihm auch auf der inneren Seite ein drittes feindliches Fahrzeug, dem es ebenfalls gelang, sich festzuhaken. Der Kampf entwickelte sich nun so, daß Berses Schiff und das dritte, umgeben von vier feindlichen, aus der Bucht hinaustrieben, während das von Krok befehligte liegenblieb und allein sich gegen drei schlagen mußte. Der Wind nahm jetzt zu; unter großem Kampfeslärm an Bord segelten die beiden Schiffe Berses weiter und weiter aufs Meer hinaus, breite Blutstreifen in ihrem Fahrwasser zurücklassend.

Die Männer um Krok hatten wenig Zeit, an Berses Schiffe zu denken und danach auszuschauen, wie es ihnen erging, denn jeder hatte genug mit den Feinden rings um sich her zu tun. Es kamen derer so viele auf einmal über die Reling, daß das Schiff sich auf die Seite legte und nahe am Sinken war, und obschon viele niedergeschlagen oder in ihr eignes Schiff zurückgeworfen wurden oder ins Wasser fielen, so waren doch noch genug übrig, und ihnen folgten von beiden Seiten immer neue. Krok kämpfte tapfer, und die er traf, wurden stumm für immer, aber er sah bald, daß die Übermacht des Feindes allzu groß war. Da warf er den Schild fort, lief die Reling entlang und schwang in beiden Händen seine Axt; zwei der Ketten, die die Schiffe zusammenhielten, hieb er durch; aber da umfaßte ein schon gefallener Feind sein Bein, und gleichzeitig bekam er einen Speerstoß zwischen die Schultern, so daß er kopfüber in das feindliche Schiff fiel, wo viele sich über ihn warfen und ihn gefangennahmen und banden.

Viele von Kroks Mannen waren nun, nachdem sie sich so lange wie möglich gewehrt hatten, gefallen, und schließlich war das ganze Schiff abgeräumt; nur einige wenige waren auf das Vorderschiff gedrängt worden, unter ihnen Toke und Orm. Toke hatte einen Pfeil in den Schenkel bekommen, doch er konnte sich noch auf den Beinen halten; Orm hatte ein Hieb über die Stirn getroffen, und er konnte, da ihm das Blut in die Augen rann, nur schlecht sehen. Beide waren sehr müde. Tokes Schwert zerbrach an einem Schildbuckel; er trat zurück und stieß dabei an ein Fäßchen mit Bier, das auf der Festung gewonnen worden und auf das Vorderschiff gestellt worden war. Er warf den Schwertstumpf von sich, ergriff das Faß mit beiden Händen und hob es hoch über den Kopf.

»Zu irgend etwas kann das doch noch nütze sein«, sagte

er und schleuderte es gegen die Feinde, die ihm zunächst waren, so daß einige zerschmettert wurden und viele zu Boden fielen.

Er rief nun Orm und den anderen zu, daß es hier nichts mehr zu tun gebe, und sprang damit kopfüber in die See, um vielleicht schwimmend das Land zu erreichen. Orm sprang ihm nach, und so viele sich noch von den Feinden lösen konnten, folgten. Ihnen wurden Speere und Pfeile nachgesandt, und einige trafen; Orm tauchte und kam wieder hoch und schwamm, so gut es gehen wollte.

Wenn er dann nach Jahren, in seinem Alter, davon erzählte, sagte er, daß es kaum etwas Schwierigeres gebe, als in einem engen Kettenhemd zu schwimmen, noch dazu, wenn man sehr müde sei. Toke und Orm waren bald völlig ermattet und nahe am Sinken; ein feindliches Boot ruderte ihnen nach, und sie mußten zulassen, daß man sie aus dem Wasser zog und band.

Nun waren die Fremden Sieger und ruderten an Land, um die Beute zu betrachten und ihre Toten zu begraben. Sie räumten das eroberte Schiff auf, warfen dessen gefallene Verteidiger über Bord und fingen an, in der Ladung zu kramen. Die Gefangenen wurden an Land geführt; mit gebundenen Armen und gut bewacht mußten sie sich am Strande niedersetzen.

Es waren ihrer zusammen neun, und alle hatten Wunden. So warteten sie darauf, daß man sie tötete. Schweigend saßen sie da und blickten auf das Meer hinaus; weder von Berses Schiffen noch von den mit ihnen verschwundenen feindlichen war etwas zu sehen.

Toke seufzte und fing an, vor sich hin zu murmeln. Dann sagte er:

»Durstend ließ ich
Bier verrinnen;
Bald werd' ich trinken
Walvaters Meth.«

Orm lag auf dem Rücken und blickte in die Wolken. Er sagte:

»Daheim auf dem Hof,
Da ich geboren,
Säß' ich jetzt lieber
Bei Dickmilch und Brot.«

Krok war der traurigste von allen, denn er hatte sich auf der ganzen Fahrt als Held und als Liebling des Glückes gefühlt, und nun hatte er den jähen Zusammenbruch erfahren müssen. Er sah zu, wie die Gefallenen über Bord geworfen wurden, und sagte:

»Tagwerklohn
Der Meerdurchpflüger
War Unheil und
Unzeitiger Tod.«

Toke sagte, er hätte nie gedacht, daß es unter ihnen drei Dichter gäbe.

»Wenn es auch sein mag«, sagte er zu Orm und Krok, »daß ihr beide im Zusammenbringen von Versen nicht so große Fertigkeit habt wie ich, so bleibt euch ja doch der Trost, daß beim Gastmahl der Götter die Dichter aus den größten Hörnern trinken.«

Nun hörte man viel Geschrei und Rufen auf dem Schiff, denn die Fremden hatten das Mädchen in seinem Versteck gefunden. Sie brachten es an Land, und es sah aus, als werde es Streit geben um ihren Besitz, denn mehrere Männer waren unter scharfem Gekrächz um sie her. Dabei wippten ihre schwarzen Bärte auf und nieder.

»Ist dem Habicht der Flügel gebrochen, so schlagen sich die Krähen um die Henne«, sagte Toke.

Das Mädchen wurde dem Häuptling der Fremden vorgeführt; er war dick und hatte einen graugesprenkelten Bart und goldene Ringe in den Ohren; sein Mantel war rot, und in der Hand hatte er einen silbernen Hammer mit langem weißem Schaft. Er betrachtete sie und strich sich den Bart; darauf redete er sie an, und es zeigte sich, daß sie einander verstehen konnten. Das Mädchen hatte eine ganze Menge zu erzählen, und mehrere Male wies sie auf die Gefangenen; als aber auch er auf sie zeigte und dabei noch einige Fragen stellte, streckte sie die Hände von sich und schüttelte den Kopf. Der Häuptling der Fremden nickte; darauf gab er ihr einen Befehl, dem sie, wie man ihr ansah, nur ungern gehorchen wollte, denn sie reckte mit lautem Rufen die Arme gen Himmel; aber als er sie dann in strengem Ton anfuhr, wurde sie gefügig und entkleidete sich, bis sie schließlich nackt vor ihm dastand. Alle seine Leute seufzten und rauften sich unter verzücktem Gemurmel den Bart, denn sie war vom Scheitel bis zur Sohle sehr schön. Der Häuptling befahl ihr, sich umzudrehen und nahm sie genau in Augenschein: er strich an ihrem Haar entlang, das lang und braun war, und betastete ihre Haut; darauf erhob er sich und drückte ihr einen Siegelring, den er trug, gegen Leib, Brust und Lippen. Dann nahm er, während er seinen Mannen etwas sagte, seinen roten Mantel ab und hängte ihn ihr um. Bei seinen Worten berührten alle seine Leute die Stirn mit der Hand und verneigten sich unter ehrerbietigem Gemurmel. Das Mädchen kleidete sich nun wieder an, behielt aber den roten Mantel; man reichte ihr Speise und Trank, und alle schienen ihr mit Achtung zu begegnen.

Die Gefangenen saßen schweigend da und sahen zu; und als es so weit war, daß das Mädchen im roten Mantel dastand und man ihr Speise und Trank bot, sagte Orm, sie scheine von allen, die auf Kroks Schiff gewesen seien, das meiste Glück zu haben. Toke stimmte dem zu. Es sei hart für ihn, sagte er, sie erst jetzt, da sie schon in der Gewalt eines anderen sei, in ihrer vollen Schönheit gesehen zu haben, denn die Zeit sei für ihn kurz gewesen und es habe mit vielem geeilt; und nun, sagte er, könne er weinen bei dem Gedanken, daß er dem dickbäuchigen

Graubart, der sie betastet habe, nie den Schädel werde spalten können. »Doch hoffe ich stark«, sagte er, »daß der Alte wenig Freude an ihr haben wird, denn ich habe sie von Anfang an gutartig und verständig gefunden, obschon wir nicht miteinander haben reden können, und daher wird sie wohl bald wissen, wie sie einem solchen alten Liebhaber ein Messer in den Leib rennt.«

Schweigend und zerknirscht und ohne sich um das, was an Land geschah, zu kümmern, hatte Krok dem Meere zugewandt dagesessen; jetzt tat er einen Ausruf, und gleichzeitig brachen die Fremden in lebhaften Lärm aus. Denn vier Schiffe erschienen draußen vor der Bucht und näherten sich; es waren jene, die mit Berse gekämpft hatten. Sie ruderten langsam, und bald sah man, daß eines sehr tief ging und beschädigt war. Die Reling am Mittelschiff war auf einer Seite eingedrückt, und viele Ruder waren zerbrochen.

Wenn auch die Gefangenen über ihr Unglück trauerten und matt und geplagt waren von Wunden und Durst, so brachen sie bei diesem Anblick doch in Lachen aus. Denn sie sagten sich gleich, daß es einem von Berses Schiffen geglückt war, draußen wo der Wind zugenommen hatte, dieses Schiff zu rammen, so daß die Feinde, als sie nur noch drei brauchbare Schiffe hatten, von einem weiteren Kampf hatten absehen müssen und mit dem beschädigten zurückgerudert waren. Einige machten sich nun die Hoffnung, daß Berse zurückkommen und sie retten werde. Krok jedoch sagte: »Er hat viele Leute verloren, denn er hatte Feinde an Bord, und als ich ihn zuletzt sah, hatte er alle Hände voll zu tun. Und er wird sich leicht denken, daß nur noch wenige von uns am Leben sind, da er unser Schiff überhaupt nicht aus der Bucht hat herauskommen sehen. Er wird also eher versuchen, mit dem, was ihm geblieben ist, nach Hause zu fahren, sei es mit beiden oder nur mit einem Schiff, falls seine Mannschaft für zwei nicht mehr ausreicht. Und wenn er auch nur mit einem zu Hause anlangt, so wird dort von Kroks Heerfahrt erzählt werden, und in Lister wird sie in gutem Gedächtnis weiterleben. Aber uns werden sie nun sicherlich töten im Unmut darüber, daß zwei von unseren Schiffen davongekommen sind.«

Das letzte erwies sich jedoch als eine falsche Prophezeiung, denn endlich gab man ihnen Wasser und Speise, und ein Mann kam und sah nach ihren Wunden. Das sagte ihnen, daß sie nun Sklaven werden sollten. Einigen schien das besser als zu sterben, während andere nicht recht wußten, was schlimmer war. Der Häuptling ließ einige Rudersklaven an Land kommen und mit den Gefangenen reden; sie schienen vielerlei Völkern anzugehören und versuchten es mit mancherlei Geblök; aber keiner sprach so, daß die Gefangenen ihn verstehen konnten. Die Fremden blieben nun einige Tage an diesem Platz und setzten das beschädigte Schiff wieder instand.

Auf diesem von Berse gerammten Schiff waren viele Ruderer getötet worden, und an ihre Stelle setzte man die Gefangenen. Sie waren an Rudern gewöhnt, und die Arbeit schien ihnen anfangs nicht allzu schwer, denn an jedem Ruder saßen zwei Mann. Aber sie mußten dabei fast nackt sein, was ihnen zuerst eine große Schande schien, und alle waren mit einem Bein an eine Kette gefesselt. Neben den anderen nahmen sie sich anfangs sehr weißhäutig aus; die Sonne schälte ihnen die Haut vom Rücken, und jeder Sonnenaufgang brachte ihnen größere Plage. Doch nach einiger Zeit waren sie wie mit Rinde überzogen und vergaßen die Tage zu rechnen und wußten nur von Rudern und Schlaf, von Hunger und Durst, von Trinkendürfen und Gesättigtwerden und dann wieder von Rudern. Zuletzt kamen sie so weit, daß sie, wenn sie sich mehr als gewöhnlich hatten anstrengen müssen, am Ruder sitzend für eine Weile in Schlaf fallen und doch wie die anderen weiterrudern konnten, ohne aus dem Takt zu geraten und dann durch die Peitsche des Aufsehers geweckt zu werden. Da waren sie zu richtigen, guten Rudersklaven geworden.

Sie ruderten bei Hitze und Regengüssen und mitunter bei schöner Kühle, und kalt war es nie. Sie waren Sklaven des Kalifen, aber sie wußten wenig davon, wohin sie fuhren oder wozu ihre Mühsal nütze war. Sie kamen an steilen Küsten vorbei und an fruchtbarem Tiefland und arbeiteten sich schwer in breiten reißenden Flüssen aufwärts; sie sahen an den Ufern Männer, die schwarz und braun waren und mitunter, von ferne, erblickten sie auch schleiertragende Frauen. Sie fuhren durch den Njörvasund an Gibraltar vorbei und kamen so weit, wie die Macht des Kalifen reichte; und sie sahen reiche Inseln und schöne Städte, die alle ohne Namen für sie waren. Sie legten in großen Häfen an und wurden in Sklavenhäusern eingesperrt, bis es wieder an der Zeit war, hinauszufahren; sie ruderten scharf hinter fremden Schiffen her, bis es ihnen fast die Herzen zersprengte; und dann lagen sie vornübergebeugt, während Enterungen vor sich gingen, von denen sie nichts sehen konnten.

Sie kannten keine Trauer und keine Hoffnung und riefen zu keinen Göttern; es war ihnen genug, das Ruder zu führen und sich vor dem Mann mit der Peitsche zu hüten, der ihr Rudern überwachte. Ihn haßten sie mit großer Erbitterung, wenn er sie mit der Peitsche antrieb; aber sie haßten ihn noch mehr, wenn er, während scharf gerudert wurde, mit in Wein getränkten Brotbissen unter ihnen umherging und sie ihnen in den Mund schob. Denn dann wußten sie, daß sie ohne Rast so lange rudern mußten, wie sie irgend vermochten. Seine Worte verstanden sie nicht; aber aus dem Ton seiner Stimme lernten sie bald erfahren, wie viele Schläge er an Saumselige auszuteilen gedachte, und es machte sie glücklich, sich auszudenken, wie er mit abgeschnittener Kehle oder unter so vielen Peitschenhieben, daß die Wirbelknochen zwischen dem Blut hervorsahen, einen schweren Tod sterben werde.

In seinen alten Tagen sagte Orm von dieser Zeit, daß sie lang zu durchleben war, aber sich schnell erzählen lasse, denn ein Tag glich dem anderen, so daß es war, wie wenn die Zeit stillestände. Aber er hatte doch einige Anzeichen dafür, daß sie verging, und eines davon war sein Bart. Er war der einzige, der als bartloser Jüngling ans Ruder gesetzt worden war, aber sein Bart fing bald zu wachsen an und wurde noch roter als sein Haar; und zuletzt war er so lang, daß er beim Vorbeugen das Ruder fegte. Dann wurde er nicht mehr länger, denn die ständige Berührung mit dem Ruder schabte ihn kurz; und von allen Arten, den Bart zu kappen, war diese, wie er zu sagen pflegte, die schlimmste.

Ein anderes Anzeichen war das Zunehmen seiner Kräfte. Er war stark, schon als er ans Ruder gesetzt wurde, und hatte sich auf Kroks Schiff ans Rudern gewöhnt; aber freie Männer arbeiten anders als Sklaven, und wenn er lange und anstrengend gerudert hatte, konnte anfangs Schwindel und Mattigkeit über ihn kommen. Er sah, wie Männern das Herz zersprang und wie ihnen blutiger Schaum im Bart stand und wie sie in Zuckungen rücklings von der Bank fielen und starben und über Bord geworfen wurden; aber er wußte, daß ihm nur zwischen zwei Dingen die Wahl blieb: ebensolange zu rudern wie die andern – auch wenn er sich dabei zu Tode mühte – oder die Peitsche des Aufsehers zu schmecken. Er pflegte zu sagen, daß er stets das erste wählte, obwohl es nicht gerade begehrenswert war; denn gleich zu Anfang hatte er einmal die Peitsche zu spüren bekommen, und da wußte er, daß er beim zweitenmal in Raserei ausbrechen würde. Und das wäre sein sicherer Tod gewesen.

Darum ruderte er, so gut er irgend konnte, auch wenn Schwindel ihn erfaßte und Rücken und Arme ihm schmerzten; aber nach einiger Zeit spürte er nicht mehr viel von Müdigkeit. Seine Stärke nahm ständig zu, und er mußte achtgeben, daß er nicht zu hart zugriff und das Ruder zerbrach, das er nun wie einen Span in den Händen fühlte. Denn ein zerbrochenes Ruder führte zu strenger Zurechtweisung mit der Peitsche. Die ganze Zeit lang, die er Rudersklave des Kalifen war, saß er an einem

Backbordruder, und daher entstand bei ihm die Eigenheit, daß er, der rechtshändig auf die Ruderbank gesetzt worden war, sie als Linkshänder verließ. Sein ganzes späteres Leben hielt er sowohl Löffel wie Schwert in der Linken; nur den Speer schleuderte er nach wie vor mit der rechten Hand. Die Kraft, die er auf diese Weise gewann, war größer als die anderer Männer; sie blieb ihm erhalten und minderte sich nur wenig im Alter.

Aber außer dem Wachsen des Bartes und dem Zunehmen seiner Kraft gab es noch ein drittes Anzeichen dafür, daß die Zeit, während er sich am Ruder mühte, verging: er fing allmählich an, etwas von der Sprache der Fremden zu verstehen; zuerst nur das eine oder andere Wort, doch später mehr und mehr. Einige Sklaven stammten aus fernen Ländern in Süd und Ost und redeten eine Sprache, die sich wie Hundegekläff anhörte und die nur sie selber verstehen konnten; andere waren gefangene Christen aus dem Norden und hatten ihre Sprache für sich; aber viele waren Andalusier, und man hatte sie ans Ruder gesetzt, weil sie Räuber und Anführer waren oder weil sie den Kalifen durch neue Lehren von ihrem Gott und ihrem Propheten erzürnt hatten. Diese redeten arabisch wie ihre Herren. Auch der Aufseher mit der Peitsche redete diese Sprache, und da es für jeden Ruderer von Vorteil war, seine Wünsche zu verstehen, wurde er für Orm, ohne daß es ihn Mühe kostete, ein guter Sprachlehrer.

Es war eine unbeholfene Sprache, die schwer zu verstehen und noch viel schwerer zu reden war; sie hatte Laute, die tief unten im Halse saßen und am ehesten dem Rabengekrächze und dem Quaken der Frösche glichen, und Orm und seinen Kameraden schien es seltsam, daß diese Fremden sich die Mühe machten, so schwierige Laute hervorzupressen, statt, wie die Bewohner des Nordens, auf Menschenart zu reden. Aber Orm zeigte sich in dieser Sprache gelehriger als alle anderen, vielleicht, weil er der Jüngste war, oder auch, weil es ihm seit je leicht gefallen war, schwere Worte, wie sie in alten Dichtungen vorkamen, zu behalten, auch wenn er ihren Sinn nicht verstand.

So kam es, daß Orm der erste war, der zu verstehen anfing, was ihnen gesagt wurde, und er allein war imstande, einige Worte zu antworten. Daher wurde er der Wortführer und Dolmetscher seiner Genossen, so daß man die Befehle an ihn richtete, und er mußte für die anderen vieles durch Fragen an die Ruderer, die Arabisch konnten und Bescheid wußten, in Erfahrung bringen. Obgleich er der jüngste der Nordmänner und ein Sklave wie alle anderen war, glich seine Stellung mit der Zeit der eines Häuptlings, denn weder Toke noch Krok konnten die fremde Sprache erlernen; und später sagte Orm stets, daß nächst Kraft, Waffengewandtheit und Glück nichts in der Fremde mehr nützen könne als die Fähigkeit zu lernen.

Das Schiff war mit fünfzig Kriegern bemannt, und die Zahl der Ruderer, die an achtzehn Paar Rudern saßen, betrug zusammen zweiundsiebzig. Von Bank zu Bank wurde viel von der Möglichkeit gemurmelt, aus den Fesseln herauszukommen, das Kriegsvolk zu übermannen und die Freiheit zu gewinnen; aber die Fußeisen waren stark und wurden genau nachgesehen; wenn das Schiff vor Anker lag, wurden stets Wachen ausgestellt, und sogar beim Kampf gegen feindliche Schiffe waren einige vom Kriegsvolk dazu bestimmt, nach den Sklaven zu sehen und jeden, der unruhig werden wollte, zu töten. Wenn sie in einem der großen Kriegshäfen des Kalifen an Land geführt wurden, sperrte man sie in Sklavenhäusern ein, bis die Schiffe wieder ausliefen; sie wurden unter strenger Aufsicht gehalten und durften nie in Gruppen beisammen sein. So schienen sie alle nichts anderes erwarten zu können, als zu rudern, solange das Leben währte, oder bis irgendein feindliches Schiff das ihre besiegen und sie dann vielleicht befreien werde. Aber der Kalif hatte viele Schiffe, und sie waren stets in der Übermacht, daher war auch auf diese Möglichkeit kaum zu rechnen. Wer es mit Zank und Schmähungen versuchte, wurde zu Tode gepeitscht oder lebend über Bord geworfen; aber mitunter, wenn es sich um starke Ruderer handelte, wurden sie verschnitten und mußten weiterrudern; und obschon man die Sklaven nie zu Frauen gehen ließ, war ihnen diese Strafe doch von allen die schlimmste.

Selbst in seinem Alter wußte Orm noch, wenn er von seiner Zeit als Rudersklave erzählte, welchen Platz jeder seiner Landsleute auf dem Schiff gehabt hatte, und auch auf die Plätze der meisten anderen konnte er sich besinnen. Er konnte beim Erzählen von Ruder zu Ruder sagen, was für Männer dort gesessen hatten, welche von ihnen am meisten gepeitscht wurden und welche starben, und wie andere an ihre Stelle kamen. Er sagte, daß es ihm nicht schwerfalle, sich das alles ins Gedächtnis zu rufen; denn im Traum sei er noch oft auf diesem Schiff und sehe angespannte Rücken und harte Peitschennarben vor sich; und er höre das Stöhnen der Männer bei strengem Rudern und dazu stets auch hinter sich die herannahenden Schritte des Aufsehers. Sein Bett mußte aus gutem Bauholz sein, wenn es bei diesem Traum nicht aus den Fugen gehen sollte, denn er stemmte sich dagegen wie auf der Ruderbank. Er sagte, ein größeres Glück könne es nicht geben, als wenn man beim Erwachen merke, daß alles nur ein Traum gewesen sei.

Drei Ruder vor Orm, ebenfalls auf der Backbordseite, hatte Krok seinen Platz, und er war nun ein ganz anderer geworden. Es war Orm und den anderen klar, daß das Los eines Rudersklaven für ihn schwerer war als für sie, denn er war es gewohnt, zu befehlen und hatte sich lange auf sein Glück verlassen. Nun war er schweigsam und antwortete nur selten, wenn die ihm zunächst Sitzenden das Wort an ihn richteten; und obschon ihm das Rudern bei seinen großen Kräften leicht fiel, tat er es wie im Halbschlaf und schien ständig in Gedanken an anderes versunken zu sein. Mitunter wurde er so langsam, daß sein Ruder aus dem Takt geriet; dann bekam er vom

Aufseher scharfe Schläge. Niemand hörte ihn dabei klagen oder auch nur einen Fluch murmeln; er packte bloß das Ruder hart an und kam wieder in den Takt; aber sein Blick folgte nachdenklich dem Aufseher, wenn er weiterging, so wie man wohl eine Bremse, der man nicht beikommen kann, betrachtet.

Kroks Ruderkamerad war ein Mann namens Gunne; der klagte darüber, daß Krok ihm viele Peitschenhiebe einbrachte, aber Krok gab ihm auf sein Klagen wenig Antwort. Schließlich einmal, als der Aufseher sie beide stark geschlagen hatte und Gunne mehr als gewöhnlich klagte und böse war, blickte Krok ihn an, wie wenn er ihn erst jetzt bemerkte und sagte: »Geduld, Gunne, du sollst durch mich nicht mehr lange Verdruß haben. Ich bin ein Häuptling und für derlei nicht geschaffen. Aber ich habe zuvor eine Sache zu besorgen, wenn mein Glück noch dazu langt.«

Darauf sagte er nichts mehr, und Gunne konnte nicht aus ihm herausbringen, welches die Sache war, um die es ihm zu tun war. Dicht vor Orm saßen zwei Männer namens Halle und Ögmund; zwischen ihnen war viel von den guten Tagen die Rede, die sie einst gehabt hatten, von Speisen und von Bier und von Mädchen in ihrer Heimat; sie dachten sich viele Todesarten für den Aufseher aus, konnten aber nicht herausbringen, wie an ihn heranzukommen wäre. Orm selber saß mit einem schwarzbraunen Fremden zusammen, dem für irgendeine Übeltat die Zunge abgeschnitten worden war. Er war flink mit dem Ruder und bekam selten die Peitsche, aber Orm hätte lieber einen Landsmann neben sich gehabt, oder wenigstens jemand, der reden konnte. Am schlimmsten war es für Orm, daß der Zungenlose, der nicht reden konnte, um so mehr hustete und daß sein Husten schlimmer war, als Orm je einen gehört hatte. Er wurde dann grau im Gesicht und schnappte nach Luft wie ein gefangener Fisch und sah so elend aus, daß man ihm nicht viele Tage mehr geben konnte. Das machte Orm seiner eigenen Gesundheit wegen ängstlich. Das Leben eines Rudersklaven hatte gewiß nicht viel Wert für ihn, aber an Husten wollte er nicht sterben, soviel wußte er, wenn er den Zungenlosen hörte. Solche Gedanken machten ihn niedergeschlagen, und er wünschte, er hätte Toke in der Nähe gehabt.

Toke saß mehrere Ruder hinter Orm; sie konnten nur selten miteinander reden, wenn sie an Land oder zurück zum Schiff geführt wurden; denn im Sklavenhause saßen sie zu viert angepflöckt in kleinen Zimmern, wie es ihrem Platz an den Rudern entsprach. Toke hatte seine alte gute Laune behalten und konnte immer noch etwas finden, worüber man lachen konnte. Er war oft uneinig mit seinem Kameraden auf der Bank, einem Mann namens Tume, der seiner Meinung nach am Ruder nicht das Seine tat, desto mehr aber beim Essen. Er dichtete Schmählieder, zuweilen über Tume, zuweilen über den Aufseher, und damit Orm und die anderen sie hörten, sang er sie beim Rudern.

Aber am meisten war er damit beschäftigt, etwas auszudenken, was sie alle befreien könnte, und als er zum erstenmal mit Orm reden konnte, sagte er ihm, daß er einen schon beinah fertigen Plan habe; alles, was er brauche, sei ein Stück Eisen. Damit könne man ein Glied der Fußkette ausbiegen; das habe in einer dunklen Nacht zu geschehen, wenn das Schiff in einem Hafen läge und alle außer den Nachtwachen schliefen. Einer nach dem anderen solle dann das Eisen nehmen und sich leise losmachen. Wenn alle Nordmänner frei wären, brauchten sie bloß im Finstern, ohne dabei Lärm zu machen, die Nachtwachen zu erdrosseln; und wenn sie dann an Land gingen, würden sich schon Auswege finden lassen.

Orm sagte, das sei ein guter Plan, wenn er sich nur ausführen lasse, und beim Erdrosseln der Wächter glaube er sich nützlich machen zu können, wenn man gegen alle Erwartung erst mal so weit gekommen sei. Aber woher sollten sie das Eisen nehmen? Und wie könnten nackte Leute, die immer bewacht waren, ein solches Eisen an

Bord schaffen? Toke seufzte und sagte, das seien Schwierigkeiten, die längeres Nachdenken wohl wert seien; aber einen besseren Plan gebe es nicht, und man müsse warten und auf einen günstigen Zufall hoffen.

Er kam auch mit Krok ins Gespräch und erzählte ihm seinen Plan, aber Krok hörte zerstreut zu und antwortete nicht viel.

Nach einiger Zeit wurde das Schiff bei der Werft des Kalifen an Land gezogen, um abgeklopft und geteert zu werden; und viele Sklaven, zu zweien aneinander gekettet, wurden an die Arbeit gesetzt, unter ihnen auch die Nordmänner, die sich aufs Schiffshandwerk gut verstanden. Bewaffnete Wachen standen um sie herum, und der Aufseher ging mit der Peitsche unter ihnen umher und trieb sie zur Arbeit an; zwei Wachen mit Schwert und Bogen folgten ihm überall, um ihn zu schützen. In der Nähe des Schiffes wurde in einem großen Kessel Teer gewärmt, und daneben war eine Tonne mit Trinkwasser für die Sklaven.

Krok und Gunne standen bei der Tonne und tranken, als einer der Sklaven seinen Kameraden herbeischleppte; der hatte sich den Fuß beschädigt, so daß er nicht auftreten konnte. Man setzte ihn nieder und gab ihm zu trinken, und der Aufseher kam herbei, um zu sehen, was es gäbe. Der Beschädigte lag jammernd am Boden, und der Aufseher, der mißtrauisch war, peitschte ihn, um zu sehen, ob er nicht auf die Beine gebracht werden könne. Aber er blieb liegen, und alle hatten die Augen auf ihn gerichtet.

Krok stand wenige Schritte dahinter auf der anderen Seite der Tonne; er machte sich näher heran und zog Gunne mit sich; seine Gleichgültigkeit hatte sich plötzlich verloren. Als er nahe genug war und sah, daß die Kette reichte, tat er einen Satz, packte den Aufseher an Gurt und Nacken und schwang ihn hoch in die Luft. Jener stieß ein lautes Gebrüll aus, und die Wache, die am nächsten stand, wandte sich um und rannte Krok das

Schwert in den Leib. Aber Krok schien nichts davon zu spüren, sondern ging einige Schritte zur Seite und setzte den Aufseher mit dem Kopf voran in den kochenden Teer; im gleichen Augenblick schlug die andere Wache Krok über den Schädel. Krok schwankte und hielt den Blick auf das, was vom Aufseher noch sichtbar war, gerichtet. Er lachte und sagte: »Nun habe ich wieder einmal Glück gehabt.«

Dann fiel er zu Boden und starb, und ein großer Freudenschrei stieg auf, als die Sklaven den Aufseher ein solches Ende nehmen sahen. Aber Kroks Leute fühlten dabei auch Trauer, und sie sprachen nachher oft von Kroks Tat und von seinen letzten Worten. Sie waren sich darüber einig, daß er wie ein echter Häuptling gehandelt habe. Toke dichtete Krok zu Ehren eine Strophe:

»Schlimm'res als Peitschenschlag spürte
Er, der Peitscher, der häuptlings
Tief in das warme Waschfaß
Der Meerrosseflanken getaucht ward.
Krok, den unseliges Schicksal
Sklave ließ werden am Ruder,
Nahm hier Rache und Freiheit;
Nun ward das Glück ihm hold.«

Als sie wieder aufs Meer hinausruderten, hatten sie einen neuen Aufseher bekommen; alle glaubten zu bemerken, daß er sich das Geschehene zur Lehre genommen hatte und mit der Peitsche vorsichtiger war.

Von Salaman und von der Herrscherin Subaida und wie Orm das Schwert Blauzunge bekam

Der Zungenlose, der mit Orm am gleichen Ruder saß, wurde immer jämmerlicher und taugte nicht mehr viel; und als das Schiff in einem der südlichen Kriegshäfen des Kalifen, in Malaga, lag, nahm man ihn an Land, um an seine Stelle einen anderen zu setzen. Orm hatte während der letzten Zeit die Hauptarbeit am Ruder leisten müssen und war nun neugierig, ob er einen besseren Kameraden bekommen werde. Am nächsten Morgen kam dieser an Bord. Vier Soldaten schleppten ihn zum Schiff und hatten genug damit zu tun, ihn über die Landungsbrücke zu schaffen. Daß er seine Zunge noch hatte, merkte man schon von weitem. Er war jung, schön, bartlos und hatte schlanke Glieder, und er schrie und fluchte ärger, als man es auf dem Schiff je gehört hatte.

Man hob ihn auf seinen Platz und hielt ihn dort fest, während ihm die Fußkette angelegt wurde; dabei liefen ihm einige Tränen über die Wangen, die aber, wie es schien, hauptsächlich seiner Wut entsprangen. Der Kapitän und der Aufseher kamen herbei, um ihn in Augenschein zu nehmen, und er begann sogleich, sie mit Schmähworten und Drohungen zu überschütten und sie bei vielen Namen zu nennen, die Orm noch nie gehört hatte. Alle Ruderer erwarteten, daß er sogleich gründlich gepeitscht würde. Doch der Kapitän und der Aufseher strichen sich nur den Bart und sahen gedankenvoll aus, und dann lasen sie sorgfältig ein Schreiben durch, das die Soldaten mitgebracht hatten; und an einigen Stellen nickten sie und an anderen schüttelten sie den Kopf und redeten nachdenklich miteinander, während der Neuling sie anschrie und sie Hurensöhne, Schweinefleischfresser und Beischläfer von Eselinnen nannte. Schließlich, als der Aufseher ihm mit der Peitsche gedroht und ihm befohlen hatte, sich ruhig zu verhalten, gingen jene beiden ihres Weges, und darauf brach der

Ankömmling allen Ernstes in Tränen aus, so daß es ihn am ganzen Körper schüttelte.

Orm fand das alles ungewöhnlich und meinte, er werde wohl auch von diesem nur wenig Hilfe haben, aber er war immerhin froh, statt des Zungenlosen einen Kameraden bekommen zu haben, der reden konnte. Indes hatte der Neue anfangs, trotz freundlicher Zusprache, Orm nur wenig mitzuteilen, und mit seinem Rudern war es auch schwach bestellt. Es fiel ihm in jeder Weise schwer, sich zurechtzufinden, und zu Anfang raste er wegen des Essens, das hier geboten wurde, obschon dieses nach Orms Meinung allerdings knapp bemessen, aber stets sehr gut war. Orm hatte jedoch Geduld mit ihm und ruderte für zwei und redete ihm, so gut er konnte, aufmunternd zu; und mehr als einmal fragte er ihn, wer er sei und was ihn hierher gebracht habe. Der andere sah ihn hochmütig an und zuckte die Achseln; schließlich gab er zur Antwort, er sei aus vornehmem Geschlecht und nicht gewohnt, von Sklaven ausgefragt zu werden, die nicht einmal ordentlich reden könnten. Da sagte Orm: »Für das, was du da gesagt hast, könnte ich dich so, daß du's richtig spürst, am Nacken nehmen; aber es ist besser, daß wir Frieden halten und miteinander bekannt werden. Sklaven sind wir hier alle, sowohl du wie wir anderen, und du bist nicht der einzige hier an Bord, der aus gutem Geschlecht ist, und dazu gehöre auch ich. Orm heiße ich und bin eines Häuptlings Sohn. Und es stimmt schon, daß ich deiner Sprache nicht mächtig bin, aber von der meinen verstehst du noch weniger, denn von der kannst du ja nicht ein einziges Wort. Darum scheint mir, daß wir, du und ich, uns die Waage halten, und wenn einer von uns besser sein sollte als der andere, so bist du das gewiß nicht.«

»Du sprichst schlecht«, sagte der Ankömmling, »aber es scheint, daß du einigen Verstand besitzt. Mag sein, daß du bei deinem Stamm als ein Mann von guter Herkunft giltst, aber mit mir kannst du ganz und gar nicht wetteifern; denn mütterlicherseits bin ich von gleichem Stamm wie der Prophet – Friede sei mit ihm! Und du sollst wissen, daß meine Sprache die Allahs ist, wogegen die Teufel alle anderen Sprachen erfunden haben, um der wahren Lehre Hindernisse zu bereiten. Darum sind wir beide nicht gleichgestellt. Khalid heiße ich, Yazids Sohn; mein Vater hatte beim Kalifen ein hohes Amt, und ich selbst besitze große Reichtümer und beschäftigte mich nur mit meinem Lustgarten, mit Gastmählern und mit Musik und Dichtkunst. Allerdings habe ich hier nun anderes zu tun bekommen, aber das wird nicht lange dauern – mögen die Würmer dem, der mich hierher gebracht hat, die Augen ausfressen! Ich habe Lieder gedichtet, die in ganz Malaga gesungen werden, und wenige der heute lebenden Dichter taugen so viel wie ich.«

Orm meinte, daß im Reiche des Kalifen an Dichtern offenbar kein Mangel sei, denn er habe schon früher einen getroffen. Khalid sagte, in gewissem Sinne seien sie zahlreich, denn viele versuchten es mit der Dichtkunst, aber wirkliche Dichter gebe es nur wenige.

Sie fingen nun an, sich gut zu vertragen, obschon Khalid ein schlechter Ruderer war und blieb und mitunter fast nichts schaffte, da seine Hände vom Rudern wund wurden. Er erzählte Orm bald, wie es gekommen war, daß man ihn auf die Ruderbank gesetzt hatte. Er mußte vieles mehrere Male sagen und mit anderen Worten erklären, denn er war schwer zu verstehen, aber schließlich begriff Orm das meiste.

Khalid sagte, sein Unglück komme daher, daß das schönste Mädchen in Malaga den Statthalter des Kalifen in eben dieser Stadt zum Vater habe. Dieser Statthalter sei ein Mann von niedriger Geburt und böser Gesinnung, aber die Schönheit seiner Tochter sei so groß, daß nicht einmal ein Dichter etwas Schöneres erträumen könne. Auf einem Erntefest habe Khalid sie zufällig unverschleiert gesehen; darauf habe er sie mehr als alle anderen Frauen geliebt und ihr zu Ehren Lieder gedichtet, die so süß seien, daß sie im Munde zerschmölzen; und von einem

Dach in der Nähe ihres Hauses habe er sie sehen können, wenn sie auf ihrem Dache allein gewesen sei. Er habe sie freudig gegrüßt und die Arme nach ihr ausgestreckt und sie dazu gebracht, den Schleier wieder zu heben. Das sei ein Zeichen gewesen, daß auch sie ihn liebe, und ihrer großen Schönheit wegen sei er nun wie verzückt gewesen.

In der Gewißheit, daß das Mädchen ihm wohlwolle, habe er ihrer Dienerin reiche Geschenke gemacht und in der Folge eine Botschaft an die Schöne senden können. Darauf sei der Statthalter verreist, um beim Kalifen über sein Amt Rechenschaft abzulegen, und das Mädchen habe Khalid eine rote Rose zugesandt. Er habe sich nun als altes Weib verkleidet und mit Beihilfe der Sklavin die Schöne mehrere Male besucht und mit ihr der Liebe Freuden genossen. Aber eines Tages sei er auf der Straße von ihrem Bruder mit dem Schwert angerannt worden, und in der nun folgenden Schlägerei habe er jenen dank eigener größerer Waffengewandtheit verwundet. Aber nach der Rückkehr des Statthalters sei er ergriffen und diesem vorgeführt worden.

Hier verfinsterte sich Khalids Gesicht vor Raserei; er spuckte gehässig aus und verwünschte laut schreiend den Statthalter. Darauf fuhr er fort: »Dem Gesetz nach konnte er mich nicht anklagen. Allerdings hatte ich eine Liebelei mit seiner Tochter gehabt, aber zum Entgelt hatte ich schöne Lieder auf sie gedichtet, und daß ein Mann von meinem Geschlecht die Tochter eines Berbers niedriger Herkunft nicht heiraten kann, das sah sogar ihr Vater ein. Seinen Sohn hatte ich verwundet, aber er hatte mich überfallen, und nur meiner Milde hatte er es zuzuschreiben, daß er mit dem Leben davonkam. Ein rechtschaffener Mann wäre mir dankbar gewesen, aber der Statthalter ging mit seiner Bosheit, die die größte in ganz Malaga ist, zu Rat, und so verfiel er auf das Folgende – hör es, o Heide, und staune!«

Orm hörte willig zu, obschon viele Worte ihm unbekannt waren, und auch die Männer auf den Bänken ringsum horchten hin, denn Khalid erzählte seine Erlebnisse mit lauter Stimme. Er fuhr fort: »Der Statthalter ließ eines meiner schönsten Gedichte vorlesen und fragte, ob ich es gemacht habe. Und ich antwortete, daß jedermann in Malaga dieses Gedicht kenne und wisse, daß ich der Dichter sei, denn es war eine Verherrlichung Malagas und das beste Gedicht, das je auf diese Stadt gemacht worden ist.

Und im Gedicht kamen diese Verse vor:

›Doch eins steht fest: wenn je bei uns der Prophet geschmeckt
Nur wenige Tropfen vom Wein, den Malagas Trauben geben,
Dann hätte er nimmermehr – wie er in Verblendung tat –
In seinem gestrengen Buch verboten den Saft der Reben.
Nein, fröhlich beim Becher, den Bart gefeuchtet vom roten Naß,
Hätt' er durch Preisen des Weins verbessert Lehre und Leben.‹«

Nachdem Khalid dies hergesagt hatte, brach er in Tränen aus und sagte, dieser Verse wegen sei er zum Rudern verurteilt worden. Denn der Kalif, der der Wächter der rechten Lehre und Stellvertreter des Propheten auf Erden sei, habe bestimmt, daß, wer den Propheten schmähe oder seine Lehre tadele, streng zu bestrafen sei, und der rachgierige Statthalter habe nun diese Art als die beste ausfindig gemacht, um unter dem Vorwand der Gerechtigkeit über ihn herzufallen.

»Mein Trost ist aber, daß dies nicht lange dauern wird, denn meine Sippschaft ist mächtiger als die seine und steht beim Kalifen gut angeschrieben; daher werde ich bald befreit werden. Das ist auch der Grund, weshalb niemand hier auf dem Schiff mich mit der Peitsche anzutasten wagt: Man weiß, daß der nicht ungestraft bleibt, der die Hand an einen Verwandten des Propheten legt.«

Orm fragte, wann der Prophet gelebt habe, und Khalid sagte, das sei vor mehr als dreihundertfünfzig Jahren gewesen. Orm sagte, jener Prophet müsse in Wahrheit mächtig gewesen sein, da er sogar jetzt noch seine Verwandten beschützen und bestimmen könne, was sein Volk trinken dürfe. So große Macht habe in Schonen noch niemand gehabt, ja nicht einmal König Ivar der Weitgreifende, der mächtigste von allen, die je dort gelebt hätten. »Allerdings«, fügte er hinzu, »ist es bei uns daheim so, daß niemand, weder Könige, noch andere Leute, sich um das zu kümmern pflegt, was andere trinken.«

Orms Kenntnis des Arabischen und seine Fähigkeit, sich arabisch auszudrücken, nahm sehr zu, seitdem Khalid sein Kamerad geworden war, denn der redete ständig und hatte viel zu erzählen; und nach einiger Zeit wollte er erfahren, wo Orms Land liege und wie er auf diesen Platz am Ruder gekommen sei. Da erzählte Orm von Kroks Heerfahrt und wie er selbst auf die Reise mitgekommen und was nachher geschehen sei. Als er alles, so gut er konnte, berichtet hatte, sagte er: »Vieles davon ist geschehen, weil wir Salaman begegnet sind. Vielleicht war er jemand, der Glück hatte, denn er wurde aus der Gefangenschaft befreit. Er sagte, er sei in einer Stadt namens Toledo ein mächtiger Mann. Dort sei er Silberschmied und dazu der größte aller Dichter.«

Khalid sagte, er kenne ihn wohl, denn seine Silberarbeiten seien berühmt und auch seine Dichtung sei – für einen aus Toledo Gebürtigen – nicht übel.

»Es ist noch nicht lange her«, sagte er, »daß ich einen wandernden Sänger aus dem Norden ein Gedicht von ihm vortragen hörte; darin beschrieb er, wie er in die Hand eines asturischen Markgrafen gefallen und von ihm sehr gequält worden sei; und wie er sich dann befreit und wilde Räuber zu seiner Burg geführt habe. Diese habe er gestürmt und den Markgrafen getötet und seinen Kopf den Krähen zum Fraße auf eine Stange gesetzt. Dann sei er mit seinen Schätzen heimwärts gezogen. Das war in seiner einfachen Art eine gut gemachte Sache, wenn sie auch nicht die Weichheit des Tones besitzt, über die unsere besseren Dichter in Malaga verfügen.«

»Er spart nicht mit seinen Heldentaten«, sagte Orm, »und wenn er soviel hat ausrichten können, um sich an einem Feinde zu rächen, so sollte er auch etwas tun können, um Freunde zu belohnen, die ihm eine große Hilfe gewesen sind. Wir befreiten ihn aus der Knechtschaft und nahmen die Burg und setzten seine Rache ins Werk, und wenn er einer der Mächtigen im Lande ist, könnte er uns, die wir nun hier sitzen, einen Gegendienst tun. Denn ich weiß nicht, wie wir sonst frei werden könnten.«

Khalid sagte, Salaman sei für seinen Reichtum bekannt und stehe beim Kalifen in Ansehen, obschon er der rechten Lehre nicht angehöre. Orm fing nun an, Hoffnung zu hegen, aber er sagte seinen Landsleuten nichts von dem, was er von Khalid erfahren hatte. Es endete damit, daß Khalid versprach, sobald er wieder frei sein werde, Gruß und Botschaft an Salaman nach Toledo zu senden.

Aber die Tage gingen hin, ohne daß Khalid von seiner bevorstehenden Befreiung etwas hörte; seine Unruhe wuchs, und er raste arg gegen seine gleichgültigen Verwandten; er fing auch ein langes Gedicht über die Verderblichkeit des Weines an und hoffte, es in irgendeinem Hafen aufschreiben lassen und dem Kalifen zustellen zu können, damit seine wahre Denkungsart bekannt werde; aber als er bis zum Besingen von Wasser und Zitronensaft gekommen war und behaupten mußte, daß das besser sei als Wein, ging es mit seinen Versen nur langsam vorwärts. Obschon er in dunklen Stunden damit fortfuhr, die Befehlshaber auf dem Schiff laut schreiend zu verwünschen, traf ihn doch nie ein Peitschenhieb; und das schien Orm ein gutes Zeichen dafür, daß er nicht lange dort bleiben werde.

In einem der östlichen Häfen, als das Schiff mit vielen anderen von einer anstrengenden Jagd auf afrikanische

Seeräuber zurückgekommen war, erschienen eines Morgens vier Männer an Bord, und als Khalid sie sah, war er außer sich vor Freude und hörte nicht mehr Orms Fragen. Einer der Männer war ein Beamter mit großer Kopfbedekkung und einem Mantel, der ihm bis auf die Füße reichte; er übergab dem Schiffskapitän einen Brief, den dieser zuerst an die Stirn führte und dann mit großer Ehrfurcht las; der andere schien ein Verwandter des Khalid zu sein, denn sobald der von der Fußkette befreit war, fielen sie einander in die Arme und weinten und küßten einander und sprachen gleichzeitig aufeinander ein. Die beiden anderen Männer waren Diener, die Kleider und Körbe trugen; sie zogen Khalid ein schönes Gewand an und reichten ihm Speise. Orm rief ihm zu, ihn an sein Versprechen zu erinnern, aber Khalid hörte nichts, denn er war schon dabei, seinen Verwandten zurechtzuweisen, weil dieser vergessen hatte, einen Barbier mitzubringen. Darauf gingen Khalid und seine Gesellschaft an Land, und der Kapitän und die Schiffsleute grüßten ihn ehrfurchtsvoll; er nickte herablassend und schien kaum jemand zu bemerken. Arm in Arm mit seinem Verwandten verschwand er.

Da wurde Orm traurig, denn an Khalid hatte er gute Gesellschaft gehabt, und nun konnte es leicht sein, daß er, sobald er frei war, sich für zu vornehm hielt, an seine Versprechen zu denken. Ein anderer Mann wurde neben Orm gesetzt, ein dicker Kaufmann, der falsches Gewicht benutzt hatte; der wurde leicht müde und taugte nicht viel; und mitunter bekam er die Peitsche zu schmecken. Dann jammerte er sehr und murmelte fromme Gebete vor sich hin. An ihm hatte Orm wenig Freude; diese Zeit auf dem Schiff war für ihn die allerschwerste. Er hoffte auf Khalid und Salaman, aber je länger die Zeit hinging, desto mehr sank seine Hoffnung.

Aber in Cadiz kam für sie alle doch endlich der glückliche Tag. Ein Hauptmann erschien mit einer Schar Männer am Schiff, und alle Nordmänner wurden von ihren Fußeisen befreit. Sie erhielten Kleider und Schuhe und wurden auf ein anderes Schiff geführt, das flußaufwärts nach Cordova fuhr. Stromauf mußten sie an den Rudern mithelfen, aber hier gab es keine Fußeisen und keine Peitsche, und sie wurden oft abgelöst. Dazu durften sie beisammensitzen und zum ersten Male seit langer Zeit unbehindert miteinander reden. Zwei Jahre lang und den größten Teil des dritten waren sie Rudersklaven gewesen, und Toke, der jetzt viel sang und lachte, sagte, er wisse allerdings nicht, was nun mit ihnen werde, dies aber wisse er: daß es hohe Zeit für ihn sei, so viel zu trinken, bis ihm der Durst ganz vergangen sei. Doch Orm sagte, er täte am besten, bis zu einer passenden Gelegenheit damit zu warten, denn es könne schlimm werden, wenn es zu Gewalttätigkeiten käme, und die pflege es (wenn er sich recht erinnere) zu geben, sobald Toke seinen Durst einmal wirklich gelöscht habe. Auch Toke selbst war der Meinung, daß es für ihn besser sei, zu warten, aber leicht werde das nicht sein, sagte er. Sie waren alle neugierig zu erfahren, was mit ihnen werde, und Orm berichtete nun von dem Gespräch, das er mit Khalid gehabt hatte. Da sagten die Mannen viel zum Lobe Orms und Salamans, und obschon Orm der jüngste von ihnen war, sahen sie nun alle in ihm ihren Häuptling.

Orm fragte den Hauptmann, was mit ihnen geschehen werde, und ob er Salaman kenne; aber der Hauptmann wußte nicht mehr, als daß ihm befohlen war, sie nach Cordova zu bringen; und Salaman kannte er nicht.

Sie kamen in der Stadt des Kalifen an und sahen sie zu beiden Seiten des Stromes daliegen, erfüllt von Häusern und weißen Palästen und Palmengärten und Türmen. Sie verwunderten sich über ihre Größe und Schönheit, die alles überstieg, was sie sich hatten denken können, und ihr Reichtum schien ihnen hinreichend, allen Seefahrern des ganzen Dänenreiches lohnende Plünderung zu bieten.

Sie wurden durch die Stadt geführt und betrachteten neugierig das Menschengewimmel, und die Männer klagten, daß so wenige Frauen dabei seien und daß man von diesen wenigen nicht mehr zu sehen bekäme, denn sie gingen verhüllt und verschleiert einher.

»Es gehört schon viel dazu«, sagte Toke, »daß mir nicht die erste beste Frau, mit der ich vielleicht ins Gespräch gerate, als große Schönheit erscheint. Denn wir sind nun drei Jahre lang bei diesem Volk gewesen, ohne auch nur einer einzigen in die Nähe gekommen zu sein.«

»Haben wir erst unsere Freiheit, so können wir hier ebenso viele Frauen haben wie sonst jemand«, sagte Ögmund, »denn die Männer hier sehen im Vergleich zu uns nicht gerade besonders aus.«

»Jeder Mann in diesem Lande darf vier Frauen haben, wenn er sich zum Propheten und dessen Lehre bekennt«, sagte Orm. »Aber hat er das einmal getan, so darf er nie mehr Wein trinken.«

»Da ist die Wahl nicht leicht«, sagte Toke, »denn ihr Bier schmeckt meiner Zunge fade. Aber vielleicht haben wir ihr bestes Gebräu noch nicht zu schmecken bekommen. Und vier Frauen scheinen mir für mich gerade das richtige zu sein.«

Sie kamen zu einem großen Hof, wo sich viel Kriegsvolk aufhielt, und verbrachten dort die Nacht. Am nächsten Morgen kam ein fremder Mann und führte sie zu einem in der Nähe gelegenen Hause; dort nahmen Bader und Barbiere sich ihrer an, und in schönen kleinen Schalen wurde ihnen kühles Getränk gereicht. Darauf gab man ihnen weichere Kleider, die ihrer Haut nicht weh taten, denn da sie so lange nackt gewesen waren, vertrugen sie kein rauhes Gewebe. Sie blickten einander an und lachten, weil sie nun so verändert aussahen, und in großem Staunen über das alles wurden sie in ein kleines Eßzimmer geführt, wo ein Mann ihnen entgegentrat und sie willkommen hieß. Sie erkannten sofort Salaman, obschon er nun anders aussah als das letztemal; nun merkte man an allem, daß er ein reicher und mächtiger Mann war.

Er lud sie ein, zu essen und zu trinken und sich wie im

eigenen Hause zu fühlen. Aber er hatte fast alles vergessen, was er einst von der nordischen Sprache gewußt hatte, und konnte daher nur mit Orm reden. Orm dankte ihm, so gut er es vermochte, aber vor allem, sagte er, wollten sie wissen, ob sie nun freie Männer oder immer noch Sklaven seien.

Salaman antwortete, sie seien auch fernerhin Sklaven des Kalifen, daran könne er nichts ändern; aber nun sollten sie in der Leibwache dienen, die aus den besten Kriegsgefangenen des Kalifen bestehe und aus Sklaven, die man in fremden Ländern gekauft habe. Eine solche Leibwache hätten die Kalifen von Cordova immer besessen, da sie sich unter deren Schutz sicherer fühlten, als wenn sie eine bewaffnete Schar ihrer eigenen Untertanen im Hause hätten. Denn wenn im Lande Unzufriedenheit herrsche, könnten diese von Verwandten und Freunden leichter verlockt werden, Hand an den Kalifen zu legen.

Doch bevor sie der Leibwache zugeteilt wurden, blieben sie fünf Tage und hatten es gut. Sie aßen eine Menge Leckereien, und so oft sie es wünschten, brachte man ihnen Getränke; Musikanten spielten für sie auf, und jeden Abend waren sie heiter vom Weine. Doch Orm und die anderen hatten stets ein Auge auf Toke, damit er nicht zu viel trank und zu weinen anfing und dann gefährlich wurde. Ihr Wirt bot einem jeden von ihnen eine junge Sklavin als Bettgesellschaft an, und das freute sie am allermeisten. In weicheren Betten, als sie je gekannt hatten, schliefen sie nun bis in den späten Morgen hinein, und bei Tisch stritten sie freundschaftlich darum, wer von ihnen die beste Sklavin bekommen hatte, und keiner wollte die seine gegen eine andere tauschen.

Salaman forderte am dritten Abend Orm und Toke auf, ihm zu folgen, denn es gebe noch jemanden, dem sie für ihre Befreiung Dank schuldeten, und diese unbekannte Person hätte vielleicht noch mehr für sie getan als er. Sie folgten ihm durch viele enge Gassen. Orm fragte, ob vielleicht Khalid, der große Dichter von Malaga, nach Cordova gekommen sei und ob sie nun ihn treffen würden? Salaman sagte, sie würden jemand begegnen, der vornehmer sei als Khalid.

»Und nur ein Fremder«, fügte er mit Bestimmtheit hinzu, »kann glauben, daß jener Khalid ein großer Dichter sei, wenn auch er selbst sich für einen solchen ausgibt. Wenn ich die wahrhaft großen Dichter zusammenzähle, die heute unter der Herrschaft des Kalifen leben, so sind wir alle miteinander nur fünf; und Khalid wird nie zu uns gehören – er mag noch so fleißig mit seinen Reimen spielen. Aber du tust recht, Orm, wenn du mit Freundlichkeit an ihn denkst, denn ohne seine Botschaft hätte ich von dir und deinen Mannen nichts gehört, daher solltest du ihm bei einer Begegnung nicht widersprechen, wenn er sich Dichter nennt.«

Orm sagte, er habe Verstand genug, Dichtern gegenüber ihre eigene Größe nicht zu bestreiten; und Toke wollte nur wissen, warum denn auch er auf diese Wanderung mitgenommen worden sei, denn er könne ja nicht verstehen, was gesagt werde. Salaman sagte, es sei notwendig, daß er mitkomme, denn so sei es befohlen worden.

Sie kamen zu einem eingehegten Garten, dessen schmale Pforte ihnen geöffnet wurde; sie traten ein und gingen unter schönen Bäumen, wo bunte Kräuter wuchsen, dahin. Dann gelangten sie zu einem Platze, wo Wasserkünste spielten und klare kleine Bäche sich zwischen Gras und Blumen dahinschlängelten. Von der entgegengesetzten Seite näherte sich eine von vier Sklaven getragene Sänfte, und dahinter gingen zwei Sklavinnen und zwei schwarze Männer mit Schwertern.

Salaman blieb stehen und ebenso Orm und Toke; die Sänfte wurde niedergesetzt und die Sklavinnen eilten vor und standen ehrfurchtsvoll beiseite, während eine verschleierte Frau der Sänfte entstieg. Salaman grüßte sie dreimal mit tiefer Verneigung, wobei er die Hände an die Stirn führte, und Orm und Toke begriffen, daß diese

Frau von königlichem Rang war; aber sie blieben aufrecht stehen, denn es schien ihnen für Männer wenig passend, vor einer Frau den Rücken zu krümmen.

Sie nickte Salaman mit herablassender Würde zu und blickte Orm und Toke an, während sie unter ihrem Schleier leise Worte sprach, und ihre Augen blickten freundlich. Salaman verneigte sich aufs neue und sagte: »Ihr Krieger aus dem Nordlande! Dankt Ihrer Hoheit Subaida; durch ihre Macht seid ihr befreit worden.«

Da sagte Orm: »Wenn du geholfen hast, uns zu befreien, so sind wir dir größten Dank schuldig. Aber wir wissen nicht, wer du bist, und warum du uns solche Gunst erzeigt hast.«

»Und doch sind wir uns schon einmal begegnet«, sagte sie, »und ihr beide habt mich vielleicht noch nicht ganz vergessen.«

Damit zog sie den Schleier zur Seite, und Salaman verneigte sich wieder. Toke griff sich in den Bart und sagte zu Orm: »Das ist ja mein Mädchen von der Burg, und sie ist jetzt noch schöner als zuvor. Sie muß viel Glück gehabt haben, da sie es unterdessen bis zur Königin gebracht hat. Und es täte gut zu wissen, ob es sie freut, mich wiederzusehen.«

Sie sah Toke an und fragte: »Warum redest du mit deinem Freunde und nicht mit mir?« Orm sagte ihr, daß Toke nicht Arabisch könne, aber daß er sich ihrer erinnere und daß sie ihm jetzt noch schöner schiene. »Und wir beide freuen uns, daß du zu Macht und Glück gelangt bist, denn du scheinst des einen wie des anderen würdig zu sein.«

Sie sah Orm an und sagte lächelnd: »Aber dir, roter Mann, ist es wie mir gelungen, diese Sprache zu erlernen. Bist du oder ist dein Freund, der mein Herr war, von euch beiden der bessere Krieger?«

»Wir gelten beide als tüchtige Krieger«, erwiderte Orm, »aber ich bin jung und habe nicht so viel erlebt wie er; und damals, als wir die Burg nahmen, in der du warst, gewann er viel Ruhm. Darum meine ich, daß er der bessere von uns beiden ist, obschon er dir das nicht in der Sprache dieses Landes sagen kann. Krok, unser Häuptling, war mehr wert als wir beide, aber er ist nun tot.«

Sie sagte, daß sie sich an Krok wohl erinnere und daß gute Häuptlinge selten lange lebten. Orm erzählte von Kroks Tode, und sie nickte und sagte: »Zwischen mir und euch hat das Schicksal seltsam gewebt. Ihr nahmt die Burg meines Vaters und habt ihn und die meisten dort getötet, und ich sollte euch deswegen nach dem Leben stehen. Aber mein Vater war ein grausamer Mann, und am grausamsten war er gegen meine Mutter; ich haßte und fürchtete ihn wie einen räudigen Teufel. Daß er getötet wurde, schien mir gut, und ich trauerte damals nicht darüber, daß ich unter fremde Leute kam und auch nicht darüber, daß dein Freund mich liebgewann, obschon es mir leid tat, daß wir nicht miteinander reden konnten. Der Geruch seines Bartes behagte mir nicht, aber er hatte muntere Augen und ein freundliches Lachen, und das gefiel mir. Und selbst wenn er berauscht und voll Begier war, rührte er mich mit achtsamen Händen an. Ich bekam solange ich bei ihm war, keine blauen Flecke, und auf dem Weg zu den Schiffen gab er mir nur eine leichte Bürde zu tragen. Darum wäre ich ihm gern in sein Land gefolgt. Das sollst du ihm sagen.«

Orm wiederholte, was sie gesagt hatte. Toke hörte mit Befriedigung zu.

»Da siehst du«, sagte er, »welch ein Glück ich bei Frauen habe. Aber sie ist von allen die beste, das sollst du ihr von mir bestellen. Glaubst du, daß sie mich zu einem der Großen dieses Landes machen wird?«

Orm antwortete, davon habe sie nichts gesagt, und als er ihr Tokes Botschaft ausgerichtet hatte, bat er sie, von dem zu berichten, was ihr, seitdem sie sich getrennt hatten, widerfahren sei.

»Der Befehlshaber des Schiffes brachte mich hierher nach Cordova«, sagte sie, »und er rührte mich nicht an, obschon ich vor ihm nackt hatte dastehen müssen. Er hatte gesehen, daß ich ein gutes Geschenk für seinen Herrn, den Visir, war. Jetzt gehöre ich Almanzur, dem Visir des Kalifen und dem mächtigsten Mann im ganzen Land; und nachdem er mich in der Lehre des Propheten hatte unterweisen lassen, machte er mich, die Sklavin, zur ersten Gemahlin, denn er fand, daß meine Schönheit größer war als die aller anderen. Gelobt sei Allah dafür! Und so ist es mir denn gut ergangen dank euch, denn wenn ihr nicht zur Burg meines Vaters gekommen wäret, so säße ich wohl noch heute in Furcht vor ihm da und hätte aller meiner Schönheit zum Trotz einen schlechten Mann bekommen. Und darum wollte ich euch, soviel bei mir steht, behilflich sein, sobald Salaman, der meinen schönsten Schmuck zu schmieden pflegt, mich wissen ließ, daß ihr noch am Leben seid.«

»Dreien sind wir Dank schuldig«, sagte Orm, »daß sie uns von der Ruderbank geholfen haben: dir und Salaman und einem Mann von Malaga namens Khalid. Aber nun wissen wir, daß du von diesen dreien die mächtigste bist, und daher danken wir dir am meisten. Und es ist ein großes Glück für uns, daß wir dir und den beiden anderen begegnet sind, denn sonst säßen wir noch immer am Ruder und hätten nichts anderes vor uns als den Tod. Nun wollen wir gern in den Dienst deines Herrn treten und ihm gegen seine Feinde helfen. Und obschon deine Macht groß ist, so ist es doch merkwürdig, daß du ihn überreden konntest, uns freizugeben, denn seit den Zeiten der Lodbroksöhne gelten wir nordischen Seefahrer wahrscheinlich als Feinde hier.«

»Durch die Einnahme der Burg meines Vaters habt ihr meinem Herrn einen Dienst getan, denn so wurde ich in seine Hand gegeben. Und bei uns weiß man, daß die Männer aus eurem Lande ihr Wort halten und gute Krieger sind. Denn beide, der Kalif Abderrachman der Große und auch Emir Abdallah, sein Vater, hatten viele Nordmänner in ihrer Leibwache. Damals kamen sie an die spanischen Küsten, aber seitdem sind nicht viele hierhergekommen und in der Leibwache gibt es keine außer euch. Und wenn ihr meinem Herrn Almanzur gut dient, wird euch guter Lohn werden, und euch und euren Mannen wird der Hauptmann der Leibwache volle Kriegsausrüstung und gute Waffen geben. Aber für euch beide habe ich ein Geschenk.«

Sie rief einem der Sklaven von der Sänfte zu, und er kam mit zwei Schwertern herbei; sie hatten schön verzierte Griffe und dazu Gurte mit schweren Silberbuckeln. Sie reichte das eine der Schwerter Toke und das andere Orm. Sie nahmen sie mit großer Freude entgegen, denn es hatte sie trübe gestimmt, daß sie bisher ohne Waffen hatten einhergehen müssen. Sie zogen die Schwerter und besichtigten genau die Klingen und probten, wie die Klingen in der Hand lagen. Salaman sah sich die Schwerter an und sagte: »Diese sind in Toledo geschmiedet, wo es die besten Stahl- und Silberschmiede gibt. Dort werden die Schwerter noch gerade hergestellt wie zur Zeit der gotischen Könige, die hier herrschten, bevor die Diener des Propheten in dieses Land kamen. Und bessere Schwerter als diese werden in unseren Tagen nicht geschmiedet.«

Toke lachte vor Zufriedenheit, dann wieder murmelte er vor sich hin und sagte schließlich:

»Lange lag in den Händen
Dem Heermann des Ruders Holz,
Nun tut es gut, aufs neue
Zu greifen des Kriegers Klinge.«

Orm wollte ihm im Dichten nicht nachstehen; er sann nach, hielt das Schwert hin und sagte:

»Das Schwert, das mir gab die Schöne,
Fasse ich fest mit der Linken,
Schwing es gleich Tyr, dem Gotte,
Stechen kann wieder die Schlange.«

Subaida lachte und sagte: »Einem Mann ein Schwert geben, ist wie wenn man einer Frau einen Spiegel schenkt. Beide haben dann für nichts anderes mehr Augen. Aber es ist schön zu sehen, daß Geschenke so gut aufgenommen werden; möget ihr sie mit Glück tragen!«

Orm sagte ihr: »Nun fühlen Toke und ich uns als Häuptlinge, denn so gute Schwerter wie diese haben wir noch nicht gesehen. Und gleicht dir dein Herr Almanzur, so ist er guter Dienste wert.«

Damit endete diese Begegnung. Subaida sagte, es sei nun Zeit für sie, Lebewohl zu sagen, und vielleicht würde man sich noch einmal sehen. Damit stieg sie in ihre Sänfte und ließ sich forttragen. Orm und Toke kehrten mit Salaman zu dessen Haus zurück und hatten viel zum Lobe der Herrscherin Subaida und ihrer guten Geschenke zu sagen. Salaman erzählte, daß er sie vor mehr als einem Jahr zuerst gesehen und gleich wiedererkannt habe, obschon ihre Schönheit nun noch größer sei. Toke sagte: »Sie ist schön und gut und bewahrt den, der ihr einst wohlgefallen hat, in gutem Gedächtnis; und es fällt mir nicht leicht, nun, da ich sie wiedergesehen habe, sie mit einem der Großen des Landes vermählt zu wissen. Gut aber, daß sie nicht dem dickbäuchigen Greise angehört, der uns gefangennahm, das wäre viel schlimmer. Und ich will jetzt nicht allzusehr klagen, denn an dem Mädchen, das Salaman mir gab, ist nichts auszusetzen.«

Orm fragte nun nach diesem Almanzur und wie es möglich sei, daß er und nicht der Kalif der mächtigste Mann im Lande sei, und Salaman erklärte ihnen, wie sich das verhielt. Der letzte Kalif von Cordova, Hacham der Gelehrte, der Sohn Abderrachmans des Großen, war ein gewaltiger Herr gewesen, obschon er den größten Teil seiner Zeit damit zugebracht hatte, Bücher zu lesen und sich mit Gelehrten zu unterreden. Bei seinem Tode hatte er einen jungen Sohn, namens Hischam, hinterlassen, und der war jetzt Kalif. Und um das Reich, solange er Kind war, zu regieren, hatte Hacham den besten seiner Beamten und seine Lieblingsgemahlin, die Mutter des Kindes, eingesetzt.

Diese beiden hatten es nun köstlich gefunden, zu herrschen, und hatten den jungen Kalifen in einem Schloß eingesperrt gehalten unter dem Vorwand, er sei so fromm, daß er sich mit irdischen Dingen nicht befassen könne. Und als Herrscher hat dieser Beamte viele Siege gegen die Christen im Norden des Reiches erfochten und davon den Namen Almanzur erhalten, was »der Siegreiche« bedeutet. Die Königin, die Mutter des Kalifen, hatte Almanzur lange über alles auf der Welt geliebt; er aber war ihrer überdrüssig geworden, da sie älter war als er und sich zuzeiten mit ihm um die Macht stritt. Daher saß nun auch sie eingesperrt wie ihr Sohn, der Kalif, und Almanzur herrschte allein in dessen Namen. Und viele haßten ihn um alles dessen willen, was er gegen den Kalifen und seine Mutter getan hatte; aber von vielen wurde er wegen seiner Siege über die Christen geliebt; und seiner Leibwache, die aus lauter Fremden bestand, war er ein guter Herr, denn auf sie mußte er sich verlassen können als auf seinen besten Schutz gegen alle, die Haß und Neid gegen ihn hegten. Und daher ließ sich vermuten, daß Orm und seine Leute, wenn Friede herrschte, gute Tage in Almanzurs Palast haben, aber auch ihrer Kampfeslust würden Genüge tun können; denn jeden Frühling pflegte Almanzur mit großer Heeresmacht auszuziehen, bald gegen den König der Asturier, bald gegen den Grafen von Kastilien oder auch gegen den König von Navarra und die aragonischen Grafen hoch oben im Norden, an den Grenzmarken der Franken. Allen diesen war Almanzur ein großer Schrekken, so daß sie ihm gern Tribut zahlten, um seinem Besuch zu entgehen.

»Es ist aber nicht leicht für sie, sich loszukaufen«, fuhr Salaman fort, »und das kommt daher, daß er ein unglücklicher Mann ist. Er ist mächtig und siegreich, und ihm sind alle Unternehmungen geglückt; und doch weiß jedermann, daß ihn ständig große Angst quält. Denn er hat Hand an den Kalifen gelegt, der der Schatten des Propheten ist, und hat ihn der Macht beraubt; und darum fürchtet er Allahs Zorn, und seine Seele kommt nicht zur Ruhe. Jahr für Jahr versucht er, Allah durch einen neuen Heerzug zu besänftigen, und daher nimmt er nie auf einmal von allen Fürsten Tribut entgegen, und von jedem nur für kurze Zeit. Denn bei seinem Eifern für den Propheten will er immer einige zur Hand haben, um sie mit dem Schwerte heimsuchen zu können. Er ist von allen hier im Lande geborenen Heerführern der gewaltigste; und er hat einen großen Eid getan, daß er im Felde sterben will, das Gesicht gegen die Anhänger der Vielgötterei gewendet; gegen sie, die glauben, daß Josephs Sohn Gott gewesen ist. Er kümmert sich wenig um Dichtkunst und Musik, und verglichen mit der Zeit Hachams des Gelehrten haben die Dichter nun trübe Tage; aber zu seinen Ruhezeiten hat er seine Lust an Goldschmiedekunst und edlen Steinen, und daher gehöre ich nicht zu denen, die ihn verspotten. Dieses Haus hier in Cordova habe ich mir verschafft, um besser mit ihm Handel treiben zu können, und möge er lange gedeihen und alles Gute genießen, denn einem Silberschmied ist er in Wahrheit ein guter Herr.«

Dieses und noch mehr hörte Orm von Salaman, und Orm sagte es Toke und den anderen. Sie waren sich alle darüber einig, daß dieser Almanzur ein hervorragender Fürst zu sein scheine. Aber seine Angst vor Allah konnten sie nur schwer verstehen, denn für Nordmänner war Furcht vor den Göttern etwas ganz Unbekanntes.

Bevor es für sie Zeit wurde, das Haus Salamans zu verlassen, gab dieser ihnen in vielen Dingen Rat; und Toke riet er, es sich in Zukunft nicht anmerken zu lassen, daß er einmal Subaidas Herr gewesen war.

»Denn ebensowenig wie wir anderen«, sagte er, »mögen Fürsten den Anblick derer, die einst ihre Frauen besessen haben, und es war mutig von ihr, eine Begegnung mit euch beiden zu wagen, obschon Zeugen vorhanden waren, die Sorge trugen, daß alles recht zuging.« Almanzur, sagte er, sei in diesem wie auch in anderem ein scharfäugiger Herr, und daher tue Toke gut, sich wohl in acht zu nehmen.

Toke sagte, damit habe es keine Gefahr; und seine Hauptsorge sei nun, einen guten Namen für sein Schwert zu finden. Denn ein Schwert wie das seine war gewiß von ebenso guter Schmiedearbeit wie das Schwert »Gram«, das Sigurd besessen hatte, oder »Mimming«, das Didrik getragen, oder »Skofung«, das Rolf Krake gehört hatte, und daher sollte es, wie jene, einen Namen haben. Dennoch, obschon er oft darüber nachdachte, konnte er nichts finden, was ihm gut schien. Orm aber nannte sein Schwert »Blauzunge«.

Sie verließen Salaman und wurden zu Almanzurs Palast geführt und dort von einem Hauptmann empfangen; man gab ihnen Heerkleider und volle Bewaffnung, und sie traten ihren Dienst in der Leibwache an. Und Orm war der Häuptling seiner Landsleute.

Von Orms Dienst bei Almanzur und wie er mit der Glocke des heiligen Jakob segelte

Im achten Jahre der Herrschaft des Kalifen Hischam, drei Jahre vor der Heerfahrt Bue des Dicken und Vagn Åkessons nach Norwegen, trat Orm seinen Dienst in der Leibwache zu Cordova an, und er verblieb darin vier Jahre.

Die Männer der Leibwache hatten großes Ansehen und waren prächtiger gekleidet als andere. Ihre Ringelhemden waren leicht und dünn, aber feiner geschmiedet und besser gehärtet als alles, was Orm und seine Leute bisher an geschmiedeten Brünnen gesehen hatten. Ihre Helme glänzten wie Silber, und über der Rüstung trugen sie mitunter Scharlachgewänder. Ihre Schilde waren am Rande mit einem Kranz schöner Schriftzeichen verziert. Dieselben Zeichen waren auch auf Almanzurs große Fahne gestickt, die auf den Kriegszügen stets vor ihm hergetragen wurde, und sie bedeuteten: »Nur Allah ist Überwinder.«

Als Orm und seine Mannen zum erstenmal vor Almanzur traten und ihm vom Obersten der Leibwache vorgeführt wurden, verwunderten sie sich über sein Aussehen, denn sie hatten ihn sich von heldenhaften Ausmaßen gedacht. Aber er war unansehnlich, mager und halb kahlköpfig und hatte schwere Augenlider; er saß zwischen Kissen auf einem breiten Bett und kraulte sich sacht den Bart, während er schnell zu zwei Beamten redete, die vor ihm auf dem Boden saßen und seine Befehle niederschrieben. Auf einem Tisch am Bett stand ein kupferner Kasten und daneben eine Schale mit Früchten und ein großer geflochtener Käfig; in dem spielten einige kleine Affen und sprangen auf einem Rade in die Runde. Während die Beamten niederschrieben, was er soeben gesagt hatte, nahm er von den Früchten und steckte sie zwischen die Stäbe des Käfigs und sah zu, wie die Affen sich um seine Gabe schlugen und ihre kleinen Hände nach mehr ausstreckten; aber er lächelte nicht über ihre possierliche Art, sondern starrte sie mit trauriger Miene an, während er ihnen mehr von den Früchten gab und wieder anfing, zu seinen Schreibern zu reden.

Nach einer Weile ließ er von den Schreibern ab und befahl seinem Kriegsoberst, mit seinen Männern näherzukommen. Er hob den Blick vom Bauer und sah Orm und die anderen an. Seine Augen waren schwarz und traurig, aber es war, wie wenn in ihrer Tiefe etwas gebrannt und gefunkelt hätte, so daß es allen schwerfiel, seinem Blick länger als einen kurzen Augenblick zu begegnen. Er betrachtete sie genau, Mann für Mann, und nickte.

»Die sehen aus wie Krieger«, sagte er zu seinem Oberst. »Verstehen sie unsere Sprache?«

Der Kriegsoberst wies auf Orm und sagte, daß er Arabisch verstehe, die anderen aber nur wenig oder gar nichts; und daß sie Orm als ihren Häuptling betrachteten.

Almanzur fragte Orm: »Wie ist dein Name?«

Orm nannte seinen Namen und erklärte dessen Bedeutung.

Almanzur fragte: »Wer ist dein König?«

»Harald Gormsson«, sagte Orm, »und er ist Herr über das ganze dänische Land.«

»Seinen Namen habe ich nie gehört«, sagte Almanzur.

»Darüber solltest du froh sein, Herr«, antwortete Orm, »denn so weit wie seine Schiffe fahren, sind Könige vor seinem Namen erblichen.«

Almanzur sah Orm an, dann sagte er: »Du scheinst eine geschwinde Zunge zu haben und trägst deinen Namen vielleicht mit Recht. Ist dein König ein Freund der Franken?«

Orm lächelte und sagte: »Er war ihr Freund, solange er es schwer hatte im eigenen Land. Doch zu glücklichen Zeiten verbrennt er ihre Städte im Frankenland und auch in Sachsen. Und er ist ein König, der viel Glück hat.«

»Mag sein, daß er ein guter König ist«, sagte Almanzur. »Wer ist dein Gott?«

»Diese Frage ist schwerer, Herr«, sagte Orm. »Meine Götter sind die meines Volkes, und man hält sie für stark, wie ja auch wir es sind. Ihrer sind viele, doch einige von ihnen sind bejahrt, so daß nur wenige außer den Dichtern sich um sie kümmern. Thor heißt der stärkste von ihnen; er ist rothaarig wie ich, und man hält ihn für einen Freund der Menschen. Doch der weiseste ist Odin; er ist der Gott der Krieger, und es heißt, ihm sei es zu verdanken, daß wir Nordmänner die besten Kriegsleute sind. Ob aber einer von ihnen je etwas für mich getan hat, weiß ich nicht, und soviel ist sicher, daß ich für sie wenig getan habe. Und von diesem Lande scheinen sie mir sehr fern zu sein.«

»Höre nun, Heide, genau auf das, was ich sage«, sagte Almanzur. »Es ist kein Gott außer Allah. Sage nicht, daß es ihrer viele sind, und sage nicht, daß es drei sind; wenn du das nicht sagst, wird es gut für dich sein am Tage des letzten Gerichts. Allah ist der Eine, der Ewige, der Erhabene; und Mohammed ist sein Prophet. Das ist die Wahrheit, und an die sollst du glauben. Wenn ich gegen die Christen zu Felde ziehe, so geschieht es für Allah und den Propheten, und es wäre schlimm, wenn Männer in meinem Heer diesen nicht Ehre erzeigen wollten. Darum sollst du mit deinen Leuten von nun an keinen anderen als den wahren Gott anrufen.«

Orm erwiderte: »Wir Nordmänner haben die Gewohnheit, unsere Götter nicht unnütz anzurufen, denn wir wollen sie nicht durch Schreien ermüden. Seit wir einmal, um glückliche Heimfahrt zu haben, dem Gott des Meeres ein Opfer brachten, haben wir keinen Gott angerufen, und jenes Mal war es nichts nütze, denn gleich darauf kamen deine Schiffe und wir, die wir hier stehen, wurden gefangengenommen. Es mag sein, daß unsere Götter in diesem Lande nur wenig Macht haben, und daher will ich gern nach deinem Sinn tun und mich hier bei dir an deinen Gott halten. Und die anderen werde ich, wenn du es willst, fragen, wie sie in dieser Sache denken.«

Almanzur nickte, und Orm sagte zu seinen Leuten: »Er sagt, daß wir uns an seinen Gott halten sollen. Er hat nur einen, der heißt Allah, und andere Götter mag er nicht leiden. Ich muß glauben, daß sein Gott hier im Lande stark ist, und hier, so weit von der Heimat, sind unsere Götter schwach. Wir schaffen uns besseres Ansehen, wenn wir tun, wie es hier Brauch ist, und es wäre unklug, ihm in dieser Sache nicht den Willen zu tun.«

Die Männer meinten, hier sei nicht viel zu wählen, da es töricht wäre, einen so großen Herrn wie Almanzur zu reizen; und schließlich wandte sich Orm wieder zu Almanzur und sagte, daß alle bereit seien, sich zu Allah zu halten und keinen anderen Gott anzurufen.

Almanzur ließ nun zwei Priester und einen Richter holen, und vor ihnen mußten Orm und seine Leute die heiligen Worte der Diener Mohammeds hersagen, dieselben, die Almanzur soeben gesprochen hatte: daß es keinen Gott gebe außer Allah und daß Mohammed sein Prophet sei. Allen außer Orm fiel es schwer, die Worte zu formen, obschon sie sorgfältig vorgesprochen wurden.

Als das geschehen war, sah Almanzur zufrieden aus und sagte seinen Priestern, er meine, Allah damit einen guten Dienst getan zu haben. Dem stimmten sie bei. Er langte nun in den Kupferkasten auf dem Tisch und nahm Goldmünzen hervor; jedem der Männer gab er fünfzehn Münzen und Orm das Doppelte. Sie dankten ihm, und dann wurden sie vom Kriegsobersten wieder in ihre Quartiere zurückgeführt. Toke sagte: »Nun haben wir den Göttern, die unsere eigenen waren, aufgesagt, und das mag recht sein im fremden Land; aber wenn ich wieder einmal nach Hause komme, werde ich mich mehr um sie kümmern als um Allah. Hier aber, glaube ich, ist Allah der beste Gott, und ihm ist es zu danken, daß wir bereits Gold empfangen haben. Und ich werde ihn noch mehr zu schätzen wissen, wenn er mir auch Frauen gibt.«

Bald darauf befahl Almanzur einen Kriegszug gegen die Christen und machte sich mit seiner Leibwache und einem großen Heer gen Norden auf. Er plünderte drei Monate lang in Navarra und in den aragonischen Grafschaften; Orm und seine Leute fanden da Beute und auch Frauen und waren mit ihrem Dienst wohl zufrieden. Hinfort war es so, daß sie jeden Frühling und Herbst mit Almanzur im Feld standen, aber während der schlimmsten Sommerhitze und zur Zeit, die die Südländer Winter nannten, sich in Cordova aufhielten. Sie versuchten sich an die Gebräuche des Landes zu gewöhnen und hatten bei Almanzur über wenig zu klagen. Denn er gab ihnen oft reiche Geschenke, um sich ihre

Ergebenheit zu erhalten, und was sie bei Erstürmungen und anderen Plünderungen gewannen, durften sie, nachdem der fünfte Teil für ihn abgezogen war, für sich selber behalten.

Und doch: Allah zu dienen und dem Propheten wohlgefällig zu sein, hatte für sie mitunter seine Schwierigkeiten. Denn wenn ihnen auf Kriegszügen gegen die Christen Wein und Schweinefleisch in die Hände fiel, so war ihnen verboten, davon zu genießen. Obschon ihr Trachten nach beidem groß war, wagten sie nicht, diesem Verbot, das ihnen unerhört einfältig schien, zu trotzen, denn Almanzurs Strenge war in diesen Dingen groß. Auch schien ihnen die Anbetung Allahs und das Verneigen vor dem Propheten etwas zu sein, was allzu häufig vorkam; denn wenn Almanzur im Felde war, wandte das ganze Heer jeden Morgen und jeden Abend das Gesicht dorthin, wo wahrscheinlich die Stadt des Propheten lag, und fiel auf die Knie, und ein jeder mußte sich mehrere Male mit der Stirn zur Erde beugen. Das schien ihnen für Männer wenig passend und etwas, worüber man nur lachen konnte, und es wollte ihnen nie gelingen, sich ganz daran zu gewöhnen.

Sie zeichneten sich als Krieger aus und gewannen bei allen in der Leibwache großes Ansehen. Sie selbst hielten sich für die besten dort, und niemand trat ihrem Recht zu nahe, wenn Beute verteilt wurde. Sie waren zusammen acht: Orm und Toke, Halle und Ögmund; Tume, der mit Toke, und Gunne, der mit Krok am Ruder gesessen hatte, Rapp, der Einäugige, und Ulf, der der älteste von ihnen war. Vor langer Zeit bei einem Julgastmahl war ihm ein Mundwinkel aufgeschlitzt worden und danach wurde er Grinulf genannt, denn sein Mund war schief und breiter als bei anderen Leuten. Sie hatten nun bei allem so viel Glück, daß während der vier Jahre, die sie Almanzur dienten, nur einer aus ihrer Schar ums Leben kam.

Während dieser Zeit waren sie viel unterwegs, denn als Almanzurs Bart anfing zu ergrauen, nahm seine Ruhelosigkeit der Christen wegen zu, und immer weniger saß er friedlich in Cordova. Sie folgten ihm, als er hoch hinauf in den Norden nach Pamplona ins Reich Navarra zog und die Stadt zweimal vergeblich zu stürmen versuchte und sie beim drittenmal nahm und der Verwüstung preisgab; hier wurde Tume, der an Tokes Ruder gesessen hatte, durch einen Stein von einer Wurfmaschine getötet. Sie segelten, als der Statthalter der Inseln aufsässig geworden war, auf Almanzurs eigenem Schiff nach Majorka, und hielten Wacht, als Almanzur jenem und dreißig anderen aus seinem Geschlecht die Köpfe abhauen ließ. Sie kämpften in Staub und furchtbarer Hitze bei Henares in einer großen Schlacht, wo das Kriegsvolk des kastilianischen Grafen auf sie eindrang, aber dann umzingelt und niedergemacht wurde, und wo man abends die gefallenen Christen zusammentrug und zu einem hohen Leichenhaufen aufstapelte. Von dessen Höhe aus rief ein Priester Almanzurs die Diener des Propheten zum Gebet. Dann waren sie mit auf großen Kriegszügen gegen das Reich Leon, dessen König Sancho der Dicke hart bedrängt wurde, bis dessen eigene Leute, da er seiner Dicke wegen nicht mehr zu Pferde sitzen konnte, ihn als einen Nichtsnutz absetzten, worauf sie mit Tribut zu Almanzur kamen.

Auf allen diesen Heerzügen verwunderten sich Orm und seine Mannen über Almanzurs Klugheit und Macht und über sein Glück bei allen Unternehmungen, am meisten aber über seine Furcht vor Allah und über die Art, die er erdacht hatte, um seinen Gott zu besänftigen. Der Staub, der sich im Felde auf seine Kleider und Schuhe legte, wurde jeden Abend von seinen Dienern in ein seidenes Säckchen gesammelt und mit nach Cordova genommen. Er hatte bestimmt, daß er mit dem Staube von allen seinen Kriegen gegen die Christen begraben werden sollte, denn der Prophet hatte gesagt: »Selig sind, die im Krieg gegen die Ungläubigen staubige Wege gewandelt sind.«

Aber all diesem Staube zum Trotz wollte doch das Bangen Almanzurs vor Allah nicht weichen, und zuletzt beschloß er, eine größere Tat zu tun als je zuvor und die heilige Stadt der Christen in Asturien zu zerstören, wo der Apostel Jakob, der große Wundertäter, begraben lag. Im zwölften Jahr des Kalifen Hischam, das für Orm und seine Mannen das vierte in Almanzurs Dienst war, sammelte dieser im frühen Herbst eine größere Heeresmacht als je zuvor und zog gen Nordwesten durch das »Leere Land«, die alte Grenzmark zwischen Andalusiern und Christen.

Er erreichte jenseits der Einöde die Landstriche der Christen, in denen seit Menschengedenken noch kein andalusisches Heer erschienen war, und nun gab es täglich Kampf, denn die Christen verteidigten sich gut in Hohlwegen und zwischen Bergen. Eines Abends, als das Heer sich gelagert hatte und Almanzur nach dem Abendgebet in seinem Zelt ruhte, machten die Christen einen Überfall, der ihnen anfangs zu gelingen schien; eine Schar brach in das Lager ein, großer Lärm erhob sich, Heerrufe und Hilfeschreie ertönten. Almanzur eilte aus seinem Zelt, um zu sehen, was es gab; er trug Helm und Schwert, war aber ohne Brünne. Orm und zwei seiner Leute, Halle und Rapp, standen an diesem Abend Wache an der Zelttür. Plötzlich galoppierten einige feindliche Reiter auf das Zelt zu, und als sie Almanzur gewahrten, erkannten sie ihn an seinem grünen Helmtuch (denn er war der einzige im Heer, der diese Farbe trug). Sie heulten vor Eifer auf und warfen ihre Speere nach ihm. Es war schon halbdunkel; Almanzur konnte als alter Mann nicht schnell genug ausweichen, aber Orm, der ihm zunächst stand, sprang vor und warf ihn vornüber zu Boden. Dabei fing er zwei Speere mit dem Schilde auf und einer traf seine Schulter. Ein vierter Speer ritzte Almanzur, dort wo er am Boden lag, in der Seite, so daß Blut hervortrat. Halle und Rapp sprangen auf die Feinde zu und schleuderten ihre Speere. Sie brachten einen Mann zu Fall; und nun kamen Leute von allen Seiten herbei, und die Christen wurden getötet oder vertrieben.

Orm zog den Speer, der ihn getroffen hatte, heraus und half Almanzur auf die Füße. Er wußte nicht recht, wie der es aufnehmen werde, daß er gewagt hatte, ihn umzuwerfen. Aber Almanzur war mit seiner Wunde zufrieden, denn es war die erste, die er je erhalten hatte, und für ihn bedeutete es ein großes Glück, sein Blut für Allah vergießen zu dürfen, zumal da der Schaden, den er genommen hatte, nicht groß war. Er ließ drei Oberste seiner Reiterei herbeirufen und machte ihnen vor den versammelten Hauptleuten den Vorwurf, das Lager schlecht bewacht zu haben. Sie warfen sich weinend ihm zu Füßen und bekannten ihr Versäumnis. Almanzur war milde gestimmt und wie es dann seine Gewohnheit war, ließ er ihnen genügend Zeit, ihre Gebete zu sprechen und sich die Bärte aufzubinden, bevor ihnen die Köpfe abgeschlagen wurden.

Halle und Rapp erhielten jeder eine Handvoll Gold. Zuletzt, während noch alle Hauptleute des Heeres versammelt dastanden, ließ Almanzur Orm vortreten. Er blickte ihn an und sagte: »Du hast die Hand an deinen Herrn gelegt, Rotbart, und das darf ein Krieger nicht tun. Und dadurch, daß du mich zu Boden warfst, hast du meine Ehre gekränkt. Was hast du dazu zu sagen?«

»Viele Speere waren in der Luft«, antwortete Orm, »und da war keine andere Wahl. Und ich glaube, Herr, daß deine Ehre so hoch steht, daß sie durch solches nicht Schaden nehmen kann. Zudem fielst du nach vorn, dem Feinde zu, so daß niemand behaupten kann, du seist vor ihm gewichen.« Almanzur saß still da und fingerte an seinem Bart; darauf nickte er und sagte: »Deine Verteidigung scheint mir gut. Und mein Leben hast du gerettet – auch das mag etwas wert sein.«

Er ließ nun aus seiner Schatztruhe eine schwere goldene Kette holen. »Ich sehe, daß du einen Speer in die Schulter erhalten hast, und das magst du gespürt haben. Aber hier ist etwas, den Schmerz zu stillen.«

Er hängte Orm die Kette um den Hals, und das war eine seltene Ehre; danach standen Orm und seine Mannen noch höher in Almanzurs Gunst. Toke betrachtete die Kette und freute sich, daß Orm eine solche Kostbarkeit erhalten hatte. »Und so viel ist sicher«, sagte er, »daß man keinem besseren Fürsten als Almanzur dienen kann. Aber dennoch scheint es mir sowohl für dich, Orm, wie auch für uns andere ein großes Glück, daß du ihn nicht auf den Rücken geworfen hast.«

Nun zog das Heer weiter, und schließlich kamen sie zur heiligen Stadt der Christen, wo der Apostel Jakob begraben lag und wo ein großes Heiligtum über seinem Grabe erbaut worden war. Da gab es Kampf; und weil die Christen glaubten, daß ihr Apostel ihnen helfen werde, kämpften sie, so lange sie konnten; doch schließlich wurden sie von Almanzur übermannt, und die Stadt ward erstürmt und verbrannt.

Man hatte große Schätze aus dem ganzen Lande hierher gebracht, denn diese Stadt war noch nie von einem Feinde bedroht worden; viele Gefangene wurden gemacht, und es gab große Beute. Almanzur wollte, daß vor allem die große Kirche über dem Apostelgrabe zerstört werde, die aber war von Stein und konnte nicht verbrannt werden. Daher mußten Gefangene und Leute aus seiner eigenen Mannschaft sich daran machen, sie abzubrechen. Im Turm hingen zwölf große Glocken, die die Namen der Apostel trugen; die gaben schönen Klang und wurden von den Christen als etwas Wunderbares geschätzt, aber am meisten die größte von ihnen, die Jakob hieß. Almanzur befahl, daß diese Glocken von den christlichen Gefangenen nach Cordova gebracht würden, damit sie dort in der großen Moschee – aufwärts gerichtet wie Becher – mit wohlriechendem Öl gefüllt würden, um dann als brennende große Lampen hinfort der Ehre Allahs und des Propheten zu dienen. Sie waren schwer zu tragen, und man verfertigte für sie große Bahren; sechzig Gefangene sollten umschichtig je eine tragen. Aber die Jakobsglocke war allzu schwer, so daß keine Bahre für sie gemacht werden konnte; und auch auf Ochsenwagen konnte sie nicht über die Bergpfade gefahren werden. Dennoch wollte Almanzur diese Glocke unter keiner Bedingung zurücklassen, denn er hielt sie für seine schönste Beute.

Da ließ er eine Plattform bauen, auf die die Glocke gestellt werden sollte, um dann auf Rollen zu einem nahen Fluß geschleppt und von dort auf einem Schiff nach Cordova gebracht zu werden. Als die Plattform fertig war und Rollen unter sie gelegt worden waren, steckte man Stangen unter den Glockenbügel, und eine Menge Leute versuchten, sie auf die Plattform zu heben; doch die Südländer waren dazu nicht groß und kräftig genug, und als sie, damit noch mehr Leute mitheben könnten, längere Stangen nahmen, brachen diese, und die Glocke blieb auf dem Boden stehen. Orm und seine Leute kamen hinzu und lachten.

»Für sechs erwachsene Männer wäre es nicht schwer, sie zu heben«, sagte Toke.

»Ich glaube«, sagte Orm, »daß es schon mit vieren geht.«

Darauf traten er und Toke und Ögmund und Rapp, der Einäugige, an die Glocke heran; sie setzten eine kurze Stange in den Bügel und hoben die Glocke auf die Plattform.

Almanzur, der gerade vorbeiritt, hatte gehalten, um das mit anzusehen; er rief Orm zu sich und sagte: »Allah – gepriesen werde sein Name! – hat dir und deinen Männern große Kraft verliehen, und mir scheint, daß ihr die Rechten seid, diese Glocke auf ein Schiff zu schaffen und sie nach Cordova zu bringen; denn andere können nicht mit ihr hantieren.« Orm verneigte sich vor ihm und sagte, dieser Auftrag scheine ihm nicht schwer.

Darauf ließ Almanzur unter den Gefangenen eine Schar kräftiger Sklaven auswählen; die sollten die Glocke zum Fluß, wo er segelbar wurde, hinunterschleppen, und dann auf einem dort liegenden Schiff, das den Asturiern weggenommen worden war, als Ruderer dienen. Zwei Beamte aus Almanzurs Kanzlei wurden mitgeschickt, die Fahrt zu überwachen. Nun wurden an der Plattform Stricke befestigt, und mit Glocke und Schleppern zogen Orm und seine Leute ihres Weges; einen Teil der Sklaven hatte man vorgespannt, andere sorgten dafür, daß die Rollen richtig in Gang blieben. Es war eine mühsame Reise, denn meist ging es bergab, und mitunter nahm die Glocke Reißaus, so daß zu Anfang einige Sklaven von den Rollen zerquetscht wurden. Doch Orm ließ an der Plattform auch hinten Stricke anbringen, so daß man sie an abschüssigen Stellen zurückhalten konnte. Nun ging es besser, und sie kamen zum Fluß hinab, wo das Schiff lag.

Es war ein Handelsschiff, nicht groß, aber wohl gebaut und überdeckt; es hatte zehn Paar Ruder und auch Mast und Segel. Orm und seine Leute hoben die Glocke an Bord und befestigten sie mit Stricken und Klammern; darauf setzten sie die Sklaven an ihre Plätze und fuhren flußabwärts. Der Fluß lief in westlicher Richtung, nördlich vom Strom, den einst Kroks Schiff zur Feste des Markgrafen hinaufgefahren war, und die Nordmänner freuten sich, nun wieder Herren auf einem Fahrzeug zu sein.

Orms Leute hielten abwechselnd ein Auge auf die Ruderer und fanden sie störrisch und ungeschickt; und ganz verkehrt schien ihnen, daß es auf dem Schiff keine Fußketten gab. Denn nun mußte man die Ruderer die ganze Nacht bewachen, und trotzdem glückte es einigen, die die Gerte zu fühlen bekommen hatten, zu entkommen. Man war sich einig darüber, daß so schlechte Ruderer noch nie gesehen worden waren und daß man nicht auf diese Weise bis nach Cordova fahren konnte.

Als sie zur Flußmündung kamen, lagen dort viele große Kriegsschiffe Almanzurs, die nicht stromauf fahren konnten; der größte Teil ihres Kriegsvolkes war landeinwärts geschickt worden; sie hatten beim Ausplündern der Asturier helfen sollen. Orms Leute freute dieser Anblick, und Orm schickte sogleich die beiden Schreiber aus, bei den Schiffskapitänen so viele Fußeisen, wie nötig waren, zu leihen. Nun wurden die Sklaven angeschmiedet, und hier bekam Orm auch Proviant für seine Reise, denn die Fahrt nach Cordova war lang. Er blieb nun in einer geschützten Bucht neben den Kriegsschiffen liegen, um auf besseres Segelwetter zu warten.

Am Abend ging er mit Toke und Gunne an Land; die anderen Leute ließ er zurück, das Schiff zu bewachen. Sie gingen den Strand entlang und kamen zu einigen Fischerbuden, wo Händler sich eingerichtet hatten und Beute aufkauften gegen Dinge, die auf Schiffen nützlich sein konnten. Als sie in die Nähe einer dieser Buden kamen, gingen sechs von einem Schiff kommende Männer dort hinein, und Gunne blieb plötzlich stehen.

»Da gingen Leute, bei denen wir etwas zu bestellen haben«, sagte er. »Saht ihr die beiden ersten?«

Weder Orm noch Toke hatten sie bemerkt.

»Das waren die Männer, die Krok niedergemacht haben«, sagte Gunne.

Orm wurde bleich und ein Schauer durchlief ihn.

»Dann haben sie lange genug gelebt«, sagte er.

Sie zogen die Schwerter. Orm und Toke trugen die Geschenke der Herrscherin Subaida in Händen. Toke hatte für sein Schwert noch keinen Namen gefunden, der ebenso gut war wie »Blauzunge«.

»Vor Almanzur kommt Krok«, sagte Orm. »Wir alle haben hier Rache zu nehmen, am meisten aber ich, der ich nun an seiner Statt Häuptling bin. Lauft ihr beide hinter die Bude, so daß niemand dort hinauskommt.«

An beiden Kurzwänden hatte die Bude Türen. Orm trat durch die zunächstliegende ein und fand drinnen die sechs Männer und den Händler. Der verkroch sich, als er Orm mit entblößtem Schwerte kommen sah, unter einigen Säcken, aber die Männer von den Schiffen griffen zu ihren Waffen und schrien Orm Fragen zu. Es war eng und dämmrig im Raum, aber Orm entdeckte gleich den, der Krok niedergeschlagen hatte.

»Hast du dein Abendgebet gesprochen?« sagte er und schlug ihm über den Hals, so daß der Kopf von den Schultern gehoben wurde.

Nun drangen zwei Männer auf Orm ein, so daß er genug zu tun bekam. Die übrigen liefen zur Hintertür, aber da kamen Toke und Gunne ihnen entgegen. Toke schlug gleich einen Mann nieder, und indem er Kroks Namen schrie, schlug er geschwind nach dem zweiten; und nun gab es inmitten der Waren ein großes Gedränge im Laden. Ein Mann sprang auf eine Bank und hieb von dort aus nach Orm; aber seine Waffe blieb im Dachgebälk stecken, und Orm schleuderte ihm seinen Schild ins Gesicht; dessen Spitze traf das Auge; der Mann fiel zu Boden und lag still. Darauf war der Kampf schnell beendet. Der andere, der Krok tödlich getroffen hatte, wurde von Gunne zu Fall gebracht; Orm hatte zwei Männer und Toke drei niedergemacht, aber der Händler, von dem in seinem Versteck nicht viel zu sehen war, durfte unversehrt liegenbleiben, denn er hatte mit der Sache nichts zu tun.

Als sie nun mit blutigen Waffen aus der Bude hinaustraten, kamen einige Männer auf sie zu, um zu sehen, was der Lärm zu bedeuten hatte, aber bei ihrem Anblick wandten sie sich um und liefen ihres Weges. Toke hielt sein Schwert mit ausgestrecktem Arm vor sich; dickes Blut rann längs der Klinge nieder und tropfte in großen Tropfen von der Spitze herab.

»Jetzt gebe ich dir, Blauzunges Schwester, deinen Namen«, sagte er, »›Rotschnabel‹ sollst du von nun an heißen.«

Orm blickte den fliehenden Männern nach. »Es wird am besten sein, wenn auch wir jetzt schnell machen«, sagte er, »denn nun sind wir in diesem Lande friedlos. Aber das war die Rache wert.« Sie eilten zum Schiff und sagten den anderen, was geschehen war, und obschon es nun fast dunkel war, ging das Schiff sofort in See. Alle waren froh, daß Krok nun gerächt war, und sie verstanden wohl, daß Eile not tat, um aus diesem Lande hinauszukommen. Sie halfen einander beim Antreiben der Ruderer, um gute Fahrt zu haben. Orm selbst stand am Steuer und spähte ins Dunkel; die beiden Schreiber Almanzurs, die nicht wußten, was geschehen war, setzten ihm mit Fragen zu, bekamen aber nur wenig Antwort. Schließlich war das Schiff glücklich aus der Bucht heraus und bekam Wind von Süden, so daß Segel gesetzt werden konnten. Sie hielten vom Lande ab, gen Norden, bis es tagte; und von verfolgenden Schiffen war nichts zu sehen.

Zur Rechten sahen sie einige Inseln liegen, und Orm legte dort an. Er setzte die beiden Schreiber an Land und schickte durch sie an Almanzur Botschaft und Gruß.

»Von einem solchen Herrn wollen wir nicht entfliehen, ohne es ihn wissen zu lassen«, sagte er. »Sagt ihm daher von uns allen, daß es unser Schicksal wurde, sechs seiner Männer zu töten, weil wir Rache zu nehmen hatten für Krok, unseren Häuptling; und gegen das seine war das Leben von sechs Männern nicht viel. Wir nehmen das Schiff und die Sklaven mit uns, und diesen Verlust trägt Almanzur leicht; und die Glocke nehmen wir auch, denn die gibt dem Schiff den nötigen Tiefgang, und es sind gefahrvolle Meere, die vor uns liegen. Wir alle meinen, daß Almanzur uns ein guter Herr war, und wenn nicht dieses dazwischen gekommen wäre, hätten wir ihm gern länger gedient; so aber, wie es nun geworden ist, gibt es keinen anderen Weg, um von hier mit dem Leben davonzukommen.«

Die Schreiber versprachen, das Wort für Wort, so wie Orm es gesagt hatte, zu bestellen. Toke fügte hinzu: »Es wäre auch gut, wenn ihr beide, sobald ihr nach Cordova kommt, dem reichen Salaman, der Dichter und Silberschmied ist, Grüße von uns bringen und der Herrscherin Subaida ausrichten wolltet, daß zwei Nordmänner, die sie kennt, ihr Dank sagen. Und sagt ihr auch dies: daß die Schwerter, die sie uns gab, uns von großem Nutzen gewesen sind und daß die Schneiden keine einzige Scharte bekommen haben, obwohl wir sie tüchtig benutzten. Aber sagt es ihr so, daß Almanzur es nicht hört.«

Die Schreiber hatten ihre Schreibzeuge vor sich und zeichneten alles auf; und dann wurden sie auf der Insel zurückgelassen und bekamen so viel Vorräte, als sie brauchten, um auf ein Schiff warten zu können oder auf andere Weise ans Land zu gelangen. Alle Ruderskiaven heulten überlaut, als das Schiff nun in die offene See hinausfuhr, und es war deutlich, daß auch sie gern dort zurückgelassen werden wollten, wo man die Schreiber ausgesetzt hatte. Orms Leute mußten mit Tauenden und Gerten unter ihnen umhergehen, um sie zu beruhigen und zum Rudern zu bringen; denn es herrschte nun Windstille, und Eile tat not, aus diesen Fahrwassern herauszukommen.

»Gut, daß wir sie in Fußeisen haben«, sagte Gunne, »denn sonst wären alle trotz unseren Schwertern über Bord gesprungen. Aber es ist schlimm, daß wir nicht mit den Eisen auch eine Peitsche geliehen haben, denn von Gerten und Tauenden werden so störrische Leute nicht genug gebissen.«

»Seltsam, daß du damit recht hast«, sagte Toke. »Denn als wir selber auf der Ruderbank saßen, hätten wir nie geglaubt, daß wir einmal den Nutzen einer Sklavenpeitsche preisen würden.«

»Der eigene Rücken schmerzt am meisten«, sagte Gunne, »das stimmt. Aber wenn wir glücklich davonkommen wollen, müssen die Rücken dieser Männer mehr schmerzen als jetzt.«

Toke meinte das auch, und sie gingen wieder umher und klatschten, so gut sie konnten, den Gefangenen auf die Rücken, um das Schiff zu schnellerer Fahrt zu bringen. Aber trotzdem ging es kläglich damit, denn die Sklaven konnten ihre Ruderschläge nicht im Takt halten.

Orm sah das und sagte: »Nur durch Schläge lehren wir sie nicht rudern, da es ihnen an Übung fehlt. Aber vielleicht kann da die Glocke nützlich sein.« Er nahm eine Axt und stellte sich neben die Glocke, und mit dem Axthammer schlug er sie im Takt; da gab die Glocke einen starken Klang, und die Ruderer horchten auf und richteten sich danach, so daß es mit dem Rudern besser ging. Orm ließ seine Leute nun abwechselnd den Takt schlagen, und sie fanden, daß der Klang der Glocke am besten war, wenn sie einen lederumwundenen Knüttel benutzten. Sie hatten nun viel Vergnügen daran.

Aber bald bekamen sie wieder Wind, und es war nun nicht mehr nötig zu rudern. Der Wind nahm zu und wurde Sturm, so daß es anfing, gefährlich auszusehen. Grinulf sagte, das sei gerade, was man habe erwarten können, denn sie hätten die Reise angetreten, ohne dem Meervolk zu opfern. Doch andere widersprachen und erinnerten daran, daß Almanzurs Schiffe ihnen gleich nach einem solchen Opfer Unglück gebracht hätten. Grinulf meinte, das sicherste sei, nun Allah zu opfern, und einige waren derselben Meinung, aber Toke sagte, er glaube nicht, daß Allah auf den Meeren viel zu sagen habe. Da sagte Orm: »Ich glaube, daß niemand genau wissen kann, wie mächtig jeder Gott ist, und welchen Nutzen er für uns haben mag; und am besten wäre es vielleicht, weder den einen noch den anderen zu vernachlässigen. Und soviel ist sicher, daß es einen gibt, von dem wir auf dieser Reise bereits Nutzen gehabt haben, und das ist St. Jakob. Denn seine Glocke gibt dem Schiffe ruhige Fahrt, und auch mit dem Rudern hat sie uns geholfen.«

Die Männer meinten, das sei recht gesprochen. Sie brachten nun Ägir, Allah und St. Jakob ein Opfer von Fleisch und Getränken, und danach war ihnen besser zumute.

Sie wußten jetzt nicht genau, wo sie waren; nur dies stand fest, daß sie sich ein gutes Stück von Asturien entfernt hatten. Sie wußten aber, daß sie zuletzt immer Land finden würden, Irland, England oder die Bretagne, wenn sie, wie der Sturm sie getrieben, nach Norden hielten und dabei nicht zu weit nach Westen gerieten. Daher blieben sie auch im Sturm guten Mutes; einige Male sahen sie die Sterne, und es schien ihnen, daß sie recht fuhren.

Am meisten Mühe machten ihnen die Sklaven; denn obschon sie nun nicht mehr an den Rudern zu tun hatten, wurden sie doch elend vor Angst und Seekrankheit, so daß alle grün aussahen und mit den Zähnen klapperten, und einige von ihnen starben sogar. Um warme Kleider war es auf dem Schiff schlecht bestellt, und es wurde täglich kälter, denn nun ging es schon tief in den Herbst hinein. Der schlechte Zustand der Sklaven machte Orm und seine Leute besorgt, und sie pflegten sie, so gut sie konnten, und gaben ihnen, wenn sie zu essen vermochten, vom Besten; denn gelang es, diese Sklaven glücklich an Land zu bringen, so waren sie später viel wert.

Endlich ließ der Sturm nach. Sie hatten nun einen Tag lang schönes Wetter und guten Wind und hielten gen Nordost; und im Sonnenschein wurden die Sklaven wieder munter. Doch am Abend legte sich der Wind ganz, und Nebel breitete sich über sie. Er wurde dichter und dichter und war kalt und tropfend, so daß alle froren, die Sklaven aber am meisten. Kein Windstoß kam, und das Schiff lag still und wurde von der langen Dünung gehoben. Orm sagte: »Nun steht es schlimm für uns, denn liegen wir still und warten auf Wind, so sterben die Sklaven vor Kälte; und lassen wir sie rudern, so sterben sie wahrscheinlich auch, da sie so elend sind. Und so lange weder Sonne noch Sterne zu sehen sind, haben wir nicht viel, wonach wir uns beim Rudern richten können.«

»Mir scheint es am besten, daß wir rudern lassen«, sagte Rapp, »das macht warm. Und laß uns nach der Dünung steuern, denn der Sturm kam von Süden, und solange der Nebel dauert, haben wir nichts anderes, wonach wir uns richten können.«

Rapps Rat wurde für gut befunden, und die Sklaven mußten zu den Rudern greifen, obschon sie schwach waren und sehr klagten. Die Männer wechselten wieder an der Glocke ab, und es schien nun, als klänge sie noch schöner als zuvor und gäbe einen nachhallenden, langen Ton bei jedem Schlag, so daß sie ihnen im Nebel eine gute Gesellschaft war. Mitunter ließen sie die Sklaven auch eine Weile ruhen und schlafen, sonst aber ruderten sie die ganze Nacht.

Der Nebel war immer noch ebenso dicht, und sie steuerten nach der Dünung.

Am Morgen stand Ögmund am Steuer, und Rapp schlug an die Glocke. Die übrigen Männer schliefen. Plötzlich horchten beide auf und sahen einander an und horchten wieder; ein schwacher Klang kam aus der Ferne. Sie staunten und weckten die anderen; alle lauschten. Der Klang ließ sich unablässig vernehmen, und er schien ihnen entgegenzukommen.

»Es klingt, wie wenn noch andere als wir mit einer Glocke ruderten«, sagte Toke.

»Nun müssen wir vorsichtig fahren«, meinte Grinulf, »denn es mag Ran sein mit ihren Töchtern, die Seefahrer locken mit Gesang und Spiel.«

»Mir klingt es eher, als ob Zwerge beim Schmieden sind«, sagte Halle, »und auch dergleichen mag, wenn man zu nahe kommt, gefährlich sein. Vielleicht sind wir bei irgendeiner Kösteninsel, wo Kobolde ihr Wesen treiben.«

Der schwache Klang aus der Ferne tönte fort, und sie fühlten sich nun alle ängstlich werden und warteten auf das, was Orm sagen werde. Sogar die Sklaven horchten auf und begannen eifrig zu schnattern, aber Orm und seine Leute verstanden ihre Sprache nicht.

»Niemand kann wissen, was das ist«, sagte Orm, »aber es wäre schlimm, wenn schon so wenig uns bange machen könnte. Darum wollen wir weiterrudern wie bisher und, so gut es geht, Ausguck halten. Und was mich angeht, so habe ich nie gehört, daß Kobolde sich früh am Morgen zeigen.«

Das meinten auch die anderen, und man ließ weiterrudern. Hin und wieder spürten sie einen leisen Windhauch, und der Nebel fing an zu steigen, und auf einmal riefen alle, daß sie Land sähen. Es schien eine Insel oder Landzunge mit steiniger Küste zu sein, und der Klang kam deutlich von dort her; doch nun hörte er auf. Sie sahen grünes Gras und einige weidende Ziegen und dann ein paar Hütten, bei denen Männer standen und hinausblickten zum Schiff.

»Das sieht mir weder nach Kobolden noch nach Rans Töchtern aus«, sagte Orm. »Hier gehen wir an Land und sehen nach, wohin wir gekommen sind.«

So geschah es denn auch. Die Männer auf der Insel zeigten keine Furcht, als sie heergekleidete Männer an Land gehen sahen, sondern sie kamen ihnen freundlich entgegen und begrüßten sie. Es waren ihrer sechs, und alle waren alt und hatten weiße Bärte und braune Mäntel, und was sie sagten, konnte keiner verstehen.

»Zu welchem Lande sind wir gekommen und wessen Leute seid ihr?« fragte Orm.

Einer der Alten verstand seine Worte und rief den anderen zu: »Lochlannach, Lochlannach!« und dann antwortete er in Orms eigener Sprache. »Du bist nach Irland gekommen, und wir sind Diener des heiligen Finnian.«

Als Orm und seine Leute das hörten, waren sie sehr froh und meinten, fast schon zu Hause zu sein. Sie sahen nun, daß sie auf einer kleinen Insel gelandet waren, und dahinter konnten sie in der Ferne die irische Küste unterscheiden. Nur die alten Männer und deren Ziegen lebten auf dieser Insel.

Die Alten redeten eifrig miteinander und sahen erstaunt aus, und der Mann, der die nordische Sprache verstand, sagte darauf zu Orm: »Du sprichst die Sprache der Nordmänner, und diese Sprache verstehe ich, denn bevor ich auf diese Insel kam, bin ich viel mit Nordmännern umgegangen. Aber soviel ist sicher, daß ich nie Männer von Lochlann gesehen habe, die wie du und deine Leute gekleidet waren. Wo kommt ihr her? Seid ihr weiße oder schwarze Lochlannach? Und woher kommt es, daß ihr mit Glockenklang dahersegelt? Heute ist der Tag des heiligen Branda, und seinem Gedächtnis zu Ehren läuteten wir unsere Glocke; da hörten wir eure Glocke vom Meere her Antwort geben und glaubten, daß es vielleicht der heilige Branda selbst sei, denn er ist ein großer Seefahrer gewesen. Aber ihr alle seid ja wohl auf den Namen Jesu Christi getauft, da ihr mit heiligem Laut dahergesegelt kommt?«

»Der Alte kann gut schwatzen«, sagte Toke, »und hier, Orm, hast du auf vieles Antwort zu geben.«

Orm erwiderte dem Alten: »Wir sind schwarze Lochlannach, Männer aus König Haralds Reich, und doch weiß ich nicht, ob König Harald noch lebt, denn wir sind lange von Hause gewesen. Aber unsere Mäntel und Kleider sind aus Spanien, denn wir kommen von Andalusien her, wo wir einem hohen Herrn namens Almanzur dienten. Und unsere Glocke heißt Jakob und ist von der Kirche in Asturien, da der Apostel Jakob begraben liegt, und sie war dort die größte von allen Glocken; aber wie sie mit uns auf die Reise kam, ist jetzt zu lang zu erzählen. Christus kennen wir, aber dort, woher wir kommen, wird er nicht in großen Ehren gehalten, und wir sind nicht getauft. Aber da ihr selbst Christen seid, hört ihr vielleicht gern, daß wir Christen an den Rudern sitzen haben. Sie sind unsere Sklaven und kommen von demselben Ort wie die Glocke, und nun sind sie von der Reise recht angegriffen und taugen nicht viel. Darum wäre es gut, wenn man sie hier an Land schaffen könnte, damit sie sich, bevor wir weiterfahren, erholen können. Und ihr braucht keine Furcht zu haben vor uns, denn ihr seht wie gute Leute aus, und nur, wenn man sich gegen uns stellt, brauchen wir Gewalt. Einige eurer Ziegen werden ja wohl draufgehen, aber das ist das Schlimmste, was ihr von uns auszustehen habt, und wir denken nicht, lange zu bleiben.«

Als die Alten das alles verstanden hatten, nickten sie und lächelten freundlich, und ihr Sprecher sagte, daß sie nicht selten Seefahrer auf der Insel beherbergten und noch durch keinen Böses erfahren hätten.

»Denn wir selber tun niemandem Unrecht«, sagte er, »und wir besitzen nichts als unseren Rübenacker und unsere Hütten; außerdem ist die ganze Insel dem heiligen Finnian untertan, und er ist mächtig bei Gott und hält seine Hand über uns. Und unsere Ziegen hat er dieses Jahr reich gesegnet, so daß es an Nahrung nicht fehlen wird. Seid daher willkommen; nehmt fürlieb mit dem wenigen, was wir zu bieten haben; uns Alten, die wir meist allein hier sitzen, macht es Freude, weitgefahrenen Männern zuzuhören.«

Die Sklaven wurden nun an Land gebracht, das Schiff zog man auf das Ufer herauf, und Orm und seine Leute hielten nun auf der Insel des heiligen Finnian Rast und kamen mit den Mönchen gut überein. Sie fischten mit ihnen und taten manchen guten Fang, und sie fütterten die Sklaven, bis sie nicht mehr so elend aussahen. Und Orm und die anderen mußten den Mönchen viel von ihren Abenteuern erzählen. Denn obwohl das Übersetzen Mühe machte, wollten die Alten doch gern Neuigkeiten aus fernen Ländern erfahren. Aber am meisten von allem bewunderten sie die Glocke, die größer war als irgendeine, von der sie auf Irland hatten reden hören. Sie sagten, es sei ein gewaltiges Wunder, daß St. Jakob und St. Finnian durch ihre Glocken einander aus der Ferne zugerufen hätten; und zuweilen schlugen sie bei ihrem Gottesdienst an die Jakobsglocke statt an ihre eigene und hatten Freude an dem großen Klang, der über das Meer hinging.

Von Orms Aufenthalt bei den Mönchen des heiligen Finnian und wie zu Jellinge ein Wunder geschah

Während ihres Aufenthaltes bei den Mönchen des heiligen Finnian berieten Orm und seine Mannen eifrig darüber, was am besten zu tun sei, nun da die Sklaven wieder wohlauf waren und die Reise fortsetzen konnten. Orm wie auch die anderen wollten alle heim; die Gefahr, Seeräubern zu begegnen, war gering, da sich jetzt nur noch wenige Schiffe draußen auf hoher See hielten, und später würde Winterwetter die Fahrt erschweren, so daß die Sklaven sie dann vielleicht nicht überstehen könnten. Es schien daher das klügste zu sein, sie möglichst bald zu verkaufen. Um das zu besorgen, konnte man entweder nach Limerick fahren, wo viele Leute Orms Vater kannten, oder auch nach Cork segeln, wo Olof-mit-den-Edelsteinen seit je einen schwunghaften Handel mit Sklaven betrieb. Sie erkundigten sich bei den Mönchen, welches von beidem wohl das beste sei.

Als die Mönche begriffen hatten, was sie erfahren wollten, redeten sie miteinander, und viele lächelten, und dann sagte ihr Wortführer: »Man merkt, daß ihr von weit her seid und nicht viel von dem wißt, wie es nun auf Irland steht. Weder in Limerick noch in Cork wird es euch leichtfallen, Handel zu treiben. Brian Borhumba hat nun die Macht auf Irland, und selbst weitgereiste Fremde wie ihr haben wahrscheinlich von ihm gehört.«

Orm sagte, sein Vater habe oft von einem König Brian erzählt, der Krieg gegen die Wikinger in Limerick geführt habe.

»Jetzt führt er nicht mehr Krieg gegen sie«, sagte der Mönch. »Zu Anfang war er Häuptling der Dalcassier, da bekriegten ihn die Wikinger von Limerick. Darauf wurde er König von Thomond; da war er es, der die Wikinger von Limerick bekriegte. Dann jedoch wurde er König über ganz Munster; da erstürmte er Limerick und tötete die meisten Wikinger, und die übriggebliebenen flohen. Und nun ist er der größte Held auf Irland, ist König über Munster und Herr über Leinster, und alle Fremden, die in ihren Küstenstädten sitzen, zahlen ihm Steuern. Und jetzt führt er Krieg gegen Malacchi, den Oberkönig von Irland, um dessen Gemahl und die Herrschaft zu gewinnen. Olof-mit-den-Edelsteinen zahlt ihm Steuern und muß ihm zur Heerfahrt gegen König Malacchi Krieger senden; und sogar Siegfried Seidenbart von Dublin, der von allen Fremden auf Irland der mächtigste ist, hat ihm zweimal Steuern gezahlt.«

»Das sind große Neuigkeiten«, sagte Orm, »und dieser König Brian scheint ein mächtiger Herr zu sein, wenn es auch sein mag, daß wir einen gesehen haben, der noch mächtiger ist. Aber selbst wenn alles, was du sagst, stimmt, warum könnten wir ihm denn nicht unsere Sklaven verkaufen?«

»König Brian kauft keine Sklaven«, sagte der Mönch, »er nimmt sich von seinen Nachbarn und von den Mannen von Lochlann so viele, wie er braucht. Zudem weiß jeder, daß es drei Dinge sind, die er mehr als alles liebt, und drei Dinge, die er haßt, und das könnte euch von Nachteil sein. Die Dinge, die er liebt, sind diese: die größte Macht, und die hat er bereits; das meiste Gold, und auch das ist schon sein; und die schönste Frau; und das ist, wie die ganze Welt weiß, Gormlaith, die Schwester des Maclmora, des Königs von Leinster. Und Gormlaith hat er noch nicht gewonnen. Sie war zuerst mit König Olof Kvaran von Dublin vermählt, und er verstieß sie ihrer scharfen Zunge wegen; nun ist sie die Gattin des Oberkönigs Malacchi, und er tut nun nichts als lallend in ihrer Kammer sitzen und bringt es kaum mehr fertig, in den Kampf zu ziehen; und wenn Brian ihn besiegt, so hat er Gormlaith gewonnen. Was er sich vorgenommen hat, das tut er. Aber die drei Dinge, die er haßt, sind diese: Nichtchristen und Männer von Lochlann und Dichter, die andere Könige preisen. Sein Haß ist ebenso stark wie seine Liebe, und nichts kann ihn in diesen Dingen milder stimmen; und da ihr nicht Christen seid und noch dazu von Lochlann kommt, wollen wir euch nicht raten, ihm zu nahen, denn wir wünschen nicht euer Verderben.« Die Männer hörten aufmerksam zu und meinten, daß es sich da nicht lohne, mit König Brian Handel zu treiben. Orm sagte: »Mir scheint, daß die Jakobsglocke uns gut geleitet hat, als sie uns zu dieser Insel und nicht in König Brians Reich führte.«

»Auch die Glocke des heiligen Finnian hat mitgeholfen«, sagte der Mönch, »und nun, da ihr gesehen habt, was Heilige sogar für nichtchristliche Männer tun, wäre es da nicht am Platz für euch, an Gott zu glauben und Christen zu werden?«

Orm sagte, er habe darüber noch nicht viel nachgedacht und es schiene ihm damit nicht zu eilen.

»Vielleicht ist es damit doch eiliger, als du glaubst«, sagte der Mönch, »denn es sind jetzt nur noch elf Jahre, bis die Welt untergeht und Christus in den Wolken herabkommt, um alle Welt zu richten. Bis dahin sollen alle Menschen getauft sein, und es wäre unklug, zu den allerletzten zu gehören. In größerer Zahl als bisher gehen nun die Nichtchristen zu Gott über, und daher gibt es wohl bald nicht mehr viele, die noch in Finsternis dasitzen. Seit der schlimmste aller Heiden, König Harald von Dänemark, die Taufe empfangen hat, ist Christi Wiederkunft wahrhaftig nahe. Daher solltet nun auch ihr von euren falschen Göttern lassen und den wahren Glauben annehmen.«

Orms Mannen blickten alle mit Staunen auf den Mönch, und einige brachen in Lachen aus und schlugen sich auf die Knie.

»Warum sagst du da nicht gleich, daß König Harald Mönch geworden sei wie du und sich habe scheren lassen?« fragte Toke.

»Wir sind weit in der Welt herumgekommen«, sagte Orm, »während du mit deinen Brüdern hier auf dieser einsamen Insel gesessen hast. Und doch bist du es, der die größeren Neuigkeiten bringt. Aber wenn wir dir glauben sollen, daß König Harald Christ geworden ist, so verlangst du wahrhaftig nicht wenig von uns, und mir sieht es eher so aus, als wenn irgendein Seefahrer dir das beigebracht hat, um sich über deine Leichtgläubigkeit lustig zu machen.«

Der Mönch jedoch blieb dabei, daß er die reine Wahrheit gesagt und keine Schiffergeschichte erzählt habe. Denn die Mönche hatten diese großen Neuigkeiten von ihrem eigenen Bischof gehört, der sie vor zwei Jahren besucht hatte; und an sieben Sonntagen hatten sie Gott für diesen großen Sieg gedankt, der damit der ganzen von den Nordmännern schwer heimgesuchten Christenheit zuteil geworden sei. Nach dieser Bestätigung glaubten die Männer, was der Mönch erzählt hatte; aber sie fanden es doch recht schwer, eine so seltsame Neuigkeit ganz zu fassen.

»Er stammt ja doch selber von Odin ab«, sagten sie. »Wie kann er denn da zu einem anderen halten?«

»Und Glück hat er sein Leben lang gehabt«, sagten sie; »das war ein Geschenk der Asen; und seine Flotten sind gegen die Christen ausgelaufen und reich heimgekehrt. Was hat er da mit dem Gott der Christen zu schaffen?«

Sie schüttelten die Köpfe und saßen verwundert da.

»Er ist nun alt«, sagte Grinulf, »mag sein, daß er kindisch geworden ist wie einst, in alter Zeit, König Ane in Uppland. Denn Könige trinken stärkeres Bier als andere Leute und haben viele Frauen, und das mag mit der Zeit anstrengend werden, so daß ihr Verstand sich verfinstert und sie nicht mehr wissen, was sie tun. Aber eben weil sie Könige sind, tun sie ja doch, was sie wollen, auch nachdem ihr Verstand sie verlassen hat, und auf diese Weise mag König Harald in die Bande der christlichen Lehre geraten sein.«

Die Männer nickten und fingen an, Geschichten von Leuten in der Heimat zu erzählen, die auf ihre alten Tage schnurrig geworden und mit ihren verdrehten Einfällen ihren Verwandten sehr zu Last gefallen seien; und sie meinten alle, man habe nicht viel davon, so lange zu leben, bis einem die Zähne ausfielen und der Verstand zu schrumpfen beginne. Die Mönche sagten, ihnen stünde noch Schlimmeres als das bevor, denn nach elf Jahren, beim Jüngsten Gericht, würden sie von der Erde schnell hinweggenommen werden. Die Männer aber antworteten, daß es ihnen dann gerade recht sein könnte und daß dies für sie kein Grund sei, zu Christus überzugehen.

Orm hatte nun viel zu bedenken, denn es mußte entschieden werden, was zu tun sei, nun da sie sich auf den irländischen Markt nicht wagen konnten. Schließlich sagte er zu seinen Mannen:

»Es tut gewiß gut, Häuptling zu sein, wenn Beute ausgeteilt und Bier herumgereicht wird; aber schlimmer ist es beim Plänemachen, und was ich mir nun ausdenken kann, ist nicht gerade viel wert. Aber segeln müssen wir; denn besser, als sie nun vom Essen und Ausruhen sind, können die Sklaven nicht werden, und je länger wir zögern, desto schwieriger wird unsere Reise. Mir scheint es das beste, zu König Harald zu segeln; bei ihm gibt es reiche und hochstehende Leute, die für die Sklaven vielleicht einen guten Preis zahlen, und wenn er selbst Christ geworden ist, so haben wir ja, wie mir scheint, ein gutes Geschenk für ihn, das uns gleich in Gunst bei ihm setzen wird. Ich würde lieber einer seiner Mannen werden, als daheim auf dem Hof meines Vaters zu sitzen als der jüngste, und das wäre ich, wenn der Alte und Odd, mein Bruder, noch lebten. Sobald der Handel gemacht und unser Gewinn geteilt ist, wäre es für euch andere leicht, nach Blekinge zu gelangen, wenn ihr daheim etwas zu besorgen habt. Am schwierigsten für uns ist, die Gefangenen so zu halten, daß sie uns nicht wegsterben, wenn wir nun in kältere Gegenden kommen.«

Darauf sagte er den Mönchen, daß er mit ihnen einen Handel abschließen wolle. Sie sollten ihm alle Ziegenfelle und Kleider, die sie entbehren könnten, überlassen und dafür wollte er ihnen die schwächlichsten Sklaven geben, da diese auf der Reise sterben, den Mönchen aber von Nutzen sein könnten, sobald sie wieder gesund seien; und einige andalusische Silbermünzen wolle er noch dazugeben. Die Mönche lächelten und sagten, das sei ein besserer Handel, als er Irländern sonst mit Männern von Lochlann geglückt sei, daß sie aber am liebsten die Jakobsglocke behielten. Orm antwortete ihnen, daß er die Glocke nicht entbehren könne, und der Handel wurde so abgeschlossen, wie er gesagt hatte. Dadurch konnten nun die Sklaven einigermaßen winterlich gekleidet werden.

Um Wegzehrung zu haben, räucherten sie nun Fisch und Ziegenfleisch, und dazu erhielten sie noch Rüben von den Mönchen. Diese waren ihnen bei allem behilflich; sie waren stets freundlich und klagten nicht darüber, daß ihre Ziegenherde sich während des Besuchs vermindert hatte. Ihr einziger Kummer war, daß die heilige Glocke nun in der Hand von Heiden verblieb und daß Orm und seine Leute nicht das eigene Beste einsehen und Christen werden wollten. Beim Abschied sprachen sie noch ein letztes Mal von Christus und Sankt Finnian und vom Jüngsten Gericht und von allem, was den Abreisenden widerfahren würde, wenn sie versäumten, zur wahren Lehre überzugehen. Orm antwortete ihnen, daß er nun wenig Zeit habe, auf solche Dinge zu hören, fügte aber hinzu, daß er ein schlechter Häuptling wäre, wenn er nach einer Bewirtung, wie er und seine Mannen sie hier gefunden hätten, sich bei der Abreise knauserig zeige. Dabei steckte er die Hand in den Gürtel, nahm drei Goldmünzen hervor und gab sie ihnen.

Als Toke das sah, lachte er über solche Übertreibung, sagte jedoch darauf, daß er sich ebensoviel leisten könne wie Orm, denn er habe im Sinn, einen der besten Höfe von Lister zu erheiraten und dort in der Gegend ein angesehener Mann zu werden. Bei diesen Worten gab auch er den Mönchen drei Goldmünzen und versetzte sie durch so große Freigebigkeit in größtes Staunen. Die anderen Männer sahen nicht so aus, als ob ihnen das sehr gefiele; aber ihres Ansehens wegen gaben auch sie etwas, alle außer Grinulf. Der wurde seiner Knickerigkeit wegen arg verhöhnt, aber er grinste nur mit seinem schiefen Munde und kratzte sich den Backenbart und war mit sich selbst sehr zufrieden. »Ich bin ja kein Häuptling«, sagte er, »und außerdem fange ich an, alt zu werden. Mich heiratet kein Mädchen, das einen Hof zu erwarten hat, ja nicht einmal ein altes Weib. Daher ist es mein gutes Recht, geizig zu sein.«

Als nun die Sklaven wieder an Bord genommen und angekettet worden waren, segelte Orm von der Insel des heiligen Finnian südwärts rund um Irland; er bekam günstigen Wind und hatte eine gute Reise. Obwohl sie sich in Ziegenfelle hüllten, litten alle unter der herbstlichen Kühle, denn Orm und seine Mannen hatten sich nun so lange im Süden aufgehalten, daß ihre Haut gegen kaltes Wetter empfindlicher war als ehedem. Aber der Heimat so nahe, waren sie alle guten Mutes, und das einzige, was sie noch fürchteten, waren seefahrende Landsleute, nach denen sie scharf ausschauten. Denn die Mönche hatten gesagt, daß dänische Wikinger die Küsten Englands mehr denn je umschwärmten, seit der mächtige König Brian das Betreten Irlands verwehrte. Statt dessen hieß es nun von England, daß es sich dort am besten plündern lasse. In seiner Angst, die Beute seiner Landsleute zu werden, hielt Orm das Schiff weitab vom Festlande, als sie durch den englischen Sund steuerten. Sie hatten Glück, denn sie entgingen allen Begegnungen und gelangten ins offene Meer. Nun spürten sie, daß die Wellenspritzer kälter waren. Sie segelten weiter, bis sie die Küste Jütlands erblickten. Da lachten alle vor Freude, denn es tat gut, wieder Land zu sehen, das zum Dänenreiche gehörte, und sie wiesen auf die Landeszeichen, die sie vor langer Zeit – damals, als sie mit Krok hinausgesegelt waren – gesehen hatten.

Sie fuhren um Skagen herum, hielten südwärts und bekamen nun Windschutz vom Lande her; da mußten die Sklaven wieder rudern, soviel sie konnten, während die Jakobsglocke den Takt dazu sang. Sie sprachen mit Leuten in Fischerbooten, denen sie begegneten, und erfuhren, wie weit es noch bis Jellinge war, wo König Harald hofhielt; und sie putzten nun ihre Waffen und sahen nach ihren Kleidern, um als ansehnliche Leute vor den König hintreten zu können.

Es war früh am Morgen, als sie nach Jellinge gerudert kamen und an einer Landungsbrücke anlegten; sie konnten den Königshof sehen, der etwas landeinwärts auf einem Hügel lag und von einem Erdwall und Pfahlwerk umgeben war. Drunten bei den Bootsbrücken lagen einige Hütten; da kamen Leute hervor und starrten Orm und seine Mannen an, denn es war ihnen anzusehen, daß sie aus der Fremde kamen. Mit der Plattform und den Rollen, die sie schon in Asturien benutzt hatten, schoben sie die Glocke an Land, und Neugierige aus den zunächst gelegenen Hütten sammelten sich, um eine solche Seltenheit zu betrachten und um zu hören, woher diese Fremdlinge kamen. Nach so langem Aufenthalt in der Fremde schien es Orm und seinen Leuten seltsam, die eigene Sprache von jedermann gesprochen zu hören. Sie lösten die Gefangenen von der Kette und spannten sie vor die Glocke, um sie zum König hinaufschaffen zu lassen.

Nun hörte man vom Königshof her Unwesen und Geschrei, und sie sahen einen dicken Mann in langer Kutte den Hügel herab auf sie zulaufen. Er war rasiert und hatte ein silbernes Kreuz auf der Brust, und Entsetzen stand ihm im Gesicht. Atemlos kam er bei den Hütten an und streckte die Arme aus. »Egel!« rief er, »Egel! Ist hier kein Barmherziger, der Blutegel hat? Ich muß sofort Blutegel haben, kräftige, gesunde Blutegel!« Es war leicht, ihm anzuhören, daß er Ausländer war, aber obwohl er nach Atem schnappte, rührte sich doch seine Zunge auf dänisch mit großer Geschwindigkeit.

»Über unsere Egel ist Krankheit gekommen, so daß sie

nicht mehr anbeißen wollen«, sagte er. »Und Egel sind das einzige, was hilft, wenn er Zahnschmerzen hat. Im Namen des Vaters, des Sohnes und des heiligen Geistes; ist denn niemand da, der Blutegel hat?«

Aber niemand hier unten hatte Blutegel im Hause, und der dicke Mann stöhnte und sah ganz hilflos aus. Er war zur Brücke, an der Orms Schiff lag, herangekommen und sah nun die Glocke und die Männer um sie her. Erstaunt starrte er sie an und kam schnell näher.

»Was ist denn das?« rief er. »Eine Glocke, eine heilige Glocke! Träume ich etwa? Ist es Satans Blendwerk oder eine wirkliche Glocke? und wie ist sie hierhergekommen ins Land der Teufel und der Finsternis? Noch nie im Leben habe ich eine so große Glocke gesehen, nicht einmal in des Kaisers höchsteigener Kirche zu Worms.«

»Sie heißt Jakob, nach einem Apostel«, sagte Orm, »und wir haben sie von der Kirche des Apostels in Asturien hierhergebracht. Wir hörten, daß König Harald Christ geworden sei und dachten, daß ein solches Geschenk ihn freuen werde.«

»Ein Wunder, ein Wunder!« schrie der Priester und reckte die Arme gen Himmel. »Gottes Engel haben sich unser angenommen in der Not, nun, da die Egel krank geworden sind. Und dieses heilt besser als Egel. Aber eilt nun, eilt, eilt! Jede Verzögerung ist gefährlich, denn er hat starke Schmerzen.«

Die Sklaven zogen nun die Glocke zum Königshof hinan, und der Priester ermahnte die Männer, sie mit aller Macht anzutreiben. Er schwatzte ohne Aufhören, als hätte er den Verstand verloren, und er trocknete sich die Augen und wandte das Gesicht gen Himmel und rief laut in der Sprache der Priester. Orm und die anderen begriffen so viel, daß der König Zahnschmerzen hatte, sie konnten aber nicht verstehen, wie die Glocke da von Nutzen sein konnte. Aber der Priester plapperte nur so dahin vor Glück und nannte sie Boten des Himmels. Nun, sagte er, würde alles gut gehen.

»Viele Zähne hat er, Gott sei Lob und Dank, nicht mehr im Munde«, sagte er, »aber die er noch hat, machen uns ebensoviel Mühe wie alles andere Teufelswerk in diesem Lande. Denn trotz seinem Alter tun sie ihm noch oft weh, ausgenommen die beiden blauen; und wenn der Schmerz einsetzt, ist es gefährlich, ihm nahe zu kommen, und er lästert ohne Maßen. Einmal im letzten Sommer, als ein Schneidezahn ihm wehtat, hat er Bruder Willibald beinahe zum Märtyrer gemacht, denn er schlug ihm mit unserem großen Kruzifix, das ihm den Schmerz hatte lindern sollen, über den Kopf. Zum Glück ist Bruder Willibald ein flinker Bursche, aber er mußte sich doch vor Schmerz und starkem Schwindel niederlegen. Gewiß haben wir, Bruder Willibald und ich, als wir mit dem Evangelium und mit unserer Arzneikunde dem Bischof Poppo hierher in das Land der Finsternis folgten, unser Leben Gott geweiht; aber gleichwohl ist es empörend, einiger alter Zähne wegen vom Märtyrertod bedroht zu werden. Und ausziehen dürfen wir ihm keinen einzigen alten Zahn, das hat er uns bei Verlust des Lebens verboten; denn er sagt, er wolle nicht werden wie jener schwedische König, der in seinem Alter aus einem Horn Milch sog. So groß ist die Bedrängnis und Mühsal, in der wir, um Gottes Reich zu fördern, bei diesem König leben, sowohl Bruder Willibald, der der beste Arzt im ganzen Stift Bremen ist, wie ich, der ich Bruder Matthias heiße und zugleich Kantor und Arzt bin.«

Er holte tief Atem, wischte sich den Schweiß aus dem Gesicht und schrie den Sklaven zu, sich zu beeilen. Dann fuhr er fort: »Das Schlimmste für uns Ärzte ist hier, daß wir keine Reliquien haben, die unsere Arbeit unterstützen; ja nicht einmal einen einzigen Zahn des heiligen Lazarus gibt es hier; die sind bei Zahnschmerzen das Allerverläßlichste, und an vielen Orten der Christenheit sind sie vorhanden. Denn wir, die wir zu den Heiden hinausziehen, bekommen keine Reliquien mit, weil sie in die Hände der Ungläubigen fallen und besudelt werden könnten. Wir müssen uns ganz und gar auf unsere Gebete und auf das Kreuz und auf weltliche Heilmittel verlassen, und mitunter will das nicht ausreichen. Daher kann hier bei den Dänen niemand mit Wundermitteln geheilt werden, bevor es nicht Reliquien gibt, an die man sich halten kann, und bis dahin dauert es noch eine Weile. Allerdings sind drei Bischöfe und viele gewöhnliche Priester hier totgeschlagen worden, und einige Leichname dieser Märtyrer hat man gerettet und ihnen ein christliches Begräbnis gegeben, so daß wir wissen, wo sie zu finden sind; aber die heilige Kirche hat vorgeschrieben, daß keine Knochen von Bischöfen oder Märtyrern ausgegraben werden dürfen, bevor nicht sechsunddreißig Jahre seit ihrem Tode vergangen sind. Und bis dahin ist es für uns Ärzte schlecht bestellt.«

Er schüttelte den Kopf und murmelte traurig vor sich hin, aber dann leuchtete sein Gesicht auf.

»Nun aber, da Gott dieses große Wunder hat geschehen lassen, werden Bruder Willibald und ich es leichter haben. In den Schriften der Gelehrten habe ich allerdings noch nie den heiligen Jakob als Schutzheiligen gegen Zahnschmerz genannt gesehen; aber seiner eigenen Glokke, die geradewegs von seinem heiligen Grabe kommt, muß doch große Macht gegen alles Böse innewohnen, also auch gegen schlimme Zähne. Und daher bist du, Häuptling, dem Bruder Willibald und mir und allem christlichen Vorhaben in diesem Lande ein Bote Gottes.«

»Weiser Meister«, sagte Orm, »wie heilst du Zahnschmerzen mit einer Glocke? Ich und meine Leute sind in fernen Ländern gewesen und haben dort viel Merkwürdiges gesehen; aber dieses scheint mir von allem das Seltsamste zu sein.«

»Wir Gelehrten«, sagte Bruder Matthias, »kennen zwei verschiedene Verfahren, und beide sind gut. Aber meiner Ansicht nach – und Bruder Willibald ist darin gewiß mit mir einig – ist die alte Vorschrift des heiligen Gregorius die beste. Und die wirst du gleich angewandt sehen.«

Sie hatten nun den Wall und das Pfahlwerk erreicht, und das große äußere Tor wurde ihnen von einem alten Torwächter geöffnet, während ein anderer in die Lure blies zum Zeichen, daß Fremde angekommen seien. Bruder Matthias stellte sich nun an die Spitze des Zuges und stimmte mit lauter Stimme ein heiliges Lied an; hinter ihm gingen Orm und Toke und dann, angetrieben von den übrigen Männern, kamen die Sklaven mit der Glokke.

Innerhalb des Pfahlwerkes lagen viele Häuser, und alle gehörten zum Haushalt des Königs. Denn König Harald lebte in großem Reichtum und hatte mehr Macht als seine Vorfahren. Er hatte zur großen Gastmahlhalle König Gorms einen Anbau machen und sie ausschmücken lassen, und für seine Leibwache und seine Dienstleute hatte er große Langhäuser gebaut. Das Küchenhaus und das Brauhaus waren, als ihr Bau fertiggestellt war, von Dichtern besungen worden, und Einsichtige hielten sie für größer als die des Königs von Uppsala. Bruder Matthias schlug den Weg nach dem Schlafhaus des Königs ein; dort, bei seinen Frauen und Schatztruhen, hielt er sich nun in seinen alten Tagen am meisten auf.

Es war ein hochgebautes und sehr geräumiges Holzhaus, aber es war nun nicht mehr so bevölkert wie ehedem. Denn seit Bischof Poppo dem König oft vorgehalten hatte, daß er sich Mühe geben müsse, ein christliches Leben zu führen, hatte er die meisten seiner Frauen fortgeschickt und nur einige der jüngsten behalten; und die älteren, die ihm Kinder geboren hatten, lebten nun in einem anderen Bau. Doch an diesem Morgen ging es rings um das Haus lebhaft zu, und viele Leute, sowohl Männer wie Frauen, liefen eilig und angstvoll umher. Einige blieben stehen, blickten nach den Ankommenden und fragten, was das wohl bedeuten mochte, aber Bruder Matthias brach seinen Gesang ab und lief an allen vorbei in die Kammer des Königs; und Orm und Toke folgten ihm dorthin nach.

»Bruder Willibald! Bruder Willibald!« rief er, »noch gibt es Balsam in Gilead! Herr König, sei fröhlich und preise Gott, denn deinetwegen ist ein Wunder geschehen, und deine Schmerzen werden bald vertrieben sein. Ich bin wie Saul, der Sohn des Kis, denn ich ging aus, um Blutegel zu suchen und fand einen heiligen Gegenstand.« Und während nun Orms Leute die Glocke unter großen Mühen in die Kammer schafften, machte sich Bruder Matthias ans Berichten, wie alles zugegangen war.

Orm und seine Leute begrüßten König Harald mit großer Ehrfurcht und blickten ihn mit Neugier an; denn so lange sie zurückdenken konnten, hatten sie von ihm erzählen gehört und nun schien es ihnen seltsam, daß sie ihn elend und von Schmerzen geplagt vor sich sahen.

Sein Bett stand an der Tür gegenüber der Kurzwand. Es war hoch, aus starkem Bauholz gezimmert und voll Federbetten und Fellen, und es war so geräumig, daß drei oder vier, ohne sich zu drängen, darin nebeneinander liegen konnten. König Harald saß auf dem Bettrand und hatte viele Federkissen um sich her; auf dem Kopf saß ihm eine gestrickte gelbe Wollmütze; er war in einen langen Fischotterpelz gehüllt. Ihm zu Füßen auf dem Fußboden hockten zwei junge Frauen und hatten eine Pfanne mit glühenden Kohlen zwischen sich; und jede von ihnen hielt einen Fuß des Königs auf dem Schoß und knetete den, um ihn warm zu halten.

Jeder, der König Harald so dasitzen sah, mußte sehen, daß er ein großer König war, obschon er keinen königlichen Staat trug und angstvoll blickte. In trauriger Erwartung sah er mit großen runden Augen die Leute in der Kammer an und die Glocke, die hereingetragen wurde. Doch er schien sich wenig um das zu kümmern, was er sah, und atmete kurz und keuchend, als sei er außer Atem gewesen. Denn der Schmerz hatte für einen Augenblick aufgehört, und er saß da und wartete darauf, daß er wieder anfange. Er war hochgewachsen und kräftig, dickbäuchig und von breiter Brust; sein Gesicht war groß und rot, und die blanke Haut hatte keine Runzeln. Sein Haar war weiß, aber der Bart, der ihm breit und dick wie zwei Landzungen auf der Brust lag, war gelblich, und vorn in der Mitte, von der Unterlippe herab, war ein schmaler Streifen hellgelb geblieben, ganz ohne jedes Weiß. Rings um den Mund war der Bart von allem, was er gegen die Schmerzen eingenommen hatte, naß geworden, so daß die beiden blauen Augenzähne, die nicht nur ihrer Farbe, sondern auch ihrer Länge wegen weit bekannt waren, mehr als sonst wie die Hauer eines alten Ebers hervorlugten. Seine Augen standen vor und waren blutgesprenkelt; und Macht und Gefahr schien in ihnen zu wohnen, wie auch in seinen dichten grauen Augenbrauen und seiner breiten Stirn.

So sah König Harald aus, als Orm und seine Mannen ihn zum erstenmal sahen, und Toke sagte nachher, ihm sei damals der Gedanke gekommen, daß wenige alte Könige sich bei Zahnschmerzen so echt königlich ausnehmen würden wie er.

Bischof Poppo war nicht mit im Zimmer, denn er hatte die ganze Nacht beim König gewacht und Gebete für ihn zum Himmel gesandt; und er hatte Lästerungen und drohende Worte anhören müssen, wenn der Schmerz stark war, so daß er schließlich gegangen war, um sich zu erholen. Aber Bruder Willibald, der mit Bruder Matthias die ganze Nacht hindurch allerlei Heilmittel versucht hatte, war immerzu in Bewegung und guten Mutes. Er war ein kleiner vertrockneter Bursche, völlig haarlos, mit einer großen Nase und zusammengekniffenen Lippen; quer über den Schädel lief ihm eine rote Narbe. Er nickte emsig zu Bruder Matthias' Erzählung und streckte die Arme aus, als die Glocke hereingebracht wurde.

»Das ist in Wahrheit ein Wunder«, sagte er mit seiner scharfen eifrigen Stimme. »Gleichwie die Raben des Himmels in der Wüste mit Speise zum einsamen Propheten Elias kamen, so sind diese Weitgereisten uns zu Hilfe gekommen mit heiliger Kraft. Nur für eine kurze Weile ist es uns mit weltlichen Mitteln gelungen, den Schmerz zum Verschwinden zu bringen, denn er ist sogleich wiedergekehrt, wenn unser königlicher Herr in Ungeduld den Mund geöffnet hat, und so ist es die ganze Nacht gegangen. Nun aber ist die Heilung uns sicher. Jetzt mußt du, Bruder Matthias, die Glocke mit Weihwasser waschen, und mir scheint, es wäre am besten, wenn du sie auf die Seite legen ließest und sie innen wüschest, denn auf der Außenseite sehe ich nicht den Staub, den wir brauchen. Unterdessen werde ich das übrige zusammenmischen.«

Die Glocke wurde nun umgestürzt, und Bruder Matthias wusch sie mit einem Lappen, den er in Weihwasser tauchte und nach dem Waschen über einer Schüssel auswrang. Alter Staub war in der Glocke reichlich vorhanden, so daß das ausgewrungene Wasser schwarz wurde, und darüber freute sich Bruder Matthias sehr. Unterdessen war Bruder Willibald mit seinen Heilmitteln beschäftigt, die er in einer großen lederbezogenen Kiste verwahrte, und dabei richtete er an alle, die zuhören wollten, einige unterweisende Worte.

»In Fällen wie diesem eignet sich die alte gregorianische Vorschrift am besten; für Zahnschmerz ist sie einfach und ohne jedes Geheimnis. Weißdornsaft, Schweinsgalle, Salpeter und Ochsenblut nebst einer Fingerspitze Meerrettich und einigen Tropfen Wacholderbeeröl; alles vermischt mit ebensoviel vom Weihwasser, in dem die heilige Reliquie gewaschen worden ist. Das Ganze wird beim Absingen von drei Liedern dem Kranken in den Mund gegossen, und das wird dreimal wiederholt. Dies ist das sicherste Mittel, das die ärztliche Heilkunst gegen Zahnschmerz kennt, und es versagt nie, wenn die Reliquie genügend kräftig ist. Die apulischen Ärzte des alten Kaisers Otto nahmen statt Ochsenblut gern Froschblut, aber heute hat man diesen Standpunkt aufgegeben, und das ist gut, denn im Winter ist es nicht leicht, Froschblut herbeizuschaffen.«

Er nahm aus seiner Kiste einige kleine Metallflaschen hervor, zog die Stöpsel heraus und roch an ihnen; darauf schüttelte er den Kopf und schickte einen Diener nach frischem Ochsenblut und frischer Galle in die Küche.

»In einem solchen Fall ist nur das Beste gut genug«, sagte er. »An die Zutaten ist immer große Sorgfalt zu wenden, mag auch die Reliquie noch so stark sein.«

Nun war eine gute Weile vergangen, und König Harald sah aus, wie wenn seine Schmerzen ihn nun weniger plagten. Er richtete den Blick auf Orm und Toke und schien es sonderbar zu finden, daß die Fremden ausländische Kriegerrüstung trugen, nämlich Almanzurs rote Mäntel und verzierte Schilde; und ihre Helme hatten Nasenschienen und reichten tief über Nacken und Wangen herab. Er gab ihnen ein Zeichen näherzutreten.

»Wessen Leute seid ihr?« fragte er.

»Wir sind deine Leute, Herr König«, antwortete Orm. »Aber wir sind aus Andalusien hierhergekommen. Dort dienten wir dem mächtigen Herrn Almanzur von Cordova, bis zwischen ihm und uns Blut floß. Anfangs war Krok von Lister unser Häuptling, und mit ihm und seinen Schiffen hatten wir uns auf die Fahrt gemacht. Aber er ist nun tot, und viele mit ihm; und ich bin Orm, Tostes Sohn, von Kullen in Schonen, und ich bin nun der Häuptling derer, die noch übrig sind. Wir sind mit dieser Glocke zu dir gekommen, als wir hörten, daß du Christ geworden seist, denn sie schien uns ein gutes Geschenk für dich zu sein, Herr König. Ob sie Macht hat gegen den Zahnschmerz, wissen wir nicht, aber auf dem Meere hat sie uns sehr geholfen. Sie war die größte Glocke über dem Grabe des heiligen Jakob in Asturien, wo es viele seltsame Dinge gab; wir kamen mit unserem Herrn Almanzur dorthin, und er hielt sie für eine große Kostbarkeit.«

König Harald nickte, ohne etwas zu sagen, aber eine der jungen Frauen, die zu seinen Füßen kauerten, wandte den Kopf und sah zu Orm und Toke auf. Sie sagte sehr rasch auf arabisch: »Im Namen Allahs des Barmherzigen, seid ihr Mannen Almanzurs?«

Erstaunt, am Hofe König Haralds diese Sprache zu hören, blickten Orm und Toke auf sie nieder. Sie war schön anzusehen. Sie hatte große braune Augen, die breit in einem bleichen Gesicht lagen; ihr Haar war schwarz und hing in zwei langen Zöpfen von den Schläfen. Toke hatte es nie soweit gebracht, mühelos arabisch zu sprechen, aber es war nun schon lange her, daß er mit einer Frau geredet hatte, und daher war er mit seiner Antwort bald fertig und sagte: »Du könntest aus Andalusien sein. Da habe ich Frauen gesehen, die dir glichen, obschon nur wenige ganz so schön waren.«

Sie lächelte ihn schnell mit weißen Zähnen an, sah aber gleich wieder traurig aus.

»Du siehst, o Fremdling, der du meine Sprache redest, was mir durch meine Schönheit geworden ist«, sagte sie mit weicher Stimme. »Hier sitze ich, eine Andalusierin von kelbitischem Stamm, schamlos unverschleiert, als Sklavin bei den Heiden der äußersten Finsternis und knete die alten verdorrten Zehen dieses Blauzahns. In diesem Lande gibt es nichts als Kälte und Dunkelheit und Felle und Läuse und eine Speise, die die Hunde von Sevilla ausspeien würden. In Wahrheit, vor dem, was meine Schönheit mir eingebracht hat, bleibt mir nur die Zuflucht zu Allah.«

»Für die Beschäftigung, die du eben hast, scheinst du mir zu gut zu sein«, sagte Toke freundlich. »Du solltest einen Mann finden, der mit anderem als mit seinen Zehen zu dir kommt.«

Sie lächelte ihn wieder strahlend an, obschon ihr Tränen in den Augen standen. Aber nun rührte sich König Harald und sagte erzürnt: »Wer bist du, der du hierherkommst und mit meinen Frauen die Rabensprache plapperst?«

»Ich bin Toke, ein Sohn des Grågulle von Lister«, antwortete er, »und mein Schwert und mein Mundwerk ist alles, was ich besitze. Und ich meinte nicht, daß ich es an Ehrfurcht gegen dich fehlen ließ, als ich mit einer deiner Frauen ins Gespräch kam. Sie fragte mich nach der Glokke, und ich gab Antwort; und sie meinte, daß sie ein ebenso gutes Geschenk für dich sei wie sie selber, und dir gleichfalls von Nutzen sein werde.«

König Harald öffnete nun wieder den Mund, um zu antworten, aber da verfinsterte sich sein Gesicht; er tat einen Ausruf und warf sich rücklings in die Polster, so daß die beiden jungen Frauen umgeworfen am Boden lagen. Er hatte wieder heftiges Reißen in seinem schlimmen Zahn.

Nun gab es Unruhe in der Kammer, und die dem Bette des Königs zunächst standen, wichen vor seiner Gewaltsamkeit zurück. Aber Bruder Willibald war unterdessen mit seiner Mischung fertiggeworden, und mit eifriger Miene und aufmunternden Worten trat er tapfer vor: »Na, na, Herr König!« sagte er ermahnend und machte das Zeichen des Kreuzes über König Harald und auch über der Schale mit der Mischung, die er in der anderen Hand hielt.

Darauf nahm er einen kleinen Hornlöffel und fuhr mit feierlicher Stimme fort:

»Schmerzen, die wühlen
in offener Wunde,
löscht dieser Heilsaft
auch im Munde;
bald wirst du fühlen,
daß sie geschwunden.«

Der König starrte ihn und die Schale an und stöhnte und schnaubte böse; dann schlug er in seinem Schmerz um sich und rief mit gewaltiger Stimme: »Hinweg, Priester! Fort mit deinem Gebräu! Stallmeister Hallbjörn, Arnkel, Grim! Her mit einer Axt und zerquetscht diese Laus von einem Priester!«

Doch seine Leute, die ihn schon oft so gehört hatten, kümmerten sich nicht um sein Rufen, und Bruder Willibald ließ sich nicht bange machen, sondern fuhr mit lauter Stimme fort: »Geduld, Herr König! Setze dich nun auf und nimm dies hier in den Mund. Die Kraft des Heiligen ist reichlich darin vorhanden und alles, was sonst noch dazu gehört. Nur drei Löffel voll, Herr; mehr brauchst du nicht zu nehmen. Sing nun, Bruder Matthias!«

Und Bruder Matthias, der sich mit dem Kruzifix in der Hand hinter Bruder Willibald hielt, stimmte ein heiliges Lied an:

»Solve vincla reis,
Profer lumen caecis,
mala nostra pelle,
bona cuncta posce.«

Es schien, als ob der König durch dieses Lied gefügig würde, denn nun ließ er sich geduldig aufrichten. Bruder Willibald schob ihm flink einen Löffel der Mischung in den Mund und stimmte darauf selbst in Bruder Matthias' Gesang ein, während alle in der Kammer erwartungsvoll zuschauten.

Der König wurde von dem kräftigen Heilmittel blau im Gesicht, aber er hielt doch den Mund geschlossen; und als drei Verse gesungen waren, spuckte er gehorsam das Eingenommene aus, worauf Bruder Willibald, während der Gesang fortging, ihm eine neue Gabe eingoß.

Alle, die dabei zugesehen hatten, waren sich nachher darüber einig, daß nur eine kurze Weile nach dem zweiten Löffel vergangen war – denn der erste Vers war noch nicht zu Ende gesungen –, als der König plötzlich die Augen schloß und sich ganz steif und still hielt. Darauf öffnete er wieder die Augen, spuckte aus, was er im Munde hatte, seufzte tief und rief nach Bier. Bruder Willibald brach seinen Gesang ab und beugte sich eifrig vor: »Ist es besser, Herr? Hat der Schmerz aufgehört?«

»Er hat aufgehört«, sagte der König und spuckte wieder aus.

»Was du zusammengerührt hast, war sauer, aber es half.»

Bruder Willibald streckte glücklich die Arme aus.

»Hosianna!« rief er. »Es ist vollbracht! St. Jakob von Hispanien hat uns beigestanden. Preise nun Gott, Herr König, denn lichtere Zeiten nahen. Kein Zahnschmerz wird mehr deinen Geist verdunkeln und in der Brust deiner Diener Angst hervorrufen.« König Harald nickte und strich sich den Schnurrbart zur Seite. Er ergriff mit beiden Händen einen weiten hölzernen Schoppen, den ein Diener hereingebracht hatte, und hob ihn an den Mund. In seiner Angst, daß der Schmerz wieder anfangen könnte, schien er zuerst beim Schlucken vorsichtig zu sein, aber dann trank er mit Zuversicht, bis der Schoppen leer war. Er ließ ihn gleich wieder füllen und reichte ihn Orm.

»Willkommen«, sagte er, »und habe Dank für die Hilfe.«

Orm nahm den Schoppen und trank. Es war das beste Bier, das er je geschmeckt hatte, stark und füllig, so wie Könige es sich brauen lassen konnten. Er trank mit gutem Durst. Toke sah zu und seufzte, und endlich sagte er:

»Rauh sind Hals und Zunge
dem weitgefahrenen Gast;
sende, mächtiger Herrscher,
einen Schoppen auch mir!«

»Bist du ein Dichter, so sollst du zu trinken haben«, sagte König Harald. »Aber du sollst einen Vers dazu sprechen.«

Nun wurde der Schoppen auch für Toke gefüllt, und er setzte ihn an den Mund und trank, wobei er den Kopf weiter und weiter zurückbog; und alle in der Kammer des Königs waren der Meinung, daß nicht viele Schoppen schneller geleert worden seien. Während Toke sich den

Schaum aus dem Bart wischte, dachte er nach und sagte dann mit lauterer Stimme als zuvor:

»Mußt' viel leiden ohne Bier,
Rudern, streiten ohne Bier;
Heil Gorms mächtigem Sohn, der huldreich
Nicht läßt warten ohne Bier.«

Die Männer in der Kammer fanden, daß Tokes Verse gut waren, und König Harald sagte: »Dichter fangen an, selten zu werden, und am allerwenigsten sieht man solche, die ohne langes Grübeln Verse machen können. Viele sind mit Liedern über gefallene Helden und mit anderem zu mir gekommen, und es ist ärgerlich, ansehen zu müssen, wie sie, wenn sie einmal die Gedichte, die sie mitgebracht, hergesagt haben, den ganzen Winter lang, ohne zu irgend etwas nütze zu sein, mit der Nase über dem Bier dasitzen. Ich mag am meisten Dichter, denen Verse leicht gelingen, so daß sie in der Halle täglich zum Vergnügen gereichen, und es mag sein, daß du, Toke von Lister, behender bist als alle, die seit Einar Skålglam und Vigfus Glumsson meine Gäste waren. Ihr beide sollt nun über das Julfest bei mir bleiben und mit euch eure Mannen; und ihr werdet vom besten Bier bekommen, denn euer Geschenk ist das wohl wert.«

Als er das gesagt hatte, gähnte König Harald mächtig, denn er war müde nach der schweren Nacht. Er wickelte sich in den Pelz und rückte höher auf das Bett hinauf, und mit den beiden jungen Frauen neben sich legte er sich zur Ruhe. Die Felle wurden über sie gebreitet, und Bruder Willibald und Bruder Matthias machten über dem Könige das Zeichen des Kreuzes und murmelten ein Gebet. Nun gingen alle aus der Kammer, und der Stallmeister des Königs stellte sich mit dem Schwert in der Hand mitten auf den Hofplatz und rief dreimal mit lauter Stimme: »Der König der Dänen schläft«, damit die Ruhe des Königs durch keinen Lärm gestört werde.

Wie bei König Harald Blauzahn Jul getrunken wurde

Von überallher kamen angesehene Männer nach Jellinge, um bei König Harald Jul zu feiern, und es wurde eng in den Schlafstuben und an den Tischen. Orm jedoch und seine Mannen klagten nicht über das Gedränge, denn sie fanden nun guten Absatz für ihre Sklaven und konnten sie alle noch vor den Festtagen verkaufen. Als Orm die Kaufsumme verteilt hatte, kamen seine Leute sich reich vor und waren wohl zufrieden; und nun sehnten sie sich danach, heimzukehren nach Lister und das Gewonnene dort vorzuzeigen und auch zu erfahren, ob Berse mit seinen beiden Schiffen überhaupt je nach Hause gekommen oder ob außer ihnen nun niemand mehr übrig war von allen, die einst mit Krok die Fahrt ins Weite unternommen hatten. Über die Festtage wollten sie jedoch gern in Jellinge bleiben; denn es war eine große Ehre und erhöhte das Ansehen, wenn man Jul getrunken hatte beim König der Dänen.

Der vornehmste der Gäste war König Haralds Sohn, König Sven Zweibart, der mit großer Gefolgschaft von Hedeby herbeigekommen war. Wie alle Kinder König Haralds war er Sohn einer Beischläferin, und das Einvernehmen zwischen ihm und seinem Vater war nicht das beste, so daß beide froh waren, wenn sie einander nicht zu sehen brauchten. Aber zum Julfest pflegte König Sven stets nach Jellinge zu kommen, und alle wußten, warum er kam. Denn während des Julfestes, wenn Essen und Trinken am reichlichsten und kräftigsten war, geschah es nicht selten, daß alte Männer ganz plötzlich starben, sei es im Bett oder an den Trinktischen. So war es dem alten König Gorm ergangen, der nach reichlich genossenem Julschinken zwei Tage lang ohne Sprache dagelegen und dann gestorben war; und König Sven wollte, wenn sein Vater dahinging, dort sein, wo die Truhen mit den Schätzen waren. Zu vielen Julfeiern war er nun schon vergebens gekommen, und von Jahr zu Jahr wurde seine Ungeduld größer. Seine Gefolgschaft bestand aus gewaltigen Heermännern; sie waren hochfahrend und streitsüchtig, und es fiel ihnen schwer, sich mit König Haralds Hausleuten zu vertragen; und nun, seit König Harald und mit ihm viele seiner Mannen zum Christentum übergetreten waren, stand es damit noch schlimmer als zuvor. Denn König Sven hielt zur alten Lehre und lachte boshaft über die Bekehrung seines Vaters. Er sagte, die Dänen wären von diesem Gaukelspiel verschont geblieben, wenn der Alte Witz genug gehabt hätte, beizeiten zu sterben.

Aber solange er in Jellinge war, sagte er das nicht laut, denn König Harald geriet leicht in Raserei, und dann war er gefährlich für alle. Nach der ersten Begrüßung hatten die beiden einander nichts mehr zu sagen, und von ihren Hochsitzen in der Festhalle tranken sie einander nicht öfter zu als nötig war.

Am Tage vor dem Julfest war Schneesturm, aber dann ließ der Wind nach, und es wurde kalt; und am Julmorgen, als die Priester die Weihnachtsmesse sangen und den Königshof ein guter Dampf umhüllte, der von den Vorbereitungen im Küchenhause herkam, da sah man von Süden her ein großes Langschiff mit zerfetztem Segel und eisbedeckten Rudern auf die Landungsbrücke zuhalten. Diese Botschaft weckte König Harald, der in der Messe saß, und er trat auf den Vorplatz hinaus, um zu sehen, wer die Gäste sein mochten. Es war ein Schiff mit hoher Reling, und das rote Drachenhaupt am Steven saß hoch auf gekrümmtem Hals, und nach dem hohen Seegang hatte es Eis zwischen den Kiefern. Man sah Männer mit Eisrinde auf den Kleidern an Land gehen, und unter ihnen waren zwei hochragende Häuptlinge, einer in einem blauen und einer in einem roten Mantel; und der in Rot war reichlich ebenso lang wie der andere. König Harald betrachtete das alles, so gut die Entfernung es zuließ; dann sagte er: »Das sieht ja aus wie ein Jomswikingerschiff, oder wie eins aus der Gegend von Svealand. Und die Leute an Bord sind hochmütig, denn mit einem einzigen Schiff kommen sie zum König der Dänen, ohne den Friedensschild aufgesetzt zu haben. Ich weiß nur drei Leute, die das wagen: Skoglar-Toste und Vagn Åkesson und Styrbjörn. Und das Schiff ist herangerudert, ohne daß man den Drachenkopf herabgenommen hat, obwohl man weiß, daß Landbewohner diesen Anblick nicht mögen, und ich kenne bloß zwei: Vagn und Styrbjörn, denen es einerlei ist, was man am Lande denkt. Und dem Schiff sieht man leicht an, daß es während des Sturmes nicht in Lee gegangen ist, und ich kenne nur einen, der solch einem Wetter wie heute nacht standhält. Darum glaube ich, daß es mein Schwiegersohn Styrbjörn ist, den ich vier Jahre nicht gesehen habe, und das stimmt auch überein mit dem blauen Mantel, den er so lange trägt, als er sein väterliches Erbe nicht von König Erik zurückgewonnen hat. Wer der andere ist, der reichlich ebenso lang zu sein scheint wie er, kann ich mit Bestimmtheit nicht sagen; aber Strutharalds Söhne sind alle drei länger als andere Leute, und sie sind Styrbjörns Freunde. Der Jarl Sigvalde kann es nicht sein, denn seit er bei Hjörungavåg so schmählich zurückgerudert ist, machen ihm Julfesttage kein Vergnügen mehr, und Hemming, sein Bruder, lebt in England. Aber der dritte ist Thorkel der Hohe; der könnte es sein.«

So sprach der hochweise König Harald, und als die Fremden zum Königshof heraufgekommen waren und es sich zeigte, daß er recht gehabt hatte, wurde er noch vergnügter, als er es seit König Svens Ankunft gewesen war. Er hieß Styrbjörn und Thorkel willkommen und ließ gleich die Badestube anheizen; auch befahl er, sofort warmes Bier für alle herbeizuschaffen. »Nach einer solchen Fahrt kann das vonnöten sein, selbst für den größten Heerfahrer«, sagte er. »Es stimmt, was die Alten sagten:

›Warmes Bier ist dem, der friert,
Und müden Leuten nütze;

Denn warmes Bier ist des Körpers Freund,
Und dem Sinn ist es Stab und Stütze.‹«

Einige von den Mannen Styrbjörns waren so mitgenommen, daß es sie schüttelte, während sie dastanden; aber als man ihnen Kannen mit warmem Bier reichte, bekamen sie eine sichere Hand, so daß kein Tropfen verschüttet wurde.

»Und sobald ihr nun in der Badestube gewesen seid und euch erholt habt, beginnt das Julessen«, sagte König Harald, »und dazu spüre ich nun mehr Lust, als wenn bei Tisch nur mein Sohn mir gegenüber säße.«

»Ist der Zweibart hier bei dir?« fragte Styrbjörn und blickte umher. »Mit dem hab' ich zu reden.«

»Er macht sich nicht wenig Hoffnung darauf, mich den Biertod sterben zu sehen«, sagte König Harald. »Deswegen ist er nämlich hier. Ich aber glaube, wenn ich bei einem Julessen sterben sollte, so würde das hauptsächlich deshalb geschehen, weil ich es so satt bin, in sein saures Gesicht zu blicken. Du wirst früh genug mit ihm ins Gespräch kommen. Eins aber will ich gern wissen: ist Blut zwischen dir und ihm?«

»Noch nicht; aber es mag dazu kommen. Er hat mir versprochen, mir mit Schiffen und Mannschaft gegen meinen Vetter in Uppsala zu helfen; aber daraus ist nichts geworden.«

»Hier bei mir steht es nun so«, sagte König Harald, »daß während der heiligen Zeit kein Kampf vorkommen darf, und mir liegt daran, daß du das von vornherein weißt, auch wenn es dir schwerfallen sollte, dich still zu verhalten. Denn ich stehe nun zu Christus, der mir in vielem eine gute Hilfe gewesen ist, und Christus leidet am Jultage, der sein Geburtstag ist, keinen Unfrieden, und auch nicht an den folgenden heiligen Tagen.«

»Ich bin ein landloser Mann«, sagte Styrbjörn, »und kann mir ein friedliches Verhalten kaum leisten; denn mit mir steht es so, daß ich lieber der Rabe bin als der, den der Rabe hackt. Aber solange ich dein Gast bin, glaube ich, ebensogut wie jeder andere Frieden halten zu können, ganz gleich, welchen Göttern das Fest gilt. Denn du bist mir ein guter Schwiegervater gewesen, und mit dir habe ich nie Streit gehabt. Aber nun muß ich dir leider sagen, daß deine Tochter Tyra tot ist; und ich hätte gern bessere Neuigkeiten mitgebracht.«

»Das ist eine traurige Botschaft«, sagte König Harald. »Woran ist sie gestorben?«

»Sie wurde mißmutig, als ich mir eine wendische Beischläferin nahm«, sagte Styrbjörn, »und sie geriet so in Zorn, daß sie Blut spuckte. Und dann schwand sie hin und starb. Sonst aber ist sie mir eine gute Frau gewesen.«

»Es ist nun einmal so, daß junge Leute leichter wegsterben als alte«, sagte König Harald. »Das habe ich schon längst gemerkt. Aber beim Jultrinken soll uns das den Sinn nicht allzusehr bedrücken, und ich habe immer noch so viele Töchter übrig, daß ich nicht weiß, wohin mit ihnen. Sie sind alle hochfahrend und wollen nur Männer heiraten, die weitberühmt und von hoher Herkunft sind, und wenn eine von ihnen dir paßt, brauchst du nicht lange als Witwer dazusitzen. Du sollst sie alle zu sehen bekommen; und es mag sein, daß um dieser Sache willen der Julfrieden unter ihnen schlecht gerät.«

»Es sind nicht gerade Heiratsgedanken, die ich nun am meisten im Kopf habe«, sagte Styrbjörn. »Aber davon können wir später reden.«

Aus Türen und von Altanen her wurde viel nach Styrbjörn ausgeschaut, als er mit seinen Mannen zur Badestube ging; denn er war hier ein seltener Gast und seit der Zeit der Lodbroksöhne der größte aller Seefahrer in den Nordlanden. Sein blonder Bart war kurz geschnitten, seine Augen waren blaßblau; und wer ihn früher noch nie gesehen hatte, äußerte wohl murmelnd sein Erstaunen darüber, daß er so schmal gebaut und so schlank war. Denn alle wußten von seiner großen Kraft, und daß er mit seinem Schwert, das »Wiegenlied« hieß, heergekleidete Männer vom Hals bis zum Schritt und ebenso Schilde wie Brotlaibe spaltete. Erfahrene Leute sagten, daß das alte Glück des Uppsalageschlechtes mit ihm sei und daß ihm daher die große Kraft komme und das Gelingen aller seiner Wagnisse. Aber man wußte auch, daß ihm etwas vom Fluch und vom bösen Verhängnis jenes Geschlechtes zuteil geworden war; deswegen war er nun ein landloser Häuptling. Und davon rührte es her, daß mitunter Müdigkeit und große Schwermut über ihn kam; dann pflegte er sich einzuschließen und tagaus, tagein finster murmelnd und mit Seufzen dazuliegen, ohne die Nähe eines anderen Menschen zu dulden als die einer Frau, die ihm das Haar kämmte, und eines alten Harfenspielers, der ihm Bier einschenkte und traurige Weisen spielte. Aber sobald die Schwermut von ihm wich, hatte er es stets eilig, aufs Meer hinaus und auf Heerfahrt zu kommen, und dann konnte er seine zähesten Mannen durch seine Verwegenheit und sein ständiges Mißgeschick mit dem Wetter müde und verzagt machen.

Deswegen war die Furcht um ihn her größer als um andere Häuptlinge, gleichsam als wohne in ihm etwas von der Gefahr und Macht, die den Göttern eigen ist; und es gab Leute, die meinten, daß er in der Fülle seiner Kraft nach Miklagård fahren und sich dort zum Kaiser machen und mit gewaltigen Flotten das Rund des Erdkreises umsegeln werde.

Aber andere sagten, sie könnten es seinen Augen ansehen, daß er jung und im Unglück sterben werde.

Nun war in König Haralds großer Halle alles zum Julfest bereit, und den Männern wurden die Plätze auf den Bänken angewiesen. Frauen waren bei einem so großen Gelage nicht mit dabei; denn König Harald meinte, daß es schwer genug sei, den Frieden aufrechtzuerhalten, wenn Männer unter sich waren, viel schwerer aber würde das sein in Gegenwart von Frauen, denen sie in der Berauschtheit ihre herrische Art hätten zeigen wollen. Als alle auf ihren Plätzen saßen, verkündete der Stallmeister des Königs laut, daß fortan Christi und König Haralds Friede in der Halle herrsche und daß alles Eisen mit scharfer Schneide nicht anders als zum Zerlegen der Speise benutzt werden dürfe. Schlag- und Stechwunden und jedwede blutende Wunde, die einer dem andern mit Bierschoppen oder Bratenknochen, mit Holzteller, Vorlegelöffel oder mit geballter Faust beibringe, werde als vollzogener Totschlag gerechnet werden und als Unehrerbietigkeit gegen Christus, als unsühnbare Tat; und dem Schuldigen würde man einen Stein um den Hals binden und ihn in tiefem Wasser ertränken. Alle Waffen außer den Tischmessern hatte man in den Vorzimmern abgelegt, und nur die Bevorzugten, die an König Haralds eigener Tafel saßen, hatten ihre Schwerter mit drinnen. Denn man hielt dafür, daß sie sich auch in berauschtem Zustand in der Gewalt hätten.

Die Halle war so gebaut, daß 600 Mann, ohne sich zu drängen, darin Platz fanden; und in der Mitte stand König Haralds eigener Tisch, an dem die dreißig angesehensten Männer saßen. Die Tische der anderen standen quer an beiden Enden der Halle. Sechs Hochsitze hatte König Haralds Tisch, an jeder Seite drei. Rechts vom König saß Styrbjörn und links Bischof Poppo; dem Könige gegenüber saß König Sven, der rechts neben sich Thorkel den Hohen hatte und zur Linken einen alten roten kahlköpfigen Jarl von den Kleininseln, der Sibbe hieß; und die übrigen waren ihrem Ansehen nach gesetzt. An diesem Tisch hatte König Harald selbst jedem den Platz bestimmt. Orm konnte nicht zu den großen Häuptlingen gezählt werden, aber sein Platz war besser, als er erwarten durfte, und ebenso Tokes; denn König Harald war ihnen dankbar für die große Glocke, und er schätzte Toke seiner Dichtkunst wegen. Orm saß als dritter nach dem Bischof, und Toke als vierter, denn Orm hatte König Harald gesagt, daß er sich ungern von Toke trenne, der durch das Bier schwierig werden könnte. Ihnen gegenüber saßen Häuptlinge aus König Svens Gefolge.

Der Bischof sprach nun ein Gebet, das der König bat, kurz zu machen, und dann wurde ein dreifaches Wohl getrunken: Christus zu Ehren, auf das Glück König Haralds und auf die Wiederkehr der Sonne. Auch die Nichtchristen tranken das Wohl auf Christus mit, denn es war das erste, und sie dürsteten sehr nach Bier; aber einige von ihnen machten das Zeichen des Hammers über der Kanne und murmelten Thors Namen, bevor sie tranken. Als man auf König Haralds Glück trank, geriet dem König Sven das Bier in die falsche Kehle, so daß Styrbjörn fragte, ob dieser Schluck ihm zu stark sei.

Nun wurde das Jul-Schweinefleisch hereingetragen, und Heerfahrer und Häuptlinge verstummten, als sie es kommen sahen, und sie atmeten tief auf und strahlten vor Freude; viele lösten den Gurt, um von vornherein völlig bereit zu sein. Wenn auch behauptet worden war, daß König Harald in seinen alten Tagen zuweilen mit Silber und Gold ein wenig knauserte, so hat etwas Derartiges doch nie in bezug auf Essen und Trinken gesagt werden können, am allerwenigsten von denen, die bei seinem Julgastmahl mit dabei gewesen waren.

Achtundvierzig mit Eicheln wohlgemästete Schweine, das war das Gewöhnliche, was König Harald zum Julfest schlachten ließ; und er pflegte zu sagen, daß es für alle einen guten Imbiß abgebe, wenn es auch nicht über die ganze Julzeit reiche; nachher müsse man sich eben mit Schaf- und Ochsenfleisch begnügen. Die Küchenleute kamen zu zweien, mit großen, dampfenden Kesseln zwischen sich, in langer Reihe daher; andere trugen Tröge mit Blutwurst. Küchenknechte mit langen Gabelspießen gingen nebenher; und sobald die Kessel bei den Tischen niedergesetzt waren, stachen sie mit ihren Spießen in die Brühe und fischten große Stücke heraus, die den Gästen der Reihe nach vorgelegt wurden, so daß niemand übergangen werden konnte; und jedem wurde eine gute Elle Blutwurst hingelegt, oder auf Wunsch noch mehr. Brotlaibe und gebratene Rüben gab es auf den Tischen in

Tonschüsseln, und an den Enden der Tische waren Fässer mit Bier aufgestellt, so daß Hörner und Kannen immer gut gefüllt sein konnten.

Als das Schweinefleisch bis zu Toke und Orm gekommen war, saßen beide unbeweglich, dem Kessel zugewandt, und beobachteten genau, wie der Knecht mit seinem Spieß darin umherfischte. Sie seufzten vor Freude, als er schöne Bauchstücke für sie hervorholte und erinnerten einander daran, wie lange es her war, seit sie ein solches Mahl genossen hatten. Und sie wunderten sich, daß sie es so viele Jahre in einem Land ohne Schweinefleisch hatten aushalten können. Aber als die Blutwürste herankamen, stiegen beiden die Tränen in die Augen, und sie meinten, nie mehr, seit sie mit Krok hinausgesegelt waren, eine richtige Mahlzeit genossen zu haben.

»Dieser Duft – das ist das Beste vom Ganzen«, sagte Orm still. »Es ist Thymian darin«, antwortete Toke mit gebrochener Stimme.

Er steckte seine Wurst so tief in den Mund hinein, als es nur ging, biß ab und kaute; darauf wandte er sich schnell wieder um und griff nach dem Bedienten, der mit dem Troge weitergehen wollte. Er bekam ihn an der Jacke zu fassen und sagte: »Wenn es nicht gegen König Haralds Befehl ist, so gib mir gleich noch mehr Wurst; denn im Lande der Andalusier, wo es keine rechte Speise für Männer gibt, ist es mir lange schlimm ergangen; und nun sind es die Blutwürste von sieben Julfesten, nach denen ich mich sehne, weil ich sie nicht zu schmecken bekommen habe.«

»Mir geht es ebenso«, sagte Orm.

Der Diener lachte und meinte, König Harald habe Würste genug für alle. Er legte jedem ein gutes Stück von der dicksten Sorte vor, und nun waren sie beruhigt, und machten sich ernsthaft ans Essen.

Eine gute Weile lang wurde nun nicht viel geredet, weder am Tisch des Königs noch an den anderen, außer, wenn nach Bier verlangt oder mitten im Kauen das Julessen des Königs gerühmt wurde.

Orm zur Rechten saß ein junger Mann, der sein Essen mit einem Messer zerschnitt, das einen silbernen verzierten Schaft hatte. Er war von heller Hautfarbe und hatte langes und schönes Haar, das sorgfältig gekämmt war. Er gehörte zur Gefolgschaft Thorkels des Hohen, und da er am Königstisch so hoch oben saß, obschon er noch bartlos war, mußte er von guter Herkunft sein; das merkte man auch an seinen feinen Kleidern und seinem silbernen Schwertgurt.

Als der erste Eßeifer vorüber war, wandte er sich zu Orm und sagte: »Es ist gut, bei Festessen neben weitgereisten Männern zu sitzen, und ich glaube gehört zu haben, daß du weiter herumgekommen bist als die meisten.«

Orm gab zur Antwort, daß das stimme und daß er und Toke sieben Jahre in Hispanien gewesen seien.

»Denn aus verschiedenen Gründen zog sich unsere Reise länger hin, als wir erwartet hatten, und viele von denen, die mit hinausfuhren, sind nie zurückgekehrt.«

Orm fragte den jungen Mann, wer er sei und welche Reisen er mitgemacht habe.

»Ich bin von Bornholm«, sagte der andere, »und heiße Sigurd, und Bue der Dicke war mein Vater. Von ihm hast du vielleicht gehört, wenn du auch lange im Ausland gewesen bist. Ich war mit dabei bei Hjörungavåg, wo er fiel, und mit Vagn und anderen wurde ich gefangengenommen. Und ich würde nun nicht hier sitzen und mit dir reden, wenn ich nicht mein langes Haar gehabt hätte; denn mein Haar hat mir das Leben gerettet, als die Gefangenen getötet werden sollten.«

Nun waren mehrere an diesem Tisch schon einigermaßen satt und fingen an, gesprächig zu werden; und Toke kam auch ins Reden und sagte, was der Bornholmer erzählt habe, höre sich seltsam an und möge eine gute Geschichte abgeben; denn er selber sei immer der Meinung gewesen, daß langes Haar dem Seefahrer mehr Schaden als Nutzen bringe. Thorkel der Hohe saß da und reinigte die Zähne in der höfischen Art, die unter bereisten großen Männern Brauch zu werden begann: er saß zur Seite gewandt und hielt eine Hand flach vor den Mund. Er hörte dieses Gespräch und sagte, langes Haar habe Kriegern schon mehr als einmal Unglück gebracht, weswegen verständige Männer es sich stets unter den Helm aufzubinden pflegten; aber aus Sigurd Buessons Geschichte könne man lernen, daß dem Klugen auch langes Haar nützlich sein kann, und er hoffe, alle in der Halle würden diese Geschichte zu hören bekommen.

König Sven war nun guter Laune geworden, nachdem er anfangs finster geblickt hatte, als Styrbjörn ihm zu Gesicht gekommen war; er saß zurückgelehnt auf seinem Hochsitz, nagte an einem Schweinefuß und spuckte die Knochen in das Stroh auf dem Fußboden, während er zufrieden zusah, wie König Harald, der sich mit Styrbjörn über Frauen unterhielt, dauernd und mehr als jeder andere aß und trank. Er hörte, was über langes Haar gesagt wurde, und ergriff selbst das Wort, indem er sagte, daß ein kluger Krieger auch an seinen Bart denken müsse; denn in einem Kampf bei windigem Wetter könne ihn der Bart leicht im Sehen stören, gerade wenn es darauf ankomme, sich vor Hieb und Wurf zu hüten; und daher, sagte er, habe er es sich schon früh zur Gewohnheit gemacht, den Bart auf Heerfahrten stets geflochten zu tragen. Nun aber wolle er gern hören, welchen Nutzen Sigurd Buesson von seinem langen Haar gehabt habe, denn Männer, die bei Hjörungavåg mit dabei gewesen seien, pflegten nicht Mittelmäßiges zu berichten.

Bischof Poppo hatte nicht mit allem, was ihm vorgelegt worden war, fertig werden können und saß nun da und hatte vom Bier das Schlucken; aber er wollte sich trotzdem zur Sache äußern. Er sagte, daß er ihnen allen gern vom Königssohn Absalom erzählen wolle, der seines langen Haares wegen ins Unglück gekommen sei. Das, sagte er, sei eine gute und lehrreiche Geschichte, die in Gottes eigenem heiligem Buche geschrieben stehe. Aber König

Sven sagte da gleich, er möge dergleichen Frauen und Kindern erzählen, wenn die es anhören wollten; und zwischen ihm und dem Bischof entstand nun deswegen ein Wortstreit.

Da sagte König Harald: »Bei einem Gastmahl wie diesem, das sechs Tage dauert, werden viele hier Zeit haben, etwas vorzutragen, und es gibt wenig, was besser ist, als eine gute Geschichte zu hören, wenn man sich sattgegessen hat und dazu noch Bier in der Kanne ist. Denn so geht die Zeit zwischen den Mahlzeiten schnell hin, und es kommt über die Tische hinweg zu weniger Wortgefecht. Und zur Ehre des Bischofs muß ich sagen, daß er gute Geschichten kennt, denn ich habe selbst viele, sowohl von Heiligen und Aposteln wie auch von alten Königen im Morgenland, mit Vergnügen gehört. Er hat viel von einem, der Salomo hieß, gesprochen; der war von Gott geliebt und war wie ich, nur daß er allerdings noch mehr Frauen hatte. Und mir wäre es nach dem Sinn, wenn der Bischof sich als erster ans Erzählen machte, noch bevor er vom Essen und Bier müde wird; denn das Jultrinken bekommt ihm nicht so gut wie uns, da er nicht beizeiten daran gewöhnt worden ist. Und nach ihm sollen andere erzählen: die bei Hjörungavåg mit dabei gewesen sind oder die mit Styrbjörn bei den Wenden waren oder sonstwo. Und hier sitzen auch Männer, die in Hispanien gewesen sind und mit einer heiligen Glocke bei mir angesegelt kamen und mir zu großem Nutzen gereicht haben. Und auch ihnen wollen wir, so lange dieses Gastmahl dauert, gern zuhören.«

Alle fanden, daß König Harald weise gesprochen habe, und es geschah nun so, wie er gesagt hatte; an jenem Abend erzählte der Bischof vom König David und seinem Sohn Absalom. Er sprach mit großer Klugheit und so laut, daß alle ihn hören konnten; und außer König Sven gefiel die Geschichte allen. Als der Bischof mit seiner Erzählung zu Ende war, meinte König Harald, daß diese Geschichte aus verschiedenen Gründen wohl wert sei, im Gedächtnis behalten zu werden, und Styrbjörn lachte und sagte, indem er König Sven zutrank: »Vielleicht ist das ein guter Rat an dich, von nun an das Haar ebenso kurz zu schneiden wie ein Bischof.«

König Harald gefiel dieser Vorschlag; er schlug sich auf den Schenkel und kam so ins Lachen, daß die Bank des Hochsitzes bebte; und als seine und Styrbjörns Mannen ihre Herren lachen sahen, stimmten sie alle, auch die, die nichts gehört hatten, mit ein, so daß die ganze Halle dröhnte. Aber König Svens Mannen mißfiel das, und er selber erblaßte vor Wut und murmelte vor sich hin und biß sich in den Lippenbart und sah gefährlich aus, als ob er bereit wäre, aufzuspringen und gewaltsam zu werden. Styrbjörn saß vornübergebeugt und sah ihn aus seinen bleichen Augen an, in die kein Blinken kam, und dabei lächelte er; und nun war große Unruhe in der Halle, und es sah aus, als würde der Julfrieden schlecht geraten. Der Bischof streckte die Hände aus und schrie irgend etwas, das keiner hörte, und die Männer hielten einander über die Tische hin scharf im Auge und tasteten nach Gegenständen zum Zuschlagen. Aber die beiden Gaukler des Königs – zwei irische Männchen, die ihrer Possen wegen weitberühmt waren – sprangen nun auf den Tisch des Königs; sie trugen scheckige Jacken, hatten Federn im Haar und fingen an, mit ihren weiten Ärmeln flatternd sich zu brüsten und dabei zu scharren; und sie reckten die Hälse und krähten einander zu, so daß es allen schien, sie hätten noch nie einen wirklichen Hahn so gut krähen hören wie diese beiden; und bald hatten alle ihren Zorn vergessen und saßen schwach vor Lachen über diese Kunststücke da. Und damit war der erste Tag des Festes zu Ende.

Als man am nächsten Tage gegessen hatte und die Fakkeln gebracht worden waren, erzählte Sigurd Buesson, was er in Hjörungavåg erlebt und welchen Nutzen er von seinem langen Haar gehabt hatte. Alle wußten von dieser Heerfahrt: wie die Jomsvikinger und die Männer von

Bornholm und Schonen mit einer großen Flotte unter den Söhnen Strutharalds und Bue dem Dicken und Vagn Åkesson hinausgesegelt waren, um dem Jarl Håkan Norwegen wegzunehmen; und wie nur wenige von diesem Anschlag zurückgekommen waren. Daher erzählte Sigurd von alledem nicht viel, und er sagte nichts davon, wie Sigvalde mit seinen Schiffen aus der Schlacht geflohen war. Denn es hätte sich schlecht gemacht, von Sigvalde zu reden, während Thorkel der Hohe unter den Zuhörern saß, obschon alle wußten, daß Thorkel tapfer war und daß er in der Schlacht einen großen Stein an den Kopf bekommen hatte und bewußtlos gewesen war, als sein Bruder davonruderte.

Sigurd war auf dem Schiff seines Vaters gewesen und hielt sich nur an das, was er selbst erlebt hatte. Er berichtete vom Tode seines Vaters: wie Bue, nach gewaltigem Kampf und als auf seinem Schiff das Gedränge der Norweger groß geworden war, einen Schwerthieb über das Gesicht bekam, der die Nase und das meiste vom Kinn wegnahm; und wie er da seine große Truhe mit den Schätzen aufhob und mit ihr über Bord sprang; und wie da Bues Gefolgsmann, Aslak Holmskalle, einen Berserkergang ging ohne Helm und Schild – etwas, das man nun nicht mehr oft zu sehen bekam – und mit beiden Händen um sich haute; und wie er eisenfest war, bis ein Gefährte von Jarl Håkans Sohn Erik, ein isländischer Dichter, einen Amboß vom Deck aufhob und ihm damit den Schädel einschlug.

»Wir, die wir auf meines Vaters Schiff noch am Leben waren«, sagte Sigurd, »konnten da nicht mehr viel tun; denn wir waren nur noch wenige und dazu sehr müde; und alle unsere Schiffe, außer Vagns eignem, auf dem noch gekämpft wurde, waren schon genommen. Wir wurden auf dem Vorderschiff zusammengedrängt, und bald konnten wir weder Hand noch Fuß rühren; zuletzt waren nur noch neun von uns übrig, alle verwundet; und da preßten sie uns zwischen die Schilde und nahmen uns gefangen. Waffenlos führte man uns an Land, und bald kamen auch die letzten von Vagns Schiff, und mit ihnen Vagn selbst. Er wurde von zwei Männern getragen und war gezeichnet von Schwert und Speer, er war müde und bleich und sprach kein Wort. Wir mußten uns am Strande auf einen Baumstamm setzen, und die Beine wurden uns mit einem langen Strick zusammengebunden, aber die Hände hatten wir frei. Da saßen wir nun und warteten, während man sich beim Jarl Håkan erkundigte, was mit uns geschehen sollte. Er befahl, uns sofort zu töten, und Jarl Erik, sein Sohn, und viele mit ihm kamen, um zuzusehen; denn die Norweger waren neugierig, wie Jomsvikinger sich wohl verhielten, wenn es ans Sterben ging. Wir auf dem Baumstamm waren dreißig Mann: neun von Bues Schiff, acht von Vagns, der Rest von anderen Booten. Vagn selbst saß als letzter rechts. Und alle, die ich kannte von denen, die da saßen, will ich nun nennen.«

In derselben Reihenfolge, in der sie auf dem Balken gesessen hatten, zählte Sigurd alle auf, die er mit Namen gekannt hatte. Alle lauschten aufmerksam, denn viele, die er nannte, waren bekannte Leute und hatten unter den Zuhörern Verwandte.

»Nun kam ein Mann mit einer Bartaxt«, fuhr Sigurd Buesson fort, »und er blieb vor Vagn stehen und sagte: ›Weißt du, wer ich bin?‹ Vagn blickte ihn flüchtig an, ohne sich weiter um ihn zu kümmern, und antwortete nicht, denn er war sehr müde. Der andere sagte: ›Ich bin Thorkel Leira, und du erinnerst dich vielleicht an dein Gelöbnis, mich zu töten und mit meiner Tochter zu Bett zu gehen.‹ Was er sagte, stimmte, denn das hatte Vagn vor der Heerfahrt gelobt, als ihm zu Ohren gekommen war, daß Thorkels Tochter das schönste Mädchen in Norwegen sei und noch dazu eines der reichsten. ›Aber jetzt‹, sagte Thorkel Leira und grinste breit, ›jetzt sieht es eher so aus, wie wenn ich dich töten werde.‹ Vagn sagte mit einem Anflug von Lächeln: ›Alle Jomsvikinger sind noch nicht tot.‹ – ›Aber sie werden es bald sein‹, sagte

Thorkel, ›und dafür werde ich selbst sorgen, damit in dieser Sache nichts versäumt wird. Du sollst erst alle deine Leute von meiner Hand sterben sehen, und dann sollst du ihnen unverzüglich folgen.‹ Damit ging Thorkel zum anderen Ende des Baumstammes und fing an, den Gefangenen die Köpfe abzuschlagen, Mann nach Mann, so wie sie da saßen; er hatte eine gute Axt und ging mit Eifer ans Werk, so daß er nie zweimal zuzuschlagen brauchte. Und meiner Überzeugung nach mußten die Zuschauer alle der Meinung sein, daß Vagns und Bues Mannen sich angesichts des Todes gut hielten. Zwei in meiner Nähe Sitzende sprachen darüber, ob man wohl etwas spüre, nachdem man enthauptet sei, und sie waren sich darüber einig, daß man es schwerlich im voraus wissen könne. Der eine sagte: ›Hier habe ich nun eine Spange in der Hand; und wenn ich noch etwas weiß, nachdem der Kopf herunter ist, werde ich sie in den Boden stecken.‹ Thorkel kam zu ihm; und als er zugeschlagen hatte, fiel jenem die Spange gleich aus der Hand. Darauf waren noch zwei übrig, bevor Thorkel zu mir kam.«

Sigurd Buesson blickte lächelnd auf die Zuhörer, die schweigend und gespannt dasaßen. Er hob seine Bierkanne und trank tief. König Harald sagte: »Ich sehe, daß du den Kopf behalten hast, und an deinem Schlucken hört man, daß dein Hals keinen Schaden genommen hat; aber wie du diese beiden Dinge hast retten können, so wie es da auf dem Baumstamm für dich stand, das ist nicht ganz leicht zu begreifen, mag auch dein Haar noch so lang gewesen sein. Das nenne ich mir eine gute Erzählung! Laß uns nun nicht warten auf den Rest.«

Alle dachten wie König Harald, und Sigurd Buesson fuhr fort: »Als ich da auf dem Baumstamm saß, fürchtete ich mich wohl kaum mehr als die anderen. Aber es tat mir leid zu sterben, noch bevor ich etwas getan hatte, das des Berichtens wert ist. Daher sagte ich zu Thorkel, als er zu mir herankam: ›Mir tut es leid um mein Haar, und ich will nicht, daß es blutig wird.‹ Damit strich ich es vornüber, und ein Mann, der hinter Thorkel herging – man sagte mir später, daß es sein Schwager war – trat vor und wand sich mein Haar um die Hände und sagte zu Thorkel: ›Schlag zu!‹ Das tat er, und im gleichen Augenblick zog ich den Kopf, so schnell ich konnte, zurück, so daß die Axt zwischen mich und den Schwager kam und ihm beide Hände abschlug. Die eine blieb in meinem Haar hängen.«

Alle in der Halle brachen in großes Gelächter aus, und Sigurd lachte selbst und fuhr fort: »Ihr möget gut lachen; aber das ist nichts gegen das Lachen der Norweger, als sie Thorkels Schwager am Boden rollen und Thorkel dastehen und auf ihn niederglotzen sahen; einige fielen vor Lachen um. Jarl Erik kam zu mir heran und fragte: ›Wer bist du?‹ Ich sagte: ›Sigurd heiße ich, und Bue war mein Vater; und alle Jomsvikinger sind noch nicht tot.‹ Der Jarl sagte: ‚Man merkt, daß du mit Bue verwandt bist. Willst du, daß ich dir das Leben schenke?‹ – ›Von einem Mann, wie du einer bist, nehme ich das an‹, antwortete ich. Aber Thorkel behagte das gar nicht, und er schrie: ›Soll es nun auf diese Weise gehen? Da ist es am besten, daß ich mich mit Vagn beeile.‹ Damit hob er die Axt und lief auf Vagn zu, der am Ende des Baumstammes saß. Aber einer von Vagns Männern, Skarde, war der vierte vor Vagn, und ihm schien es nicht recht, daß Vagn erschlagen würde, noch bevor er an der Reihe war. Darum warf er sich über den Fußstrick vornüber, als Thorkel laufend daherkam, und Thorkel fiel über ihn hin, gerade vor Vagn. Der beugte sich nieder und ergriff die Axt, und man merkte ihm keine Müdigkeit an, als er sie Thorkel in den Schädel schlug. ›Das war das halbe Versprechen‹, sagte Vagn, ›und alle Jomsvikinger sind noch nicht tot.‹ Die Norweger lachten nun noch mehr als zuvor, und Jarl Erik sagte: ›Willst du dein Leben geschenkt haben, Vagn?‹ – ›Das will ich‹, sagte Vagn, ›wenn es für uns alle gelten soll.‹ – ›So sei es‹, sagte der Jarl, und damit wurden alle frei. Wir waren unser zwölf, die wir lebend vom Baumstamm kamen.«

Sigurd Buesson wurde für seine Geschichte sehr gelobt,

und alle rühmten die Art, wie er aus seinem Haar Nutzen gezogen hatte. Es wurde nun viel hin und her über die Tische von seiner Erzählung und von Vagns Glück geredet, und Orm sagte zu Sigurd: »Viel von dem, was alle anderen wissen, ist mir und Toke unbekannt, weil wir so lange außer Landes waren. Wo ist Vagn nun, und wie ist es ihm, seit er vom Baumstamm mit dem Leben davonkam, ergangen? Nach deinem Bericht scheint es mir, als hätte er mehr Glück als sonst jemand, von dem ich gehört habe.«

»Dieses Urteil stimmt«, sagte Sigurd, »und sein Glück blieb nicht auf halbem Wege stehen. Er stand bei Jarl Erik in hoher Gunst, und nach einiger Zeit suchte er Thorkels Tochter auf und fand sie noch schöner, als er es sich gedacht hatte; und sie war gern bereit, ihm bei der zweiten Hälfte seines Versprechens zu helfen. Nun sind sie verheiratet, und es steht gut um sie. Er will nun gern mit ihr heim nach Bornholm, sobald er dazu Zeit hat; aber als man zuletzt von ihm hörte, war er noch in Norwegen und klagte darüber, daß es lange dauern würde, bis er von dort loskommen könnte. Denn mit dem Mädchen sind ihm so viele Höfe zugefallen, dazu auch bewegliches Gut, daß es mit dem Verkauf nicht schnell gehen kann; und Vagn hat nicht die Gewohnheit, ohne Not billig zu verkaufen.«

»In deiner Erzählung kommt etwas vor, woran ich immerfort denken muß«, sagte Toke zu Sigurd, »das ist die Truhe mit Bues, deines Vaters Schätzen, die er mit sich über Bord nahm. Konntest du sie bergen, noch bevor du nach Norwegen fuhrst, oder hat ein anderer sie gehoben? Wenn sie noch auf dem Boden des Meeres liegt, so weiß ich, was ich tue, wenn ich nach Norwegen komme; ich fische dann nach ihr. Denn Bues Silber wäre diese Mühe wohl wert.«

»Nach der Truhe«, sagte Sigurd, »ist viel gesucht worden, sowohl von den Norwegern als auch von uns, die wir von Bues Mannen übrig waren. Viele versuchten es mit Greifeisen, aber nichts hakte sich daran fest; und ein Mann von Viken tauchte danach mit einem Strick, ist aber nicht wieder zum Vorschein gekommen, und seitdem sind alle des Glaubens, daß Bue Manns genug ist, seine Truhe dort unten festzuhalten und alle hart anzupacken, die den Versuch machen, an sie zu rühren. Denn er war stark, und an seinem Silber war ihm sehr gelegen. Erfahrene Leute sind sich ja einig darüber, daß die Kräfte derer, die in Hügeln wohnen, größer sind als die der Lebenden; und so mag es sich auch mit Bue verhalten, obschon er nicht in einem Grabhügel sitzt, sondern auf dem Meeresgrund neben seiner Truhe.«

»Es ist schade um das Silber«, sagte Toke, »aber wahr ist auch, daß sogar der Behendeste sich alles andere wünschen würde, als unter dem Wasser von Bues Armen umklammert zu werden.«

Damit ging dieser Abend zu Ende; und am darauffolgenden wollte König Harald von Styrbjörns Abenteuern bei den Wenden und Kuren hören. Styrbjörn sagte, daß er sich aufs Erzählen nicht verstehe, aber ein Isländer in seiner Gefolgschaft nahm das Wort. Er hieß Björn Åsbrandson und war ein berühmter Krieger und dazu, wie alle umherfahrenden Isländer, ein großer Dichter. Obschon er nun bereits etwas betrunken war, sagte er doch mit großer Geschicklichkeit vor König Harald seine Dichtung in einem Versmaß her, das Töglag hieß. Das war die neueste und schwierigste Versform der isländischen Dichter, und die Verse waren so kunstvoll zusammengesetzt, daß von ihrem Inhalt nur wenig zu verstehen war. Alle hörten mit klugen Mienen zu, denn es würde ein schlechtes Ansehen geben, wenn man sich auf Dichtkunst nicht verstände. König Harald lobte die Verse und gab dem Dichter einen Goldring. Toke saß mit dem Kopf in den Händen; er stützte sich schwer auf den Tisch und seufzte; traurig murmelte er, daß dies hier wirkliche Dichtkunst sei, und nun, sagte er, könne er einsehen, daß er selbst nie imstande sein werde, Verse von der Art zu machen, die Goldringe einbringe.

Der Mann von Island, den einige »Breitwikingermantel« nannten und der zwei Sommer bei Styrbjörn gewesen war, berichtete nun von Styrbjörns Heerfahrten und was sich dabei Merkwürdiges zugetragen hatte; er sprach gut und lange, ohne daß jemand vom Zuhören müde wurde. Alle wußten, daß er nur Wahres berichtete, da Styrbjörn selber als Zuhörer dasaß. Er hatte viel von gewagten Unternehmungen und von Styrbjörns Glück zu sagen und auch von Reichtümern, die seine Mannen dabei gewonnen hatten. Und er schloß mit einem alten Gedicht auf Styrbjörns Vorfahren, das mit den Göttern anfing und mit seinem Oheim Erik, der nun in Uppsala saß, schloß; und die letzte Strophe hatte er selber hinzugefügt:

»Nordwärts bald,
Erbschaft zu fordern,
Rudert Styrbjörn
Mit hundert Kielen;
Sieggewohnte
Flinke Männer
Lärmen froh
In Eriks Sälen.«

Das wurde mit Jubel begrüßt, und viele sprangen von den Bänken auf und tranken auf Styrbjörns Glück. Styrbjörn ließ einen kostbaren Trinkbecher holen und gab ihn dem Dichter und sagte: »Das ist nicht der volle Dichterlohn für dich; es wird mehr werden, wenn ich erst in Uppsala sitze. Dort gibt es für jeden in meiner Gefolgschaft guten Lohn, denn mein Oheim Erik ist ein sparsamer Mann und hat viel beiseite gelegt, was von Nutzen sein könnte. Wenn es Frühling wird, fahre ich hin, um seine Truhen zu öffnen, und wer mit dabei sein will, ist willkommen.«

Unter König Haralds und auch unter König Svens Mannen waren viele, die das lockte und die nun gleich riefen, daß sie mitfahren wollten. Denn König Eriks Reichtum war berühmt, und Uppsala war seit den Tagen Ivars des Weitgreifenden nicht geplündert worden. Für den Jarl Sibbe von den Kleininseln war es in der Betrunkenheit ziemlich schwierig, mit seinem Kopf und der Bierkanne zurechtzukommen; gleichwohl rief er mit lauter Stimme, daß er mit fünf Schiffen zu folgen gedenke; denn er fange nun an, sich unpäßlich und müde zu fühlen, und da sei es besser, mitten unter Heermännern zu sterben als wie eine Kuh auf dem Stroh. König Harald sagte, er sei nun, was ihn selber angehe, zu alt für Heerfahrten; und seine eigenen Leute habe er daheim nötig, um unruhiges Volk im Zaum zu halten; aber er habe nichts dagegen, wenn Sven dem Styrbjörn mit Männern und Schiffen zu Hilfe kommen wolle.

König Sven spuckte nachdenklich aus und trank einen Schluck und spielte mit seinem Bart und sagte, es falle ihm schwer, Männer und Schiffe herzugeben, da er sie gegen Sachsen und Obotriten gut brauchen könne.

»Und mir scheint es selbstverständlicher, wenn diese Beihilfe von meinem Vater kommt, denn nun, in seinen alten Tagen, haben seine Leute kaum etwas anderes zu tun, als auf die Mahlzeiten zu warten und Priestergeschwätz anzuhören.«

Das weckte König Haralds Zorn, so daß in der Halle große Unruhe entstand. Der König sagte, man könne leicht merken, daß König Sven ihn gern waffenlos im Lande dasitzen sehen würde.

»Aber jetzt soll es so werden, wie ich bestimme«, schrie er und war sehr rot im Gesicht, »denn ich und kein anderer ist Dänenkönig, und du, Sven, sollst Schiffe und Männer hergeben.« König Sven saß schweigend da, denn er fürchtete den Zorn seines Vaters; auch war deutlich, daß viele seiner eigenen Mannen gern mit nach Uppsala wollten. Da sagte Styrbjörn:

»Es freut mich, mit welchem Eifer ihr beide bemüht seid, mir Hilfe zu schaffen, und für mich wäre es am besten, wenn du, Harald, bestimmen wolltest, was Sven mir schicken soll, und wenn du, Sven, angäbest, worin die Beihilfe deines Vaters zu bestehen habe.« Bei diesen

Worten brachen viele in Lachen aus, und allmählich schwand die Uneinigkeit; zuletzt wurde bestimmt, daß Harald und Sven jeder zwölf wohlbemannte Schiffe stellen sollten, ungeachtet dessen, was Styrbjörn sonst noch von Schonen erhalten mochte; und dafür sollten Harald und Sven teilhaben an König Eriks Schätzen. Damit ging dieser Abend zu Ende.

Am nächsten Tage zeigte es sich, daß kein Julschweinefleisch mehr da war; statt dessen kam Kohlsuppe mit Schaffleisch auf den Tisch, und allen schien das eine gute Abwechslung. An diesem Abend erzählte ein Mann aus Halland von einer großen Hochzeit, die er in Finnveden bei den wilden Småländern mitgemacht hatte. Da war durch einen Pferdehandel Zwietracht entstanden, und die Messer waren schnell zum Vorschein gekommen; dazu hatte die Braut nebst den Brautjungfern froh gelacht und in die Hände geklatscht und die Streitenden noch mehr angefeuert. Aber als sie, die von angesehener Familie war, gesehen hatte, wie ihrem Oheim durch einen Verwandten des Bräutigams ein Auge ausgedrückt wurde, hatte sie eine Fackel von der Wand gerissen und dem Bräutigam damit über den Kopf geschlagen, so daß sein Haar Feuer fing; und eine Brautjungfer hatte, ohne lange zu fackeln, ihm ihren Rock über den Kopf gestreift und fest zugedrückt und so sein Leben gerettet, obschon er viel schrie und, als er den Kopf wieder frei hatte, feuergeschwärzt und ohne Haar dastand. Aber unterdessen hatte das Stroh auf dem Fußboden angefangen zu brennen, und im Feuer kamen elf Verwundete und Betrunkene um, so daß jedermann in Finnveden diese Hochzeit für ein richtiges großes Hochzeitsfest ansah, von dem sich zu reden lohnte. Und nun lebte die Braut glücklich mit ihrem Bräutigam, obschon er an Stelle des abgebrannten nie wieder neues Haar bekommen hatte.

Als diese Geschichte zu Ende war, sagte König Harald, daß er sehr gern so Lustiges von der Lebensweise der Småländer höre, die von Natur Schelme und Bösewichter seien; und Bischof Poppo solle, sooft er Zeit habe, Gott danken, daß er zu anständigen Leuten nach Dänemark und nicht zum bösen Räubergesindel in Finnveden oder Värend geraten sei.

»Und nun«, sagte König Harald, »ist es mein Wunsch, daß wir morgen vom Lande der Andalusier zu hören bekommen und von allem Merkwürdigen, was Orm Tostesson und Toke Grågullesson auf ihrer Reise erlebt haben; denn ich glaube, das könnte uns allen Vergnügen machen.«

Damit endete dieser Abend, und am nächsten Morgen überlegten Orm und Toke, wer von ihnen erzählen sollte.

»Du bist unser Häuptling«, sagte Toke, »darum ist es an dir zu reden.«

»Du warst dabei, bevor ich mit auf die Reise kam«, sagte Orm, »und du bist gewandter mit der Zunge. Und für dich mag es an der Zeit sein, dich einmal satt zu reden, denn ich glaube bemerkt zu haben, daß es an diesen Abenden mitunter nicht leicht für dich war, schweigend dazusitzen, während andere erzählten.«

»Vor dem Reden ist mir nicht bange«, sagte Toke, »und was meine Zunge angeht, so glaube ich nicht weniger ausdauernd zu sein als die meisten. Und doch liegt hier für mich eine Schwierigkeit. Ich kann nämlich nicht sprechen ohne viel Bier, denn ich werde dabei trocken im Halse, und dies wird eine lange Erzählung werden. Vier Abende ist es nun schon gut für mich abgelaufen, so daß ich still und unberauscht vom Tisch des Königs gegangen bin, und doch ist es nicht leicht gewesen, obschon ich gewiß nicht viel geredet habe. Und es wäre schlimm, wenn ich nun in meine böse Laune geriete und es dann von mir hieße, daß ich mich am Tisch des Königs schlecht benommen hätte.«

»Wir wollen das Beste hoffen«, sagte Orm, »und selbst wenn du während des Erzählens betrunken würdest, so kannst du doch von so gutem Bier schwerlich bösartig und gewaltsam werden.«

»So mag es denn gehen, wie es will«, sagte Toke zweifelnd und schüttelte den Kopf.

Am Abend berichtete Toke von Kroks Ausreise und wie es dabei zugegangen war; wie Orm mit auf die Fahrt kam, und wie sie Salaman im Meere auffischten; von der großen Plünderung der Feste in Ramiros Reich; vom Kampf mit den Andalusiern und wie es ihnen dann als Rudersklaven erging, und von Kroks Tode. Und dann erzählte er, wie sie vom Rudern befreit wurden und wie Subaida ihnen die Schwerter schenkte.

Als er soweit gekommen war, wollten König Harald und Styrbjörn gern die Schwerter sehen; und Orm und Toke schickten Blauzunge und Rotschnabel den Tisch entlang. König Harald und Styrbjörn zogen sie aus der Scheide und wägten sie in der Hand und besahen sie genau, und beide waren der Ansicht, daß sie noch nie bessere Schwerter gesehen hatten. Darauf gingen die Schwerter die ganze Tafelrunde entlang, denn viele waren begierig, solche Waffen zu sehen, und Orm saß in Unruhe da, bis sie wieder zurückkamen; denn ohne Blauzunge fühlte er sich halbnackt und einsam.

Zwei Brüder, die Siegfried und Dyre hießen, saßen Orm und Toke schräg gegenüber. Es waren Mannen des Königs Sven; Siegfried gehörte zur Stammbesatzung des Königsschiffes. Er war groß und grobknochig und hatte einen breiten und struppig gewachsenen Bart, der ihm bis zu den Augen stand. Dyre, sein Bruder, war jünger; auch er zählte zu den besten Mannen des Königs.

Orm war wachsam und hatte bemerkt, daß Siegfried ihn und Toke seit einer Weile finster anglotzte, und einige Male hatte es geschienen, als ob er etwas hätte sagen wollen; und als nun die Schwerter zu ihm gelangten, besah er sie genau und nickte; und es war, als fiele es ihm schwer, sie weiter zu geben.

König Sven, der gern von fernen Ländern berichten hörte, forderte nun Toke auf, weiterzuerzählen, und Toke erklärte sich dazu bereit, sobald die Männer ihm gegenüber mit dem Anstarren der Schwerter fertig seien. Siegfried und Dyre gaben da die Schwerter, ohne etwas zu sagen, zurück, und Toke machte sich ans Erzählen.

Er berichtete nun von Almanzur und von dessen Reichtum und Macht, und wie sie in seiner Leibwache Dienst getan und am Anbeten seines Propheten unter Verbeugungen und Enthaltsamkeitsübungen verschiedener Art hätten teilnehmen müssen, und von den Feldzügen, die sie mitgemacht hätten und von der gewonnenen Beute. Er kam auch auf ihren Zug quer durch das leere Land zum Grabe des heiligen Jakob zu sprechen und berichtete, wie Orm Almanzurs Leben gerettet und zum Dank die lange Goldkette bekommen habe. Da sagte König Harald: »Wenn du die Kette bei der Hand hast, Orm, so sähe ich gern, daß du sie zeigtest; denn wenn sie unter Kleinodien ebenso hervorragt wie eure Schwerter unter Waffen, so lohnt es sich, sie zu sehen.«

»Ich habe die Kette hier«, sagte Orm, »und ich habe die Absicht, sie für immer zu behalten; und es schien mir immer am klügsten, sie so wenig wie möglich zu zeigen, denn sie ist solcher Art, daß sie jedermanns Verlangen wecken dürfte, ausgenommen das der Könige und der höchsten Großen. Aber es würde sich wenig passen, wenn ich mich weigern würde, sie dir, König Sven und König Styrbjörn zu zeigen; bei anderen aber sollte sie am besten nicht herumgeschickt werden.«

Damit öffnete Orm seine Jacke und nahm die Kette, die er um den Hals trug, hervor. Er reichte sie Sigurd Buesson, der reichte sie dem Stallmeister Hallbjörn, der ihm zur Rechten saß, und Hallbjörn gab sie über den Sitz des Bischofs hinweg König Harald; denn der Platz des Bischofs war leer, weil Bischof Poppo nun, vom Jultrinken ermattet, zu Bett lag und von Bruder Willibald gepflegt wurde.

König Harald besah die Kette und hielt sie ans Licht, um ihre Schönheit noch besser zu sehen. Er sagte, er habe sein ganzes Leben lang Schmuck und Kostbarkeiten gesammelt, dennoch könne er sich nicht erinnern, je etwas Schöneres gesehen zu haben. Die Kette bestand aus dikken Platten hellen Goldes; jede Platte war länglich, einen Zoll lang und in der Mitte einen Daumennagel breit; nach den Enden hin wurde sie schmäler, und da saßen kleine Ringe, die sie mit der nächsten Platte verbanden. Es waren zusammen 36 Platten, in deren Mitte abwechselnd ein roter und ein grüner Edelstein saß. Als Styrbjörn die Kette in der Hand hielt, sagte er, hier sei in Wahrheit Schmiedekunst, die an die des Valunder heranreiche; aber er glaube, daß ebenso schöner Schmuck sich in den Truhen seines Oheims finde; und als die Kette zu König Sven gekommen war, meinte dieser, sie sei einer jener Schätze, für die Krieger gern ihr Blut und Königstöchter ihre Jungfernschaft hingäben.

Als Thorkel der Hohe die Kette angesehen und sie wie die anderen gepriesen hatte, reichte er sie Orm schräg über den Tisch hin. Da streckte Siegfried sich vor und griff danach; aber Orm war geschwinder und nahm sie an sich.

»Wonach schnappst du denn?« sagte er zu Siegfried. »Ich habe nichts davon gehört, daß du König oder Jarl bist, und andere sollen ihre Finger davon lassen.«

»Ich will mich mit dir um den Schmuck schlagen«, sagte Siegfried.

»Mag sein, daß du das willst. Du scheinst ein habgieriger Mann zu sein, und an gesundem Menschenverstand fehlt es dir sichtlich auch. Aber ich rate dir, die Finger davon zu lassen und vernünftige Leute nicht zu belästigen.«

»Du hast Angst, dich mit mir zu schlagen«, schrie Siegfried, »aber du sollst mir nicht davonkommen, es sei denn, daß du mir die Kette läßt; denn ich habe von früher her etwas mit dir ins reine zu bringen, und die Kette verlange ich als Buße.«

»Wahrscheinlich verträgst du kein Bier, denn du redest irre«, sagte Orm. »Vor diesem Fest habe ich dich ja noch nie gesehen; und daher kann von dir aus nichts gegen mich vorliegen. Und nun«, fuhr er fort und fing an, ungeduldig zu werden, »tätest du am besten, zu schweigen und dich ruhig zu halten, bevor ich König Harald um die Erlaubnis bitte, dir da, wo du sitzest, die Nase umzudrehen. Denn ich bin friedlich gesinnt und rühre ungern an einen solchen Rüssel wie deinen; aber du scheinst selbst vom Geduldigsten eine Zurechtweisung nötig zu haben.« Siegfried war ein gewaltiger Kämpe, gefürchtet wegen seiner Gewaltsamkeit und Stärke; und daher war er solche Rede nicht gewohnt. Er sprang von der Bank auf und brüllte wie ein Stier und rief Schimpfworte; aber noch mächtiger tönte König Haralds Stimme, als er zornig Ruhe befahl und fragte, was es mit dem Lärm auf sich habe.

»Der Mann hier, Herr König«, sagte Orm, »ist von deinem guten Gebräu und von seiner eigenen Gier verrückt geworden, denn er schreit nach meiner Kette und behauptet, eine Streitsache gegen mich zu haben, obschon ich ihn noch nie gesehen habe.«

König Harald klagte, daß Svens Mannen stets Unannehmlichkeiten anstellten. Er fragte Siegfried in strengem Ton, warum er nicht Witz genug habe, sich zu beherrschen, er habe ja doch gehört, daß sowohl Christi wie König Haralds Friede in der Halle verkündet worden sei.

»Herr König«, sagte Siegfried, »ich werde genau berichten, wie sich alles verhält, und du wirst sehen, daß ich in meinem guten Recht bin. Vor sieben Jahren habe ich einen Verlust erlitten, und nun habe ich gehört, daß diese beiden Männer ihn mir verursacht haben. In jenem Sommer waren wir mit vier Schiffen von den Südländern her auf dem Heimwege: es waren Bork der Hvenske, Silberpalle und Fahrweit-Svensson und ich. Da begegneten wir drei auslaufenden Schiffen und redeten mit ihnen, und durch diese Erzählung weiß ich nun, wessen Schiffe es gewesen sind. Und auf meinem Schiff war ein Sklave von Hispanien, ein schwarzhaariger und gelbhäutiger Bursche; der sprang, während jenes Gespräch vor sich ging, über Bord und nahm meinen Schwager Oskel mit sich, einen tüchtigen Mann, und von beiden ist nichts mehr zu sehen gewesen. Aber nun haben wir alle gehört, daß der Sklave von jenen Schiffen aufgenommen worden ist und daß er es war, den sie Salaman nennen und von dem sie nachher so großen Nutzen gehabt haben. Die beiden, die hier sitzen, waren es, die ihn aus dem Wasser zogen, das haben wir aus ihrem eigenen Munde gehört. Ein solcher Sklave hätte mir viel einbringen können; und dieser Orm ist nun der Häuptling derer, die von diesen Schiffen übrig sind; da versteht es sich, daß er für den Schaden, den ich erlitten habe, aufkommt. So fordere ich nun von dir, Orm, daß du mir als Entschädigung für den Sklaven und für meinen Schwager die Kette gibst, ob du es gutwillig tust oder mir jetzt gleich im Zweikampf entgegentreten willst, hier draußen, auf festgestampftem Boden mit Schild und Schwert. Töten muß ich dich jedenfalls, wo immer ich dich treffe, da du gesagt hast, daß du mir die Nase umdrehen willst. Denn mich, Siegfried, Stigands Sohn und Gefolgsmann des Königs Sven, hat noch nie jemand geschmäht und dann den Tag zu Ende gelebt.«

»Zweierlei ist mir ein Trost, wenn ich dich reden höre«, sagte Orm. »Das eine ist dies: daß die Kette mein ist und mein bleiben wird, wer jene auch gewesen sein mögen, die vor sieben Jahren von deinem Schiff ins Meer gesprungen sind. Und das andere ist, daß ich und Blauzunge auch ein Wort mitzureden haben, wenn es sich darum handelt, wer von uns beiden länger leben wird. Aber laß uns erst hören, was König Harald dazu sagt.«

Alle in der Halle freuten sich, daß es zum Zweikampf zu kommen schien, denn von einem Kampf zwischen zwei solchen Männern ließ sich Sehenswertes erwarten. Sowohl König Sven wie Styrbjörn fanden, daß es eine gute Abwechslung im Jultrinken geben würde; aber König Harald saß nachdenklich da und strich sich den Bart und sah unentschieden aus. Endlich sagte er: »Es ist schwer, in dieser Sache richtig zu urteilen; und mir ist nicht recht klar, ob Siegfried mit Recht Entschädigung von Orm verlangen kann für etwas, was Orm nicht veranlaßt hat. Aber es ist nun einmal so, daß niemand einen guten Sklaven und einen Schwager verliert, ohne für solchen Schaden Buße zu fordern. Und da nun einmal Schimpfworte gefallen sind, wird es zwischen diesen beiden doch immer Streit geben, sobald sie mir aus den Augen kommen. Eine Kette, wie Orm sie trägt, mag schon der Tod manches Mannes gewesen sein, und sie mag noch der Tod vieler werden. Darum ist es vielleicht ebensogut, wenn sie sich hier, uns allen zur Augenlust, schlagen; und du, Hallbjörn, magst zusehen, daß der Kampfplatz gestampft und umgrenzt wird, gleich hier draußen, wo der Boden einigermaßen eben ist. Und setze Fackeln und Kienspäne ringsumher und laß uns wissen, wenn alles bereit ist.«

»Herr König«, sagte Orm mit betrübter Stimme, »bei solchem Kampf will ich nicht mitmachen.«

Alle blickten ihn an und viele Mannen König Svens lachten. König Harald schüttelte den Kopf und sagte: »Wenn du Angst hast, dich mit ihm zu schlagen, mußt du ihm schon, soviel ich sehen kann, die Kette lassen, wenn es dir auch wenig nützen wird. Du schienst mir vorhin unternehmender zu sein.«

»Ich denke nicht an den Zweikampf, sondern an die Kälte«, sagte Orm. »Meine Gesundheit ist immer anfällig gewesen, und Kälte vertrage ich am allerwenigsten. Für mich ist nichts gefährlicher, als von Bier und Wärme in die Abendkühle hinauszugehen, besonders jetzt, da ich lange im Süden war und an Winterkälte nicht gewöhnt bin; und mir scheint es ganz unnötig, daß ich mich dieses Siegfrieds wegen den Rest des Winters mit Husten herumschleppen soll. Denn so etwas pflegt bei mir lange zu dauern, und meine Mutter sagte oft, daß Husten und Gliederschmerzen mein Tod sein würden, wenn ich mich nicht gut in acht nähme. Und wenn ich nun einen Rat geben dürfte, Herr König, so wäre es das beste, wenn der

Kampf hier drinnen vor sich ginge, hier vor deinem Tisch, wo Platz genug ist. Und dann könntest du selbst am bequemsten zusehen.«

Viele lachten über Orms Ängstlichkeit, aber Siegfried lachte nicht mehr, sondern schrie wie rasend, daß er Orm alle Hustensorgen ersparen werde. Aber Orm kümmerte sich nicht um ihn, sondern saß König Harald zugewandt und wartete auf dessen Beschluß. König Harald sagte: »Es ist schlimm, daß die Jugend anfängt, zu verweichlichen und nicht mehr ist wie ehedem. Lodbroks Söhne dachten nicht an Gesundheit und Wetter, und in jungen Jahren tat ich das auch nicht; nun aber wüßte ich unter der Jugend bald keinen anderen als Styrbjörn, der nach uns geschlagen ist. Aber wahr ist, daß es für mich, bei meinen Jahren, am besten sein mag, den Kampf von hier aus, wo ich nun sitze, anzusehen, und es trifft sich gut, daß der Bischof zu Bett liegt, denn er wäre sehr dagegen gewesen. Aber ich sehe es so an, daß der Frieden, den wir in der Halle verkündet haben, nicht durch das, was ich nun selbst gestatte, gebrochen wird, und ich glaube nicht, daß Christus gegen einen Zweikampf sein kann, bei dem alles nach Gesetz und Brauch zugeht. Darum mag es nun geschehen, daß Orm und Siegfried sich hier auf dem freien Raum vor meinem Tisch schlagen mit Schwert und Schild, Helm und Brünne, und ohne anderen Beistand als beim Anziehen der Heerkleider. Und wenn einer von ihnen getötet wird, so ist es gut; aber wenn einer von ihnen nicht mehr auf den Beinen stehen kann oder sein Schwert wegwirft oder unter die Tische flieht, so darf der andere nicht mehr nach ihm schlagen; aber dann hat er den Kampf verloren und damit auch die Kette. Und ich und Stallmeister Hallbjörn werden zusehen, daß alles recht zugeht.«

Nun gingen einige Männer hinaus, um die Heerkleider für Orm und Siegfried zu holen; in der Halle herrschte großer Lärm, und viele riefen durcheinander. König Haralds Mannen hielten Orm für den besseren von beiden;

aber König Svens Leute priesen Siegfried und erzählten, daß er neun Männer im Zweikampf niedergemacht habe, ohne selbst dabei so schwer verwundet zu werden, daß man ihn hätte verbinden müssen. Unter den redseligsten war Dyre; er fragte, ob Orm fürchte, im Grabe zu husten? Darauf wandte er sich an seinen Bruder und bat ihn, sich mit der Kette zu begnügen und ihm, Dyre, Orms Schwert zu überlassen.

Toke hatte schwermütig dagesessen, seit er in seiner Erzählung unterbrochen worden war, und hatte vor sich hingemurmelt und getrunken; aber bei Dyres Worten kam Leben in ihn. Er schlug sein Tischmesser vor Dyre in die Tischplatte, so daß es im Holz aufrecht stehenblieb, und warf sein Schwert in der Scheide daneben; darauf reckte er sich so schnell über den Tisch, daß Dyre zum Ausweichen keine Zeit blieb; er packte ihn an Ohren und Seitenbart und drückte sein Gesicht zu den Waffen nieder, indem er sagte: »Hier siehst du Waffen, die ebenso gut sind wie Orms Klinge, aber du sollst sie selbst gewinnen, wenn du sie haben willst, und sie nicht von anderen erbetteln.«

Dyre war stark; er faßte Tokes Handgelenke und drückte hart zu; aber das tat weh an Ohren und Bart, und er stöhnte und konnte nicht loskommen.

»Hier halte ich dich im Gespräch ganz freundschaftlich fest«, sagte Toke, »denn den Königsfrieden hier drinnen will ich nicht stören. Aber ich lasse dich nicht eher los, als bis du mir versprochen hast, dich mit mir zu schlagen; denn Rotschnabel will nicht gern untätig sein, wenn seine Schwester außer Hause ist.«

»Laß mich los«, sagte Dyre mit dem Mund auf dem Tisch. »Dann werde ich dich töten, sobald ich deiner habhaft werde.«

»Nun hast du es versprochen«, sagte Toke, indem er ihn losließ und sich ein gutes Teil Bart, der sich gelöst hatte, von den Handflächen blies.

Dyre hatte rote Ohren bekommen, aber im Gesicht

war er weiß vor Raserei, und es sah anfangs aus, als sei ihm die Sprache vergangen. Er stand auf und sagte: »Dies hier bringe ich sofort mit dir ins reine; und so ist es am besten; denn dann bekommen mein Bruder und ich jeder ein spanisches Schwert. Wollen wir nun zusammen austreten und nicht vergessen, die Schwerter mitzunehmen.«

»So ist es recht«, antwortete Toke, »denn zwischen uns sind Höflichkeiten überflüssig, und für das, was du nun gesagt hast, werde ich dir dein Leben lang dankbar sein. Und wie lange das sein wird, werden wir nun sehen.«

Sie gingen jeder an seiner Seite den Königstisch entlang und darauf nebeneinander durch den Gang hinter den Quertischen und durch eine der Türen an der Schmalseite hinaus ins Freie. König Sven sah ihnen lächelnd nach; es behagte ihm, daß seine Mannen sich dran hielten und ihren Ruf und die Furcht um sich her mehrten.

Orm und Siegfried waren mit dem Ankleiden zum Kampf beschäftigt. Dort, wo sie sich schlagen sollten, wurde der Boden gefegt, damit sie nicht ausglitten oder über die Knochen strauchelten, die man König Haralds Hunden zugeworfen hatte. Die Männer an beiden Enden der Halle drängten sich heran, um besser sehen zu können, und stellten sich dicht gedrängt auf Bänke und Quertische zu beiden Seiten des freien Raumes, und auch längs der Wand auf der vierten Seite und hinter König Haralds Tisch. König Harald, begierig den Kampf zu sehen, war in der muntersten Laune, und als er sich zufällig umwandte und einige seiner Frauen durch eine halbgeöffnete Tür neugierig hereinspähen sah, befahl er, daß seine Frauen und Töchter hereinkommen und zuschauen sollten; denn es wäre zu hart, meinte er, ihnen ein solches Schauspiel zu versagen. Er bereitete einigen von ihnen Platz auf dem Hochsitz an seiner Seite und auf dem leeren Sitz des Bischofs und die beiden schönsten Töchter mußten sich neben Styrbjörn setzen. Sie taten es, ohne darüber zu klagen, daß sie eng saßen; sie lachten hell, als er ihnen Bier anbot, und tranken tapfer. Für die Frauen, die auf dem Hochsitz keinen Platz fanden, stellte man eine Bank hinter dem Tisch auf, wo der Hochsitz ihnen den Ausblick nicht nahm.

Stallmeister Hallbjörn ließ nun in die Luren blasen und Schweigen gebieten, und dann verkündete er, daß während des Kampfes alle sich still zu verhalten hätten und den Kämpfenden keine guten Ratschläge zurufen oder Gegenstände auf den Wahlplatz werfen dürften. Orm und Siegfried waren nun fertig; sie betraten den Kampfplatz und gingen aufeinander zu; und als man sah, daß Orm das Schwert in der linken Hand führte, entstand lebhaftes Gemurmel, denn der Kampf zwischen einem Links- und einem Rechtshändigen war schwer für beide, weil dann die Schläge so fielen, daß die Schilde weniger schützten. Man sah ihnen beiden an, daß sie Kämpfer waren, denen nur wenige freiwillig entgegengetreten wären; und keinem von beiden war Ängstlichkeit wegen des Ausganges anzumerken. Orm war einen halben Kopf länger als Siegfried und hatte längere Arme; aber Siegfried war breiter gebaut und sah stärker aus. Sie hielten sich die Schilde gut vor die Brust und hoch genug, um schnell den Hals decken zu können, und die Augen hatte jeder auf das Schwert des anderen gerichtet, um jeden Hieb auffangen zu können. Sobald sie einander nahegekommen waren, hieb Orm nach Siegfrieds Beinen; der aber sprang schnell zur Seite und gab einen harten Schlag zurück, der mit einem Krach den Helm traf. Da wurden beide vorsichtig und fingen alle Hiebe mit den Schilden auf; König Harald erklärte seinen Frauen, daß erfahrene Kämpfer nicht in Übereifer geraten oder sich Blößen geben, und das sei gut so; denn desto länger dauere das Vergnügen.

»Und selbst für den, der schon viel gesehen hat, ist es schwer zu sagen, wer hier siegen wird; aber der Rote, auch wenn er Kälte fürchtet, scheint mir einer der sichersten Männer, die ich je gesehen habe, und es mag leicht sein, daß Sven nun um einen Gefolgsmann ärmer wird.«

König Sven, der sich ebenso wie die beiden Jarle auf den Rand seines Tisches gesetzt hatte, um dem Kampf zugewendet zu sein, lächelte verächtlich und sagte, daß niemand, der Siegfried kenne, sich deswegen Sorgen zu machen brauche.

»Und obschon meine Mannen den Zweikampf nicht fürchten«, sagte er, »geschieht es doch nicht oft, daß ich einen auf diese Weise verliere, es sei denn, daß sie sich untereinander schlagen.«

Toke kam nun zurück. Er hinkte, und man hörte ihn einen Vers murmeln, und als er über die Bänke stieg, um auf seinen Platz zu kommen, sah man, daß ein Oberschenkel bis nach unten hinab blutig war.

»Wie ging es mit Dyre?« fragte Sigurd Buesson.

»Es dauerte eine Weile«, sagte Toke, »aber nun ist die Sache in Ordnung gebracht.«

Nun hatten alle bloß Augen für den Kampf, und es sah aus, als wolle Siegfried ihn schnell zu Ende bringen. Er griff heftig an und versuchte, Orms Beine und Gesicht und die Finger der Schwerthand zu treffen. Orm wehrte sich gut, schien aber selbst wenig auszurichten; und man merkte ihm an, daß Siegfrieds Schild ihm im Wege war. Der war größer als sein eigener und von zähem Holz mit daraufgenietetem dickem Leder, und nur der Buckel in der Mitte war von Eisen; und es wäre gefährlich gewesen, wenn das Schwert im Schildrande haftengeblieben wäre, denn dann konnte es abbrechen oder aus der Hand gewunden werden. Orms Schild war ganz aus Eisen und hatte in der Mitte eine spitze Schildpike. Siegfried grinste Orm an und fragte ihn, ob er es warm genug habe. Nach dem ersten Schlag, den er über den Helm erhalten hatte, rann Orm das Blut über die Wange, und dazu hatte er einen Stich ins Bein bekommen und einen Schnitt über der Hand; Siegfried war noch unverwundet. Orm antwortete nicht, er wich einen Fuß breit nach dem anderen, den Quertischen entlang, zurück. Siegfried duckte sich hinter seinen Schild und fiel nach vorn und nach den

Seiten aus, und seine Angriffe wurden immer heftiger. Den meisten schien es, als sei sein Sieg nahe. Plötzlich machte Orm einen Satz nach vorn; er fing Siegfrieds Hieb mit dem Schwert auf und preßte mit voller Kraft seinen Schild gegen den des andern, so daß die Schildpike durch Leder und Holz drang und fest saß, und dann drückte er die Schilde so hart abwärts, daß an beiden die Griffe brachen. Beide traten etwas zurück, um Raum für die Schwerter zu gewinnen; dann schlugen sie gleichzeitig zu. Siegfrieds Hieb traf in die Seite und riß ein Loch in Orms Brünne und schlug eine tiefe Wunde; aber Orms Hieb traf in den Hals; und ein lauter Aufschrei ertönte in der Halle, als der Kopf abflog und am Tischrand abprallte und in das Bierfaß am Ende des Tisches fiel.

Orm schwankte und hielt sich am Tisch fest; er strich das Schwert über dem Knie ab, steckte es in die Scheide und blickte auf den geköpften Körper zu seinen Füßen.

»Da siehst du nun«, sagte er, »wessen die Kette ist.«

Wie Orm seine Halskette verschenkte

Auf dem Königshof wurde nun viel vom Zweikampf um das Halsband geredet, sowohl in der Halle wie in Küche und Frauenstuben. Alle, die dabei gewesen waren, hatten sich genau gemerkt, was gesprochen worden und was vor sich gegangen war, damit sie anderen später etwas Rechtes zu erzählen hätten. Man rühmte sehr die Art, wie Orm sich des Schildes bemächtigt hatte, und Styrbjörns Isländer sagte am nächsten Abend Verse her, die im Ljodahatrversmaß von der Unschicklichkeit handelten, den Kopf in ein Bierfaß hinein zu verlieren. Alle waren der Meinung, daß nicht einmal bei König Harald das Julfest immer so unterhaltend gewesen sei.

Aber Orm und Toke mußten mit ihren Wunden zu Bett liegen und hatten es nun längere Zeit sehr wenig angenehm, obschon Bruder Willibald sie mit seinen besten Salben pflegte. In Tokes Wunde entstanden Geschwüre, so daß er mitunter die Besinnung verlor und gefährlich wurde; dann mußte er bei der Behandlung der Wunde von vier Männern gehalten werden. Und Orm, dem zwei Rippen zerschlagen waren, hatte viel Blut verloren. Er war überempfindlich und fühlte sich matt; auch hatte er keine Eßlust wie sonst. Das hielt er für ein böses Zeichen, und ihm war trüb zumute.

König Harald hatte ihnen eine gute Kammer einräumen lassen, die von einer gemauerten Feuerstelle erwärmt wurde, und in ihre Betten hatte man Heu gelegt statt Stroh. Am ersten Tage kamen viele Mannen des Königs und Styrbjörns dorthin, um mit ihnen vom Kampf zu reden und sich über König Svens Zorn lustig zu machen, so daß die Kammer erfüllt war von Männern und fröhlichem Lärm, bis Bruder Willibald sie alle mit scharfer Stimme hinaustrieb. Orm und Toke wußten selber nicht recht, ob sie sich schlechter fühlten, wenn sie Gesellschaft hatten oder wenn sie allein waren. Nun, da das Julfest vorüber war, fuhren auch ihre eigenen Mannen nach Hause, alle außer Rapp, der in seiner Heimat friedlos war und daher hier zurückblieb. Denn schon nach wenigen Tagen, als ein plötzlicher Sturm die Eisdecke gebrochen hatte und König Sven finster und ohne viel Worte in See gestochen war, nahm Styrbjörn Abschied von König Harald; er hatte es eilig, umherzufahren und Männer für seine Heerfahrt zu werben, und Orms Leute durften mit ihm reisen, wenn sie mit abwechseln wollten an den Rudern. Styrbjörn hätte gern sowohl Orm wie Toke unter seinen eigenen Mannen gehabt; er kam selbst zu ihnen in die Kammer und sagte, daß sie viel zur Feststimmung beigetragen hätten und daß sie nun nicht lange daliegen und sich mit dem Pflegen ihrer Schrammen abgeben sollten.

»Und laßt mich euch wiedersehen auf Bornholm, wenn die Kraniche anfangen zu ziehen«, sagte er, »denn für so behende Männer habe ich Platz auf dem Vorderschiff meines eigenen Bootes.«

Er ging, ohne auf Antwort zu warten, eifrig beschäftigt mit Dingen, die keinen Aufschub litten; das war alles, was sie mit Styrbjörn geredet hatten. Eine Weile lagen sie schweigend da; dann sagte Toke:

»Willkommen ist mir der Tag,
Da ich vom Schiffsdeck seh
Kranich und Gans und Storch
Nordwärts richten den Flug.«

Aber Orm antwortete nach einiger Überlegung betrübt:

»Schweig vom Kranich, denn ich
Stieg dann längst schon hinab,
Dorthin, wo Maulwurf und Maus
Kalt den Toten umschnuppern.«

Als die meisten Gäste abgereist waren und es in der Küche nicht mehr so eilig zuging, ließ Bruder Willibald zweimal täglich Fleischbrühe für die Verwundeten kochen, um ihre Kräfte zu heben; und aus Neugierde waren einige vom Weibsvolk des Königs gern bereit, ihnen die Suppe in die Kammer zu bringen. Das konnten sie ruhig tun, denn König Harald lag nun, nach dem Julessen, zu Bett, und Bruder Willibald und Bruder Matthias nebst dem Bischof mußten sich größtenteils bei ihm aufhalten, um ihm Gebete vorzusprechen und ihm reinigende Mittel für Blut und Gedärme zu geben.

Die junge maurische Frau, die sie am ersten Tage bei König Harald gesehen hatten, war die erste, die den Kopf zur Tür hereinsteckte. Toke tat einen lauten Ausruf, als er sie sah, und bat sie, näher zu kommen. Sie trat mit einer Kanne und einem Löffel ein, setzte sich zu Toke und machte sich daran, ihn zu füttern. Mit ihr kam eine andere, die sich zu Orm setzte. Es war ein langes und gutgewachsenes Mädchen von bleicher Gesichtsfarbe, grauäugig und mit einem großen, schönen Munde; ihr dunkles Haar war mit einem Bernsteinband umwunden. Orm hatte sie früher nicht gesehen, aber es war deutlich, daß sie nicht zu den Dienstleuten gehörte.

Für Orm war es nicht leicht, die Suppe zu schlucken, denn seiner Wunde wegen konnte er sich nicht aufsetzen, und daher bekam er einen Mundvoll in die falsche Kehle und fing an zu husten. Da tat die Wunde weh, so daß ihm schlecht zumute wurde, und er stöhnte. Das Mädchen verzog den Mund, und Orm blickte sie finster an. Als der Husten aufgehört hatte, sagte er: »Ich liege hier nicht, damit man über mich lacht. Wer bist du?«

»Ich heiße Ylva«, antwortete sie, »und daß du zum Auslachen da bist, habe ich eben erst erfahren. Wie kannst du jammern über einen Löffel warmer Suppe, der du den besten Kämpen meines Bruders erschlagen hast?«

»Es war nicht der Suppe wegen«, sagte Orm. »Sogar eine Frau sollte begreifen, daß eine Wunde wie die meine weh tut. Aber wenn du König Svens Schwester bist, so ist es vielleicht keine gute Suppe, mit der du zu mir kommst. Ihr Geschmack gefällt mir nicht. Bist du gekommen, um den Verlust zu rächen, den ich ihm zugefügt habe?«

Das Mädchen erhob sich und warf Kanne und Löffel in die Feuerstatt, so daß die Suppe umherspritzte; zornig stand sie da und starrte Orm an. Doch nach einer Weile beruhigte sie sich; sie lachte auf und setzte sich wieder auf den Bettrand.

»Du fürchtest dich nicht zu zeigen, daß du Angst hast, dieses Lob muß ich dir geben. Aber es ist noch nicht ausgemacht, wer von uns den schlechteren Kopf hat. Als du dich mit Siegfried schlugst, sah ich, daß es ein guter Kampf war, und du sollst wissen, daß keiner meine Freundschaft verliert, der meinem Bruder Sven Schaden zufügt. Und Siegfried ist lange genug ungetötet umhergegangen. Schon von weitem roch er aus dem Mund und zwischen ihm und Sven war die Rede davon, daß er mich zur Frau haben sollte! Wenn es wirklich dahin gekommen wäre, dann hätte er in dieser Ehe nicht viele Nächte erlebt, denn ich nehme nicht mit dem ersten besten vorlieb. Daher bin ich dir für deine Hilfe in dieser Sache großen Dank schuldig.«

»Du bist hochmütig und wenig zurückhaltend, und vielleicht ist es schlimmer, sich mit dir herumzuschlagen als mit den meisten anderen«, sagte Orm. »So ist es nun einmal mit Königstöchtern. Ich will nicht leugnen, daß du mir zu gut zu sein scheinst für einen Burschen wie Siegfried. Aber ich selbst habe von diesem Kampf großen Schaden gehabt und weiß nun nicht, welches Ende es mit mir nehmen wird.«

Ylva klemmte die Zungenspitze zwischen die Zähne. Sie nickte und sah nachdenklich aus. »Vielleicht haben auch noch andere als du und Siegfried und Sven durch diesen Kampf verloren«, sagte sie. »Ich habe von deinem Halsband gehört, das Siegfried hat haben wollen; es heißt, daß du es vom König des Südlandes bekommen hast und daß es der schönste Schmuck ist, den es gibt. Nun hätte ich gern, daß du es mich sehen läßt. Du brauchst nicht zu fürchten, daß ich es an mich nehme und damit davonlaufe, obschon es mein hätte werden können, wenn Siegfried gesiegt hätte.«

»Es ist ein wahres Unglück, etwas zu besitzen, an dem alle herumfingern wollen«, sagte Orm traurig.

»Warum überließest du es denn nicht Siegfried?« fragte Ylva. »Dann wärst du alle Sorgen losgewesen.«

»Eins weiß ich bereits«, sagte Orm, »obwohl ich dich noch nicht lange kenne: Wer dich einmal heiratet, wird nicht oft das letzte Wort behalten.«

»Ich glaube nicht, daß man dich bitten wird, selber die Probe darauf zu machen«, sagte Ylva, »diesen Eindruck machst du mir nicht, und hättest du auch fünf Halsbänder. Warum hast du dir nicht Haar und Bart waschen lassen? Du siehst ja schlimmer aus als ein Småländer. Aber nun sag, ob du mir das Halsband zeigen willst?«

»Es ist nicht recht gegen einen Kranken, ihn mit einem Småländer zu vergleichen«, sagte Orm. »Ich bin von väterlicher und auch von mütterlicher Seite her aus gutem Geschlecht. Sven Rattennase in Göinge war der Halbbruder meines Urgroßvaters, und der Vater meiner Großmutter war aus dem Geschlecht der ›Weitgreifenden‹. Nur um meiner Krankheit willen habe ich Nachsehen mit dir und setze dich nicht vor die Tür. Aber das stimmt schon, daß ich gern gewaschen werden will, obschon mir so elend ist. Wenn du mir diesen Dienst tun willst, werde ich ja sehen können, ob du dergleichen besser kannst als Suppe reichen. Aber es mag sein, daß Königstöchter zu so nützlichen Dingen nicht taugen.«

»Du trägst mir die Arbeiten einer Magd auf«, sagte Ylva. »Das hat vor dir noch keiner gewagt, und es kommt wohl daher, daß du vom ›Weitgreifenden‹ abstammst. Aber wirklich, ich sähe gern, wie du dich ausnimmst, wenn du gewaschen bist, und darum werde ich morgen früh hierherkommen. Dann wirst du merken, daß ich zu dergleichen ebensogut tauge wie sonst eine.«

»Gekämmt will ich auch gern werden«, sagte Orm, »und wenn alles zu meiner Zufriedenheit ausfällt, will ich dir das Halsband zeigen.«

Drüben bei Toke ging es lebhaft zu. Er konnte nun im Bett aufsitzen und war von der Suppe und von der Nähe einer Frau guter Laune geworden. Sie sprachen miteinander in der Sprache der Maurin. Bei Toke ging das nur stockend, aber desto flinker war er mit den Händen, wobei er versuchte, sie an sich zu ziehen. Sie wehrte sich und schlug ihm mit dem Löffel auf die Finger, aber er zog sie nicht mehr als nötig zurück und sah gar nicht leidend aus. Und er pries, so gut er konnte, alles, was an ihr schön war, und verfluchte sein schlimmes Bein, das ihn festhielt, wo er saß.

Als das Spiel, das sie miteinander trieben, laut wurde,

wandten Orm und Ylva sich ihnen zu. Ylva schien belustigt, aber Orm wurde mißgelaunt und schrie Toke zu, daß er sich vernünftig benehmen und die Frau in Ruhe lassen solle.

»Was glaubst du wohl, würde König Harald sagen«, fragte er, »wenn ihm zu Ohren käme, daß du mit einer seiner Frauen bis über das Knie hinauf deine Späße getrieben hast.«

»Er sagt vielleicht dasselbe wie du, Orm«, sagte Ylva, »daß es ein Unglück ist, etwas zu besitzen, an dem alle herumfingern wollen. Aber durch mich soll er nichts zu hören bekommen, denn Frauen hat er für sein Alter mehr als genug, und sie, die Arme, hat hier bei uns wenig Freude; sie weint oft und ist schwer zu trösten, denn sie versteht nicht viel von dem, was man sagt. Kümmere dich daher nicht darum, daß sie mit jemand scherzt, mit dem sie reden kann und der aussieht wie ein beherzter Mann.«

Aber Orm blieb dabei, daß Toke, so lange sie König Haralds Gäste seien, sich in solchen Dingen vorsehen müsse.

Toke war nun ruhig geworden und hielt die Frau nur an einem ihrer Zöpfe fest. Er fand, daß Orm sich unnötig Sorgen mache. »Solange es mit meinem Bein nicht besser steht, kann es nicht viel Gerede geben«, sagte er, »und du, Orm, hast ja den kleinen Priester selbst sagen gehört, König Harald habe befohlen, alles für unser Wohlbefinden zu tun, weil wir König Sven Verdruß gegeben hätten. Und mit mir steht es, wie alle wissen, so, daß ich ohne Frauen nicht recht froh werden kann, und diese hier scheint mir trotz meiner Krankheit makellos und das beste Mittel, um wieder gesund zu werden. Daher fühle ich mich auch schon viel besser. Ich habe sie gebeten, so oft sie nur kann, hierherzukommen, mir wieder auf die Beine zu helfen, und ich glaube nicht, daß sie vor mir Angst hat, weil ich sie gestreichelt habe.«

Orm brummte mißmutig vor sich hin; aber es endete so, daß die Frauen versprachen, am nächsten Morgen zu kommen und beiden Haar und Bart zu waschen. Nun kam Bruder Willibald in großer Eile, um nach ihren Wunden zu sehen. Er schrie böse wegen der verschütteten Suppe und trieb die Frauen hinaus; nicht einmal Ylva wagte ihm etwas zu erwidern, denn alle fürchteten ihn, der über Leben und Gesundheit Macht besaß.

Als Orm und Toke wieder allein waren, lagen sie still da und hatten mancherlei zu bedenken. Da sagte Toke:

»Nun hat sich alles für uns zum Guten gewendet, seit Frauen den Weg zu uns gefunden haben. Jetzt ist einem leichter zumute.« Aber Orm sagte:

»Uns ist Unglück nah, wenn du, Toke, deine Liebesgier nicht zügeln kannst. Es wäre gut, wenn man sich etwas mehr darauf verlassen könnte, daß du mitunter dazu imstande bist.«

»Es ist schon richtig«, sagte Toke, »daß sie kaum Lust haben würde, sich zu sträuben, wenn ich mich daran hielte und dabei gesund wäre. Für eine Frau wie sie ist ein alter König nicht viel wert, und seit sie herkam, ist sie streng gehalten worden. Sie heißt Mirah und ist von Rhonda und aus gutem Geschlecht. Norweger haben sie eines Nachts geraubt, sie nebst vielen anderen fortgeführt und dem König von Cork verkauft. Der schenkte sie ihrer Schönheit wegen König Harald als Zeichen seiner Freundschaft. Sie sagt, sie hätte größeren Wert auf diese Ehre gelegt, wenn man sie einem Jüngeren gegeben hätte, mit dem sie auch reden könne. Ich habe nicht oft eine so ungewöhnliche Frau gesehen, eine, die so schön gewachsen ist und so weiche Haut hat. Aber auch sie, die sich zu dir setzte, ist hohen Lobes wert, wenn schon sie etwas schmal gebaut ist und vollere Formen haben könnte. Es sieht aus, als sei sie dir gewogen; und selbst hier kann man merken, was für Männer wir sind, da wir sogar auf dem Krankenlager die Gunst solcher Frauen gewinnen.«

Aber Orm sagte, er denke nicht an Frauenliebe, denn er fühle sich von Tag zu Tag müder und elender und habe vielleicht nicht mehr lange zu leben.

Sobald es am nächsten Morgen hell geworden war, kamen die beiden Frauen, wie sie gesagt hatten, und brachten warme Seifenlauge, Wasser und Handtücher mit. Haar und Bart wurden nun beiden mit großer Sorgfalt gewaschen. Da Orm sich nicht aufsetzen konnte, war das Waschen nicht einfach; aber Ylva stützte ihn und gab gut acht und machte ihre Sache zu ihrer eigenen Ehre so gut, daß er die Seifenlauge weder in den Mund noch in die Augen bekam und doch schön sauber wurde. Darauf setzte sie sich an das Kopfende, nahm seinen Kopf auf den Schoß und machte sich ans Kämmen. Sie fragte, ob er unbequem liege, aber Orm sagte, er müsse eingestehen, daß er es nicht besser haben könne. Sie hatte recht viel Mühe mit seinem Haar, denn es war dicht und verwirrt und durch das Waschen zerzaust; aber sie brachte es geduldig in Ordnung, und ihm schien es, er sei noch nie so gut gekämmt worden. Nun redete sie vertraulich mit ihm, wie wenn sie schon lange Freunde wären, und Orm spürte, daß es ihm wohltat, sie bei sich zu haben.

»Ihr werdet wohl noch ein zweites Mal nasse Köpfe bekommen, bevor ihr wieder auf den Beinen steht«, sagte sie, »denn der Bischof und seine Priester taufen gern Leute, die krank sind, und es ist recht auffallend, daß sie sich noch nicht an euch herangemacht haben. Damals, als mein Vater schwer krank war und kaum mehr glaubte, daß er wieder hochkommen werde, hielten sie sich eifrig dran. Die meisten Leute finden, daß es am besten ist, im Winter auf dem Krankenbett getauft zu werden, denn dann gießen die Priester ihnen das Wasser bloß über den Kopf, sonst aber muß man ganz und gar in die See getaucht werden, und viele mögen das nicht, wenn das Wasser eiskalt ist. Auch für die Priester ist es dann nicht leicht; wenn sie bis an die Knie im Wasser stehen, werden sie blau im Gesicht und klappern so sehr mit den Zähnen, daß sie ihre Segenssprüche kaum hersagen können. Darum taufen sie am liebsten Bettlägerige, während es Winter ist; aber mich und meine Schwestern hat der Bischof am Mittsommertag, den sie den Tag des Täufers nennen, getauft, und da war es nicht schwer. Während er Gebete über uns sprach, kauerten wir in unseren langen Hemden um ihn herum; und als er die Hand hob, hielten wir uns die Nasen zu und tauchten, und ich blieb länger als alle anderen unter Wasser, so daß es heißt, meine Taufe sei eine der allerbesten gewesen. Nachher bekamen wir geweihte Kleider und eine jede ein kleines Kreuz, am Hals zu tragen, und niemand von uns hat Schaden davon gehabt.«

Orm antwortete, daß er von seltsamen Bräuchen recht viel wisse, denn er sei im Südlande, wo niemand Schweinefleisch essen dürfe, gewesen und auch bei den Mönchen in Irland, die es darauf abgesehen hätten, ihn zu taufen.

»Und mir will es nur langsam in den Kopf«, sagte er, »wie dergleichen den Menschen nützen und den Göttern Freude machen kann. Ich will den Bischof oder irgendeinen anderen Mann Gottes sehen, der mich dazu bringt, mich bis über die Ohren in kaltes Wasser zu stecken, es mag Sommer oder Winter sein. Und ich habe auch gar keine Lust, mir von ihnen Wasser über den Kopf gießen zu lassen, während sie über mir Gebete sprechen. Denn ich glaube fest, daß man sich vor allen Beschwörungen und Weihen sehr in acht nehmen muß.«

Ylva sagte, daß einige von König Haralds Mannen nach ihrer Taufe über Hexenschuß geklagt und deswegen vom Bischof Schmerzensgeld verlangt hätten; aber sonst sei nichts Schädliches gemerkt worden, und es gebe viele, die im Gegenteil die Taufe für gesundheitsfördernd hielten. Gegen Schweinefleisch hätten die Priester hier nichts einzuwenden gehabt, wie Orm das ja selber beim Julfest habe merken können, und sie kümmerten sich überhaupt nicht viel um das, was man esse. Nur wenn man ihnen Pferdefleisch anbiete, pflegten sie auszuspucken und sich zu bekreuzigen, und mitunter hätten sie wohl auch flüsternd den Rat gegeben, am Freitag lieber kein Fleisch zu essen; aber da habe ihr Vater gesagt, solches Gerede wolle er nicht wieder hören. Sie selbst könne nicht sagen, daß sie durch die neue Lehre irgendein Ungemach gespürt habe. Aber manche hielten dafür, daß die Ernten schlechter geworden und die Milch der Kühe dünner sei, nun da man angefangen habe, die alten Götter zu vernachlässigen.

Sie zog langsam den Kamm durch einen Haarbüschel, den sie entwirrt hatte, hielt ihn gegen das Tageslicht und sah ihn sich genau an.

»Ich weiß nicht, wie es kommen mag«, sagte sie, »aber es sieht so aus, als hättest du keine einzige Laus im Haar.«

»Das kann nicht sein«, sagte Orm. »Dann ist der Kamm schlecht. Kämm fester.«

Sie sagte, es sei ein guter Lausekamm, und nun drückte sie ihn so fest gegen die Kopfhaut, daß es weh tat. Aber keine Laus war zu finden.

»Dann steht es schlimm mit mir«, sagte Orm, »schlimmer, als ich glaubte. Denn dann ist die Krankheit ins Blut gegangen.«

Ylva meinte, daß es vielleicht nicht so gefährlich sei, aber Orm nahm es sich sehr zu Herzen. Er lag nun, solange sie ihn kämmte, schweigsam da und knurrte traurig als Antwort auf ihr Schwatzen. Aber desto mehr hatten Toke und Mirah einander zu sagen; sie schienen immer besser übereinzukommen. Endlich war Orms Haar und Bart fertiggekämmt und Ylva betrachtete mit Zufriedenheit ihr Werk.

»Nun gleichst du eher einem Häuptling als einer Heuschrecke«, sagte sie. »Wenige Frauen würden nun vor dir davonlaufen, und das hast du mir zu danken.«

Sie hob seinen Schild auf, rieb ihn mit dem Ärmel dort, wo er von Hieben am wenigsten verschrammt war, und hielt ihn Orm hin. Er betrachtete sich darin und nickte.

»Gut gekämmt«, sagte er. »Und das ist mehr, als ich einer Königstochter zugetraut hätte. Aber es mag sein, daß du mehr taugst als die meisten. Nun hast du verdient, daß ich dir mit dem Schmuck zu Willen bin.«

Er öffnete seine Jacke am Halse, zog das Halsband hervor und reichte es ihr. Ylva tat einen Ausruf, als sie es sah; dann wog sie es in der Hand und betrachtete seine Schönheit. Mirah verließ Toke und kam eilig herbei, und auch sie brach in laute Rufe aus.

Orm sagte zu Ylva: »Häng es dir um den Hals.«

Sie tat, wie er gesagt hatte. Das Halsband war lang und hing ihr bis zu den Brustschildern am Leibchen herab, und sie hatte es eilig, den Schild auf die Wandbank zu heben und sich darin zu spiegeln.

»Es ist lang genug, doppelt um den Hals gelegt zu werden«, sagte sie, und konnte Augen und Finger nicht davon lassen. »Wie soll es getragen werden?«

»Almanzur verwahrte es in einer Truhe, und niemand durfte es sehen. Und ich habe es, seit ich es bekam, unter der Jacke getragen, bis es mir die Haut wund rieb, und unnötig habe ich es niemand gezeigt bis zu diesem Julfest. Und da hat es mir gleich Schaden gebracht. Jeder wird zugeben, daß es jetzt an einen besseren Platz gekommen ist. Nun, Ylva, ist es dein, und du kannst es tragen, wie es dir am besten gefällt.«

Sie hielt das Halsband in beiden Händen und sah ihn aus großen Augen an.

»Bist du von Sinnen?« sagte sie. »Was habe ich denn getan, daß du mir ein solches Geschenk machst? Für einen geringeren Schmuck als diesen würde die edelste Königin mit einem Berserker zu Bett gehen.«

»Du hast mich gut gekämmt«, sagte Orm und lächelte. »Wir vom Geschlecht des ›Weitgreifenden‹ geben unseren Freunden gute Geschenke oder überhaupt keine.«

Auch Mirah wollte gern das Halsband probieren, aber Toke befahl ihr, zu ihm zurückzukommen und sich um den Schmuck nicht zu kümmern; und er hatte bereits solche Macht über sie, daß sie gehorchte. Ylva sagte: »Vielleicht muß auch ich es unter der Jacke verstecken, denn meine Schwestern und alle Frauen auf dem Hof würden mir deswegen die Augen ausstechen. Aber warum du es weggibst und an mich, das kann ich nicht verstehen – du magst noch so sehr vom Geschlecht des ›Weitgreifenden‹ sein.«

Orm seufzte und sagte: »Was ist es mir nütze, wenn über mir das Gras wächst? Nun, da keine einzige Laus bei mir gedeiht, weiß ich, daß ich sterben werde; und ich habe es ja schon vorher geahnt. Mag sein, daß du es bekommen hättest, auch wenn ich nicht vom Tode gezeichnet wäre, aber dann hätte ich von dir eine Gegengabe verlangt. Du scheinst mir solchen Schmuckes wert zu sein, und ich muß glauben, daß es dir nicht schwerfällt, dir Ruhe zu verschaffen, wenn jemand deswegen mit dir anzubinden versucht. Aber für mich wäre es besser gewesen, zu leben und das Halsband an dir zu sehen.«

Von Bruder Willibalds Zorn und wie Orm sich als Freier versuchte

Es dauerte nicht lange, bis geschah, was Ylva gesagt hatte, daß nämlich der Bischof mit dem Wunsch hervortrat, die beiden Verwundeten zu taufen; aber er hatte bei keinem von ihnen Erfolg. Orm wurde sehr bald ungeduldig und sagte, da er ja doch bald sterben werde, habe er keine Lust, von dergleichen zu hören; und auch Toke glaubte, das für sein Teil nicht nötig zu haben, denn er fühle, daß er bald gesund sein werde. Um sie mit Geduld zu gewinnen und sie in der Lehre zu unterweisen, stellte der Bischof den Bruder Matthias an. Dieser versuchte einige Male, sie das Glaubensbekenntnis zu lehren, und gehorchte ihnen nicht, wenn sie in Ruhe gelassen werden wollten. Da ließ Toke einen guten Speer mit schmalem Blatt und scharfen Schneiden bringen, und als Bruder Matthias das nächste Mal kam, um sie zu unterweisen, lag er auf den Ellenbogen gestützt, wog den Speer in der Hand und sagte: »Es ist gewiß nicht recht, den Frieden im Hause des Königs zu brechen. Doch wenn es in Notwehr und durch Kranke geschieht, kann wohl kaum etwas dagegen gesagt werden. Gewiß ist es übel, die Kammer hier zu verschmutzen mit einem fetten Mann, wie du einer bist, der aussieht, als habe er viel Blut; aber ich habe mir gedacht, daß der Blutstrom vielleicht nicht gar zu reichlich fließen wird, wenn ich dich mit diesem Speer an die Wand nageln könnte. Für einen Bettlägerigen ist das gewiß nicht leicht, aber ich werde mein Bestes tun, und das soll nun auf der Stelle geschehen, sobald du den Mund öffnest, um das Zeug vorzubringen, mit dem wir verschont werden wollen.«

Bruder Matthias stand bleich da und hielt die Handflächen von sich gestreckt und sah aus, als wolle er etwas sagen; dann durchfuhr ihn ein Schauer, und er ging schnell rücklings aus der Kammer und schloß die Tür. Von da an wurden sie nicht mehr von ihm gestört. Aber Bruder Willibald, der nie ein Zeichen von Furcht gab, kam wie gewöhnlich und verband ihre Wunden und machte ihnen strenge Vorwürfe, daß sie Bruder Matthias geängstigt hätten.

»Du bist ein ganzer Kerl, obwohl du klein bist«, sagte Toke, »und wenn du auch unhöflich und arg gesinnt bist, so mag ich dich merkwürdigerweise doch mehr als die anderen von deiner Sorte. Aber wahrscheinlich kommt das daher, daß du nicht versuchst, uns zum Christentum zu überreden, sondern dich damit begnügst, unsere Wunden zu behandeln.«

Bruder Willibald antwortete, daß er länger als die anderen in diesem Lande der Finsternis gelebt und daher Zeit gehabt habe, sich von kindischem Tun zu befreien.

»Anfangs«, sagte er, »taufte ich mit ebenso großem Eifer wie jeder andere von der Bruderschaft des heiligen Benedikt. Aber nun weiß ich, was zum Nutzen gereicht und was bloß eitles Tun ist. In diesem Lande müssen die Kinder getauft werden und auch solche Frauen, die sich nicht allzusehr in Sünden gewälzt haben – wenn solche zu finden sind; aber die erwachsenen Männer in diesem

Lande sind dem Teufel gänzlich anheimgefallen und müssen um der göttlichen Gerechtigkeit willen im höllischen Feuer brennen – mögen sie noch so viel getauft sein. Denn für sie kann kein Ablaß ausreichen. Das ist mein Glaube, denn ich kenne sie nun, und daher verliere ich meine Zeit nicht mit dem Versuch, euch beide zu überreden.«

Er redete sich in großen Eifer hinein und starrte zornig von einem zum anderen und fing an, mit den Armen zu fuchteln und schrie: »Ihr Blutwölfe, Totschläger und Bösewichter, Hurenkerle und gadarenischen Schweine, ihr Augensterne des Beelzebub, Satansunkraut, Abkömmlinge von Basilisken und Nattern – seid ihr etwa dazu bestimmt, durch die Taufe reingewaschen und weiß wie Schnee mitten unter Gottes Heiligen zu stehen? Nein, sage ich, niemals! Und kein Bischof und Kirchenvater wird mich dazu bringen, das zu glauben. Denn ich bin nicht von gestern; ich habe zu viel gesehen. Ich, ich kenne euch! Was würde werden, wenn man Nordmänner ins Himmelreich einließe? Ihr würdet mit zuchtloser Rede nach heiligen Jungfrauen greifen, gegen Seraphim und Erzengel den Heerruf erheben und vor Gottes eigenem Angesicht nach Bier grölen. Nein und nein; ich weiß, was ich sage, die Hölle ist der einzige Platz für euch, ihr möget getauft sein oder nicht! Gelobt sei der Allmächtige von Ewigkeit zu Ewigkeit. Amen.«

Er kramte erbittert in seinen Binden und Dosen und machte sich daran, Tokes Wunden zu salben.

»Warum tust du alles, was du kannst, um uns zu heilen, wenn deine Wut gegen uns so groß ist?« fragte Orm.

»Das tue ich, weil ich Christ bin und mich darauf verstehe, Böses mit Gutem zu vergelten«, antwortete er, »und das ist mehr, als ihr je werdet lernen können. Trage ich nicht schon ein Zeichen davon am Kopf? Denn König Harald hat mich mit dem heiligen Kruzifix geschlagen, und doch pflege ich täglich seinen alten verderbten Leib mit aller Sorgfalt. Aber außerdem kann es von Nutzen sein, große Streiter, wie euch, in diesem Lande am Leben zu erhalten, denn ihr werdet – wie ihr es schon jetzt während des Julfestes getan habt – noch viele von eurer eigenen Sorte zur Hölle schicken, bevor ihr selber dorthin kommt. Mag der Wolf den Wolf zerreißen, so wird dem Lamm Gottes Linderung!«

Als er sie allein gelassen hatte, sagte Toke, ihm scheine, daß der kleine Mann vom Schlag auf den Schädel verrückt geworden sei, denn das meiste von seinem Gekeife sei unbegreiflich; und was das anbetraf, so erging es Orm nicht anders. Aber beide mußten anerkennen, daß er in der Heilkunst großen Eifer an den Tag legte und viel Fleiß an ihre Pflege wandte.

Mit Toke wurde es nun allmählich besser, und er fing an, in der Kammer und auch draußen umherzuhinken, und Orm lag allein und langweilte sich, wenn Ylva nicht da war. Saß sie an seinem Bette, so dachte er nicht mehr so viel daran, daß er bald sterben werde, denn sie war immer gesprächig und munter, und er hörte ihr gern zu; aber es verstimmte ihn, wenn sie sagte, er sehe nun besser aus und werde bald wieder gesund sein. Darüber, sagte er, wisse er selbst am besten Bescheid. Doch bald konnte er sich, ohne daß es sehr weh tat, im Bett aufsetzen; und als Ylva ihn das nächstemal kämmte und eine große, muntere und vollblütige Laus fand, wurde er nachdenklich und sagte, nun wisse er nicht mehr, was er eigentlich denken solle.

»Wegen des Halsbandes mach du dir keine Sorge«, sagte Ylva. »Du gabst es mir, als du zu sterben meintest, und nun, da du merkst, daß du leben wirst, bedrückt dich das. Aber ich gebe es dir gern zurück, obschon es schöner ist als alles, was man je hier im Lande gesehen hat. Denn ich will nicht, daß es heißen soll, ich hätte dir, als du geschwächt von Wunden dalagst, dein Gold abgelockt. Das habe ich nun schon mehr als einmal zu hören bekommen.«

»Einen solchen Schmuck dem Geschlecht zu erhalten,

hätte schon seinen Wert«, sagte Orm. »Das stimmt. Aber der beste Handel, den ich machen könnte, wäre, sowohl dich zu behalten wie den Schmuck, und auf andere Weise will ich ihn nicht zurück haben. Aber bevor ich bei deinem Vater anfrage, will ich gern wissen, was du selbst dazu sagst. Denn als wir das erstemal miteinander sprachen, sagtest du, wenn man dich Siegfried zur Frau gegeben hätte, so wäre er von dir im Brautbett erstochen worden, und es wäre nun gut zu wissen, ob du mir besser gesinnt bist?«

Ylva lachte sehr und sagte, allzu sicher dürfe er sich nicht fühlen. »Denn ich bin bösartiger, als du weißt, und man kann es mir nicht leicht recht machen. Und Königstöchter sind, wenn sie verheiratet werden, schlimmer als andere, ja, sie nehmen sogar Königen das Leben, wenn sie sie nicht leiden mögen. Hast du gehört, wie es in alten Zeiten dem Schwedenkönig Agne erging, als er im Osten, jenseits des Meeres, eine Königstochter gewonnen hatte, die ihm nicht wohl gesinnt war? Er schlief die erste Nacht mit ihr unter einem Baume in einem Zelt, und als er in tiefem Schlummer lag, befestigte sie einen Strick an seinem Halsring, der gut und haltbar war, und hängte ihn dann am Baume auf. Das tat sie, obschon er ein großer König war und niemand ihr mit dem Strick half als bloß eine Magd. Überlege es dir daher genau, bevor du es mit mir versuchst.«

Sie beugte sich vor und strich ihm über die Stirn und kniff ihn ins Ohr und sah ihm lächelnd in die Augen; und Orm fühlte sich dabei so wohl wie schon lange nicht.

Aber dann wurde sie ernsthaft und sah nachdenklich aus und sagte, das alles sei unnützes Gerede, solange ihr Vater sich nicht zur Sache geäußert habe; und sie glaube, seine Einwilligung zu erhalten, würde nicht leicht sein, es sei denn, daß Orm, was Gold, Güter und Vieh betreffe, sich besser stehe als die meisten Bewerber.

»Er klagt oft über die vielen unverheirateten Töchter, die er hat«, sagte sie, »und es gelingt ihm nicht leicht,

Männer für uns zu finden, die ihm reich und angesehen genug scheinen. Eines Königs Tochter zu sein, ist nicht so angenehm, wie die Leute wohl glauben, denn viele hurtige, junge Männer machen uns heimlich Gesichter und schnappen nach unseren Rockbändern, wenn niemand es sieht, aber wenige wagen mit unserem Vater zu reden, und die es wagen, kommen von diesem Gespräch recht kleinlaut zurück. Es ist sehr schade, daß ihm so viel daran liegt, uns reich zu verheiraten; allerdings mag es stimmen, daß ein armer Mann für mich nicht recht passen würde. Aber du, Orm, der du ein solches Halsband verschenken kannst und den ›Weitgreifenden‹ unter deinen Vorfahren hast, du gehörst wohl zu den Reichsten und Angesehensten in ganz Schonen?«

Orm antwortete, er hoffe sich bei König Harald gut herauszureden, da er infolge des Zweikampfes und auch dank der Jakobsglocke gut mit ihm stehe.

»Aber wie reich ich daheim in Schonen bin, weiß ich selber nicht«, sagte er, »denn es geht nun ins siebente Jahr, daß ich von zu Hause fort kam, und seitdem habe ich von meinen Verwandten nichts gehört. Es kann leicht sein, daß nicht mehr alle, die ich damals zum letztenmal sah, noch am Leben sind und daß mein Erbe sich seitdem verbessert hat. Aber ich habe mehr Gold vom Südlande mitgebracht als bloß die Halskette, und selbst wenn ich nicht mehr besäße, als was ich hier bei mir habe, wäre ich kein armer Mann. Und so wie dieses kann wohl noch mehr gewonnen werden.«

Ylva nickte traurig und sagte, beim Gedanken an die Strenge ihres Vaters klinge das nicht besonders vielversprechend, und Toke, der während ihres Gespräches hereingekommen war, meinte es auch. Guter Rat, sagte er, sei nun sehr am Platze.

»Und da trifft es sich gut«, fuhr er fort, »daß ich euch sagen kann, wie man am besten eine reiche Jungfrau von hoher Abkunft gewinnt, wenn nicht sie selbst, wohl aber ihr Vater, sich sperrt. Der Vater meiner Mutter hieß Tönne-auf-der-Landspitze und trieb Handel mit den Småländern. Er besaß nur einen kleinen Hof mit zwölf Kühen, aber dazu sehr große Klugheit, und als er einmal auf einer Handelsreise in Värend war und dort ein Mädchen, Gyda, die Tochter eines angesehenen Mannes, sah, beschloß er, sie zu gewinnen; teils um sein eigenes Ansehen zu erhöhen, teils auch, weil ihm ihr schöner Wuchs und ihre dicken roten Zöpfe wohlgefielen. Aber ihr Vater – Glum hieß er – war hochmütig und sagte, Tönne sei ihm als Schwiegersohn nicht gut genug, obschon das Mädchen anderer Meinung war. Statt nun über die Bosheit des Alten zu trauern, fanden beide bald einen Ausweg: sie trafen sich im Walde, als Gyda mit den Mägden beim Nüssesammeln war. Und davon ward sie schwanger und Tönne schlug sich zweimal mit ihrem Bruder, so daß beide zeit ihres Lebens die Spuren davon am Leibe trugen. Und als sie dann Zwillinge bekommen hatte, fand der Alte, daß noch längeres Sträuben sich nicht lohne; sie wurden verheiratet und vertrugen sich gut und bekamen noch sieben Kinder dazu. Und in der Heimat meines Großvaters lobte man seine Klugheit und das Glück, das er gehabt hatte, so daß sein Ansehen sehr stieg. Es stieg noch mehr, als er vom alten Glum viel geerbt hatte. Und wenn nicht mein Großvater, um heiraten zu können, auf einen so klugen Ausweg verfallen wäre, dann würde ich jetzt nicht hier sitzen und euch Rat geben, denn meine Mutter war eines der Zwillingskinder von den Haselbüschen.«

»Wenn es durchaus Zwillinge sein müssen, damit die Sache gut abläuft«, sagte Ylva, »so ist es leichter, diesen Rat zu loben als ihn auszuführen. Und außerdem ist doch ein gewisser Unterschied zwischen einem Bauern in Värend und dem König der Dänen, und daher ist es nicht sicher, daß uns ein solcher Versuch ebenso gut glückt.«

Orm fand, daß eine ganze Menge für und wider Tokes Rat gesagt werden könne, obschon es für einen Kranken und Machtlosen nicht viel Sinn habe, darauf zu hören.

Vor allem wolle er nun auf die Beine kommen, um mit König Harald zu reden.

Damit dauerte es noch eine Weile; aber endlich war seine Wunde geheilt, und er kam wieder zu Kräften. Da ging es schon auf den Frühling zu. König Harald war munter und gut gelaunt und hatte viel mit dem Ausrüsten der Schiffe zu tun, denn er wollte nach Skanör, um die Heringssteuer einzutreiben und Styrbjörn die versprochenen Schiffe zu schicken. Orm ging zu ihm und sprach ihm von seiner Angelegenheit. König Harald nahm sein Begehren nicht unfreundlich auf, fragte aber gleich, ob er gut gestellt sei, da er es wage, an eine so vornehme Heirat zu denken. Orm berichtete von seinem Geschlecht, seiner Herkunft und vom Besitz seines Vaters und gab an, was er aus dem Auslande mit sich führte.

»Und außerdem erwartet meine Mutter einen größeren Landbesitz in Göinge, aber davon weiß ich nicht viel. Auch weiß ich nicht, wie es jetzt um meine Verwandten steht und welche von ihnen noch leben. Denn in sieben Jahren kann zu Hause viel geschehen sein.«

»Der Schmuck, den du dem Mädchen gegeben hast, ist das Geschenk eines großen Herrn«, sagte König Harald, »und mir hast du gute Dienste geleistet, die ich nicht vergessen werde. Aber eine Tochter des Dänenkönigs zu heiraten – das ist das Höchste, was ein Mann erstreben kann; und noch ist niemand in einer solchen Sache zu mir gekommen, der nicht mehr besessen hätte, als was du mir eben aufgezählt hast. Und dazu steht ein Bruder zwischen dir und deines Vaters Hof. Wenn er am Leben ist und Söhne hat, womit gedenkst du dann meine Tochter zu versorgen? Ich fange allmählich an, alt zu werden, obschon man es mir nicht anmerken mag, und ich will gern meine Töchter verheiratet sehen, solange ich imstande bin, alles gut für sie zu ordnen. Denn Sven wird nicht viel für sie tun, wenn meine Zeit um ist.«

Orm mußte zugeben, daß er auf solcher Freite nicht viel für sich anzuführen habe.

»Aber es kann leicht sein«, sagte er, »daß das ganze Erbe mein ist, wenn ich heimkomme. Mein Vater fing schon vor sieben Jahren zu altern an, und mein Bruder Odd war jeden Sommer drüben auf Irland und hatte keine Lust, zu Hause zu sitzen. Ich habe gehört, daß die Unseren in den letzten Jahren schlechte Zeiten auf Irland gehabt haben, seit König Brian dort die Herrschaft hat.«

König Harald nickte und sagte, König Brian habe auf Irland viele Dänen zu Fall gebracht und auch viele Seefahrer rings um die Küsten getötet, und das sei mitunter nicht ohne Nutzen gewesen, denn unter jenen seien Männer gewesen, die daheim in Dänemark nur Ärgernis erregt hätten.

»Aber dem König von Irland, jenem Brian«, fuhr er fort, »ist durch die vielen Erfolge der Kamm geschwollen, so daß er nicht nur von König Olof von Cork, der mein Freund ist, Steuern verlangt, sondern auch von König Siegfried von Dublin, meinem Verwandten. Solche Aufgeblasenheit paßt schlecht für einen irischen König, und wenn die Zeit dafür da ist, werde ich Flotten zur Insel schicken und seinen Übermut dämpfen. Es hätte manches für sich, ihn festzunehmen und hierher zu bringen und ihn am Eingang zur Halle anzupflöcken, nicht nur zum Ergötzen meiner Mannen, wenn sie beim Bier sitzen, sondern auch als eine Lehre für ihn selbst und zur Übung in christlicher Demut; schließlich auch als Warnung für andere Könige. Denn ich bin immer der Meinung gewesen, daß der König der Dänen vor allen anderen Ehrung genießen sollte.«

»Ich glaube, daß du der größte aller Könige bist«, sagte Orm, »und sogar bei den Andalusiern und den Schwarzen gibt es Leute, die deinen Namen kennen und von deinen großen Taten wissen.«

»Da hast du deine Worte gut gewählt«, sagte König Harald. »Sonst aber erweisest du mir wenig Ehrfurcht damit, daß du einfach kommst und mich um eine meiner schönsten Töchter bittest, ohne überhaupt zu wissen, wie es um dein Erbe und deinen Besitz steht. Immerhin werde ich dir das nicht anrechnen, denn du bist jung und unbedacht. Aber zu deiner Bitte sage ich weder nein noch ja, sondern mein Beschluß lautet so: Komm im Herbst hierher zurück, wenn ich wieder hier bin und du besser Bescheid weißt, wie du gestellt bist; und wenn mir dann dein Reichtum hinreichend scheint, sollst du das Mädchen haben um der Freundschaft willen, die ich für dich hege. Sonst aber wirst du immer unter meinen Mannen guten Dienst finden. Bis dahin mußt du dich gedulden.«

Ylva wurde mißmutig, als Orm ihr vom Gang des Gesprächs berichtete; ihr traten die Tränen in die Augen und sie schrie, daß sie den alten bösartigen Knickerer am Bart zausen wolle; und dann wolle sie schnurstracks Tokes Rat befolgen. Doch als sie wieder zur Vernunft gekommen war, fand sie es am besten, auf diesen Plan zu verzichten.

»Ich fürchte seinen Zorn nicht«, sagte sie, »nicht einmal wenn er wie ein Stier brüllt und die Bierkanne nach mir schleudert, denn ich bin zu flink für ihn, und bisher hat er mich noch nie getroffen; solche Wut geht bei ihm schnell vorbei. Aber mit ihm steht es so, daß er nachtragend ist und nie versäumt, sich zu rächen, wenn man ihm ernstlich trotzt in einer Sache, die er einmal bestimmt hat. Darum ist es am klügsten, ihn in dieser Angelegenheit nicht zu reizen, denn dann könnte er auf uns beide böse werden und mich dem ersten besten seiner Mannen geben, bloß um Verdruß anzustiften und zu zeigen, wer hier zu bestimmen hat. Aber das sollst du wissen, Orm, daß ich keinen anderen als dich haben will, und in meinen Augen bist du es wohl wert, daß ich bis zum Herbst auf dich warte, obschon mir die Zeit langsam vergehen wird. Und wenn er sich auch dann noch sperrt, so warte ich nicht länger, sondern folge dir, wohin du willst.«

»Nun, da du das gesagt hast, ist mir leichter«, sagte Orm.

Wie Orm von seiner langen Reise heimkam

König Harald rüstete für seine Reise zwanzig Schiffe aus; von denen hatte er zwölf für Styrbjörn bestimmt, und mit den übrigen wollte er sich bei Skanör halten, wo beim Eintreiben der Heringssteuer große Gefolgschaft vonnöten war. Er wählte sein Schiffsvolk mit Sorgfalt, und alle wollten am liebsten auf den Schiffen sein, die zu Styrbjörn segelten, denn da konnte viel Beute erwartet werden.

Viele Leute kamen nach Jellinge, um auf König Haralds Flotte mitzufahren, und Orm und Toke sahen sich unter den Übriggebliebenen um, weil sie auf ihrem eigenen Schiff Ruderer für die Heimreise brauchten; aber die waren teuer, und sie scheuten die Kosten; denn nun, da sie schon fast zu Hause waren, knauserten sie mit den Ausgaben für die Reise. Um nichts bezahlen zu müssen, machten sie schließlich mit einem Mann von Fyn, namens Åke aus, daß er ihr Schiff kaufen und als Entgelt die Bemannung stellen und sie nach Hause segeln sollte, Orm nach Kullen und Toke nach Lister, und dazu sollte er auch auf der Reise das Essen liefern. Man handelte deswegen lange hin und her, und einmal sah es fast so aus, als werde alles mit einer Schlägerei zwischen Åke und Toke enden. Denn Toke wollte außerdem eine Geldsumme haben, da nach seiner Meinung das Schiff so gut wie neu war und dazu sicher ging und, obschon klein, ein guter Segler war. Aber Åke wollte nichts dafür geben, da es wegen seiner ausländischen Bauart nur geringen Wert habe, und er glaubte, bei dem Handel zu verlieren. Zuletzt nahmen sie den Stallmeister Hallbjörn zum Schiedsrichter, und der Handel wurde nun ohne Kampf, jedoch mit wenig Gewinn für Orm und Toke, abgeschlossen.

Keiner von ihnen verspürte Lust, sich Styrbjörn anzuschließen, denn sie beide hatten anderes im Sinn; und Orms Kräfte kamen nur langsam wieder, so daß er glaubte, für sein ganzes Leben gebrechlich geworden zu sein.

Es fiel ihm auch schwer, sich von Ylva zu trennen. Damit sie sich nicht vor der Zeit allzu viel träfen, hatte König Harald zwei alte Weiber angestellt, um über sie zu wachen: obschon diese recht flink waren, klagten sie doch darüber, daß der ihnen vom König gegebene Auftrag für ihre alten Beine zu schwer sei.

Als die Flotte zum Aussegeln bereit lag, ließ König Harald alle Schiffe vom Bischof segnen; ihn selber aber wollte er nicht auf die Reise mitnehmen wegen des schlechten Wetters, das Priester auf der Reise zu haben pflegten. Der Bischof wollte sehr gern nach Schonen, um dort nach seinen Priestern und Kirchen zu sehen und die Bekehrten zu zählen; aber König Harald sagte, das müsse anstehen, bis wieder einmal Schiffe dorthin gingen; und er selber werde nie einen Bischof mit auf See nehmen, ja nicht einmal einen ganz gewöhnlichen Priester.

»Denn ich bin zu alt, um mit dem Unglück zu spielen«, sagte er, »und alle Seefahrer wissen, daß die Meerfrau und die Seegeister und andere Mächte des Meeres gegen niemand so große Feindschaft hegen wie gegen Geschorene; die wollen sie, kaum daß sie aufs offene Meer hinauskommen, ertränken. Goldharald, mein Neffe, segelte einmal von der Bretagne heim und hatte viele neue Sklaven an den Rudern, und obschon es noch früh im Herbst war, bekam er Sturm und Unwetter und den ärgsten Seegang, und als sein Schiff nahe am Untergehen war, hielt er Umschau und fand zwei Geschorene unter seinen Ruderern. Kaum hatte er sie über Bord geworfen, so bekam er für den Rest der Reise das schönste Wetter. Er, der ein Heide war, konnte das tun; aber für mich würde es sich kaum passen, den Bischof über Bord zu werfen, um den Sturm zu stillen, und darum muß er hierbleiben.«

Am Morgen, als die Flotte aussegeln sollte und mit ihr auch Orm und Toke, kam König Harald mit Silberhelm und in weißem Mantel die Schiffsbrücken entlang. Er war auf dem Wege zu seinem eigenen Schiff und ging mit großem Gefolge, und sein Banner wurde vor ihm hergetragen. Als er dort vorbeikam, wo Orm mit seinem Schiff lag, blieb er stehen; er ließ sein Gefolge warten und ging allein zu Orm an Bord, um ihm noch einige Worte zu sagen.

»Ich will dir diese Ehre erweisen«, sagte er, »damit man von unserer Freundschaft weiß und niemand glaubt, daß wir schlecht miteinander stehen, weil ich dir meine Tochter Ylva noch nicht gegeben habe. Sie sitzt nun eingesperrt bei den Frauen und tobt, und so, wie sie ist, könnte es leicht geschehen, daß sie, sobald ich den Rücken wende, hierher auf dein Schiff gerannt kommt und dich dazu verlockt, sie mitzunehmen. Das würde weder für sie selber gut sein noch für dich. Nun trennen wir uns für einige Zeit; und ich habe jetzt kein Geschenk für dich, um dich für die Glocke zu belohnen; aber im Herbst wird sich das vielleicht besser machen lassen.«

Es war ein schöner Frühlingsmorgen, der Himmel war klar und der Wind milde, und König Harald war munterer Laune. Er besah sich das Schiff genau und hob dessen ausländische Bauart hervor; er war in allem wohl erfahren und verstand sich ebensogut wie ein Schiffszimmermann auf Beplankung und Rudergabeln und sah allerlei, was ihm des Beachtens wert schien. Währenddessen kam Toke an Bord. Er ging gebeugt unter einer großen Kiste. Verwundert, König Harald hier zu sehen, setzte er die Last nieder und grüßte.

»Du bringst aber viel mit«, sagte der König. »Was hast du denn da drin?«

»Das ist allerlei Kram, den ich mir für die Alte daheim zusammengetauscht habe – für meine Mutter – wenn sie noch am Leben sein sollte«, sagte Toke. »Man tut ja wohl recht, ihr etwas mitzubringen, wenn man so lange wie ich fortgewesen ist.«

König Harald nickte und meinte, es sei gut, wenn junge Leute ihren Eltern Freundlichkeit erzeigten, er selber habe allerdings nie viel von dergleichen merken können. »Und nun bin ich durstig«, sagte er, indem er sich auf die

Kiste setzte, »und würde gern, bevor wir uns trennen, einen Schluck Bier trinken.«

Er war so schwer, daß die Kiste knackte; Toke wurde unruhig und trat einen Schritt näher heran; aber die Kiste hielt. Orm zapfte Bier aus einem Fäßchen und reichte es dem König, und der trank auf eine gute Reise und sagte dann, indem er sich den Schaum aus dem Bart wischte, es sei merkwürdig, daß Bier auf See immer am besten schmecke; daher wolle er die Kanne gern noch einmal gefüllt haben. So geschah es, und er leerte sie langsam; dann nickte er zum Abschied und ging an Land, um sich zu seinem großen Königsschiff zu begeben. Dort wurde sein Banner aufgesetzt; es war von roter Seide, und zwei Raben mit ausgebreiteten Flügeln waren darauf gestickt.

Orm sah Toke an.

»Warum bist du so bleich?« fragte er.

»Ich habe meine Sorgen wie andere auch«, sagte Toke. »Du selber siehst auch nicht gerade blühend aus.«

»Ich weiß, was ich hinter mir zurücklasse«, sagte Orm, »aber niemand kann sagen, was ich bei meiner Wiederkehr hier vorfinden werde, und ob das dann so sein wird, wie ich es mir heute denke.«

Nun gingen alle Schiffe in See und steuerten in verschiedene Richtungen. König Harald hielt südwärts auf die Inseln zu, aber Orms Schiff ruderte die Küste hinauf, um Själland im Norden zu umfahren. Der Wind war den Schiffen des Königs günstig, so daß sie bald weit entfernt waren.

Toke stand da und sah ihnen nach, bis die Segel klein geworden waren; dann sagte er:

»Dickbäuchig saß
Der Dänen Herrscher
Fast zu lange
Auf krachender Kiste.
Kann kaum glauben,
Daß das Bündel

Leicht ertrug des
Blauzahns Schwere.«

Er trat an die Kiste heran und öffnete sie und hob sein Bündel heraus, das aus nichts anderem als aus der maurischen Frau bestand. Sie war matt und elend, denn in der Kiste war es eng und schwül gewesen, und sie hatte eine gute Weile drinnen gesessen. Als Toke sie auf den Boden stellte, sank sie vor Schwäche nieder und lag keuchend und zuckend da und sah halbtot aus, bis er ihr wieder aufhalf. Da fing sie an zu weinen und blickte um sich.

»Nun brauchst du nicht mehr bange zu sein«, sagte Toke. »Nun ist er weit weg.«

Sie saß bleich, mit großen Augen da und starrte das Schiff und die Männer an, ohne etwas zu sagen; und auch die Männer an den Rudern machten große Augen und fragten sich untereinander, was das wohl zu bedeuten habe. Aber wer am bleichsten war und am meisten starrte, das war Orm; er sah aus, als hätte ein großes Unglück ihn getroffen. Åke, der Schiffsherr, stand nachdenklich da und zupfte an seinem Bart.

»Als wir den Handel miteinander abschlossen«, sagte er zu Orm, »hast du nichts davon gesagt, daß eine Frau mitkommen würde. Wer ist sie? Und warum ist sie in einer Kiste an Bord gekommen?«

»Das geht dich nichts an«, antwortete Orm finster. »Kümmere dich um dein Schiff, wie wir uns um das kümmern, was uns angeht.«

»Wer nicht antworten will, mag Gefährliches zu verbergen haben«, sagte Åke. »Ich bin in Jellinge fremd und weiß nicht viel von dem, was dort vor sich geht. Aber daß hier nicht alles stimmt, kann ein jeder sehen, und mir könnte das leicht Schaden bringen. Wem ist sie gestohlen worden?«

Orm saß auf einem zusammengerollten Strick; er hatte die Hände um die Knie gefaltet und wandte Åke den Rücken zu. Er antwortete mit ruhiger Stimme, ohne den

Kopf zu wenden: »Jetzt darfst du zwischen zwei Dingen wählen: entweder bist du still oder ich stürze dich kopfüber in die See. Wähle, wie du willst, und das sofort; denn du kläffst wie ein Dorfköter und störst mich.«

Åke wandte sich ab und murmelte irgend etwas und spuckte über Bord, und wer ihn am Steuer stehen sah, merkte leicht, daß er in finsteres Grübeln versunken und sehr schlecht gelaunt war. Aber Orm saß, wo er saß, und blickte in Gedanken geradeaus.

Als Tokes Mädchen etwas Stärkendes bekommen und sich etwas erholt hatte, machte die Seekrankheit sie bald wieder elend. Sie hing jammernd über der Reling, ohne sich um das zu kümmern, was Toke ihr zum Trost sagte. Endlich ließ er von ihr ab; er band sie mit einem Strick fest und setzte sich zu Orm.

»Jetzt ist das Schlimmste vorbei«, sagte er, »aber soviel ist sicher, daß es viel Kummer und Mühe macht, sich auf diese Weise eine Frau zu verschaffen. Nicht viele würden dergleichen wagen, aber vielleicht habe ich mehr Glück als die meisten.«

»Mehr Glück als ich hast du jedenfalls, darin gebe ich dir recht«, sagte Orm.

»Das ist noch nicht ganz sicher«, sagte Toke, »denn du hast immer Glück gehabt, und eine Königstochter zu gewinnen ist mehr, als wozu ich nun gekommen bin. Und du mußt nicht traurig sein, daß du es nicht ebenso hast machen können wie ich; denn da dein Mädchen so gut bewacht ist, wäre es gar zu schwierig gewesen.«

Orm lachte mit zusammengebissenen Zähnen. Er saß eine Weile schweigend da, dann befahl er Rapp, an Åkes Stelle das Steuerruder zu nehmen, damit Åkes Ohren nicht allzu lang würden.

»Ich habe immer geglaubt«, sagte er zu Toke, »daß die Freundschaft zwischen uns auf festem Grund steht, da wir so lange zusammengehalten haben; aber es ist schon so, wie die Alten sagten, daß ein Mann lange geprüft werden muß. Bei diesem verrückten Unternehmen, das du nun ins Werk gesetzt hast, hast du gehandelt, als ob ich überhaupt nicht da wäre oder nicht verdiente, in Betracht gezogen zu werden.«

»Du bist zu leicht gekränkt«, sagte Toke. »Darin bist du nicht wie ein Häuptling. Viele hätten mich dafür gelobt, daß ich die Frau auf eigene Hand stahl, ohne erst andere zu belästigen; aber du bist nun einmal so, daß du meinst, man habe es an Ehrerbietung gegen dich fehlen lassen, wenn du nicht von Anfang an alles gewußt hast. Ich nenne die Freundschaft die beste, die einer solchen Sache wegen sich nicht gleich in Bosheit verkehrt.« Orm starrte ihn an. Er war weiß vor Zorn.

»Es ist schwer, so viel Einfalt wie die deine zu ertragen«, sagte er. »Was kümmere ich mich darum, wie du es angestellt hast, um dir die Frau zu stehlen, oder wie heimlich du die ganze Sache gehalten hast? Aber was mich angeht, ist dies: daß du uns König Harald zu einem wütenden Feinde gemacht hast, und dazu sind wir nun in seinem ganzen Reich friedlos geworden. Du hast dir dein Frauenzimmer geholt, aber mich hast du nun von meinem Mädchen geschieden. Man braucht nicht gerade empfindlich zu sein, um zu merken, daß bei solcher Freundschaft nicht alles stimmt.«

Toke konnte zu seiner Verteidigung nicht viel vorbringen, denn er mußte zugeben, daß er daran nicht gedacht hatte. Er versuchte Orm damit zu besänftigen, daß König Harald schon hinfällig sei und nicht lange mehr leben könne, aber das war für Orm nur ein geringer Trost; und je länger er es überdachte, desto gründlicher fühlte er sich von Ylva geschieden und desto größer wurde sein Zorn.

Als sie für die Nacht in einer geschützten Bucht an Land gegangen waren, wurden zwei Feuer angezündet: an dem einen saßen Orm und seine Leute, am anderen Åke mit seinem Schiffsvolk.

An Orms Feuer war niemand redselig; aber am anderen hatte man sich viel zu sagen, und man redete leise, um nicht an Orms Feuer gehört zu werden.

Als sie gegessen hatten, schlief die Frau in einen Mantel gewickelt am Feuer ein, und Orm und Toke saßen ein Stück voneinander entfernt schweigend da. Die Dämmerung fiel; ein kalter Wind ließ das Meer grau werden, und im Westen zogen Sturmwolken auf.

Orm seufzte mehrere Male und griff sich hart in den Bart. Toke stocherte sich in den Zähnen. Beide waren sehr zornig.

»Es wäre gut, nun ein Ende zu machen«, sagte Orm.

»Sag bloß, wie du es haben willst«, sagte Toke.

Rapp war nach Brennholz gegangen; er kam nun zurück und hörte ihre Worte. Er war ein schweigsamer Mann und mischte sich nur selten in die Angelegenheiten anderer; aber nun sagte er: »Es wäre gut, wenn ihr beide mit dem Kampf warten wolltet; denn hier wird es bald anderes zu tun geben. Die Schiffsleute sind vierzehn Mann und wir sind drei; das ist ein starker Unterschied.«

Sie fragten ihn, was er Neues wüßte.

»Sie wollen uns der Frau wegen überfallen«, sagte Rapp, »und davon versprechen sie sich viel. Ich hörte es beim Holzsammeln unter den Bäumen.«

Orm lachte. »Das wird ja immer besser und besser mit dem, was du angestellt hast«, sagte er zu Toke. Der schüttelte den Kopf und blickte sorgenvoll zu der schlafenden Frau hinüber.

»Damit ist es, wie es nun einmal ist«, sagte er, »und nun gilt es, guten Rat zu finden. Mir scheint es am besten, sofort über sie herzufallen, während sie noch ruhig dasitzen und Unheil gegen uns brauen. Ihrer sind viele; aber ihnen fehlt eine ganze Menge, um gegen uns aufzukommen.«

»Es sieht nach schlechtem Wetter aus«, sagte Rapp, »und da können wir es uns nicht leisten, viele von ihnen zu töten, denn wir haben sie auf dem Schiff nötig, wenn wir nicht hier sitzenbleiben wollen. Am besten wäre es, das, was geschehen muß, gleich zu tun, denn sonst ist es um unsere Nachtruhe schlecht bestellt.«

»Das sind ja bloß einfältige Leute von Fyn«, sagte Toke, »und sobald wir Åke und noch einige mehr niedergemacht haben, werden die anderen schon bereit sein, uns zu gehorchen. Aber jetzt ist es an dir, Orm, zu sagen, was zu geschehen hat. Vielleicht wäre es am besten, sie im Schlaf zu überfallen.«

Nun, da es etwas zu tun gab, fühlte Orm sich nicht mehr so trüben Sinnes. Er stand auf, wie um sein Wasser zu lassen; dabei konnte er das andere Feuer überblicken.

Als er sich wieder gesetzt hatte, sagte er: »Dort um das Feuer sitzen zwölf, und das mag bedeuten, daß zwei, ohne daß wir etwas davon gemerkt haben, landein geschickt worden sind, um Hilfe zu holen. Dann haben wir bald einen größeren Schwarm über uns, und darum ist es am besten, mit ihnen auf der Stelle reinen Tisch zu machen. Es sind Leute von geringer Betriebsamkeit und ohne Voraussicht, denn sonst hätten sie schon versucht, sich über dich, Rapp, herzumachen, als du soeben allein gingst. Jetzt aber wollen wir ihnen zeigen, daß sie sich in acht nehmen müssen, wenn sie mit uns zu tun haben. Ihr beide sollt leise hinter mir herkommen, sobald ich hinübergegangen bin und mit ihnen ins Gespräch gerate, so daß aller Augen auf mich gerichtet sind. Wenn es gut ablaufen soll, müßt ihr scharf und schnell drauflos hauen. Ich muß ohne Schild gehen, aber dabei ist nichts zu machen.«

Er nahm eine hölzerne Schale, aus der sie beim Abendessen Bier getrunken hatten, und ging zu Åkes Feuer hinüber, wie wenn er aus dem Fäßchen, das dort an Land gesetzt worden war, neues Bier abzapfen wollte. Ein paar Männer hatten sich schon am Feuer zum Schlaf niedergelegt, aber die meisten saßen wach da und hatten die Augen auf Orm gerichtet. Als er die Schale gefüllt hatte, blies er den Schaum ab und nahm einen Schluck.

»Dein Faß ist von schlechtem Holz«, sagte er zu Åke. »Das Bier hat ja schon Holzgeschmack.«

»Bier, das König Harald gut genug fand, mag auch für

dich genügen«, antwortete Åke mürrisch. »Aber so viel verspreche ich dir, daß du von dieser Sorte nicht mehr zu trinken brauchst.«

Die Männer lachten, aber Orm ließ sich nichts anmerken und reichte ihm die Schale. »Schmecke selbst, ob ich nicht recht habe«, sagte er.

Åke nahm die Schale, dort wo er saß, entgegen. Als er sie dicht am Munde hielt, versetzte Orm ihr von unten her einen Fußtritt, so daß Åkes Kiefer weit auseinander gespalten wurde und das Kinn ihm auf die Brust fiel.

»Merkst du nun den Holzgeschmack?« fragte Orm, und dabei zog er sein Schwert und schlug nach einem Mann, der ihm am nächsten saß und jetzt vom Boden aufsprang.

Die Männer rings um das Feuer waren so verblüfft, daß sie kaum ihre Waffen ergriffen hatten, als schon Toke und Rapp sie rücklings überfielen, und nun ließ man ihnen nicht mehr viel Zeit, um zu zeigen, was sie taugten. Vier, außer Åke, wurden getötet, zwei entkamen in den Wald, und die übrigen fünf wurden auf das Schiff gedrängt und machten sich dort zur Verteidigung bereit. Orm forderte sie auf, die Waffen fortzuwerfen, dann wolle man ihr Leben schonen.

»Wir können nicht wissen, ob du Wort hältst«, sagten sie und standen unentschlossen da.

»Das mag sein«, sagte Orm, »aber ihr könnt immerhin hoffen, daß ich nicht ebenso treulos bin wie ihr.«

Sie überlegten untereinander und meinten, daß ihnen das nicht viel Sicherheit gebe; lieber wollten sie mit ihren Waffen ihres Weges gehen und Orm das Schiff und alles andere überlassen.

»Da gebe ich euch statt dessen die Versicherung, daß ihr, wenn ihr nicht sofort gehorcht, alle dort, wo ihr steht, totgeschlagen werdet, und das paßt euch vielleicht besser.«

Damit stieg Orm auf das Schiff und ging, ohne erst auf Toke und Rapp zu warten, auf sie zu. Er war durch einen

Steinwurf barhäuptig geworden, und warf scharfe, zornige Blicke um sich und hielt Blauzunge entblößt in der Hand; so trat er auf sie zu, als wolle er Hunden Prügel geben; da gehorchten sie ihm und warfen unter bösen Worten über Åke ihre Waffen fort. Denn es machte sie mutlos, daß alles ganz anders gekommen war, als der es ihnen gesagt hatte.

Es wurde nun dunkel und ein frischer Wind kam auf; aber Orm fand es am ratsamsten, an diesem Platz nicht länger zu bleiben. Denn sonst, sagte er, würden bald die Seeländer eines halben Gerichtskreises angetummelt kommen und ihnen König Haralds Eigentum wegnehmen. Darum müßten sie nun ihr Glück auf See versuchen, und das bei Dunkelheit und stürmischem Wetter und mit nur wenigen Männern an den Rudern. Alles das einer Sache wegen, deren Folgen sie lange spüren würden!

Sie hatten es nun sehr eilig und brachten die Biertonne und die Kisten mit den Eßvorräten an Bord. Die Frau weinte leise und klapperte aus Furcht vor einer solchen Reise mit den Zähnen. Sie kam aber mit, ohne zu klagen. Orm stand mit seinem Schwert über den Gefangenen, wo man sie an die Ruder gesetzt hatte, während Toke und Rapp das Bier ins Schiff hoben; Toke war dabei ungeschickt und packte nicht richtig an, und Orm befahl ihnen zu eilen.

»Wo ich zugreife, ist es für mich glatt«, sagte Toke betrübt. »Die Finger gleiten aus, denn meine Hand ist zerhauen.«

Orm hatte ihn noch nie so niedergeschlagen gesehen; ihm war die Schwerthand längs dem Mittelfinger gespalten, so daß je zwei und zwei seiner Finger nach verschiedenen Richtungen wiesen.

»An Blut fehlt es mir offenbar nicht«, sagte Toke, »aber zum Rudern taugt diese Hand heute nur wenig, und das ist schlimm, denn hier ist tüchtiges Zugreifen vonnöten, um aus der Bucht hinauszukommen.«

Er spülte die Hand im Wasser und wandte sich der Frau zu. »Du Arme hast mir schon geholfen, eine ganze Menge anzustellen, wenn es auch sein mag, daß dein Anteil dabei geringer war als der meine; nun wollen wir sehen, ob du auch hierbei zu helfen weißt.«

Die Frau trocknete ihre Tränen und kam zu ihm. Sie jammerte leise, als sie sah, wie groß der Schaden war, behandelte ihn aber geschickt. Am liebsten hätte sie Wein zum Waschen und Spinngewebe zum Drauflegen gehabt; in Ermangelung dessen half sie sich mit Wasser und Gras und gekautem Brot, und umwand die Hand fest mit einigen Streifen, die sie von ihrem Hemde abriß. »Auch das Untauglichste kann einmal von Nutzen sein«, sagte Orm. »Und jetzt sind wir alle beide linkshändig.«

Man hörte seiner Stimme an, daß seine Wut gegen Toke nicht mehr so groß war.

Mit Toke am Steuer fuhren sie jetzt mit sieben Ruderern aus. Das Herauskommen aus der Bucht und das Umfahren der Landzunge war die härteste Arbeit, die Orm, seit er als Sklave am Ruder gesessen, getan hatte. Er hielt einen Speer bereit, um den ersten Gefangenen, der nicht fleißig zugriff, damit zu zeichnen, und als ein Ruder in einer Wellentiefe ausglitt, so daß der Ruderer auf den Rücken geworfen wurde, saß der erstaunlich schnell wieder an seinem Platz. Die Frau hockte zusammengekauert zu Tokes Füßen und hielt in Jammer und Angst die Hand vor die Augen. Toke stieß sie mit dem Fuß an und befahl ihr, die Schöpfkelle zu nehmen und sich nützlich zu machen, aber trotz ihren Versuchen vermochte sie doch nichts auszurichten; das Schiff war zur Hälfte mit Wasser gefüllt. Als sie endlich um die Landspitze herum waren und Segel gesetzt hatten, konnten auch die Männer ans Schöpfen gehen.

Nun trieben sie die ganze Nacht vor dem Sturm her, und Orm selbst stand am Steuer. Alles, was er tun konnte, war, nach Osten zu halten und zu hoffen, daß das Schiff im Dunkeln nicht an Land geworfen werde. Keiner von ihnen hatte viel Hoffnung, dieses Unwetter zu überleben, denn es war schlimmer als alles, was sie auf der Fahrt nach Irland hatten ausstehen müssen, und Rapp sagte:

»Hier haben wir nun fünf Gefangene an Bord, die waffenlos und ganz in unserer Hand sind. Ob sie uns an den Rudern noch viel nützen werden, ist ungewiß, aber sie könnten uns Gewinn bringen, wenn wir sie, um das Wetter zu stillen, dem Meervolk gäben.«

Toke sagte, dieser Plan schiene ihm gut und richtig, aber man könne sich vielleicht damit begnügen, erst einmal einen oder zwei hineinzuwerfen und zu sehen, ob vielleicht das schon helfe. Aber Orm sagte, er habe den fünf Gefangenen das Leben zugesichert, und daher könne nichts dergleichen mit ihnen vorgenommen werden.

»Wenn du, Toke, dem Meervolk irgend etwas opfern willst, so weiß ich dir keinen anderen Rat, als daß es dein Frauenzimmer sein müßte. Und es wäre für uns alle nicht übel, jemand los zu werden, durch den so viel Unglück geschehen ist.«

Aber Toke sagte, solange er am Leben sei und eine Hand habe, um das Schwert zu heben, werde daraus nichts werden; also wurde darüber nicht mehr geredet.

Gegen Morgen kam ein großer Regen und stand wie ein Rauch rings um sie her, und der Sturm ließ nach. Als es klar wurde, sahen sie die Küste von Halland vor sich, und müde und mit wassergefülltem Schiff und zerrissenem Segel gelangten sie in eine Flußmündung.

»Diese Planken haben mich nun vom Grabe des heiligen Jakob bis hierher gebracht«, sagte Orm, »und jetzt ist es nicht mehr weit nach Hause. Aber ich komme ohne das Halsband und ohne die Jakobsglocke heim, und viel Gewinn habe ich nicht davon gehabt, daß ich beides unterwegs fortgab.«

»Aber du bringst ein Schwert und ein Schiff von der Reise mit«, sagte Toke, »und ein Schwert und eine Frau habe ich; für viele von denen, die mit Krok hinausgerudert sind, hat es nicht so gut geendet.«

»Und auch den Zorn eines großen Königs haben wir

mit an Bord«, sagte Orm, »und Verderblicheres kann niemand mit sich führen.«

Die Mühsale der Reise waren nun überstanden; sie setzten die fünf Gefangenen an Land und ließen sie laufen; und nachdem sie einen Tag geruht und Segel und Schiff instand gesetzt hatten, bekamen sie schönes Wetter und fuhren vor leichtem Wind südwärts, die Küste entlang. Sogar die Frau war nun guten Mutes und konnte bei dem einen oder anderen mithelfen, so daß Orm es nicht mehr so schwer fand wie bisher, ihren Anblick zu ertragen.

Es war gegen Abend, als sie unterhalb von Tostes Hof anlegten, an denselben Felsplatten, bei denen Kroks Schiffe auf der Ausfahrt gehalten hatten. Sie gingen den Fußweg zum Hof hinauf. Orm ging voraus. Ein Stück weiter oben führte der Pfad über einen reißenden Bach, da war aus drei Balken ein Übergang gemacht. Orm sagte:

»Gebt acht auf den linken, der ist verfault und glatt.« Darauf starrte er den Balken an und sagte: »Lange bevor ich auf die Reise kam, war der Balken schon verfault, und jedesmal, wenn mein Vater hier ging, sagte er, daß er schleunigst ersetzt werden müsse. Nun ist er immer noch da und ist auch nicht in den Bach gefallen. Und doch scheint mir, ich sei lange fort gewesen. Da läßt sich hoffen, daß auch der Alte noch lebt.«

Ein Stück weiter sahen sie auf einem hohen Baum ein Storchennest; ein Storch stand darauf. Orm blieb stehen und pfiff, da schlug der Storch mit den Flügeln und klapperte.

»Er erkennt mich«, sagte Orm, »es ist noch derselbe Storch, und nun scheint es mir, als sei es erst gestern gewesen, daß wir zwei miteinander redeten.« Darauf gingen sie durch eine Feldpforte aus Stangen, und Orm sagte: »Schließt die Pforte gut, denn meine Mutter wird ärgerlich, wenn die Schafe herauskommen, und das Abendessen gerät schlechter, wenn sie böse ist.«

Nun fingen Hunde zu bellen an, und die Hausleute standen, als sie sich näherten, spähend in der Tür. Eine Frau drängte sich zwischen den Männern vor und kam ihnen entgegen; das war Åsa. Sie war bleich, sah aber ebenso rüstig aus wie früher.

Orm sagte: »Nun bin ich wieder da!«

»Orm«, sagte sie und ihre Stimme bebte. »Gott hat mich erhört, wenn es auch lange gedauert hat.«

»Mit der Zeit werden es recht viele, auf die er hören muß«, sagte Orm. »Daß du Christin geworden bist, war nicht zu erwarten.«

»Ich war sehr allein«, sagte sie. »Aber nun ist alles gut.«

»Sind denn die Männer hier schon hinausgesegelt?« fragte Orm.

»Hier sind keine Männer mehr übrig«, sagte sie. »Ein Jahr nach dir blieb Odd aus, und Toste ist schon vor drei Jahren gestorben. Das war im gleichen Winter, in dem die große Seuche unter den Kühen war. Aber mich hatte man die Wahrheit der Christen gelehrt, und so durfte ich am Leben bleiben und wußte, daß du dank meiner Gebete zurückkommen würdest.«

»Ja, da ist viel zu erzählen«, sagte Orm, »aber nun täte es gut, etwas zu essen zu bekommen. Diese hier sind meine Mannen, aber die Frau ist vom Ausland und gehört nicht mir.«

Åsa sagte, nun sei Orm Herr auf dem Hofe, und seine Freunde seien auch die ihren. Sie wurden nun aufs beste bewirtet, und Åsa hatte Tränen in den Augen, wenn sie Gerichte auftrug, die Orm, wie sie wußte, gern aß. Es gab nun so viel zu erzählen, daß es für viele Abende reichte, aber wie Toke zu seinem Frauenzimmer gekommen war, wurde nicht berichtet, denn Orm wollte die Freude seiner Mutter nicht gleich bei der Ankunft trüben. Åsa mochte Toke von Anfang an gern leiden und pflegte seine verwundete Hand mit Sorgfalt, so daß sie bald zu heilen begann. Gegen Mirah war sie mütterlich und zärtlich, obschon sie nicht viel miteinander reden konnten; sie lobte ihre Schönheit und ihr schwarzes Haar. Aber sie bedauerte, daß Orm und seine Gefolgschaft nicht gemeinsam mit ihr Gott danken wollten für die glückliche Heimkehr; sie war jedoch zu froh, um deswegen verstimmt zu sein und sagte nur, Orm und auch die anderen verstünden das wohl besser, wenn sie erst mal zu reiferen Jahren gekommen seien.

Orm fühlte sich Åsa gegenüber ein wenig fremd, denn sie war froh und sanft; und erst am sechsten Tage hörte er ihre scharfe Zunge gegen die Mägde losfahren. Da schien sie ihm wieder sie selbst zu sein.

Orm und Toke kamen in Frieden miteinander aus, und von Ylva wurde nichts gesagt. Beim Erzählen dessen, was sie seit Kroks Ausfahrt erlebt hatten, erwachte bei Orm wieder die alte Freundschaft, und er hatte viel zu Tokes Lob zu sagen. Aber dachte er dann an Ylva, so änderte sich sein Sinn, und dann war ihm nichts verdrießlicher als der Anblick Tokes und der Frau. Mirah wurde täglich schöner und lachte und sang, und beide stimmten so gut zusammen, daß sie wenig von den Sorgen anderer merkten. Åsa meinte, die Kinder der beiden müßten schön werden, und Mirah lächelte strahlend und sagte, sie täten, was sie könnten, um diese Sache zu fördern. Dann erklärte Åsa, sie werde sich nun so bald als möglich auch für Orm nach einer Frau umsehen. Aber Orm antwortete mit finsterer Miene, daß es damit nicht eile.

So wie nun alles geworden war, konnte Toke nicht auf dem Seewege nach Hause, solange König Harald sich bei Skanör aufhielt; er beschloß daher, auf dem Landwege, allein mit der Frau (denn Rapp blieb bei Orm), nach Lister heimzureisen, und er kaufte Pferde für diese Fahrt. Eines Morgens früh machten sie sich auf den Weg, nachdem sie Åsa für ihre Gastfreiheit Dank gesagt hatten. Orm begleitete sie ein Stück, um ihnen zu zeigen, wo der rechte Weg abbog.

»Hier trennen wir uns nun«, sagte Orm, »und ich kann dir gute Reise wünschen. Was aber nachher folgen wird, läßt sich nicht leicht voraussagen, denn König Harald wird nach dir suchen, wo immer du sein magst.«

»Es ist nun mal unser Schicksal«, sagte Toke, »daß wir mit Königen kein Glück haben, obwohl wir nicht weniger sanftmütig sind als andere. Almanzur und König Sven und König Harald: mit ihnen allen hat es für uns auf gleiche Weise geendet, und wer ihnen unsere Köpfe brächte, würde reich belohnt werden. Aber dennoch werde ich versuchen, auf den meinen gut achtzugeben.«

Damit schieden sie. Toke und Mirah reisten gen Osten und verschwanden bald hinter den Bäumen, und Orm ritt zu dem Hofe zurück, um Åsa vom Unheil zu erzählen, das nun durch König Haralds Zorn über ihnen schwebte.

Zweites Buch

In König Ethelreds Reich

Vom Kampf bei Maeldun und was daraus folgte

In jenem Frühling wurden längs der nordischen Küsten viele Schiffe gebaut; man teerte Kiele, die lange trocken gelegen hatten, und Buchten und Sunde spien Flotten aus, die Könige und königlichen Zorn an Bord hatten; und große Unruhe herrschte in jenem Sommer auf den Meeren.

Styrbjörn ruderte frühzeitig mit vielen Schiffen gen Norden, die Ostsee hinauf; seine Mannschaft war von Jomsborg und Schonen. Er steuerte in den Mälar hinein und zur Ebene bei Uppsala; dort kam es zwischen ihm und König Erik zur Schlacht. Aber schon zu Anfang des Kampfes fiel Styrbjörn, und es heißt, daß er dabei gelacht habe. Denn als er die Streitmacht derer von Svealand heranrücken sah – nach altväterlicher Weise in Heerhaufen geordnet und hinter Pferdeköpfen einherschreitend, die hoch auf Stangen getragen wurden, dazu in ihrer Mitte König Erik auf einem alten heiligen Ochsenwagen – da warf Styrbjörn den Kopf zurück und lachte, und in dem Augenblick traf ihn ein Speer zwischen Schildrand und Bart in den Hals. Das nahm seinen Mannen den Mut; einige wandten sich schon jetzt zur Flucht, und König Erik gewann dort einen großen Sieg.

Darauf kam König Sven Zweibart mit Schiffen von Fyn und Jütland in die Gegend der dänischen Inseln, um König Harald zu fangen, der bei Skanör saß und Heringsgelder zusammenzählte; denn König Sven war es nun satt geworden, auf den Tod seines Vaters zu warten. Aber König Harald entkam nach Bornholm und sammelte dort seine Schiffe, und zwischen den beiden gab es harten Kampf, bis König Harald verwundet wurde und nach Jomsborg entfloh. In vielen Teilen des Dänenreiches herrschte nun Zwietracht, denn etliche hielten zu König Harald, andere zu König Sven, und wieder andere wollten, solange das Land herrenlos zwischen den kämpfenden Königen lag, ihr eigenes Glück fördern.

Aber als der Sommer im höchsten Flor stand, kam König Erik von Uppsala herangesegelt und mit ihm eine so große Heermacht, wie man sie in Svealand schon lange nicht mehr in See gesetzt hatte, und er trieb die Reste von Styrbjörns Flotte vor sich her, die – um den Fall ihres Herrn zu rächen – an seinen Küsten gelegen und dort geplündert hatten. Er wollte nun an König Harald und König Sven dafür Rache nehmen, daß sie Styrbjörn Beistand geleistet hatten. Vielen schien es wenig lohnend, dem Manne Widerstand zu bieten, der Styrbjörn überwunden hatte und den man von nun an den »Siegesfrohen« nannte. Er fuhr hinter König Sven her, als dieser sich zu den Inseln und nach Jütland zurückzog; und überall, wo er hinkam, setzte er eigene Jarle ein. Bald hieß es von König Harald, er sei, vom Glück getäuscht, das ihm früher immer so treu gewesen, nun zu Jomsborg als landloser Flüchtling seinen Wunden erlegen; aber zwischen den beiden anderen ging der Kampf weiter. Man sagte, daß Jellinge bald in des einen, bald in des anderen Hand sei; am wahrscheinlichsten war jedoch, daß König Sven sich als erster über König Haralds Silbertruhen hergemacht hatte.

In Schonen saßen große Männer, die wenig Lust hatten, sich in alles dieses zu mischen und die es gern den Königen überließen, auf eigene Hand miteinander ins reine zu kommen, während sie selber sich mit lohnenderen Dingen abgaben. Unter ihnen war Thorkel der Hohe, der nur ungern zu König Svens Mannen gehört hatte und noch weniger sich dareinfinden wollte, mit verminderter Macht nun König Erik zum Herrn zu haben. Er schickte Boten unter den Großbauern und den Großen des Landes umher, um sie wissen zu lassen, daß er, wenn er gute Gefolgschaft bekäme, ins Ausland, nach Friesland und

England, zu segeln gedächte. Vielen behagte dieser Vorschlag, denn Thorkel war ein beliebter Häuptling, und seit er von Hjörungavåg mit dem Leben davongekommen war, stand er im Ruf, das Glück auf seiner Seite zu haben. Auch herrenlose Männer von Styrbjörns Heerfahrt, die König Erik entkommen waren, schlossen sich Thorkel an, und bald lag er mit zweiundzwanzig Schiffen im Sund bei Hven, hielt sich jedoch zum Aussegeln für noch nicht stark genug.

Unter denen, die sich ihm jetzt noch anschlossen, war Orm, Tostes Sohn, von Kullen, mit einem großen und wohlbemannten Schiff; Thorkel kannte ihn vom Julgastmahl bei König Harald her und begrüßte ihn froh.

Mit Orm stand es so, daß er sich beim Zuhausesitzen und Beaufsichtigen von Kühen und Knechten bald gelangweilt hatte; auch war es ihm schwergefallen, sich auf die Dauer mit Åsa zu vertragen, so sehr sie ihm wohlwollte. Für sie war er immer noch ein halbwüchsiger Knabe, und ständig war sie ihm mit guten Ratschlägen auf den Fersen, als ob er selber nur geringen Verstand hätte. Es nützte nur wenig, daß er ihr zu hören gab, er sei seit langem gewohnt, sowohl für sich selbst wie für andere zu entscheiden, und ihr Eifer, ihn bald getauft und verheiratet zu sehen, hatte zu seinem Wohlbefinden nicht beigetragen.

Die Botschaft von König Haralds Hingang hatte ihnen beiden große Erleichterung gegeben; denn sobald Åsa erfahren hatte, wie es sich mit Toke und seiner Frau verhielt, hatte Bangigkeit sie ergriffen, und sie hatte gemeint, sie müßten nun den Hof verkaufen und ihre Zuflucht zu ihrem väterlichen Erbe droben in den Wäldern an der småländischen Grenze nehmen, um vor König Haralds Arm besser geschützt zu sein. Diese Furcht war nun zusammen mit König Harald dahin; aber seine Gedanken an Ylva hatte Orm nicht loswerden können, und sie verursachten ihm die größten Sorgen. Er fragte sich oft, wie es ihr wohl erginge, nun da König Harald tot war; ob

König Sven für sie sorgte, um sie einem seiner Berserker zu geben, oder ob sie vielleicht in die Hand derer von Svealand gefallen war, was ihm nicht viel besser schien. Da König Sven ihm feind war, wußte er nicht, wie er sie wiederfinden sollte, solange Unfrieden über den Inseln lag.

Er hatte Åsa nichts von Ylva gesagt, um unnützem Gerede zu entgehen, das er sonst hätte erwarten müssen. Aber er gewann nicht viel dabei; denn Åsa wußte von mehreren Jungfrauen in der Umgegend, die für ihn passen mochten, und deren Mütter dachten wie sie und kamen mit ihren Töchtern zu Besuch, um sie frisch gewaschen und mit roten Seidenfäden im Haar vorzuzeigen. Die Mädchen ließen sich zu dieser Fahrt nicht lange bitten, und dann saßen sie hochbusig und in klirrendem Schmuck da und gaben Orm im geheimen lange Blicke. Ihm aber merkte man keinen Eifer an, denn keine glich Ylva oder war so heiteren Sinnes und so zungenfertig wie sie. Åsa wurde bald ungeduldig und meinte, sogar Odd sei kaum schwerer zufriedenzustellen gewesen, wenn man es ihm habe recht machen wollen.

Als nun die Botschaft gekommen war, daß Thorkel mit starker Gefolgschaft ins Ausland wollte, hatte Orm sich daher nicht groß um Åsas Tränen gekümmert, sondern sich gleich ein gutes Schiff verschafft und die Männer der Umgegend aufgeboten. Alle wußten, daß er ein weitgereister Mann war und viel Gold heimgebracht hatte, und daher war es für ihn nicht schwierig gewesen, eine gute Mannschaft zusammenzubringen.

Er sagte Åsa, daß er dieses Mal schwerlich so lange ausbleiben werde wie das letztemal, und nachher werde er sich zur Ruhe setzen und allen Ernstes Bauer werden. Åsa sagte ihm, in so großer Sorge und Verlassenheit könne sie nicht leben; aber Orm antwortete, daß sie noch viel länger leben werde als er und dereinst tüchtig mithelfen werde, ihren Enkeln die Rute zu geben. Da weinte sie noch ärger, und damit trennten sie sich, und Orm segelte zu Thorkel.

Während Thorkel noch dalag und auf Wind wartete, kam eine Flotte von achtundzwanzig Schiffen von Süden her angerudert, und an den Schiffszeichen und Steven sah man, daß sie aus Svealand war. Das Wetter war still und für einen Kampf günstig, und beide Teile machten sich bereit; aber Thorkel rief die Fremden an und sagte, wer er sei und daß er mit ihrem Häuptling reden wollte. Sie standen unter zwei Häuptlingen von gleich großem Ansehen; der eine hieß Jostein und war aus Uppland, der andere war Gudmund, ein Ostländer. Sie waren gekommen, um König Erik beim Plündern in Dänemark zu helfen, und fragten Thorkel, was er sonst noch wissen wolle.

»Wenn wir uns schlagen«, sagte Thorkel, »gewinnt der Sieger wenig, und alle beide verlieren viele Leute, wenn auch sehr wahrscheinlich ich es sein werde, der die Oberhand gewinnen wird.«

»Wir haben fünf Schiffe mehr als du«, sagten die Neugekommenen.

»Meine Leute sind gut ausgeruht und haben erst vor kurzem ihr Morgenmahl gehabt«, sagte Thorkel, »aber eure sind müde vom Rudern, und dann geht es schlechter mit Schwert und Speer. Aber wir könnten etwas anderes vornehmen, das für uns alle von Nutzen wäre; denn es gibt Stellen, wo Plünderung sich mehr lohnt als gerade in Dänemark.«

»Wir sind gekommen, um König Erik zu helfen«, sagten die Uppländer.

»Das mag sein«, sagte Thorkel, »und wenn ich mich mit euch schlage, so bin ich König Sven eine gute Hilfe. Aber wenn wir uns nicht schlagen, sondern zusammen dorthin segeln, wo viel zu holen ist, dann haben wir für unsere Könige ebensoviel getan, als wenn wir uns hier schlagen würden; denn in jedem Fall wären unsere Flotten nicht mehr da; doch besteht, wenn wir zusammenhielten, der Unterschied, daß wir dann alle noch am Leben wären und Reichtümer vor uns sähen.«

»Du setzest deine Worte gut«, sagte Gudmund, »und in dem, was du sagst, ist nicht wenig Verstand; es mag sich lohnen, noch mehr darüber zu reden.«

»Von euch beiden habe ich als von großen Häuptlingen und ehrlichen Männern gehört«, sagte Thorkel, »und daher fürchte ich keinen Trug, wenn wir uns zu einer Unterredung treffen.«

»Ich kenne deinen Bruder Sigvalde«, sagte Jostein, »aber ich habe viele sagen gehört, daß du nicht bist wie er.«

Es wurde nun abgemacht, daß sie am Ufer der Insel, unterhalb des steilabfallenden Strandes, angesichts der Schiffe zusammentreffen sollten; Jostein und Gudmund mit je einem Gefolge von drei Mann, und Thorkel mit fünf; alle mit Schwertern, aber ohne Schleuderwaffen. Und so geschah es; und von den Schiffen aus sah man, wie sie anfangs ein Stück voneinander entfernt und mit ihren Leuten dicht hinter sich dastanden; aber dann ließ Thorkel Bier herumreichen und dazu Schweinefleisch und Brot; und bald sah man sie beisammensitzen und vertraulich miteinander reden. Je mehr Jostein und Gudmund sich Thorkels Vorschlag durch den Sinn gehen ließen, desto besser gefiel er ihnen, und Gudmund war bald gewonnen. Jostein sträubte sich anfangs und sagte, König Erik zeige Ungehorsamen einen harten Sinn, aber Thorkel hatte viel von den guten Zeiten zu berichten, die westwärts steuernden Seefahrern bevorständen, und Gudmund meinte, daß später immer noch Zeit sein werde, sich wegen König Eriks Laune Sorgen zu machen. Sie bestimmten nun, wer auf der Reise die Macht und Führung haben und wie die Beute verteilt werden sollte, damit später nicht Zwietracht entstünde, und Gudmund sagte: »Reden und Schweinefleisch machen guten Durst.« Und er lobte Thorkels Bier. Thorkel schüttelte den Kopf und sagte, es sei im Augenblick gewiß das beste, was er zu bieten habe, aber gegen das Bier in England sei es rein gar nichts, denn dort gebe es die allerbeste Malzgerste, und Jostein mußte einstimmen und sagen, daß dieses Land einen Besuch wohl wert sei. Zuletzt gaben sie einander die Hand darauf, daß sie Geleitschaft halten und zu ihrem Wort stehen wollten; und als sie wieder an Bord kamen, wurden auf den Häuptlingsschiffen drei Schafe über dem Bug geschlachtet zum Opfer für das Meervolk, damit sie gutes Wetter und glückliche Fahrt hätten. Auf der ganzen Flotte war man mit dem Beschlossenen wohl zufrieden, und Thorkels Ansehen, das unter seinen Leuten bereits groß gewesen war, wuchs durch die hier von ihm bewiesene Klugheit.

Aus Schonen und Halland kamen jetzt noch einige Schiffe zu Thorkel, und als günstiger Wind aufkam, segelte die Flotte - fünfundfünfzig Segel stark – hinaus. Sie plünderten in diesem Herbst in Friesland und überwinterten dort.

Orm suchte von Thorkel und anderen zu erfahren, was aus König Haralds Haushalt geworden war. Einige hatten erzählen hören, daß Jellinge niedergebrannt sei, andere meinten zu wissen, daß Bischof Poppo das Meer durch fromme Lieder beruhigt habe und dann selbst auf dem Seewege entkommen sei, wenngleich König Sven ihn gern gefangen hätte; aber niemand wußte etwas von den Frauen, die um den König gewesen waren.

Als König Ethelred erwachsen war und selbst die Herrschaft angetreten hatte, fing es in England an, wieder so zu werden, wie einst zur Zeit der Lodbrokssöhne. Er war bald als der »Unschlüssige« oder »Ratlose« bekannt geworden, und seefahrende Nordmänner scharten sich froh um seine Küsten, um ihm zu helfen, diesen Namen zu Recht zu tragen.

Anfangs kamen sie in nur kleinen Gefolgschaften und wurden bald vertrieben, denn wenn dort, wo sie an der Küste auftauchten, Feuerzeichen in Brand gesteckt wurden, waren bald gute Aufgebote zur Stelle, die über breite Schilde hinweg sich mit ihnen schlugen. Aber König

Ethelred gähnte an seinem Tisch und ordnete Gebete gegen die Nordmänner an und lag fleißig bei den Frauen seiner Großen; er brüllte in seiner Kammer zornig auf, wenn es hieß, daß allen Gebeten zum Trotz die langen Schiffe wieder da seien; er hörte müde viele Ratschläge an und klagte über seine große Mühsal und wußte nicht, was er etwa sonst noch hätte vornehmen sollen. Da wurden die Scharen dichter und kamen öfter, bis die Aufgebote nicht mehr recht ausreichen wollten; und nun gelangten mitunter größere Gefolgschaften ein gutes Stück in das Binnenland hinein und kehrten gebeugt unter ihrer Beutelast zu den Schiffen zurück. Allgemein ging die Kunde um, daß für dreiste Seefahrer, wenn sie stark genug waren, kein Land so viele fette Bissen und Silberschätze abwerfe wie das Reich König Ethelreds. Noch war keine große Flotte erschienen, und noch hatten Häuptlinge nicht gelernt, aus König Ethelreds Truhen »Dänengeld« in gemünztem Silber zu erheben; aber im Jahre des Herrn 991 war die Stunde dafür gekommen, und von da an sollte es ihnen nicht an Gelehrigkeit fehlen, solange es einen König Ethelred gab, der bezahlte.

In dem Jahre, das das fünfte war, seit König Ethelred die Herrschaft angetreten hatte, brannten gleich nach Ostern die Feuerzeichen längs der Küste von Kent; und in der Morgendämmerung spähten die Leute bleich über das Meer hinaus und liefen, um zu verstecken, was sich irgend verstecken ließ, und dann ihr Vieh in die Wälder zu treiben und sich selbst samt den Tieren zu verbergen. Und Boten ritten, so schnell die Pferde laufen konnten, zu König Ethelred und den Jarlen, um ihnen zu sagen, daß die größte Flotte, die man seit Jahren gesehen, die Küste entlang fahre, und daß die Heiden schon begonnen hätten, ans Ufer zu waten.

Als die Aufgebote sich gesammelt hatten, vermochten sie gegen die Fremden nichts auszurichten; die streiften in starken Haufen umher und plünderten und trieben zusammen, was sich in der Gegend fand. Große Furcht verbreitete sich, daß sie nun landeinwärts ziehen würden, und der Erzbischof von Canterbury machte sich zum König auf, um für seine Stadt Hilfe zu fordern. Aber als die Fremden eine Zeitlang in der Küstengegend ihren Willen gehabt und alles auf die Schiffe geschleppt hatten, was ihnen wert schien, mitgenommen zu werden, segelten sie wieder davon. Darauf landeten sie bei den Ostsachsen und trieben es dort auf dieselbe Weise.

König Ethelred und sein Erzbischof, der Siegreich hieß, befahlen nun noch längere Gebete an; und als ihnen bald danach zu Ohren kam, daß die Heiden nach Verwüstung einiger Dörfer wieder in See gegangen waren, ließen sie an die Priester, die am fleißigsten gebetet hatten, Geschenke austeilen, und damit glaubten sie nun, diese Heimsuchung los zu sein. Aber gleich darauf ruderten jene auf die Stadt Maeldun zu, die dicht am Fluß Panta lag, und schlugen ein Lager auf einer Insel zwischen zwei Flußarmen auf. Dort rüsteten sie sich zum Angriff auf die Stadt.

Der Jarl der Ostsachsen hieß Byrhtnoth. Er hatte im Lande einen großen Ruf; er war von höherem Wuchs als andere und ein stolzer und unerschrockener Mann. Mit einem starken Aufgebot kam er ihnen entgegen, um es mit anderem als mit Gebeten zu versuchen. Er erreichte Maeldun und zog an der Stadt vorbei zum Lager der Nordmänner, bis nur noch die Flußläufe beide Heere trennten. Aber es war nicht leicht für ihn, sich an die Nordmänner jenseits des Flusses heranzumachen, und ebenso schwer war es für jene, zu ihm zu gelangen. Denn die Flut trat ein und füllte den Fluß bis zum Uferrand; er war nicht zu breit, als daß Wurfspeere und Zurufe gewechselt werden konnten, aber es sah nicht aus, als ob noch mehr geschehen würde, und die Heere standen wartend im heiteren Frühlingswetter einander gegenüber.

Ein Herold aus Thorkels Gefolge, ein redekundiger Mann, trat bis dicht an das Wasser vor und rief über den Fluß: »Mich haben unerschrockene Seefahrer vorgeschickt, um euch dies zu sagen: Gebt uns Silber und Gold, so geben wir euch Frieden. Ihr seid reicher als wir, und es ist besser für euch, mit euren Schätzen Frieden zu erkaufen, als solchen, wie wir es sind, mit Schwert und Speer zu begegnen. Seid ihr reich genug, so brauchen wir einander nicht zu töten. Und wenn ihr euch freigekauft und Frieden für euch selbst und eure Sippschaft und Höfe und für alles, was euer ist, gewonnen habt, dann werden wir eure Freunde sein und mit dem Lösegeld zu unsern Schiffen gehen und davonsegeln und halten, was wir versprochen haben.«

Aber Byrhtnoth selbst trat vor, schüttelte seinen Speer und rief: »Hört, ihr Seeräuber, hört unsere Antwort! Dies sind die Schätze, die wir euch geben wollen: scharfe Schwerter und die Spitzen der Speere. Schlimm wäre es, wenn ein Jarl von fleckenlosem Ruf wie ich, Byrhtnoth, Byrhthelms Sohn, mein Land und das meines Königs nicht schützen wollte! Zwischen uns soll nur mit Schneiden und Spitzen entschieden werden, und hart müßt ihr zuschlagen, wenn ihr anderes hier finden wollt.«

So standen sie einander gegenüber, bis die Flut anfing zu verebben; da rief wieder der Herold der Wikinger über den Fluß: »Lange genug haben wir nun untätig dagestanden. Kommt herüber zu uns, so geben wir euch hier Platz zum Kämpfen; oder gebt uns Platz an eurem Strand, so kommen wir hinüber.«

Dem Jarl Byrhtnoth schien es unklug hinüberzuwaten, denn das Flutwasser war kalt, und seine Leute konnten davon steif und ihre Heerkleider schwer werden. Auch lag ihm daran, daß es bald zum Kampf kam, noch bevor seine Mannen hungrig und müde wurden. Darum rief er zur Antwort:

»Ich gebe euch hier den Platz. Kommt gleich herüber zum Streit! Nur Gott kann wissen, wer von uns das Feld behalten wird.«

Und so sagt Byrhtnoths Sänger, der beim Kampf mit dabei war und der mit dem Leben davonkam:

»Seefahrerheermacht ängstigt nicht Nässe;
Blutwölfe waten gen West durch die Panta;
Über des Flusses flimmernde Fläche
Tragen sie Lindenschilde ans Land.«

Byrhtnoths Mannen standen wie eine Hecke von Schilden da. Er hatte ihnen befohlen, zuerst die Speere zu schleudern und dann ihre Schwerter zu ziehen und die Heiden in den Fluß zurückzutreiben. Aber die Nordmänner schlossen sich gleich am Uferrand zu Heerhaufen zusammen: jede Schiffsbemannung bildete, so wie sie aus dem Fluß stieg, eine Schar, und dann erhoben sie den Heerruf und liefen vor, ihre Schiffshäuptlinge an der Spitze. Schwärme von Speeren flogen ihnen entgegen, und viele kamen dabei zu Fall und blieben liegen; aber die übrigen eilten schnell vorwärts, bis sie mit dem Feinde Schild gegen Schild standen. Nun wurde hart losgeschlagen, und es ward großer Lärm; und rechts und links wurden die Nordmänner aufgehalten und zusammengedrängt. Aber da stürmten Thorkel der Hohe und die beiden Schiffshäuptlinge, die ihm am nächsten waren – Orm war der eine, und der andere war Fahrweit Svensson, ein berühmter Häuptling von Själland, den König Harald für friedlos in ganz Dänemark erklärt hatte und der mit Styrbjörn am Fyrisfluß bei Uppsala gewesen war –, diese stürmten gegen Byrhtnoths eigene Schildburg an und brachen in sie ein. Thorkel rief seinen Mannen zu, den Hochgewachsenen, den mit dem Silberhelm, zu fällen, denn dann werde der Sieg ihnen zufallen. Hier wurde nun am allerhärtesten gekämpft, und Kurzgewachsene hatten da für ihre Ellenbogen nicht Raum. Fahrweit schlug sich durch und brachte Byrhtnoths Bannerträger zu Fall, und auch auf Byrhtnoth schlug er ein und verwundete ihn; aber gleichzeitig fiel er selbst, denn ein Speer traf ihn durch den Bart. Nun fielen auf beiden Seiten die Männer der vordersten Reihen nebeneinander, in dichten Haufen, und auf einem weggeworfenen Schild, der glatt von Blut war, glitt Orm aus und stürzte hin über einen, den er soeben erst selbst getötet hatte. Dabei bekam er von einer Kriegskeule einen Schlag über den Nakken, wurde aber gleich von Schilden überdeckt, die die zunächst stehenden seiner Mannen schützend über ihn warfen.

Als er wieder zum Bewußtsein kam, half Rapp ihm auf. Da hatte der Kampf sich an eine andere Stelle verzogen, und die Nordmänner hatten die Überhand. Byrhtnoth war gefallen, und viele seiner Mannen hatten die Flucht ergriffen, aber andere hatten sich zu einem Ring zusammengeschlossen und waren eingekreist und kämpften trotzdem. Thorkel rief ihnen durch den Kampfeslärm zu, er schenke ihnen das Leben, wenn sie ihre Waffen wegwürfen; aber aus ihrem Kreise rief man zurück: »Besser können wir zielen – besser zuschlagen – und mit kühnerem Mut, wenn wir abnehmen an Zahl!«

So kämpften sie weiter, bis sie alle – und mit ihnen viele Gegner – rings um den Leichnam ihres Herrn lagen.

Ihr mannhafter Mut wurde von den Nordmännern hoch gepriesen; aber der Kampf bei Maeldun, drei Wochen vor Pfingsten, im Jahre 991, war für König Ethelred eine große Niederlage und ein Verhängnis für sein Reich; und weit umher lag nun das Land offen da und war der Gewalt der Fremden preisgegeben.

Die Nordmänner begruben ihre Toten und tranken ihnen zu Ehren und auf den Sieg. Sie lieferten trauernden Abgesandten Byrhtnoths Leichnam aus – denn ihm sollte ein christliches Begräbnis werden –, und nach Maeldun und anderen Städten wurde Botschaft gesandt, daß Brandschatzung und Lösegeld schleunigst bezahlt werden müsse, wenn man Schlimmerem entgehen wolle.

Sie freuten sich im Gedanken an die Reichtümer, die sie schon als ihre eigenen ansahen, und Zorn ergriff sie, als die Tage hingingen, ohne daß jemand erschien, der von Unterwerfung sprach und bare Münze mitbrachte. Da ruderten sie nach Maeldun hinauf und legten an der Flußseite Feuer an das Pfahlwerk; und dann erstürmten sie die Stadt und machten sie dem Erdboden gleich; und nachher trauerten sie darüber, daß so wenig zum Beuteverteilen übriggeblieben war; und sie beschlossen, hinfort mit Feueranlegen vorsichtiger zu sein. Denn ihr Trachten stand nach Silber und nicht nach einer Verwüstung, durch die das Silber verschwand. In der ganzen Gegend sammelten sie nun fleißig Pferde, um schnell dorthin zu gelangen, wo sie nicht erwartet wurden. Bald ritten Scharen nach allen Richtungen aus und brachten beim Zurückkommen viel ins Lager; und im Lande war die Angst vor ihnen so groß, daß sich nach Byrhtnoths Tod kein Häuptling mehr fand, der den Kampf mit ihnen aufnehmen wollte. Gefangene berichteten, daß König Ethelred bleich hinter seinen Mauern sitze und, mit Priestern murmelnd, sich keinen Rat wisse.

Bei der Erstürmung von Maeldun waren Priester und Frauen und andere in die Kirche – die aus Stein war – und in den Turm hinaufgeflüchtet; sie hatten die Leitern hinter sich aufgezogen, so daß niemand an sie herankonnte. Es hieß unter den Nordmännern, daß eine große Menge Schätze in den Turm gebracht worden sei, und man versuchte auf vielerlei Weise, die Menschen aus dem Turm herauszubringen und zu dem zu gelangen, was sie dorthin mitgenommen hatten. Aber weder mit Feuer noch mit Waffen konnte etwas ausgerichtet werden; und die im Turme hatten Essen und Trinken mit sich und sangen fromme Lieder und schienen guten Mutes zu sein. Näherten sich die Nordmänner dem Turm, um mit ihnen zu verhandeln und sie dazu zu bringen, den Turm zu verlassen und ihre Schätze auszuliefern, so wurden sie mit Steinen, Verwünschungen und Unrat überschüttet, und wenn jemand dabei getroffen wurde, so war die Freude auf dem Turm groß. Alle Nordmänner waren sich darüber einig, daß es nichts Ärgerlicheres gebe, als es mit Kirchtürmen und Kirchen aus Stein zu tun zu haben.

Jostein war ein alter und hartgestählter Mann, der sehr auf Schätze aus war. Er sagte, seines Wissens gebe es hier nur eines, das helfen könnte: man müsse Gefangene vor der Kirche aufstellen und sie einen nach dem anderen töten, bis sie dort oben durch diesen Anblick gefügig würden. Seiner Klugheit wegen hatte er großes Ansehen, und daher stimmten einige ihm zu; aber Gudmund und Thorkel hielten seinen Vorschlag wenig schicklich für Krieger und wollten nicht mitmachen. Besser sei, meinte Thorkel, es mit List zu versuchen; er verstehe sich gut auf Priester und wisse, wie man ihnen gegenüber auftreten müsse, um sie zu dem zu bringen, was man von ihnen verlangte.

Er ließ nun ein großes Kreuz herabnehmen, das über dem Altar in der Kirche hing; zwei Männer trugen es vor ihm her, und er stellte sich damit unter dem Turm auf und rief hinauf, daß er zur Pflege der Verwundeten Priester brauche; noch mehr aber habe er selber sie nötig, um in der christlichen Lehre unterwiesen zu werden, wonach er in der letzten Zeit starke Sehnsucht verspürt habe; und er werde so gegen sie handeln, als sei er bereits Christ und werde daher alle, die aus dem Turm herabkämen, an Leib und Leben ungeschädigt lassen.

Als er so weit gekommen war, kam ein Stein vom Turm geflogen und traf seinen Schildarm oben an der Schulter, so daß er umgeworfen wurde und ihm dabei der Arm brach. Die beiden Männer ließen das Kreuz fahren und halfen ihm vom Turme fort, und man hörte die Leute droben jubeln. Jostein, der dabeistand und zusah, zuckte mit den Mundwinkeln und sagte, mit der Anwendung einer Kriegslist sei es nicht immer so einfach, wie gedankenlose junge Leute es sich wohl einbilden möchten.

Thorkels Mannen wurden von Raserei ergriffen, als sie sahen, daß ihr Häuptling zu Schaden gekommen war, und ihre Pfeile flogen in dichten Schwärmen gegen die Luken des Turmes. Aber das nützte nichts, und die Lage sah mißlich aus. Orm sagte, er habe im Südlande gesehen, wie Almanzurs Leute Christen aus Kirchtürmen herausräucherten, und das wurde nun gleich versucht. Man brachte große Mengen Holz und feuchtes Stroh in die Kirche und häufte es auch rings um den Turm, worauf es angezündet wurde; aber der Turm war hoch, und der Wind trieb den größten Teil des Rauches ab; und schließlich wurden alle der Sache müde und beschlossen, sich zu gedulden, bis sie dort oben anfangen würden, Hunger zu spüren.

Thorkel war niedergeschlagen, weil ihm seine List mißlungen war; er fürchtete nun Stichelreden. Es sei schlimm, sagte er, daß er eine Zeitlang nicht mit den anderen werde ausreiten können, sondern jetzt in Maeldun sitzen und das Lager hüten müsse; und er verlangte nach heilkundigen Männern, die nach seinem Arm sähen. Während er nun mit herabhängendem Arm bei warmem Bier am Feuer saß, kam unter anderem auch Orm zu ihm; und viele betasteten seinen Arm, aber niemand konnte herausbringen, auf welche Weise er am besten zu schienen sei. Thorkel sah böse grinsend zu und sagte zuletzt, nun seien genug Heilkünste getrieben worden und man solle den Arm irgendwie, mit oder ohne Schienen, zusammenbinden.

»Und nun ist wahr geworden, was ich gesagt habe«, fügte er hinzu, »nämlich, daß ich einen Priester nötig habe; denn Priester verstehen sich auf solche Dinge.«

Orm nickte und sagte, Priester seien hervorragende Ärzte; auf dem Julgastmahl bei König Harald sei er viel schwerer zu Schaden gekommen als jetzt Thorkel, und dennoch habe ein Priester ihn heilen können. Und auch jetzt, sagte er, sei ihm einer vonnöten, denn von dem Schlag, den er mit einer eisenbeschlagenen Keule auf den Schädel erhalten habe, schmerze ihm fortwährend der Kopf, so daß er mitunter glaube, irgend etwas innendrin sei entzweigegangen.

»Ich halte dich für den klügsten aller meiner Schiffshäuptlinge«, sagte Thorkel, als sie allein waren, »und ebenso, seit Fahrweit gefallen ist, für den besten Krieger, aber dennoch gehörst du ganz deutlich zu denen, die leicht den Mut sinken lassen, wenn etwas quer geht, selbst dann, wenn das Unglück nicht groß ist.«

»Ich werde dir sagen, wie es um mich steht«, sagte Orm. »Ich bin ein Mann, der kein Glück mehr hat. Früher war es anders; da hatte ich Glück, und häufiger als die meisten anderen kam ich mit heiler Haut davon und hatte in allem Erfolg. Aber seit ich vom Südlande heimgekommen bin, ist alles anders gegangen, als ich wollte, so daß ich weder meine goldene Kette mehr habe noch meine Braut, noch den Mann, mit dem ich mich am besten stand. Und im Kampf ist es so, daß ich kaum das Schwert ziehen kann, ohne zu Schaden zu kommen, und wenn ich den Rat gebe, einen Kirchturm auszuräuchern, so will nicht einmal das glücken.«

Thorkel meinte, er habe schon schlimmere Unglücksvögel als Orm gesehen, aber der schüttelte den Kopf und ließ sein Schiffsvolk unter Rapps Führung auf Plünderung ziehen; er selbst blieb bei Thorkel in der Stadt und saß mit seinen sorgenvollen Gedanken gern allein.

Eines Morgens wurden die Glocken im Turm lange geläutet, und die Leute droben sangen fleißig fromme Lieder, so daß einige hinaufriefen und fragten, weswegen sie denn so lärmten? Dort oben hatten sie nun keine Steine mehr zum Hinabwerfen auf die Heiden, aber sie riefen zur Antwort, daß es Pfingsten sei, und das sei für sie ein Freudentag. Alle erstaunten über diese Antwort, und einige fragten, worüber sie sich denn so besonders freuen könnten und wie es bei ihnen um Fleisch und Bier bestellt sei?

Sie antworteten: damit möge es sein, wie es wolle, sie seien dennoch froh, weil Christus im Himmel sei und ihnen helfen werde.

Thorkels Leute brieten fette Schafe an den Feuern, und der Bratengeruch zog zum Turm hin, wo alle hungrig waren. Die Männer riefen ihnen zu, sie sollten sich wie vernünftige Leute benehmen und herabkommen und von dem Braten schmecken; aber sie kümmerten sich nicht darum und fingen bald wieder an zu singen.

Thorkel und Orm saßen zusammen beim Essen und hörten dem Gesang zu.

»Sie singen heute heiserer als sonst«, sagte Thorkel, »denn sie fangen an, trocken im Hals zu werden. Da kann es nicht mehr lange dauern, bis ihre Getränke alle sind und sie herabkommen.«

»Sie haben es schlimmer als ich, und doch singen sie«, sagte Orm und betrachtete schwermütig ein schönes Stück Schaffleisch, bevor er es in den Mund steckte.

»Es läßt sich nun einmal nicht ändern«, sagte Thorkel, »daß du zum Sänger in einem Kirchturm schlecht passen würdest.«

Am gleichen Tag um die Mittagszeit kehrte Gudmund von einem Streifzug landeinwärts zurück. Er war hochgewachsen und von fröhlicher Gemütsart, und sein Gesicht trug längst vernarbte Spuren von den Klauen eines Bären; betrunken und redelustig kam er angeritten mit einem kostbaren Scharlachmantel um die Schultern, zwei schweren Silbergürteln um den Leib, und dazu stand ihm mitten im gelbem Bart ein breites Lächeln.

Dieses Land, rief er, sobald er Thorkel erblickte, sei nach seinem Sinn und habe Reichtümer, die über alle Begriffe gingen, und zeit seines Lebens werde er Thorkel dankbar sein, daß er ihn hierher gelockt habe.

Er hatte zwei Dörfer und einen Marktflecken geplündert und dabei vier Mann verloren; die Pferde knickten in den Gelenken unter ihren Lasten, sagte er, obschon man nur das Beste mitgenommen habe, und Ochsenwagen mit Starkbier und anderem kämen hinterdrein. Man müsse sich durchaus beizeiten nach noch mehr Schiffen umsehen, die tief laden könnten, damit alles nach Hause gebracht werden könne, was sich in diesem Lande mit geringer Mühe aufsammeln lasse.

»Außerdem«, fuhr er fort, »habe ich auf dem Wege eine Schar Leute gefunden: zwei Bischöfe mit ihrem Gefolge. Sie behaupten, Abgesandte König Ethelreds zu sein, und ich bot ihnen Bier an und nahm sie hierher mit. Die Bischöfe sind alt und reiten langsam, aber bald werden sie hier sein, und was sie von uns wollen, ist nicht leicht zu verstehen. Sie sagten, sie brächten uns den Frieden ihres Herrn; aber wir sind es ja doch, und nicht sie, die zu bestimmen haben, wann Friede werden soll. Es mag sein, daß sie uns das Christentum lehren wollen; aber nun, da es ringsherum so viel zum Plündern gibt, bleibt uns zum Zuhören nicht viel Zeit.«

Thorkel freute sich und sagte, Priester brauche er jetzt am meisten, damit sie nach seinem Arm sähen; und auch Orm wollte gern seines kranken Kopfes wegen mit einem Priester reden. Aber ihr eigentliches Geschäft, meinte Thorkel, sei wohl das Loskaufen von Gefangenen und der Turminsassen.

Nach einer Weile kamen die Bischöfe angeritten. Es waren ehrfurchtgebietende Männer mit Stäben in den Händen, mit hohen Kappen und mit großem Gefolge von Vorreitern, Priestern, Hofmeistern, Mundschenken und Spielleuten; und allen, denen sie begegneten, erteilten sie Gottes Segen. Thorkels Mannen, so viele ihrer in der Stadt waren, kamen, um sie anzugaffen, aber einige von ihnen scheuten zurück, als der Bischof segnend die Hand gegen sie ausstreckte. Die Leute auf dem Turm brachen beim Anblick der Bischöfe in lautes Geschrei aus und fingen von neuem an, die Glocken zu läuten.

Thorkel und Gudmund nahmen die Bischöfe gastfreundlich auf, und nachdem sie geruht und Gott für die glückliche Reise gedankt hatten, brachten sie ihre Angelegenheit vor. Der ältere von beiden, der der Bischof vom Grabe des heiligen Edmund genannt wurde, ergriff das Wort vor Thorkel und Gudmund und anderen, die gekommen waren, um zuzuhören. Er sagte, die Zeiten seien böse, und Christus und seine Kirche betrübe es, daß die

Menschen nicht verstünden, in Frieden, Liebe und Verträglichkeit miteinander zu leben. Doch glücklicherweise stehe es hier in England so, daß der König, ungeachtet seiner großen Macht und der Legionen von Kriegern, die er zusammenrufen könne, es vorziehe, die Zuneigung seiner Feinde zu erwerben, statt sie umzubringen mit dem Schwert. König Ethelred sehe in den Nordmännern eifrige junge Leute, die keinen Lehrer hätten und die daher unwissend seien in Dingen, die zu ihrem eigenen Besten dienten. Nachdem er weise Ratgeber angehört, habe er für richtig befunden, dieses Mal nicht mit Strenge vorzugehen, sondern sie mit milder Ermahnung zu leiten. Er habe nun seine Sendboten ausgeschickt, damit sie zusähen, wie die edlen Häuptlinge und ihre Männer aus den Nordlanden zufriedengestellt und dazu bewogen werden könnten, ihre gefährlichen Wege zu verlassen. Was König Ethelred von ihnen wünsche, sei dies: daß sie wieder zu ihren Schiffen zurückkehren und seine Küsten verlassen sollten und in Glück und Frieden in ihrem eigenen Lande blieben; und um ihnen das leichter zu machen und für alle Zeit ihre Freundschaft zu gewinnen, wolle er ihnen solche Geschenke geben, daß sie alle von Glück und Dankbarkeit erfüllt würden. Vielleicht werde das ihre Herzen erweichen, so daß sie mit der Zeit lernten, Gottes Gebote und sein Evangelium zu lieben. Dann werde die Freude des guten Königs Ethelred in Wahrheit groß werden, und seine Liebe zu den Nordmännern werde noch zunehmen.

Der Bischof war von Alter gebeugt und zahnlos, und wenige begriffen, was er sagte; aber seine Worte wurden von einem kundigen Priester seines Gefolges gedeutet, und alle, die lauschend dastanden, sahen einander bei dieser Botschaft an. Gudmund saß betrunken und zufrieden auf einem Bierfaß und rieb ein kleines goldenes Kreuz, damit es blank würde; als er verstanden hatte, was der Bischof gesagt, begann er vor lauter Zufriedenheit sich hin und her zu wiegen. Er rief Thorkel zu, er möge auf diese so schöne Rede die Antwort geben.

Thorkel ergriff nun auf höfische Weise das Wort und sagte, was sie nun gehört, sei fürwahr der Überlegung wert. König Ethelred habe im Dänenreiche schon einen großen Ruf, aber es sehe doch so aus, als sei er noch besser, als man habe glauben können; und seine Absicht, ihnen Geschenke zu machen, stimme gut mit dem überein, was sie sich selber von Anfang an gedacht hätten. »Denn wir sagten schon dem Jarl Byrhtnoth, als wir über den Fluß hin miteinander redeten, daß ihr hier im Lande reich seid und daß wir arme Seefahrer gern eure Freunde wären, wenn ihr eure Schätze mit uns teilen wolltet. Nun ist es gut zu hören, daß König Ethelred ebenso denkt; und reich und mächtig und hoher Weisheit voll, wie er ist, wird er sich gewiß freigebig zeigen. Wieviel er uns zu geben gedenkt, haben wir bisher noch nicht zu hören bekommen; viel aber wird nötig sein, um uns mit Freude zu erfüllen; denn wir sind ein schwermütiger Stamm. Am besten wäre es, wenn man uns alles in Gold und geprägtem Silber gäbe; dann wäre das Rechnen am einfachsten und auch das Heimschaffen am leichtesten für uns. Aber bis alles fertig wird, wollen wir ungestört hier sitzenbleiben und aus der Umgegend nehmen, was wir zu unserem Lebensunterhalt und Wohlbefinden brauchen. Aber es ist noch einer da, der ebensoviel zu sagen hat wie Gudmund und ich, das ist Jostein. Er ist eben mit vielen Leuten auf Plünderung geritten, und wir müssen mit den Beschlüssen über die Größe des Geschenkes warten, bis er zurückkommt. Eines aber will ich gleich wissen, ob nämlich ein heilkundiger Priester in eurem Gefolge ist? Denn ich habe einen beschädigten Arm, der verbunden werden muß.«

Der andere Bischof antwortete, daß er zwei Gelehrte der Heilkunst bei sich habe, die sich gern seines Armes annehmen würden; aber als Entgelt wolle er, daß die im Turm Eingeschlossenen herausgelassen würden und ungekränkt gehen dürften, wohin sie wollten. Denn es sei schwer, sagte er, zu wissen, daß Hunger und Durst sie plage.

»Meinetwegen mögen sie herabkommen, sobald sie

wollen«, sagte Thorkel. »Das ist es ja gerade, wozu wir sie, seit wir hier in der Stadt sind, haben bewegen wollen, aber trotz unserer guten Ratschläge sind sie störrisch gewesen. Sie sind es, die meinen Arm zerschlagen haben. Die Hälfte der Schätze, die sie im Turm haben, müssen sie uns lassen; das ist eine geringe Buße für meinen Arm und allen Ärger, den sie uns gemacht haben. Und nachher mögen sie gehen, wohin sie wollen.«

Da kamen sie schnell genug vom Turm herab; sie waren bleich und abgezehrt, einige weinten und warfen sich den Bischöfen zu Füßen; andere riefen nach Wasser und Essen. Thorkels Mannen wurden sehr übler Laune, als sie im Turm nur wenig Wertvolles fanden, aber sie gaben ihnen zu essen und rührten sie nicht an.

Orm kam an einem Wassertrog vorbei, aus dem viele der eingesperrt Gewesenen tranken, unter ihnen ein kleiner glatzköpfiger Mann im Priestergewand. Er hatte eine lange Nase und quer über den Schädel eine rote Narbe. Orm starrte ihn erstaunt an, ging dann auf ihn zu und rührte ihn an. »Dich sehe ich gern wieder«, sagte er, »denn ich bin dir Dank schuldig für das letztemal, da wir uns sahen. Daß wir König Haralds Arzt hier treffen würden, war nicht zu erwarten. Wie bist du hierher gekommen?«

»Hierher kam ich vom Turm«, sagte Bruder Willibald böse, »da habe ich um gewalttätiger Heiden willen vierzehn Tage lang sitzen müssen.«

»Ich habe viel mit dir zu reden«, sagte Orm. »Komm mit, so bekommst du zu essen und zu trinken.«

»Ich habe gar nichts mit dir zu reden«, antwortete Bruder Willibald. »Je weniger ich von Dänen zu sehen bekomme, desto besser, soviel weiß ich nun. Und zu essen und zu trinken bekomme ich wohl auch sonstwo.«

Orm bekam Angst, daß der kleine Priester in seiner Bosheit ihm davonlaufen und verschwinden werde; er hob ihn daher auf und trug ihn mit sich fort, wobei er ihm versprach, daß ihm nichts geschehen werde. Bruder

Willibald sperrte sich eifrig und schrie ihm herrisch zu, daß er losgelassen werden wolle und daß Aussatz und böse Wunden die gelindeste Strafe seien, falls einer wage, Hand an einen Priester zu legen. Aber Orm trug ihn in ein Haus, das er sich nach Erstürmung der Stadt genommen hatte und in dem nur einige Verwundete seiner Schiffsbesatzung und einige alte Frauen sich aufhielten.

Man sah es dem kleinen Priester an, daß er ausgehungert war, aber als Fleisch und Bier aufgetragen wurde, saß er eine Weile, ohne sich zu rühren, vor Schüssel und Kanne und blickte das Essen mit bitterer Miene an. Dann seufzte er und murmelte vor sich hin und machte das Zeichen des Kreuzes und fing gierig zu essen an. Orm füllte ihm wieder die Bierkanne und wartete geduldig, bis er seinen Hunger gestillt hatte.

Das gute Bier vermochte nicht, seine Miene zu mildern, und seine Stimme wurde nicht sanft; aber er fand sich nun darein, auf Orms Fragen zu antworten, und redete sich bald in Eifer. Er war mit Bischof Poppo aus Dänemark entkommen, als der böse und unchristliche König Sven in die Nähe von Jellinge gelangt war, um alle Diener Gottes dort umzubringen; und der Bischof saß nun schwach und gebrechlich beim Abt von Westminster und trauerte über seine vergebliche Arbeit unter den Dänen. Darüber aber, meinte Bruder Willibald, sei nicht viel zu trauern, wenn man die Sache recht bedenke; denn gewiß war alles, was geschah, ein Zeichen von Gott, so auch, daß die Menschen in den Nordländern überhaupt nicht bekehrt, sondern lieber in Ruhe gelassen werden sollten, damit sie sich in ihrer Bosheit gegenseitig umbrächten; und diese ihre Bosheit sei in Wahrheit ohne Grenze. Er selber habe nicht die Absicht, es bei diesem Volk je wieder mit Bekehrungen zu versuchen; und beim Kreuz und bei den Wunden Christi sei er bereit, dies bei jedem, der es hören wolle, zu verkünden, und wenn es der Erzbischof von Bremen selber sei.

Er leerte seine Kanne mit blitzenden Augen und

schmatzte und sagte, daß nach langem Hungern Bier nützlicher sei als Fleisch. Orm schenkte ihm wieder ein, und er fuhr im Erzählen fort. Als Bischof Poppo gehört hatte, daß Wikinger aus Dänemark sich an der Ostküste des Landes aufhielten, hatte er sich zuverlässige Nachrichten von dort verschaffen wollen, um zu erfahren, ob dort etwa noch einige Christen am Leben seien und wieviel Wahres am Gerücht von König Haralds Tode sei. Aber der Bischof selbst sei für eine so gefahrvolle Reise zu schwach gewesen, und daher habe Bruder Willibald sie unternehmen müssen.

»Denn der Bischof sagte, ich würde unter den Heiden wenig Gefahr laufen, denn als Arzt würde ich ihnen willkommen sein, und vielleicht schätzten mich schon viele, die mich an König Haralds Hof gesehen hätten. Ich hatte darüber meine eigenen Gedanken, denn ich kenne euch besser, als er das vermag – er ist zu gut für diese Welt. Aber es paßt sich nicht, einem Bischof in solchen Dingen zu widersprechen, und darum tat ich nach seinem Willen. Müde kam ich eines Abends in dieser Stadt an, und nach dem Abendgesang legte ich mich in der Kirchenherberge zum Schlafe nieder, wurde aber von Geschrei und dickem Brandrauch geweckt; Menschen kamen im Feuerschein dahergerannt und riefen, daß nun die Teufel über uns seien. Es waren nicht Teufel, sondern viel schlimmere Wesen, und da schien es mir wenig lohnend, mit Grüßen von Bischof Poppo zu kommen. Mit den anderen gelangte ich in den Turm, und dort hätte ich mit ihnen mein Ende gefunden, wenn nicht Gott uns gerade am heiligen Pfingsttag aus unserer Not errettet hätte.«

Er nickte und trank und sah Orm mit müden Augen an. »Nun ist es schon vierzehn Tage her, daß ich nicht richtig geschlafen habe«, sagte er, »und das Fleisch ist schwach. Nein, schwach ist es nicht, es ist stark, ebenso stark wie der Geist, aber nicht stark ohne jedes Maß.«

»Schlafen darfst du nachher«, sagte Orm ungeduldig. »Weißt du etwas von König Haralds Tochter Ylva?«

»Soviel weiß ich«, antwortete Bruder Willibald mit großer Sicherheit, »daß sie ihres Eigensinnes und ihrer Bosheit wegen zur Hölle kommt, wenn sie sich nicht bald bessert. Und wer kann von einer Tochter König Haralds Besserung erwarten?«

»So bist du auch Frauen böse gesinnt«, sagte Orm. »Was hat sie dir denn getan?«

»Das hat nichts zu sagen«, antwortete der kleine Priester bitter; »aber wahr ist, daß sie mich einen ›glatzköpfigen alten Uhu‹ genannt hat, als ich ihr mit Gottes Zorn drohte.«

»Du hast ihr gedroht, Priester?« sagte Orm und stand auf. »Warum hast du ihr gedroht?«

»Sie schrie, daß sie tun werde, was sie wolle, nämlich einen Heiden heiraten, wenn auch alle Bischöfe der Welt sich dagegen sperrten.«

Orm griff sich in den Bart und starrte ihn groß an und setzte sich wieder. »Ich bin es ja, den sie heiraten wird«, sagte er still. »Wo ist sie?«

Aber auf die Frage bekam Orm an diesem Abend keine Antwort, denn Bruder Willibald sank langsam über den Tisch hin und schlief dort, wo er saß, mit dem Kopfe zwischen den Armen ein. Orm versuchte ihn zu wecken, aber das wollte nicht gelingen, und schließlich trug er ihn zur Schlafbank, legte ihn dort hin und deckte ihn zu. Er merkte mit Verwunderung, daß er diesen kleinen Priester gern hatte; aber als er eine gute Weile allein bei seinem Bier gesessen hatte, ohne schläfrig zu werden, wurde seine Ungeduld so groß, daß er zur Bank trat und den Schlafenden heftig rüttelte. Doch Bruder Willibald drehte sich nur auf die andere Seite und murmelte im Schlaf: »Schlimmer als Teufel.«

Als der kleine Priester am nächsten Morgen erwachte, war er etwas sanfterer Laune und schien sich dort, wo er war, nicht schlecht zu befinden. Orm zögerte nicht, ihn nach allem, was er von Ylva wußte, auszufragen.

Lieber als unter der Herrschaft ihres Bruders Sven zu Hause zu sitzen, war sie mit dem Bischof geflohen; und nun war sie den Winter über bei ihm geblieben, lebte aber in großer Ungeduld, nach Dänemark zurückkehren zu können, sobald gute Nachrichten von dort einträfen. Neuerdings aber hatte sich ein Gerücht verbreitet, daß König Harald in Landesflucht gestorben sei, und seitdem hätte Ylva an eine Reise gen Norden zu ihrer Schwester Gunhild gedacht, die mit dem dänischen Jarl Palling in Northumberland verheiratet war. Der Bischof wünschte nicht, daß sie sich allein auf eine so gefahrvolle Reise begebe, und riet ihr, sich statt dessen mit einem der Großen des Landes zu verheiraten, bei dessen Wahl er ihr helfen wolle. Aber solche Rede lasse sie weiß werden vor Zorn, und sie breche dann in Schmähungen aus gegen jedermann, ja selbst gegen den Bischof.

Das war alles, was der kleine Priester von Ylva zu erzählen hatte. Orm hörte gern, daß sie König Svens Mannen entkommen war, aber es lag schwer auf ihm, daß er keinen Weg wußte, der ihn zu ihr geführt hätte. Auch der Schlag über den Nacken und der Schmerz, der immer noch anhielt, machte ihn bekümmert, aber Bruder Willibald zuckte verächtlich die Mundwinkel und sagte, diese Sorte Schädel halte mehr aus als bloß das.

Darauf setzte er ihm Blutegel hinter die Ohren, und Orm fühlte sich bald besser. Die Gedanken an Ylva plagten ihn nun allerdings noch mehr, und am liebsten hätte er Thorkel und die anderen bewogen, einen großen Plünderungszug gegen London und Westminster zu unternehmen und auf diese Weise ihrer habhaft zu werden. Aber zwischen den Abgesandten und den Häuptlingen wurde gerade über die Gabe des Königs lange hin und her geredet, und das ganze Heer saß in Erwartung untätig da und aß und trank und schwatzte dabei viel von der Summe, die zu bezahlen einem so großen König zukomme.

Die beiden alten Bischöfe vertraten mannhaft ihre Sache und redeten viel gegen die Summen, die den Häuptlingen geeignet schienen; sie wollten sie gern lehren, sagten sie, daß es wertvollere Dinge als Silber gebe, Dinge, die nicht von dieser Welt seien, und daß es für einen sehr reichen Mann schwerer sei, ins Himmelreich zu kommen als für einen Ochsen durch einen Rauchfang. Die Häuptlinge horchten auf und sagten, sie seien bereit, den Schaden zusammen mit dem Nutzen zu tragen und daß es daher bei der Summe, die sie gefordert hätten, bleiben müsse; und wenn es sich mit dem Himmelreich und dem Rauchfang so verhalte, wie der Bischof gesagt habe, so wollten sie König Ethelred gern durch Übernahme eines Teiles des auf ihm lastenden Besitzes hilfreich beistehen.

Mit viel Seufzen mußten die Bischöfe ihr Angebot erhöhen, und endlich wurde man über die Summe einig. Jeder Mann in der Flotte sollte sechs Mark Silber erhalten, außer dem, was durch Plünderung bereits gewonnen war; jeder Steuermann zwölf Mark und jeder Schiffshäuptling sechzig; und Thorkel und Gudmund und Jostein sollten jeder 300 Mark bekommen. Die Bischöfe sagten, das sei ein trauriger Tag für sie, und sie könnten sich kaum denken, was der König zu einer solchen Summe sagen werde, um so weniger, als er gleichzeitig andere Unterhändler zu einem norwegischen Häuptling namens Olaf, Tryggves Sohn, geschickt habe, der mit einer Flotte an der Südküste plündere. Es sei ungewiß, sagten sie, ob die Schätze sogar eines Königs Ethelred für alles das ausreichen könnten.

Bei dieser Nachricht wurden die Häuptlinge bange, daß sie zu wenig verlangt hätten und daß der Norweger ihnen zuvorkommen werde. Nachdem sie unter sich überlegt hatten, sagten sie den Bischöfen, daß sie an der beschlossenen Summe festhielten, daß aber die Bischöfe sich nun eiligst zum König begeben müßten, um das Silber zu holen, und daß man es im Lager übel aufnehmen werde, wenn der Norweger seinen Teil vorher ausgezahlt bekäme. Der Bischof von London, ein Mann mit einem freundlichen Lächeln, nickte und versprach, daß sie ihr Bestes tun würden.

»Aber es ist seltsam zu sehen«, sagte er, »daß so tapfere Häuptlinge um dieses Norwegers willen in Unruhe geraten, denn seine Flotte ist ja doch kleiner als eure. Wäre es da nicht etwas für euch, zur Südküste, an der er sich aufhält, hinabzurudern und schnell über ihn herzufallen und ihm alle seine Schätze zu nehmen? Er ist mit schönen Schiffen von der Bretagne hierhergekommen, und es heißt, er habe dort viel gewonnen. Das wäre eine gute Art, die Liebe, die mein Herr König für euch hegt, noch zu mehren; denn wenn er den Norweger nicht zufriedenzustellen braucht, wäre es für ihn leicht, die große Gabe an euch auszuteilen.«

Thorkel nickte und schien zu zögern; und Gudmund lachte und fand, daß das zu überlegen wäre.

»Ich habe noch nie mit Norwegern gekämpft«, sagte er, »aber alle wissen, daß es mit ihnen stets guten Kampf gibt, von dem nachher nicht wenig zu berichten ist. Daheim, rings um Broviken, heißt es, daß kaum andere als die Ostländer ihnen überlegen sind; und es wäre vielleicht nicht unnütz, die Probe darauf zu machen. Und unter meinen Leuten habe ich auch Berserker von Åland, die nun schon anfangen zu behaupten, diese Fahrt bringe gewiß gute Beute und gutes Bier, führe aber zu wenig Kampf; und auf die Art seien sie es nicht gewohnt, sagen sie.«

Thorkel sagte, er habe schon Norwegern gegenübergestanden, habe aber nichts dagegen, ihnen wieder zu begegnen, sobald er seinen Arm wieder in Ordnung habe; denn dabei könne sowohl Ehre als auch Reichtum gewonnen werden.

Jostein aber lachte laut und nahm seinen Hut ab und warf ihn vor sich auf den Boden. Er trug immer, wenn er nicht im Kampf war, einen alten roten Hut mit breitem Rand, denn der Helm rieb ihn.

»Schaut her auf mich«, sagte er, »ich bin alt und kahlköpfig, und wo Alter ist, da ist auch Weisheit, das wird man jetzt gleich merken. Euch beide, Thorkel und Gudmund, kann der Gottesmann mit seiner Schlauheit fangen, aber nicht mich; denn ich bin weise wie er selbst. Für ihn und seinen König wäre es gewiß gut, wenn sie uns dazu bewegen könnten, uns mit dem Norweger zu schlagen, so daß wir uns gegenseitig vernichten; dann wäre er uns alle los und brauchte sein Silber nicht an die Übriggebliebenen zu verschwenden. Aber wenn ich raten darf, so wird nichts davon geschehen.«

Gudmund und Thorkel mußten beide zugeben, daß sie daran nicht gedacht hatten und daß Jostein der Klügste von ihnen war; die Abgesandten des Königs fanden, daß hier nichts mehr auszurichten war. Sie rüsteten sich daher zur Rückreise zu ihrem König, um ihm zu sagen, wie alles abgelaufen war, und dafür zu sorgen, daß das Silber so bald wie möglich erlegt würde.

Aber vorher kleideten sie sich in ihren schönsten Ornat und nahmen ihr Gefolge mit sich und zogen auf das Feld hinaus, auf dem der Kampf stattgefunden hatte. Da beteten sie für die Toten, während Raben und Krähen hoch über ihnen kreisten, – eine zahllose Schar, die rauh krächzte, weil man sie gestört hatte.

Von geistlichen Dingen

Großer Jubel herrschte im Heer, als bekannt wurde, was zwischen den Häuptlingen und Gesandten ausgemacht worden war. Alle lobten die Häuptlinge für diesen Handel und priesen König Ethelred als einen Herrscher, wie arme Seefahrer aus den Nordlanden ihn sich besser nicht wünschen könnten. Man trank und plauderte froh, und die Nachfrage nach fetten Schafen und jungen Frauen war groß; und an den Feuern, über denen die Schafe gebraten wurden, saßen nachdenklich kenntnisreiche

Männer und versuchten auszurechnen, welche Summe für jedes Schiff und welche für die ganze Flotte ausgezahlt werden müßte; das war nicht leicht herauszubringen, und es kam oft zu Wortwechseln darüber, wer am richtigsten gerechnet hatte; aber alle sagten, kein Mensch hätte glauben können, daß es so viel Silber in der Welt gebe, außer vielleicht beim Kaiser in Byzanz. Einige hatten zu tadeln, daß die Steuerleute ein so großes Los erhalten hatten, obwohl ihre Arbeit leicht war und sie nie an den Rudern zu sitzen brauchten; aber die Steuerleute selber fanden, daß wirklich rechtlich Denkende ihnen vielleicht noch mehr zugesprochen hätten.

Obgleich das Bier reichlich und stark und der Lärm groß war, entstand über diese Dinge doch nicht häufig ernstlicher Streit, denn alle kamen sich nun reich vor und fanden das Leben schön, und daher griffen sie nicht so geschwind wie sonst zu den Waffen.

Aber Orm saß finster grübelnd mit dem kleinen Priester zusammen und meinte, daß wenige Leute es so schwer hätten wie er.

Bruder Willibald hatte alle Hände voll zu tun, denn es gab viele Verwundete, die Pflege brauchten, und er nahm sich ihrer mit großem Ernst und Eifer an. Auch Thorkels Arm untersuchte er, und dabei hatte er manches über die Ärzte des Bischofs zu sagen und über ihre Art, den Arm zu behandeln, denn es fiel ihm nicht leicht, anderen Verstand und Kenntnisse in der Heilkunst zuzutrauen. Er sagte, daß er nun zusammen mit den Bischöfen reisen wolle, aber Orm mochte ihn nicht von sich lassen.

»Es ist immer gut, einen Arzt zur Hand zu haben«, sagte er, »und es mag wirklich so sein, wie du sagst, daß du von allen am meisten verstehst. Ich würde dich gewiß gern mit Botschaft zu König Haralds Tochter Ylva senden, denn du bist der einzige Bote, den ich kenne; aber da du gegen uns Nordmänner so großen Haß hegst, würde ich dich dann nie wiedersehen und nie ihre Antwort erfahren. Und daher sitze ich nun da und weiß mir keinen

Rat, so daß Eßlust und Schlaf mir mehr und mehr vergehen.«

»Willst du mich als Gefangenen hierbehalten?« fragte Bruder Willibald verdrießlich. »Und doch heißt es bei euch oft, daß eure Zuverlässigkeit im Worthalten ebenso groß sei wie euer Mut; und wir alle, die wir im Turm waren, haben Erlaubnis erhalten, zu gehen, wohin es uns beliebt. Aber das hast du vielleicht vergessen?«

Orm starrte düster vor sich hin und sagte, daß es ihm nicht leicht falle, irgend etwas zu vergessen.

»Aber es ist schwer, dich loszulassen«, fuhr er fort, »denn du bist mir in gewissem Sinn eine Hilfe, wenn du auch in dieser Sache nichts tun kannst. Aber du bist klug, kleiner Priester; und nun hör gut auf das, was ich dir sage: Wenn du an meiner Stelle wärst und alles für dich so stünde wie für mich, was würdest du tun?«

Bruder Willibald lächelte und sah Orm freundlich und kopfschüttelnd an.

»Es scheint, daß du an dieser jungen Frau, trotz ihrer schweren Sinnesart, sehr hängst«, sagte er, »und das ist auffallend, denn ihr gottlosen Gewaltmenschen nehmt euch ja oft Frauen, wie es eben kommt, ohne gerade wegen einer bestimmten den Kopf hängen zu lassen. Tust du das nun etwa, weil sie eine Königstochter ist?«

»Ihrem Vater ist es so ergangen, daß sie kein Erbe zu erwarten hat«, antwortete Orm, »und daraus magst du sehen, daß ich nicht hinter Reichtümern her bin, sondern hinter ihr selber. Aber daß sie von guter Herkunft ist, schadet nicht; ich bin ja selber aus gutem Geschlecht.«

»Es mag sein, daß sie dir einen Liebestrank gegeben hat«, sagte Bruder Willibald, »und daß du deswegen in deiner Neigung so beständig bist.«

»Einmal hat sie mir zu trinken gegeben«, sagte Orm, »und nie wieder; und das war, als ich sie zum erstenmal sah; da war es Fleischbrühe. Aber davon habe ich kaum etwas in die Kehle bekommen, denn sie wurde böse und warf die Kanne mit der Suppe von sich. Und du bist es ja selber gewesen, der mir die Suppe damals kochen ließ.«

»Ich war nicht dabei, als sie gekocht und hereingebracht wurde«, sagte Bruder Willibald nachdenklich, »und wenn die Frau jung ist und gut aussieht, braucht es für einen jungen Mann nicht viel von solch einem Trank. Und hat sie einen Zauber in die Suppe getan, so ist nichts mehr zu machen; denn gegen Liebestränke gibt es kein anderes Mittel als Liebe, das sagten schon in alter Zeit die allergelehrtesten Ärzte.«

»Gerade diese Heilung suche ich ja«, sagte Orm, »und jetzt frage ich dich, ob du mir dabei raten kannst.«

Bruder Willibald hob belehrend den Zeigefinger und sprach väterlich: »Wenn der Mensch es schwer hat und sich keinen Rat weiß, so gibt es nur eins, und für dich, du armer Götzenanbeter, steht es da schlimm. Denn das einzige, was hier getan werden kann, ist: Gott um Hilfe zu bitten. Und das kannst du nicht!«

»Hilft er dir oft?« fragte Orm.

»Er hilft mir, wenn ich ihn um vernünftige Dinge bitte«, antwortete Bruder Willibald mit großer Bestimmtheit, »und das ist mehr, als was deine Götter für dich tun. Wenn ich über kleine Dinge klage, die ich, wie er meint, gut aushalten kann, hört er mich nicht an. Ich habe selbst den heiligen Mann Gottes, Bischof Poppo, als wir über das Meer flohen, eifrig zu Gott und zu St. Peter um Hilfe gegen die Seekrankheit rufen hören, ohne daß er erhört wurde. Aber als ich mit den anderen hier im Turm war, wo wir Hunger und Durst litten und das Schwert der Heiden uns drohte und wir da in unserer Not zu Gott riefen, da wurden wir erhört, obschon unter uns keiner vor Gott so gut war wie Bischof Poppo. Denn da kamen die Gesandten zu unserer Rettung; und es mag ja sein, daß sie von König Ethelred zu den Häuptlingen geschickt waren, aber zugleich waren sie auch Gesandte Gottes, die um unserer vielen Gebete willen uns zu Hilfe kamen.«

Orm nickte und gab zu, daß das verständlich sei; denn

er hatte selbst gesehen, wie alles zugegangen war. »Und nun begreife ich, warum es mit dem Ausräuchern nicht gehen wollte«, sagte er. »Es mag Gott oder irgendein anderer, den ihr anruft, gewesen sein, der einen Wind schickte, so daß der Rauch weggeblasen wurde.« Bruder Willibald sagte, genau so verhalte es sich; Gottes Finger sei es gewesen, der solche Teufel habe zuschanden werden lassen. Orm saß in Gedanken da und zupfte sich am Bart.

»Meine Mutter ist nun auf ihre alten Tage Christin geworden«, sagte er. »Sie hat zwei Gebete gelernt, und die benutzt sie oft und hält viel von beiden. Sie sagt, es seien die Gebete gewesen, die mich am Leben erhalten haben und mich aus vielen Gefahren nach Hause zurückkehren ließen, obschon vielleicht Blauzunge und ich, und auch du, Pfäfflein, etwas dazu getan haben. Nun hätte ich nicht übel Lust, Gott, da er so hilfreich sein soll, um Hilfe zu bitten. Aber ich weiß weder, was er dafür verlangt, noch, wie ich zu ihm reden soll.«

»Bevor du nicht Christ geworden bist, kannst du Gott nicht um Hilfe bitten«, sagte Bruder Willibald. »Und Christ wirst du nicht, bevor du getauft bist; und getauft kannst du nicht werden, bevor du nicht deinen falschen Göttern abgeschworen und dich zum Vater und dem Sohne und dem Heiligen Geist bekannt hast.«

»So umständlich war es nicht, zu Allah und seinem Propheten reden zu können«, sagte Orm.

»Allah und sein Prophet?« sagte der kleine Priester erstaunt. »Was weißt du von dem?«

»Ich bin weiter in der Welt herumgekommen als du«, antwortete Orm, »und als ich bei Almanzur in Andalusien war, riefen wir alle zweimal täglich und mitunter auch dreimal Allah und den Propheten an. Und die Gebete kann ich noch jetzt, wenn du Lust hast, sie zu hören.«

Bruder Willibald streckte entsetzt die Arme gen Himmel.

»Im Namen Gottes, des Vaters, des Sohnes und des Heiligen Geistes«, rief er, »bewahre uns vor den Werken des Teufels und vor der Arglist Mohammeds, des Verfluchten! Um dich steht es schlimmer als um alle anderen, denn auf Mohammed hören, ist das Allerschlimmste. Bist du noch in seiner Lehre befangen?«

»Solange ich bei Almanzur war, hielt ich mich an beide«, sagte Orm, »weil er das befohlen hatte, denn er war jemand, dem man am besten nicht widersprach. Nachher habe ich keinen Gott gehabt, und es mag sein, daß es mir deshalb schlechter ergangen ist.«

»Seltsam, daß Bischof Poppo das nicht erfahren hat, als du bei König Harald warst«, sagte Bruder Willibald. »Hätte er gehört, daß du dich zur Lehre des schwarzen Betrügers bekannt hast, so hätte er, der so fromm und eifrig ist, dich auf der Stelle getauft, und wenn zwölf Kämpen König Haralds nötig gewesen wären, dich währenddessen zu halten. Eine gewöhnliche Seele aus Finsternis und Blindheit erlösen, ist ein gutes und segensreiches Werk, und es mag sein, daß auch die Nordmänner diesen Seelen zugerechnet werden müssen, obgleich ich, nach allem, was ich erlebt habe, das schwer glauben kann. Aber alle Heiligen sind sich darüber einig, daß es siebenmal besser ist, jemand zu erlösen, der Mohammed anheimgefallen war. Denn das ärgert den Teufel am meisten.«

Orm erkundigte sich nun nach dem Teufel, und Bruder Willibald belehrte ihn mit Eifer.

»Da ist es wohl so gewesen, daß ich, ohne es zu wissen, den Teufel erzürnt habe, weil ich aufhörte, mich an Allah und den Propheten zu halten, und davon ist dann all mein Unglück gekommen.«

»So ist es«, sagte der kleine Priester, »und es ist gut für dich, daß du anfängst, es einzusehen. Im Augenblick kannst du es nicht schlimmer haben, denn der Teufel ist in seinem Zorn hinter dir her, und dazu fehlt dir Gottes Schutz. Aber so lange du dich zu Mohammed – Fluch ihm! – hieltest, war der Teufel dein Freund, und daher ging es dir damals gut.«

»Es ist, wie ich immer geglaubt habe, daß wenige es so schlimm haben wie ich. Und weder Gott noch dem Teufel es recht machen können, – das heißt in Wahrheit, zu viel gegen sich haben.«

Eine Weile saß er in Gedanken da.

»Nun will ich, daß du mit mir zu den Gesandten gehst«, sagte er dann. »Denn ich will mit Leuten reden, die mächtig sind vor Gott.«

Die Bischöfe waren vom Schlachtfelde, wo sie die Toten gesegnet hatten, zurückgekehrt und gedachten am folgenden Tage die Heimreise anzutreten. Der älteste von ihnen war vom Wege müde geworden und hatte sich zur Ruhe gelegt, aber der Bischof von London hatte Gudmund zu sich in die Herberge gebeten, und während er trinkend mit ihm zusammensaß, machte er einen letzten Versuch, ihn zum Christentum zu bekehren.

Schon gleich bei ihrer Ankunft in Maeldun hatten die beiden Bischöfe an den Häuptlingen ihr Bestes getan; das hatten König Ethelred und sein Erzbischof ihnen befohlen, damit die Ehre des Königs vor Gott und den Menschen erhöht werde. Mit Thorkel waren sie nicht weit gekommen – er hatte ihnen geantwortet, daß sein Glück mit den Waffen groß genug und größer als das der Christen sei, und darum habe er keine Lust auf neue Götter. Und mit Jostein war es nicht besser gegangen; die Hände auf seine Streitaxt gestützt, die »Witwentrauer« hieß und die er immer bei sich hatte, saß er zuhörend da und starrte die Bischöfe stumm unter zusammengezogenen Augenbrauen an, während sie ihm viel von Christus und seinem Reich erklärten. Darauf kam ihn ein Lachen an, und er schleuderte seinen Hut zu Boden und fragte, ob sie ihn denn für einen Toren hielten?

»27 Winter lang«, sagte er, »bin ich Priester beim großen Opferfest in Uppsala gewesen, und mir wird wenig

Ehre davon, daß man nun mit solcher Rede zu mir kommt, die für Kinder und alte Weiber passen mag. Mit dieser Axt, die ihr hier seht, habe ich die Opfer, die man zum Dank für gute Ernte herbeibrachte, erschlagen und sie dann im heiligen Baum vor dem Tempel aufgehängt; und unter ihnen waren auch Christen und dazu Priester, die nackt und jammernd auf ihren Knien im Schnee lagen; sagt mir nun, welchen Vorteil sie da von ihrem Gott gehabt haben!«

Da hatten beide Bischöfe sich schaudernd bekreuzigt und wohl verstanden, daß es sich nicht lohnte, einem solchen Manne zuzusetzen.

Auf Gudmund aber hofften sie bis zuletzt, denn er war freundlich und froh gelaunt, und hörte gern auf das, was sie ihm sagten; und bisweilen, wenn er viel Bier getrunken hatte, dankte er ihnen gerührt dafür, daß sie so schön gesprochen hatten und um sein Wohlergehen besorgt waren. Dennoch hatte er ihnen noch nichts versprechen wollen. Der Bischof von London hatte nun vom Besten, was er hatte, sowohl Nasses wie Trockenes, auftischen lassen, um ihn zu einem Entschluß zu bringen.

Gudmund nahm gern vom Gebotenen, und nach einer Weile machten die Spielleute des Bischofs so schöne Musik für ihn, daß ihm Tränen in den Bart kamen. Darauf fing der Bischof an, ihn mit sorgsam gewählten Worten und mit seiner sanftesten Stimme zu überreden. Gudmund hörte zu und nickte, und er gab gern zu, daß vieles an den Christen ihm wohl gefiel.

»Du bist ein guter Mann«, sagte er zum Bischof, »du bist gastfrei und weißt viel und trinkst wie ein ganzer Kerl, und es macht Vergnügen, dir zuzuhören. Darum will ich dir gern den Willen tun; aber es ist nicht wenig, um was du mich bittest; denn es wäre gar zu arg, wenn ich beim Nachhausekommen vom Hausgesinde und den Nachbarn ausgelacht würde, weil ich mich von Priestern habe beschwatzen lassen. Aber dennoch glaube ich, daß ein Mann wie du große Macht hat und viele Geheimnisse weiß; und hier ist etwas, das ich kürzlich gefunden habe, und ich hätte nun gern, daß du einen frommen Spruch darüber sagst.«

Er nahm das kleine goldene Kreuz aus seiner Jacke hervor und hielt es dem Bischof hin.

»Dieses hier habe ich im Hause eines reichen Mannes gefunden; es kostete zwei Menschen das Leben, und ein schöneres Spielzeug habe ich nie gesehen. Ich will es, wenn ich nach Hause komme, meinem kleinen Sohne geben. Er heißt Folke, und die Frauen nennen ihn Filbyter. Er ist ein störrischer kleiner Bursche und hat viel Freude an Silber und Gold, und was er einmal in den Händen hat, das hält er gut fest. Er wird diesem Kreuz beide Hände entgegenstrecken; und es wäre gut, wenn du Glück hineinlegen könntest, denn ich will, daß er reich und mächtig wird und daß er daheim auf dem Hof sitzen kann und seine Ernte gedeihen und sein Vieh fett werden sieht, so daß er nicht, um seinen Lebensunterhalt zu haben, auf den Meeren umherzuziehen braucht und von Fremden und deren Waffen Unbill erfahren muß.«

Der Bischof lächelte und nahm das Kreuz und murmelte darüber hin, und Gudmund steckte es dann zufrieden wieder ein. »Dank der Freigebigkeit König Ethelreds wirst du als ein reicher Mann auf deinen Hof zurückkehren«, sagte der Bischof, »aber glaube mir, wenn ich dir sage: du würdest noch mehr Glück haben, wenn du zu Christus übergingest.«

»Zuviel Glück kann man nie haben«, sagte Gudmund und rieb sich nachdenklich den Bart. »Ich weiß schon jetzt, von welchem Nachbarn ich noch Land dazukaufen werde, und wie der neue Hofbau aussehen soll; den werde ich recht geräumig und aus allerbesten Eichenbalken bauen. Und vielleicht wird zu Hause doch keiner über mich lachen – ganz gleich, wie ich mich hier stelle –, wenn ich nur reich genug bin und mir Silber in der Truhe übrigbleibt. Darum mag es so werden, wie du willst: du magst mich taufen, und ich werde mich hinfort zu Christus halten, wenn du meinen Anteil mit hundert Mark Silber vergrößern willst.«

»Das«, sagte der Bischof, »zeigt nicht die rechte Gesinnung, um in Christi Gemeinde aufgenommen zu werden. Aber ich will dich nicht tadeln, denn du kannst nicht wissen, daß es heißt ›Selig sind, die da arm sind‹, und es würde viel Zeit nehmen, dir diese Wahrheit zu erklären. Du mußt bedenken, daß du schon von König Ethelred großen Reichtum erhalten wirst, mehr, als irgendein anderer dir würde schenken können; und gewiß ist er ein großer und mächtiger König, aber auch seine Truhen haben einen Boden. Darum ist es unmöglich, dir so viel zu geben, selbst wenn ich es gern wollte. Ein Taufgeschenk von zwanzig Mark kann ich dir versprechen, denn du bist ein großer Häuptling; aber das ist auch das Höchste; und schon das wird er vielleicht für recht viel halten. – Aber nun sollst du von einem Getränk zu schmecken bekommen, das hier gebraut wird und in deinem Land vielleicht nicht bekannt ist; das ist heißer Wein, dem Honig und seltene Gewürze aus dem Morgenland zugesetzt sind, die Zimt und Kardamom heißen. Leute, die sich darauf verstehen, sind der Meinung, daß kein Getränk der Zunge angenehmer und im übrigen geeigneter ist, Grübelei und Schwermut zu mildern.«

Gudmund fand das Getränk gut und bekömmlich, aber das Angebot des Bischofs schien ihm auch jetzt noch zu niedrig; für eine solche Summe wollte er seinen guten Namen in der Heimat nicht aufs Spiel setzen.

»Aber um der guten Freundschaft willen, die ich für dich habe«, sagte er, »ich will es für sechzig Mark tun. Billiger bekommst du mich nicht.«

»Auch ich fühle große Freundschaft für dich«, sagte der Bischof, »und meine Sehnsucht, dich getauft und des Himmelreiches teilhaftig zu sehen, ist so groß, daß ich gern von Eigenem dazulegen würde, um dich zufriedenzustellen. Aber ich besitze nicht viele irdische Güter, und zehn Mark ist alles, was ich hinzufügen könnte.«

Gudmund schüttelte den Kopf und blinzelte schläfrig. So weit waren sie gekommen, als vor der Tür Lärm entstand, und gleich darauf kam Orm mit Bruder Willibald, den er am Arm festhielt, herein; dazu hingen ihm zwei Türwächter an den Kleidern und schrien, daß der Bischof nicht gestört werden dürfe.

»Heiliger Bischof«, sagte er, »ich bin Orm, Tostes Sohn, von Kullen in Schonen, einer der Schiffshäuptlinge von Thorkel dem Hohen. Ich will getauft werden und dir nach London folgen.«

Der Bischof starrte ihn erstaunt an und sah anfangs aus, als würde ihm bange. Aber als er merkte, daß Orm weder betrunken noch in Raserei war, wollte er wissen, was es zu bedeuten habe, denn er war es nicht gewohnt, daß Nordmänner sich in einer solchen Sache aufdringlich zeigten.

»Ich will unter Gottes Schutz kommen«, sagte Orm, »denn um mich steht es schlimmer als um andere. Dieser Priester kann dir alles besser erklären als ich.«

Bruder Willibald bat den Bischof um Verzeihung, daß er an diesem Eindringen mitbeteiligt scheine; aber es sei nicht aus freiem Willen geschehen, sondern barbarische Heftigkeit und Stärke habe ihn dazu gezwungen und ihn an den Türhütern vorbeigeschleppt, obschon er gehört hatte, daß wichtige Dinge unter vier Augen verhandelt würden.

Der Bischof bat ihn freundlich, nicht weiter daran zu denken. Er wies auf Gudmund, der nun dort, wo er saß, dank einem letzten Becher gewürzten Weines eingeschlafen war.

»Es hat mir viel Mühe gemacht, ihn zum Christentum zu überreden«, sagte er, »und doch hat es nichts genützt, denn seine Seele ist ganz an das Irdische gebunden. Und nun schickt Gott mir einen anderen, der ungerufen kommt! Sei willkommen, Häuptling! Bist du völlig bereit?«

»Das bin ich«, sagte Orm, »denn früher habe ich dem

Propheten Mohammed und seinem Gott gedient, und nun habe ich begriffen, daß nichts gefährlicher sein kann.«

Der Bischof bekam runde Augen; er schlug dreimal das Kreuz und rief nach Weihwasser.

»Mohammed und seinem Gott?« fragte er Bruder Willibald. »Wie kann solches sein?«

Beide unterstützten sich nun gegenseitig, dem Bischof alles zu erklären. Dieser sagte, er habe viel Sünde und Finsternis gesehen, aber noch nie einen Menschen, der Mohammed gedient habe. Als das Weihwasser gebracht wurde, nahm er einen kleinen Besen, tunkte ihn ins Wasser und besprengte Orm, während er Gebete zur Austreibung böser Geister sprach. Orm wurde dabei bleich, und er sagte später, das Besprengen sei sehr schwer auszuhalten gewesen, denn er habe davon einen Schauder im ganzen Körper bekommen und gefühlt, wie sich ihm das Nackenhaar gesträubt habe. Der Bischof war eine ganze Weile eifrig bei der Sache; schließlich hörte er mit Gebeten und Weihwasser auf und sagte, Weiteres sei nun nicht mehr vonnöten.

»Wenn du weder Schaum um den Mund bekommst noch in Zuckungen zu Boden fällst und wenn auch kein übler Geruch sich bemerkbar macht, so hat der böse Geist dich wieder verlassen; und dafür magst du Gott danken.«

Nun besprengte der Bischof auch Gudmund ein wenig; der fuhr gleich auf und brüllte, man solle das Segel reffen; und dann sank er wieder auf der Bank zusammen und schlief weiter.

Orm trocknete sich die Tropfen aus dem Gesicht und fragte, ob das nun ebensogut wie eine Taufe sei.

Der Bischof antwortete, da sei denn doch ein großer Unterschied; bei einer Taufe gehe es nicht so einfach zu, und schon gar nicht, wenn man zuvor Mohammed gedient habe. »Du mußt zuerst deinen falschen Göttern abschwören«, sagte er, »und deinen Glauben an den Vater, den Sohn und den Heiligen Geist bekennen. Und zudem mußt du in der christlichen Lehre unterwiesen werden.«

»Ich habe keine Götter, denen ich abschwören könnte«, sagte Orm, »und ich will mich nun an Gott und seinen Sohn und deren Heiligen Geist halten. Und von der christlichen Lehre habe ich schon viel zu hören bekommen: zuerst bei den Mönchen in Irland, dann bei König Harald und daheim bei meiner Mutter, so gut die Arme es eben zu lehren verstand, und jetzt hier beim kleinen Priester, der mein Freund ist und mir viel vom Teufel erzählt hat. In dieser Sache glaube ich daher nicht weniger zu wissen als die meisten.«

Der Bischof nickte und sagte, das sei erbaulich zu hören, und es geschehe nicht häufig, daß man Heiden begegne, die sich in heiligen Dingen so viel hätten unterweisen lassen. Darauf knetete er sich die Nase und sah nachdenklich aus. Er warf einen Blick auf den ruhig schlafenden Gudmund und wandte sich dann wieder zu Orm.

»Aber da ist noch etwas zu ordnen«, sagte er langsam und mit großem Ernst. »Du bist Schlimmerem anheimgefallen gewesen als irgendein anderer, den ich gesehen habe, weil du dem falschen Propheten gedient hast, dem schwärzesten Häuptling des Teufels. Und wenn du nun nach solchem Greuel in die Obhut des lebendigen Gottes kommen willst, so gehört es sich, daß du ihm und seiner Kirche eine Gabe darbringst, um zu zeigen, daß dein Vorhaben ernst gemeint und dein Herz gebessert ist.«

Orm sagte, es sei nicht mehr als billig, daß er etwas gebe, damit er hinfort mehr Glück habe und Gottes Schutz gewinne. Er fragte, was wohl als eine entsprechende Gabe angesehen werden könne?

»Dergleichen hängt von Geburt und Reichtum ab und davon, wie groß der Sünder ist, um den es sich handelt«, sagte der Bischof. »Ich habe einmal einen dänischen Häuptling getauft, der hier im Lande ein Erbe angetreten hatte; er gab fünf Ochsen und ein Tönnchen Bier und zwanzig Pfund Wachs für die Kirche Gottes. Aber in alten Schriften steht zu lesen, daß Männer von hoher Geburt zehn Mark, ja vielleicht sogar zwölf Mark Silber gegeben und außerdem eine Kirche gebaut haben; aber dann hatten sie sich mit ihrem ganzen Haushalt taufen lassen.«

»Ich will nicht schlechter als andere sein«, sagte Orm, »denn der ›Weitgreifende‹ ist mein Vorfahr. Wenn ich nach Hause komme, will ich dort eine Kirche bauen, und du sollst mein ganzes Schiff taufen dürfen und fünfzehn Mark von meinem Silber bekommen; aber dann will ich auch, daß du vor Gott gut für mich sprichst.«

»Das ist in Wahrheit ein Häuptling«, sagte der Bischof froh, »und ich werde für dich alles tun, was ich kann.« Beide waren nun sehr zufrieden, aber der Bischof wollte gern wissen, ob es Orm damit Ernst sei, seine ganze Schiffsbesatzung taufen zu lassen.

»Wenn ich selbst Christ werde«, sagte Orm, »so kann ich keine Heiden an Bord haben, denn was würde Gott davon denken? Alle sollen darin gleichgestellt sein; und was ich meinem Schiffsvolk sage, das geschieht. Ich habe einige an Bord, die schon ein- oder zweimal getauft sind, aber noch einmal dazu kann nicht schaden.«

Er wollte nun, daß beide Bischöfe und ihr ganzes Gefolge am nächsten Tage auf sein Schiff kämen; dann werde er sie nach London und Westminster segeln, und dort könne dann die Taufe vor sich gehen.

»Ich habe ein großes und gutes Schiff«, sagte er. »Bei so vielen Gästen wird es etwas eng werden, aber die Reise ist kurz und das Wetter schön und beständig.« Sein Eifer war groß, aber der Bischof sagte, in einer so wichtigen Sache könne er nicht bestimmen, bevor er mit seinem Amtsbruder und den anderen geredet habe. Orm mußte sich daher bis zum nächsten Tage gedulden; er verabschiedete sich mit Danksagungen und kehrte mit Bruder Willibald zu seiner Wohnstätte zurück. Der hatte vor dem Bischof nicht viel geredet, aber nun schüttelte er sich vor Lachen.

»Worüber freust du dich denn so?« fragte Orm.

»Du stellst ja viel an, um der Tochter König Haralds habhaft zu werden«, antwortete der kleine Priester, »und mir scheint, daß du es richtig anfängst.«

»Geht alles gut«, sagte Orm, »so wirst du nicht leer ausgehen, denn ich glaube, von dem Augenblick an, da ich dich wieder traf, habe ich mehr Glück gehabt.«

Als der Bischof allein war, saß er eine Weile nachdenklich lächelnd da; dann ließ er Gudmund durch seine Diener wecken. Das gelang nach einer Weile, obschon er über die Störung brummte.

»Ich habe viel über die Sache, von der wir sprachen, nachgedacht«, sagte der Bischof, »und durch Gottes Hilfe kann ich dir 40 Mark versprechen, wenn du dich taufen läßt.«

Da wurde Gudmund sofort völlig wach, und nach einer Weile einigten sie sich auf 45 Mark, dazu ein Pfund Gewürz von der Sorte, die im Wein des Bischofs gewesen war.

Am nächsten Tag gab es bei Thorkel Beratungen über Orms Vorschlag und die Abreise der Bischöfe. Gudmund sagte, daß auch er mitzusegeln gedenke, denn wenn sie an den Bischöfen nun so gutes Geleit bekämen und es jetzt doch Friede werde zwischen ihnen und König Ethelred, so wolle er gern beim Abwiegen des Silbers dabeisein und zusehen, daß alles recht zugehe. Thorkel fand das vernünftig und sagte, wenn sein Arm besser wäre, würde er selbst mitfahren, aber Jostein erklärte, einer der drei Anführer genüge für eine solche Fahrt, die sonst den Feind leicht zu einem Überfall verlocken könne; und bevor sie das Silber in Händen hätten, dürften sie das Heerlager nicht vermindern. Die Bischöfe hatten bei dem schönen Wetter nichts gegen eine Seereise, bei der sie keine Seeräuber zu fürchten brauchten; und zuletzt wurde bestimmt, daß Gudmund und Orm jeder mit seinem Schiff und mit den Bischöfen nach Westminster segeln und dort fleißig die Auszahlung des Silbers betreiben sollten. Wenn der König sich dort befinde, hätten sie ihm für das Geschenk zu danken und zu sagen, sie würden mit neuen und schlimmeren Plünderungen beginnen, wenn es mit der Aushändigung zu lange dauere.

Orm rief nun seine Schiffsleute zusammen und sagte ihnen, daß sie mit dem Friedensschild und mit des Königs heiligen Abgesandten an Bord nach Westminster segeln würden. Das weckte bei mehreren Besorgnis: sie sagten, es sei gewagt, Priester an Bord zu haben, wie das alle Seefahrer wohl wüßten, und mit Bischöfen werde es vielleicht noch schlimmer ablaufen als mit gewöhnlichen Priestern. Aber Orm beruhigte sie, indem er sagte, diese Gottesmänner seien so heilig, daß sie nicht zu Schaden kommen würden, was immer das Meervolk gegen sie versuchen mochte. Darauf fuhr er fort: »Wenn wir nach Westminster kommen, werde ich mich taufen lassen; denn nach Unterredung mit den heiligen Männern habe ich gefunden, daß es am besten ist, sich zu Christus zu halten, und das gedenke ich hinfort zu tun. Und auf einem Schiff ist es am besten, wenn Eintracht herrscht und wenn vieles gemeinsam ist, und daher ist es mein Wunsch, daß ihr euch mit mir zusammen taufen laßt. Auch für euch selbst ist das am besten so, darauf könnt ihr euch verlassen, da ich, der ich es weiß, euch das sage. Und wenn jemand nicht mitmachen will, so soll er es jetzt kundgeben, dann mag er mit seinen Sachen das Schiff verlassen und nicht mehr zu meinen Schiffsleuten gehören.«

Einige der Männer sahen sich unentschlossen an und krauten sich hinterm Ohr; aber Rapp, der Einäugige, der als Steuermann auf dem Schiff von den meisten gefürchtet war, stand vorn in der Schar und nickte ruhig zu Orms Worten; denn er hatte schon früher Ähnliches mitgemacht. Danach hatte niemand mehr etwas einzuwenden.

»Nun weiß ich wohl«, fuhr Orm fort, »daß es unter euch Männer gibt, die schon daheim in Schonen einmal getauft worden sind und die vielleicht ein Hemd oder eine Jacke zur Belohnung bekommen haben oder auch ein kleines Kreuz an einem Band, am Halse zu tragen. Und es kommt vor, daß man die sagen hört, es sei von sonderlichem Nutzen durch die Taufe nicht viel zu merken gewesen. Aber das mögen dann billige Taufen gewesen sein, wie sie hauptsächlich für Frauen und Kinder passen. Jetzt aber werden wir auf andere Weise und von heiligeren Männern getauft werden, so daß uns der Schutz Gottes zuteil wird und wir unser ganzes Leben lang Glück haben. Und es wäre nicht recht und billig, einen solchen Vorzug umsonst zu bekommen. Ich selber werde für mich viel bezahlen, und von euch soll ein jeder zwei Öre geben.«

Nun entstand großes Gemurmel unter den Männern. Man hörte einige sagen, es sei etwas ganz Neues, daß man für derlei bezahlen müsse, und zwei Öre seien keine kleine Summe.

»Ich zwinge keinen«, sagte Orm. »Ein jeder, der das, was ich sagte, nicht für gut begründet hält, mag sein Geld dadurch sparen, daß er sich mir, sobald wir getauft sind, zum Zweikampf stellt. Dann soll er nichts zu zahlen haben, ob er gewinnt oder verliert, das sei abgemacht.«

Den meisten schien das wohl gesprochen, und sparsame Leute wurden durch Zurufe aufgefordert, vorzutreten. Aber die Angerufenen grinsten verlegen und meinten, von dieser Art des Verdienstes würden sie sich lieber fernhalten.

Gudmund und Orm teilten sich in der Weise in die Männer Gottes, daß der älteste Bischof bei Gudmund an Bord ging und der Bischof von London bei Orm, und bei ihm war auch Bruder Willibald.

Die Bischöfe segneten die Schiffe und beteten um eine glückliche Reise; sie ließen ihr Banner setzen, und dann liefen die Schiffe aus und bekamen günstigen Wind und schönes Wetter, so daß die Männer anfingen, die Bischöfe mit größerer Achtung zu betrachten; und mit dem Flutwasser fuhren sie in die Themse ein. Hier, innerhalb der Mündung, übernachteten sie, und am nächsten Morgen, während die Sonne klar aufging, fingen sie an, stromauf zu rudern. Bei Hütten, im Ufergesträuch, standen mißtrauisch spähende Leute, und die Fischer auf dem Fluß hatten es eilig, außer Sehweite zu gelangen, bis das bischöfliche Banner ihnen wieder mehr Zuversicht gab. An einigen Stellen sah man niedergebrannte Dörfer, die verödet waren, seit Nordmänner sie aufgesucht hatten, und weiter stromauf kamen sie an eine Stelle, wo der Fluß durch vielfaches Pfahlwerk gesperrt war und nur in der Mitte eine schmale Rinne hatte. Da lagen drei große Wachtschiffe voll Bewaffneter und hielten sich kampfbereit mitten in der Rinne.

»Seid ihr blind oder fehlt es euch an Verstand?« rief Gudmund ihnen zu. »Seht ihr denn nicht, daß wir mit dem Friedensschild kommen und heilige Bischöfe an Bord haben?«

»Uns werdet ihr nicht an der Nase herumführen«, war die Antwort. »Räuber werden hier nicht vorbeigelassen.«

»Wir haben den Bischof eures eigenen Königs an Bord«, rief Gudmund.

»Wir kennen euch«, hieß es, »bei euch ist alles List und Teufelswerk.«

»Wir kommen, um getauft zu werden«, brüllte Orm ungeduldig. Darüber wurde auf den Wachtschiffen gelacht und eine Stimme rief: »Seid ihr des Teufels, eures Herrn und Vaters, schon überdrüssig geworden?«

»Ja«, rief Orm zornig, und über diese Antwort lachten sie noch mehr.

Nun schien es zum Kampf kommen zu wollen, denn Orm nahm das Lachen übel auf, und er befahl Rapp, auf sie loszusteuern und am nächsten Schiff, wo man am meisten gelacht hatte, anzulegen. Aber die Bischöfe hatten in großer Eile ihren Ornat angetan, und mit erhobenen Stäben riefen sie allen zu, Ruhe zu halten. Orm gehorchte nur unwillig, und auch Gudmund fand, daß reichlich viel geschehen war, was nicht still hingenommen werden konnte. Die Bischöfe kamen nun mit ihren Landsleuten ins Gespräch und redeten gebieterisch auf sie ein, und jene begriffen bald, daß die heiligen Männer wirklich das waren, wonach sie aussahen und nicht Gefangene oder verkleidete Räuber. Die Schiffe wurden vorbeigelassen, und nichts geschah als ein scharfes Wortgeplänkel zwischen den Mannschaften, während sie aneinander vorbeiruderten.

Orm stand mit einem Speer in der Hand und sah zu den Wachtschiffen hinüber; er war noch bleich vor Zorn.

»Denen hätte ich gern etwas Anstand beigebracht«, sagte er zu Bruder Willibald, der neben ihm stand und keine große Unruhe gezeigt hatte, als es zum Kampf zu kommen schien. Er antwortete: ›Wer zum Schwert greift, wird durch das Schwert umkommen.‹ So steht es im Heiligen Buch geschrieben, in dem alles wahrhafte Wissen enthalten ist. Wie könntest du je zu König Haralds Tochter gelangen, wenn du jetzt mit König Ethelreds Schiffen in Kampf geraten wärst? Aber du bist ein gewalttätiger Mensch und wirst es bleiben, und das ist für dich selbst am allerschlimmsten.«

Orm seufzte und stellte den Speer weg. »Wenn ich sie bekommen habe, werde ich ein friedlicher Mann werden«, sagte er.

Aber der kleine Priester schüttelte den Kopf. »Kann der Luchs seine Flecke verändern?« fragte er. »Oder der Neger seine Haut? So steht es auch geschrieben. Aber danke du Gott und den heiligen Bischöfen, die dir diesmal geholfen haben.«

Nun machte der Fluß eine Biegung, und sie sahen London am rechten Ufer vor sich liegen. Das war ein Augenblick, der die Schiffsmannschaft staunen machte, denn die Stadt war so groß, daß man ihr Ende vom Schiff aus nicht absehen konnte, und die Priester sagten, daß nach Ansicht wohlunterrichteter Leute mehr als dreißigtausend Menschen dort wohnten. Vielen der Mannen schien es unbegreiflich, wovon alle diese Menschen in solchem Gedränge und ohne alle Äcker und Kühe lebten. Aber die Klugen wußten zu erzählen, daß die Bewohner solcher Städte ein böses und listiges Geschlecht seien, so daß sie es verständen, ehrsame Leute vom Lande übers Ohr zu hauen und davon zu leben, ohne je die Hand an einen Pflug gelegt oder einen Stier angepflöckt zu haben. Darum sei es eine gute Sache, sagten die Klugen, daß dreiste Seefahrer mitunter Menschen dieser Sorte heimsuchten und ihnen wegnähmen, was sie sich erlistet hatten. Alle starrten, während sie langsam stromauf ruderten, zur Stadt hinüber und meinten, daß hier in Wahrheit viel zu holen sei.

Doch Orm und Rapp, der Einäugige, sagten, sie hätten schon größere Städte gesehen, und gegen Cordova sei dies hier nicht viel.

Nun kamen sie an die große, aus gewaltigen Balken gebaute Brücke heran, unter der die größten Schiffe hindurchrudern konnten, wenn sie den Mast niederlegten. Hier strömte bei ihrem Anblick viel Volk zusammen, darunter auch viele Bewaffnete, die laut und viel von Heiden und Teufeln schrien; aber sie alle brachen in Jubel aus, als ihr Bischof ihnen mit mächtiger Stimme zurief, daß nun alles gut stehe und daß mit den Männern vom Meere Frieden geschlossen sei. Auf der Brücke standen die Leute dicht gedrängt, um die herankommenden Schiffe aus der Nähe zu sehen; und als die Schiffsleute mehrere schöne junge Frauen bemerkten, riefen sie ihnen eifrig zu, achtzugeben und herabzuspringen; denn an Bord könnten sie gute Heiraten machen, da gehe es munter zu und es gebe Silber und raschentschlossene junge Männer und auch genug Priester, um nach allerchristlichster Art auf der Stelle Trauungen vorzunehmen. Einige der jungen Frauen grinsten vergnügt und sagten, sie hätten schon Lust, es zu versuchen, es sei aber zum Hinabspringen zu hoch, worauf sie sofort von ernsthaften Verwandten an den Haaren gepackt wurden und zu hören bekamen, daß sie für ihr loses Geschwätz mit den Heiden nun Ruten auf die nackte Haut zu erwarten hätten.

Bruder Willibald schüttelte dazu den Kopf und sagte, sogar die Christen hätten es mit der Jugend recht schwer, und auch Rapp, der am Steuer stand, schüttelte, als das Schiff schon unter der Brücke war, den Kopf und meinte finster, Frauen blieben sich ja doch mit ihrem leeren Gerede immer gleich.

»Sie hätten lieber den Mund halten und sofort, als es ihnen gesagt wurde, herabspringen sollen«, meinte er.

Jetzt näherte man sich Westminster und sah hohe Türme hinter den Bäumen aufragen. Die Bischöfe kleideten sich wieder in vollen Ornat, und die Priester ihres Gefolges stimmten eine alte Hymne an, die der heilige Columban bei der Taufe von Heiden zu singen pflegte:

»Da segelt sie hin, die gerettete Schar,
Nimm sie an, nimm sie an, Herr Gott!
Sie trieb auf den Wassern der Gefahr
In Sündennacht und Not.
Nun blickt sie zum Kreuz an der Erde Rand:
Dein Name wird froh von der Seele bekannt,
Die jüngst noch des Teufels war.
Nimm sie an, nimm sie an, Herr Gott!«

Das Lied tönte schön im klaren Abendschein über den Fluß, und als die Männer an den Rudern mit dem Gesang in Takt gekommen waren, hielten sie gut mit und fanden, daß es sich zu dieser Weise nicht schlecht rudern ließ.

Als das Lied zu Ende war, schwenkten sie nach rechts und legten an den Schiffsbrücken unterhalb der roten Mauern von Westminster an.

Von Hochzeit und Taufe und von König Ethelreds Silber

König Ethelred, der Ratlose, saß trübselig inmitten seiner vielen Ratgeber in Westminster und wartete auf das, was durch die Unterhandlungen mit den Nordmännern erreicht werden würde. Er hatte Kriegsvolk um sich gesammelt, sowohl zu seinem eigenen Schutz in diesen schweren Zeiten als auch zum Überwachen der Bevölkerung von London, die nach der Niederlage von Maeldun anfing, unzufrieden zu werden. Sich selber zu Trost und Hilfe hatte er den Erzbischof bei sich, aber was der für ihn zu tun vermochte, war nicht viel; und seit die Gesandten sich auf den Weg gemacht hatten, war die Unruhe des Königs so groß, daß er nicht mehr auf die Jagd auszog und die Lust auf Messen und Frauen verloren hatte. Meist saß er mit einer Fliegenklappe da, in deren Handhabung er sehr geschickt war.

Er fuhr aus seiner Schwermut auf, als man ihm sagte, die Gesandten seien zurückgekehrt und mit den Nordmännern sei Frieden geschlossen; seine Freude wurde noch größer bei der Botschaft, daß Häuptlinge und Mannschaft mitgefolgt seien, um sich taufen zu lassen. Er befahl sogleich, daß alle Glocken geläutet und die Fremden aufs beste bewirtet würden; aber dann wurde er von neuem besorgt, als er hörte, daß es sich um zwei starke Schiffsbesatzungen handelte, und er wußte nicht recht, ob das nun beängstigend oder erfreulich war. Er zupfte sich den Bart und fragte seine Priester, Hofleute und Kammerdiener, wie sie darüber dächten, und zuletzt wurde bestimmt, daß die Nordmänner auf einer Wiese außerhalb der Stadt ihr Lager aufschlagen, aber nicht in die Stadt eingelassen werden sollten; auch die Wachen auf den Mauern sollten verstärkt und in allen Kirchen sollte verkündet werden, daß die Heiden sich in großen Scharen zu Taufe und Besserung eingefunden hätten, und dafür seien alle Menschen Gott und dem

König Lob und Dank schuldig. Und am nächsten Morgen, verkündete er, möchten die Gesandten, nachdem sie ein wenig Ruhe gepflogen, sich bei ihm einfinden und mit ihnen die Häuptlinge, die getauft werden wollten.

Die Nordmänner gingen zu ihrem Lagerplatz, und die Beamten des Königs mußten in großer Eile die Dinge herbeischaffen, deren die Gäste des Königs bedurften. Bald brannten Feuer, Schlachtvieh brüllte, und man rief viel nach weißem Brot und fettem Käse, nach Honig, Eierkuchen und frischem Schweinefleisch und dazu nach solchem Bier, wie Könige und Bischöfe es zu trinken pflegten. Orms Mannen lärmten am meisten und waren am schwersten zufriedenzustellen, denn da sie getauft werden sollten, glaubten sie, die beste Bedienung verdient zu haben.

Orm jedoch hatte anderes im Sinn als das Essen seiner Leute; es trieb ihn mit Bruder Willibald, von dem er sich nicht trennen wollte, vom Lager fort. Aus großer Unruhe um Ylva fühlte er sich ganz elend, und er konnte kaum glauben, daß sie sich wirklich hier an diesem Ort befand. Er hätte es sich eher denken können, daß sie geheiratet hatte oder geraubt worden oder entflohen war oder auch, daß der König, von dem es hieß, daß er den Frauen nachstellte, ein Auge auf sie geworfen und sie zu sich genommen hatte.

Ohne aufgehalten zu werden, kamen sie durch die Stadtpforte, denn einem Fremden, der mit einem Priester kam, wollte die Wache nichts verbieten. Bruder Willibald schlug den Weg nach dem großen Kloster ein, wo Bischof Poppo als Gast des Abtes wohnte.

Der Bischof kam gerade vom Abendgottesdienst. Er sah älter und magerer aus, als da Orm ihn bei König Harald gesehen hatte; aber sein Gesicht leuchtete auf vor Freude, als er Bruder Willibald erblickte.

»Für dieses Wiedersehen will ich Gott danken«, sagte er. »Du bist lange ausgeblieben, und ich glaubte schon, daß dir auf der Fahrt ein Unglück zugestoßen sei. Nun muß ich dich nach vielem fragen; aber wer ist dieser, den du bei dir hast?«

»Wir saßen bei König Harald am gleichen Tisch«, sagte Orm, »damals, als du vom Königssohn erzähltest, der mit den Haaren am Baum hängenblieb. Aber es waren viele, die da saßen, und seither ist nicht wenig geschehen. Ich heiße Orm, Tostes Sohn, und führe auf dieser Fahrt ein Schiff unter Thorkel dem Hohen. Und ich bin hierhergekommen, um getauft zu werden und um meine Braut zu holen.«

»Früher hat er Mohammed gedient«, sagte Bruder Willibald eifrig. »Aber nun will er vom Teufel loskommen. Er war es, den ich nach dem letzten Julessen bei König Harald heilte, damals, als sie in der Halle im Angesicht betrunkener Könige miteinander gekämpft hatten; und er und sein Kamerad waren es, die Bruder Matthias mit dem Speer bedrohten, weil sie Christi Lehre nicht anhören wollten. Nun aber will er getauft werden.«

»Im Namen des Vaters, des Sohnes und des Heiligen Geistes«, rief der Bischof. »Hat er Mohammed gedient?«

«Er ist seitdem vom Bischof von London besprochen und besprengt worden«, sagte der kleine Priester beruhigend. »Aber da fand sich kein böser Geist mehr in ihm.«

»Ylva ist es, König Haralds Tochter, die ich holen will«, sagte Orm. »König Harald hat sie mir gelobt, und das ist auch ihr eigener Wille.«

»Und er ist nun tot«, sagte Bruder Willibald, »und unter den Heiden in Dänemark ist Kampf und Streit.«

»Heiliger Bischof«, sagte Orm, »ich will sie gern jetzt gleich treffen.«

»Ihr kommt ja mit allerlei daher«, sagte der Bischof und lud beide zum Sitzen ein.

»Er ist mitgekommen, um sich ihretwegen mit allen seinen Schiffsleuten taufen zu lassen«, sagte Bruder Willibald.

»Und Mohammed hat er gedient!« rief der Bischof. »Das ist ein großes und wunderbares Zeichen; Gott vergönnt mir also doch noch eine Freude, obschon ich hier wie ein Landesflüchtiger sitze und all mein Wirken vergebens war.«

Er ließ nun Bier herbeiholen und fing an, sie nach allem, was sie über Dänemark wußten und was bei Maeldun ausgemacht worden war, zu fragen. Bruder Willibald hatte viel zu erzählen, und Orm half trotz seiner Ungeduld so gut er konnte mit, denn der Bischof war ein sanfter und ehrfurchtgebietender Mann, und es war schwer, ihm in dem, was er wissen wollte, nicht den Willen zu tun. Endlich hatte der Bischof alle Neuigkeiten, die sie mitbrachten, gehört. Da wandte er sich zu Orm: »Und nun kommst du einher und willst mir mein Taufkind Ylva nehmen. Nach einer Königstochter zu fischen ist keine Kleinigkeit. Aber ich habe schon von ihr selber etwas davon gehört, und sie ist in Wahrheit eine, die weiß, was sie will – Gott helfe uns allen!« Er schüttelte den Kopf und lächelte still.

»Sie ist ein Schützling, der einen Mann früher altern machen kann, als die Jahre es verlangen«, sagte er. »Und wenn du sie lenken kannst, so kannst du mehr als der selige König Harald und auch mehr als ich. Aber des Herrn Wege sind wunderlich, und wenn du erst richtig getauft bist, werde ich nicht dagegen sein. Mit ihrer Heirat wird eine schwere Bürde von meinen alten Schultern genommen werden.«

»Wir – sie und ich – sind lange genug getrennt gewesen«, sagte Orm. »Laß sie mich nun gleich sehen.«

Der Bischof sah unentschlossen aus und sagte: solcher Eifer gehöre nun einmal der Jugend zu, aber es sei spät geworden und daher vielleicht am besten, mit einer Begegnung bis nach der Taufe zu warten. Aber endlich ließ er sich dennoch bewegen. Er rief einen Diakon seines Gefolges herein und befahl ihm, vier Mann mitzunehmen und Frau Ermentrude mit bischöflichem Gruß zu grüßen und sie zu bitten, König Haralds Tochter trotz der späten Stunde holen zu dürfen.

»Ich habe versucht, sie in gutem Verwahr zu halten«, sagte er, als der Diakon gegangen war, »und das kann bei einer Jungfrau, wie sie eine ist, vonnöten sein, nun, da der König und seine Hofleute und das ganze Kriegergefolge hierher gekommen sind. Sie wohnt ganz in der Nähe bei den Nonnen der gebenedeiten Königin Bertha, und dort ist sie, obschon alle Nonnen sie lieb haben, ein unbequemer Gast. Zweimal hat sie versucht zu entfliehen, weil sie sich gar zu sehr langweile, sagte sie; und einmal – und das ist noch nicht lange her – verlockte sie zwei junge Leute von guter Herkunft, die sie im Garten der Nonnen gesehen und mit ihr über die Mauer hin gesprochen hatten, eines Morgens früh mit Dienern und Gefolge hineinzuklettern und mitten zwischen den Beeten des Kräutergartens die Schwerter zu ziehen und miteinander darum zu kämpfen, wer von ihnen um sie freien dürfe. Sie saß dabei lachend am Fenster und sah zu, bis beide aus großen Wunden blutend hinweggetragen wurden. So etwas in einem Nonnenkloster anzustellen, ist nicht gut, denn davon können die Seelen der frommen Schwestern ernstlich Schaden nehmen. Aber es ist schon wahr, daß bei ihr dergleichen eher aus Gedankenlosigkeit als aus bösem Willen entspringt.«

»Sind beide gestorben?« fragte Orm.

»Sie haben sich allmählich wieder herausgemacht«, sagte der Bischof, »obwohl ihre Wunden schwer waren. Ich half durch Fürbitte selber mit. Damals war ich müde und krank und litt unter einem solchen Schützling, und ich ermahnte sie oft und bat sie, einen dieser beiden zu heiraten, da sie ihretwegen so eifrig gekämpft hatten und auch guter Herkunft waren. Ich sagte ihr, daß ich ruhiger sterben würde, wenn ich sie verheiratet wüßte. Aber da wurde sie heftig gegen mich und sagte, da beide jungen Männer am Leben geblieben waren, sei ihr Kampf nicht wirklich ernsthaft gewesen, und sie wolle nichts von ihnen wissen. Sie sagte, besser gefielen ihr solche Männer, nach deren Schlägen weder Fürbitte noch Binden mehr nötig seien. Und da war es, daß ich zum erstenmal von dir etwas hörte.«

Der Bischof nickte Orm freundlich zu und bat ihn, sein Bier nicht zu vergessen.

»In dieser Sache hatte ich auch noch andere Sorgen«, fuhr er fort, »denn um dieses Zweikampfes willen wollte ihr die Äbtissin, die fromme Frau Ermentrude, Ruten auf die nackte Haut geben. Aber da mein armes Taufkind bloß ein Gast des Klosters und dazu die Tochter eines Königs war, konnte ich das verhindern, obschon mit Mühe; denn Äbtissinnen hören ungern auf guten Rat und haben nur geringen Glauben an die Klugheit der Männer, auch dann, wenn wir zufällig Bischöfe sind. Schließlich blieb es bei drei Tagen Fasten und Beten, und ich glaube, das war am besten so. Denn die fromme Frau Ermentrude ist gewiß eine Frau von starkem Willen und gut bei Kräften, und sie ist breiter in den Schultern als die meisten; dennoch weiß nur Gott allein, wessen Haut die Schmerzen zu fühlen bekommen hätte, wenn sie ihren Willen gehabt und einen Versuch mit der Rute gemacht hätte. Und da wäre das Ärgernis vielleicht noch größer geworden als vorher.«

»Das erstemal, da wir miteinander sprachen«, sagte Orm, »kam ich auf den Gedanken, daß sie vielleicht noch nie die Rute zu spüren bekommen habe, obschon das gewiß recht nötig gewesen wäre. Aber später ist mir, wenn ich sie sah, dieser Gedanke nie wieder gekommen, und ich glaube, ich würde sie lenken können, wenn auch mitunter mit Mühe.«

»Der weise König Salomo hat gesagt: ›Eine schöne Frau ohne Zucht ist wie eine Sau mit einem Goldring im Rüssel.‹ Das mag sich so verhalten; denn der weise König Salomo kannte die Frauen, und ich habe mitunter, wenn sie mir Sorge gemacht hat, traurig an seine Worte denken müssen. Aber es ist auffallend, daß ich nie zornig über sie werden konnte; daher will ich glauben, daß bei ihr alles nur jugendliche Verwirrung und Unbedachtsamkeit ist;

und es mag sein, daß du, wenn ihr verheiratet seid, sie ohne Prügel wirst leiten können.«

»Dabei muß etwas bedacht werden, was mir oft aufgefallen ist«, sagte Bruder Willibald. »Nach den ersten drei oder vier Kindern werden viele Frauen ruhigeren Sinnes, und ich habe verheiratete Männer sagen hören, wenn Gott das nicht so weise eingerichtet hätte, würde das Aushalten für sie zu schwer sein.«

Orm und der Bischof nickten; aber nun hörte man Schritte, und Ylva trat ein. Es war dämmrig in der Kammer, denn man hatte noch kein Licht angemacht; aber sie sah Orm sofort und sprang mit einem Schrei auf ihn zu. Trotz seinem Alter war der Bischof schnell auf den Beinen und trat mit ausgebreiteten Armen dazwischen.

»Nicht doch, nicht doch«, rief er beschwörend. »In Gottes Namen, beruhige dich. Hänge dich nicht in Gegenwart von Priestern und im geheiligten Raum eines Klosters ihm an den Hals! Du mußt bedenken, daß er noch nicht getauft ist.«

Ylva versuchte, den Bischof aus dem Wege zu schieben, aber er hielt tapfer stand, und Bruder Willibald sprang ihm bei und fiel ihr in den Arm. Sie gab nach und strahlte Orm über die Schulter des Bischofs hinweg glückselig an.

»Orm!« sagte sie. »Ich sah die Schiffe heranrudern, mit Männern von daheim, und auf dem einen sah ich neben dem Mann am Steuer einen roten Bart. Da fing ich zu weinen an. Denn er sah aus wie du, aber du konntest es ja nicht sein. Und die Alte wollte mich nicht hinauslassen.«

Sie lehnte den Kopf an den Arm des Bischofs und wurde von Schluchzen geschüttelt.

Orm trat näher und streichelte ihr Haar, aber er wußte nichts Rechtes zu sagen, denn er verstand sich wenig auf Frauentränen. »Wenn du willst, werde ich sie durchprügeln«, sagte er. »Sei nur nicht traurig.«

Der Bischof versuchte, ihn beiseite zu schieben und Ylva dazu zu bringen, sich zu setzen, während er tröstende Worte sprach. »Armes Kind«, sagte er, »weine doch nicht. Du bist allein unter Fremden gewesen, aber Gott meint es gut mit dir. Setz dich nun hierher auf die Bank, dann wirst du warmen Wein mit Honig bekommen. Bruder Willibald wird ihn gleich holen mit viel Honig drin; und auch schöne Kerzen dazu. Und du darfst auch von wunderlichen Nußkernen kosten, die Mandeln heißen und die ich von meinem Bruder, dem Abt, bekommen habe. Davon darfst du essen, soviel du willst.«

Ylva setzte sich und strich sich mit dem Ärmel über das Gesicht und brach in lautes Lachen aus. »Der törichte Alte ist ebenso dumm wie du, Orm«, sagte sie, »wenn er auch der beste aller heiligen Männer ist. Er glaubt, daß ich traurig bin und will mich mit Nüssen trösten. Aber nicht einmal im Himmel der Heiligen kann es viele geben, die ganz so froh sind wie jetzt ich.«

Nun wurden brennende Wachskerzen hereingebracht, die schön leuchteten, und Bruder Willibald kam mit dem warmen Wein. Er goß ihn in Becher von grünem Glas, während er mit strenger Stimme verkündete, daß er schnell getrunken werden müsse, um mit voller Wirkung und größtem Wohlgeschmack genossen zu werden, und niemand wagte ihm darin zu widersprechen. Orm sagte:

»Schön schimmert Glanz
von Kerzenflammen,
von welschem Glas und
des Frommen Güte;
schöner doch
ist Glanz, aufflammend
hinter Tränen
in Mädchenaugen.

Und das ist seit langer Zeit der erste Vers, der mir in den Sinn gekommen ist«, fügte er hinzu.

»Wenn ich derlei zusammensetzen könnte«, sagte Ylva, »würde auch ich gern einen Vers über diesen Augenblick machen. Aber ich kann es nicht, das weiß ich nun, seit ich einmal drei Tage bei Gebet und Fasten sitzen mußte und die ganze Zeit versuchte, Schmählieder auf die Äbtissin zu dichten, ohne doch damit zurande zu kommen. Und doch hat mein Vater bisweilen, wenn er guter Laune war, versucht, es mich zu lehren. Er konnte selber keine Verse machen, aber er wußte, wie man es angreifen muß. Damals aber war es das Ärgerlichste von allem, daß ich kein Schmählied dichten konnte. Aber es ist ja einerlei, denn nun werde ich nie mehr von alten Weibern bewacht werden.«

»Nein, das hast du nun nicht mehr nötig«, sagte Orm.

Er wollte noch vieles genauer wissen, und der Bischof und Ylva hatten viel zu erzählen von dem, was während ihrer letzten Zeit in Dänemark und auf ihrer Flucht vor König Sven geschehen war.

»Und als Sven schon in der Nähe war und ich nicht wußte, ob ich ihm entgehen würde, habe ich mein Halsband versteckt. Denn alles wollte ich lieber, als daß es in seine Hand fiel, und nachher, als wir auf das Schiff mußten, war keine Zeit mehr, es zu holen. Das macht dich vielleicht traurig, Orm, aber ich wußte nicht, wie ich es sonst damit hätte halten sollen.«

»Es ist besser, dich ohne Halsband zu haben, als das Halsband ohne dich«, antwortete er, »aber es ist ja doch ein königlicher Schmuck, und ich glaube, daß du den Verlust schwerer spürst als ich. Wo hast du es versteckt?«

»Das kann ich gut sagen, denn hier ist niemand, der es ausplaudern wird. Ein Stück vom großen Tor entfernt ist rechts vom Wege bei der Brücke ein mit Wacholder und Heidekraut bewachsener Abhang; und dort liegen drei Steine im Gesträuch. Zwei sind groß und liegen tief in der Erde, so daß von ihnen nicht viel zu sehen ist, und der dritte ist an sie gelehnt und ist nicht so groß, daß ich ihn nicht von seinem Platz rücken konnte. Ich hatte das Halsband in ein Tuch gewickelt und das Tuch in ein Stück Leder, und so legte ich es unter den Stein. Es war schwer, es dort zurückzulassen, denn es war das einzige, was ich von dir hatte. Aber ich glaube, daß es dort in Sicherheit ist, und sicherer war es dort gewiß, als wenn ich es ins fremde Land mitgenommen hätte; denn zu jenem Abhang geht niemand, nicht einmal das Vieh.«

»Ich kenne den Stein«, sagte Bruder Willibald. »Ich bin dort gewesen, als ich Katzenpfoten und Thymian pflückte, die ich gegen Halsbrennen zu sammeln pflege.«

»Gut, daß du es außerhalb des Walles versteckt hast«, sagte Orm, »obschon es schwierig genug werden kann, es so nahe der Stelle zu holen, wo der Wolf seine Höhle hat.«

Nachdem Ylva ihr Herz, was das Halsband betraf, erleichtert hatte, wurde sie noch glücklicher; plötzlich fiel sie dem Bischof um den Hals, und während sie ihm Mandeln in den Mund stopfte, fing sie zu betteln an, er möge sie jetzt gleich segnen und trauen. Der Bischof bekam vor Schreck die Mandeln in die falsche Kehle und wehrte mit beiden Händen ab.

»Ich denke wie du«, sagte Orm. »Gott selber hat uns geholfen, uns wiederzusehen, und nun wollen wir uns nicht mehr trennen.«

»Ihr wißt nicht, was ihr redet«, sagte der Bischof. »Das ist eine Eingebung des Teufels.«

»Zu der Alten geh ich nicht mehr zurück«, sagte Ylva, »und hier kann ich nicht bleiben. Ich gehe mit Orm. Und da ist es besser, du sprichst zuerst ein Gebet über uns.«

»Er ist ja noch ungetauft«, sagte der Bischof verzweifelt. »Kann ich dich, mein eigenes Taufkind, mit einem Heiden trauen? Und es ist wirklich schamlos, daß ein junges Mädchen sich so entflammt zeigen kann! Hast du nie auch nur ein wenig Schamhaftigkeit gelernt?«

»Nein«, antwortete Ylva bestimmt. »Mein Vater konnte mich vieles lehren, aber von Schamhaftigkeit wußte er nicht viel. Kann denn etwas Böses daran sein, daß ich gern verheiratet sein will?«

Orm nahm sechs Goldmünzen aus dem Gürtel, die er aus Andalusien mitgebracht hatte, und legte sie vor dem Bischof auf den Tisch.

»Dem einen Bischof zahle ich dafür, daß er mich tauft«, sagte er, »und ich stehe mich gut genug, um einem anderen Bischof dafür zu zahlen, daß er mich verheiratet. Und wenn du bei Gott gut für mich redest und für das Geld Kerzen für seine Kirche kaufst, so kann es nicht viel ausmachen, ob ich zuerst verheiratet oder zuerst getauft werde.«

»Der ›Weitgreifende‹ ist sein Vorfahr«, sagte Ylva stolz. »Und wenn es dir schwerfällt, einen ungetauften Mann zu trauen, so kannst du ihn ja jetzt gleich taufen. Laß Wasser bringen und tue genau, wie du daheim die Kranken zu taufen pflegtest. Was macht es denn, daß er später noch einmal mit den anderen im Beisein des Königs getauft wird? Zweimal kann nicht schlechter sein als einmal.«

»Man soll die Sakramente nicht mißbrauchen«, sagte der Bischof. »Und ich weiß nicht, ob er völlig bereit ist.«

»Er ist bereit«, sagte Bruder Willibald. »Und er könnte vielleicht jetzt die Vorweihen empfangen, obschon das in unseren Tagen nicht oft zu geschehen pflegt. Dann darf eine Christin mit ihm in den Ehestand treten.«

Orm und Ylva blickten Bruder Willibald bewundernd an, und der Bischof faltete die Hände und sah froher aus.

»Mein Alter fängt an, mich vergeßlich zu machen«, sagte er. »Oder es ist vielleicht dieser gute Wein, obschon der sonst sehr bekömmlich ist. Früher war es üblich, daß Leute, die sich nicht taufen lassen wollten, aber sich doch in Ehren zu Christus hielten, die Vorweihen erhielten. Wie schön ist es doch für uns alle, daß wir an Bruder Willibald eine so gute Hilfe haben!«

»Schon lange habe ich für ihn Freundschaft gefühlt«, sagte Orm, »und sie wird durch dieses nicht vermindert. Von dem Augenblick an, da ich ihn wiedersah, habe ich wieder Glück gehabt.«

Der Bischof ließ nun den Abt und einige Domherren holen, und sie kamen gern, um behilflich zu sein und auch, um den fremden Häuptling zu sehen. Als der Bischof seinen Ornat angelegt hatte, tauchte er die Hand in Weihwasser und machte über Orms Stirn, Brust und Händen das Zeichen des Kreuzes, während er Segensworte dazu sprach.

»Ich fange nun an, mich daran zu gewöhnen«, sagte Orm, als das vorüber war; »denn dieses war nicht so schwer auszuhalten wie damals die Besprengung mit dem Besen, die der andere Bischof vornahm.«

Alle waren sich darüber einig, daß es unmöglich war, einen Ungetauften in der Klosterkapelle zu trauen, und daß es daher in der Kammer des Bischofs zu geschehen hatte. Orm und Ylva mußten auf Betschemeln vor dem Bischof niederknien.

»So etwas bist du kaum gewohnt«, meinte Ylva.

»Ich habe mehr als die meisten auf den Knien gelegen«, sagte Orm, »als ich bei den Andalusiern war, und es ist schön, daß ich hier nicht die Stirn an den Boden zu schlagen brauche.«

Als der Bischof bis zu den kirchlichen Ermahnungen gekommen war und ihnen anbefahl, sich zu mehren und im Zusammenleben verträglich zu sein, nickten beide zustimmend, aber als er Ylva befahl, ihrem Mann in allem untertänig zu sein, sahen sie einander an.

»Ich werde mein Bestes tun«, sagte Ylva.

»Damit mag es anfangs gehen, so gut es eben will«, sagte Orm, »denn mit dieser Gewohnheit ist es schwach bestellt. Aber wenn es nötig wird, werde ich versuchen, dich an dieses Gebot zu erinnern.«

Als alles vorüber war und man ihnen Glück und dazu viele Kinder gewünscht hatte, zeigte sich der Bischof besorgt wegen ihrer Brautnacht. Denn im Kloster konnte sie nicht vor sich gehen und auch nicht in der Klosterherberge, und er wußte nicht, wo in der Stadt sie ein Unterkommen finden würden.

»Ich gehe mit Orm«, sagte Ylva sorglos. »Was für ihn gut genug ist, taugt auch für mich.«

»Du kannst nicht mit ihm mitten unter den Männern an den Lagerfeuern liegen«, sagte der Bischof ängstlich. Aber Orm sprach:

»Der über Meere
weithergereiste
fleißige Pflüger
der Alkvogelflur
hat besseres Brautbett
der Knytlingetochter
zu bieten als Polster
und Betten und Stroh.«

Bruder Willibald folgte ihnen zum Stadttor, damit ihnen die Seitenpforte geöffnet würde. Dort schieden sie mit Danksagungen von ihm und gingen zu den Schiffsbrücken hinab. Rapp hatte zwei Männern aufgetragen, das Schiff vor Dieben zu bewachen; sie hatten in ihrer Einsamkeit fleißig getrunken, und man hörte schon von weitem, daß sie schliefen. Orm brachte Leben in sie und befahl ihnen mitzuhelfen, das Schiff auf den Fluß hinauszubringen; und obschon sie sich dabei recht tölpelhaft anstellten, gelang es schließlich. Mitten im Fluß wurde der Anker ausgeworfen, und das Schiff lag nun gegen den Strom.

»Jetzt brauche ich euch hier nicht mehr«, sagte Orm.

»Wie kommen wir aber an Land?« fragten sie.

»Für ein wenig behende Leute ist die Strecke, die ihr zu schwimmen habt, nur kurz«, war Orms Antwort, und als beide erklärten, sie seien betrunken und das Wasser sei kalt, sagte er: »Ich kann nicht warten, bis sich das ändert«. Dabei griff er den einen an Gurt und Nacken und warf ihn kopfüber in den Fluß, und da folgte ihm der andere, ohne auf längere Überredung zu warten. Aus dem Dunkeln hörte man sie prustend und schnaubend an Land schwimmen.

»Jetzt stört uns niemand mehr«, sagte Orm.

»Das ist ein Brautbett, über das ich nicht klagen kann«, sagte Ylva.

Sie fielen an diesem Abend spät in Schlaf und schliefen gut.

Als die Gesandten am nächsten Tage mit Orm und Gudmund im Gefolge vor König Ethelred hintraten, war der König in allerbester Laune und nahm sie alle freundlich auf. Er lobte die beiden Häuptlinge für ihre Sehnsucht nach der Taufe und wollte wissen, ob es ihnen in Westminster gut gefiele. Gudmund hatte einen großen Rausch hinter sich und war noch unbeholfen im Sprechen und dazu heiser; beide glaubten, auf die Frage des Königs mit ja antworten zu können.

Die Bischöfe mußten von ihrer Fahrt erzählen und wie alles zwischen ihnen und den Fremden ausgemacht worden war; und alle im Saal hörten aufmerksam zu. Der König saß in einen Samtmantel gehüllt, mit der Krone auf dem Kopf und dem Szepter in der Hand unter dem Thronhimmel. Orm meinte, nachdem er nun Almanzur und König Harald gesehen habe, sei das eine ganz neue Sorte von König. Er war ein hochgewachsener und stattlicher Mann, von bleicher Hautfarbe, mit einem dünnen braunen Bart und großen Augen. Als die Bischöfe in ihrem Bericht zum Silber kamen, das bezahlt werden sollte, schlug König Ethelred plötzlich kräftig mit dem Szepter auf die Armlehne des Stuhles. Alle im Saal fuhren zusammen.

»Sieh«, sagte er zum Erzbischof, der auf einem niedrigeren Stuhl neben ihm saß. »Vier Fliegen auf einen Schlag! Und dabei ist dies eine schlechte Klappe.«

Der Erzbischof sagte, er glaube nicht, daß viele Könige ihm das nachmachen könnten; es sei ein Zeichen von Geschicklichkeit und Glück. Der König lachte zufrieden, und darauf fuhren die Gesandten in ihrem Bericht fort, und alle hörten wieder zu. Als sie zu Ende waren, dankte ihnen der König, indem er ihren Eifer und ihre Weisheit lobte, und fragte den Erzbischof, was man zu den Abmachungen sagen solle? Der Erzbischof meinte, es sei gewiß eine Bürde, aber gewiß das Beste, was möglich gewesen wäre, und der König nickte.

»Es ist gut und für alle Christen erbaulich und Gott höchst wohlgefällig, daß durch unsere frommen Gesandten große Kriegshäuptlinge für Christus gewonnen worden sind, und darüber wollen wir alle froh sein.«

»So ist es«, sagte der König.

Nun flüsterte der Bischof von London Gudmund zu, daß er an der Reihe sei, etwas zu sagen, und Gudmund trat denn auch vor. Er dankte dem König für seine Gastfreiheit und seine Freigebigkeit und sagte, daß sein Ruhm hinfort groß sein und sich bis nach Östergötland und noch weiter ausbreiten werde. Aber eines wolle er gern wissen, damit keine Mißhelligkeiten entstünden, nämlich: wie lange es wohl dauern werde, bis sie das Silber in Händen haben würden?

Der König hatte ihn, während er sprach, aufmerksam betrachtet und fragte ihn nun, was für Zeichen er im Gesicht trage?

Gudmund antwortete, es seien Spuren von den Tatzen eines Bären, den er einmal auf unverständige Art gejagt habe, so daß der Bär den Schaft des Speeres, der ihm schon in der Schulter saß, abknickte und ihm dann über das Gesicht gewischt habe, bevor er ihn mit der Axt habe erschlagen können.

Bei diesen Worten blickte König Ethelred finster.

»Hier in diesem Lande gibt es keine Bären«, sagte er, »und das ist sehr schade. Aber mein Bruder, König Hugo von Frankreich, hat mir zwei Bären geschickt, die uns zu großer Belustigung gereichen, weil sie tanzen können, und ich würde sie dir gern zeigen. Aber nun steht es leider so, daß mein bester Bärenführer mit Byrhtnoth ausgezogen und im Kampf gefallen ist; und das ist für mich kein geringer Verlust, denn nun, wenn andere es mit ihnen versuchen, tanzen die Bären wenig oder gar nicht.«

Auch Gudmund meinte, daß das ein rechtes Unglück sei. »Aber ein jeder von uns hat seine Sorgen«, sagte er dann, »und was uns plagt, ist dieses: wann bekommen wir das Silber?«

Der König rieb sich den Bart und blickte den Erzbischof an.

»Das ist eine große Summe«, sagte der Erzbischof, »und nicht einmal der mächtige König Ethelred hat jetzt so viel in seinen Truhen. Darum müssen Boten über das ganze Land ausgesandt werden, um das Nötige einzusammeln. Das kann zwei Monate dauern, vielleicht auch drei.«

Gudmund schüttelte den Kopf. »Jetzt mußt du mir helfen, Mann aus Schonen«, sagte er, »denn eine solche Wartezeit ist zu lang, und ich habe mir schon den Hals trokken geredet.«

Orm trat vor und sagte, er sei jung, und seine Stellung sei nicht so vornehm, daß er vor so hohen Herren und so weisen Männern das Wort nehmen dürfe; aber er werde reden, so gut er es eben verstehe.

»Es ist«, sagte er, »keine unbedeutende Sache, die Häuptlinge und Mannen so lange auf etwas warten zu lassen, was ihnen versprochen worden ist. Denn sie sind Männer, deren Stimmung leicht umschlägt, dazu sind sie wenig frommen Sinnes, und ihre Geduld ist gering. Es mag daher sein, daß sie bald überdrüssig werden, untätig und wartend dazusitzen, nachdem sie so großen Erfolg gehabt haben und wissen, daß es überall, wohin sie sich wenden, gute Beute gibt. Dieser Gudmund, den ihr hier seht, ist sanft und munter, so lange ihm alles nach Wunsch geht; aber im Zorn ist er ein Schrecken auch für die Kühnsten rings um die ganze Ostsee, dann rennt er Bären und Menschen um. Und er hat Berserker in seiner Gefolgschaft, die fast ebenso gefährlich sind wie er selbst.«

Alle blickten Gudmund an, der rot wurde und sich räusperte, und Orm fuhr fort: »Und Thorkel und Jostein sind von derselben Art, und ihre Mannen sind ebensoschwer zu lenken wie die des Gudmund. Darum wäre es gut, wenn die halbe Summe sofort herausgegeben würde, dann könnte die Geduld eher reichen, bis der Rest eingesammelt ist.«

Bei diesen Worten nickte der König und sah den Erzbischof an und nickte wieder.

»Und da ihr beide«, sagte Orm, »du, Herr König, und Gott, froh seid über alle, die hierher gekommen sind, um sich taufen zu lassen, so wäre es vielleicht klug, diesen ihren vollen Anteil schon jetzt gleich zu geben. Es würde viele der anderen auf den Gedanken bringen, daß es eine gute Sache sein mag, Christ zu werden.«

Gudmund rief laut, daß diese Worte genau das sagten, was er sich gedacht habe. »Und wenn es so wird, wie eben gesagt worden ist«, fügte er hinzu, »so kann ich versprechen, daß jeder der Männer, die mit mir hierhergekommen sind, zusammen mit mir Christ werden wird.«

Der Erzbischof sagte, es tue wohl, das zu hören, und gute Lehrer würden sich sogleich aufmachen, um sie vorzubereiten. Es wurde darauf bestimmt, daß alle, die hierher zum König gekommen waren, nach der Taufe ihr Silber erhalten würden, und zum Heer nach Maeldun sollte gleich ein Drittel abgesandt werden und der Rest in drei Wochen.

Als die Zusammenkunft zu Ende war und sie fortgingen, machte Gudmund viele Worte, um Orm für seine Hilfe zu danken.

»Klügeres habe ich einen so jungen Mann noch nie sagen hören«, sagte er. »Ganz sicher bist du zum Häuptling geboren. Für mich ist es ein großer Gewinn, daß ich mein Silber jetzt gleich bekomme, denn es mag sein, daß es mit dem Anteil viel knapper wird, wenn es gegen Schluß geht. Daher will ich dich gern dafür belohnen, und sobald ich das meine erhalten habe, sollst du von mir fünf Mark bekommen.«

»Ich habe gemerkt«, sagte Orm, »daß du trotz aller deiner Klugheit ein allzu bescheidener Mann bist. Wärst du ein gewöhnlicher kleiner Häuptling mit fünf oder sechs Schiffen und ohne großen Ruf, dann könntest du mir für einen solchen Dienst fünf Mark geben. Aber so berühmt wie du bist – weit über die Grenzen von Svealand hinaus – paßt sich das nicht für dich, und auch nicht für mich, das entgegenzunehmen. Denn es würde dein Ansehen mindern.«

»Was du sagst, mag wahr sein«, sagte Gudmund. »Was würdest du an meiner Stelle tun?«

»Ich habe Leute gekannt, die für einen solchen Dienst fünfzehn Mark gegeben hätten«, sagte Orm. »Styrbjörn hätte das getan. Und Thorkel würde zwölf geben. Und ich kenne auch solche, die gar nichts geben würden. Aber ich will dir in dieser Sache nicht raten, und wie du es auch hältst, so werden wir deswegen nicht schlechtere Freunde sein.«

»Es ist nicht so leicht, selbst zu wissen, wie berühmt man ist«, antwortete Gudmund und ging bekümmert seines Weges.

Am nächsten Sonntag wurden alle in der großen Kirche getauft. Die meisten Priester hatten gewünscht, daß die Taufe am Fluß stattfinde, wie das von alters her bei Heidentaufen Brauch war; aber Orm und Gudmund hatten erklärt, daß sie sich nicht untertauchen lassen würden. Sie gingen beide als erste, barhäuptig und in lange weiße Gewänder gekleidet, auf die vorn rote Kreuze genäht waren. Ihnen folgten ihre Mannen, auch sie in langen Gewändern, soweit es für die große Schar hatte reichen wollen. Keiner hatte die Waffen abgelegt; denn Orm und Gudmund sagten, daß sie sich selten von ihren Schwertern trennten und am allerwenigsten in einem fremden Lande. Der König saß im Chor, und die Kirche war voller Leute.

Unter den Zuschauern war auch Ylva. Orm fürchtete sich, sie jemand zu zeigen, denn sie schien ihm nun schöner denn je, und er war bange, daß sie ihm gestohlen werden könnte. Aber sie hatte erklärt, daß sie zur Kirche wolle, um zu sehen, wie gottesfürchtig er sich ausnehmen werde, wenn ihm das Wasser den Nacken herunterliefe. Sie saß mit Bruder Willibald zusammen, der auf sie achtgab und ihr verbot, über die weißen Gewänder zu lachen. Bischof Poppo war beim Taufen mit dabei, obschon er sich recht gebrechlich fühlte. Er taufte Orm, und Gudmund wurde vom Bischof von London getauft. Darauf tauften sechs Priester die übrigen Männer, so schnell es möglich war.

Nach der Taufe traten Gudmund und Orm vor den König. Er gab jedem von ihnen einen goldenen Ring und wünschte, Gott möge hinfort mit ihnen sein. Und er wollte auch, daß sie bald kämen, um seine Bären anzusehen, die sich nun schon in ihrem Tanz merkbar gebessert hätten.

Am nächsten Tage wurde das Silber von den Schreibern des Königs an die Getauften ausgezahlt, und bei allen herrschte große Freude. Sie war am geringsten bei Orms Mannen, die ihre zwei Öre für die Taufe zu erlegen hatten; aber niemand wählte den billigeren Weg, sich statt dessen mit ihm zu schlagen. »Dafür werde ich daheim eine Kirche bauen«, sagte Orm, als er dieses Geld in seine Truhe tat.

Darauf steckte er fünfzehn Mark in einen Beutel und ging damit zum Bischof von London. Er bekam von ihm einen wirksamen Segen, und am Nachmittag kam Gudmund auf Orms Schiff und hatte denselben Beutel in der Hand. Er war in sehr heiterer Laune und sehr betrunken. Nun habe er seinen Anteil durchgezählt und gut verstaut, sagte er, und das sei ein rechtes Tagewerk gewesen.

»Und ich habe auch an deine Worte gedacht«, fügte er hinzu. »Du hast recht damit, daß ich bei meinem Ansehen dir nicht fünf Mark schenken kann. Hier bekommst du statt dessen fünfzehn, und das mag, nun da Styrbjörn tot ist, besser passen.«

Orm sagte, das komme unerwartet, aber er wolle sich

nicht weigern, diese Gabe von einem solchen Mann anzunehmen. Als Gegengeschenk gab er Gudmund seinen andalusischen Schild, denselben, den er im Kampf gegen Siegfried in König Haralds Halle getragen hatte.

Ylva sagte, sie freue sich zu sehen, daß Orm im Sammeln von Silber viel Geschick zeige, denn sie glaube nicht, daß sie selber dazu besonders gut tauge, und es sehe ihr danach aus, als würden sie viele Kinder bekommen.

An jenem Abend saßen Orm und Ylva beim Bischof Poppo und sagten ihm Lebewohl, denn sie hatten es nun eilig mit der Heimreise. Ylva weinte und fand es schwer, sich vom Bischof zu trennen, den sie ihren zweiten Vater nannte, und auch ihm standen die Tränen in den Augen. »Wenn ich weniger hinfällig wäre, würde ich mit euch reisen«, sagte er. »Denn in Schonen könnte ich vielleicht auch jetzt noch von Nutzen sein. Aber diese alten Beine taugen gar nichts mehr.«

»Du hast in Willibald einen tüchtigen Mann«, sagte Orm, »und mit ihm sind wir beide, Ylva und ich, gern zusammen. Und wenn er, da du es ja nicht kannst, mit uns kommen will, so wäre es vielleicht eine gute Sache, um uns und vielleicht auch andere im christlichen Glauben zu stärken. Es ist schade, daß er Nordmänner so gar nicht mag.«

Der Bischof sagte, Willibald sei der klügste seiner Priester und stets in allem, was er tue, von großem Nutzen. »Er ist, wo es Bekehrungen gilt, der allerbeste«, sagte er, »obschon er bei seinem großen Eifer leicht über Sünde und Schwachheit murrt. Es wäre das beste, ihn selbst zu fragen, denn einen unwilligen Priester will ich euch nicht mitgeben.«

Als Willibald herbeigekommen war und gehört hatte, worum es sich handelte, fragte er in mürrischem Ton, wann sie zu segeln gedächten. Orm sagte, wenn das Wetter gut bliebe, werde es wohl am folgenden Tag sein.

Bruder Willibald schüttelte den Kopf.

»Schlimm, daß ihr mir so wenig Zeit gebt, alles in Ordnung zu bringen«, sagte er. »Wenn ich schon einmal ins Land der Finsternis und der Gewalttätigkeit soll, will ich gern Salben und Heilmittel reichlich bei mir haben. Aber wenn ich mich beeile, wird mit Gottes Hilfe alles fertig werden; denn mit euch beiden reise ich gern.«

Wie Bruder Willibald den König Sven ein Wort aus der Schrift lehrte

Orm ging zu Gudmund und bat ihn, Thorkel zu sagen, daß er nicht zum Heer zurückkehren könne, sondern die Absicht habe, nun heimwärts zu segeln. Das stimmte Gudmund traurig, und er versuchte, ihn von seinem Plan abzubringen; aber Orm meinte, er habe in der letzten Zeit so viel Glück gehabt, daß es nicht lange so fortgehen könne.

»In diesem Lande habe ich nichts mehr auszurichten«, sagte er. »Und wenn du selber eine Frau wie Ylva an Bord hättest, würdest du sie nicht gerade dort an Land setzen, wo ein Heer von untätigen Männern hinter jeder Frau her ist, die ihnen vor Augen kommt. Für mich würden daraus viele Schlägereien entstehen, und ich will nun gern in Ruhe gelassen werden, wenn ich mit ihr zusammen bin. Und sie selbst will das auch nicht anders.«

Gudmund gab zu, daß jeder, der Ylva einmal, wenn auch nur flüchtig, gesehen habe, von ihrem Anblick halb verrückt werden könne. Und wenn er es recht bedenke, sagte er, so würde er selbst am liebsten ebenfalls heim nach Broviken segeln, denn mit so viel Silber an Bord sei es ihm gar nicht geheuer. Aber er müsse zurück zu seinen anderen Mannen und Thorkel und Jostein Bescheid geben, wie es mit dem Silber gegangen war.

»Hier werden meine Leute«, sagte er, »nun von behenden Frauen geplündert, die sich um ihre Reichtümer scharen und, wenn sie sie genügend betrunken gemacht haben, in Hosen und Jacken nach Silber harken. Darum wäre es für mich am besten, mit dir zusammen wieder flußab zu rudern, falls es gelingt, die Leute rechtzeitig zusammenzusuchen.«

Sie gingen zu König Ethelred und zum Erzbischof und sagten ihnen Lebewohl, und sie durften zusehen, wie die Bären auf ihren Hinterbeinen über die Maßen wunderbar tanzten. Darauf ließen sie in die Luren blasen, und die Männer setzten sich an die Ruder, wobei viele, müde und berauscht wie sie waren, sich recht tölpelhaft anstellten. Sie kamen geschwind den Fluß hinab, und nun verlegten die Wachtschiffe ihnen nicht den Weg, wenn auch die Mannschaften sich gegenseitig viele gute Ratschläge zubrüllten. Die Nacht über lagen sie innerhalb der Flußmündung, und dort trennten sich Gudmund und Orm. Jeder steuerte nun in seiner eigenen Fahrtrichtung.

Ylva vertrug die Seefahrt gut, aber sie wünschte doch, es möge nicht allzu lange dauern, denn für sie war es recht eng auf dem Schiff. Orm tröstete sie damit, daß das Wetter zu dieser Jahreszeit das allerbeste zu sein pflege und daher die Reise wahrscheinlich nicht lange dauern werde.

»Und sonst haben wir ja nur die Angelegenheit am Steinabhang in Jellinge zu besorgen«, sagte er, »und das ist kein großer Umweg.«

Ylva war nicht sicher, ob es klug sei, das Halsband gerade jetzt zu holen, da niemand recht wußte, wie es auf Jellinge stand, ja nicht einmal, wer nun dort Herr war. Aber Orm sagte, er wolle alles, was er vorhabe, auf einmal abmachen.

»Und wer es auch sein mag, der jetzt auf Jellinge sitzt, König Sven oder König Erik – es ist höchst unwahrscheinlich, daß er sich zu einer Jahreszeit dort aufhält, da alle Könige auf Heerfahrt zu sein pflegen. Wir gehen nachts an Land, und wenn wir Glück haben, werden wir von niemandem gestört.«

Bruder Willibald gefiel es wohl an Bord, obschon da keine Leidenden waren, deren er sich hätte annehmen können. Er war gern mit Rapp zusammen, wenn der am Steuer stand, und fragte ihn nach dem Südlande und seinen Abenteuern dort; und obschon Rapp nicht viel Worte auf einmal zu reden pflegte, schienen diese beiden doch gute Freunde zu werden.

Sie umsegelten die Landzunge von Jütland und hielten sich längs der Küste südwärts, ohne daß sie irgendeinem Schiff begegneten; aber nun bekamen sie Gegenwind und mußten hart an den Rudern arbeiten und einmal sogar an Land gehen und auf besseres Wetter warten. In nächtlicher Dunkelheit ruderten sie auf die Flußmündung bei Jellinge zu, aber noch bevor sie so weit gekommen waren, fing es schon an, hell zu werden, und Orm ließ nun das Land anlaufen. Er befahl, daß Bruder Willibald und Rapp nebst zwei tüchtigen Männern ihn begleiten, aber Ylva an Bord bleiben sollte. Sie war nicht zufrieden damit, aber er sagte: so und nicht anders solle es geschehen.

»In solchen Dingen bin ich es, der bestimmt«, sagte er, »wie es sonst in anderen Stücken auch sein mag. Bruder Willibald kennt die Stelle ebensogut wie du, und wenn wir jetzt, da es zu tagen beginnt, auf Männer stoßen und es zum Kampf kommt, ist es am besten, dich hier zu haben. Wir sind bald zurück.«

Sie verließen den Strand in der Richtung des Königshofes und gingen an dessen Südseite vorbei über die Äcker. Bruder Willibald sagte, nun sei es nur noch ein kurzes Stück bis zum Abhang; da hörten sie plötzlich von links her, drunten an der Brücke, Getrappel und rufende Männerstimmen.

Es war eine Herde Vieh, die, von einigen Männern getrieben, daherkam.

»Am besten wäre es, sie totzuschlagen«, sagte Rapp und hob wägend seinen Speer. Doch Bruder Willibald fiel ihm schnell in den Arm und verbot ihm streng jede Gewaltsamkeit gegen Männer, die sich nicht als Feinde gezeigt hatten. Orm meinte, Totschlag werde kaum nötig sein, wenn sie sich beeilten.

Sie liefen nun dem Abhang zu, und die Männer hinter den Kühen blieben stehen und starrten sie verwundert an.

»Wessen Leute seid ihr?« fragten sie.

»König Haralds«, antwortete Orm.

»Seht nur, der kleine Priester!« rief einer der Ochsentreiber. »Das ist ja der kleine Priester, der bei König Harald war! Feinde sind es! Lauft! Weckt die Leute!«

Rapp und die beiden anderen Männer setzten nun den Ochsentreibern nach, aber das Vieh war ihnen im Wege, so daß jene einen guten Vorsprung bekamen. Orm lief mit Bruder Willibald zum Abhang, und der fand sofort die drei Steine. Dort lag das Halsband, wie es hingelegt worden war.

Orm steckte es zu sich. »Nun müssen wir eine Weile laufen«, sagte er.

Aus dem Innern des Königshofes tönte Lärm und Geschrei. Sie erreichten Rapp und die beiden anderen Männer, und Rapp schalt darüber, daß er nicht rechtzeitig über die Ochsentreiber hergefallen sei. Im Ärger habe er seinen Speer drangegeben, denn einen der Treiber habe er damit zu Fall gebracht.

»Aber das war nicht viel nütze, und dadurch bin ich um einen guten Speer gekommen.«

Sie liefen nun, was sie konnten, über die Äcker, und bald hörten sie lautes Rufen und Hufschlag hinter sich. Rapp sah mit seinem einzigen Auge sehr scharf. Er und Orm blickten im Laufen über die Schulter zurück.

»Da kommt König Sven selber«, sagte Orm. »Keine geringe Ehre.«

»Und eilig hat er es auch«, sagte Rapp, »denn er hat vergessen, sich den Bart zu flechten.«

Bruder Willibald war nicht so jung wie die anderen, aber er lief auf seinen kurzen Beinen tüchtig mit. Sein Priestergewand hatte er hochgeschürzt.

»Nun haben wir sie hier!« schrie Orm. »Zeichnet sie

mit den Speeren!« Damit blieb er selbst stehen und schleuderte seinen Speer gegen den Verfolger, der ihm am nächsten war und der den König Sven überholt hatte; es war ein Mann auf einem großen Pferd. Als jener den Speer kommen sah, ließ er sein Pferd steilen, und der Speer drang dem Tier tief in die Brust, so daß es in die Knie brach und über den Reiter hin vornüber rollte. Rapp und die beiden anderen schleuderten nun ihre Speere gegen König Sven, aber ohne zu treffen; und nun war er dicht an sie herangekommen, und sie hatten keine Wurfgeschosse mehr.

Da beugte Bruder Willibald sich zur Erde und hob einen Stein auf. Den schleuderte er mit aller Kraft.

»Liebe deinen Nächsten!«

Der Stein traf den König krachend auf den Mund. Mitten in einem boshaften Geheul sank er auf dem Pferd zusammen und glitt zu Boden.

»Das nenne ich mir einen tüchtigen Priester«, sagte Rapp.

Die im Gefolge beeilten sich, dem König zu helfen, und Orm und seine Leute erreichten das Schiff. Sie waren sehr außer Atem, aber hatten keinen Schaden genommen. Orm schrie den Ruderern zu, sofort loszufahren, während er und die anderen hinauswateten und an Bord gezogen wurden, und sie waren schon ein gutes Stück draußen auf dem Meer, als am Strande Reiter sichtbar wurden. Mit der Morgendämmerung war ein günstiger Wind aufgekommen, und Ruder und Segel halfen ihnen zu schneller Fahrt.

Orm gab Ylva das Halsband und erzählte ihr, wie alles zugegangen war, und als Rapp vom Steinwurf des kleinen Priesters berichtete, war er weniger wortkarg als sonst.

»Kleiner Priester, Pfäfflein«, sagte Ylva, »ich hätte Lust, dir für den Klaps, den König Sven bekommen hat, einen Kuß zu geben.«

Orm lachte. »Das ist es gerade, was ich immer am

meisten gefürchtet habe«, sagte er, »daß du in deiner Frömmigkeit anfängst, mit Priestern schön zu tun.«

Bruder Willibald erklärte mit großer Bestimmtheit, daß er nicht geküßt werden wolle, aber es schien ihn nicht traurig zu machen, daß von allen Seiten sein Lob ertönte.

»König Sven vergißt den Kuß, den er bekam, nicht so bald«, sagte Orm, »und es ist nicht seine Gewohnheit, solche Dinge ungerächt zu lassen. Kommen wir glücklich heim, so muß meine Mutter geschwind ans Packen gehen, denn nun wird es oben in den Wäldern für uns am ruhigsten sein, dort, wo kein König hinkommt. Und meine Kirche werde ich wohl dort oben bauen müssen.«

Von Orms späteren Schicksalen droben im Waldlande, an der Grenze, soll noch berichtet werden: von seinem Eifern für das Christentum und vom Glück, das Bruder Willibald mit Bekehrungen hatte; von mancherlei Ärgernis, das ihnen bei den Småländern zustieß, und von den Fehden mit ihnen; und auch davon, wie die Wildochsen wiederkamen.

Drittes Buch

Orm auf Gröning

Wie Orm sich Haus und Kirche baute und von seinen rothaarigen Töchtern

Es war nun drei Jahre her, seit Orm, um König Svens Zorn zu entgehen, seinen väterlichen Hof bei Kullen in aller Eile verkauft hatte und mit seinem ganzen Haushalt in die Grenzlande hinaufgezogen war: mit Frau, Mutter und Hofgesinde, mit seinem Priesterlein, mit Pferden, Vieh und so viel beweglicher Habe, als sich auf Pferderücken fortschaffen ließ. Der Erbhof seiner Mutter hieß Gröning; mit eingesunkenen Dächern, mit von Unkraut überwachsenem spärlichem Ackerland lag er öde und verfallen da, und außer einem alten kraftlosen Aufseher und dessen Frau und einer Gänseherde ließ sich nichts Lebendes blicken. Orm konnte dieses Erbgut nur wenig zusagen; es schien ihm nicht der rechte Hof für ihn selbst und für König Haralds Tochter zu sein; und Åsa war angesichts von so viel Elend weinend von einem Winkel in den anderen gelaufen, wobei sie bald laut zu Gott rief, bald die beiden Alten mit harten Worten anfuhr. Sie hatte den Hof nicht wiedergesehen, seit sie in jungen Jahren hier mit ihrem Vater in Wohlstand gelebt hatte; das hatte aber plötzlich ein Ende genommen, als der Vater und seine beiden Söhne in einer Fehde erschlagen wurden. Ylva meinte jedoch, dieser Ort liege vielleicht von König Sven und dessen Anhang hinreichend entfernt.

»Hier könnte es mir gut gefallen«, hatte sie gesagt, »wenn du, Orm, dich ebenso geschickt beim Häuserbau zeigst wie im Kampf und im Befehligen von Schiffen.«

Im ersten Winter war für Menschen und Vieh die Nahrung knapp, und die Nachbarn zeigten sich ungefällig. Orm schickte einige Männer, um Heu und Malzgerste kaufen zu lassen, zu einem Großbauern der Gegend; er hieß Gudmund am Uvaberg, genannt Gudmund der

Heuler, und war als großer Kämpe und auch wegen seines Reichtums bekannt. Aber Orms Leute kamen mit leeren Händen zurück und brachten den kurzen Bescheid, daß ein Neukömmling, der obendrein zu Christus halte, von einem Mann wie Gudmund nicht ernst genommen werden könne. Da ritt Orm selbst hinüber und mit ihm Rapp, der Einäugige, dazu drei andere tüchtige Männer; sie erreichten Uvaberg im ersten Morgengrauen, und Orm verschaffte sich ohne viel Mühe Eintritt ins Haus. Dort hob er Gudmund aus dem Bett, trug ihn auf den Hofplatz hinaus und hängte ihn, an einem Bein ihn festhaltend, über den Brunnen; und inzwischen stemmten Rapp und die anderen ihre Rücken gegen die Tür, damit man hier draußen ungestört blieb. Als nun Orm und Gudmund über den Brunnen hin ein wenig miteinander geredet hatten, kam es zu einem Heu- und Gerstekauf zu angemessenem Preise; worauf Orm, ohne daß es zu gröberen Tätlichkeiten gekommen wäre, Gudmund wieder umkippte und auf die Füße stellte. Der Zorn des Heulers war kaum größer als die Achtung, die er jetzt vor Orm empfand, doch war er kaum so groß wie sein Erstaunen, daß er am Leben gelassen worden war.

»Wenn du auch stärker bist als ich«, sagte er, »so sollst du doch nicht vergessen, daß ich ein gefährlicher Mann bin. Allerdings, es mag dauern, bis du etwas davon zu spüren bekommst. Und nur wenige hätten gewagt, nachdem sie mir dies angetan, mich am Leben zu lassen; ja, ich selbst hätte es an deiner Stelle vielleicht nicht gewagt. Aber es mag sein, daß deine Stärke größer ist als deine Klugheit.«

»Ich weiß mehr als du«, sagte Orm, »denn ich halte zu Christus und kenne seine Lehre sehr wohl. Er will, daß man sanftmütig ist gegen den Nachbarn, auch dann, wenn dieser Verdruß schafft. Daher, wenn dein Verstand dazu ausreicht, mußt du ihm dankbar sein; denn dein Brunnen sah mir recht tief aus. Aber auch, wenn du hinfort mein Feind zu sein gedenkst, werde ich Rat wissen, und dann sieh dich vor, wie diese Sache enden wird; denn mir sind schlimmere Feinde begegnet als du, aber nicht ich habe dann den größten Schaden erlitten.«

Gudmund sagte, dieser Sache wegen werde fortab viel über ihn gelacht werden; seinem Ansehen sei daher Abbruch geschehen; zudem sei ihm durch das Hängen über dem Brunnen das Bein übel ausgerenkt und er habe auch erfahren, daß einer seiner Mannen nun von den Frauen gepflegt werde, da Rapps Axthammer ihm die Schulter zerschmettert habe, als er mit gezogenem Schwert herbeilief.

Nun wollte er wissen, sagte Gudmund, was Orm und Christus wohl zu alledem sagten und ob so großer Schaden denn für nichts zu rechnen sei.

Orm gab bedachtsam zur Antwort, daß jener an seiner Schulterverletzung selbst schuld sei; eine Entschädigung für ihn käme daher nicht in Frage.

»Bei all seinem Unverstand hatte er doch darin Glück«, sagte Orm, »daß Rapp ein ebenso guter Christ ist wie ich; denn sonst brauchten deine Frauen sich nun nicht mehr um ihn zu bemühen, und das mag ihm genügen. Im übrigen aber mag dein Anspruch auf eine angemessene Entschädigung berechtigt sein. Darum biete ich dir an, daß du mich zu einem heiligen Mann, der sich bei mir daheim aufhält, begleitest. Einen besseren Arzt als ihn gibt es nicht, und seine Heiligkeit ist solcher Art, daß dein ausgerenkter Schenkel nachher noch tauglicher sein wird als der andere. Und es wird dein Ansehen nur mehren und dir zur größten Ehre gereichen, daß du von jemand geheilt wurdest, der lange und auf höchst wunderbare Weise für König Haralds Gesundheit Sorge getragen hat.«

Darüber wurde nun eine gute Weile hin und her geredet, und es endete damit, daß Gudmund Orm begleitete. Vater Willibald salbte das Bein und verband es, und währenddessen fragte ihn Gudmund genau nach König Harald aus; als aber der Priester die Rede auf Christus und den Segen der Taufe brachte, geriet er sehr in Unruhe und schrie, von alledem wolle er nichts hören. Denn dergleichen würde ihm zu noch größerer Schmach gereichen und ihn noch lächerlicher machen als das Hängen über dem Brunnen, und es sei schlimm, daß man ihn für einfältig genug halten könne, um auf dergleichen einzugehen.

Als er sein Geld erhalten hatte und von Orm Abschied nahm, sagte er: »Blutfehde soll es zwischen uns nicht geben; aber wenn es sich einmal so macht, daß ich dir die Schmach, die du mir angetan hast, vergelten kann, dann soll die Gelegenheit nicht versäumt werden. Es mag eine Zeitlang dauern, bis es so weit ist, aber mein Gedächtnis ist gut.«

Orm schaute ihn an und lächelte breit. »Ich weiß, daß du ein gefährlicher Mann bist«, gab er zur Antwort, »denn du hast es ja selber gesagt; dennoch glaube ich kaum, daß dein Versprechen mir schlaflose Nächte machen wird. Aber dies sollst du wissen, wenn du mir Verdruß schaffst, dann wirst du getauft, gleichviel ob ich dich dabei an den Ohren oder an den Beinen festhalten muß.«

Es betrübte Vater Willibald, daß aus dieser Bekehrung nichts geworden war, und er meinte, sein Wirken bringe nur wenig Nutzen; aber Ylva tröstete ihn damit, daß alles sich besser anlassen werde, sobald erst Orms Kirche gebaut sei. Orm sagte, er wolle sich gewiß – wie er es versprochen – an diese Arbeit machen, zuerst aber müßten neue Hofgebäude errichtet werden, und damit wolle er unverzüglich beginnen. Und bald war er in voller Arbeit: er ließ seine Leute fleißig Bäume fällen und die entästeten Stämme herbeischleppen, die er dann selbst behaute; er wählte das Holz sorgfältig aus und verwandte nur dicke und fehlerlose Stämme, denn der Bau, sagte er, solle sowohl dauerhaft wie stattlich werden und sich besser ausnehmen als irgendeine Waldhütte. Er legte den Hof dort an, wo der Fluß eine starke Biegung machte, so daß auf drei Seiten das Wasser ihn schützte; auch war hier der Boden fest und vor Überschwemmungen sicher. Hier gab es Raum genug zum Bauen, und was Orm hier allmählich zustande brachte, gefiel ihm selbst so gut, daß er immer noch mehr hinzubauen wollte. Sein Wohnhaus versah er mit einer gemauerten Feuerstelle, die als Rauchfang eine verschiebbare Klappe hatte, wie er das bei König Harald gesehen, und für das Dach benutzte er geschälte Stangen von jungem Birkenholz, die mit Birkenrinde und grasbewachsenen zähen Torfschollen gedeckt wurden. Dann baute er ein Brauhaus, einen Viehstall und ein Vorratshaus, alles geräumig und so angelegt, daß es zu einer Sehenswürdigkeit der Gegend wurde. Und nun schien ihm das Nötigste geschafft, so daß der Kirchenbau begonnen werden konnte.

Mit dem Frühling kam für Ylva die Zeit, da sie ihr erstes Kind gebären sollte. Åsa und Vater Willibald standen ihr mit so viel Geschäftigkeit bei, daß sie einander überrannten und wohl auch zu Fall brachten. Ylva hatte schwere Stunden; sie verfluchte sich und schrie: lieber wolle sie eine Nonne sein als Kinder gebären; aber Vater Willibald legte ihr sein Kruzifix auf den Leib und sprach über ihr Gebete in seiner Priestersprache; und schließlich ging alles gut, und sie wurde von Zwillingen entbunden. Es waren zwei Mädchen, und anfangs kam das Åsa und Ylva hart an; aber als die Neugeborenen zu Orm gebracht und ihm in den Schoß gelegt wurden, fand er nichts, worüber er hätte klagen mögen. Man war sich darüber einig, daß diese Mädchen ebenso tapfer schrien und strampelten wie Knaben, und sobald Ylva sich an sie gewöhnt hatte, wurde sie wieder froh und versprach Orm, daß es das nächstemal ein Knabe sein werde. Bald zeigte sich, daß beide Kinder rothaarig sein würden, und Orm meinte daher, daß es sich für die armen Kleinen nicht gerade günstig anlasse: denn bekämen sie seine Haarfarbe, so würden sie vielleicht auch im übrigen ihm gleichen, und das wolle er seinen Töchtern gewiß nicht wünschen. Aber Åsa und Ylva befahlen ihm streng, lieber zu schweigen als so unglückverheißendes Zeug zu reden, denn, sagten sie, so schlimm brauche es denn doch nicht zu werden, und rotes Haar sei kein Fehler.

Als die Rede darauf kam, wie die Mädchen heißen sollten, bestimmte Orm, daß die eine nach seiner Großmutter Oddny genannt würde, und das freute Åsa.

»Aber die andere soll nach einer Frau deines Geschlechtes heißen«, sagte er zu Ylva. »Du magst selbst wählen.«

»Recht wählen, so daß der Name Glück bringt, ist nicht leicht«, sagte Ylva. »Meine Mutter ist König Harald als Kriegsbeute zugefallen; als sie starb, war ich sieben Jahre. Sie hieß Ludmilla und war die Tochter eines Obotritenhäuptlings; und auf ihrer eigenen Hochzeit war sie geraubt worden. Sagen doch alle Heermänner, die jene Gegenden aufgesucht haben: es sei das beste, Obotriten und andere Wenden zu überfallen, wenn sie Hochzeit halten und alle betrunken sind; denn die Männer richten mit Waffen dann wenig aus, und die ausgestellten Wachen sind schon vom starken Met zur Strecke gebracht und schlafen, so daß mit wenig Mühe reiche Beute gemacht werden kann, sowohl an Schätzen als auch an jungen Frauen. Meine Mutter war schöner als alle Frauen, die ich gesehen, und obgleich sie jung starb, pflegte mein Vater zu sagen, daß ihr das Glück günstig gewesen ist. Denn drei Jahre lang war sie ihm mehr als alle anderen Frauen, und für eine Obotritin, sagte er, sei es nichts Geringes, das Lager des Dänenkönigs zu teilen und ihm eine Tochter zu schenken. Und dennoch, es mag sein, daß sie nicht ebenso dachte. Denn als sie tot war, hörte ich die Mägde davon tuscheln, sie habe – gleich als sie zu König Harald gekommen war – versucht, sich zu erhängen, und der Grund sei gewesen, daß sie gesehen hatte, wie ihr Bräutigam erschlagen wurde, während man sie selbst zu den Schiffen trug. Ich hatte sie sehr lieb, bin aber nicht sicher, ob ihr Name dem Kinde Glück bringen kann.«

Åsa meinte, an ihren Namen sei gar nicht zu denken,

denn es gäbe kein größeres Unglück, als von Kriegern geraubt zu werden, und der gleiche Name könne dem Kinde leicht auch ein gleiches Schicksal bereiten; und Orm sagte: recht zu urteilen, sei in diesen Dingen nicht leicht.

»Denn ich selbst bin einmal von Kriegern geraubt worden«, sagte er, »und das halte ich heute nicht mehr für ein Unglück; denn wäre es nicht geschehen, dann wäre ich nie der Mann geworden, der ich heute bin, und hätte nie mein Schwert und die Goldkette gewonnen und auch nicht Ylva. Und wäre Ludmilla nicht geraubt worden, dann hätte König Harald nie die Tochter gehabt, die nun hier sitzt.«

Sich einig zu werden, war also nicht leicht; und obschon Ylva gern gesehen hätte, daß der Name ihrer guten und schönen Mutter fortlebte, so wollte sie doch nicht einer ihrer Töchter das Schicksal auferlegen, von Smäländern oder sonst wem geraubt zu werden. Als aber Willibald zu dieser Ratsversammlung kam, sagte er unverzüglich, daß Ludmilla ein schöner und glückbringender Name sei, denn eine heilige Fürstin im Lande Moravien habe ihn zu Zeiten des alten Kaisers Otto getragen. So blieb es denn bei Ludmilla; und das Hausgesinde prophezeite seltsame Schicksale dem Mädchen, das mit einem noch nie gehörten Namen genannt werden sollte.

Als die beiden Mädchen kräftig genug geworden waren, wurden sie unter ihrem großen Geschrei von Vater Willibald getauft. Sie wuchsen, waren gesund und guter Dinge und rollten bald mit den großen irischen Hunden, die Orm mitgebracht hatte, auf dem Fußboden umher; oder sie rissen sich um Puppen und Tiere, die Rapp und Vater Willibald für sie geschnitzt hatten. Åsa liebte sie über alles und hatte mit ihnen ungewöhnlich viel Geduld; aber Orm und Ylva hätten mitunter kaum sagen können, welche von beiden bösartiger und eigensinniger zu werden versprach. Mit der Zeit bekam Ludmilla oft zu hören, daß sie, die den Namen einer Heiligen trug, dessen allzuwenig eingedenk sei. Die Mädchen hielten gut zusammen, obschon sie sich gern in die Haare fuhren; aber wenn eine von ihnen die Rute zu schmecken bekam, stand die andere daneben und schrie ebenso laut wie die Schwester.

Im Sommer des nächsten Jahres wurde Orm mit dem Bau der Kirche fertig. Sie stand im Schutz der anderen Gebäude an der äußersten Spitze der Landzunge und war so groß angelegt, daß sie 60 Menschen faßte, allerdings begriff niemand recht, woher denn so viele Leute sich einfinden sollten. Nun zog Orm noch quer über die ganze Halbinsel einen mit doppeltem Pfahlwerk gekrönten Wall, in dessen Mitte er ein starkes Tor anbrachte; denn je mehr er mit der Zeit bauen ließ, desto besorgter wurde er um die Sicherheit seines Hofes; er wollte wohl vorbereitet sein, wenn es galt, Grenzräubern standzuhalten oder den Leuten, die König Sven vielleicht dereinst heraufschicken würde.

Als alles fertig dastand, erfreute Ylva sich selbst und die anderen durch die Geburt eines Sohnes. Åsa sagte: das sei Gottes Segen für den Kirchenbau, und Orm stimmte ihr bei.

Der Neugeborene war an Leib und Gliedern ohne Fehl und hatte von Anfang an eine starke Stimme, und alle meinten, daß er das Zeug zu einem Häuptling habe, da er nicht nur von König Haralds Geschlecht, sondern auch von dem des »Weitgreifenden« war. Als er seinem Vater gebracht wurde, nahm Orm das Schwert Blauzunge vom Wandhaken und zog es aus der Scheide; und Mehl und einige Körner Salz wurden auf die Schneide gestreut. Dann hielt Åsa das Kind vorsichtig zum Schwerte hin, so daß es das Dargebotene mit Lippen und Zunge berührte. Vater Willibald stand mit düsterer Miene dabei; er schlug das Kreuz über dem Kinde und sagte: so unchristlicher Brauch, mit blanker Klinge ausgeführt, sei böses Tun und verdiene schweren Tadel. Aber damit fand er keinen Anklang, und sogar Ylva, die noch schwach und müde dalag, mischte sich eifrig ein und rief, er habe unrecht in dieser Sache.

»So ist es bei Edelgeborenen Brauch«, sagte sie, »und es macht hochgesinnt und furchtlos und bringt Waffenglück, dazu auch die Gabe, die Worte geschickt zu wählen. Und nach allem, was du erzählt hast, stimmt es ganz und gar nicht zu Christi Art, einem Menschenkinde solche Gaben nicht zu gönnen.«

»So will es eine uralte Sitte«, sagte Orm, »und die Vorfahren, wenn sie von Christus auch nichts gewußt haben, waren doch in vielem sehr weise. Auch mir hat man die erste Mahlzeit gereicht, indem man mich die Schwertschneide lecken ließ, und meinem Sohn, der obendrein König Haralds Enkel ist, soll es nicht schlechter ergehen als mir.«

Dabei blieb es, wenn auch Vater Willibald den Kopf dazu schüttelte und sich darüber verwunderte, wie aufdringlich der Teufel sich in diesem Lande gebärdete.

Wie man sich zum großen Tauffest für König Haralds Enkel rüstete

Zu jener Zeit war es Orm so wohl wie noch nie, denn alles ließ sich für ihn gut an. Seine Äcker brachten gute Ernten; das Vieh gedieh, Vorratshaus und Truhen füllten sich; und nun hatte er obendrein einen Sohn bekommen, ja, er konnte auf noch mehr Söhne hoffen, und Ylva und die Kinder waren gesund und munter. Er selbst hielt seine Leute sorgfältig dazu an, schon beim ersten Morgengrauen jede Faulheit abzuschütteln; Åsa ließ die Mägde in der Milchkammer nicht aus den Augen; Rapp war ein geschickter Tischler und Schmied und verstand sich darauf, Wildbret in Fallen und Schlingen zu fangen, und über dieses alles rief Vater Willibald jeden Abend den Segen Gottes herab. Das einzige, worüber Orm hätte klagen können, war, daß er nun fern vom Meere wohnte; denn ein Mann wie er, sagte er, könne mitunter mißmutig werden, bloß weil er ringsum nur das Murmeln des Waldes hörte, ohne je die Stimme des sommerlichen Meeres zu vernehmen und dessen salzigen Hauch zu spüren.

Doch mitunter kam es vor, daß böse Träume ihn heimsuchten. Dann konnte sein Schlaf so unruhig werden, daß Ylva ihn schüttelte und ihm mit Fragen zusetzte: ob er den Alpdruck habe oder was sonst ihn plage? Wenn er dann erwachte und sich durch Bier gestärkt hatte, erzählte er ihr zuweilen, daß er im Traum wieder auf dem maurischen Schiff gewesen war, wo scharf gerudert wurde und wo narbengefurchte Rücken sich unter Peitschenschlägen und Stöhnen über den Rudern krümmten; und am Tage nach einem solchen Traum saß er gern bei Rapp in der Tischlerstube und redete mit ihm – der nie träumte – von den Erinnerungen an jene Zeit.

Aber noch schlimmer waren für ihn die Träume von König Sven. Denn das maurische Schiff war bloß ein Erinnern, aber mit König Sven und dessen Rache stand es anders, und Träume von ihm konnten bevorstehendes Unglück bedeuten. Nach einem solchen Traum war seine Besorgnis groß; er erzählte Åsa und Vater Willibald alles haargenau und bat sie, bei der Deutung des Traumes mitzuhelfen.

Einmal hatte er König Sven böse lachend am Vordermast eines riesigen Schiffes gesehen, das näher und näher herankam, während er selbst, der nur wenige Mann an den Rudern hatte, vergebens auszuweichen versuchte. Das andere Mal hatte er ohnmächtig im Finstern gelegen und Ylva, die man hinwegtrug, rufen und jammern hören; dann hatte er König Sven bei Feuerschein und mit dem Schwert Blauzunge in der Hand auf sich zukommen sehen – und dann war er erwacht. Åsa und Vater Willibald meinten beide, daß solche Träume etwas bedeuten könnten, und als Åsa den letzten hörte, fing sie zu weinen an. Aber nach einigem Nachdenken wurde sie ruhiger.

»Es mag ja sein«, sagte sie, »daß du die Gabe des Wahrträumens von mir geerbt hast, und mir scheint das nicht gerade ein Erbe von besonderem Wert zu sein; denn ich selbst habe von dieser Gabe nie Nutzen gehabt, sondern nur noch mehr Ärger und Plage als andere Leute. Eins aber tröstet mich: daß ich selbst nichts geträumt habe, was auf bevorstehendes Unglück deuten könnte. Denn dein Unglück wäre in Wahrheit auch meines; und wenn dir und deinem Hause irgend etwas drohte, dann hätte ich es gewiß im Schlaf erfahren.«

»Ich glaube«, sagte Vater Willibald, »daß König Sven mit anderem genug beschäftigt ist und wenig Zeit hat, um dir in diesen entlegenen Gegenden nachzuspüren. Bedenke doch, daß ich es bin, der bei ihm am meisten auf dem Kerbholz hat. Denn es war meine Hand, die ihn mit dem Steine traf, gleichwie der Gottesknecht David den Heiden Goliath; und dennoch hat mir jetzt nichts Schlimmes geträumt. Allerdings: die Wege der Bosheit sind krumm und lang, und es ist stets am besten, sich vorzusehen.«

Orm stimmte ihm zu; er wandte viel Sorgfalt an das Befestigen des Pfahlwerks und sah zu, daß das große Tor sich durch Querbalken verrammeln ließ, damit man ruhiger schlafen konnte. Und bald hörte er auf, diesen Träumen nachzusinnen; stattdessen überlegte er die Zurüstungen für das große Fest, durch das die Taufe seines Sohnes gefeiert werden sollte.

Der Name des Neugeborenen machte ihm kein Kopfzerbrechen: er sollte Harald heißen.

»Vielleicht«, sagte Orm, »daß ich ihm ein großes Schicksal auferlege dadurch, daß ich ihm den Namen eines Königs gebe. Aber nur wenige haben so viel Glück gehabt wie König Harald oder so großen Ruhm gewonnen wie er. Und nur ein einziger von allen Häuptlingen, denen ich begegnet bin, und das war Almanzur von Andalusien, ist an Weisheit seinesgleichen gewesen. Daher würde ich schlimm gegen meinen Sohn handeln, wenn ich ihm den Namen verweigerte, den sein Großvater getragen hat.«

»Nur eines ängstigt mich, wenn du ihn Harald nennst«, sagte Ylva, »nämlich daß er vielleicht ebenso maßlos sein wird wie mein Vater, wenn es Frauen gilt, denn er hat deren nie genug haben können. Das mag sich für einen König schicken, schwerlich aber für andere.«

»Er wird stark werden und von guter Gestalt sein«, sagte Åsa, »das glaube ich schon jetzt zu sehen. Und bekommt er dazu einen munteren Sinn, so bedarf es keines Königsnamens, damit ihm die Frauen leicht ins Netz gehen. So verhielt sich's auch mit meinem Sohn Are, der dadurch ins Unglück geriet; ihm konnte keine Frau widerstehen, wenn er ihr zublinzelte oder nach ihren Zöpfen griff; das haben sie selbst mir gesagt. Er hatte lachende Augen und einen sorglosen Sinn und war nächst Orm der beste meiner Söhne; und gebe Gott, daß du, Ylva, nie so schwere Trauer erfährst wie ich, als Frauenliebe ihn ins Unglück brachte, so daß er landesflüchtig werden mußte und nach Miklagård fuhr und nie wiederkam.«

»Ja, das will auch ich hoffen«, sagte Ylva, »und doch, wenn ich's recht bedenke, wünsche ich meinem Sohn dereinst lieber Glück bei Frauen, als daß er verzagt dasteht und sich nicht an sie heranwagt.«

»Dann kannst du das beste hoffen«, sagte Orm, »denn von Verzagtheit findet sich bei den Vorfahren deines Sohnes nicht gerade viel.«

Zur Taufe des Kindes sollte ein großes Gastmahl gerüstet werden, zu dem von weit her alle angesehenen Leute geladen wurden. Orm wünschte, daß an nichts gespart würde, weder beim Backen noch beim Brauen oder Schlachten; die Waldbewohner, sagte er, sollten die Gastfreiheit eines Häuptlings bei einem Dreitagefest kennenlernen. Die Kirche sollte den Festsaal abgeben; denn dort gab es viel Raum, und am dritten Tage, wenn man durch die reichliche Bewirtung hochgestimmt war, sollte Vater Willibald eine Predigt halten, worauf viele sich vielleicht würden taufen lassen.

Vater Willibald wollte anfangs nichts davon wissen, daß in seiner neuen Kirche, in der er kürzlich den Altar und ein schönes Kreuz aufgestellt hatte, grölende Heiden ein Fest feiern sollten; aber im Gedanken daran, daß vielleicht viele Seelen für die wahre Lehre gewonnen würden, gab er nach. Ylva beunruhigten zwei Dinge: sie wollte das Bier nicht allzu stark gebraut wissen, denn unter den Gästen würden wilde Leute sein und Männer und Frauen sollten ja miteinander bei Tisch sitzen, und ferner war sie unschlüssig, ob sie ihre goldene Halskette anlegen sollte oder nicht.

»Denn das letzte Mal, als man sie bei einem Gastmahl gezeigt hat, wurden die Schwerter gezogen«, sagte sie; »und hier ist die Gier nach Gold noch größer als in Jellinge.«

»Ich rate dir, die Kette zu tragen«, sagte Orm, »denn die Leute sollen sehen, daß du höher stehst als andere; und wenn der Schmuck stets in der Truhe liegen soll, hast du wenig Freude an ihm.«

Nun hatten alle mit den Festvorbereitungen zu tun. Es wurde viel gebraut und gebacken, und Orm betastete täglich die Schlachttiere und ließ sie fleißig mästen.

Eines Tages kam ein Mann mit zwei Packpferden von Süden her aus dem Walde und ritt auf den Hof; er wurde wohl empfangen und zum Eintreten aufgefordert. Er hieß Ole: ein alter Mann, der schon seit langer Zeit in den Grenzlanden von Hof zu Hof zog, um mit Salz und Fellen zu handeln; man nannte ihn daher den Salz-Ole, und jedermann kannte ihn. Obschon er stets allein unterwegs war, wurde er doch von niemandem behelligt, denn er war ein Eigenbrötler, und man hielt ihn für nicht ganz richtig im Kopf. Auf Felle aber verstand er sich gut und war, was das anging, nicht leicht übers Ohr zu hauen; und überdies war er mit seinem Salz stets willkommen, wo man sich eine so kostbare Ware leisten konnte. Die großen Hunde bellten ihn an; aber weder er noch seine alten Pferde machten sich viel daraus; an der Tür blieb er jedoch stehen und weigerte sich, über die Schwelle zu treten, bis man ihm gesagt hatte, daß der Priester nicht im Hause sei; denn vor dem graute er sich.

»Unser Priester pflegt nicht zu beißen«, sagte Åsa gekränkt, während sie selbst das Essen für Ole auftrug. »Aber heute ist er mit Rapp beim Fischen, und so ist es dir erspart, ihn zu sehen. Es muß schlimm um deinen Verstand stehen, wenn du dich vor einem Priester Gottes fürchtest. Dennoch sollst du in diesem Hause willkommen sein; setz dich her und iß, armer Alter; denn mit deinem Salz bist du gerade im rechten Augenblick gekommen. Das unsere ist nämlich bald zu Ende; und nicht wenig davon wird auf unserem Fest draufgehen, wenn alles so wird, wie Orm es haben will. Es soll nämlich ein jeder so viel gestoßenes weißes Salz bekommen, als er mit drei Fingern fassen kann, damit er Fleisch und Wurst hineintunkt. Und sogar zur Grütze soll es Salz geben, obschon die meisten, denen es nicht schlechter geht als uns, das übertrieben nennen und sagen werden: Butter und Honig zur Grütze sei auch fürs beste Festessen wahrlich gut genug.«

Der Alte saß da und aß seine saure Milch, auf die er Brotkrümel tat; er schüttelte den Kopf, als er Åsa so reden hörte.

»Salz ist am besten«, sagte er. »Der Mensch soll so viel Salz essen, als er nur kann, das gibt Kraft und Gesundheit und langes Leben. Es treibt alles Böse aus dem Körper und macht das Blut gesund. Alle Menschen mögen Salz. Schau doch mal her!«

Die Zwillinge standen, einander bei der Hand haltend, vor ihm und starrten ihn ernsthaft an. Er zog zwei Stückchen Salz aus dem Gürtel, hielt sie den Kindern hin und gluckste freundlich dazu. Sie traten zögernd näher, nahmen schließlich das Salz und fingen sogleich an, daran zu lutschen.

»Da siehst du's«, sagte der Alte zufrieden, »so ist's nun mal. Wo Salz angeboten wird, sagt niemand nein.«

Aber als er gegessen und Bier bekommen hatte und nach Neuigkeiten gefragt worden war, worauf Ylva dann den Kauf mit ihm abschließen wollte, da kam es heraus, daß in seinen Tüten vom braunen Salz kaum etwas übrig war, und überhaupt nichts mehr vom weißen, das Kaisersalz genannt wurde und das Orm für sein Gastmahl haben wollte.

Åsa fuhr ihn an: »Das hättest du gleich anfangs sagen können, und dann wäre mein Empfang danach geworden. Aber es ist, wie ich schon immer gesagt habe: nichts bekommt man für das, was man in alte, schäbige Kerle oder gar Unholde hineinstopft!«

Ole war nun aber satt und zufrieden und sagte, es gäbe für alles Trost.

»Es sind nämlich noch andere Kaufleute hierher unterwegs«, sagte er. »Ich überholte sie, als sie bei Gökliden rasteten; es waren elf Mann und ein Knabe, dazu vierzehn Pferde. Sie führten sowohl Nägel wie Tuch und Salz und sagten, sie seien über Långa-Stockar gekommen und nun unterwegs nach Småland. Ich kannte sie nicht, und doch habe ich mitunter gemeint, daß ich alle Leute der Gegend kenne; aber ich fange an, alt zu werden, und neue Menschen kommen hierher. Aber daß sie hierherkommen wollen, weiß ich, denn ihr Anführer hat sich nach dir, Orm, erkundigt.«

Orm hatte drinnen in seiner Kammer Mittagsruh gehalten, aber nun kam er zu den anderen heraus, um dem Alten zuzuhören, und fragte: »Nach mir erkundigt? Wer war es?«

»Er heißt Östen in Öre und kam von Finnveden her, war aber noch nie hier in der Gegend gewesen. Er ist lange im Ausland zur See gewesen, aber nun hat er seinen ganzen Gewinn in diese Fuhre gesteckt, damit seine Heimfahrt lohnend würde.«

»Warum fragte er nach mir?« sagte Orm.

»Er hatte von dir reden gehört als von einem reichen und berühmten Mann, wie Kaufleute solche gern aufsuchen. Unter seinen Waren habe er auch silbernen Schmuck, sagte er, und gute Pfeile und Bogensehnen.«

»Hat er einzig nach mir gefragt?«

»Er wollte auch gern wissen, ob es andere angesehene Männer hier gäbe, solche, die nicht bloß Kleinigkeiten zu kaufen pflegen und die dabei nicht stöhnen und feilschen. Am meisten aber wurde von dir geredet, denn er hatte gehört, daß du der reichste hier seist.«

Orm saß eine Weile nachdenklich und schweigend da. »Elf Männer?« fragte er.

»Und ein Knabe, ein Bürschchen. Um so viele Waren unterwegs zu schützen, bedarf es tüchtiger Männer, und der Knabe war ihr Pferdeknecht.«

»Mag stimmen«, sagte Orm, »aber es ist immerhin gut, rechtzeitig gewarnt zu werden, wenn Fremde mannsstark heranrücken.«

»Ich merkte ihnen keine böse Absicht an«, sagte Ole; »aber Östen ist gewiß ein unerschrockener Mann, denn ich sagte ihm vom Priester auf deinem Hof, was ihm jedoch nichts auszumachen schien.«

Darüber lachten alle.

»Sag, warum fürchtest du dich vor dem Priester?« fragte Orm. Aber darauf wußte der Alte nicht zu antworten; er schüttelte bloß den Kopf, machte ein schlaues Gesicht und murmelte: so dumm sei er denn doch nicht, daß er nicht wisse, diese Art Leute seien schlimmer als jeder Troll. Und nun hatte er es plötzlich eilig mit dem Weiterziehen.

»Nach sieben Wochen ist hier das große Festessen«, sagte Orm, als Ole davonritt. »Und solltest du dann hier in der Gegend sein, so bist du willkommen; denn es kann sein, daß du mir heute einen großen Dienst geleistet hast.«

Von den Fremden mit der Salzfuhre und wie dem König Sven ein Kopf entging

Am folgenden Abend gelangte der Warenzug der Fremden nach Gröning. Es hatte zu regnen angefangen, und die Männer und Pferde hielten ein Stück vor dem Tor, während ein Mann herankam, nach Orm fragte und um ein Nachtlager bat. Die Hunde hatten rechtzeitig angeschlagen, und Orm stand mit Rapp und dem Priester am Tor, neben ihnen fünf Männer vom Hofgesinde; mit Ausnahme von Vater Willibald waren sie alle gut bewaffnet. Der Mann, der jetzt an sie herantrat, war hoch von Wuchs und mager; ihn umhüllte ein weiter Mantel. Er strich sich den Regen aus den Augen und sagte: »Solch ein Regen ist für Händler schlimm, denn da halten weder Ballen noch Ledersäcke dicht; und ich führe Salz und Tuch, also Waren, die Nässe schlecht vertragen. Daher bitte ich dich, Orm, obschon ich hier fremd bin, um Schutz für die Waren und um Obdach für mich und meine Leute. Und der diese Bitte tut, ist wahrlich kein Landstreicher. Ich bin Östen, Ugges Sohn, von Örestad in Finnveden und vom Geschlechte Grims des Langen; und mein Oheim war Styr der Weise, von dem man überall gehört hat.«

Während er redete, betrachtete Orm ihn genau. »Du hast eine große Gefolgschaft«, sagte er.

»Und doch hab ich mitunter gemeint, sie sei zu klein«, antwortete Östen; »denn ich führe kostbare Ware, und für Handelsleute sind diese Gegenden nicht gerade die sichersten. Bisher ist aber alles gut gegangen, und ich hoffe, es bleibt dabei. Mag sein, daß sich in meinen Packen dies und jenes findet, was du oder deine Hausfrau gern kaufen würdest.«

»Bist du getauft?« fragte Vater Willibald.

»O nein«, antwortete Östen schnell; »weder ich noch einer meiner Leute. Wir alle sind ehrbare Leute.«

»Du redest, so gut du's eben verstehst«, sagte Orm

streng. »Wir alle hier sind getauft, und der dich fragte, ist ein Priester Christi.«

»Dergleichen kann ein Fremdling nicht wissen«, sagte Östen gefügig; »aber nun fällt mir ein, daß ein Wanderer mir gesagt hat, es gäbe hier auf dem Hof einen Priester. Das hatte ich vergessen, da er am meisten von dir, Orm, zu berichten hatte, nämlich von deinem großen Ruf und deiner Gastfreiheit.«

Der Regen nahm zu, und man hörte es in der Ferne donnern. Östen blickte zu seinen Waren hinüber und sah bekümmert aus. Seine Leute standen wartend und mit den Rücken gegen den Wind bei den Pferden; sie hatten sich die Mäntel über die Köpfe gezogen, und der Regen umgab sie wie Rauch.

Rapp verzog lachend den Mund. »Nun ist das Salz wahrscheinlich billig geworden«, sagte er.

Orm sagte: »Du magst von gutem Geschlecht sein, Smäländer, und ich will dir nichts Böses zutrauen; aber elf bewaffnete Fremde scheinen mir als Nachtgäste allzu viele für meinen Hof; obschon ich nur ungern die Gastfreiheit schmälere. Und ich glaube nicht, daß du mich tadeln kannst, weil ich das sage. Aber nun magst du selbst wählen zwischen zwei Dingen: entweder du ziehst weiter und suchst dir ein Nachtlager, wo du kannst; oder du läßt dich mit deinen Männern und Waren im Badehause unterbringen, nachdem ihr eure Waffen hier bei mir am Tor niedergelegt habt.«

»Das sind schwere Bedingungen«, sagte Östen, »denn damit gebe ich mich und meinen Reichtum in deine Hand, und dergleichen tut niemand gern. Aber du scheinst mir doch allzusehr Häuptling zu sein, als daß du heimtückisch an mir handeln wolltest, und mir bleibt keine Wahl. Darum mag es gehen, wie du willst.«

Damit nahm er sein Schwert aus dem Gehänge und legte es nieder, und seinen Leuten rief er zu, die Waren schnell unter Dach zu schaffen. Das geschah nun in großer Eile, und alle mußten, als sie den Hof betraten, ihre

Waffen ausliefern. Die Pferde wurden auf dem Grasland am Fluß angetüdert, denn zu dieser Jahreszeit waren Wölfe hier nicht zu fürchten.

Als alles in Ordnung gebracht war, lud Orm die Fremden zu Essen und Bier ein. Dann feilschte er mit Östen um Salz und Tuch und fand in ihm einen ehrlichen Kaufmann, der für seine Waren nicht viel mehr verlangte, als was bei vernünftigen Leuten für recht und billig gelten konnte. Sie tranken in Eintracht auf den Handel, und dann erklärte Östen, daß er und seine Leute nach einem langen Tag müde seien; sie dankten für die Bewirtung und suchten ihre Schlafplätze auf.

Nun nahm das Unwetter zu und nach einer Weile hörte man in der Nachthürde bei den Wirtschaftsgebäuden das Vieh brüllen. Rapp und der Viehknecht gingen hinaus, um nachzusehen, ob die unruhigen Tiere etwa ausgebrochen seien. Es war nun dunkel, bloß hin und wieder blitzte es, und Rapp und der Knecht umschritten die Hürde und fanden alles in Ordnung. Da fragte eine dünne Stimme aus dem Dunkel: »Bist du Orm?«

»Nicht gerade der«, sagte Rapp, »aber doch ihm recht ähnlich. Was willst du von ihm?«

Ein Blitz zeigte ihm, daß er den kleinen Knaben aus der Gefolgschaft des Händlers vor sich hatte.

»Ich will wissen, was Orm mir wohl geben würde für seinen Kopf«, sagte der Knabe.

Rapp beugte sich schnell nieder und packte ihn am Arm.

»Mit welch seltsamer Ware treibst du denn hier Handel?« fragte er.

»Wenn ich ihm alles sage, gibt er mir vielleicht etwas dafür«, sagte der Knabe eifrig. »Östen hat dem König Sven Orms Kopf verkauft und ist nun hierhergekommen, um ihn zu holen.«

»Komm mit«, sagte Rapp.

Sie eilten in das Haus. Orm hatte sich angekleidet niedergelegt, teils des Unwetters, teils der Fremden wegen, und was er nun zu hören bekam, machte ihn bald völlig wach. Er verbot, Feuer anzumachen, und zog schnell die Brünne an.

»Haben sie mich doch an der Nase herumgeführt!« sagte er. »Aber ich habe ja ihre Waffen.«

»Sie haben Schwerter und Äxte in ihren Packen versteckt«, sagte der Knabe. »Sie sagen, daß dein Kopf reichliche Mühe wert ist. Ich aber soll nichts von ihrem Lohn bekommen und wurde zu den Pferden in den Regen hinausgeschickt; darum mögen sie nun um ihren Handel geprellt werden. Ich gehöre nicht zu ihnen. Nun werden sie bald hier sein.«

Orms Mannen waren alle geweckt worden und hatten sich bewaffnet. Mit Orm und Rapp waren sie neun an der Zahl, aber einige waren schon bei Jahren, und im Kampf war auf sie nicht zu rechnen.

»Es wird am besten sein, daß wir uns gleich bei ihrer Tür aufstellen«, sagte Orm. »Wenn es sich gut trifft, können wir sie drinnen ausräuchern.«

Rapp guckte durch die Türspalte hinaus.

»Wir haben Glück«, sagte er. »Es klärt sich auf. Da können wir sie mit den Speeren besser treffen, wenn sie heraus wollen.«

Das Unwetter war vorübergezogen, und ungewisses Mondlicht fiel durch die Wolken.

Ylva stand hinter den Männern, als sie hinausgingen. »Gut wär's, wenn das überstanden wäre«, sagte sie.

»Sei guten Mutes«, sagte Orm zu ihr, »und wärme unterdessen das Bier. Manch einer mag es nötig haben, wenn wir zurückkommen.«

Sie gingen schweigend über den Hof zum Badehaus, vorbei am Holzschuppen, der daneben lag. Als sie bis dahin gekommen waren, öffnete sich sachte die Tür des Badehauses: Männer lugten hervor, und Waffen glänzten. Orms Mannen schleuderten sofort ihre Speere, aber die Sicht war schlecht, und weil die Fremden schnell zum Hause hinaus wollten, entstand in der Tür Gedränge. Da beugte Orm sich nieder und riß den Hackblock hoch, der vor dem Holzschuppen stand; es gelang, obwohl ihm die Arme dabei knackten, und so rannte er vor und schleuderte den Klotz aus ganzer Kraft durch die Türöffnung. Die vordersten der Männer konnten noch schnell beiseite springen, aber andere drinnen wurden getroffen und stürzten aufschreiend übereinander hin.

»Dergleichen kann Nutzen bringen«, sagte Rapp.

Aber die Fremden zeigten sich bald als unerschrockene Männer, wenn auch die Sache anders in Gang gekommen war, als sie es sich gedacht hatten. Man kämpfte erbittert, und die Verwirrung war groß; denn wenn der Mond hinter die Wolken trat, war es nicht leicht, Freund von Feind zu unterscheiden. Orm geriet im Kampf an zwei Männer, und den einen schlug er bald nieder; aber der andere, der klein und vierschrötig war, rannte mit gesenktem Kopf wie ein Eber gegen ihn an, brachte ihn zu Fall und stieß ihm ein langes Messer in den Schenkel. Orm ließ sein Schwert fahren und umklammerte mit dem Arm den Hals des Mannes; mit der anderen Hand hielt er dessen Messer von sich ab und spannte dabei seine Kräfte bis aufs äußerste. So wälzten sie sich eine gute Weile im Regenwasser umher; der andere war kurzhalsig, stark wie ein Bär und anzufühlen wie ein Troll. Zuletzt rollten beide gegen die Wand des Badehauses; gegen die konnte Orm sich stemmen und seinem Griff Nachdruck geben; und da begann der andere zu röcheln, dann knackte es in seinem Nacken, und er lag still. Orm kam wieder auf die Beine; er suchte und fand sein Schwert; aber der Messerstich, den er erhalten hatte, machte ihn mißmutig, denn jetzt konnte er sich nur mühsam bewegen und mußte tatenlos anhören, daß einige seiner Mannen um Hilfe riefen.

Da aber – über den Kampflärm hin – ertönte Hundegebell, und Vater Willibald kam mit einem Speer in der Hand um die Hausecke; mit ihm die großen Hunde, die er losgelassen hatte. Schaum stand ihnen ums Maul, und in gewaltigen Sprüngen dahinrasend, fielen sie über die Fremden her, die sich schreckgeschlagen zur Flucht wandten; denn Hunde von der Größe viermonatiger Kälber waren ihnen ein ungewohnter Anblick. Hinter ihnen her rannten Orms Mannen und die Hunde; einige der Fliehenden wurden eingeholt und niedergemacht, drei aber retteten sich in den Fluß. Sehr besorgt, daß auch Östen entkommen könnte, hinkte Orm, so gut er konnte, hinterher.

Als er zum Hof zurückkehrte, sah er Rapp auf einem Balken sitzen und, auf den Schaft seiner Axt gestützt, einen Mann betrachten, der ausgestreckt vor ihm lag.

»Da hast du ihn selbst, den Händler«, sagte Rapp, als Orm hinzutrat. »Ob er noch lebt oder tot ist, weiß ich nicht, aber ein tüchtiger Kämpfer war er, das kann ich bezeugen.«

Östen lag bleich und blutig auf dem Rücken; ein Hieb hatte ihm den Helm gespalten. Orm setzte sich neben Rapp und betrachtete ihn, und bei diesem Anblick wurde ihm so wohl zumute, daß er seine eigene Wunde vergaß. Froh, aber nicht ohne Bangen, kamen nun Ylva und Åsa herbeigelaufen; sie wollten Orm gleich mit sich nehmen, um ihn zu pflegen und zu verbinden; er aber blieb sitzen und, den Blick auf Östen gerichtet, murmelte er vor sich hin. Schließlich sagte er:

»Sven, meinem Schwager,
heimzusenden
weiß ich würdige
Freundesgabe.
Händler, das Haupt,
das du hier ihm holen
wolltest, dem Fürsten:
siehe, das deine
ist's, das ihm wird,
nicht meins.«

Nun kam Vater Willibald hinzu, und als er Orms Wunde sah, befahl er ihm, sofort hineinzugehen oder sich von Rapp und den Frauen tragen zu lassen. Dann beugte er sich über Östen und befühlte ihn, wo Rapps Axt ihn getroffen hatte.

»Er lebt«, sagte er. »Aber wie lange noch, kann ich nicht sagen.«

»Sein Kopf soll zu König Sven«, sagte Orm.

Vater Willibald gab jedoch streng zur Antwort, daß er so verrücktes Zeug nicht hören wolle und daß Östen wie alle anderen Verwundeten unter Dach gebracht werden solle.

»Und hier habe ich nun auf lange Zeit hinaus viel zu tun«, sagte er.

Vater Willibald war immer sehr bestimmt, am meisten aber dann, wenn es sich um Kranke oder Verwundete handelte; dann wagte niemand, ihm zu widersprechen. Alle, die sich nützlich machen konnten, mußten nun heran, um die Verwundeten hineinzutragen und zu versorgen.

Nachdem man Orm ins Haus geholfen hatte und seine Wunde behandelt worden war, schwand ihm das Bewußtsein; denn er hatte viel Blut verloren. Tags darauf fühlte er sich besser, als zu erwarten gewesen war. Befriedigt überdachte er, wie alles abgelaufen; der kleine Knabe, sagte er, solle nun für immer dableiben und es so gut haben, als sei er einer von Orms eigenem Geschlecht. Orm erfuhr nun, daß er zwei seiner Mannen verloren hatte und daß zwei andere schlimm daran waren, ebenso auch einer der Hunde; aber, meinte Vater Willibald, mit Gottes Hilfe würden sowohl die Männer wie der Hund wieder auf die Beine kommen. Orm bedauerte den Verlust der Männer, aber es hätte ja noch schlimmer gehen können. Von den Fremden waren Östen und zwei andere am Leben, abgesehen von denen, die in den Fluß gesprungen waren. In der Badestube hatte man zwei gefunden, die vom Hackklotz getroffen worden waren; der eine war tot, ihm waren die Rippen zerschlagen, dem anderen war ein Bein gebrochen und ein Fuß zerschmettert. Vater Willibald hatte alle Verwundeten in die Kirche tragen und sie auf Stroh betten lassen; dort wurde ihnen nun die beste Pflege zuteil, und es war dem kleinen Priester täglich anzumerken, wie wohl es ihm tat, sich um sie mühen zu dürfen. Denn er hatte letzthin nicht viel Gelegenheit gehabt, seine Heilkunst anzuwenden, so daß ihm mitunter die Zeit lang geworden war.

Orm kam bald wieder auf die Beine; ihm war durch den Stich kein ernstlicher Schaden entstanden; und eines Tages fand sich Vater Willibald noch zufriedener als sonst am Mittagstisch ein und sagte, daß sogar Östen, um den es am schlimmsten gestanden hatte, nun in der Besserung sei. Als Rapp das hörte, schüttelte er den Kopf.

»Ich hab also nicht so gut zugehauen, wie ich glaubte«, sagte er. Und auch Orm fand Vater Willibalds Neuigkeit gar nicht erfreulich.

Wie Orm dem Salzhändler eine Predigt hielt

Bald wußte man in der ganzen Gegend vom Kampf auf Gröning, und Gudmund vom Uvaberg kam nebst einer Schar entfernterer Nachbarn, von denen Orm bis dahin noch nichts gesehen hatte, zum Besuch herübergeritten, um genauer zu hören, wie alles zugegangen war. Sie tranken gründlich von Orms Bier und freuten sich lärmend an dem, was man ihnen vom Kampf erzählte. Dergleichen, riefen sie, zeige eine starke Hand und diene dem alten Ansehen der Gegend. Sie brachten viel zum Lobe der großen Hunde vor und wollten sich gern einige Welpen der Nachzucht ausbedingen; und beim Anblick des vielen Salzes, der Wollstoffe und der übrigen Herrlichkeiten seufzten sie darüber, daß nicht auch ihnen ein gleiches Glück geworden war. Auch ein Pferdekauf wurde in aller Eintracht abgeschlossen; denn Orm hatte nun weit mehr Pferde, als er benötigte, und da es sich um erbeutete Tiere handelte, meinte er, keine hohen Preise verlangen zu dürfen. – Nachher versuchten die Stärksten ihre Kräfte am Hackblock; und obgleich die Umstehenden mehrere Verstorbene nennen konnten, die sie in ihrer Jugend gekannt und die mit Leichtigkeit noch schwerere Kraftproben als diese bestanden hatten, so wollte es doch niemand glücken, Orm seinen Wurf nachzutun. Das versetzte Orm in die beste Laune, so daß er die Gäste bat, sich ihr Mißlingen nicht allzusehr zu Herzen zu nehmen.

»Denn ich glaube nicht, das noch einmal fertigbringen zu können«, sagte er, »es sei denn, daß ein großer Zorn mir beisteht.«

Alle waren begierig, Östen zu sehen, und man wunderte sich sehr, daß Orm ihm nicht den Garaus gemacht hatte. Ein Messer im Halse, so erklärte man einmütig, sei immer das beste Mittel gegen Leute dieser Art; und man riet Orm ernstlich, sich selbst und anderen keine Unannehmlichkeiten zu schaffen dadurch, daß er Östen nun mit dem Leben davonkommen ließ. Er könne gewiß sein, daß in solchen Fällen das dicke Ende nachkäme, denn die Småländer seien ein nachtragender Volksschlag. Einige der Männer wollten nun in die Kirche hinein, um sich den Mann anzuschauen und mit ihm zu reden; vor allem wollten sie sich bei ihm erkundigen, was er nun vom Köpfeholen aus den Landstrichen der Göinger hielt. Aber Vater Willibald hielt die Tür verschlossen und ließ sich zum Öffnen nicht bewegen. In die Kirche, sagte er, würden sie gewiß dereinst mal hineindürfen, aber nur, wenn Gott es wolle und die rechte Zeit dazu gekommen sei; nicht aber, um mit einem Verwundeten, der noch kaum den Kopf heben könne, Spott zu treiben.

Damit mußten sie sich bescheiden; aber ehe sie davonritten, beim Abschiedsschoppen, riefen sie laut durcheinander: nun könne jedermann sehen, daß Orm ein rechter Göinger Häuptling und in Wahrheit vom Blute des Sven

Rattennase sei, wenn er sich auch habe taufen lassen; und sie alle wollten ihm gern in der Fehde beistehen, die nach dem Geschehenen nun zu erwarten sei.

Zur Förderung guter Nachbarschaft gab Orm jedem als Abschiedsgeschenk ein Maß Salz; und schnell und in bester Laune, wie Eichelhäher schreiend und in den Sätteln schwankend, ritten sie davon.

Als der kleine Knabe vernahm, daß Östen gesund werden würde, geriet er in nicht geringe Unruhe, denn ihm schien, daß die Dinge nun einen üblen Verlauf nähmen, was ihn betraf. Östen, sagte er, werde ihn, sobald er's nur könnte, ums Leben bringen. Aber Orm sagte: ihm werde nichts Schlimmes geschehen, wie auch Östen über ihn denken möchte.

Der Knabe hieß Ulf, und Åsa und Ylva verhätschelten ihn vom ersten Tage an, denn sie wußten gar nicht, wie sie ihm den großen Dienst, den er ihnen geleistet hatte, vergelten könnten. Åsa machte sich selbst daran, ihm bessere Kleider zu nähen; sie und auch Vater Willibald meinten, Gottes Finger habe den Knaben zu ihnen gewiesen, um sie vor den Anschlägen des Bösen zu retten. Sie fragten ihn, wie er zu den Händlern gekommen sei, und er berichtete, daß er früher bei einem bösartigen Verwandten an der Küste gewohnt habe; dort habe er große Not gelitten, denn seine Eltern seien beide, als er noch ganz klein gewesen, beim Fischen ertrunken. Jenem Verwandten sei er endlich ausgerissen, und die Kaufleute hätten ihn als Pferdehüter angestellt.

»Sie geizten aber mit dem Essen«, sagte er, »so daß ich mir auf den Höfen bessere Nahrung zusammenstehlen mußte; und nachts sollte ich auf die Pferde achtgeben; wenn denen irgend etwas zustieß, bekam ich Prügel. Am schlimmsten aber war, daß ich kaum je reiten durfte, wie müde ich auch vom Gehen hinter den Packpferden her war; und doch hatte ich es bei ihnen besser als vorher an der Küste. Lieben aber konnte ich weder Östen noch die anderen, und es tut gut, ihnen entgangen zu sein. Hier habe ich nun, was mir bis jetzt stets gefehlt hat: ein Bett zum Schlafen und genug, um mich satt zu essen; darum will ich, wenn ihr mich nicht fortjagt, allezeit bei euch bleiben. Und auch vor dem Getauftwerden fürchte ich mich nicht, wenn ihr meint, daß es sein müsse.«

Vater Willibald sagte: notwendig sei es gewiß, das stehe außer Zweifel, und er werde getauft werden, sobald man ihn ein wenig in der Lehre Christi unterwiesen habe. Ylva trug ihm auf, Oddny und Ludmilla zu überwachen, denn die trieben sich viel im Freien umher und waren zum Schrecken aller einige Male drunten am Fluß entdeckt worden. Der Knabe übte treu dieses Amt aus und begleitete die Mädchen ständig und überall; ihm schien das eine bessere Arbeit als Pferdehüter zu sein. Er verstand sich besser als jeder andere darauf, kunstvoll zu pfeifen und auch den Ruf der Vögel nachzuahmen, und die Mädchen mochten ihn von Anfang an gern leiden. Wegen seines munteren Sinnes nannte man ihn später Ulf Frohsinn.

Östen und seine beiden Mannen hatten sich nun soweit erholt, daß sie umhergehen konnten; sie wurden jetzt im Badehaus untergebracht, wo ein Bewaffneter ständig ein Auge auf sie hatte; und nun versuchte Vater Willibald, ihnen einiges von der christlichen Lehre beizubringen. Er sagte Orm nachher: für die Aussaat der Gnade sei in diesen Männern das Erdreich des Herzens äußerst karg gewesen, aber man habe es ja nicht anders erwarten können.

»Ich bin gewiß nicht hochmütig«, sagte er, »und auf Ehre und Ruhm nicht bedacht, aber ich würde mich für viel Mühe gut belohnt fühlen, wenn ich als erster einen Småländer taufen dürfte. Daß je dergleichen geschehen ist, hat man noch nie gehört, und im Himmel wäre die Freude darüber groß. Doch scheint es mir sehr ungewiß, ob es mir mit diesen hier glücken wird, denn ihre Bosheit ist über die Maßen groß; daher wäre es recht angebracht, wenn du, Orm, durch ein mahnendes Wort an diesen Östen mir zu Hilfe kommen wolltest.«

Orm schien dieser Gedanke gut, und er erklärte sich bereit.

»Und das verspreche ich dir«, sagte er, »sie werden alle drei getauft sein, wenn man sie von Gröning entläßt.«

»Aber vorher müssen sie sich von mir unterweisen lassen«, sagte Vater Willibald, »und da sitzt der Haken.«

»Mir werden sie schon zuhören«, sagte Orm.

Sie gingen miteinander ins Badehaus, und Orm und Östen sahen sich seit dem Kampf nun zum ersten Male. Östen hatte geschlafen, war aber beim Eintritt der beiden aufgewacht; der Kopf war ihm mit Binden umwickelt, die Vater Willibald täglich wechselte. Er richtete sich auf, und den Kopf zwischen den Händen haltend blickte er Orm an.

»Für mich ist dies eine angenehme Begegnung«, sagte Orm, »denn mein Kopf ist haltbarer gewesen als der deine, und ich habe dir für reiches Gut zu danken, das du mir vor die Haustür gelegt hast. Du aber hattest dir die Sache allerdings wohl anders gedacht.«

»Es wäre nicht so gekommen, wenn der Junge mich nicht verraten hätte«, sagte Östen.

Orm lachte. »Wirklich gut, einen Mann wie dich von Betrug reden zu hören!« sagte er. »Aber nun handelt es sich um etwas, worüber ich deine Ansicht hören will. Du hast meinen Kopf haben wollen; und wer hat nun wohl das größte Anrecht auf deinen?«

Östen schwieg eine Weile, dann sagte er: »In dieser Sache habe ich kein Glück gehabt; und mehr läßt sich darüber nicht sagen.«

»Und doch hätte es dir noch schlimmer gehen können«, sagte Orm, »wenn dieser heilige Mann nicht gewesen wäre, dem du größten Dank schuldig bist. Als ich erfuhr, daß König Sven aus diesen Gegenden einen Kopf verlangte, da war mein erster Gedanke, ihm den deinen zu senden; aber dieser Priester Christi hier riet mir davon ab. Er hat dir das Leben gerettet und deine Wunde geheilt, aber das genügt ihm nicht: nun will er auch deine böse, småländische Seele retten. Darum haben wir beschlossen, daß du Christ werden sollst und mit dir deine Mannen. Und du selbst darfst da nicht mitreden, denn dein Kopf gehört mir, und ich tu mit ihm, was ich will.«

Östen starrte beide finster an.

»Mein Geschlecht ist groß und mächtig«, sagte er, »und niemand, der ihm zugehört, bleibt ungerächt. Darum wird dir dieses teuer zu stehen kommen; das sollst du wissen; und am meisten wird es dich kosten, wenn du mich zu schimpflichen Dingen zwingst.«

»Niemand zwingt dich«, sagte Orm, »du selbst hast freie Wahl. Willst du, daß der heilige Mann, der dir bloß Gutes getan hat, dir Wasser über den Kopf gießt? Oder hättest du's lieber, daß man deinen Kopf in einen Sack steckt und ihn zu König Sven bringt? Ich verspreche dir, daß er sorgfältig verpackt, in gutem Zustand anlangen wird, so daß König Sven gleich wird sehen können, wem er einst gehört hat. Ja, es wäre vielleicht am besten, ihn einzusalzen, denn an Salz ist jetzt bei mir kein Mangel.«

»Keiner meines Stammes ist je getauft worden«, sagte Östen. »Christen gibt es nur unter Knechten.«

»So wisse«, sagte Orm, »daß Christus selbst gesagt hat, es sollen alle getauft werden; sogar die Smaländer. Vater Willibald kennt den Wortlaut.«

»So hat er gesagt«, stimmte Vater Willibald zu. »Geht hinaus in alle Welt, heißt es, und lehret alle Völker und taufet sie. Und er hat ferner auch dies gesagt: Wer da glaubet und getauft wird, der wird selig werden, aber wer nicht glaubt, der kommt in die Hölle.«

»Da hörst du's«, sagte Orm. »Es ist so, wie ich dir sage:

›Kopflos fährst du
zur Hölle,
netzt dich nicht
heiliges Wasser.‹«

»Deine Sünde ist groß und deine Bosheit ist schwarz«, sagte Vater Willibald. »Aber es steht um die meisten in diesem Lande nicht besser. Wirst du aber getauft, so kannst du dennoch dank der Gnade Christi zu den Guten zählen, wenn Er aus den Wolken herabkommt, um alle Menschen zu richten. Und bis dahin dauert es nun nicht mehr lange.«

»Und du sollst wissen«, sagte Orm, »daß Gottes Hand mit dir sein wird, sobald du getauft bist. Und seine Hand ist stark, das hast du selber bei deinem Anschlag gegen mich spüren können. Erst seit ich begann, mich zu Christus zu halten, ist mir alles richtig geglückt. Du brauchst bloß den alten Göttern abzusagen und statt dessen diese Worte im Munde zu führen: Es ist kein anderer Gott als Gott, und Christus ist sein Prophet.«

»Nein doch: nicht sein Prophet, sondern sein Sohn«, sagte Vater Willibald streng.

»Sein Sohn«, verbesserte Orm sich schnell. »So heißt es, das weiß ich ja. Aber ich sprach schnell, so daß die Zunge mir nicht gehorchte. Denn als ich im Lande der Andalusier meinem Herrn Almanzur von Cordova diente, hielt ich mich an eine falsche Lehre. Das ist aber schon lange her, und nun sind es schon vier Jahre, daß ich von einem heiligen Bischof in England getauft wurde; und seither hat Christus mir gut beigestanden. Er gibt mir meine Feinde in die Hand, so daß nicht bloß solche wie du vor mir machtlos sind, sondern sogar König Sven. Und noch viel anderes ist mir zuteil geworden. Gewiß: Glück zu haben, ist mir von Geburt her bestimmt, aber dennoch habe ich einen großen Unterschied merken können.«

»Daß du mehr Glück hast als ich, muß ich zugeben«, sagte Östen.

»Aber ich habe erst wirklich Glück, seit ich getauft worden bin«, sagte Orm. »Denn früher, als ich bloß von der alten Lehre wußte, kam ich oft in schwere Not, und zwei Jahre lang bin ich als Sklave auf einem Schiff Almanzurs mit Eisen an die Ruderbank gefesselt gewesen. Allerdings: dieses Schwert, das du hier siehst, habe ich dort gewonnen, und eine bessere Waffe als diese gibt es nicht. Denn sogar Styrbjörn, er, der besser als alle anderen sich auf Schwerter verstand, sagte, als er es bei König Harald in der Hand hielt, daß er noch nie eine bessere Klinge gesehen habe; und doch schien sie mir eine nur kärgliche Entschädigung für alles, was ich ertragen mußte. – Dann hielt ich mich, wie Almanzur, mein Herr, es befahl, an die Lehre der Andalusier; und da gewann ich eine Halskette, die ein sehr großer Schatz ist. Aber um dieser Kette willen bin ich bei König Harald im Zweikampf auf den Tod verwundet worden, trotzdem ich eine gute andalusische Brünne trug; und ohne die Hilfe dieses heilkundigen Priesters wäre ich an meinen Wunden gestorben. Dann endlich wurde ich getauft und kam zur Gefolgschaft Christi; und da gewann ich König Haralds Tochter, die ich für den größten meiner Schätze halte. Und du selbst hast ja sehen können, wie Christus mir zu allem verholfen hat, was du hier heraufgeschleppt hast. Wenn du nur ein wenig Vernunft besitzest, so begreifst du ja wohl selbst, daß du durch die Taufe nicht verlieren wirst; im Gegenteil, du gewinnst dabei, auch wenn du das Behalten deines Kopfes nicht sonderlich hoch anschlägst.«

Das war die längste Predigt, die Orm je gehalten hatte, und Vater Willibald sagte ihm nachher, daß er – als Neuling, der er war – die Sache nicht schlecht gemacht habe.

Östen saß, nachdem er Orm angehört hatte, eine gute Weile nachdenklich da, dann sagte er:

»Wenn alles, was du gesagt hast, wahr ist, dann meine auch ich, daß die Lehre der Christen dir nicht geschadet, sondern eher genützt hat. Denn König Haralds Tochter gewinnen, ist viel, und auch was du mir jetzt abgenommen hast, war nicht gerade wenig. Aber die christlichen Sklaven daheim können nicht von ähnlichem Glück sagen wie du, und wie es mit mir gehen wird, scheint mir recht ungewiß. Nun will ich eins wissen: wie gedenkst du es mit mir zu halten, wenn ich dir den Willen getan habe?«

»Ich werde dich freilassen«, sagte Orm, »und ebenso auch deine Mannen.«

Östen zog ein mißtrauisches Gesicht, aber schließlich nickte er. »Ich glaube dir, weil du es vor uns allen gesagt hast«, sagte er. »Mag es also werden, wie du willst. Aber welchen Nutzen du dir von meiner Taufe versprichst, das ist mehr, als ich verstehen kann.«

»Es ist ja doch nicht mehr als recht«, sagte Orm, »daß ich Gott und seinem Sohn eine Freude machen will, nachdem beide so viel für mich getan haben.«

Vom großen Tauffest
und wie die ersten Småländer die Taufe empfingen

Als die Bienen geschwärmt hatten und das Heu hereingebracht war, machte man sich daran, das große Tauffest auszurichten. Es dauerte, wie Orm das gewünscht hatte, drei Tage, und schon bald nachher redete man davon als von einer ganz eigenen Begebenheit; denn es ging zu Ende, ohne daß eine Waffe von Blut gefärbt wurde, trotzdem alle Gäste Abend für Abend so betrunken waren, wie man sich das auf dem Gastmahl eines großen Häuptlings nur wünschen konnte. Kein anderes Unglück geschah, als daß zwei junge Männer, die sich einen Rausch angetrunken hatten, zu den großen Hunden hineingingen, um mit ihnen zu spielen. Der eine von ihnen war schnell wieder draußen und trug keinen anderen Schaden davon als einige Schrammen und zerrissene Kleider; aber der andere wurde zu Boden geworfen und auf sein lautes Schreien hin von zwei Frauen des Hofgesindes gerettet, denn sie konnten ihn herausschleppen, weil die Hunde sie kannten. Er hatte Wunden an Armen und Händen, und ein Ohr war ihm abgebissen. Darüber wurde viel gelacht, und man nannte die Hunde lobend eine Zierde der ganzen Gegend; aber gespielt wurde mit ihnen nicht mehr.

Åsa und Ylva hatten ihre Not mit dem Herrichten von Schlafplätzen, denn es waren mehr Gäste gekommen, als man erwartet hatte, vor allem viel junges Volk; und obgleich viele der älteren Leute dort, wo sie saßen oder auch auf dem Fußboden unter den Bänken einschliefen und in dieser Weise die Nacht zubrachten, ohne daß es irgendwelche Umstände machte, so war es doch überall sehr eng. Die Jugend fand sich jedoch gut zurecht; denn die Mädchen schliefen auf frischem Heu in einer der beiden Scheunen, und ebenso die jungen Männer in der anderen; und wenn auch mancher nicht leicht in die rechte Scheune fand oder in der rechten nicht bleiben wollte, so wurden doch keine Klagen laut. Sittsam flüsternd berichteten die Mädchen am Morgen ihren Müttern, an welche von diesen Verirrten sie im Heu geraten waren, und sie wurden ermahnt, in der folgenden Nacht wohl aufzumerken, damit nicht etwa ein anderer über sie stolpere, denn das würde ihnen ein schlechtes Ansehen geben; und dann hatten die Eltern der jungen Leute viel miteinander zu überlegen, so daß, bevor das Fest zu Ende ging, sieben oder acht Heiraten so gut wie beschlossen waren. Darüber freuten sich Orm und Ylva, denn es zeigte, daß es jung und alt auf diesem Fest gut gefallen hatte, nur Vater Willibald murrte ein wenig vor sich hin, doch ohne sich in diese Dinge einzumischen. Im übrigen aber hatte Vater Willibald auf diesem Fest eine ganze Menge zu sagen, und gleich am ersten Tag, als alle in der Kirche auf ihren Bänken saßen und zum Willkommensgruß Bier herumgereicht worden war, zündete er vor dem Altar, auf dem das Kreuz stand, drei schöne Wachskerzen an, die er mit Åsas Hilfe gegossen hatte, und dann sprach er zu den Versammelten von der Heiligkeit des Ortes, an dem man sich befand.

»Und der Gott, der hier waltet«, sagte er, »ist der einzig

wahre, ist der Gott der Weisheit, der Stärke und des Glückes, und sein Haus, das ihr habt betreten dürfen, ist ein Haus des Friedens. Denn es ist sein Wesen, in großem Frieden zu wohnen, und davon teilt er auch denen mit, die ihm nahen. Aus Irrglauben und großer Finsternis seid ihr nun hierhergekommen, um eine Weile in seiner Nähe zu sein, und in Irrglauben und Finsternis kehrt ihr zurück, wenn ihr von hinnen geht, um euch in Sünde zu mästen und in allerlei Teufelskram zu schwelgen, bis eure Tage zu Ende sind und Gott euch zu denen zählt, die er nicht kennt. Aber sogar solchen, wie ihr seid, ist Christus bis zuletzt freundlich gesinnt, wenn ihr ihm auch in den meisten Dingen täglich zuwiderhandelt, und darum habt ihr eintreten dürfen in sein Haus. Denn er will wahrhaftig allen Menschen wohl, und als er noch auf Erden war, verwandelte er Wasser in einen guten Festtrank, um seinen Freunden eine Freude zu machen. Nun verhält es sich allerdings so, daß die Zeit, da er euch seine Freundschaft bietet, bald um ist für solche, die sich von ihm abwenden; und bekommen sie seinen Zorn zu fühlen, dann steht es schlimm um sie, weit schlimmer als um den Häuptling und großen Krieger, von dem die Sänger berichten und der in einer Schlangengrube sein Ende fand. Und ihr begreift gewiß, wie gut es für euch wäre, nicht zu diesen zu zählen. Noch sagt er allen, daß er sie in seine Hut nehmen und zu seinem Hausgesinde machen will, wenn sie sich taufen lassen; aber wer sich dem widersetzt, der mag sich selbst die Schuld geben.«

Die Anwesenden lauschten auf Vater Willibalds Worte und flüsterten einander zu, daß vieles von dem, was er gesagt hatte, sich recht verständig anhöre, wenn man auch aus anderem nicht recht klug werden könne. Es war zu merken, daß die älteren Leute am besten aufpaßten; denn die jüngeren, Männer wie Frauen, hielten die Blicke fast unablässig auf Ylva gerichtet. Und das brauchte sie nicht zu verwirren, denn ihre Schönheit stand nun in voller Blüte, alles ging ihr nach Wunsch, sie war zuvorkommend gegen jedermann, und überdies trug sie ein neues Kleid, dessen Mieder mit Seide und Silberfäden eingefaßt war: Dinge, die zum Köstlichsten gehörten, was sich in Östens Packen gefunden hatte. Um ihren Hals lag die andalusische Kette. Daß man eine solche Frau und einen solchen Schmuck nicht oft zu sehen bekam, ließ sich deutlich in vielen Blicken lesen. Es trug dazu bei, Orm zufrieden zu stimmen.

Als der Priester zu Ende geredet hatte, versuchte Orm einigen der verständigeren Gäste das Geständnis abzugewinnen: wer klug sei, könne nichts Besseres tun, als sich taufen zu lassen; aber er kam damit nicht weiter, als daß einige Leute meinten, es lohne sich, die Sache zu überlegen; und auch später am Tage, als sie anfingen, betrunken zu werden, wollten sie nicht noch mehr darüber sagen.

Der folgende Tag war ein Sonntag, und Vater Willibald unterrichtete die Versammelten über die Werke Gottes und über den Ruhetag: eine Erzählung, der man mit Wohlgefallen zuhörte; als er aber von Christi Auferstehung am Sonntag sprach, fand man es schwieriger, ihm Glauben zu schenken.

Darauf wurde Harald Ormsson in der Kirche getauft; Åsa trug ihn hinein und Vater Willibald ging so feierlich wie möglich zu Werk und übertönte mit seinen lateinischen Gebeten des Kindes Geschrei, so daß die Anwesenden ihm angstvoll zuhörten. Als das überstanden war, trank man auf das Glück des Täuflings und zum Gedächtnis der großen Helden – Harald Blauzahns, Sven Rattennases und Ivars, des Weitgreifenden –, deren Blut in den Adern dieses Kindes rann.

Nun ging man aus der Kirche, um zuzuschauen, wie drunten am Fluß die Småländer getauft wurden. Östen und seine beiden Gefolgsleute wurden aus dem Badehause geholt und mußten ein Stück ins Wasser hineinwaten. Dort standen sie barhäuptig und mit finsteren Mienen in einer Reihe, und vor ihnen, auf der Waschbrücke, stand Vater Willibald und neben ihm Rapp, der zwei Speere in der Hand hielt für den Fall, daß jene den Versuch machten zu entkommen. Vater Willibald sprach über ihnen ein Gebet, wobei ihm vor Glück und Eifer die Stimme bebte, denn für ihn war es ein großer Tag; dann befahl er den dreien, die Köpfe zu beugen, worauf er einem nach dem andern mit einem Schöpfgefäß Wasser über das Haar goß. Als er damit fertig war, segnete er sie, indem er ihnen, so wie sie dastanden, die Hände auf den Kopf legte, und schließlich beugte er sich vor und gab einem jeden den Bruderkuß auf die Stirn.

Ohne eine Miene zu verziehen, ließen sie das alles über sich ergehen, als bemerkten sie kaum Vater Willibald und sein Tun und erst recht nicht die Zuschauer am Strande.

Als sie wieder auf trockenem Boden standen, sagte Orm zu ihnen, daß sie nun frei seien und gehen dürften, wohin sie wollten.

»Aber bevor ihr geht«, sagte er, »sollt ihr sehen, wie ein Christ handelt. Denn es ist uns geboten, daß wir, die wir Christo untertan sind, auch unseren Feinden eine freundliche Gesinnung zeigen und sogar denen, die uns nach dem Leben getrachtet haben. Und in diesem Stück will ich nicht schlechter sein als andere.«

Damit befahl er, ihnen vom Festessen gute Wegkost mitzugeben, und dazu schenkte er jedem von ihnen eins der Pferde, die ihre Waren hier heraufgebracht hatten.

»Und nun mögt ihr in Frieden ziehen«, sagte er, »und nicht vergessen, daß ihr unter Christi Gebot steht.«

Östen schaute ihn an, und zum erstenmal an diesem Tag kam ein Wort über seine Lippen.

»Ich bin nicht vergeßlich«, sagte er langsam, und seine Stimme klang, als sei er sehr müde.

Er stieg zu Pferde, und ohne daß noch mehr gesagt wurde, ritt er mit seinen Begleitern durch das Tor und verschwand im Walde.

Nun ließ man sich wieder auf den Bänken nieder und das Fest wurde froh und unter großem Lärm fortgesetzt. Als Vater Willibald noch mehr von der christlichen Lehre erzählen wollte, fiel es ihm nicht leicht, die Anwesenden zum Zuhören zu bringen. Es sei ihnen lieber, sagten sie, nun von Orms Abenteuern in fremden Ländern und von seiner Fehde mit König Sven zu hören, und Orm tat ihnen diesen Gefallen. König Sven war in diesen Gegenden wenig beliebt, denn hier in den Grenzlanden stand es so, daß man gern die toten Könige lobte, aber wenig Gutes über die zu sagen hatte, die noch am Leben waren. Als Orm nun erzählte, wie einmal Vater Willibald dem König Sven einen Stein mitten ins Gesicht geschleudert hatte, so daß dem einige Zähne aus dem blutenden Munde fielen, da brach großer Jubel aus, und man füllte eilig die Schoppen, um dem kleinen Priester zuzutrinken. Viele wiegten sich auf den Bänken hin und her, während ihnen die Tränen herabströmten und das Maul offenstand; andere konnten vor Lachen das Bier nicht schlukken und prusteten es wieder aus; und man schrie überlaut, daß man noch nie von einem so unscheinbaren kleinen Burschen eine solche Tat habe berichten können.

»Gottes Geist war über mich gekommen«, sagte Vater Willibald. »König Sven ist ein Feind Gottes, und daher konnte meine schwache Hand ihn treffen.«

»Man hat uns erzählt«, sagte ein angesehener Mann namens Ivar der Schmied, »daß König Sven keine Christen mag, und am wenigsten deren Priester, die er totschlägt, wo immer er ihrer habhaft wird. Und das ist wohl begreiflich, wenn ihn einmal ein solcher Wurf aus der Hand dieses Priesters getroffen hat. Denn das mag für einen König die größte Schmach sein und vergißt sich nicht leicht.«

»Besonders, wenn ihm dabei einige Zähne ausgeschlagen wurden«, sagte ein anderer angesehener Bauer, der »der Schwarze Grim von Fjäle« hieß. »Denn jedesmal, wenn er eine Brotrinde kaut oder an einer Hammelkeule nagt, wird er an den Schaden erinnert, den er erlitten hat.«

»Das stimmt«, sagte ein dritter, der Uffe Rundfuß hieß,

»denn so ging es mir auch, als ich meinen Fuß verlor, damals, als ich mit meinem Nachbarn Thorvald in Långaled uneins wurde. Jener haute zu, während wir mitten im Gespräch waren, und ich konnte nicht hoch genug springen; und noch lange, nachdem der Stumpf ausgeheilt war und ich mit einem Holzfuß gehen gelernt hatte, fühlte ich mich immerzu müde und hilflos, ob ich ging oder stand, und sogar im Bett; das kann meine Frau bezeugen, denn sie hat es lange nicht anders gehabt als eine Witwe. Aber als das Glück sich endlich gewandt hatte und ich Thorvald mit meinem Pfeil im Halse vor mir auf dem Weg liegen sah, da tat ich einen so großen Sprung über ihn weg, daß ich nahe daran war, auch mein gesundes Bein zu brechen; so stark fühlte ich mich plötzlich. Und seitdem hat mir nichts gefehlt.«

»Nicht des Vaters Willibald wegen tötet mein Bruder Sven die Christen«, sagte Ylva; »denn er hat sie von jeher sehr gehaßt und das am meisten, seit mein Vater anfing, sie zu beschützen und dann sich sogar taufen ließ. Nicht einmal den heiligen Bischof Poppo, den sanftesten aller Menschen, konnte er anschauen, ohne gehässig vor sich hin zu murmeln; mehr wagte er damals nicht, solange mein Vater die Macht hatte. Aber nun tötet er sowohl Bischöfe und andere, wo immer er ihrer habhaft wird; davon hat man sogar hier gehört; und es wäre gut, wenn seine Zeit bald um wäre.«

»Die Zeit der Bösen währt oft lang«, sagte Vater Willibald, »aber etwas reicht noch länger: die Strafe Gottes.«

Nun hatte man an dem einen Tischende angefangen, Verse zu machen; dort saß bei viel Kurzweil die Jugend; und an jenem Abend entstand das Spottlied, das seitdem noch lange in den Waldgegenden auf Festen, auf der Tenne und beim Messerwerfen gesungen wurde und das späterhin »das alte Lied von König Sven« genannt worden ist. Den Anfang machte ein junger Mann namens Gisle, der Sohn des Schwarzen Grim. Er war gut gewachsen, dunkel und hatte bleiche Haut; und obschon ihm, was den Verstand anging, nichts fehlte, hatte er doch die Eigenheit, Mädchen gegenüber schüchtern zu sein, ungeachtet der freundlichen Blicke, die sie ihm zuwarfen. Seinen Angehörigen schien das ein schlimmes Gebrechen, für das auch die Klügsten kein Heilmittel wußten. Und nun hatte er wieder schweigsam und verzagt dagesessen und hatte sich nur mit Essen und Trinken befaßt, obschon er, wie man wohl wußte, sich ebensogut wie jeder andere aufs Reden verstand. Ihm gegenüber saß Rannvi, ein blühendes Mädel mit Stumpfnase und Grübchen im Kinn, ein Mädel, das manchen jungen Mann nachdenklich stimmen mochte. Er hatte von Anfang an immerzu nach ihr geblickt, doch ohne daß er etwas zu sagen wagte, ja, er schien tief erschrocken, wenn es so kam, daß ihre Blicke sich begegneten. Einige Male hatte sie ihn seiner Wortkargheit wegen geneckt, es hatte jedoch nichts geholfen; jetzt aber hatte das gute Bier ihm Mut gemacht, und nachdem er herzlich über das gelacht hatte, was von den Handgreiflichkeiten zwischen König Sven und Vater Willibald erzählt worden war, begann er plötzlich, sich auf der Bank hin und her wiegend, mit lauter Stimme:

»Kämpfend fällte vom Pferde
Priesterhand König Sven;
Kopf voran schlugst du, König,
Schwer zur Erde.«

»Hier gibt es etwas Neues«, riefen die in der Nähe Sitzenden. »Gisle ist ein Dichter. Er hat ein Lied auf König Sven begonnen. Aber es ist erst halb; wie wird es weitergehen?«

Viele halfen nun beim Fertigdichten des Liedes mit, aber es war nicht leicht, damit so weit zu kommen, daß alles stimmte, und wieder war es Gisle, der schließlich auf das Rechte verfiel, so daß das Lied nach einer alten, wohlbekannten Melodie auch gesungen werden konnte:

»Mächtige Männer im Reiche
Beugen sich dir, König Sven.
Gleiches vergiltst du mit Gleichem
Selbst dem Gott Tyr, König Sven.
Aber ein Priesterlein
Traf dich mit einem Stein –
Und vom Pferde zur Erde
Purzeltest du, König Sven!«

»Er ist ein Dichter! Er hat ein richtiges Gedicht gemacht!« schrien die zunächst Sitzenden, und am lautesten schrie Rannvi. »So hört doch die Jungen!« sagten die Älteren. »Sie haben da einen Dichter entdeckt. Der Sohn Grims des Schwarzen hat ein Gedicht auf König Sven gemacht. Wer hätte das wohl gedacht! Ob er das von dir hat, Grim? Oder steckt ein anderer dahinter?«

»Laßt das Lied hören!« sagte Orm.

Gisle mußte nun sein Werk vor allen hersagen, und anfangs klang seine Stimme unsicher. Aber als er merkte, daß sein Lied den Zuhörenden gefiel und daß sogar Orm ihm zunickte, verließ ihn die Furcht, und er konnte nun ohne Scheu Rannvis Blicken begegnen.

»Ich kann noch mehr und noch viel besser dichten«, sagte er ihr, als er sich wieder setzte.

Sein Vater, Grim der Schwarze, grinste hochzufrieden vor sich hin; er sagte: in jungen Jahren sei auch er mitunter zum Dichten aufgelegt gewesen, aber es sei ihm dann immer etwas anderes in die Quere gekommen.

»Aber sonderbar ist die Sache doch, denn der Junge ist ja menschenscheu, und am schlimmsten ist es damit, wenn Mädchen in der Nähe sind, obschon er selbst es gern anders hätte.«

»Glaub mir nur, Grim, vor denen braucht er sich jetzt nicht mehr zu fürchten«, sagte Ylva. »Denn nun, da er sich als Dichter gezeigt hat, werden sich so viele an ihn hängen, als an seinem Hals irgend Platz finden. Mehr als einmal hörte ich meinen Vater sagen – und er war in allem sehr weise –, daß, wenn ein Dichter in der Nähe ist, die Mädchen es treiben wie die Fliegen, die alle Schüsseln umkreisen und von ihnen naschen, aber alles liegen lassen, sobald sie den Duft des Honigtopfes spüren.«

Orm saß mit bekümmerter Miene da und starrte in seine Bierkanne, ohne irgend etwas zu hören. Åsa wollte wissen, was ihm fehle, aber er brummte nur zerstreut und antwortete nicht.

»Wenn ich ihn recht kenne, so ist er am Dichten«, sagte Ylva. »Dann schaut er so aus. Denn es ist eine Eigenheit der Dichter, daß es, wenn von zweien der eine am Dichten ist, dem anderen keine Ruhe läßt, bis er etwas zusammengebracht hat, das ihm besser scheint.«

Orm saß mit den Händen auf den Knien und schaukelte auf der Bank hin und her; er seufzte tief und murmelte mit hohler Stimme vor sich hin. Aber schließlich war er mit dem Dichten so weit, daß alles stimmte; er nickte erleichtert und schlug mit der Faust auf den Tisch, um sich im Lärm Gehör zu verschaffen. Darauf sagte er folgendes her:

»Nicht nennst du Freund mich
Nun, König Sven!
Arg ist und feindlich
Dein Tun, König Sven!
Doch hab ich Freunde wert:
Gott und mein scharfes Schwert
Helfen und halten getreu –
Daß ich sieghaft sei –
Zu mir, König Sven!«

Alle, die noch begreifen konnten, was er sagte, nahmen das mit großem Beifall auf, und Orm trank tief aus seiner Kanne und war wieder bei bester Laune.

»Hier haben wir nun etwas Gutes zustande gebracht«, sagte er, »ein Lied, das allen gefällt und das König Sven wenig freuen dürfte. Und daß zwei Dichter bei diesem

Fest mit dabei sind, ist etwas, woran man zurückdenken wird, denn Leute, die Verse machen können, scheinen in dieser Gegend dünn gesät zu sein; und auch wenn wir beide im Dichten einander nicht gewachsen sein sollten, so hast du, Gisle, doch mit Ehren bestanden und darum will ich dir zutrinken.«

Aber als Orm nun versuchte, durch den Rauch der Kienspäne zum unteren Tischende hinabzuspähen, war Gisle nicht zu entdecken, und auch unter denen, die schon unter dem Tisch lagen, fand er sich nicht. Da aber auch Rannvis Platz leer war, hielten die Eltern beider es für wahrscheinlich, daß ihre Kinder gleichzeitig schläfrig geworden waren und, wie es guterzogener Jugend geziemt, sich still entfernt hatten, um nicht zu stören.

Unter Åsas und Ylvas Beistand versprachen an diesem Abend vier Frauen dem Vater Willibald, daß er bald ihre Wickelkinder werde taufen dürfen, sofern das feierlich und im gleichen Taufbecken geschähe, in dem Harald Ormsson die Taufe empfangen hatte; aber keiner der Gäste, so gut gelaunt sie durch die reiche Bewirtung auch waren, wollte für sich selbst dergleichen sicher zusagen. Und damit mußte er, der mehr erhofft hatte, sich bescheiden.

Am nächsten Tage, dem letzten des Festes, wurde am gründlichsten gezecht. Denn es war noch reichlich viel vom geräucherten Schaffleisch da, und auch der größte Teil eines frischgeschlachteten Ochsen war übrig, desgleichen zwei Bottiche vom besten Bier und eine kleine Bütte mit starkem Met von Lindenhonig; und Orm sagte, es würde weder ihm noch den Geladenen zur Ehre gereichen, wenn am Ende des Festes noch irgend etwas von alledem übrig sei. Allen Gästen war an seiner und ihrer eigenen Ehre viel gelegen; sie versprachen also, ihr Bestes zu tun und machten sich schon am frühen Morgen ans Werk; nun käme es darauf an, sagten sie mit Zuversicht, sowohl den Gastgeber wie den Priester unter dem Tisch liegen zu sehen, bevor der letzte Tropfen getrunken sei.

Orm nahm den Priester beiseite, um seinen Rat zu hören. Er wolle wissen, sagte er, ob es gegen göttliches Gebot sei, Heiden zu taufen, die sich bewußtlos getrunken hatten.

»Denn so wie dieser Tag sich anläßt«, meinte er, »könnte gegen Abend wahrscheinlich viel Gutes ausgerichtet werden.«

Vater Willibald sagte, das sei eine schwierige Frage, die auch die heiligen Männer des Bekehrungswerkes nicht ohne Zaudern erwogen hätten.

»Einige halten dafür«, sagte er, »daß solches Taufen angängig ist, wo der Teufel sich allzu hartnäckig erweist; sie berufen sich dabei auf den großen Kaiser Karl, der mitunter die widerspenstigsten der wilden Sachsen, die starr an ihrem alten Teufelskram festhielten, durch Keulenschläge betäuben ließ, wenn sie zur Taufe geschleppt wurden, damit ihrem lästerlichen Geheul und ihrer Gewaltsamkeit Einhalt geschähe. Niemand kann leugnen, daß auch auf diese Weise dem Teufel ein großer Tort angetan wird; und ob nun die Widerstrebenden durch die Keule oder durch Bier betäubt werden, dürfte ziemlich auf eines herauskommen. Dennoch, zu Lebzeiten des alten Kaisers Otto dachte der heilige Bischof Pilgrim von Salzburg in dieser Sache anders; er hat darüber auch einen Hirtenbrief geschrieben, der seine große Weisheit bekundet, und Bischof Poppo, mein frommer Lehrer, pflegte zu sagen, daß die Meinung des Salzburgers die rechte sei. Denn es mag ja wohl sein, sagte er, daß die Taufe von bewußtlosen Heiden dem Teufel viel Verdruß schafft, doch sei dieser Verdruß nur von kurzer Dauer. Denn sobald jene wieder zu sich gekommen seien und vom Geschehenen erfahren hätten, könne ihnen niemand – trotz aller dem Sakrament innewohnenden Kraft – auch nur einen Deut von Gottesfurcht anmerken. Statt dessen öffnen sie gleich wieder ihre Herzen dem Teufel, und das weiter denn je, und rasen ärger denn zuvor gegen Christum und seine Diener. Solches Taufen bringt also nicht den geringsten Segen oder Gewinn, und daher sagen die Heiligen, die ich genannt habe, und viele andere mit ihnen, daß Taufen nicht mit solchen Hilfsmitteln vorgenommen werden dürfen.«

»Da du das vom Bischof Poppo hast, mag es so sein«, antwortete Orm traurig, »denn der versteht sich ja am besten auf derlei Dinge; aber daß man es jetzt bei uns so halten soll, ist wirklich sehr schade.«

»Es ist aber Gottes Wille«, sagte Vater Willibald und nickte nachdenklich. »Wir hätten es mit den Heiden allzu leicht, wenn wir sie mit Bier erkaufen dürften. Dazu braucht es mehr als das: nämlich Überredung und gute Taten und große Geduld; und letzteres ist das allerschwerste.«

»Es ist mein Wunsch, Gott in allem, so gut ich nur kann, zu dienen«, sagte Orm, »aber wie wir seine Sache unter diesen meinen Nachbarn fördern könnten, geht über meinen Verstand.«

Es wurde nicht noch mehr darüber geredet, und das Gelage nahm unter großer Fröhlichkeit seinen Fortgang. Später am Tage – als die meisten jedoch noch sicher auf den Beinen waren – gingen die verheirateten Frauen zu Ylvas Sohn in die Kammer, um nach altem Brauch Geschenke und gute Wünsche zur Namensgebung zu überbringen; und die Männer meinten, es sei für sie an der Zeit, ein wenig Luft zu schnappen; sie nahmen daher auf dem Grasplatz allerhand Spiele und Kraftproben vor. Unter viel munterem Geschrei wurde gehakelt und gerungen, wobei man viele ausgiebige Purzelbäume zu sehen bekam, und einige der Kühnsten wagten sich auch an das rauhe Zweimännerspiel, das »Am-Knoten-hochheben« hieß, doch ohne daß jemand sich dabei überriß oder daß irgendeinem der Hals gebrochen wurde. Und während alles dieses vor sich ging, hielten vier seltsame Bettler ihren Einzug auf Gröning.

Von vier seltsamen Bettlern und wie die Meister von Erin dem Vater Willibald zu Hilfe kamen

Als sie den Hof erreichten und um Speise und Trank baten, sahen sie so aus wie gewöhnliche Bettler, die mit Sack und Wanderstab zu Fuß umherziehen. Ylva saß auf der Bank vor dem Wohnhaus in wichtigem Gespräch mit den Müttern von Gisle und Rannvi; denn diese beiden waren am Morgen hochzufrieden zu ihr gekommen und hatten ihr gesagt, sie fänden so großen Gefallen aneinander, daß sie um ihre Fürsprache bei den Eltern bäten, denn sie wollten so bald als irgend möglich heiraten. Ylva hatte gern ihren Beistand versprochen. Als ihr nun gemeldet wurde, es seien Bettler am Tor, ließ sie Orm rufen; denn ohne seine Erlaubnis durfte kein Fremder eingelassen werden.

Orm besah sich die Wanderer, und sie antworteten unbedenklich auf seine Fragen; trotzdem schienen sie ihm nicht gewöhnliche Bettler zu sein. Ihr Anführer war ein hochgewachsener, recht umfangreicher Mann mit breiten Schultern und graugesprenkeltem Bart; seine Augen lugten scharf unter dem Hutrand hervor. Beim Gehen zog er ein Bein nach, denn das Knie war offenbar steif. Seine Stimme klang wie dunkles Grollen, und man hörte ihm an, daß er aus Svealand war. Er berichtete, daß sie alle von Själland kämen und über die nördliche Grenze wollten; ein Fischer habe sie über den Sund gesetzt, und von Landöre aus hätten sie sich weitergebettelt.

»Aber heute haben wir noch nichts zu essen bekommen«, sagte er, »denn von einem Hof zum andern ist es hier weit, und wo wir zuletzt einkehrten, hat man uns nichts in die Säcke gesteckt.«

»Und doch: Bettler pflegen magerer zu sein als du«, sagte Orm.

»Die Pfannkuchen der Dänen und Schonländer sind sehr nahrhaft«, sagte der Mann seufzend, »aber es heißt, daß die magerer sein werden, die wir fortab zu erwarten haben. Daher werde ja wohl auch ich mager sein, noch ehe ich die Mälargegend erreiche.«

Neben ihm stand ein jüngerer Mann von bleicher Hautfarbe; Kinn und Wangen schwärzte ihm ein dichter, aber sehr kurzer Bart. Orm betrachtete ihn genau, schließlich sagte er:

»Man könnte meinen, daß du zum Priester geschoren worden bist.« Der Mann lächelte traurig.

»Der Bart wurde mir eines Abends versengt, als ich bei starkem Wind Schweinefleisch briet«, sagte er, »und seitdem ist er noch nicht nachgewachsen.«

Am genauesten betrachtete Orm jedoch die beiden anderen Fremden, und aus ihnen konnte er ganz und gar nicht klug werden. Daß sie Brüder waren, sah man ihnen an, denn beide waren kurz und mager, hatten lange Ohren und große Nasen und schauten aus klugen braunen Eichhornaugen in die Welt. Obschon sie sehr klein waren, schienen sie doch von starkem und sehnigem Schlage zu sein. Jetzt horchten sie – die Köpfe seitlich geneigt – auf das Gebell der großen Hunde, und plötzlich steckte der eine die Finger in den Mund und ließ einen seltsamen, weichtrillernden Pfiff hören; die Hunde verstummten, aber gleich darauf stimmten sie sehnsüchtiges Winseln an.

»Seid ihr Trolle oder bloß Hexenmeister?« fragte Orm.

»Unsere Zauberkünste sind leider nicht so groß, wie wir's wohl wünschen könnten«, sagte der eine, »denn etwas Eßbares können wir nicht hervorzaubern, auch wenn wir noch so hungrig sind.«

Orm lachte. »Eßbares soll euch nicht verweigert werden«, sagte er, »und am lichten Tage dürften eure Zauberkünste nicht gefährlich sein. Aber solche Bettler wie euch habe ich doch noch nie gesehen. Denn noch nie haben Fremde meine Hunde zum Schweigen gebracht, und sogar mir selbst will das bisweilen nicht gelingen.«

»Wir werden dich diese Kunst lehren«, sagte das andere Männchen, »sobald wir eine gute Mahlzeit im Magen und zwei im Sack haben. Wir sind herrenlose Wanderer, und auf Hunde verstehen wir uns besser als die meisten Leute.«

Orm sagte, mit leeren Säcken würde man sie nicht weiterwandern lassen, und damit lud er sie ins Haus ein.

»Und ihr kommt zu günstiger Stunde«, sagte er, »nämlich mitten in ein Festessen, und daher ist von allem reichlich vorhanden; es gibt sowohl Pfannkuchen wie auch anderes. Aber am besten wäre es für die Festteilnehmer, wenn du dich aufs Flöteblasen ebenso gut verständest wie aufs Pfeifen.«

Die beiden Männchen zwinkerten einander zu, sagten aber nichts, und alle vier folgten Orm auf den Hofplatz. Orm rief zu Ylva hinüber: »Hier siehst du Reisende jeder Größe, und eine Schüssel von deinem Festessen wird jedem von ihnen gut tun.«

Ylva schaute auf und nickte zustimmend; in Gedanken war sie noch mitten im Gespräch, aber nun fiel ihr Blick auf die Männchen. Ihre Augen wurden groß vor Staunen, und sie sprang von der Bank auf.

»Das sind ja Felimid und Feriad!« rief sie. »Die Meister von Erin! Die Gaukler meines Vaters! Ihr seid also noch am Leben! Warum, in Gottes Namen, streift ihr armen Freunde als Bettler umher? Seid ihr für eure Kunststücke zu alt geworden?«

Auch die Männchen schienen durch diese Begegnung betroffen; sie warfen lächelnd Stäbe und Beutel hin und taten einige Schritte auf Ylva zu, dann schlugen sie gleichzeitig einen Purzelbaum, wobei der eine auf den Händen stehenblieb und munter piepsend hin und her hüpfte; der andere rollte sich zu einem Knäuel zusammen und landete zu Ylvas Füßen. Dann sprangen sie schnell auf und grüßten sie auf höfische Art mit ruhiger Miene. »Wir sind nicht alt geworden«, sagte der eine, »das siehst du ja wohl selbst, du schönste unter den Töchtern König Haralds. Denn du sollst wissen, daß an solche Meister wie uns das Alter sich nicht heranwagt. Und doch ist es nun recht lange her, seit dein Vater dich auf den Knien hielt und du zum ersten Male unseren Spielen zuschautest. Aber heute sind wir hungriger als damals.«

Viele Gäste, Männer und Frauen, eilten nun herbei, um sich diese sonderbaren Leute, die auf den Händen hüpfen konnten, genauer anzuschauen; Ylva aber sagte, die Ankömmlinge sollten vor allem in Ruhe essen und trinken und wie die anderen anwesenden Gäste geehrt werden. Sie führte sie selbst in das Haus, ließ ihnen die besten Speisen vorsetzen, und zum Zugreifen brauchte keiner erst noch genötigt zu werden. Die Zwillinge und deren Spielkamerad waren mit hereingekommen und drückten sich still in einen Winkel, da sie hofften, die beiden Männchen würden noch einmal ihre Künste zeigen; und Orm erklärte den Neugierigen, die draußen geblieben waren, wer diese beiden Bettler eigentlich seien.

»Sie waren Gaukler bei König Harald«, sagte er, »und nun haben sie keinen Herrn; sie stammen aus Irland und sie sind weit und breit berühmt. Ich sah sie, als ich bei König Harald das Julbier trank; aber damals hatten sie sich mit Federn und allerhand buntem Kram herausgeputzt, so daß ich sie jetzt nicht sogleich habe erkennen können. Warum sie nun als Bettler umherstreifen, ist nicht recht klar, aber wenn wir wieder beim Biere sitzen, werden wir das ja wohl zu hören bekommen.«

Als die Ankömmlinge sich satt gegessen hatten, zeigte es sich, daß die beiden Gaukler gern bereit waren, am Gelage teilzunehmen, das nach dieser Pause nun allen Ernstes seinen Fortgang nahm; aber die beiden anderen Wanderer saßen wortkarg vor ihren geleerten Schüsseln und sagten: nach der guten Mahlzeit und den Anstrengungen des Weges seien sie nun sehr müde. Vater Willibald geleitete sie, damit sie sich ungestört ausschlafen könnten, in seine eigene Kammer; dann nahm er die beiden Gaukler beiseite und führte mit ihnen ein langes und ernstes Gespräch, das niemand stören wollte. Er und die beiden Männchen kannten einander seit der Zeit, die sie gemeinsam an König Haralds Hof verbracht hatten, und freuten sich über das Wiedersehen.

Als man sich nun auf den Kirchenbänken niederließ, wies man den beiden Gauklern Plätze neben Vater Willibald an, und es wurden – sie betreffend – viele Fragen laut, waren doch alle darauf erpicht, sobald als möglich noch mehr von ihren Künsten zu sehen. Sie aber saßen gemächlich da; sie nippten an ihrem Biere und ließen sich durch die erwartungsvollen Blicke der Gäste nicht aus der Ruhe bringen. Da sagte Orm:

»Es wäre nicht schön von uns, darauf zu bestehen, daß ihr uns ein wenig von eurer großen Geschicklichkeit zeigt, denn nach der langen Wanderung habt ihr gewiß ein Recht darauf, müde zu sein, und hier herrscht eine Gastfreundschaft, die auf Gegenleistungen nicht rechnet. Aber nun steht es so, daß wir alle uns viel davon versprechen, solche Meister wie euch ihre Kunst ausüben zu sehen. Denn daß ihr weit und breit berühmt seid, weiß ich; und ich habe immer sagen hören, daß kein Gaukler der Welt es mit denen von Irland aufnehmen kann.«

»Häuptling«, antwortete der eine, »du hast recht gehört, und ich kann dir sagen, daß nicht einmal auf Irland zwei Gaukler zu finden sind, die einen größeren Ruf genießen als ich, Felimid O'Flann, und mein Bruder hier, Feriad. Wir entstammen einem Gauklergeschlecht, das Königen gedient hat seit den Tagen, da unser Stammvater, Flann Langohr, vor König Conchobar McNessa von Ulster und dessen Gefolgschaft, den Helden des Roten Zweiges, seine Künste gezeigt hat. Und bei allen, die vom Geschlechte Flann Langohrs sind, ist es mit der Zeit Brauch und Regel geworden: nur dann zu gaukeln, wenn jemand von königlichem Blut uns zuschaut. Das gilt für uns von dem Augenblick an, da wir unserer Kunst von Grund aus mächtig sind und das Recht haben, uns Meistergaukler zu nennen. Und ihr sollt nun erfahren, daß wir, die wir vor Königen zu gaukeln pflegen, nicht nur den schwersten aller Berufe haben, sondern einen, der aller Welt zu größtem Nutzen gereicht. Denn ein übelgelaunter König inmitten einer Schar von Helden, an denen die Langeweile zehrt, ist für jedermann gefährlich; aber sorgen gute Gaukler für Kurzweil, dann sitzen jene lachend beim Biere, gehen zufrieden zu Bett und lassen Nachbarn und Untertanen in Frieden. Nächst den Priestern sind es also wir, denen das Allerwichtigste obliegt; denn jene, die bei Gott mächtig sind, vermögen himmlisches Glück zu schenken, aber wir – dank unserer Macht über die Launen der Könige – spenden irdisches Glück. Und da es in Irland viele Könige gibt, sind denn auch die irischen Gaukler die besten der Welt. Sie sind verschiedener Art: Purzelbaumkünstler und Narren und Bauchredner, Nachahmer von Tieren, Fratzenschneider, Schwertschlucker, Eiertänzer und Feuerschnauber. Aber der wahre Meistergaukler verfügt nicht nur über eine oder zwei dieser Künste, sondern er kann sie alle. Kluge Leute auf Irland halten dafür, daß auch heute noch die besten von uns jenen drei nahezu gleichkommen, die in alter Zeit zum Hofstaat des Königs Conaire gehörten, und von ihnen heißt es, daß niemand, der sie sah, sich des Lachens erwehren konnte – und hätte er an der Bahre von Vater oder Mutter gestanden.«

Alle am Tisch saßen still da und lauschten aufmerksam den Worten des Gauklers, oder sie starrten seinen Bruder an, der mit gleichmütiger Miene dasaß und leise seine großen Ohren bewegte. Man war sich darüber klar, daß in diesen Gegenden noch nie solche Männer gesehen worden waren.

»Aufs Reden verstehst du dich gut«, sagte Gudmund vom Uvaberg, »und doch ist es nicht leicht, alles, was du gesagt hast, zu glauben. Denn wenn ihr beide in eurem eigenen Lande so große Meister seid: warum seid ihr denn in die Nordlande gekommen, hierher, wo von König zu König die Wege lang sind?«

Felimid nickte lächelnd.

»So magst du fragen«, sagte er, »denn ein Land wie

Irland verläßt niemand freiwillig; und ich will gern berichten, was uns von dort vertrieben hat, wenn es auch nach Selbstlob klingen mag. – Vernehmt denn, daß wir beide um einer Sache willen landesflüchtig wurden, die außer uns vielleicht niemand hätte vollführen können. Es kam im Grunde daher, daß wir als junge, aber fertig ausgebildete Gaukler im Dienst des guten Königs Domnal von Leighlin standen. Er liebte Lustbarkeit und Musik, ehrte Dichtung, Heldensagen und das Wort Gottes, auch Frauenschönheit und die Weisheit der Alten; und uns erwies er viel Ehre und belohnte uns mit Silber und Kühen und den allerbesten Weideplätzen. Darum liebten wir ihn und ließen es uns bei ihm wohl gefallen, und unsere einzige Sorge war: vor lauter Wohlleben nicht allzu fett zu werden. Denn das ist das Schlimmste, was einen von unserem Beruf treffen kann. – König Domnals Nachbar war damals der König Colla von Kilkenny; der war ein gefährlicher Mann, denn er war hochmütig und im Ränkeschmieden gegen seine Nachbarn sehr geschickt. Nun geschah es, daß einmal zu Pfingsten ein großes Fest bei König Domnal gefeiert wurde, denn der König wollte mit der Tochter des Königs von Cashel Hochzeit halten. Sie sah aus, wie die Braut eines Königs aussehen soll, denn sie war helläugig, und ihre Haut glich der Purpurminze im Schnee, sie war schlank und hochbrüstig, doch breit in den Hüften, und ihre Zöpfe waren so lang, daß sie auf ihnen sitzen konnte; ja nicht einmal du, Ylva, hättest sagen können, welche von euch beiden die schönere war. An alledem hatte nicht nur König Domnal, sondern jeder, der sie anschaute, seine Freude, und das Fest, das den Priestern und Dichtern viel zu tun gab, war eins der fröhlichsten, die je gefeiert worden sind. Aber am zweiten Abend, als wir alle betrunken waren, fiel König Colla von Kilkenny über uns her. König Domnal wurde, vor seiner Kammertür kämpfend, erschlagen, und mit ihm fiel eine große Zahl seiner Mannen; und die Königin ward aus dem Brautbett gehoben und mit anderer Beute fortgeschleppt. Zu der gehörten auch wir, dieweil unser Ruf groß war. König Colla grinste breit und schmatzend, als er der Königin Emer ansichtig wurde, und uns ließ er an seinem Hof in Verwahr halten bis zu dem Tage, da er mit der geraubten Königin Hochzeit hielt; dann sollten wir auf dem Fest unsere Gaukelkünste zeigen. Dazu sagten wir nein, denn wir trauerten um unseren erschlagenen Herrn. Als wir aber erfuhren, daß, wenn wir uns weigerten, wir mit scharfen Ruten gepeitscht werden würden, da sagten wir zu und versprachen, unsere besten Kunststücke zum besten zu geben. Und dieses Versprechen haben wir gehalten, das hätte sogar der König zugeben müssen.«

Felimid lächelte nachdenklich vor sich hin und stärkte sich aus seinem Schoppen. Alle tranken ihm zu und riefen: er verstehe gut zu erzählen, und nun wollte man recht bald erfahren, was sie, die Gaukler, denn Großes ausgerichtet hätten. Felimid nickte und fuhr fort:

»König Colla saß auf seinem Königsstuhl und war nicht mehr ganz nüchtern, als wir vor ihn traten. Nie habe ich einen Menschen gesehen, der mit sich selbst und mit allem ringsum so zufrieden war! Als er uns kommen sah, rief er laut in den Saal: nun würden die beiden Meister von Leighlin zeigen, welch tüchtige Spaßvögel sie seien. Auch sie, die im Brautschmuck neben ihm saß, war alles andere als betrübt; junge Frauen gewöhnen sich ja schnell an einen anderen Mann, und die Ehe mit König Colla schien ihr vielleicht noch günstiger als die mit König Domnal. Wir machten nun den Anfang mit unseren einfachsten Späßen, die allerdings gut gebracht wurden, und mit Kunststücken, die zu unseren alltäglichsten gehören; aber König Colla war bei so guter Laune, daß er schon gleich zu Anfang ins Lachen kam. Der ganze Saal lachte mit, und als Feriad sich auf den Kopf stellte und dabei die Flöte blies, während ich mit Bärengebrumm um ihn herumsprang, da entstand großer Lärm, und der König warf sich mit aufgerissenem Maul im Stuhl zurück, so daß der Met in seinem Schoppen über die Königin hinfloß, und er schnappte nach Luft und schrie: solche Gaukler seien ihm noch nie vor Augen gekommen! Da spitzten wir die Ohren und wurden nachdenklich und flüsterten einander heimlich zu; denn wenn er noch nie solche Gaukler wie uns beide gesehen hatte, so hatten auch wir noch nie über unsere allereinfachsten Künste so lachen gehört. Wir kamen nun mit kräftigeren Witzen und schwierigeren Kunststücken, und der König gluckste vor Lachen wie junge Elstern im Nest, wenn die Maisonne durch nassen Nebel bricht. Da wurden wir immer kühner und setzten mit unseren seltsamsten Gaukeleien und mit all-bezwingenden Späßen ein, wie sie den Bauch wackeln machen und den Kiefer sogar dem verrenken, den Trauer niederdrückt oder Krankheit quält. Und nun schwoll König Collas Lachen, bis es klang wie der Schall der neunten Welle an der Küste von Donegal, wenn die Springflut naht; ihm platzte das Eingeweide, er ward schwarz im Gesicht, fiel von seinem Stuhl und blieb liegen. Und Feriad und ich schauten einander an und nickten uns zu; wir dachten an König Domnal, unseren Herrn, und daß wir nun soviel, als bei uns stand, für ihn getan hatten. Die Königin schrie in Ängsten auf, und während alle im Saal herbeiliefen, schlüpften wir zur Türe; aber noch bevor wir das Freie erreicht hatten, rief man: der König sei tot. Da warteten wir nicht erst, um noch mehr zu hören, sondern machten uns davon und flohen nordwärts über die Heide, so geschwind, wie einst der Bischof Asaph über die Felder von Magh Slecht lief, als er von den roten Gespenstern verfolgt wurde. Wir gelangten zu König Sigtrygg von Dublin und glaubten uns dort sicher; aber die Boten der Königin Emer waren mit blanker Waffe hinter uns her. Sie ließ König Sigtrygg sagen, daß sie uns von ihrem ersten Mann, König Domnal, geerbt habe, und aus Bosheit und teuflischem Sinn hätten wir ihren neuen Gemahl ums Leben gebracht und damit ihr und ihrem Ruf großen Schaden zugefügt. Dafür sollten wir nun getötet werden. Wir aber entkamen auf einem Handelsschiff zu König Harald von Dänemark, und bei ihm blieben wir und hatten es gut. Zu seinen Lebzeiten sagten wir niemand, was wir bei König Colla angestellt, damit es König Harald nur nicht zu Ohren käme. Denn den hätte vielleicht die Furcht gepackt, wir könnten auch ihn zu ebenso gefährlichem Lachen verführen.«

Großer Lärm erhob sich am Tisch, als Felimid seine Erzählung geendet hatte; denn viele fingen nun an, betrunken zu werden, und riefen: wenn er auch gut zu reden verstehe, so wünsche man sich doch anderes als bloßes Geschwätz; viel lieber wolle man einiges von den Künsten sehen, über die König Colla sich zu Tode gelacht hatte. Und unter denen, die das sagten, war auch Orm.

»Daß schon zu Anfang die Neugier aller groß war, habt ihr bereits gehört«, sagte er zu den Gauklern, »und durch diese Geschichte ist sie noch viel größer geworden. Und hier braucht ihr nicht bange zu sein, es würde sich wer zu Tode lachen; denn tut er das, so muß er sich selbst die Schuld geben, und damit würde mein Fest einen guten Abschluß gewinnen, so daß man hier in den Grenzlanden noch lange davon reden wird.«

»Und ist es so, wie ihr sagt«, fügte Ylva hinzu, »daß ihr nur dann gaukeln dürft, wenn jemand von königlichem Geblüt euch zuschaut, dann tauge ich ja doch wohl ebensogut wie irgendein Kleinkönig auf Irland.«

»Ja, das tust du gewiß«, sagte Felimid schnell, »niemand kann von besserem königlichem Stamm sein. Aber es ist etwas anderes, was uns hier im Wege steht, und wenn ihr noch Geduld mit mir haben wollt, so will ich erzählen, wie sich's damit verhält. Wisset nun, daß zu Zeiten des irländischen Großkönigs Finachta des Festfrohen mein Vorfahr im achten Glied, Felimid mit dem Bocksbart, nach dem ich den Namen trage, der berühmteste aller Gaukler gewesen ist. Er war der erste unseres

Geschlechtes, der die Taufe empfangen hat. Eines Tages, auf einer Reise, geschah es, daß er in einer Herberge dem heiligen Adamnan begegnete, und für ihn entbrannte er in so großer Ehrfurcht, daß er ihm erhabener schien als jeder König. Daher gaukelte er vor ihm, während der Heilige seine Mahlzeit hielt, und ihm zu Ehren und Preis führte er seine schwierigsten Kunststücke so eifrig aus, daß er sich dabei den Hals brach. Aber sobald der Heilige begriff, was geschehen war, berührte er den Hals des wie tot Daliegenden und betete dabei mit so mächtigen Worten, daß er meinen Vorfahren wieder ins Leben zurückrief. Sein Kopf saß seitdem allerdings ein wenig schief auf dem Halse. Zum Dank für diese Wundertat entstand in unserem Geschlecht der Brauch: hinfort nicht nur vor Königen und deren Nachkommen unsere Künste zu zeigen, sondern auch vor den Erzbischöfen von Cashel und von Armagh und vor den Äbten von Iona und von Clonmacnoise; nie aber dürfen wir gaukeln, wenn ein Ungetaufter zugegen ist. Und darum können wir euch hier nicht den Willen tun, so gern wir das auch gewollt hätten.«

Als Orm das hörte, glotzte er Felimid groß an, denn daß alles gelogen war, wußte er dank dem Julfest bei König Harald; und er war schon nahe daran, es zu sagen, als er einen scharfen Blick von Vater Willibald auffing und an sich hielt.

»Es mag sein, daß Gott selbst es so will«, sagte der andere Gaukler gelassen, »denn wir können, ohne zu prahlen, sagen, daß viele von König Haralds Mannen die Taufe hauptsächlich deshalb angenommen haben, weil sie mit dabei sein wollten, als wir vor König Harald unsere Kunststücke zeigten.«

Nun wollte auch Ylva etwas sagen, aber Orm und Vater Willibald und auch die beiden Gaukler fielen ihr ins Wort, und am Tisch herrschte infolge der großen Enttäuschung und der allgemeinen Betrunkenheit so arger Lärm, daß niemand sie verstehen konnte.

Orm sagte: »Ich hoffe doch, daß ihr beiden Meister noch einige Zeit bei uns bleiben werdet, damit wir Hofbewohner an euren Künsten uns sattsehen können, sobald wir allein sein werden; denn wir hier sind alle gute Christen.«

Nun riefen aber einige der jungen Leute lauter und lauter, daß sie die Gaukler zu sehen wünschten und daher zu allem und jedem bereit seien.

»So tauft uns doch, wenn es nicht anders geht!« riefen sie, »und tut es gleich, auf der Stelle!«

»Ja, ja«, riefen andere, »so ist es am besten; und es soll sofort geschehen.«

Einige der Älteren lachten, andere aber sahen bedächtig aus und schauten einander zaudernd an.

Gisle, der Sohn Grims des Schwarzen, sprang auf eine Bank und schrie: »Wer nicht mithält, geht am besten jetzt gleich hinaus und legt sich in die Scheune; dann ist er hier nicht im Wege.«

Die Lebhaftigkeit und die Zurufe mehrten sich; Vater Willibald saß vornübergebeugt und murmelte vor sich hin, während die beiden Gaukler mit friedlichen Mienen an ihrem Bier nippten.

Grim, der Schwarze, sagte: »Nun scheint mir das Getauftwerden bloß eine Kleinigkeit und nicht als etwas, wovor man sich bangen müßte; aber das kommt daher, daß ich viel Starkbier getrunken habe und daß mir vom Festessen und der allgemeinen Fröhlichkeit warm geworden ist. Aber es mag anders sein, wenn die Bierlaune sich verlaufen hat und ich an das Lachen und die spitzen Worte meiner Nachbarn denke.«

»Deine Nachbarn sind ja hier«, sagte Orm, »und wer kann dir mit spitzen Worten und Gelächter kommen, wenn alle es ebenso machen wie du? Es läßt sich eher erwarten, daß du und ihr anderen später über ungetaufte Leute lachen werdet, nämlich wenn man zu merken beginnt, wieviel mehr Glück ihr bei allem habt, seit ihr die Taufe empfingt.«

»Mag sein, daß du recht hast«, sagte Grim, »denn niemand kann leugnen, daß nur wenige mehr Glück haben als du.«

Nun erhob sich Vater Willibald und sprach mit ausgebreiteten Armen lateinische Worte über sie hin, so daß alle schweigend und reglos dasaßen und mehrere Frauen schaudernd erbleichten. Zwei Männer, die noch betrunkener waren als die anderen, erhoben sich und befahlen ihren Frauen, sofort mit ihnen diesen verhexten Ort zu verlassen; ihre Frauen aber blieben sitzen und taten, als hätten sie nichts gehört, weil sie nur für Vater Willibald Auge und Ohr hatten. Da setzten die beiden sich ruhig wieder hin, als sei ihrerseits nun alles geschehen, und mit betrübter Miene machten sie sich wieder ans Trinken.

Alle fühlten sich sehr erleichtert, als Vater Willibald mit seinem Latein aufhörte, denn das hatte ihnen wie schauerliche Zaubergesänge geklungen. Er begann nun in alltäglicher Sprache von Christus und seiner Macht und Güte zu reden und daß er gewillt sei, alle Menschen in seine Hut zu nehmen, sogar die Räuber und Huren.

»Und daher«, sagte er, »ist hier keiner, der seiner guten Gaben nicht teilhaftig wird, denn er ist ein Häuptling, der alle zu seinem Gastmahl lädt und für alle reiche Geschenke hat.«

Über diese Rede freuten sich die Zuhörer und viele mußten lachen; denn ein jeder fand es lustig und ganz recht, daß seine Nachbarn Räuber und Huren genannt wurden, ohne daß er selbst sich zu diesen zu rechnen brauchte.

»Und nun hoffe ich«, sagte Vater Willibald, »daß ihr gewillt seid, euch lebenslang zu Christus zu halten und daß ihr einseht, was solches in sich begreift, auf daß ihr euch nie einem anderen Gott zuwendet und nach Christi Willen euch bessert.«

»Ja, ja«, riefen viele ihm ungeduldig zu, »wir verstehen das alles. Und beeile dich nun, damit wir endlich an anderes gehen können.«

»Und ihr verpflichtet euch nun«, fuhr Vater Willibald fort, »nie zu vergessen, von nun an zu mir in diese Kirche zu kommen – und das jeden zweiten oder wenigstens jeden dritten Sonntag – um hier Gottes Willen zu vernehmen und in Christi Lehre unterwiesen zu werden. Wollt ihr mir das versprechen?«

»Wir versprechen es«, schrie man eifrig. »Und nun hast du ja wohl genug geredet. Die Zeit geht hin, bald wird es Abend sein.«

»Für eure Seelen wäre es am besten, wenn ihr jeden zweiten Sonntag kämet; aber wer einen weiten Weg hat, mag sich an jedem dritten Sonntag einfinden.«

»So halte doch jetzt das Maul, Priester, und taufe uns!« grölten die ungeduldigsten Männer.

»Ruhe!« brüllte Vater Willibald mit gewaltiger Stimme. »Es sind die alten listigen Teufel eures Irrglaubens, die euch zusetzen, damit ihr mir grölend ins Wort fallt, denn sie hoffen, damit Gott Verdruß zu bereiten und euch für sich zu behalten. Aber wenn ich zu euch von Christus und Gottes Geboten rede, komme ich nicht mit überflüssigen Worten, sondern bringe euch etwas, dem ihr aufmerksam zuhören und in Stille lauschen müßt. Möge nun alles Teuflische von euch weichen, so daß ihr würdig werdet, die Taufe zu empfangen.«

Nun redete er wieder mit lateinischen Worten, und er tat es langsam und in strengem Ton, so daß einige der älteren Frauen bald zu seufzen begannen und sogar Tränen vergossen. Keiner der Männer wagte ein Wort zu sagen; sie starrten den Priester ängstlich aus großen Augen und mit offenem Munde an; aber einige sah man bald einnicken; ihr Kopf näherte sich mehr und mehr der Bierkanne, und dann glitten sie langsam unter den Tisch, worauf man bald langgezogenes Schnarchen vernahm.

Vater Willibald befahl nun allen, an das Becken heranzutreten, in dem Harald Ormsson getauft worden war; und nun taufte er junge und alte: 23 Männer und neunzehn Frauen. Orm und Rapp zogen die beiden Schläfer unter dem Tisch hervor und versuchten sie aufzuwecken; aber als das nicht gelingen wollte, trugen sie sie an das Taufbecken heran und hielten sie dort mit sicherem Griff fest, bis ihnen, wie den anderen, Wasser über den Kopf gegossen worden war. Dann wurden die beiden in einem ruhigen Winkel untergebracht, wo sie weiterschlafen konnten. Nun gab es viel Munterkeit, während Männer und Frauen sich das Wasser aus dem Haar wrangen und an ihre Plätze zurückkehrten, und als Vater Willibald sein Werk mit einem langen Segensspruch abschließen wollte, war der Lärm so groß, daß man nicht viel davon hörte.

»Hier fürchtet sich niemand vor ein wenig Wasser!« schrie man stolz und grinste sich gegenseitig an.

»Jetzt ist es so weit! Nun heran mit euch, Gaukler, und hüpft, so gut ihr könnt!«

Die Gaukler lächelten und erhoben sich bereitwillig, und nun entstand sofort tiefes Schweigen im Saal. Beide grüßten Ylva auf höfische Art, als sei sie die einzige Zuschauerin, und darauf machten sie während einer langen Weile die Anwesenden bald stumm vor Staunen, bald laut aufbrüllen vor Lachen. Ohne die Hände zu benutzen, schlugen sie Purzelbäume vorwärts und rückwärts und kamen doch jedesmal immer wieder auf die Füße; sie ahmten Vögel und andere Tiere nach, bliesen kleine Flöten, während sie dabei auf den Händen tanzten, und spielten Ball mit Bierkannen, Messern und Schwertern; und schließlich zogen sie aus ihren Beuteln zwei große buntgekleidete Puppen mit Altweiber-Gesichtern hervor. Während Felimid die eine und Feriad die andere in den Händen hielt, begannen die Puppen plötzlich zu reden: anfangs ging es dabei recht freundlich zu, aber bald wakkelten sie fauchend mit den Köpfen, und schließlich überschütteten sie einander mit den abscheulichsten Schimpfworten, die sie sehr beredt und mit krächzender Stimme unermüdlich hervorbrachten. Als die Puppen zu reden begannen, ging ein Schauder durch die Anwesenden; den Frauen schlugen die Zähne zusammen, und die

Männer tasteten mit weißen Gesichtern nach Waffen; aber Ylva und Vater Willibald, die diese Kunststücke von früher her kannten, erklärten, daß alles von der Geschicklichkeit der Gaukler herrühre und nichts Gefährliches mit im Spiele sei. Sogar Orm sah einen Augenblick nachdenklich aus, aber er fand sich bald zurecht, und als die Gaukler ihre Puppen einander näherten, die nun unter gellendem Geschimpfe mit den Armen zu fechten begannen, als wollten sie einander an den Haaren packen, da kam er so ins Lachen, daß Ylva sich über ihn beugte und ihn bat, daran zu denken, wie es dem König Colla ergangen war. Orm wischte sich die Tränen aus den Augen und schaute sie an.

»Wenn man lustig ist, ist es nicht leicht, an Schlimmes zu denken«, sagte er. »Aber ich glaube, Gott wird mir jetzt nichts Böses zustoßen lassen, da ich ihm ja doch so großen Nutzen gebracht habe.«

Es war ihm aber anzumerken, daß er Ylvas guten Rat beachtete, denn es gehörte zu seinen Eigenheiten, daß er seiner Gesundheit wegen leicht in Sorge geriet.

Endlich hörten die Gaukler mit ihren Künsten auf, obwohl die Zuschauer immerzu noch mehr zu sehen verlangten, und alles endete, ohne daß jemand sich zu Tode gelacht hätte. Vater Willibald dankte Gott für alles, was man empfangen und für die Seelen, die er Christo hatte zuführen dürfen. Damit war Orms großes Tauffest zu Ende; und unter frohem Schwatzen über das wohlschmeckende Essen, mit dem man bewirtet worden war, und über die lustigen Kunststücke der Gaukler ritten die Gäste in der Dämmerung des nächsten Morgens davon.

Vom Mann, der das Schwert des Königs von Svealand trug, und vom sündigen Magister aus Aachen

Als das alles vorüber war und auf dem Hof, der nur noch die vier Bettler als Gäste beherbergte, wieder Ruhe herrschte, meinte Orm, wie auch alle Hausbewohner, daß das Fest über Erwarten gut abgelaufen sei und daß Harald Ormsson eine Tauffeier gehabt habe, die ihm und allen Beteiligten zur Ehre gereichte. Nur Åsa machte ein bedenkliches Gesicht. Sie sagte, daß die gefräßigen Gäste sich den größten Teil der häuslichen Vorräte, sowohl die trockenen wie die flüssigen, einverleibt hätten: und schon Geringeres als das könne Besorgnis wecken.

»Das Backhaus ist leer«, sagte sie, »nur eine einzige Kiste mit Brot ist übrig, und im Vorratshause sieht es aus, als wenn dort Wölfe geheert hätten. Und das sage ich euch beiden: wenn ihr noch viele Söhne bekommt und dann jedesmal solche Tauffeiern abhaltet, dann wird euer ganzer Reichtum draufgehen. Immerhin will ich über das, was dieses Mal vergeudet worden ist, nicht allzusehr klagen, denn es gehört sich, daß dem Erstgeborenen Ehre geschieht; aber von nun an wird es nur Schwachbier zum Essen geben, bis wieder neue Malzgerste da ist.«

Orm sagte, er höre nicht gern solches Jammern über Bissen, die längst verzehrt seien.

»Du meinst es ja gut«, sagte er ihr, »und murrst eigentlich nur aus alter Gewohnheit. Und ich habe sagen hören, daß Schwachbier trinkbar ist.«

»Und bedenke doch, Åsa«, sagte Vater Willibald, »daß dieses Fest nicht war wie irgendein anderes. Es hat ja doch die Sache Christi gefördert und Heiden zur Taufe bewogen. Daher kann der Überfluß, den es gab, nicht getadelt werden, und Gott wird ihn zehnfach vergelten.«

Åsa gab zu, daß dadurch vielleicht alles entschuldbar sei, denn dem Vater Willibald widersprach sie nicht gern, auch dann nicht, wenn sie in ihrer bissigsten Laune war.

Am glücklichsten von allen war Vater Willibald, denn er hatte auf diesem Fest nicht bloß sämtliche Gäste taufen dürfen, sondern – als erster aller Diener Christi – auch Männer von Småland.

»Nun kann ich wahrhaftig sagen«, meinte er, »daß Geduld belohnt worden ist und daß ich euch nicht vergebens in dieses Land gefolgt bin. An diesen drei Festtagen haben 45 Seelen die Taufe aus meiner Hand empfangen. Gewiß, noch ist keiner zu mir gekommen, den der aufrichtige Drang seines Herzens zu Christus trieb, obschon ich viel von ihm geredet habe. Unsere Gäste wurden von den Meistern aus Irland dazu gelockt, und die Smålânder sind zur Taufe gezwungen worden. Aber ich bin sicher: wenn ein Diener Christi sich vornehmen wollte, darauf zu warten, daß bei diesem Volke ein aufrichtiges Verlangen nach der Taufe sich einstellt, dann würde seine Wartezeit sehr lang werden. Und aus dem, was nun geschehen ist, kann viel Gutes entspringen. Daß alles mir so nach Wunsch ging, ist aber nicht mein eigenes Verdienst, sondern das der beiden Meister von Irland, und es war gewißlich ein Wunder Gottes, daß sie zur rechten Zeit hierherfanden, um mitzuhelfen, das heilige Werk zu vollbringen.«

»Ja, es läßt sich leicht einsehen, daß es so war«, sagte Åsa.

»Nun mag es an der Zeit sein«, sagte Orm, indem er sich den vier Fremden zuwandte, »daß wir von euch, die ihr als Bettler verkleidet hierherkamt, etwas mehr erfahren. Wir wüßten gern, warum ihr beiden Meister in dieser Weise umherzieht und wer denn die beiden anderen sind, und in welchen Geschäften ihr unterwegs seid.«

Der Lange mit dem graugesprenkelten Bart blickte umher und nickte bedächtig. Dann sagte er mit trauriger Stimme: »Spjalle heiße ich und in Uppsala bin ich daheim. Ich habe König Erik auf all seinen Heerzügen begleitet, und weil ich lang und stark bin, war ich sein Schildträger und stand ihm von allen am nächsten. Aber nun ist mein Dienst zu Ende, und mir bleibt nur noch eines zu tun: als Bettler verkleidet mit einem Schwert, das mir ans Bein gebunden ist, nach Uppsala heimzuziehen.«

Er verstummte, und alle schauten ihn staunend an.

»Warum ist dir ein Schwert an das Bein gebunden?« fragte Ylva.

»Davon, und auch von anderem, könnte gewiß noch mehr gesagt werden«, antwortete er, »aber da du, die Hausfrau hier, eine Schwester von König Sven bist, habe ich vielleicht schon zu viel gesagt. Doch ist die größte und auch die schlimmste Neuigkeit diese: daß König Erik tot ist, er, den man den Siegesfrohen zu nennen pflegte.«

Das schien allen in Wahrheit eine große Neuigkeit, und sie waren begierig, mehr zu hören.

»Und von mir brauchst du nichts zu fürchten, obschon ich König Svens Schwester bin«, sagte Ylva. »Denn die Liebe zwischen uns ist nicht so groß, daß sie ihn gehindert hätte, Männer hierher zu schicken, die uns nach dem Leben trachteten. War er es, der König Erik getötet hat?«

»Ach nein«, sagte Spjalle ärgerlich, »dann wäre ich ja nicht mehr am Leben. Es war ein böser Zauber, an dem er gestorben ist, das glaube ich sicher, ob der nun von Göttern ausging oder von der bösen, westgotischen Frau, Königin Sigrid, der Tochter des Skoglar Toste, mit der König Erik vermählt war. Möge sie sich nun zwischen Schwertschneiden und Giftschlangen in den Sturzbächen von Hel winden! Der König lag mit einer großen Flotte bei den Klein-Inseln, die er plünderte, und gedachte, bald gegen König Sven zu segeln, der sich in Nord-Själland aufhielt. Wir hatten allesamt gute Tage und waren mit Lust und Liebe am Werk; aber im Schiffslager auf Falster fing unser Unglück an. Denn da kam ein wirrer Geist über den König, so daß er dem ganzen Heer kundtun ließ: er wolle sich taufen lassen. Das werde ihm Glück bringen im Kampf gegen König Sven, sagte er, so daß er ihn ganz und gar werde vernichten können. Priester aus Sachsen hatten ihn dazu verlockt und ihm immerzu damit in den Ohren gelegen. Dem Heer aber gefiel das wenig, und verständige Männer sagten ihm offen, daß es sich für einen König von Svealand wenig schickte, solch eitlen Dingen nachzugehen, die für Sachsen und Dänen sich eher ziemen mochten als für ihn. Aber wer so redete, bekam von ihm nur verdrießliche Blicke und scharfe Antworten; und da man aus alter Gewohnheit wußte, daß er selbst alles am besten verstand und am liebsten nach seinem eigenen Kopf tat, wurde ihm in dieser Sache von seinen Mannen nicht noch mehr zugeredet. Aber die Königin, sein Gemahl, die tolle Westgotin, die mit allen Schiffen, die sie von ihrem Vater geerbt hatte, an unserem Heerzug teilnahm, hatte auf Christus und die Seinen einen großen Haß geworfen und ließ sich vom König nicht zum Schweigen bringen; zwischen ihnen gab es nun viel Zank, so daß es im Heere hieß: sie habe einen getauften König das Erbärmlichste genannt, was sie sich denken könne, worauf der König ihr Schläge versprochen habe, wenn sie in dieser Sache noch einmal den Mund auftue. Aber nun war es zu spät geworden, ihr mit Prügeln zu drohen; die hätte sie eher bekommen sollen und recht oft. Dies alles schaffte Spaltung im Heer, so daß wir Svealänder und die Männer der Königin einander mit schiefen Blicken betrachteten und spitze Worte wechselten und gern, wenn wir uns trafen, zu den Waffen griffen. Und nun packte der Zauber den König hart an, so daß er krank wurde und hilflos dalag; und eines Morgens früh, als die meisten noch schliefen, segelte die verrückte Tochter des Skoglar Toste mit all ihren Schiffen von dannen. Viele meinten, sie habe sich zu König Sven aufgemacht, und das glaubte auch der König, als er erfuhr, was geschehen war; aber das Unglück war nicht mehr aufzuhalten, und der König war nun von Krankheit so schwach, daß er nicht mehr viel zu sagen vermochte. Da kam ein großer Schrecken über das ganze Lager, und alle Schiffshäuptlinge wollten, so schnell sie nur konnten, auf und davon; auch entstand viel Zank um die Schatztruhen des

Königs und wie sie zu verteilen seien, damit sie nicht König Sven in die Hände fielen. Mich aber rief der König an sein Lager und befahl mir, sein Schwert heimzubringen für seinen Sohn. Es war das alte Schwert der Könige von Uppsala, ihr größtes Kleinod, denn sie hatten es vom Gott Fröj.

»Bring du das Schwert heim, Spjalle«, sagte er, »und hüte es wohl, denn in ihm wohnt das Glück meines Geschlechtes.« Darauf verlangte er Wasser zum Trinken, und da verstand ich, daß sein Ende nahe war. Und bald darauf starb er elendig im Bett: er, den die Völker den Siegesfrohen genannt hatten. Von den Unseren waren kaum mehr so viele übrig, daß der Scheiterhaufen für seinen Leichnam geschichtet werden konnte. Wir taten das, so gut es gehen wollte, und seine Knechte und auch zwei seiner Priester töteten wir und legten sie auf das Holz ihm zu Füßen, damit er nicht allein und bar jeglichen Ansehens zu den Göttern käme. Und während der Scheiterhaufen noch brannte, rückten die Inselbewohner mannsstark und den Heerruf erhebend gegen uns an. Da entfloh ich geschwind um dieses Schwertes willen und gelangte in einem Fischerboot mit diesen drei Männern nach Schonen. Ich habe mir das Schwert unter den Kleidern ans Bein gebunden, um es, so gut sich's tun läßt, zu verstecken. Aber wie es in der Welt werden soll, nun da er tot ist, das ist mehr, als ich fassen kann; denn er überragte alle anderen Könige, wenn er auch um jenes bösen Weibes willen ein elendes Ende fand: liegt doch seine Asche nun am Strande von Falster, ohne daß ein Totenhügel sie deckt.«

So lautete Spjalles Erzählung, und seine Neuigkeiten schienen allen bedeutend.

»Für Könige sind die Zeiten schlecht«, sagte Orm. »Zuerst traf es Styrbjörn, der von allen der stärkste war; dann König Harald, den weisesten, und nun König Erik, der die größte Macht hatte. Es ist auch nicht lange her, seit wir hörten, die große Kaiserin Theophano sei gestorben, sie, die über alle Sachsen und Lombarden gebot. Bloß König Sven, mein Schwager, in dem mehr Bosheit steckt als in anderen, will nicht sterben; vielmehr gedeiht er und nimmt zu an Macht. Man wüßte wirklich gern, warum Gott ihm nicht den Garaus macht und an seiner Statt andere Könige am Leben läßt.«

»Gott wird ihn schlagen, wenn seine Stunde gekommen ist«, sagte Vater Willibald, »gleichwie er Holofernes schlug, durch Judith, die ihm den Kopf abhieb, oder auch wie Sanherib, den Herrn der Assyrer, den die eigenen Söhne vor seinem Götzenbild umbrachten. Bisweilen allerdings hat das Böse ein zähes Leben, und hier in den Nordlanden ist der Teufel stärker als anderswo. Und das hat sich jetzt eben wieder erschreckend gezeigt: denn hierselbst sitzt ja Spjalle und berichtet davon, daß er beim Schlachten der Diener Christi am Scheiterhaufen des toten Königs mitgeholfen hat. Solch Teufelswerk gibt es nur hier und bei den schlimmsten der Wenden, sonst aber nirgend in der Welt. Und für mich ist es nicht leicht, zu wissen, wie ich mich zu solchen Untaten und zu denen, die sie verübten, verhalten soll. Dir, Spjalle, könnte ich ja verkünden, daß du dafür in das höllische Feuer kommst. Damit wäre aber wenig gesagt, denn in die Hölle sollst du ja ohnehin.«

Spjalle blickte nachdenklich in die Runde.

»In meinem Unverstand habe ich nun doch zu viel berichtet und den Zorn des Priesters wachgerufen«, sagte er. »Aber wir taten ja nur nach alter Sitte und was beim Hingang der Svea-Könige stets geschieht. Und von dir, Hausfrau, wurde mir bedeutet, daß ich hier nicht unter Feinden sei.«

»Unter Feinden bist du hier nicht«, sagte Orm, »und Böses wird dir hier nicht widerfahren; aber du kannst dich nicht wundern, daß wir, die wir alle zu Christus halten, den Totschlag von Priestern für eine böse Tat halten.«

»Jene zwei sind nun in der Schar der heiligen Märtyrer aufgenommen«, sagte Vater Willibald.

»Haben sie es dort gut?« fragte Spjalle.

»Gottes höchste Seligkeit ist ihr Teil, und sie haben es weit besser, als Menschenverstand je fassen kann.«

»Dann hat ihr Los sich ja um vieles gebessert«, sagte Spjalle, »denn bei König Erik zählten sie zu den Knechten.«

Ylva brach in Lachen aus.

»Und du meinst nun, eher Lob als Tadel zu verdienen, da du mitgeholfen hast, sie dorthin zu befördern«, sagte sie.

Vater Willibald blickte sie streng an und sagte: so leichtfertige Rede betrübe ihn tief.

»Als du noch ein gedankenloses Mädel warst, durftest du dergleichen sagen«, seufzte er, »aber nun, da du eine verständige Frau mit drei Kindern bist und viel Unterweisung empfangen hast, solltest du's besser wissen.«

»Ich habe es von meinem Vater«, sagte Ylva, »und ich glaub nicht, daß er um vieles besser wurde durch die vielen Kinder, die er bekam, und durch deine und Bischof Poppos Lehren.«

Vater Willibald schüttelte den Kopf und strich sich mit der Hand langsam über den Schädel; das tat er stets, wenn das Gespräch auf König Harald kam; denn der hatte einmal, als ihn Ungeduld packte, ein Kruzifix ergriffen und dem Priester damit über den Schädel geschlagen. Die Narbe davon war noch da.

»Ganz gewiß war König Harald ein großer Sünder«, sagte Vater Willibald, »und damals, als er mich schlug, war auch ich nahe daran, zum Märtyrer zu werden. Und doch glich er in vielen Dingen dem König David; das zeigt sich am besten, wenn wir ihn mit König Sven vergleichen; und es hätte ihm wenig gefallen, seine Tochter über den Totschlag von Priestern scherzen zu hören.«

»Sünder sind wir alle, ja, sogar ich«, sagte Orm, »denn mehr als einmal habe ich die Hand gegen Priester erhoben, damals als wir in Kastilien und Leon Städte erstürmten und Kirchen verbrannten. Die Priester kämpften tapfer gegen uns mit Schwert und Speer, und mein Herr Almanzur hatte anbefohlen, vor allen anderen gerade sie zu töten. Aber das war, bevor ich es besser wußte, und daher glaube ich fest, daß Gott nicht allzu streng richten wird über jene früheren Taten.«

»So bin ich also in bessere Gesellschaft gekommen, als ich mir's gedacht habe«, sagte Spjalle.

Der bleiche junge Mann mit dem schwarzen kurzen Bart, der vierte der Fremden, hatte bisher mit trauriger Miene geschwiegen, jetzt seufzte er und begann zu reden. »Es ist wahr: alle sind Sünder«, sagte er, »aber niemand von euch schleppt sich mit einer so schweren Sündenlast wie ich. Rainald heiße ich und bin ein unwürdiger Priester Gottes und Kanonikus des Bischofs Eckard in Schleswig. Geboren aber bin ich zu Zülpich in Lotharingen, und zuerst war ich Magister an der Domschule zu Aachen. Hierher in den Norden kam ich um meiner Sünde willen und durch mein Unglück.«

»Man muß sagen«, meinte Orm, »daß man nach besseren Bettlern lange suchen müßte, denn ein jeder von euch hat etwas vorzubringen. Und wenn deine Erzählung was taugt, hören wir gerne zu.«

»Erzählungen, die von Sünde handeln, sind immer gut«, sagte Ylva.

»Bloß dann, wenn man sie ernsthaft anhört und durch sie gebessert werden will«, sagte Vater Willibald.

»Was ich zu berichten habe, handelt von ernsten Dingen«, sagte der Magister traurig, »denn schon seit meinem zwölften Jahre war ich ein Unglückskind. So vernehmt denn, daß in einer Erdhöhle am Wege zwischen Zülpich und Heimbach die Seherin Radla haust; die vermag in die Zukunft zu schauen. Ihr ward ich von meiner Mutter zugeführt, denn die wollte erfahren, ob es mir wohlergehen würde, wenn sie mich in eine Priesterschule gäbe; denn ich hatte großes Verlangen, ein Diener Christi zu werden. Die Seherin hielt lange meine Hände, und mit geschlossenen Augen wiegte sie sich stöhnend hin und her, so daß mir todesbange zumute ward. Endlich begann sie zu reden. Sie sagte, ich würde ein guter Priester werden und vielerlei würde mir gelingen. ›Aber auf dir lastet Unglück‹, sagte sie. ›Dreimal wirst du eine schwere Sünde begehen, und die zweite wird schwerer als die erste sein, und die dritte am allerschwersten. So will es dein Schicksal, und ihm kannst du nicht entgehen.‹ Mehr als das wollte sie nicht sagen. Meine Mutter und ich weinten auf dem Heimweg, denn wir wünschten beide, daß ich ein heiliger Mann würde, kein Sünder. Als wir unseren alten Priester um Rat fragten, sagte er: wer mit drei schweren Sünden davonkomme, sei glücklich zu nennen, aber seine Worte gaben mir wenig Trost. Nun kam ich in die Priesterschule von Aachen, und niemand war fleißiger und zeigte größeren Eifer als ich, und niemand fürchtete sich mehr vor der Sünde. Ich war der beste in Latein und in Liturgie, und mit einundzwanzig Jahren wußte ich die Evangelien und den Psalter auswendig und ebenso den größten Teil der Briefe an die Thessalonicher und die Galater, die den meisten allzu schwerfallen. Das trug mir ein hohes Lob des Dompropstes Rumold ein, und er machte mich zu seinem Diakon. Er war alt, hatte eine dröhnende Stimme und große hervorstehende Augen, so daß viele sich vor ihm fürchteten. Mit Ausnahme der christlichen Kirche waren es zwei Dinge, die er über alles in der Welt liebte: nämlich gewürzten Wein und Gelehrsamkeit. Er war in Wissenschaften bewandert, wie sie nur wenige bloß dem Namen nach kennen, da sie über die Maßen schwierig und selten sind; so in Astrologie, in Mantik und Algorithmie; und es hieß, daß er imstande sei, mit der Kaiserin Theophano in ihrer eigenen, der byzantinischen Sprache zu reden. Denn in jungen Jahren war er mit dem gelehrten Bischof Luitprand von Cremona im Morgenlande gewesen, und davon konnte er seltsame Dinge berichten. Er hatte sein Lebtag Bücher gesammelt und besaß deren über siebzig; und oft, wenn ich ihm abends den gewärmten Wein auf die Stube brachte, unterwies er mich in gelehrten Dingen oder ließ mich laut aus den Werken zweier alter Dichter vorlesen. Der eine hieß Statius; der besang mit schwerverständlichen Worten die ehemaligen Kriege der Byzantiner bei einer Stadt namens Theben. Der andere aber, der Ermoldus Nigellus hieß, war leichter zu verstehen; er besang den frommen Kaiser Ludwig, den Sohn Kaiser Karls des Großen, und seine Heerzüge gegen die Heiden in Spanien. Der Dompropst fuhr mich oft an, wenn ich im Statius Fehler machte, oder er schlug mit seinem Stock nach mir; er sagte, ich solle Statius lieben und ihn sorgfältig lesen, denn er sei der erste römische Dichter gewesen, der sich zum Christentum bekehrt habe. Um dem Dompropst den Willen zu tun und seinem Stock zu entgehen, las ich, so gut ich konnte; aber lieben konnte ich diesen Dichter nur wenig, so sehr ich es auch versucht habe.

Der Dompropst besaß jedoch noch ein anderes Dichtwerk, und das war schöner gebunden als die anderen. Bisweilen sah ich ihn murmelnd über diesem Buch sitzen, und dann schien er in tiefster Seele zufrieden und schickte mich nach mehr Wein; aber aus diesem Buch ließ er mich nie vorlesen. Das mehrte meine Neugierde, und eines Abends, als er zum Bischof geladen war, ging ich in seine Kammer, um das Buch zu suchen; und schließlich fand ich es in einer kleinen Truhe unter der Bank an der Wand. Als erstes stand in dem Buch die Regula Magistri, das ist die Anweisung des heiligen Benedictus zur Führung eines Gott wohlgefälligen Lebens; und dann folgte ein Lob der Keuschheit, verfaßt von Aldhelmus, einem frommen Manne aus Irland. Das dritte war ein langes Gedicht, das mit der größten Sorgfalt schön niedergeschrieben war; es hieß Ars Amandi, was Kunst des Liebens bedeutet; ein Dichter im alten Rom, Ovidius mit Namen, hat es geschrieben, und der ist gewiß niemals Christ geworden.«

Als der Magister in seiner Erzählung so weit gekommen war, blickte er den Vater Willibald traurig an, und der nickte nachdenklich.

»Ich habe von dieser Schrift gehört«, sagte er, »und ich weiß, daß sie bei vorwitzigen Mönchen und gelehrten Nonnen großen Ruhm genießt.«

»Dieses Buch ist wie Beelzebubs höchsteigenes Gebräu«, sagte der Magister, »und doch ist es süßer als Honig. Diese Schrift konnte ich nur halbwegs verstehen, denn sie enthielt viele Worte, die weder in den Evangelien vorkommen noch in den Episteln und die es auch bei Statius nicht gibt; aber ich las sie mit ebensoviel Begierde wie Bangen. Von dem, was sie enthielt, will ich nicht mehr sagen, als daß sie von Zärtlichkeit, von Wohlgerüchen, lieblichen Melodien und allerhand hurenhaftem Spiel handelte, wie solches zwischen Mann und Frau denkbar ist. Zuerst schien es mir eine große Sünde, dieses zu lesen, dann aber, vom Teufel beschwatzt, besann ich mich geschwind darauf, daß das, was ein weiser Dompropst lesen durfte, auch für mich nicht sündhaft sein könne. Der liederliche Ovidius war – obschon ganz in des Teufels Gewalt – wahrhaftig ein großer Dichter; seltsamerweise blieben mir seine Verse ganz von selbst im Gedächtnis, viel besser als die Episteln an die Galater, obschon ich mir mit diesen große Mühe gegeben hatte. Ich las, bis ich vor dem Hause die Schritte des Dompropstes hörte; an jenem Abend prügelte er mich arg mit seinem Stock, weil ich versäumt hatte, ihm mit der Laterne entgegenzugehen und ihn auf dem Heimweg zu stützen. Aber die Prügel nahm ich leicht, denn ich hatte an anderes zu denken; und noch zwei Male ging ich, als er nicht daheim war, auf seine Kammer und las das Gedicht zu Ende. Dadurch geschah mit mir eine große Veränderung, so daß ich ständig in Gedanken an Sünde und schöne Verse umherging. Dank meiner Gelehrsamkeit wurde ich nun Magister an der Domschule und alles ging gut, bis ich eines Tages zum Bischof gerufen wurde. Er sagte mir, daß der reiche Kaufmann Dudo in der Stadt Maastricht, der für seine Frömmigkeit bekannt war und der Kirche große Geschenke gemacht hatte, nach einem gelehrten und frommen Priester verlangte, der seinen Sohn in den christlichen Tugenden unterweisen und ihm womöglich auch das Schreiben und Rechnen beibringen könnte; und dazu hatte der Bischof mich ausersehen, da der Dompropst mich für den besten der Jüngeren hielt und für den einzigen, der sich ein wenig auf die schwere Kunst des Rechnens verstand. Und damit ich dort auch die Andacht halten könnte, machte der gute Bischof mich nun zum Presbyter mit dem Recht, die Beichte entgegenzunehmen. Ich begab mich nun gleich zur Stadt Maastricht, allwo der Teufel mich schon erwartete.«

Er griff sich mit beiden Händen an den Kopf und stöhnte laut.

»Bis hierher hatte es mit deiner Erzählung nicht viel auf sich«, sagte Orm, »aber es mag sein, daß sie nun besser wird. Laß uns hören, wie es bei der Begegnung zwischen dir und dem Teufel zuging.«

»Er trat mir nicht in leiblicher Gestalt entgegen«, fuhr der Magister fort, »aber wie es sich zutrug, war es schlimm genug. Der Kaufmann Dudo wohnte in einem großen Hause am Fluß; er empfing mich freundlich, und jeden Morgen und Abend hielt ich für seine Hausgenossen die Andacht. Auch unterrichtete ich fleißig seinen Sohn, und Dudo selbst saß mitunter dabei und hörte uns zu, denn er war in Wahrheit ein frommer Mann und befahl mir oft, die Rute nicht zu sparen. Seine Gattin hieß Alchmunda, und im Hause lebte auch deren Schwester Apostolica, eine Witwe. Beide waren jung und überdies schön anzusehen. Sie führten sich sittsam und tugendhaft auf, gingen langsam, mit niedergeschlagenen Augen einher, und während der Andachtstunde zeigte niemand größere Frömmigkeit als diese beiden. Aber obwohl der arge Ovidius mir noch im Gemüt steckte, erkühnte ich mich nicht, viel nach ihnen zu blicken oder je mit ihnen zu reden; und alles ging gut, bis die Zeit herankam, da der Kaufmann eine große Geschäftsreise antrat, die ihn nach Süden in die Lombardei führte. Vor seiner Abreise beichtete er und gelobte der Kirche reiche Geschenke für seine glückliche Heimkehr. Er ermahnte sein ganzes Haus und nahm mir das Versprechen ab, in täglicher Fürbitte seiner zu gedenken. Dann zog er mit seinen Leuten und Pferden ab. Seine Frau und deren Schwester weinten beim Abschied viel; aber das legte sich bald, und ihr Verhalten war nun nicht mehr das gleiche. In der Betstunde mit dem Hausgesinde zeigten sie nach wie vor große Frömmigkeit, aber sie gesellten sich nun gern zu mir und meinem Schüler, und dann saßen sie flüsternd beisammen und hielten die Blicke auf mich gerichtet, oder sie befahlen, daß das Kind sich erholen und draußen spielen solle, während sie mich über wichtige Dinge befragten. Sie staunten sehr darüber, daß ich trotz meiner Jugend so ernsthaft war, und Frau Apostolica wollte wissen, ob es wirklich wahr sei, daß alle jungen Priester sich vor Frauen fürchten. Sie sagte, daß sie beide nun als arme trauernde Witwen gelten könnten und daß sie des Trostes und der Aufmunterung in Wahrheit bedürften. Beide wünschten vor Ostern alle ihre Sünden zu beichten, und Alchmunda wollte wissen, ob ich berechtigt sei, Sünden zu vergeben. Ich antwortete, daß der Bischof es mir erlaubt habe, da ihr Haushalt für große Frömmigkeit bekannt sei, so daß es nicht viel zu beichten geben würde. Vor Freude darüber schlugen sie die Hände zusammen, und nun begann der Teufel im Ernst sein Spiel mit mir zu treiben, so daß diese beiden Frauen mir mehr und mehr im Sinn lagen. Ihr guter Ruf verlangte, daß sie die Stadt nie allein verließen, das hatte Dudo ihnen streng verboten und als Wächter dieses Gebotes hatte er den Hofmeister bestellt. Daher warfen sie ihre Blicke auf mich und verlockten mich zur Sünde. Ich hätte standhaft sein und sie ermahnen oder gleich von Anfang ihren Anblick fliehen sollen, wie das der Gottesmann Joseph in Potiphars Haus getan; aber der hatte gewiß den Ovidius nie gelesen, und so fiel es ihm leichter als mir. Schaute ich sie an, so sprach nun aus meinen Blicken nicht mehr fromme Keuschheit, sondern Sünde und Begier, so daß ich erbebte, wenn sie mir nahe kamen; aber jung und unerfahren wie ich war, wagte ich dennoch nichts vorzunehmen. Aber diese Frauen waren von sündigen Gedanken ebenso erfüllt wie ich, dazu waren sie noch viel dreister und ließen den Mut nicht sinken. Eines Nachts erwachte ich in meiner Kammer davon, daß eine Frau zu mir ins Bett stieg. Vor banger Freude fand ich kein Wort, aber sie flüsterte mir zu, daß ein Gewitter im Anzuge sei und daß sie große Furcht habe. Zugleich umschlang sie mich und begann mich heftig zu küssen. Ein heller Blitz zeigte mir, daß es Apostolica war; und obschon mir selbst bei Gewittern sonst sehr bange ist, hatte ich keine Zeit, nun an dergleichen zu denken. Aber nach einer Weile, nachdem ich mit ihr eine Liebeslust genossen, die weit süßer war als des Ovidius sämtliche Gesänge, hörte ich das Gewitter näher herankommen; da faßte mich großer Schrecken, denn ich meinte, nun würde Gott der Herr mich mit seinem Blitzstrahl treffen. Aber nichts dergleichen geschah; und in der nächsten Nacht, als Alchmunda, nicht weniger eifrig als ihre Schwester, zu mir kam, war kein Gewitter zu hören; und von Lust mehr und mehr benommen, gab ich mich verhärteten Gemütes und froh den sündigen Freuden hin. Diese Frauen waren freundlich und wohlgesinnt; sie zankten nie, weder mit mir noch untereinander, und abgesehen von ihrer Geilheit war an ihnen nichts Böses. Auch fühlten sie weder Furcht noch Reue, und ihre einzige Angst war, daß die Mägde merken könnten, wie sie es trieben. Aber der Teufel stand ihnen treulich bei; denn gibt es wohl eine größere Freude für den, als einen Diener Christi zu Fall zu bringen?

Als nun Ostern herannahte, ging das ganze Hausgesinde der Reihe nach bei mir zur Beichte, und zuletzt kamen auch Alchmunda und Apostolica. Ernsthaft legten sie dar, was zwischen uns geschehen war, und ich war gezwungen, ihnen Gottes volle Vergebung zu erteilen. Das zu tun, war aber eine ganz grausige Sache, denn obgleich nun alle Sünde einzig auf mir lastete, so war mir doch, als habe ich Gott betrügen wollen.«

»Ich hoffe sehr, daß du dich seitdem gebessert hast«, sagte Vater Willibald streng.

»Auch ich hoffe das«, antwortete der Magister, »aber was die Seherin von den drei Sünden gesagt hat, wird ja doch mein Schicksal sein. Immerhin war ich dem Teufel doch noch nicht völlig ins Garn gegangen, denn jeden Tag hielt ich, wie ich's versprochen hatte, Fürbitte für den Kaufmann, damit ihm unterwegs nichts Gefährliches zustoße und er glücklich heimkommen möge, und um meine große Angst und Reue zu lindern, tat ich's schließlich sogar zweimal am Tag. Aber die Angst wurde immer schlimmer, und in der Nacht nach dem Auferstehungstage konnte ich's endlich nicht länger ertragen: ich entfloh aus dem Hause und aus der Stadt. Bettelnd zog ich dahin, bis ich nach Hause zu meiner Mutter gelangte. Sie war eine fromme Frau, und als ich ihr alles erzählt hatte, weinte sie sehr; aber dann fing sie an, mich zu trösten, und meinte, es sei nicht zu verwundern, daß mein Anblick die Frauen verwirre und daß dergleichen ja wohl öfter geschehe, als die Leute sich's dächten. Das einzige, was ich nun tun könne, sagte sie, sei: zum guten Dompropst zurückzukehren und ihm zu sagen, wie alles sich zugetragen habe. Gestärkt durch ihren Segen machte ich mich auf den Weg. Der Dompropst Rumold schaute mich groß an und wollte wissen, warum ich zurückkehrte; und unter Tränen erzählte ich ihm wahrheitsgetreu alles, von Anfang bis zu Ende. Er brummte böse, als er erfuhr, daß ich ohne seine Erlaubnis Ovidius gelesen hatte; aber als ich zu dem kam, wie es mir mit den beiden Frauen ergangen war, da schlug er sich auf die Knie und brach in schallendes Gelächter aus. Ich mußte ihm davon sehr genau berichten und ob die beiden Frauen denn auch mit mir zufrieden gewesen seien; und dann seufzte er und sagte, die Jugend sei doch die beste Zeit und mehr wert als die beste Dompropstei im ganzen Kaiserreich. Aber als ich weitererzählte, verfinsterte sich sein Gesicht immer mehr, und als ich zu Ende war, schlug er mit der Faust auf den Tisch und schrie, ich hätte mich schwer vergangen und in dieser Sache habe der Bischof zu entscheiden. Als wir zum Bischof kamen und der alles gehört hatte, teilte er die Meinung des Dompropstes, daß ich mich schwer vergangen und zweifach meine Amtspflicht verletzt habe: einmal, weil ich geflohen war von dem Ort, an den er mich gesandt hatte, und zweitens, weil das Beichtgeheimnis verletzt worden war dadurch, daß ich meiner Mutter die Sache mit den Frauen erzählt hatte. Meine Hurerei, sagten sie, sei gewiß eine ernste Verfehlung, aber doch nicht schlimmer, als was man gewohnt sei, und kaum der Rede wert neben dem anderen, das nur durch strenge Buße gesühnt werden könne. Da ich aber aus Unverstand und nicht aus bösem Willen gehandelt habe, gedächten sie so milde wie möglich mit mir zu verfahren. Sie ließen mich zwischen drei Bußübungen wählen: entweder ein Jahr lang Seelsorger der Aussätzigen im großen Hospital bei Jülich zu sein oder als Pilgrim ins Heilige Land zu ziehen und Öl vom Ölberge und Wasser aus dem Jordan zur Krönungskirche heimzubringen oder aber bei der Bekehrung der Dänen mitzuwirken. Durch diese Milde fühlte ich mich gestärkt und brannte vor Begier, meine Schuld zu sühnen; daher wählte ich das Schwerste und wurde also zum Bischof Eckard nach Hedeby gesandt. Er nahm mich freundlich auf und machte mich um meiner Gelehrsamkeit willen bald zum Domherrn. Als Magister an der Schule, die er gegründet hatte, des frommen Dienstes beflissen, blieb ich bei ihm zwei Jahre, bis wieder mein Schicksal mich erreichte und ich meine zweite Sünde beging.«

»Mit deinen Sünden und deinen tollen Frauen bist du mir eine ganz neue Priesterart«, sagte Orm. »Aber wir haben noch immer nicht zu hören bekommen, warum du jetzt umherstreifst.«

»Warum hast du dich denn nicht verheiratet wie jeder

vernünftige Mensch?« fragte Ylva. »Da deine Lust nach Frauen ja doch so groß ist.«

»Manche Leute meinen, Priester sollten lieber unverheiratet bleiben«, sagte der Magister. »Auch euer eigener Priester hat ja keine Frau; aber er mag heiliger sein als ich und den Versuchungen besser standhalten.«

»Ich habe anderes zu tun gehabt, als an Frauen zu denken«, sagte Vater Willibald, »und jetzt bin ich gottlob alt genug, um vor derlei Versuchungen sicher zu sein. Aber in dieser Sache waren sogar die heiligen Apostel verschiedener Meinung. Der heilige Petrus selbst ist verheiratet gewesen, und er hatte seine Frau sogar auf den Reisen ins Heidenland bei sich. Das freute aber den heiligen Paulus nicht, der unverheiratet blieb, und es mag sein, daß er daher mehr Zeit zum Briefeschreiben und zu längeren Reisen hatte. Seit langem schon haben heilige Männer sich überlegt, ob nicht Sankt Paulus im Recht gewesen ist, und die Äbte des heiligen Benedikt in Frankreich halten nun dafür, daß alle Priester unverehelicht und möglichst auch in Keuschheit leben sollten. Ich bin jedoch der Meinung, daß es lange dauern wird, bis alle Priester sich darein finden werden.«

»So ist es«, sagte der Magister. »Mir ist die Kundmachung des fränkischen Abtes Odo und seiner Anhänger bekannt: daß die Ehe für einen Diener Christi vom Übel ist, und ich halte ihre Ansicht für richtig. Aber die Schliche des Teufels sind zahlreich und von unermeßlicher Schlauheit. Ihr seht mich hier als einen Verstoßenen und als einen Wanderer in der Wildnis, nur weil ich mich geweigert habe, in die Ehe zu treten. Das war die zweite Sünde, die mir die Hexe geweissagt hat. Und grausig ist es, darüber nachzudenken, was wohl dereinst die dritte Sünde sein wird.«

Alle wollten nun gern hören, was ihm widerfahren sei, und nachdem Ylva ihm einen stärkenden Trunk gereicht hatte, begann er, von seiner zweiten Sünde zu berichten.

Von der zweiten Sünde des Magisters und von der Buße, die ihm auferlegt ward

»Es hängt damit zusammen«, begann er mit trauriger Stimme, »daß nicht weit von Hedeby eine Frau namens Thordis lebt. Sie ist von vornehmem Geschlecht und eine der reichsten jener Gegend, denn sie besitzt weite Gelände und große Herden; und als Heidin ist sie geboren und aufgewachsen. Obschon noch jung, war sie doch schon ihres Reichtums wegen dreimal verheiratet, und alle ihre Ehemänner sind eines gewaltsamen Todes gestorben, auf Heerzügen nämlich und in Fehden. Als der dritte erschlagen ward, überkam sie Unmut; sie kam freiwillig zum Bischof Eckard und sagte: nun wolle sie Rückhalt bei Gott suchen. Nachdem man sie unterwiesen hatte, wurde sie vom Bischof selbst getauft; und nachher kam sie oft mit großer Gefolgschaft zur Messe geritten. Es gab dann Lärm und Waffengeklirr, als sei ein Kriegerhäuptling erschienen. Ihr Stolz war groß und ihr Sinn halsstarrig, und anfangs weigerte sie sich, ihre Gefolgschaft die Waffen ablegen zu lassen, bevor sie die Kirche betraten: denn, sagte sie, dergleichen würde sich gar kläglich ausnehmen. Schließlich aber ließ sie sich doch vom Bischof bereden. Es war sein Wunsch, daß wir alle mit ihr Geduld hätten, da sie der Kirche Gottes von großem Nutzen sein konnte; und wirklich hat sie mehr als einmal dem Bischof reiche Geschenke gebracht. Aber leicht war es nicht, es mit ihr auszustehen, und am schlimmsten wurde es bald für mich. Denn seit ich ihr vor Augen gekommen war, dauerte es nicht lange, bis sie in Lust zu mir entbrannte, und einmal nach der Messe stand sie allein in der Vorhalle der Kirche und bat um meinen Segen. Den gab ich ihr; darauf schaute sie mir gerade ins Gesicht und sagte: wenn ich mir Haar und Bart zulegen wollte, wie das einem Manne gezieme, dann würde ich zu anderem taugen als zum Messelesen.

›Und mir bist du willkommen, wann du willst, und

dein Besuch soll dich nicht gereuen‹, sagte sie. Damit packte sie mich bei den Ohren, und obgleich mein Diakon dabeistand, küßte sie mich schamlos und ließ mich in großer Bestürzung zurück. Ich war nun mit Gottes Hilfe gegen Frauen fest geworden und zu unsträflichem Wandel entschlossen; zudem konnte sie sich, was Schönheit anging, nicht mit den beiden messen, die mich in Maastricht verführt hatten. Darum fürchtete ich nicht, durch sie in Sünde zu fallen, aber ihre Tollheit ängstigte mich dennoch, und mein Unglück war, daß der gute Bischof Eckard zu einer Kirchenversammlung nach Mainz gereist war. Ich bewegte den Diakon dazu, über das, was er gesehen hatte, zu schweigen, wenn auch er in seinem Unverstand sehr darüber lachte. An jenem Abend bat ich Gott fleißig um Beistand gegen diese Frau und fühlte mich dadurch seltsam gestärkt; ja, ich meinte, sie sei mir in den Weg gesandt worden, damit ich nun an den Tag legte, wie standhaft ich gegen die Lockungen des Fleisches geworden war. Aber als sie das nächste Mal zur Kirche kam, fühlte ich doch wieder großes Bangen, und sobald ich konnte, noch während des Gesanges, schlüpfte ich in die Sakristei, um ihr zu entgehen. Aber ohne jede Scheu war sie hinter mir her, und bevor mir's gelingen wollte, zu entkommen, fragte sie mich, warum ich mich trotz ihrer Einladung nicht bei ihr hätte blicken lassen. Ich gab zur Antwort, daß wichtige Dinge meine Zeit ausgefüllt hätten. ›Nichts ist wichtiger als dein Kommen‹, sagte sie, ›denn du bist der Mann, mit dem ich Hochzeit zu halten gedenke, obwohl du geschoren bist; und ich glaubte, du habest Verstand genug, um mich nicht warten zu lassen nach allem, was ich dich neulich merken ließ.‹ Ich war nun ganz verwirrt und wußte keine bessere Antwort, als daß ich während der Abwesenheit des Bischofs die Kirche unmöglich verlassen könnte. Aber dann stieg mein Mut, und ich sagte ihr allen Ernstes, daß die Diener Christi am besten täten, unverehelicht zu leben, und daß die heiligen Kirchenväter es allesamt streng rügen, wenn eine Frau zum viertenmal in die Ehe tritt. Sie erbleichte bei meinen Worten und trat auf mich zu, bevor ich zu Ende geredet hatte. ›Bist du etwa verschnitten wie ein Ochse?‹ fragte sie. ›Oder meinst du wohl, ich sei schon zu alt?‹ In ihrem Zorn sah sie gefährlich aus, und ich ergriff ein Kruzifix und hielt es ihr entgegen; zugleich begann ich das Gebet zur Vertreibung böser Geister; aber sie riß mir das Kruzifix so gewaltsam aus der Hand, daß sie ausglitt und rücklings hinstürzte, wobei ihr Kopf gegen die große Kleidertruhe schlug. Trotzdem war sie gleich wieder auf den Füßen und schrie laut um Hilfe, und ich machte es ebenso, ohne zu wissen, was ich tat. Und damit erfüllte sich mein Schicksal, dem nicht zu entgehen war; denn in dem Kampf, der nun in Kirche und Vorhalle ausbrach zwischen den Männern ihres Gefolges und den braven Stadtbewohnern, die mir beistehen wollten, gab es auf beiden Seiten bald Tote. Unter ihnen war auch ein Unterdiakon, den ein Schwerthieb getroffen hatte, und der Domherr Andreas, der vom Hause des Bischofs herbeigelaufen war, um den Kampf zu schlichten. Ihm flog ein Stein an den Kopf, und er starb am folgenden Tage. Endlich wurde die Frau vertrieben und mit ihr die ihr gebliebenen Mannen; aber als ich sah, was alles geschehen war und daß um meinetwillen sogar Priester tot dalagen, da war meine Verzweiflung groß. Bischof Eckard, der bei seiner Rückkehr alles erfuhr, betrachtete mich als den Hauptschuldigen, denn er hatte befohlen, daß wir alle der Frau Thordis mit großer Geduld begegneten, und dagegen hatte ich schwer gefehlt. Es wäre richtiger gewesen, sagte er, ihr den Willen zu tun. Ich bat ihn, mir die strengste Strafe aufzuerlegen, da ich meine Sünde wohl erkannte, wenn sie auch nicht zu vermeiden gewesen war; ich erzählte ihm von der Weissagung der Hexe und daß das hier Geschehene die zweite der drei Sünden gewesen war, die über mich verhängt seien. Der Bischof sagte, er würde mich ungern in Hedeby sehen, wenn die Zeit reif sei für meine dritte Sünde, und schließlich dachte er sich die Buße für mich aus. Er befahl mir, zu den wilden Småländern zu ziehen, um einen eifrigen Diener Gottes, den Vater Sebastian, von ihnen freizukaufen. Der war vor drei Jahren ausgesandt worden, um ihnen das Evangelium zu bringen, und seitdem schmachtet er bei ihnen in harter Knechtschaft. Zu ihm bin ich nun unterwegs, und das ist mein Vorhaben. Und nun wißt ihr ebensoviel von mir und von meinem Unglück wie ich selbst.«

Damit endete er seine Erzählung und Ylva schenkte ihm lachend Bier ein. »Es scheint, daß du es mit den Frauen nicht leicht hast, wie du's auch anstellst«, sagte sie, »und das, obwohl du in einem Buch davon gelesen hast, wie man sie lieben soll. Und in diesen Gegenden wirst du schwerlich eine glücklichere Hand mit ihnen haben.«

Der Magister aber antwortete gleichmütig, daß es mit solchem Leichtsinn nun für ihn ein Ende habe.

»Nicht nur was Frauen angeht, sondern auch in anderen Dingen scheinst du ein Mann von großer Einfalt zu sein«, sagte Orm, »und ebenso auch dein heiliger Bischof, wenn ihr beide glaubt, du könntest mit dem Leben und obendrein mit einem losgekauften Bischof zurückkommen, falls du mit Silber und Gold im Gürtel zu den Småländern gehst.«

Der Magister schüttelte traurig lächelnd den Kopf.

»Gold und Silber habe ich nicht bei mir«, sagte er, »denn mit Dingen dieser Art soll der Vater Sebastian nicht losgekauft werden. Nein, ich selbst soll an seiner Stelle Knecht werden. Ich bin jünger und stärker, und daher mag der Tausch leicht vor sich gehen. So könnte ich doch ein wenig den Tod zweier Priester sühnen.«

Darüber wunderten sich alle, und zuerst wollten sie gar nicht glauben, daß er es ernst meinte. Der Magister blieb aber bei dem, was er gesagt hatte.

»Ich glaube, daß ich kein schlechterer Christ bin als andere«, sagte Orm, »aber doch meine ich eher, alle Sünden der Welt begehen zu können, als mich selbst in die Knechtschaft auszuliefern.«

Vater Willibald sagte, eine so christliche Tat sei nicht jedermanns Sache, der Magister täte aber recht.

»Und sehr lange wird deine Knechtschaft nicht dauern«, sagte er ihm, »denn nun zählen wir nicht mehr denn fünf Jahre bis zur Wiederkunft Christi, nach der Berechnung, die von den meisten Gelehrten für richtig gehalten wird. Und wenn du fortab die Frauen meidest und fernerem Unglück durch sie entgehst, so magst du noch dazu kommen, viele Småländer zu taufen, bevor jener Tag da ist. Und dann kannst du ruhig vor dem Richterstuhl Gottes stehen.«

»Ja, das stimmt«, sagte der Magister, »und ich habe schon selbst an das alles gedacht. Am schlimmsten ist aber, daß ich noch meine dritte Sünde begehen muß. Und die Hexe hat gesagt, die werde von allen die größte sein.«

Für dieses wußte niemand einen Trost, aber Orm hoffte, es werde damit noch eine Weile dauern.

»Denn ich würde ungern sehen«, sagte er, »daß du sie begehst, während du in meinem Hause bist. Und ihr alle sollt wissen, du, Priester, und du, Spjalle, und ihr beiden Meister von Irland, daß ihr gern bei mir bleiben mögt, so lange das euch gefällt.«

»Das sage auch ich«, fügte Ylva hinzu.

Alle dankten; aber Spjalle sagte, er wolle nur einige Tage bleiben. »Denn ich kann nicht auf dem Wege haltmachen, solange das Glück der Sveakönige in meiner Hut ist.«

Die beiden Gaukler erklärten, mit Spjalle ziehen zu wollen, denn auch sie wollten nach Uppsala. Und wenn es ihnen dort nicht gefallen sollte, so gäbe es andere Könige, zwischen denen sie wählen könnten.

»Dann gehen wir vielleicht nach Norwegen«, sagten sie, »denn dort ist jetzt Olaf Tryggvesson König, und der soll ein guter Christ geworden sein. Oder wir fahren gen Osten zu König Valdemar im Gardareich, der als reicher und mächtiger Herrscher einen großen Namen hat und gegen kunsterfahrene Leute freigebig sein soll.«

»Zu ihm ist der Weg lang«, sagte Orm.

»Wir ziehen als heimatlose Wanderer über die Erde«, sagten sie, »aber wir gehen gern überall hin, wo Könige sind, denn ihnen sind wir immer willkommen. Und jenseits vom Gardareich herrscht Kaiser Basilius, er, der Bulgarentöter genannt wird und der von allen Herren der Welt der mächtigste ist, seit König Harald und König Erik dahin sind. Es mag aber sein, daß der junge Kaiser in Deutschland das nicht gern hören würde und auch nicht König Brian bei uns daheim. Uns haben weitgereiste Männer gesagt, daß die Gaukler des Kaisers in Miklagård großes Ansehen haben und schwere Dinge auszuführen vermögen, und vor allem haben wir von einem Kunststück gehört, das sie, als in Miklagård Kaiser Nikephoros herrschte, vor den Gesandten des alten deutschen Kaisers zum besten gegeben haben sollen. Dabei kam ein wunderliches Klettern an einer Stange vor, und diese Kunst ist uns nicht bekannt, obschon wir sonst mehr als andere zu wissen glauben. Es würde sich daher lohnen, ihre Geschicklichkeit zu sehen und wiederum ihnen zu zeigen, was die Meister von Erin vermögen. Und vor dem Kaiser Basilius zu gaukeln, wäre uns fürwahr eine große Ehre, und auch er würde geehrt durch unseren Besuch. Zuerst aber wollen wir nach Uppsala zum jungen König, und da ist es am besten, mit Spjalle zu gehen. Denn er ist ein Mann, mit dem es sich gut betteln läßt.«

Und so geschah es; nach einigen Tagen, als Spjalle sich wieder bei Kräften fühlte, band er sich das Königsschwert an das Bein, und er und die beiden Meister griffen nach ihren Bettelsäcken und Stäben. Åsa und Ylva gaben ihnen reichliche Wegekost mit, so daß sie sagten, sie hätten nur wenig Hoffnung, sonstwo unterwegs so viel Gastfreundschaft zu finden, wie ihnen hier zuteil geworden war.

»Und wenn wir uns jemals wiedersehen«, sagte Felimid

beim Abschied zu Orm, »so weißt du, daß du an uns immer gute Freunde haben wirst.«

»Ein Wiedersehen wünscht' ich mir gern«, sagte Orm, »aber schlagt ihr den Weg nach Miklagård ein, dann bleibt es ja wohl nur beim Wunsch. Denn ich sitze hier still, sehe Kinder zur Welt kommen und Ernten keimen und werde gewiß nie wieder auf die Reise gehen.«

»Wer weiß, wer weiß«, sagten die langohrigen Männchen. Sie nickten allen zu, Vater Willibald gab ihnen seinen Segen mit, und so zogen sie mit Spjalle ihres Weges.

Der Magister Rainald aber blieb noch einige Zeit bei Orm, denn das hielt man für ihn am besten. Alle meinten, daß er nicht auf eigene Faust über die Grenze dürfe, um den Vater Sebastian zu suchen, denn dann würde er bald nutzlos und, bevor er irgend etwas hätte ausrichten können, gefangen und umgebracht werden. Daher wurde bestimmt, daß er auf Gröning bleiben solle, bis die Zeit für das große Thing der Grenzbewohner herangekommen war, das nun bald am Kraka-Stein vor sich gehen sollte. Denn dort, sagte Orm, könnte vielleicht etwas zur Förderung seiner Angelegenheit geschehen.

Wie der Magister das Jungvieh suchte und wie er in einem Kirschbaum saß

Nun ging es, wie Orm gesagt hatte: der Magister blieb den Sommer lang auf Gröning. Er war dem Vater Willibald behilflich, wenn er für das Hausgesinde und die Neugetauften der Umgegend – sofern diese es der Mühe wert hielten, herbeizukommen – den Gottesdienst hielt, und alle rühmten sein Singen in der Messe, denn er sang schöner, als man es je gehört hatte. Zu Anfang fanden die Neugetauften sich nicht gern ein, aber als der Gesang des Magisters weit und breit in Ruf kam, erschienen sie zahlreicher, und beim Lauschen auf seine Stimme kamen vielen Frauen die Tränen. Vater Willibald war mit dieser

Beihilfe sehr zufrieden, denn mit seinem Gesang war es nicht weit her.

In anderen Dingen jedoch taugte der Magister nur wenig. Orm wollte ihn während der Woche mitarbeiten lassen und daher gern herausbringen, wozu er am besten taugte, aber es war schwer, eine Beschäftigung für ihn zu finden, welche die Kosten seines Unterhalts auch nur notdürftig deckte. Er verstand sich auf gar nichts und wußte mit Werkzeugen nicht umzugehen.

Orm sagte ihm: »Es steht schlimm für dich; denn bald wirst du in Småland Knecht sein, und bloß mit Singen wirst du dir das Leben nicht angenehm machen können. Es wäre für dich am besten, während du hier bist, dies und jenes zu lernen, denn dadurch würdest du dir viele rote Streifen auf dem Rücken ersparen.«

Der Magister seufzte und meinte, daß Orm damit gewiß recht habe. Er versuchte sich an allerlei leichten Arbeiten, aber nichts wollte ihm gelingen. Beim Mähen stellte er sich erbärmlich an, denn es war ihm unmöglich zu begreifen, wie die Sense gehalten werden mußte; beim Tischlern war er ungeschickt, obgleich Rapp und auch Orm selbst ihn mit großer Geduld unterwiesen; wenn er Reisig für den Backofen hacken sollte, so haute er sich ins Bein und lag dann jammernd und blutig am Boden, und als seine Wunde geheilt war und man ihn mit einem Mann vom Gesinde zum Fluß schickte, um nach den ausgelegten Netzen zu sehen, erschrak er so sehr vor einem großen Aal, der sich ihm um den Arm schlang, daß er den Eichstamm, der als Boot diente, zum Kippen brachte und der ganze Fang verlorenging. Nur mit genauer Not retteten sich beide ans Ufer. Man konnte ihn daher nur in der Kirche als wirklich tüchtig betrachten, auch schätzte man ihn abends im Kreise des Hausgesindes, wenn jeder bei seiner Handarbeit saß und er von Kaisern und Heiligen berichtete. In allem anderen aber galt er als ein unvergleichlicher Stümper, der sich auf nichts verstand, was jedem Mann geläufig war. Dennoch mochte man ihn gern, und es war zu merken, daß alle Frauen, von Åsa und Ylva bis zur jüngsten Magd, sich seiner annahmen und zu seiner Entschuldigung viel vorzubringen wußten.

Im Vorfrühling dieses Jahres hatte Rapp, der Einäugige, sich eine üppige Bauerntochter zur Frau genommen. Sie hieß Torgunn. Er hatte sie trotz seiner Einäugigkeit mühelos gewonnen, da er als weitgereister Mann und als einer, der die Waffen geschickt zu führen wußte, großes Ansehen genoß. Auf Rapps Befehl hatte sie sich gleich taufen lassen, und nachher versäumte sie keinen Gottesdienst; sie war überall gern gesehen, zeigte sich flink bei der Arbeit, und Rapp und sie kamen gut miteinander zurecht, obschon er auf Befragen einmal murmelnd zur Antwort gegeben hatte, daß es nicht leicht sei, sie zum Schweigen zu bringen, und es bei ihr lange dauere, bis sie Aussicht auf Kinder gäbe. Ylva mochte sie sehr, und die beiden saßen oft vertraulich beisammen, ohne daß eine von ihnen je an Worten zu kurz kam.

Nun geschah es eines Tages, daß das Hofgesinde in den Wald mußte, um verlaufenes Jungvieh zu suchen, und das Suchen dauerte lange. Gegen Abend, als Rapp, ohne etwas gefunden zu haben, schon auf dem Rückweg war, hörte er absonderliche Laute aus einem Birkengestrüpp, und als er näher heranging, sah er Torgunn bei einem großen Stein im Grase liegen, während der Magister sich tief über sie beugte. Mehr konnte er durch das Gebüsch nicht wahrnehmen, und als sie seine Schritte hörten, sprangen beide schnell auf. Rapp stand stumm da, aber Torgunn kam, auf einem Bein hopsend, auf ihn zu und war nicht um Worte verlegen.

»Es war ein Glück, daß du kamst«, sagte sie, »nun kannst du mir ja nach Haus helfen. Ich bin über eine Wurzel gestolpert und habe mir dabei das Knie verrenkt, und auf mein Hilferufen kam der Magister hinzu. Aber er konnte mich nicht tragen; nun hat er mein Knie besprochen, so daß es damit schon besser geworden ist.«

»Das Auge, das ich noch habe, sieht gut«, sagte Rapp. »Mußte er über dir liegen, als er das Knie besprach?«

»Aber das tat er ja nicht«, sagte Torgunn verdrießlich. »Rapp, sag, was fällt dir denn ein? Er lag vor mir auf den Knien, während er mein Knie umfaßt hielt und dreimal heilige Worte darüber sprach.«

»Dreimal?« fragte Rapp.

»Stell dich doch nicht dümmer, als du bist«, sagte Torgunn. »Zuerst im Namen des Vaters, dann in des Sohnes und dann in des Heiligen Geistes Namen; das macht dreimal.«

Rapp schaute den Priester an. Der war bleich, und ihm zitterte ein wenig der Mund, aber sonst war ihm nichts anzumerken.

»Hättest du nach Atem geschnappt, dann wärst du jetzt schon ein toter Mann«, sagte Rapp nachdenklich.

»Um Märtyrer zu werden, bin ich ja in dieses Land gekommen«, sagte der Magister.

»Du kannst schnell genug einer werden«, sagte Rapp. »Aber laß mich erst mal dein Knie besehen, Frau, falls du noch weißt, welches das beschädigte ist.«

Torgunn fing an zu jammern und sagte, ein solches Elend habe sie noch nie erlebt; aber sie setzte sich gehorsam auf den Stein und entblößte ihr linkes Knie. Ob es wirklich geschwollen war, ließ sich nicht recht feststellen, aber sie schrie auf, als Rapp es betastete.

»Vor einer Weile war es noch schlimmer«, sagte sie. »Aber wenn du mich stützt, kann ich ja wohl nach Hause hinken.«

Rapp blickte finster vor sich hin und sagte nachdenklich: »Ob mit deinem Knie etwas geschehen ist, kann ich nicht wissen, denn dein Schreien kostet dich nichts. Aber Orm soll nicht sagen dürfen, daß ich seinen Gast ohne Grund erschlagen habe. Vater Willibald weiß alles am besten, und er soll entscheiden.«

Sie gingen nun heim; es ging schlecht und recht, wenn auch Torgunn ihrer großen Schmerzen wegen unterwegs oft ausruhen mußte; das letzte Stück mußte sie sich auf beide Männer stützen, indem sie jedem einen Arm um den Hals legte.

»Du hängst dich merkbar an mich«, sagte Rapp, »und doch fällt es mir nicht leicht, dir in alledem Glauben zu schenken.«

»Glaub, was du willst«, sagte Torgunn, »aber soviel weiß ich, daß mein Knie nie wieder gut werden wird. Mein Fuß klemmte sich zwischen zwei Wurzeln, als ich von einem umgestürzten Baumstamm herabsprang. Nun werde ich gewiß ein steifes Bein behalten.«

»Das Besprechen hat also nichts genützt?« sagte Rapp düster.

Torgunn wurde zu Bett gebracht, und Vater Willibald nahm sich ihrer an. Rapp nahm sofort Orm und Ylva beiseite; er erzählte ihnen, was geschehen war und was ihm am wahrscheinlichsten schien. Orm und Ylva meinten beide, das sei eine betrübliche Sache, und es wäre sehr schade, wenn es nun zwischen Rapp und Torgunn Zwietracht geben würde.

»Es ist eine deiner guten Seiten, daß du nie den Kopf verlierst«, sagte Orm zu Rapp. »Sonst hättest du ihn vielleicht getötet, und das wäre sehr schlimm gewesen, falls er unschuldig ist. Denn der Totschlag eines Priesters würde uns allen Gottes Strafe zuziehen.«

»Ich denke besser von Torgunn als du, Rapp«, sagte Ylva. »Man verrenkt sich nur zu leicht das Knie, wenn man über Stock und Stein klettert. Und du sagst ja selbst, daß du nichts gesehen hast.«

»Aber was ich dort mitten im Wald sah, war schlimm genug.«

»Man tut gut, in solchen Dingen nicht übereilt zu urteilen«, sagte Orm. »Du erinnerst dich ja wohl, welches Urteil der Richter meines Herrn Almanzur in Cordova fällte, damals als Toke Grågullesson sich in die Frauenstube des ägyptischen Zuckerbäckers in der Büßergasse geschlichen hatte. Ein Zugwind hatte den Vorhang vom

Fenster geweht, so daß vier Freunde des Zuckerbäckers dessen Gemahl und Toke auf dem Ruhebett liegen sahen.«

»Daran erinnere ich mich gut«, sagte Rapp, »aber die waren ja Heiden.«

»Ich würde gern wissen, wie es jener Frau ergangen ist«, sagte Ylva.

»Der Zuckerbäcker trat in zerrissenen Kleidern vor den Richter und mit ihm seine vier Zeugen. Er verlangte, daß Toke und die Frau als Ehebrecher gesteinigt würden; und Almanzur, mein Herr, hatte selbst befohlen, daß in dieser Sache streng nach dem Gesetz gerichtet würde, obschon Toke zur Leibwache gehörte. Der Richter fragte die vier Zeugen genau aus, und drei von ihnen behaupteten, daß sie alles genau gesehen hätten; der vierte aber war alt und hatte schwache Augen, daher hatte er nicht so genau wie die anderen unterscheiden können, was vorging. Nun verlangt das Gesetz des Propheten Mohammed – ein Gesetz, das Allah mit eigener Hand in ein heiliges Buch geschrieben hat –, daß vier Zeugen alles klar und deutlich gesehen haben müssen, bevor jemand wegen Ehebruchs verurteilt werden kann. Daher erklärte der Richter, daß Toke und die Frau unschuldig seien, daß aber dem Zuckerbäcker die Fußsohlen mit Ruten gestrichen werden sollten, weil er eine falsche Anzeige gemacht habe.«

»In jenem Lande müssen die Frauen es gut haben«, sagte Ylva, »denn viel mag geschehen, ehe man sich von vier Zeugen ertappen läßt. Das Los des Zuckerbäckers scheint mir aber recht hart.«

»Er selbst war späterhin nicht dieser Meinung«, sagte Orm. »Denn nach dieser Geschichte kam er bei der Leibwache in Ruf; wir gingen oft in seinen Laden, um mit ihm zu scherzen und seinen süßen syrischen Met zu trinken, so daß sein Verdienst sehr stieg und er Allah pries für das Glück, das ihm geworden war. Aber Toke blieb dabei, daß diese Sache, obwohl sie gut abgelaufen war, ihm doch eine Warnung sein müsse, und er wagte sich nicht mehr an diese Frau heran.«

Nun kam Vater Willibald herbei und berichtete, daß es mit der Knieverrenkung seine Richtigkeit habe.

»Und bald wird das Knie geschwollen sein«, sagte er zu Rapp, »daß sogar du selbst wirst sehen können, wie es damit steht.«

Alle meinten, daß diese Nachricht Rapp Erleichterung schaffen würde, er aber saß finster und nachdenklich da und sagte schließlich:

»Dann hat also der Magister eine gute Weile dort im Grase gelegen und Torgunns Knie in den Händen gehalten oder vielleicht auch nur in einer Hand. Ich kann schwerlich glauben, daß es dabei geblieben ist; hat er uns doch selbst gesagt, daß er toll hinter den Frauen her ist und daß er aus welschen Büchern gelernt hat, mit ihnen umzugehen. Ich glaube bestimmt, daß er sich auch mit anderem abgegeben hat als nur mit dem Besprechen des Knies; denn wenn an ihm als Priester überhaupt etwas dran ist, dann wär ja das Knie nicht so angeschwollen.«

So viel hatte man Rapp noch nie reden hören, und es gelang niemand, ihn von seiner Meinung abzubringen.

Da sagte Ylva: »Zuerst warst du mißtrauisch, weil du keine Schwellung sahst, und nun bist du es, weil die Schwellung da ist. Aber es lohnt sich nicht, darüber Worte zu machen, denn so seid ihr Männer nun mal, wenn ihr Grillen im Kopf habt. Jetzt geh ich zu Torgunn, um vertraulich mit ihr zu reden. Wir sind ja Freundinnen, und mir wird sie sagen, wie es wirklich zugegangen ist. Und wenn sie mit etwas hinterm Berge halten sollte, so werde ich ihr das dennoch anmerken. Denn eine Frau spürt sogleich, ob eine andere die Wahrheit spricht oder lügt; aber Männer können das – gottlob! – nicht unterscheiden.«

Damit ging sie, und was sie und Torgunn miteinander geredet haben, hat niemand belauscht.

»Nun kannst du ruhig sein, Rapp«, sagte Orm, »denn

du wirst jetzt erfahren, wie es wirklich steht. Keine Frau in der ganzen Welt ist so schlau wie Ylva, kann ich dir sagen, das merkte ich schon, als ich sie zum ersten Male traf.«

Rapp grunzte eine zustimmende Antwort, und nun fingen sie an, von zwei verlaufenen Jungkühen zu reden, die man noch nicht wiedergefunden hatte, und wo man sie wohl am folgenden Tage suchen müßte.

Ylva blieb lange fort. Als sie zurückkam, hielt sie Rapp die geballte Faust unter die Nase.

»Nun weiß ich alles«, sagte sie, »und es ist nicht anders gewesen, als wie ich von Anfang an geglaubt hatte. Und du brauchst dir keine Sorgen zu machen, Rapp, denn bei dieser Begegnung im Wald geschah nichts, was Tadel verdient. Verdrießlich ist bloß, was du selbst angestellt hast. Torgunn lacht und weint abwechselnd über deine Verdächtigungen und harten Worte; ja, sie sagte mir, es täte ihr nun fast leid, daß sie den Priester, da sich diese Gelegenheit bot, nicht wirklich verführt habe. ›Bevor Rapp kam, hätten wir zu mancherlei Zeit gehabt‹, sagte sie, ›und da ich nun ja doch Schande und Verdruß davon haben soll, hätte ich mir auch das Lustige dabei gönnen dürfen.‹ Das hat sie gesagt, und wenn du so klug bist, wie ich das von dir glaube, Rapp, dann rührst du mit keinem Wort mehr an diese Sache; denn dann könnte sie gefährlich werden, das sage ich dir. Bist du nun aber gut zu ihr, dann fängt sie gewiß nicht von selbst davon an; und es wäre gut, wenn du es bald dazu brächtest, daß sie Kinder bekommt, denn dann wären dir weitere Befürchtungen wegen dieses armen, unglücklichen Magisters erspart.«

Rapp strich sich über den Schädel und murmelte etwas davon, daß es ja am nötigen Fleiß nicht fehle. Es war ihm anzumerken, daß Ylvas Worte ihn sehr erleichtert hatten, und er dankte ihr, daß nun alles in Ordnung war.

»Und gut ist's«, sagte er, »daß auch ich selbst nicht aller Klugheit bar bin, wenn ich auch gewiß nicht so klug bin wie du, Ylva. Denn hätte ich den Magister erschlagen, dann stände ich jetzt mit langer Nase da, und ihr beide würdet mir gram sein. Aber nun will ich zu Torgunn gehen und zusehen, daß sie mir wieder gut wird.«

Als Orm und Ylva jetzt allein waren und sich zu Bett gelegt hatten, redeten sie vor dem Einschlafen noch eine Weile über diese Sache.

»Es ist besser abgelaufen, als ich glaubte«, sagte Orm, »und das ist dein Verdienst. Hätte ich urteilen müssen, dann wäre ich dabei geblieben, daß sie sich mit anderem abgegeben haben als mit ihrem Knie.«

Ylva lag eine Weile schweigend da. Dann sagte sie: »Orm, damit hättest du recht gehabt, aber das darf nie jemand erfahren. Ich habe ihr versprochen zu schweigen und Rapp zur Vernunft zu bringen, und dabei muß es bleiben; niemand, nicht einmal Vater Willibald, darf etwas davon wissen, denn das brächte nicht nur Rapp und Torgunn viel Unglück, sondern auch diesem armen weibstollen Magister. Aber dir sag ich die Wahrheit, nämlich, daß die beiden sich mehr mit anderem abgegeben haben als mit dem Besprechen des beschädigten Knies. Sie sagt, sie habe den Magister von Anfang an gut leiden mögen, teils wegen seines schönen Gesanges, aber auch des unglücklichen Schicksals wegen, das über ihn verhängt ist, und es sei ihr unmöglich, sich einem heiligen Mann zu widersetzen. Sie sagt, als er ihr Knie berührte, habe sie wie eine gefangene Fledermaus am ganzen Körper gebebt, und er sei alles andere als schüchtern gewesen, habe vielmehr schnell genug zugegriffen. Bald seien sie beide gleichermaßen bei der Sache gewesen, und dafür könne sie nichts, sagt sie. Als beide dann zur Besinnung gekommen seien, habe er angefangen zu weinen und zu klagen, und dann habe er endlich begonnen, ihr Knie zu besprechen, aber noch bevor er weit damit gekommen war, sei Rapp zur Stelle gewesen. Daher käme es, daß die Schwellung nun so arg sei, denn die Besprechung hätte dreimal hergesagt werden sollen. Sie werde aber Gott immer danken, sagt sie, daß Rapp nicht eine kleine Weile früher kam. Und wenn du Rapp oder irgendeinen anderen davon wissen läßt, machst du mich unglücklich und andere obendrein.«

Orm mußte lachen und versprach gern, weder vor Rapp noch vor anderen sich etwas merken zu lassen.

»Wenn bloß Rapp nie erfährt, wie er genasführt worden ist, dann ist der Schaden nur gering oder nicht vorhanden. Dieser Magister scheint mir aber ein eigentümlicher Mann zu sein: in allem, was andere Männer können, taugt er zu nichts, aber auf Frauen scheint er sich wahrhaftig zu verstehen. Es wäre nicht gut, wenn er und Torgunn hinfort allein beisammen sind; dann könnte es schlimm enden, denn ein zweites Mal würde Rapp sich nicht narren lassen. Darum will ich mir eine laufende Beschäftigung für ihn ausdenken, die ihn von ihr fern hält; denn es ist gar nicht klar, wer von beiden am meisten darauf erpicht ist, den anderen zu treffen.«

»Du darfst aber nicht hart gegen ihn sein«, sagte Ylva, »denn sobald er zu den Småländern kommt, ist für den Armen die Zeit der Leiden da. Und ich will selbst, so viel ich kann, mithelfen, ihn und Torgunn getrennt zu halten.«

Am folgenden Morgen rief Orm den Magister zu sich und sagte ihm, daß er nun eine geeignete Beschäftigung für ihn gefunden habe.

»In allem, womit wir es bisher versucht haben, hast du nicht viel getaugt«, sagte er ihm, »aber nun wirst du dich wirklich nützlich machen können. Du siehst diesen Kirschbaum hier; es ist der beste von allen, die ich habe; und dieser Meinung bin nicht nur ich, sondern auch die Krähen. Auf den sollst du nun klettern, und du nimmst am besten gleich etwas zum Essen und Trinken mit, denn du darfst nicht eher wieder herunter, als bis die Krähen und Elstern dort sind, wo sie zu nächtigen pflegen. Und du mußt früh zur Stelle sein, denn die Krähen kommen schon im ersten Morgengrauen. Ich hoffe sehr, daß es dir gelingt, die Beeren für uns zu bewahren, ohne daß du selbst dabei allzu viele ißt.«

Der Magister schaute betrübt am Baum hinauf; die Kirschen waren größer als die der gewöhnlichen Kirschbäume und begannen zu reifen. Alle Vögel waren auf sie erpicht, und es half nicht viel, daß Rapp und Vater Willibald versuchten, sie durch Pfeilschüsse fernzuhalten.

»Das habe ich verdient«, sagte der Magister. »Aber ich fürchte mich, so hoch hinaufzuklettern.«

»Du mußt dich dran gewöhnen«, sagte Orm.

»Ich neige zu Schwindel.«

»So halte dich gut fest, dann macht der Schwindel nichts. Und wenn du dich nicht dranwagst, so machst du dich lächerlich; am allermeisten bei den Frauen.«

»Ja, das habe ich wahrhaftig verdient«, wiederholte der Magister traurig.

Es endete damit, daß er mit viel Mühe in den Baum stieg, während Orm dabeistand und ihn aufforderte, noch immer höher zu klettern. Schließlich erreichte er unter Gebet einen dreifach gegabelten Ast, der unter seinem Gewicht hin und her schwankte; und Orm riet ihm, dort zu bleiben, denn die Vögel würden ihn dort am besten sehen.

»Du hast nun einen sicheren Platz«, sagte er, »an dem du dem Himmel näher bist als wir anderen; da magst du von dem, was du mit hast, essen und trinken und Gott deine Sünden bekennen.«

Und dort verblieb der Magister; die Krähen kamen eifrig von überallher zu den guten Früchten geflogen, aber sie scheuten erstaunt zurück, als sie einen Menschen im Kirschbaum fanden; ihn umkreisend ließen sie ärgerliches Krächzen hören; und die Elstern saßen ringsum im Dickicht und lachten boshaft.

Es war am Nachmittag des sechsten Tages, bei großer Hitze, als der Magister vom Baume fiel. Die Wärme hatte ihn eingeschläfert, und ein Bienenschwarm hatte sich auf seinem Kopf niedergelassen. Voll Schrecken fuhr er aus dem Schlaf und begann um sich zu schlagen, und dann fiel er schreiend zu Boden; mit ihm Bienen, Früchte und abgebrochenes Gezweig. Die Zwillinge und deren Spielkamerad waren die ersten, die dieser Umtrieb zur Stelle rief; sie guckten ihn verwundert an, und Ulf, der Bub, fragte ihn, warum er denn herabgefallen sei. Aber er blieb jammernd liegen und behauptete, seine letzte Stunde sei gekommen. Die Kinder machten sich nun vergnügt ans Essen der herabgefallenen Kirschen, aber bald wurden sie bange vor den Bienen und erhoben lautes Geschrei. Alles Hofgesinde war beim Einholen von Schilf drunten am Fluß, und schließlich war es Ylva selbst, die mit einigen Mägden dem Magister zu Hilfe kam und ihn in die Webkammer schaffte, wo er zu Bett gebracht wurde. Als es sich nun herausstellte, wie das Unglück geschehen war, brachen die Mägde in so lautes Gelächter aus, daß Ylva ihnen Ohrfeigen gab und ihnen befahl, sofort den Vater Willibald zu holen, der mit den anderen drunten am Fluß war.

Ylva hatte Mitleid mit dem Magister; sie tat für ihn, was sie nur konnte, und gab ihm zur Stärkung von ihrem besten Bier; die Bienen hatten ihm nichts angetan, aber er meinte, ihm sei die Schulter gebrochen. Ylva glaubte darin die Strafe Gottes zu sehen für das, was er mit Torgunn im Walde vorgehabt, und er gab zu, daß sie recht haben könnte.

»Aber wieviel weißt du denn davon?« fragte er.

»Ich weiß alles«, sagte Ylva, »denn Torgunn hat es mir selbst erzählt; aber du brauchst nicht zu fürchten, daß jemand davon erfahren wird, denn wenn es nötig ist, verstehen wir beide, den Mund zu halten. Und ich kann dich damit trösten, daß sie viel zu deinem Lobe gesagt hat und daß sie nicht bereut, was ihr dort miteinander getrieben habt, obschon es um ein Haar schlimm ausgegangen wäre.«

»Aber ich bereue es«, sagte der Magister, »trotzdem ich weiß, daß es gar nichts nützt. Denn Gottes Fluch liegt auf mir, so daß ich mit einer jungen Frau nicht allein sein kann, ohne daß mich Begier packt. Ja, nicht einmal diese

Tage im Kirschbaum haben mir geholfen, denn ich habe dort oben weniger an Gott als an die Sünden des Fleisches gedacht.«

Ylva lachte.

»Aber der Bienenschwarm und der Sturz vom Baum haben dir ja doch genützt«, sagte sie, »denn nun bist du hier mit mir allein und eine gute Weile lang kann uns niemand stören; dazu kommt, daß ich nicht schlechter auszusehen glaube als Torgunn. Und doch meine ich, daß du zum Sündigen jetzt wenig taugst, du armer Unglücksvogel.«

»Du weißt nicht, wie mächtig der Fluch ist, der auf mir liegt«, sagte der Magister und streckte die Hand nach Ylva aus.

Was nun alles zwischen ihnen geschah, hat niemand mit Sicherheit je erfahren; als Vater Willibald heimkam, um nach den Verletzungen des Magisters zu sehen, lag dieser leise wimmernd im Schlaf, während Ylva am Webstuhl fleißig war.

»Er ist allzu gut, um auf Bäume zu klettern, und von nun an mag es ihm erlassen sein«, sagte sie an diesem Abend zu Orm und dem Hausgesinde, als man beim Abendbrot saß und über den Magister im Kirschbaum viel gelacht wurde.

»Wie gut er ist, weiß ich nicht recht«, sagte Orm, »aber wenn du sagst, daß er zu einfältig ist, um auf Bäume zu klettern, so stimme ich gern bei. Wozu er eigentlich taugt, kann ich nicht recht herausbringen; dahinter mögen die Småländer kommen. Jetzt sind die Kirschen zum größten Teil reif und können, bevor die Vögel sie stehlen, gepflückt werden, daher ist der Schaden nicht groß. Aber es ist gut, daß es nicht mehr lange bis zum Thing ist.«

»Und bis dahin werde ich selbst für ihn sorgen«, sagte Ylva bestimmt, »denn ich will nicht, daß er während der letzten Tage, die er bei Christen zubringt, übel daran ist und obendrein noch verhöhnt wird.«

»Da sieht man's: die Frauen sind immer auf seiner Seite, was er auch anstellt«, sagte Orm. »Aber in dieser Sache magst du es halten, wie du willst.«

Alle auf dem Hof lachten sich schief, sobald die Rede auf den Magister und seinen Bienenschwarm kam. Åsa aber sagte: das sei für ihn ein günstiges Zeichen gewesen, denn sie habe kluge alte Leute oft sagen hören, daß dem, auf dessen Kopf ein Bienenschwarm sich niederläßt, ein langes Leben und viele Kinder bestimmt seien. Vater Willibald sagte, dasselbe hätten auch gelehrte Männer am Hof des Kaisers zu Goslar behauptet, aber sie hätten sich nicht mit Sicherheit darüber auslassen können, ob dieses Vorzeichen, wo es sich um einen Priester handle, auch volle Gültigkeit habe.

Vater Willibald konnte der Schulter des Magisters keine schwere Verletzung anmerken; dennoch blieb dieser noch mehrere Tage liegen und hielt sich auch nachher noch meist in der Kammer auf. Ylva versorgte ihn aufs beste, gab ihm reichlich zu essen und sah zu, daß keine ihrer jüngeren Mägde ihm in die Nähe kam. Orm neckte sie damit und fragte, ob nun auch sie in den Magister vernarrt sei; zudem verdroß es ihn ein wenig, daß nun so viele gute Bissen in die Webkammer gebracht wurden. Aber Ylva gab ernst zur Antwort, daß er sich in dieses nicht einmischen dürfe, denn gutes Essen täte dem Armen wahrhaftig not. Er müsse ja doch etwas auf den Knochen haben, bevor er sich zu den Heiden auf den Weg mache. Und was die Mägde anginge, so wolle sie ihn bloß vor neuen Versuchungen und boshaften Neckereien schützen.

Ylva konnte es also in dieser Sache halten, wie sie wollte, und alles ging seinen ruhigen Gang, bis für die Landesbewohner zu beiden Seiten der Grenze die Zeit herankam, zum Thing am Kraka-Stein zu reiten.

Von Frauenkünsten am Kraka-Stein und wie Blauzunges Schneide eine Scharte erhielt

Im Spätsommer jedes dritten Jahres, beim ersten Vollmond nachdem das Heidekraut in Blüte getreten war, trafen sich alter Sitte gemäß am Kraka-Stein die Männer der Grenzgegenden zwischen Schonen und Småland, um über den Frieden zu verhandeln oder einander Unfrieden anzusagen. Und was hier bestimmt wurde, behielt Kraft bis zur nächsten Zusammenkunft.

Aus Finnveden und Värend und aus allen Gegenden, wo Göinger wohnten, kamen Häuptlinge und Männer, die gewählt worden waren, und hielten Thing, und das erstreckte sich gewöhnlich über mehrere Tage. Denn auch wenn Frieden herrschte, gab es viel, worüber die Grenzbewohner sich zu vergleichen hatten: so die Zwistigkeiten wegen Jagd und Waldweide, Totschlag, der ihre Folge war, und auch Viehdiebstahl, Raub von Frauen und Knechten, die über die Grenze entlaufen waren. Alles dergleichen wurde dank der Beihilfe kluger Männer aus beiden Lagern geprüft und geschlichtet. Bisweilen gelang das im guten, so wenn Totschlag gegen Totschlag stand oder Raub gegen Raub oder wenn man sich zu hinreichenden Bußgeldern verstand. Wurde aber die Uneinigkeit zwischen kampflustigen Männern schlimm, so daß kein Vergleich sich erreichen ließ, dann wurde der Zwist durch einen Zweikampf ausgetragen, der zwischen den Streitenden auf dem ebenen Grasplatz vor dem Stein stattfand. Das galt als die denkbar beste Belustigung, und wenn nicht wenigstens zwei oder drei Tote vom Kampfplatz getragen worden waren, meinte man insgesamt: das Thing sei kläglich mißraten. Meist aber kam es so, daß das Thing am Kraka-Stein sein gutes Ansehen behielt, so daß alle zufrieden davonreiten konnten und daheim etwas zu erzählen hatten.

Es wurde auf dem Thing auch viel Handel mit Knechten, Waffen und Ochsen getrieben, mit Schmiedeeisen,

Tuch und Fellen, Wachs und Salz, so daß mitunter sogar Kaufleute von Hedeby oder gar von Gotland zum Kraka-Stein kamen. Früher war es vorgekommen, daß Könige ihre Beauftragten dorthin geschickt hatten, um auf dem Thing das königliche Recht zu wahren und nach Männern zu forschen, die ihnen entkommen waren: aber diese Ausgesandten – sowohl die aus Dänemark wie die des Königs von Uppsala – waren von den Bauern erschlagen worden, die ihre Köpfe über Wacholderfeuern räucherten und sie wieder heimschickten: dies den Königen zum Zeichen, daß die Grenzbewohner ihre Angelegenheiten am liebsten selber ins reine brachten. Aber die Waffenträger und Schiffshäuptlinge der Jarle in Schonen und Westgötland ließen sich bisweilen am Kraka-Stein sehen, um tüchtiges Kriegsvolk für Auslandsreisen anzuwerben.

Daher war das Thing am Kraka-Stein für die Grenzländer ein hohes Fest, so daß viele die Zeit nicht anders rechneten als von Thing zu Thing. Es hieß, daß der Stein in alter Zeit von Rolf Krake gesetzt worden sei, als dieser seinen Weg durch diese Lande genommen hatte; und weder Könige noch Grenzbewohner hatten sich seitdem erkühnt, dieses Mal zwischen Svealand und dem Dänengebiet zu verrücken. Es war ein hoher, gewaltiger Stein, wie nur die Männer der Vorzeit ihn hatten bewegen können; er stand auf einem Hügel im offenen Gelände und wurde überschattet von einem Hagedorn, den man für heilig und für ebenso alt hielt wie den Stein. Bei den Virden bestand die Sitte, am Abend vor dem Thing unter seltsamen Bräuchen zwei Böcke am Stein zu opfern, wobei das Blut der Tiere auf den Boden rinnen mußte; man sagte, daß dadurch viel Kraft in den Baum stiege, desgleichen auch durch das bei Zweikämpfen rings um den Stein vergossene Blut, so daß der Baum trotz seines Alters gedieh und in dem Jahre, das auf ein Thing folgte, stets am reichsten blühte. Aber außer den Vögeln in seinen Zweigen und außer Adlern und Weihen und den umherstreifenden Tieren des Waldes sahen nur wenige ihn blühen, denn menschenleere Wildnis dehnte sich meilenweit rings um den Kraka-Stein.

Als Orm sich nun zur Thingfahrt rüstete, kamen viele Bauern nach Gröning, um mit ihm zu reiten, und unter ihnen war auch Gudmund zu Uvaberg und Grim, der Schwarze. Rapp wurde daheimgelassen, um den Hof zu hüten, aber zwei seiner Mannen und die beiden Priester nahm er mit. Sämtliche Frauen hatten viel Mitleid mit dem Magister, der nun in die Knechtschaft sollte, er selbst aber sagte: gerade das sei für ihn das Rechte. Åsa und Ylva hatten ihm neue Kleider genäht: Jacke, Wams und Lederhosen, und das gönnte Orm ihm gern, denn er meinte, in guten Kleidern, die sein künftiger Herr selber gebrauchen könnte, würde es leichter sein, ihn einzutauschen.

»Glaubt nur nicht, daß er selbst sie lange benutzen wird«, sagte er zu den Frauen.

Torgunn kam mit einem Behälter aus Birkenrinde herbei, den sie mit guter Wegekost gefüllt hatte. Rapp grinste boshaft, als er das sah, sie aber setzte ihren Willen durch und sagte: dieses schenke sie dem Magister zum Dank, daß er ihr Knie geheilt habe, auch hoffe sie, er werde es ihr mit einem kräftigen Segensspruch vergelten. Der Magister saß schon zu Pferde; bleichen Angesichts segnete er Torgunn und die anderen mit schönen Worten, so daß den Frauen die Tränen kamen. Vater Willibald, auch er hoch zu Pferde, betete nun um glückliche Reise, um Schutz vor wilden Tieren und Räubern und anderen Fährnissen, wie sie denen, die über Land fuhren, zustoßen konnten; und dann ritt die gutbewaffnete und mannsstarke Schar davon, zum Thing.

Kurz vor der Dämmerung gelangte man zum Stein und ließ sich mit anderen Herbeigekommenen auf dem gewöhnlichen Lagerplatz der Göinger an einem Bach nieder, der südlich vom Stein zwischen Gestrüpp und Birken dahinrann; dort waren noch die Spuren der früheren Lagerfeuer zu sehen. Auf der anderen Seite des Baches lagerten die Finnveder; dort gab es viel Lärm und Geschrei. Es hieß nämlich, daß die Finnveder mehr als die anderen hier Versammelten das Bier vermißten, und daher sei es seit langem bei ihnen Sitte, betrunken zum Thing zu kommen. Sie und die Göinger lagerten in einiger Entfernung vom Bache und kamen nur zum Wasser, um ihre Pferde zu tränken und die Kessel zu füllen; denn schon in alter Zeit hatte man es für das beste gehalten, unnötiges Gedränge zu vermeiden, damit der Thingfrieden nicht gestört würde.

Die Virden waren als die letzten zur Stelle. Ihnen konnte man leicht ansehen, daß sie einen besonderen Stamm bildeten, der sich von anderen unterschied. Sie waren hochgewachsene Männer, die Silberringe in den Ohren trugen und deren Schwerter besonders lang und schwer waren. Sie trugen das Kinn ausrasiert und den Lippenbart lang, so daß er ihnen zu beiden Seiten des Mundes herabhing. Ihr Blick war gleichgültig und ihre Rede kurz. Unter ihren Nachbarn erzählte man sich, ihr hochmütiges Benehmen käme daher, daß sie von ihren Frauen regiert würden und sich das unter Fremden nicht anmerken lassen wollten; aber nur wenige wagten, sich danach bei ihnen selbst zu erkundigen.

Sie pflegten östlich vom Stein in einem Gehölz zu lagern, wo der Bach am breitesten war; dort hatten sie guten Abstand zu den anderen, und so behagte es ihnen am besten. Sie waren die einzigen, die ihre Frauen zum Thing mitgenommen hatten. Denn die Virden waren von alters her des Glaubens, unfruchtbare Frauen könnten beim Kraka-Stein am wirksamsten geheilt werden, wenn sie bloß täten, was althergebrachte Weisheit ihnen vorschrieb; und junge, verheiratete Frauen, die in ihrer Ehe mit gutbeschaffenen Männern kinderlos blieben, waren daher immer gern zum Thing gekommen. Was sie zu tun hatten, sollte nun während des neuen Vollmondes vor sich gehen; an diesem Abend stand der Steinblock einzig den Virden zu, und den Göingern und Finnveden war wohl bekannt, wie sehr jene dem Fremden gram wurden, der zu erspähen versuchte, was ihre Frauen dort trieben. Denn mehr als einmal war es geschehen, daß ein daherfliegender Speer oder ein geschwungenes Schwert das letzte wurde, was solch ein Neugieriger in seinem Leben sah, und das, bevor er noch Zeit gehabt hatte, mehr zu sehen. Aber neugierige junge Göinger und auch Finnveder, die noch nicht schwer betrunken waren, erwarteten mit Zuversicht, was sich ihren Augen nun bieten würde. Sobald der Mond über den Waldrand stieg, kletterten einige auf Bäume, von wo die Aussicht gut war, während andere durch Gestrüpp und Büsche so nahe an den Stein herankrochen, als ihr Mut es zuließ.

Vater Willibald mißfiel das alles sehr. Am unzufriedensten war er mit den jungen Leuten in Orms Gefolgschaft, die auf dem großen Fest die Taufe empfangen und nachher auch wohl seine Kirche besucht hatten; diese zeigten jetzt nicht geringere Begier als die anderen, vom Hexenspuk, der am Stein vor sich ging, soviel als möglich zu erspähen. »Das alles ist Teufelswerk«, sagte er, »und ich habe sagen hören, daß diese Frauen den Brauch haben, in schamloser Nacktheit um den Stein zu laufen. Jeder Getaufte sollte sich angesichts solcher Gottlosigkeit mit Christi Kraft stärken. Ihr tätet besser, mitzuhelfen, ein Kreuz zu zimmern, das hier vor dem Feuer errichtet werden könnte, um uns vor den Teufeleien dieser Nacht zu schützen. Ich selbst bin zu alt dazu, und hier unter den Bäumen sehe ich zu schlecht.«

Aber er bekam zur Antwort, daß alle Kreuze und alles Taufwasser der Welt die Männer nicht hindern würden, danach auszuschauen, was die Frauen der Virden am Stein trieben.

Magister Rainald kauerte neben Orm im Kreise derer, die rings um den Kochkessel saßen. Er hielt den Kopf gesenkt und wiegte sich hin und her; wie die anderen hatte er Brot und geräuchertes Schaffleisch erhalten, aber er zeigte nur geringe Eßlust wie immer, wenn er an seine

Sünden dachte. Aber als er Vater Willibalds Worte hörte, erhob er sich. »Gebt mir eine Axt«, sagte er, »dann werde ich ein Kreuz zimmern.«

Die Männer im Kreise lachten und wollten nicht recht glauben, daß er das könnte. Orm sagte: »Du tust recht, daß du's versuchen willst, und es mag dir nützlicher sein, als auf Bäume zu klettern.«

Der Magister bekam eine Axt und ging, um geeignetes Holz zu suchen.

Leichte Wolken zogen vor dem Mond hin, so daß es zeitweise dunkel war, aber zwischendurch konnten die Neugierigen doch etwas von dem sehen, was bei den Virden am Stein vorging. Dort hatten sich viele Männer eingefunden. Einige schnitten eine lange und breite Grasscholle aus dem Boden, hoben sie hoch und stützten sie durch Stangen. Andere trugen Reisig zusammen und schichteten es zu vier Haufen um den Stein. Als das getan war, nahmen alle ihre Waffen und gingen ein Stück weit auf die Göinger und Finnveder zu, dort blieben sie stehen, die Rücken dem Stein zugewandt, um Wacht zu halten, und einige gingen vor bis zum Bach. Nun hörte man es meckern, und vier alte Weiber kamen mit zwei Böcken vom Lager der Virden her; mit ihnen ein kahlköpfiger kleiner Greis mit weißem Bart; er war sehr alt und gebeugt und hatte ein langes Messer in der Hand. Eine Schar in Mäntel gehüllter Frauen folgte ihm.

Als sie beim Stein waren, wurden den Böcken die Beine zusammengebunden und an ihren Hinterbeinen lange Stricke befestigt. Dann halfen alle mit, sie von entgegengesetzten Seiten her auf den Stein zu ziehen und die Strikke gut festzumachen, so daß die Böcke kopfab herabhingen, jeder an einer Seite des Steines. Das alte Männchen fuchtelte mit den Armen und schrie, bis die Böcke so gelegt waren, wie er es wünschte. Als er endlich zufriedengestellt war, wurde er selbst mit großer Mühe auf den Stein hinaufgehoben; dort gab man ihm sein Messer in die Hand, und er setzte sich rittlings zwischen die Böcke.

Dann hob er die Arme hoch und rief mit schallender Stimme den jungen Frauen zu: »Dies ist das erste Stück: geht durch Erde!«

Unter den Frauen erhob sich nun Gegacker und Geschnatter, sie knufften und pufften einander, aber zauderten noch. Endlich ließen sie ihre Mäntel fallen und standen nackt da; und in langer Reihe gingen sie zur grasbewachsenen hochgestellten Erdscholle und krochen eine nach der anderen unter ihr durch.

Da hörte man in der Stille aus der Richtung der Finnveder ein Krachen, dem Jammern und Geheul folgte; worauf sich rings umher großes Gelächter erhob; denn ein fauler Baum war durch das Gewicht derer, die in seinen Ästen saßen, zu Boden gestürzt und hatte im Fall einige zerdrückt. Aber die Frauen ließen sich nicht stören, und als sie alle unter der Scholle hindurchgekrochen waren, hob der Alte wieder die Arme und rief: »Dies ist das zweite Stück: geht durch Wasser.«

Sie gingen nun zum Bach hinunter und stiegen ins Wasser, und wo es am tiefsten war, hockten sie nieder, hielten die Hände vor das Gesicht und tunkten ängstlich kreischend unter, so daß ihr Haar auf dem Wasser lag; dann tauchten sie geschwind wieder auf. Jetzt zündeten die alten Weiber die Reisighaufen beim Stein an, und als die Frauen vom Bach zurückgekehrt waren, rief der Alte: »Dies ist das dritte Stück: geht durch Feuer.«

Da begannen die Frauen um den Stein zu rennen und flink über die Feuer zu springen. Jetzt schnitt der Alte den Böcken die Hälse ab, so daß ihr Blut über die Seiten des Steines herabrann; gleichzeitig begann er, heilige Zaubersprüche zu murmeln. Neunmal sollten die Frauen den Stein umkreisen und neunmal vom Blute lecken, damit es ihnen Lebenskraft schenke und zu Fruchtbarkeit verhelfe.

Jetzt zog eine große Wolke vor dem Monde hin, aber dennoch sah man im Feuerschein die Frauen um den Stein laufen. Da vernahm man plötzlich eine singende

Stimme, aber die Worte des Gesanges waren nicht zu verstehen. Als aber der Mond wieder hervortrat, sah man den Magister singend auf den Stein zugehen. Er war unbemerkt hinter den Wachen über den Bach gelangt, denn diese hatten sich, als es dunkel geworden war, umgewandt, um die Frauen tanzen zu sehen. Er hatte zwei Birkenstäbe mit Weidenruten zu einem Kreuz zusammengebunden, das er hoch erhoben vor sich hertrug. So schritt er rasch auf den Stein zu. Vor Angst und Wut schrien die alten Weiber aus Leibeskräften, und der Alte auf dem Stein fuchtelte wie rasend mit dem blutigen Messer in der Hand umher und brüllte mit gewaltiger Stimme. Die jungen Frauen blieben ratlos stehen, aber der Magister durchbrach ihren Kreis und das Kreuz gegen den Alten hebend rief er: »Weiche von hinnen, Satan. In Jesu Christi Namen, verschwinde, böser Geist.«

Dem Alten schien bange zu werden, als der Magister ihn mit dem Kreuz bedrohte; er wich zur Seite, aber dabei glitt sein Fuß aus und er fiel rücklings vom Stein, so daß er mit gebrochenem Hals liegenblieb.

»Er hat den Priester getötet«, kreischten die alten Weiber.

»Jetzt bin ich Priester hier«, rief der Magister, »und ein besserer als der da.«

Aber nun nahten Schritte und eine scharfe Stimme fragte, warum denn hier oben so arg geschrien würde. Den Magister packte das Zittern. Er faßte sein Kreuz mit beiden Händen und drückte es an sich: dabei lehnte er den Rücken gegen den Stein, murmelte mit geschlossenen Augen eintönig vor sich hin: »Ich bin bereit. Christus und alle heiligen Märtyrer, nehmt mich auf in eure Seligkeit. Ich bin bereit. Ich bin bereit.«

Die ausgestellten Wachen standen noch immer dort, wohin man sie geschickt hatte, und kümmerten sich nicht um das Weibergeschrei. Sie hatten bloß darauf zu achten, daß keine Göinger oder betrunkenen Finnveder über den Bach sprangen, um mit den Frauen Unfug zu treiben. Auch schickte es sich nicht für sie, den offenen Platz zu betreten und sich dadurch den nackten Frauen anderer Männer zu nähern, denn das hätte viel Unfrieden gegeben.

Aber nun kam vom Lager der Virden ein Mann daher, der groß und ansehnlich war und nicht so ausschaute, als könne die Nähe nackter Frauen ihn schrecken.

Er trug einen Hut mit breiter Krempe, ein blaues Wams von kostbarem Tuch und hatte einen roten Schild am Riemen hängen; sein Schwert hing in einem breiten silbernen Gurt. Die Frauen scheuten ein wenig vor ihm zurück und versuchten, so gut es ging, sich zu verbergen; einige rauften Gras aus und wischten sich den Mund, alle aber blieben dort stehen, wo sie haltgemacht hatten.

Der Neuankömmling warf ihnen einen Blick zu und sagte, ihnen freundlich zunickend: »Vor mir braucht ihr euch nicht zu fürchten. Solche Kleinigkeiten bringen mich nicht gleich um den Verstand, es sei denn im Frühling, und dann brauchen die, welche ich zu fassen kriege, nicht erst über brennende Reisighaufen zu springen. Aber nun, da ich euch aus der Nähe sehe, muß ich sagen, daß mehrere unter euch sich nackt besser ausnehmen als in Kleidern. Und so soll es auch sein. Aber wer ist denn diese Bleichnase dort, ein Kerl, der inmitten eines solchen Kreises die Augen schließt. Gefällt ihm etwa euer Anblick nicht?«

»Das ist ein Christenpriester!« schrien die alten Weiber. »Und er hat uns den Styrkar getötet.«

»Priester sind dazu da, um aufeinander loszuhacken, das habe ich immer gesagt«, antwortete der Mann ruhig und trat an den Toten heran. Mit den Daumen im Gürtel blickte er auf den Toten nieder und wendete ihn mit dem Fuße hin und her.

»Tot wie ein Stock«, sagte er. »Ja, Styrkar, da liegst du nun nach all deinen Kunstgriffen und Zaubersprüchen. Ich glaube nicht, daß viele dich beweinen werden. Du warst ein boshaftes altes Luder, das habe ich dir mehr als einmal gesagt, wenn auch niemand leugnen kann, daß du als Priester recht geschickt, ja, hochgeehrt warst. Fahr du nun zu den Trollen, denn zu denen gehörst du; die Götter würden dich mit Fußtritten fortjagen, wenn du's bei ihnen versuchen wolltest. Aber warum steht ihr Weiblein in der nächtlichen Kühle noch immer hüllenlos da? Das kann dem Magen nicht gut tun.«

»Wir sind ja noch nicht fertig«, antworteten sie ihm. »Wir haben erst die Hälfte der Runden um den Stein gemacht. Und was sollen wir anfangen, nun da Styrkar tot ist? Müssen wir von hinnen gehen, ohne daß uns geholfen ist, nachdem wir uns doch so große Mühe gegeben haben? Wir wissen uns keinen Rat.«

»Es muß ja wohl so bleiben, wie es ist«, sagte der Mann; »aber seid nur nicht traurig darüber, denn ich bin sicher, daß es für euch bessere Heilmittel gibt als diesen alten Hokuspokus am Stein. Wenn meine Kühe nicht trächtig werden, dann wechsele ich eben den Stier: das pflegt zu helfen.«

»Nein, nein«, tuschelten die Frauen betrübt, »so ist es nicht, so ist es nicht! Wir sind nicht so einfältig, wie du glaubst. Dieses hier ist das einzige, was uns noch übrigbleibt.«

Der Mann lachte auf, wandte sich um und griff nach dem Magister.

»Da steh' ich und schwatze gedankenlos daher«, sagte er, »und doch wissen alle, daß niemand so schnell denkt wie ich. Styrkar ist tot, aber an seiner Statt haben wir ja hier einen Christenpriester. Und Priester hin, Priester her, der eine ist so gut wie der andere, das könnt ihr mir glauben, denn ich habe Priester von allen Sorten gesehen.«

Er packte den Magister an Nacken und Bein und schwang ihn auf den Stein hinauf.

»Nun laß mal hören«, sagte er, »ob du die Priestersprache kannst. Tu den Schnabel auf und sag deine besten Zaubersprüche. Und ich rate dir, dein Bestes zu tun, damit es sich zeigt, ob du am Leben bleiben darfst. Es gilt, den Frauen der Virden durch starke Sprüche Kinder zu schaffen, und es dürfen auch gern Zwillinge sein, wenn du das Zeug dazu hast.«

Oben auf dem Stein stand zitternd der Magister und klapperte mit den Zähnen, denn der Mann drunten hatte nun sein Schwert gezogen und sah gefährlich aus, so daß der Magister schützend das Kreuz vor sich hielt und schleunigst Gebete herzusagen begann. Je weiter er damit kam, desto klarer wurde seine Stimme.

Der andere hörte ihm zu; dann nickte er: »Er ist ein richtiger Priester«, sagte er. »Diese Sprache hab' ich schon früher gehört, und in ihr steckt große Kraft. Macht weiter, bevor Müdigkeit ihn befällt und die Feuer erlöschen.«

Die Frauen faßten neuen Mut und begannen wieder ihren Lauf, und als sein ärgster Schrecken vorüber war, fand der Magister sich gut zurecht; er streckte sein Kreuz über die Frauen und sprach über sie seine wirksamsten Segensworte, wenn sie zum Stein traten, um das Blut zu lecken. Die Frauen zitterten jedesmal, wenn das Kreuz sie berührte, und als alles vorüber und getan war, meinten sie insgesamt, dieser Priester verstehe seine Sache und sie hätten seine heilige Kraft deutlicher gespürt als die des Styrkar.

»Und er soll beileibe nicht getötet werden«, sagten sie, »sondern mit uns kommen und an Styrkars Stelle unser Priester sein.«

»Wenn ihr das sagt, dann wird es ja wohl so werden«, sagte der Mann, »und er wird euch gewiß besser behagen als Styrkar.«

Aber nun hörte man drunten am Bach eine laute Stimme rufen: »Gebt mir meinen Priester zurück!«

Orm und seine Gefolgschaft hatten den Alten vom Stein herabstürzen sehen, und bald nachher hatten sie den Magister an seiner Stelle gewahrt. Ihr Erstaunen war groß.

»Vielleicht ist er verrückt geworden«, sagte Vater Willibald. »Es kann aber auch sein, daß der Geist Gottes ihn treibt. Er hält ja ein Kreuz in der Hand.«

»Er wird leicht dorthin getrieben, wo Frauen sind«, sagte Orm finster, »aber für uns wäre es schimpflich, wenn er vor unseren Augen wie ein Bock geschlachtet würde.«

Sie nahmen einige Männer mit und gingen, dem Bach folgend, weiter vor. Nun war der Mond wieder von Wolken verdeckt, und es ließ sich nicht viel unterscheiden, als Orm die am Stein Stehenden anrief. Die Frauen waren schon auf dem Rückweg, und der Magister stand nicht mehr auf dem Stein. Aber der Mann mit dem großen Hut ging Orm mit einigen der Wächter entgegen.

»Wer schreit hier so?« fragte er.

»Gib mir meinen davongelaufenen Priester wieder«, sagte Orm streng.

»Wer bist du denn, Schreihals?« rief der andere.

Das war eine Anrede, die Orm nicht gewohnt war, und er wurde so zornig, wie es selten vorkam.

»Einer, der dir Anstand beibringen wird«, rief er zurück, »und das sofort.«

»Komm herüber«, sagte der andere, »dann werden wir sehen, wer dabei am meisten zu lernen hat.«

»Hab ich Frieden von deiner Gefolgschaft?« fragte Orm.

»Von uns hast du Frieden«, antworteten die Virden ruhig.

Orm zog sein Schwert und sprang über den Bach.

»Hierher kommst du leicht«, sagte der andere, »aber zurück wird man dich tragen müssen.«

Orm lief vor, und die Schwerter der beiden schlugen gegeneinander, so daß es Funken gab. Da sagte der andere:

»Hartgeschmiedeter
Roter Schnabel!
Scharf schlugst du,
Wenn Funken fliegen.«

Orm fing einen schnellen Schlag mit seinem Schilde auf, und seine Stimme klang anders, als er antwortete:

»Freund, dein Wort
Sprachst du beizeiten.
Denn Rotschnabel traf
Auf Blauzunge heut.«

Beide senkten die Schwerter und standen still. »Willkommen, Orm Tostesson, Seefahrerhäuptling! Was treibst du bei den Göingern?«

»Willkommen, Toke Grågullesson, Kämpe von Lister! Was treibst du bei den Virden?«

Sie redeten gleichzeitig und lachten; denn zwischen ihnen bestand große Freundschaft, und es war lange her, daß sie einander gesehen hatten.

»Nun gibt es viel zu erzählen«, sagte Toke. »Und gut ist's, daß du im Versemachen flink bist, wie ich es dich gelehrt habe; denn sonst hätten wir uns vielleicht zu unserem eigenen Kummer allzu lange geschlagen. Doch es mag sein, daß deine Verse nicht ganz so gut waren wie meine.«

»In dieser Sache darfst du dich gern für den besseren halten, ich verarge es dir nicht«, sagte Orm. »Seit wir uns trennten, habe ich im Dichten wenig Übung gehabt.«

Toke strich mit dem Finger über Rotschnabels Schneide hin. »Es hat eine Scharte gegeben, wo sie aufeinander trafen«, sagte er. »Das ist die erste, die sie bekommen hat.«

Auch Orm strich über sein Schwert. »Hier steht es ebenso«, sagte er. »Was andalusische Waffenschmiede geschaffen haben, kann nur von andalusischen Schneiden gezeichnet werden.«

»Und ich hoffe«, sagte Toke, »diese beiden werden sich nie mehr miteinander kreuzen.«

»Wir beide hoffen dasselbe«, sagte Orm.

»Es wäre gut, zu wissen, ob die Frau, die sie uns geschenkt hat, noch am Leben ist«, sagte Toke, »und wie es um Almanzur, unseren Herrn, steht und wo man jetzt die große Kriegsfahne vor ihm herträgt und ob sein Glück noch Bestand hat.«

»Wer kann es wissen«, sagte Orm. »Das alles liegt so weit zurück und ist so lange her, und doch denke ich oft an ihn. Aber komm du jetzt mit mir, damit wir ruhig miteinander reden können. Recht schlimm ist aber, daß ich zu deinem Empfang kein Bier habe.«

»Wie, du bist ohne Bier?« sagte Toke bestürzt. »Wie sollen wir ohne Bier miteinander reden? Bier ist aller Freundschaft bester Freund.«

»Wer hat denn Bier auf dem Thing?« sagte Orm. »Bier reizt zum Streit, und ich glaube, das weißt du ebensogut wie andere.«

»Heute abend haben wir beide Glück«, sagte Toke, »vor allem aber du. Denn ich bin ein Mann, der mit Bier zum Thing kommt. Du mußt wissen, daß ich unter den Händlern in Värend einer der größten bin. Meine Ware ist meist Pelzwerk, und ohne Bier kann kein Pelzhandel abgeschlossen werden. Ich habe mit fünf Packpferden Bier zum Thing gebracht, und wenn alles gut geht, soll nichts davon zurückkommen, stattdessen aber Felle. Darum mußt du jetzt mit mir kommen.«

»Es sei, wie du willst«, sagte Orm, »und vielleicht erwische ich dabei auch meinen entlaufenen Priester.«

»Den haben die Frauen mitgenommen«, sagte Toke. »Sie erklärten sich mit seinen Zaubersprüchen zufrieden; dem fehlt es also an nichts. Er scheint ein flinker Bursche zu sein, denn er hat mit seinem Kreuz den Priester Styrkar erschlagen. Aber wie ihm das bekommen wird, darüber wird das Thing entscheiden.«

»Ich habe noch einen Priester hier«, sagte Orm, »einen, den du schon lange kennst.«

Vater Willibald war über den Bach gekommen, um zu hören, was aus dem Magister geworden sei. Toke begrüßte ihn froh.

»Deiner entsinne ich mich gut«, sagte er, »und du sollst mitkommen und mein Bier kosten. Ich bin dir großen Dank schuldig, denn bei König Harald hast du mein Bein besser geheilt, als ein anderer es je gekonnt hätte. Aber was tust du hier, so fern vom Hofe des Dänenkönigs?«

»Ich bin Gottes Priester bei Orm«, sagte Vater Willibald, »und ich mache die Heiden in diesem entlegenen Erdenwinkel zu Christen, wie einstmals auch ihn selbst. Und wenn ich mich auch erinnere, daß deine Gottlosigkeit groß ist, so wirst du dennoch einmal an die Reihe kommen; und darum haben wir dich hier gefunden.«

»Daran läßt sich zweifeln«, sagte Toke. »Dagegen ist es ganz sicher, daß wir drei nun in großer Freundschaft zusammensitzen werden. ›Bismillahi, errahmani, er-rahmi!‹ wie wir zu sagen pflegten, als wir noch unserem Herrn Almanzur dienten.«

»Was sagst du denn da?« fragte Vater Willibald. »Was für eine Sprache ist das? Bist auch du dem Zauberwesen verfallen?«

»Es ist die Sprache der Hispanier«, sagte Toke. »Die kann ich noch, denn meine Frau kam aus jenem Lande und redet noch immer gern mit mir in ihrer eigenen Mundart, vor allem dann, wenn sie zornig ist. Daher habe ich Übung gehabt.«

»Und ich kann auslegen, was er gesagt hat«, warf Orm ein. »Es bedeutet: ›In Gottes Namen, im Namen des Barmherzigen und des Langmütigen.‹ Der Barmherzige ist Christus, das weiß man, und der Langmütige ist gewiß der Heilige Geist, denn wer kann nachsichtiger sein als er? Man merkt es daran, daß Toke schon beinah Christ ist, auch wenn er's noch nicht wahrhaben will.«

Vater Willibald brummte kleingläubig; aber ohne noch viele Worte zu wechseln, gingen sie miteinander zum Lager der Virden.

Von Toke Grågullesson und vom Unglück, das er gehabt, und von einem bösen Geschenk der Finnveder

Bei Tokes Bier saßen sie bis tief in die Nacht beisammen und redeten von dem, was geschehen war, seit Orm und Toke einander zuletzt gesehen hatten. Orm erzählte von der Heerfahrt nach England mit Thorkel, dem Hohen, von der großen Schlacht bei Maeldun und der dort gewonnenen Beute; wie er den Vater Willibald gefunden und sich habe taufen lassen und wie er König Haralds Tochter gewann – hier hatte auch der kleine Priester vieles in die Erzählung einzuflechten –, auch von der großen Menge Silbers erzählte er, durch die König Ethelred von England sich hatte freikaufen müssen. Dann berichtete er von der Heimfahrt, vom Besuch bei Jellinge und von der Begegnung mit König Sven wie von dem, was daraus erfolgt war, und wie er dann eiligst auf den mütterlichen Erbhof in die Grenzlande gezogen sei, um der Rache des Königs zu entgehen.

»Aber sein Gedächtnis ist gut, und sein Arm ist lang«, sagte Orm, »und auch hier oben ist er hinter mir her, seit dieser brave Priester ihm, als wir ihn trafen, gründlich was aufs Maul gegeben hat. Erst unlängst, im vorigen Frühling, mußte ich mich nachts auf meinem eigenen Hof mit Reisenden, die ich beherbergt hatte, schlagen. Ihr Anführer war ein Mann aus Finnveden: Östen zu Örestad, der mit den Dänen auf See gewesen ist. Er hatte sich starke Gefolgschaft verschafft, um mich zu überfallen und dem König Sven meinen Kopf zu schicken. Bei diesem Anschlag verlor er jedoch viele seiner Mannen, alle Pferde und sein gesamtes Gut, und ihm selbst wurde der Schädel arg zerschlagen. Diese Sache wird gewiß hier auf dem Thing zur Sprache kommen. Denn nachdem er geheilt war, ließ ich ihn lebend davonkommen und mit ihm zwei seiner Männer; aber vorher brachte ich ihn dazu, das Christentum anzunehmen. Hauptsächlich kam das daher, daß Vater Willibald, dem ich ungern zuwiderhandle, die drei lieber getauft als umgebracht sehen wollte.«

»Auch der Klügste ist mitunter ein Tor«, sagte Toke, »und wer seinen Feind laufen läßt, ist selber schuld, wenn er das später bereuen muß. Ich weiß wohl, daß die Christen bisweilen so handeln, um sich mit ihrem Gott gut zu stellen; aber in diesen Gegenden taugt am meisten der alte Brauch. Vielleicht macht es dir später einmal die größte Mühe, den Mann umzubringen, den du hast laufen lassen; denn sicher wird er versuchen, sich für seinen Verlust und die durch die Taufe erlittene Schmach zu rächen.«

»Wir haben bloß getan, was recht war«, sagte Vater Willibald. »Hinterher möge der Teufel samt seinem Anhang tun, was er vermag.«

»Und Gottes Hand ist vielleicht stärker, als du glauben willst«, sagte Orm. »Aber nun ist es für uns an der Zeit, zu hören, wie es dir seither ergangen ist.«

Toke fing darauf an, von sich zu erzählen. Er sagte, daß er zu keiner weiten Auslandsreise gekommen sei, auch habe er keine so großen Abenteuer erlebt wie Orm, wohl aber ebensoviel Unfrieden, ja, vielleicht noch mehr.

»Denn die Heimkehr nach Lister war ungefähr dasselbe, wie in eine Schlangengrube fallen«, sagte er. »Kaum war ich auf den Hof meines Vaters gelangt und hatte die Alten begrüßt und meine Frau und meine Habe unter Dach gebracht, als auch schon Männer in dringenden Geschäften gerannt kamen. Und da geriet auch ich in die Fehde, die in jener Gegend in voller Blüte stand.«

Diese Fehde war von Orms Mannen, nämlich durch Ögmund und Halle und die beiden anderen, kaum daß sie daheim waren, in Gang gebracht worden. Sie hatten auf Styrbjörns Schiff König Haralds Hof verlassen, während Orm und Toke dort an ihren Wunden darniederlagen. Daheim erfuhren sie, daß sie nicht die einzigen waren, die Kroks Fahrt überlebt hatten. Denn sieben Jahre vor ihnen war Berse mit seinem Schiff heimgekehrt, aber nicht mehr als 32 Mann waren ihm an den Rudern übriggeblieben. Die Ladung bestand jedoch aus den kostbarsten Schätzen, die man auf der Veste des Markgrafen erbeutet hatte; die hatten sich gerade auf diesen beiden Schiffen befunden, als die Flotte der Andalusier über sie herfiel.

»Berse war über alle Maßen klug und dazu ein Mann, der Glück hatte, das kann niemand leugnen«, sagte Toke. »Aber wahr ist auch, daß er sich bald nach seiner Heimkehr zu Tode gefressen hat; denn seine Eßgier war schlimmer als bei anderen, und sie nahm überhand, als er tatenlos inmitten seiner Reichtümer dasaß. Im Kampf gegen die Andalusier waren auf seinen Schiffen so viele gefallen, daß er nur noch eines bemannen konnte, und auch das nur notdürftig; aber von dem Schiff, das er zurücklassen mußte, nahm er den besten Teil der Beute zu sich herüber und gelangte ohne weitere Unglücksfälle nach Hause. Seine Männer brachten sich durch die Ruderarbeit halb um, aber dennoch waren sie dabei stets vergnügt; denn je weniger von ihnen am Leben blieben, desto mehr von der Beute entfiel auf jeden Mann. Bevor Krok auf seine Reise ging, hatte es bei vielen von ihnen kaum dazu gelangt, auch nur eine Laus durchzufüttern, aber nach ihrer Rückkehr gab es in Lister niemand, der ihnen an Reichtum gleichkam. Und nun saßen sie inmitten ihres Überflusses wohlgeborgen da, bis unsere Mannen heimkehrten und das alles zu sehen bekamen.«

»Aber die unseren waren ja doch nicht arm, und ihnen fehlte es weder an Silber noch an Gold.«

»Nein, arm waren sie gewiß nicht; alles andere als das«, sagte Toke. »Denn als verständige Leute hatten sie von Hispanien viel mitgebracht, ganz abgesehen von ihrem Anteil an den asturischen Ruderern, die wir in Jellinge verkauft hatten. Und bevor sie nach Hause kamen, meinten alle, sie hätten Glück gehabt, und waren daher durchweg zufrieden. Aber als man ihnen von Berses Mannen berichtete und sie diese im Besitz weiter Gelände, eines fetten Viehbestandes und wohlgerüsteter Schiffe sahen – so reich, daß sogar ihre Knechte stöhnend von der Grütze aufstanden und die Schüssel nicht mehr reinzukratzen vermochten –, da wurden sie anderen Sinnes. Finster gelaunt saßen sie nieder, um von den vielen Mühen zu berichten, die sie während sieben langer Jahre im Lande der Andalusier hatten ausstehen müssen; dabei schwoll ihr Zorn gegen Berses Mannen, die, nachdem sie kaum ihren Fuß auf hispanischen Boden gesetzt hatten, eiligst mit einer ganzen Schiffsladung von Gold und Silber heimgerudert waren. Krumm hockten sie auf ihren Bänken und spuckten nachdenklich vor sich hin, und nicht einmal das Bier wollte ihnen mehr schmecken.«

»So ist nun mal der Mensch, ganz gleich, ob er getauft oder Heide ist«, sagte Vater Willibald. »Mit dem, was er hat, ist er nur solange zufrieden, als er nicht dem Nachbar begegnet, der mehr besitzt.«

»Ja, so ist es: als reicher Mann fühlt man sich am wohlsten«, sagte Orm.

»Gunne war der einzige, der an etwas wirklich Angenehmes denken konnte«, fuhr Toke fort. »Als er mit Krok hinausfuhr, war er verheiratet, da aber nach Berses Heimkehr alle anderen für tot galten, heiratete seine Frau einen anderen und hatte mit dem bereits eine Menge Kinder. Gunne fand sie gealtert und auch im übrigen nicht so, daß ein Mann, der in Almanzurs Leibwache gedient hatte, sie hätte haben wollen; nun konnte er ohne irgendwelche Umstände sich eine jüngere und schönere suchen, um ihr die Arme mit kunstvoll geschmiedetem Silberschmuck zu behängen. Aber nicht einmal dieser Trost hielt lange bei ihm vor; alle vier waren der Meinung, daß sie nicht, ohne entschädigt zu werden, Berses Mannen den Reichtum gönnen konnten. So zogen sie denn, begleitet von bewaffneten Verwandten, in der Gegend umher; als Überlebende und Erben der auf Berses Schiffen Gefallenen forderten sie ihren rechtmäßigen Anteil an dessen Schätzen. Aber sie begegneten nur abweisenden

Antworten und bereitgehaltenen Waffen oder sie sahen sich vor geschlossenen Türen. Das härmte sie noch mehr, und sie meinten: Berses Mannen seien ihnen nicht bloß viele Mark Silber schuldig, sondern erwiesen sich nun überdies als ehrlose Männer, da sie feige davongefahren seien und Krok und andere im Stich gelassen hätten, als unser Schiff vom Feinde genommen wurde.«

»Sie hätten uns nicht helfen können«, sagte Orm, »da nach dem Kampf ja nur wenige von ihnen übrig waren. Es war unser Schicksal, an die Ruderbänke geschmiedet zu werden.«

»Das mag sein«, sagte Toke; »aber Kroks Geschlecht war zahlreich in jener Gegend und fing an, zu denken wie unsere Mannen und zu verlangen, daß ihnen Kroks Häuptlingsanteil ausgezahlt würde. Damit war es so weit gekommen, daß man beiderseits zu den Waffen griff, Fehde brach aus und wurde mit großem Eifer betrieben. Als ich heimkam, lagen Halle und Grinulf nach einem Überfall beide an ihren Wunden danieder; gleichwohl waren sie guten Mutes und suchten gleich mit mir zu reden. Mehrere ihrer Feinde waren getötet worden; Ögmund und ein Bruder von Krok hatten zwei von ihnen mitsamt ihrem Hof verbrannt; einige von Berses Mannen, denen das Fell durch den neuen Reichtum verweichlicht war, hatten das Verlangte gezahlt, um Ruhe zu haben. Andere aber waren wie rasend und wollten, daß Ögmund, Halle, Gunne und Grinulf für friedlos erklärt würden, und ich mit ihnen, falls ich ihnen beispringen würde.«

»Und rate ich recht«, sagte Orm, »so hast du alledem nicht lange tatenlos zugeschaut.«

Toke nickte gedankenvoll und sagte, er wäre gewiß lieber ruhig bei seiner Frau geblieben, denn er und sie hätten viel füreinander übrig gehabt, und so sei es auch stets geblieben; aber den Freunden habe er seine Hilfe nicht versagen können, da sonst sein Ansehen gelitten hätte. Er habe sich ihnen daher gleich angeschlossen. Und dann, nach einiger Zeit, habe ihn auf einer Hochzeit – als Gunne sich eine neue Frau genommen – ein arges Mißgeschick getroffen: etwas Lächerliches, eine Schande, ein Unglück; und das habe ihm viel Kummer und Sorge geschafft und daher auch viele Leben gekostet.

»Und ihr beide sollt wissen«, sagte er, »daß ihr, wenn ich's nun erzähle, gern lachen dürft, ohne daß ich darum gleich mit den Waffen auffahre; und doch habe ich mehr als einen getötet, der dieser Sache wegen bloß ein wenig mit den Mundwinkeln zuckte. Was mir geschah, war dies: daß ich abends ziemlich betrunken zum Abtritt ging und dort sitzend einschlief, wie das auf großen Festen schon manchem ergangen ist; und dort wurde ich von zwei Männern, die hinter die Wand gekrochen waren, mit Speeren gestochen. Ich fuhr hoch in die Luft, meine Schlaflust und mein guter Rausch waren fort, und ich meinte, des Todes zu sein; und das glaubten auch die beiden Männer, denn ich hörte sie beim Davonlaufen zufrieden lachen. Aber sie hatten ihre Speere unsicher geführt – die mögen für einen solchen Ort allzu lange Schäfte gehabt haben –, kurz, ich kam mit geringerem Schaden davon, als ich geglaubt hatte. Dennoch mußte ich lange – und immerzu auf dem Bauch – zu Bett liegen, und noch länger dauerte es, bis ich es wieder angenehm fand, auf der Bank zu sitzen. Dies war das Schlimmste von allem, was mir im Leben je widerfahren ist; es war schlimmer als Rudersklave sein bei den Andalusiern.«

»Und die dich gestochen haben, hast du wohl nie erwischt?« fragte Orm.

»Doch, ich habe sie erwischt«, sagte Toke, »denn sie konnten nicht dicht halten, sondern rühmten sich vor ihren Frauen; und so kam es heraus und wurde in der Gegend bekannt. Sie hießen Alf und Steinar, großspurige Männer von gutem Geschlecht, Neffen von Ossur Großmaul, der auf Berses Schiff Steuermann war und stets damit prahlte, daß er von König Alf-Frauenlieb auf Möre abstammte. Ich erfuhr es, als ich noch an meinen Wunden daniederlag, und da gelobte ich: weder an Bier noch an eine Frau zu rühren, bevor ich nicht die beiden zur Strekke gebracht haben würde; und ob ihr mir nun glaubt oder nicht: dieses Gelübde habe ich gehalten. Sobald ich wieder auf den Füßen stand, war ich täglich nach ihnen auf der Suche, und eines Tages, als sie vom Fischen kamen, traf sich's günstig für mich. Ja, ich war nahe daran, Freudentränen zu weinen, als ich sie an Land gehen sah, und dann haben wir uns am Ufer geschlagen, bis ich Steinar zu Fall brachte. Der andere wandte sich zur Flucht, ich hinterher. Es war ein schönes Rennen; durch Gestrüpp und Weidegrund, hin über die Wiesen und auf den Hof seines Vaters zu. Er war schnellfüßig und lief um sein Leben; aber um dieses sein Leben lief auch ich, der ich mich obendrein von der Schmach reinwaschen wollte und den es heftig danach verlangte, jenes Gelübde loszuwerden. Nicht weit vom Hof erreichte ich ihn – mein Herz war nah am Zerspringen –, und vor den Augen der Schnitter spaltete ich ihn mittendurch. Nie ist mir wohler zumute gewesen, als da er vor mir lag! Ohne belästigt zu werden, ging ich heim und trank Bier, den ganzen Tag; und meiner Frau sagte ich, nun sei das Ärgste überstanden. Aber so weit war es leider noch nicht.«

»Woran mag es dir nun noch gefehlt haben, nachdem dir so gute Rache geworden war?« fragte Orm.

»Freunde und Feinde ringsumher konnten nicht vergessen, wie ich zu meinen Wunden gekommen war«, sagte Toke finster, »und die Späße darüber wollten kein Ende nehmen. Da ich allein, in offenem Kampf, zwei erschlagen hatte, meinte ich, diese Rache würde das Gerede aus der Welt schaffen; aber von dergleichen war wenig zu merken. Mehr als einmal mußten Rotschnabel und ich Männern abgewöhnen, bei meinem Anblick zu lächeln, aber nicht einmal das wollte helfen; und auch solche, die mir mit ernsthafter Miene entgegentraten, erbosten mich, denn ich wußte nur zu gut, woran sie dachten. Ich dichtete auch ein Lied auf meinen Kampf mit Steinar und Alf, und das Lied war nicht übel; aber bald erfuhr ich, daß es drei andere Lieder gab, die erzählten, wie ich zu meinen Wunden gekommen war, und daß man auf den Höfen sich darüber krank lachen wollte. Da begriff ich, daß ich mich in meiner Heimat nie mehr wohl fühlen würde; und mit meiner Frau und meiner ganzen Habe zog ich durch die großen Wälder nach Värend, wo ein Teil meiner Sippschaft ansässig war. Dort kaufte ich mir einen Hof; seitdem habe ich ruhig und zufrieden leben können, und dank meines gutgehenden Pelzhandels bin ich nun reicher als zuvor. Und drei Söhne habe ich, die alle aussehen, als würden mal tüchtige Männer aus ihnen werden, und um meine Tochter werden die Freier, wenn es einmal so weit ist, sich schlagen. Vom Mißgeschick jedoch, das mich aus der Heimat vertrieb, habe ich noch niemand ein Wort verlauten lassen. Nur du, Orm, weißt jetzt davon und du, Priesterlein, denn auf euch kann ich mich verlassen. Denn hörte noch ein Dritter davon, dann würde das Gelächter und Witzereißen bald wieder angehen, obschon es nun beinah vier Jahre her ist, daß jenes Unglück mich traf.«

Orm sagte, das sei eine gute Geschichte gewesen und Toke brauche nicht zu fürchten, er werde schwatzen.

»Aber die Lieder auf dich hätte ich gern gehört«, sagte er, »wenn auch niemand gern Spottlieder auf sich selbst hersagt.«

Vater Willibald leerte seinen Schoppen und erklärte: eine Geschichte wie diese, von Neid und Fehden, von Speerstichen hier und dort, von Rache, Spottliedern und dergleichen, sei nicht so, daß man sie mit Vergnügen anhören könnte, wie auch Orm darüber denke.

»Und sei gewiß, Toke«, sagte er, »daß ich solchen Klatsch nicht umhertrage, denn ich habe von Besserem zu reden. Aber wenn an dir überhaupt etwas dran ist, dann solltest du aus dem Geschehenen eine Lehre ziehen. Soviel weiß ich nach allem, was ich von dir auf dem Königshof sah und was Orm mir erzählt hat, daß du immer ein kecker und furchtloser Mann warst und dazu selbstsicher und munteren Sinnes. Und doch, wenn dir ein Mißgeschick widerfährt, das einfältigen Leuten zu lachen gibt, wirst du so schwach und herzensbang, daß du aus deiner Heimat fliehen mußt, nachdem du gesehen hast, daß die Stärke deines Armes dem Spott nicht zu wehren vermag. Da haben wir Christen es doch weit besser; denn sind wir von der rechten Art, so kümmern wir uns um der Menschen Gedanken nicht, sondern nur um das, was Gott von uns denkt. Ich bin ein alter Mann, und meine Kraft reicht nicht weit; und dennoch bin ich stärker als du, denn mich kann kein Spott schrecken, und mein Sinn wird durch dergleichen nicht bewegt. Denn wem Gott den Rücken stärkt, der weicht vor keinem Menschengeschwätz und braucht sich nicht vor Grinsen und Getuschel zu bangen.«

»Da bekommst du verständige Worte zu hören, über die nachzudenken sich lohnt«, sagte Orm, »denn wisse, Toke: in diesem Priester steckt mehr Weisheit als in uns beiden, und seinen Rat zu hören, ist immer gut.«

»Nun, da ich euch so schwatzen höre, merke ich, daß das Bier seine Wirkung tut«, sagte Toke. »Du gedenkst mich wohl zum Christen zu machen, Priesterlein?«

»Ja, so ist es«, sagte Vater Willibald bestimmt.

»Da nimmst du dir viel vor«, sagte Toke, »und das dürfte mehr Mühe machen als die Bekehrungen, mit denen du dich bisher abgegeben hast.«

»Da ich Christ geworden bin, wäre es auch für dich keine Schande«, sagte Orm. »Es hat meinen Sinn nicht weichlich gemacht, und auch meine Hand ist davon nicht schwächer geworden. Und seit ich getauft wurde, habe ich nie darüber zu klagen brauchen, daß mein Glück mich im Stich läßt.«

»Mag sein«, sagte Toke, »aber du bist nicht Pelzhändler wie ich. In diesem Lande kann kein Pelzhändler Christ sein; es würde alle, mit denen er Handel treibt, mißtrauisch machen. Wenn er seine Götter wechselt, würden die

Virden sagen, dann ist er ja wohl auch in anderem nicht verläßlich. Nein, nein, aus Freundschaft kann ich gewiß viel für dich tun, und auch für dich, Priesterlein, aber mich taufen lassen – nein, das nicht. Und Mirah, meine Frau, würde ja ganz rasend werden; denn in ihr steckt noch von ihrer Heimat her ein großer Haß gegen die Christen; und mir scheint, ihre Sinnesart ist hitzig genug; sie braucht durch solche Neuerungen nicht noch erst angespornt zu werden. Darum würdest du's umsonst mit mir versuchen, obschon ich dein Freund bin und bleiben werde.«

Aus dieser Klemme konnte nicht einmal Vater Willibald einen Ausweg finden, und Orm gähnte und sagte, die Nacht sei weit vorgeschritten und es sei Schlafenszeit. Sie schieden sehr freundschaftlich; Orm und Toke priesen ihr Glück, daß sie einander wiedergefunden hatten und sich nun in Zukunft oft treffen würden. Orm und Vater Willibald gingen zu ihrer Lagerstelle zurück. Dort herrschte Ruhe und Frieden, und die Männer lagen schnarchend im Mondschein unter den bleichen Rauchschwaden, die von den ausgebrannten Lagerfeuern aufstiegen. Doch einer von Orms Mannen saß wach da und hob, als sie sich näherten, den Kopf.

»Ein Bote hat nach euch beiden gefragt«, sagte er schläfrig. »Seht diesen Sack hier: seit ich ihn erhielt, haben die Eulen nicht aufgehört zu schreien. Ich war, um zu trinken, zum Bach hinuntergegangen, und da kam ein Mann vom Lager der Finnveder her und fragte nach dir. Ich sagte, du seist bei den Virden. Da schleuderte er den Sack über den Bach, so daß er zu meinen Füßen niederfiel, und sagte: dies sei ein Gruß an Orm auf Gröning und an dessen langnasigen Priester. Ich fragte ihn, was im Beutel sei? ›Kohlköpfe‹, sagte er lachend und ging seines Weges. Ich aber glaube, daß anderes und Schlimmeres darinnen ist. Hier ist der Sack, und an seine Schnur ist nicht gerührt worden.«

Er setzte den Packen vor Orms Füße hin, legte sich nieder und schlief sofort ein. Orm blickte finster auf den

Sack nieder und schaute dann den Priester an. Beide schüttelten die Köpfe.

»Das ist irgendeine Teufelei«, sagte Vater Willibald. »Etwas anderes kann es nicht sein.«

Orm band die Schnur auf und schüttelte den Inhalt aus. Zwei Menschenköpfe rollten auf den Boden, und Vater Willibald tat einen Ausruf und fiel auf die Knie.

»Sie sind beide geschoren«, sagte er. »Von den Heiden hingemordete Priester Christi! Wie soll Menschenverstand Gottes Willen richtig verstehen, wenn der Teufel über solche Taten frohlocken darf!«

Die Arme gen Himmel streckend, näherte er sich den Köpfen. »Ich kenne sie, ich kenne sie alle beide«, sagte er. »Dieser hier ist Vater Sebastian, ein Mann von gewaltiger Frömmigkeit, er, den unser toller Magister aus der Knechtschaft auslösen sollte. Gott selbst hat ihn nun befreit und ihn in die Schar der heiligen Märtyrer in seine hohen Himmel aufgenommen. Und dieser hier ist Bruder Nithard von Reims, der sich einst mit Bischof Poppo bei König Harald aufhielt. Später ging er nach Schonen, und man hat nie wieder von ihm gehört; vielleicht ist er auch in Knechtschaft geraten. An seinem Ohr erkenne ich ihn. Er war immer feurigen Geistes und eiferte für die rechte Lehre; und einst, an des Kaisers Hof, biß ihm ein Mönch der Kaiserin Theophano von Konstantinopel ein Ohr ab, denn sie waren wegen der Ausgießung des Heiligen Geistes miteinander in Zwist geraten. Er pflegte zu sagen, daß er sein Ohr im Kampf gegen die Ketzerei dahingegeben habe und daß er im Kampf gegen das Heidentum gern auch seinen Kopf hergeben würde. Und nun ist es wirklich so geworden.«

»Wenn er sich das gewünscht hat, so ist es ja gut«, sagte Orm. »Ich aber glaube, daß die Finnveder diese Männer nicht kopflos gemacht haben, um ihnen einen Gefallen zu tun, wie heilig sie auch gewesen sein mögen; und ihre Köpfe haben sie uns geschickt, um uns Schmach und Verdruß zu bereiten. Es ist der Lohn dafür, daß wir

Östen und seine beiden Männer tauften und sie dann laufen ließen, statt sie umzubringen, als sie in unserer Hand waren. Nun bedauerst du das gewiß ebensosehr wie ich.«

»Eine gute Tat bleibt immer gut und soll nicht bedauert werden, was sie auch nach sich zieht«, sagte Vater Willibald. »Und diese heiligen Köpfe werde ich daheim in meiner Kirche begraben, denn von ihnen wird viel Kraft ausgehen.«

»Eines geht bereits von ihnen aus, nämlich Geruch«, sagte Orm düster. »Aber mag sein, daß du recht behältst.«

Und auf Vater Willibalds Befehl half er mit, Gras und belaubte Zweige einzusammeln und sie in den Sack zu tun. Dann wurden die beiden Köpfe sorgfältig darauf niedergelegt und der Sack zugebunden.

Das Thing am Kraka-Stein

Am folgenden Morgen wurden von jeder Schar je zwölf Männer gewählt, die sich darauf zu den Plätzen begaben, die den Gewählten von alters her zustanden; jede Zwölfzahl – unter sich zusammenhaltend – bildete mit den anderen vor dem Stein einen Halbkreis, und hinter ihnen stand der Volkshaufe, um den Worten der weisen Männer zu lauschen. Die zwölf Virden saßen in der Mitte, und ihr Häuptling erhob sich zuerst. Er hieß Ugge, der Stammler, der Sohn des Oar: ein alter Mann, der in ganz Värend als der weiseste galt. Das Reden war ihm seit jeher schwergefallen, aber niemand zweifelte daran, daß er um so besser zu denken verstand; und man erzählte sich, daß man ihm schon in jungen Jahren Weisheit angemerkt habe; denn da sei es vorgekommen, daß er drei Tage lang, ohne ein Wort zu sagen, im Thing saß und nur ab und zu den Kopf schüttelte.

Dieser trat nun an den Stein heran und wandte sich den Thingmännern zu.

»Kluge Männer sind jetzt hier zusammengekommen«, sagte er, »sehr kluge Männer aus Göinge und Värend und Finnveden, wie die alte Sitte der Väter will. Das ist gut so, und ich grüße euch: möge unser Ratschluß gesegnet sein und eure Klugheit uns allen zum besten dienen. Wir sind hier versammelt, um über den Frieden zu beraten. Es ist Menschenart, daß die einen so, die anderen anders denken. Ich bin alt und habe viel erlebt, und mein Denken hat Klarheit gewonnen. Mir scheint, daß Frieden eine gute Sache ist: besser als Fehde, besser als Brandstiftung, besser als Totschlag. Zwischen uns hat jetzt drei Jahre lang Frieden bestanden, und das hat keine Nachteile gehabt. Und es wird auch nicht nachteilig sein, wenn der Frieden noch länger dauert. Wer Klage zu führen hat, der soll gehört werden und einen Urteilsspruch in seiner Sache erhalten. Und Männer, die einander zu töten wünschen, mögen das hier am Stein tun, wie das Thingrecht und alter Brauch es bestimmen. Am besten aber ist Frieden.«

Die Virden blickten stolz umher, als er seine Rede geendet hatte, denn sie taten sich auf ihren Häuptling und seine Weisheit nicht wenig zugute. Darauf erhob sich nun der Thinghäuptling der Göinger. Er hieß Sone, der Hell-Seher, und war so alt, daß zwei Männer, die ihm zunächst saßen, ihm unter die Arme griffen, als er sich zum Aufstehen anschickte; aber er stieß sie ärgerlich von sich und stolperte schnell auf den Stein zu, wo er sich neben Ugge stellte. Er war hochgewachsen und knorrig gebaut, vertrocknet und vom Alter gekrümmt, mit langer Nase und einem graugesprenkelten Bart, der in dünnen Strähnen herabhing; und obgleich die Spätsommersonne warm schien und kein Wind wehte, trug er einen bis zu den Knien reichenden Ledermantel und eine dicke Kappe von Fuchsfell. Er sah über die Maßen klug aus, und schon lange hatte er einen großen Ruf. Man wußte allgemein, daß er die Gabe des Hellsehens besaß: er war imstande, verborgene Schätze zu finden und konnte in die Zukunft schauen und bevorstehendes Unglück voraussagen. Außerdem war er siebenmal verheiratet gewesen und hatte dreiundzwanzig Söhne und elf Töchter; und es hieß, er sei bestrebt, bei beiden die volle Dutzendzahl zu erreichen. Alles dies gereichte ihm bei den Göingern zu hoher Ehre.

Auch er verkündete nun den Thingfrieden, und er hatte viel Gutes über die friedliche Gesinnung der Göinger zu sagen; die sei so groß, erklärte er, daß vier volle Jahre lang kein Heerzug gegen die Virden oder die Finnveder vorgekommen sei. Dieses würden Fremde vielleicht so auslegen, als habe unter den Göingern Trägheit und Verweichlichung um sich gegriffen. Aber wer das vermute, sei im Irrtum; denn wie ihre Väter seien sie noch immer bereit, jeden, der ihnen zu nahe trete, mit scharfer Klinge zurechtzuweisen, was mancher bezeugen könne, der einen solchen Versuch gewagt habe. Es sei auch falsch zu glauben, der Friede, der jetzt geherrscht habe, sei durch die guten Zeiten gekommen, die sie gehabt, durch reichliche Ernten, fette Weideplätze und das Ausbleiben von Viehseuchen; aber der satte Göinger sei als Kriegsmann nicht schlechter als der ausgehungerte, und durch Fasten werde seine Gemütsart nicht weicher. Alles habe vielmehr auf diesem beruht: daß es unter ihnen kluge und verständige Männer gäbe, deren Rat man befolgt habe.

»Und so lange es deren gibt und man ihnen gehorcht«, sagte er, »wird es uns in allen Dingen gut gehen. Im Laufe der Jahre hat aber die Zahl dieser Weisen abgenommen, und hier auf dem Thing sehe ich als völlig Zuverlässige nur uns beide: Ugge und mich selbst. Darum tut es mehr denn je not, daß die jungen Leute unter euch Schöffen, sie, in deren Bart sich noch kein graues Haar findet, uns gut zuhören, damit sie sich dadurch ein wenig von der Weisheit zulegen, deren sie noch ermangeln. Denn es ist gut, wenn die Alten zu bestimmen haben und die Jungen begreifen, daß ihr eigener Verstand nur gering ist.«

Als dritter trat nun der Häuptling der Finnveder vor und stellte sich neben die beiden anderen. Er hieß Olof Sommervogel, und obgleich er noch sehr jung war, hatte er doch schon einen großen Ruf. Er war gut gewachsen, war dunkel und scharfäugig und trat selbstbewußt auf. Er war weit im Osten gewesen, hatte im Dienst des Königs von Kiew und des Kaisers in Miklagård (Konstantinopel) gestanden und war mit großen Reichtümern heimgekehrt. Den Namen Sommervogel hatte er bei seiner Heimkehr dank der Pracht und der schönen Färbung seiner Kleidung erhalten. Und er ließ sich diesen Namen gern gefallen.

Alle Finnveder, sowohl die Schöffen wie die hinter diesen Stehenden, jubelten laut, als Olof nun vortrat, denn er sah in Wahrheit wie ein Häuptling aus, und dort am Stein stehend, unterschied er sich stark von den beiden anderen. Er trug einen grünen Mantel, der mit Goldfäden gesäumt war, und einen hellglänzenden silbernen Helm.

Nachdem auch er den Thingfrieden verkündet hatte, sagte er, daß er der Weisheit alter Männer vielleicht nicht ganz so viel zutraue, wie diese selber das täten; er glaube vielmehr, daß guter Verstand auch anderswo zu finden sei, ja, vielleicht sogar meistens anderswo. Dennoch wolle er den Alten darin zustimmen, daß Frieden eine gute Sache sei; doch möchten alle bedenken, daß es mit der Zeit immer schwerer werde, ihn zu bewahren, und das hauptsächlich der Unruhe wegen, die durch die Christen und deren Bosheit und finstere Verschlagenheit hervorgerufen werde. »Und ich weiß, wovon ich rede«, sagte er, »wenn ich hier die Christen nenne. Denn jedermann ist es bekannt, daß ich fünf Jahre in Miklagård gewesen bin und dort den beiden Kaisern Basilius und Konstantin gedient habe. Da habe ich gesehen, wie die Christen verfahren, wenn sie gereizt sind und ihre Bosheit aneinander auslassen können. Dann zwacken sie einander mit glühenden Zangen Nase und Ohren ab und das bloß wegen irgendeiner Kleinigkeit; oder sie machen einander zu Verschnittenen. Junge Frauen, auch wenn sie schön sind, setzen sie in geschlossene Steinhäuser und verbieten ihnen den Umgang mit Männern, und wer dagegen verstößt, wird lebend in ein Loch der Steinwand eingemauert und muß dort sterben. Es kommt auch vor, daß sie ihres Kaisers müde werden oder daß er oder seine Befehle ihnen mißfallen: dann bemächtigen sie sich seiner und seiner Söhne und halten ihnen so lange glühende Eisen dicht vor das Gesicht, bis sie erblinden. Alles das tun sie, weil sie Christen sind, denn sie halten es für ein geringeres Unrecht, zu verstümmeln als zu töten; und daraus mögt ihr sehen, welcher Art diese Menschen sind. Und wenn sie sich gegenseitig derartiges antun: wie würden sie da erst gegen uns verfahren, die wir nicht Christen sind, wenn sie erst einmal die Macht dazu haben. Darum möge jeder beizeiten bedenken, wie solcher Gefahr zu begegnen sei, ehe sie sich mehrt. Waren wir nicht soeben alle Zeugen, wie ein Christenpriester sich zu diesem Stein heranmachte und den Tod eines Mannes verschuldete, und das mitten unter den Frauen der Virden? Die Göinger haben ihn – vielleicht in böser Absicht – hierhergebracht; diese Sache geht also nur sie und die Virden an und betrifft uns Finnveder nicht. Aber gewiß wäre es gut, wenn man hier auf dem Thing bestimmte, daß alle Christenpriester, die zu den Göingern, den Virden und den Finnveden kommen, sofort getötet werden, statt daß man sie am Leben läßt und zu Knechten macht oder gar ihnen erlaubt, mit ihren seltsamen Gebräuchen und ihrem Geschwätz ungestört umherzuziehen; denn durch eine solche Bestimmung würde viel Unfug verhindert und dauerhafter Frieden leichter bewahrt werden.«

So sprach Olof Sommervogel, und bei seinen Worten nickten viele und schauten nachdenklich drein.

Er und die beiden anderen setzten sich nun auf die drei Häuptlingssteine, die auf dem Grasplatz vor dem Kraka-Stein lagen, und das Thing nahm seinen Anfang. Nach alter Sitte wurden zuerst die Zwistigkeiten vorgenommen, die auf dem Thingplatz entstanden waren, und daher kam der Magister zuerst an die Reihe. Ugge forderte Buße für den Tod des Styrkar und wollte wissen, wem dieser Christenpriester gehöre und was er hier auf dem Thing zu suchen habe. Als einer der Schöffen erhob sich Orm und sagte, er müsse den Priester ja wohl als ihm zugehörig betrachten, obschon er ein freier Mann und kein Knecht sei.

»Und einen, der friedlicher gesinnt ist, kann man lange suchen«, sagte er. »Er ist nicht gewalttätig, und das einzige, worauf er sich versteht, ist Singen und Schriften lesen und mit Frauen sich gut stellen. Und hierher kam er in einer Sache, aus der nun nichts mehr werden kann.«

Orm berichtete nun darüber und daß der Magister von Hedeby geschickt worden sei, um an Stelle eines anderen Priesters bei den Finnveden Knecht zu werden; die aber hätten jenen christlichen Knecht schon erschlagen.

»Und von diesem Totschlag kann später die Rede sein«, sagte er. »Aber wie es bei Styrkars Tod zugegangen ist, davon mögen Zeugen berichten, die dabei waren. Ich selbst glaube kaum, daß dieser Priester dazu taugt, jemand umzubringen.«

Sone, der Hellseher, meinte nun auch, daß Zeugen gehört werden müßten.

»Aber wie diese Sache auch ausgehen mag«, sagte er, »so soll sie doch nicht zu Uneinigkeit zwischen den Virden und Göingern führen. Daher sollst allein du, Ugge, in dieser Sache Recht sprechen. Der Mann ist Ausländer und wenig tauglich, und obendrein ist er Christ; darum wird wenig nach ihm gefragt werden, wie auch dein Urteil ausfällt. Und von uns Göingern kannst du keine Buße für das Geschehene verlangen, da er ja für uns ein Fremder ist.«

Nun wurden die Zeugen verhört. Viele hatten Styrkar rücklings vom Stein fallen sehen und seinen lauten Schrei gehört, aber niemand konnte sagen, ob ihn von der anderen Seite des Steines ein Schlag getroffen hatte. Nicht einmal Toke Grågullesson, der zur Zwölfzahl der Virden gehörte und als erster zum Platz gekommen war, konnte mit Gewißheit darüber aussagen; aber er erklärte, daß das Kreuz in den Händen des Christenpriesters – dessen einzige Schlagwaffe – aus so schwachen Stäben gemacht war, daß es gewiß zum Töten einer Laus genügt hätte, nicht aber, um einem so zähen Leben wie dem des alten Fuchs Styrkar beizukommen. Er glaube daher, der Alte sei ausgeglitten und habe im Fall den Hals gebrochen; aber den besten Bescheid darüber würden, sagte er, die Frauen geben, die sich auf dem Platz aufhielten; doch nur, wenn sie gesinnt wären, die Wahrheit zu sprechen.

Ugge saß nachdenklich da und sagte schließlich, es ließe sich ja wohl nichts anderes machen, als die Frauen über das, was vorzubringen sei, zu verhören.

»Die Frauen der Virden«, sagte er, »gelten nach unserem alten Gesetz als einwandfreie Zeugen, wenn auch niemand sagen kann, wie es zu dieser Bestimmung gekommen ist. Und wir pflegen sie nur dann vorzulassen, wenn es wirklich geboten ist. Denn wenn man bei einem Mann der Wahrheit auf den Grund kommen will, so kann es sein, als suche man den Kuckuck im tiefen Wald; aber die Wahrheit suchen bei einer Frau, ist als ob man das Echo eines Kuckucksrufes einfangen wolle. Aber hier sind die Frauen die einzigen, die gesehen haben, was geschah. Und Priestertotschlag an heiligem Ort ist eine Sache, über die mit Sorgfalt gerichtet werden muß. Mögen sie also gehört werden.«

Die Frauen hatten sich bereit gehalten und traten nun alle miteinander vor, sowohl die jungen, die um den Stein gesprungen waren, wie auch die alten Weiber, die ihnen zur Hand gegangen waren. Alle hatten sich aufs beste hergerichtet, sie trugen Armringe und Halsketten, breite Schleifen und bunte Kopftücher, zeigten sich aber befangen, als sie vor die Schöffen und Richter hintreten sollten. Sie brachten den Magister mit; der schaute elend aus; ihm waren die Hände gebunden, und um den Hals hatte er einen Strick, an dem die alten Weiber ihn führten wie tags zuvor die Böcke. Dieser Anblick rief bei den Schöffen und Zuschauern großes Gelächter hervor.

Ugge neigte den Kopf zur Seite, kratzte sich hinter dem Ohr und betrachtete die Frauen mit bekümmerter Miene. Er sagte, sie sollten ihm nun erzählen, wie es bei Styrkars Tod zugegangen sei und ob ihr Gefangener jenem einen tödlichen Schlag gegeben habe oder nicht. Und sie sollten nur berichten, was wirklich geschehen sei; und es wäre am besten, wenn nur zwei oder drei ihr Zeugnis gleichzeitig abgeben wollten.

Anfangs fürchteten sich die Frauen vor ihren eigenen Stimmen; sie tuschelten untereinander, und keine wollte den Anfang machen; aber bald kamen sie in Gang und legten ernsthaft ihr Zeugnis ab. Ihr Gefangener, sagten sie, sei laut rufend auf den Stein zugegangen und habe Styrkar mit seinem Kreuz über den Schädel geschlagen, so daß der laut aufschrie; darauf habe er das Kreuz dem Styrkar an den Bauch gesetzt und ihn vom Stein hinuntergestoßen. So weit waren sie alle einig; aber einige sagten, der Christenpriester habe nur einmal zugeschlagen, andere behaupteten, zweimal, und darüber gerieten sie miteinander in Wortwechsel.

Als der Magister das alles hörte, wurde sein Gesicht vor Schreck und Staunen weiß. Er hob die gebundenen Hände gen Himmel und rief mit lauter Stimme: »Nein, nein!« Aber niemand kümmerte sich um das, was er noch vorzubringen suchte, und die alten Weiber ruckten am Strick, um ihn zum Schweigen zu bringen.

Ugge sagte nun, dieses Zeugnis sei mehr als hinreichend, da so viele übereinstimmende Frauenaussagen als glaubwürdig gelten müßten. Ob der Totschläger ein- oder zweimal zugeschlagen habe, täte nichts zur Sache, und hier habe man es nun mit einem deutlichen Fall von Priestertotschlag an heiligem Ort zu tun.

»Diese Übeltat«, sagte er, »zählt von alters her zu den schlimmsten, und sie ist so selten, daß viele ihr Leben lang im Thing sitzen, ohne daß sie ein Urteil darüber zu fällen brauchen. Und die Strafe dafür, die aus uralter Zeit stammt, weiß vielleicht keiner hier außer uns beiden Alten; doch mag es sein, daß auch du, Olof, sie kennst, da du ja klüger zu sein glaubst als wir.«

Man konnte es Olof Sommervogel ansehen, daß diese Frage ihm nicht behagte, er antwortete jedoch schnell, daß er oft habe sagen hören, der Totschläger werde zur Strafe für diese Übeltat an den Füßen am untersten Ast eines Baumes aufgehängt und so, daß sein Kopf an einen Ameisenhaufen rühre.

Ugge und Sone lächelten zufrieden über diese Antwort. »Daß du es nicht weißt, war zu erwarten«, sagte Ugge, »denn du bist ja so jung; weise und gelehrt werden dauert nämlich länger, als du glauben willst. Die rechte Strafe aber ist, daß der Totschläger dem Ygg geopfert wird, so war in alter Zeit bei den Vätern der Name für Odin; und nun soll Sone berichten, wie es dabei zugeht.«

»Man nimmt zwanzig gute Speere«, sagte Sone, »deren Schäfte keine Spur von Fäulnis zeigen, und in jeden wird unterhalb des Eisenbeschlages ein Querholz gut befestigt. Darauf werden die Speere, mit den Spitzen aufwärts, dicht beieinander bis zur halben Länge in die Erde getrieben, und dann wirft man den Totschläger hinauf. Dort muß er hängen bleiben, bis seine Knochen zu Boden fallen.«

»Ja, so ist es«, sagte Ugge, »und das einzige, was du vergessen hast, ist dies: er muß auf den Rücken zu liegen kommen, so daß sein Gesicht dem Himmel zugewandt ist.«

Ein zufriedenes Gemurmel ging durch die Schar der Thingversammlung, als man von dieser Strafe erfuhr, die so alt und so selten war, daß noch niemand ihr zugeschaut hatte. Der Magister hatte sich nun beruhigt; er stand, mit geschlossenen Augen vor sich hinmurmelnd, da; unter den Frauen aber entstand große Unruhe. Sie riefen laut, so sei es ja ganz verkehrt, und sie hätten es anders gemeint; einige, die mit Ugge verwandt waren, drängten sich an diesen heran, und, ihn einen alten Pinsel nennend, fragten sie ihn, warum er das denn nicht gesagt habe, bevor sie ihr Zeugnis ablegten? Ihre Absicht dabei sei gewesen, so auszusagen, daß sie den Christenpriester behielten, denn er gefalle ihnen; und ihrer Meinung nach tauge er mehr als Styrkar; sie hätten gefürchtet, er werde freigelassen werden und mit den Göingern davonziehen, wenn sie anders ausgesagt hätten.

Am schlimmsten von allen schrie ein altes Weib, das die Nichte Styrkars gewesen war, und schließlich schwiegen die anderen, um sie anzuhören. Sie war groß und grobknochig und bebte vor Wut, während sie Ugge gegenüberstand. Sie sagte, in Värend würde es keine Ordnung geben, ehe nicht die Frauen Gericht hielten und die Greise vor den Holzschuppen gestellt würden, um dort mit Spänen zu spielen.

»Ich habe Styrkar, dem alten Troll, viele Jahre lang das Haus besorgt«, schrie sie, »und habe durch ihn meinen Unterhalt gehabt. Wovon soll ich leben, nun da er tot ist? Begreifst du wohl, Alter, was ich sage? Und da kommt nun ein anderer Priester einher, ein schöner junger Mann, der klug und fügsam aussieht und jenem zum Tode verhilft, und niemand kann leugnen, daß es dazu an der Zeit war. Und welche Entschädigung bietest du mir? Du willst diesen jungen Mann auf die Speere werfen, was ja doch niemand Nutzen bringt! Aber ich sage dir, daß er mir zugesprochen werden soll, um Styrkar, den ich verloren habe, zu ersetzen. Er ist ein tüchtiger Priester, und den Tanz um den Stein leitete er zuletzt zu aller Zufriedenheit, und nach neun Monaten wird man in ganz Värend sehen können, wie wirksam seine Zaubersprüche waren. An einen solchen Priester werden viele sich halten und mit allerhand Geschenken zu ihm kommen; und daher werde ich gut versorgt sein, ob ich ihn nun zum Mann nehme oder ihn mir als Knecht halte. Was soll er denn auf den Speeren? Lege dich lieber selbst dort oben hin, da dich Alter und Gelehrsamkeit verrückt gemacht haben! Wenn es Gerechtigkeit auf der Welt gibt, dann muß er als Buße für den Totschlag mir zufallen. Verstehst du wohl, was ich sage?«

Sie schüttelte die geballten Fäuste dicht vor seinem Gesicht und schien ihn am liebsten anspucken zu wollen.

»Sie hat recht, sie hat recht! Katla hat recht!« riefen die Frauen. »Wir wollen ihn an Styrkars Stelle haben! Einen Priester wie ihn brauchen wir!«

Ugge winkte mit beiden Händen ab und rief, so laut er konnte, sie sollten schweigen, während neben ihm Olof Sommervogel vor Vergnügen über die Bedrängnis des Alten nahe daran war, rücklings vom Stein zu fallen.

Aber nun erhob sich Sone, der Hellseher, und redete mit einer Stimme, die alles verstummen machte.

»Friede ist über dieses Thing gesprochen«, sagte er, »und kluge Männer haben mit Frauen Geduld. Es wäre schlimm, wenn wir sagen müßten, der Thingfriede sei gestört worden, und am schlimmsten wäre das für euch Frauen; denn dann könnten wir euch dazu verurteilen, hier vor allem Volk die Rute zu schmecken, die man euch von saftigen Birken oder Haselnußsträuchern schneiden würde, und an solcher Schmach würdet ihr schwer zu tragen haben. Denn so lange ihr lebt, wird jeder bei eurem Anblick lächeln müssen, und das dürfte keiner von euch nach Wunsch sein. Darum kein Geschrei und Geschimpfe mehr! Aber bevor ihr von hinnen geht, sagt mir eins: wurde Styrkar wirklich vom Christenpriester geschlagen?«

Die Frauen waren still geworden. Sie antworteten einmütig, daß der Magister den Styrkar überhaupt nicht angerührt habe; er habe bloß etwas gerufen und sein Kreuz emporgehoben, und da sei der Alte rücklings vom Stein gefallen und des Todes gewesen. Das sei nun die reine Wahrheit, sagten sie, denn sie seien so gut wie jeder andere imstande, die Wahrheit zu reden, sobald sie nur wüßten, wozu das nütze sei.

Nun durften die Frauen abtreten, mit ihnen auch die alte Katla nebst ihrem Gefangenen, und Ugge beriet sich mit den Schöffen. Einige meinten, der Priester sollte getötet werden, denn es sei klar, daß er Styrkar durch Zauberei ums Leben gebracht habe, und je eher man einen Christenpriester loswerde, desto besser. Aber andere widersprachen dem und meinten, jemand, der durch Zauber den Styrkar habe aus der Welt schaffen können, verdiene es, am Leben zu bleiben. Denn dann habe er gewiß auch den Frauen Nutzen gebracht; zudem müsse man bedenken, was die Alte gesagt habe, da von den Göingern ja doch keine Bußzahlung gefordert werden könne. Es endete damit, daß Ugge der Katla den Christenpriester zusprach bis zum vierten Thing nach diesem, und während dieser Zeit sollte sie zu jedem Verdienst berechtigt sein, den sie ihm irgend abzupressen vermöchte. Gegen diesen Rechtsspruch hatte weder Sone noch sonst wer etwas einzuwenden.

»Ich selbst hätte kein besseres Urteil fällen können«, sagte Orm zu Vater Willibald, als sie die Sache nachher besprachen, »nun mag er zusehen, wie er mit der alten Hexe auskommt. Und es war ihm ja ohnehin bestimmt, in Småland Knecht zu werden.«

»Trotz all seiner Mängel war Gottes Geist wahrscheinlich doch über ihm, als er auf den Heidenpriester und den Greuel, der sich am Stein vollzog, zuging«, sagte Vater Willibald, »und nun mag es sein, daß er zu Gottes Ehre große Dinge ausrichten wird.«

»Wohl möglich«, sagte Orm, »aber mir scheint das beste, daß wir ihn nun los sind. Ein Mann mag an Frauen seine Lust haben, und, wenn er auf dem Heerzug ist, auch an anderen als an der eigenen, dagegen läßt sich nichts sagen; aber einer wie dieser ist mir zuwider, hinter dem alle Frauen wie toll her sind, kaum daß sie ihn zu Gesicht bekommen. Dergleichen scheint mir unrecht und gegen die Natur; und obendrein ist jener ein Taugenichts und ein Priester Christi.«

»Er wird vieles sühnen«, sagte Vater Willibald, »sobald erst die alte Katla ihre Klauen in ihn schlägt; und statt in seiner Haut zu stecken, wäre ich ganz gewiß lieber mit dem heiligen Propheten Daniel, von dem ich dir erzählt habe, in der Höhle hungriger Löwen. Aber alles geht nach Gottes Willen.«

»Möge er uns auch fernerhin günstig sein«, sagte Orm fromm.

Das Thing dauerte nun aber noch vier Tage, und viele Rechtssprüche wurden gefällt. Wer gut dabei wegkam, rühmte die große Weisheit Ugges und Sones. Und auch Olof Sommervogel zeigte sich trotz seiner Jugend als vielerfahren und als ein kluger Richter, so daß sogar Ugge mehr als einmal den Ausspruch tat, es könne mit der Zeit noch etwas aus ihm werden. In schweren Rechtsfällen, wenn ein Vergleich unmöglich war und die Meinungen der Schöffen und Richter auseinandergingen, wurde nach alter Sitte der dritte Richter – doch ohne dessen Schöffen – hinzugenommen, damit durch seine Vermittlung es zu einem einstimmigen Urteil käme; und mehrmals, wenn es einen Zwist zwischen Virden und Göingern galt, machte Olof Sommervogel den dritten Richter und entledigte sich seines Auftrages mit Ehren.

So weit ging alles gut; aber unter den Zuhörern machte sich allmählich wachsende Unruhe bemerkbar, da es zu keinem spannenden Zweikampf kommen wollte. Am zweiten Tage, allerdings in einer Streitsache zwischen einem Finnveder und einem Göinger, die Pferdediebstahl betraf, lautete das Urteil auf Zweikampf, denn es gab keine Zeugen; beide Teile zeigten sich gleich halsstarrig, und der eine war im Erfinden von Lügen ebenso geschickt wie der andere; aber als sie den Kampfplatz betraten, erwiesen sich beide als so ungeschickt, daß sie einander sofort mit den Schwertern durchbohrt hatten und wie die Hälften eines geplatzten Kruges nach entgegengesetzten Seiten tot hinfielen, so daß niemand an diesem Kampf ein rechtes Vergnügen haben konnte. Man hatte dafür nur ein säuerliches Grinsen und fand, daß dieses Thing zu mißraten schien.

Aber am dritten Tage stieg die Laune, denn da wurde eine schwere Streitsache behandelt, die viel zu versprechen schien.

Zwei Virden, Askman und Glum, beide wohlbekannte angesehene Männer, traten vor und erhoben Klage wegen doppelten Frauenraubes. Jeder von ihnen hatte eine Tochter verloren: mannbare Jungfrauen in schönster Blüte, die von zwei Otterjägern aus Göinge in der Wildnis östlich der Großen Ochsenfurt geraubt worden waren. Man kannte die Räuber; Agne in Sleven hieß der eine, er war ein Sohn Kolbjörns, des Ausgebrannten, und der andere war Slatte, »Fuchs« genannt, ein Neffe des Gudmund zu Uvaberg, der auf dem Thing zu den Schöffen der Göinger rechnete. Der Raub war vor einem Jahr verübt worden; die jungen Frauen befanden sich, wie es hieß, noch immer in der Gewalt der Räuber, und Askman und Glum forderten nun für jedes der Mädchen das Dreifache der üblichen Kaufsumme für Bräute und dazu eine angemessene Buße für den Schaden, der Glums Schwester Gudny, einer Witwe, entstanden war; denn diese war bei den Mädchen gewesen, als der Raub verübt wurde, und ihr war so übel mitgespielt worden, daß sie noch lange nachher ihrer Sinne kaum mächtig war. Diese Witwe, sagten die Kläger, hätten sie zum Thing mitgebracht als eine Frau, die seit je für ihre ehrliche Zunge bekannt war; und da viele dafür einstehen konnten, daß sie jetzt wieder ganz bei Verstand war, könnte sie besser als sonst wer den ganzen Hergang bezeugen.

Gudny, die Witwe, mußte nun vortreten. Sie war eine kräftige und stattliche Frau und noch nicht alt genug, um Männer zu schrecken; sie berichtete genau und ernsthaft, wie alles zugegangen war. Sie war mit den Mädchen in die Wildnis gegangen, um heilende Kräuter zu pflücken, und da diese nun anfingen, selten zu werden, hatten sie den ganzen Tag lang suchen müssen. Dabei waren sie tiefer in den Wald geraten, als sie anfänglich gewollt, und plötzlich hatte sie ein furchtbares Unwetter überrascht: es donnerte und hagelte, der Regen fiel in Strömen, so daß sie ganz durchnäßt wurden und in ihrer Angst nicht aus noch ein wußten. Ohne einen Pfad oder eine Spur zu finden, irrten sie umher, bis sie an einem Fluß eine Erdhöhle entdeckten, in der sie Schutz fanden; da waren sie von Müdigkeit, Kälte und Hunger schon arg mitgenommen. In der Höhle, sagte die Witwe, seien zwei Männer gewesen, Jäger, die dem Otterfang oblagen, und es habe ihr zum Trost gereicht, daß sie nicht gefährlich ausschauten. Die Männer hatten sie freundlich aufgenommen, ihnen am Feuer Platz gemacht und ihnen gewärmtes Bier und Essen gegeben; dort hatten sie darauf gewartet, daß das Unwetter vorbeizog; aber da sei es bereits Nacht gewesen.

Bis dahin, sagte sie, habe sie sich nur vor dem Unwetter gefürchtet, allerdings auch vor den Schmerzen, die sie bereits im Rücken spürte, da sie in nassen Kleidern hätte dasitzen müssen. Aber nun begann sie, für die Mädchen zu fürchten, und das war schlimmer. Denn die Männer zeigten sich nun höchlich zufrieden und sagten, besser hätte es gar nicht kommen können, denn Frauen hätten sie schon lange nicht mehr gesehen. Sie waren freigebig mit dem Bier, davon es in der Höhle ein ganzes Fäßchen gab, und der Kälte wegen wärmten sie immer noch mehr davon, so daß den Mädchen bei ihrer Jugend und Unerfahrenheit allmählich schwindlig wurde. Sie selbst habe sich nun eifrig nach dem Heimweg erkundigt und auch Bescheid erhalten; im übrigen aber sei es den Männern nur darum zu tun gewesen, bei den Mädchen zu sitzen und nachzufühlen, ob sie wohl schon trocken geworden seien. Und bald, sagte sie, war es so weit, daß Slatte, der Fuchs, ihnen zwei kleine Hölzchen hinhielt und sie zu losen bat, welchen der Männer jedes der Mädchen in allernächster Nähe bei sich haben wolle. Da habe sie streng gesagt: nun sollten die Mädchen heim und im Dunkeln den rechten Weg zu finden versuchen. Sie selbst aber müsse in der Höhle zurückbleiben, da sie durch die Nässe nun große Schmerzen habe.

»Und das sagte ich, weil ich hoffte, die Männer würden sich fügen und die Mädchen ruhig ziehen lassen, wenn ich zurückblieb; mir schien es der Mädchen wegen am besten, dieses auf mich zu nehmen; denn was auch die Männer mit mir vornehmen würden, so hätte es mir nicht so sehr wie ihnen geschadet. Aber die Männer gebärdeten sich wie rasend, sie gaben mir die schlimmsten Namen, packten mich und warfen mich zur Hütte hinaus; dabei versprachen sie, mit Pfeil und Bogen nachzuhelfen, wenn ich mich nicht schnellstens davonmache. Und die ganze Nacht lang irrte ich in Angst vor wilden Tieren und vor Geistern im Walde umher; endlich fand ich heim und berichtete, was geschehen war, worauf man zur Hütte der Jäger eilte, aber sie bereits leer fand – weder die Männer waren da, noch die Mädchen, noch Otternhäute; und nach allem, was ich durch diese beiden Bösewichter habe ausstehen müssen, lag ich noch lange mit wirrem Kopf und in großem Elend darnieder.«

So lautete das Zeugnis der Witwe Gudny, und als sie endete, war sie dem Weinen nahe. Jetzt erhob sich Gudmund zu Uvaberg und sagte, er würde den beiden jungen Männern das Wort sprechen. Denn einerseits sei er vielleicht klüger als sie und könne daher die Worte besser setzen und andererseits habe er von seinen beiden Neffen und auch den jungen Frauen mehr als einmal gehört, wie alles zugegangen sei. Daher wisse er ebenso gut Bescheid wie sonst wer, ja, vielleicht noch besser; und was das Zeugnis der soeben verhörten Witwe Gudny angehe, so könne er sagen, daß vieles davon richtig sei, aber dennoch das meiste nicht stimme.

»Slatte und Agne haben mir beide gesagt«, fuhr er fort, »daß sie während des Unwetters in ihrer Erdhöhle saßen. Das Wetter war so schlimm, daß sie kaum wagten, ihr Feuer zu unterhalten. Als sie dann draußen jammernde

Stimmen hörten, kroch Slatte hinaus und sah im Regen drei Gestalten stehen, die die Röcke über den Kopf geschlagen hatten, so daß er zuerst fürchtete, es seien Waldtrolle. Dasselbe glaubten die Frauen von ihm, als sie seinen Kopf hervorlugen sahen, so daß sie bang zurückwichen und vor Angst laut schrien. Da begriff er, daß sie Menschen waren: er trat vor und beruhigte sie. Sie folgten ihm gern in die Höhle und setzten sich ans Feuer, und die jungen Mädchen waren müde und weinten vor sich hin. Die Witwe aber weinte nicht, und ihr, sagten sie, sei wenig Müdigkeit anzumerken gewesen. Sie habe, während sie am Feuer saß, um trocken zu werden, die Männer immerzu angestarrt, auch verlangt, daß man ihr den Rücken mit Otternfell rieb und sie ganz und gar in Felle packte; und als sie vom warmen Bier getrunken hatte wie ein Pferd, wurde sie munter und zog sich fast alle Kleider ab. Denn so spüre sie die Wärme mehr, sagte sie, und sie müsse es nun vor allem recht warm haben.«

»Slatte und Agne«, fuhr Gudmund fort, »sind allerdings recht jung, aber doch nicht dümmer als andere Leute, und so war ihnen denn nicht neu, was Witwen im Sinn haben, wenn sie Männern in die Augen schauen. Darum spitzten sie die Ohren und blinzelten sich zu, als die Witwe verlangte, die Mädchen sollten sich in einem Winkel zum Schlaf niederlegen, während sie darüber wache, daß ihnen nichts geschehe. Agne und Slatte haben mir beide gesagt, daß sie ihr gern den Willen getan hätten, wenn sie allein zu ihnen gekommen wäre. Aber nun meinten sie, es wäre nicht männlich gehandelt, sich in eine Witwe zu teilen, während doch zwei schöne und vielleicht ebenso bereitwillige junge Mädchen zur Hand waren; jeder Vernünftige hätte sie ausgelacht, wenn das herausgekommen wäre. Daher setzten sie sich nun zu den Mädchen und redeten ihnen sanft zu, während sie halfen, ihnen die Füße zu wärmen. Die Mädchen hatten nun wieder Mut gefaßt; sie hatten gegessen und getrunken und waren warm geworden; aber sie wagten kaum, die

Männer anzublicken und mit ihnen zu reden. Dadurch gefielen sie den Männern nur noch besser, denn es zeigte, daß sie schamhaft waren und gut erzogen, und sie mochten sie bald so gut leiden, daß sie beschlossen, sogleich um sie zu losen, damit zwischen ihnen kein Zwist entstehe und jeder wisse, welche die seine sei. Aber sobald davon die Rede war, fuhr die Witwe mit Geschrei auf, als sei sie, da sie allein saß, verrückt geworden, und sagte, nun müßten die Mädchen sofort nach Haus, sonst würde es ein großes Unglück geben; sie seien ja jung und könnten daher die Wanderung gut überstehen; sie selbst aber müsse um Gastfreiheit für die Nacht bitten, da sie sonst gewiß vor Schmerzen und Müdigkeit unterwegs umkommen würde. Die Männer fragten erstaunt, ob sie den Mädchen ans Leben wolle; denn für die wäre es der sichere Tod, bei Dunkelheit und Regen im wilden Wald, wo es nicht geheuer sei, umherzuirren. Solche Grausamkeit, sagten sie, sei unerhört, aber es würde nichts draus werden, denn sie seien entschlossen, diese Mädchen vor der Tollheit der Alten zu schützen. Aber auch ihr eigenes Leben sei ihnen lieb, und daher seien sie nicht gesonnen, ein so mordlustiges Wesen in ihrer Höhle zu behalten, ihnen könnte ja im Schlaf wer weiß was geschehen. Sie befahlen ihr also zu gehen, und da sie so stark aussehe wie ein Ochse, sagten sie, drohe ihr nur wenig Gefahr: jeder Wolf oder Bär, dem sie vielleicht begegnete, würde gewiß vor ihr ausreißen. Sie packten sie nun und führten sie zur Hütte hinaus, und die Kleider warfen sie ihr nach. Am folgenden Tage hielten sie es für klug, die Hütte zu verlassen; die Mädchen folgten ihnen gern und halfen die Fanggeräte und Felle tragen. Hier auf dem Thing sind Leute, die das aus der Mädchen eigenem Mund gehört haben. Jetzt sind diese Mädchen verheiratet; sie haben schon Kinder und sind mit allem zufrieden.«

»Alles das«, so schloß Gudmund, »kann, wie mir scheint, nicht Frauenraub genannt werden, vielmehr haben diese jungen Männer den Mädchen zweimal das Leben gerettet; einmal, als sie ihnen in ihrer Höhle Schutz und Wärme gewährten, und das zweitemal, als sie verhinderten, daß sie in den Wald hinaus mußten, wie die grausame Witwe das haben wollte. Daher sind die Männer bereit, das für Brautkauf Übliche zu zahlen, doch nicht mehr als das.«

So redete Gudmund, und die Göinger nahmen es mit Beifall auf; bei den Virden war aber von dergleichen nichts zu merken. Askman und Glum hielten an ihrer Forderung fest. Hätten jene beiden Männer die Witwe geraubt, sagten sie, so hätten sie sie billig bekommen; aber mit jungen Mädchen liege die Sache anders, das müsse jeder einsehen, und kein Vernünftiger halte es für notwendig, dem, was Gudmund zur Verteidigung der Räuber angeführt habe, allzuviel Glauben zu schenken. Vor allem schiene die Witwe zu einer Entschädigung berechtigt für alles, was sie erlitten; denn man kenne sie gut, und sie habe sich noch nie so mannstoll gezeigt, wie Gudmund sie in seinem Bericht habe darstellen wollen. Immerhin würde man in diesem Punkt sich mit dem Angebot, wie es auch sei, begnügen; die Mädchen betreffend wolle man jedoch von Feilschen nichts wissen.

Nun wurden die Zeugen vernommen: solche, denen die jungen Frauen erzählt hatten, wie es zugegangen sei, und solche, die gehört hatten, was die Witwe bei ihrer Rückkehr aus dem Walde gesagt hatte. Ugge und Sone fanden beide, es sei ein schwerer Fall, und die Thingbesucher waren guter Dinge, denn wenn alles gut ging, war ein Kampf zwischen vier Männern zu erwarten.

Ugge sagte, in dieser Sache würde er Sone gern allein rechtsprechen lassen, da er ja weise und ihre alte Freundschaft groß sei; aber seine Schöffen wollten dem nicht beistimmen, und Olof Sommervogel ergriff nun als dritter Richter das Wort. Er sagte, diese Ehre freue ihn nicht groß, denn hier stehe viel auf dem Spiel: Silber oder Blut; so daß der Richter von mancher Seite Verdruß und böse Worte erwarten könne, wie gerecht sein Urteil auch ausfiele. Er versuchte es zuerst mit einem Ausgleich, indem er statt des Dreifachen das Doppelte für den Brautkauf vorschlug, aber weder die Virden noch die Göinger wollten etwas davon wissen. Slatte habe es kärglich, sagte Gudmund, denn, wer von Ottern- und Biberfang lebe, könne nicht große Reichtümer sammeln, da die Fellpreise so schlecht seien; und Arne in Sleven habe sein ganzes Erbe verloren, als sein Vater beim Überfall auf seinen Hof in den Flammen umkam. Daher sei gewöhnlicher Brautkauf das Äußerste, wozu er sich verstehen könne und auch das kaum ohne Beihilfe. Die Schöffen der Virden meinten ihrerseits, daß Glum und Askman nicht mehr verlangten, als recht und billig sei.

»Denn von alters her halten wir Virden die Frauen besonders hoch«, sagten sie, »und bei unseren Nachbarn darf nie der Glaube entstehen, unsere Jungfrauen dürften im Walde als billige Beute eingefangen werden.«

Eher, meinten einige, dürfte es zum Zweikampf zwischen den Streitenden kommen, und trotz des Altersunterschiedes würden Askman und Glum mit Ehren aus einem solchen Kampf hervorgehen.

Eine gute Weile lang wurde nun darüber hin und her geredet, aber Sone und Ugge wollten einen Zweikampf nicht zulassen.

»Niemand kann behaupten«, sagte Ugge, »daß diese beiden geraubten Frauen in dieser Sache irgendeine Schuld haben; und es wäre fürwahr schlecht geurteilt, wenn sie nun in Unglück gerieten und entweder ihre Väter oder ihre Männer verlören.«

»Wenn wir zu einem einstimmigen Urteil gelangen wollen«, sagte Olof Sommervogel, »so müssen wir vor allem feststellen, ob es sich um Frauenraub handelt oder nicht. Ich weiß, wie ich selbst darüber denke, aber ich wünsche, daß zuerst die darüber zu Wort kommen, die älter sind als ich.«

Ugge sagte, darüber sei er nicht im Zweifel: das Geschehene müsse Frauenraub genannt werden.

»Daß die Mädchen den Männern freiwillig gefolgt sind, ist kein haltbarer Einwand«, sagte er. »Denn das taten sie tags darauf, nachdem sie nachts bei den Männern gelegen hatten; und daß sie es getan haben, weiß man, da die Männer um sie gelost haben. Und jeder Kluge weiß: eine junge Frau folgt immer gutwillig dem Mann, dessen Lager sie geteilt hat, besonders, wenn er der erste gewesen ist.«

Sone führte alles nur Mögliche an, aber zuletzt sagte er: »Der Richter muß sagen, was wahr ist, auch wenn es den Seinen nicht Vorteil bringt. Es läßt sich nicht leugnen, daß dies Frauenraub ist. Als sie die Witwe zur Hütte hinauswarfen, trennten sie die Mädchen mit Gewalt von ihr, der die Aufsicht über sie zufiel, und damit entrissen sie sie ihrer Obhut.«

Viele Göinger klagten laut, als sie Sone das sagen hörten, aber niemand widersprach ihm, dazu war sein Ansehen zu groß.

»So weit sind wir also einig«, sagte Olof Sommervogel, »denn auch ich halte das Geschehene für Frauenraub. Und damit sind wir auch alle der Meinung, daß eine höhere Summe geboten werden muß, als wie Gudmund sie vorschlug. Aber damit sind wir noch lange nicht am Ende. Denn wie sollen wir beide Teile dazu bringen, unser Urteil gutzuheißen, da sie sich weigern, auf doppelten Brautkauf einzugehen? Mir scheint, wenn einer von beiden seinen Willen haben soll, so sind das die Virden.«

Orm hatte bisher schweigend dagesessen, aber nun wollte er wissen, wieviel bei den Virden, in Ochsen oder in Fellen gerechnet, der Brautkauf ausmachte und wieviel das in Silber wäre.

Ugge antwortete, daß man in Värend seit je die Bräute nach Fellen berechnete: 36 Marderfelle wurden für die Tochter eines angesehenen Bauern gegeben, wenn sie gesund, ohne Gebrechen und in heiratsfähigem Alter sei; und die Felle hatten dann gute, durch Pfeilschüsse unbeschädigte Winterfelle zu sein; oder auch dreißig Biberfelle, auch diese ohne Fehl; dagegen brauchte die Braut nicht mehr in die Ehe zu bringen als das, worin sie ging und stand, nebst einem neuen leinenen Hemd für das Brautlager, einem Hornkamm, drei Nadeln mit Öhr und einer Schere.

»Und alles das macht zusammen achtzehn Dutzend Marderfelle aus, wenn wir für zwei das Dreifache rechnen«, sagte er, »oder auch fünfzehn Dutzend Biberfelle, wenn ich richtig gerechnet habe. Das ist eine große Menge, und das alles in Silber zu berechnen, dürfte sogar dem Klügsten schwerfallen.«

Einige erfahrene Schöffen kamen ihm jetzt zu Hilfe, unter ihnen auch Toke Grågullesson, der das Rechnen in Fellen und Silber gewohnt war; und nachdem sie sich damit eine Weile gemüht hatten, erklärten sie insgesamt, daß der dreifache Kaufpreis für zwei Jungfrauen sieben und eine viertel Mark Silber ausmache, nicht weniger und nicht mehr.

»Und damit es wirklich stimmt«, sagte Toke, »haben wir ein und dreiachtel Öre für die Hemden abgezogen, die nicht mehr nötig sind.«

Als Gudmund zu Uvaberg diese große Summe nennen hörte, brach er in Lachen aus.

»Nein, nein«, rief er, »auf so etwas geh' ich nie ein. Glaubt ihr denn, ich sei von Sinnen? Mögen sie sich schlagen; denn wie es auch ausgeht: billiger ist es jedenfalls.«

»Ja, sie sollen sich schlagen!« riefen mehrere Stimmen aus dem Zuschauerhaufen.

Nun erhob sich Orm und sagte, ihm sei etwas eingefallen, das in dieser schwierigen Lage vielleicht von Nutzen sein könne. Er gehöre nämlich zu denen, die es nicht für recht hielten, wenn man es zum Kampf kommen ließe.

»Es ist so, wie Gudmund meint«, sagte er, »daß sieben und eine viertel Mark Silber eine große Geldbuße ausmacht, wie sie jeden, der sie zu zahlen hätte, grämen könnte; und es gibt nicht viele, die so viel Silber auf einmal in Händen gehabt haben, ausgenommen jene, die in Franken geheert haben oder die zugegen gewesen sind, wenn Almanzur von Andalusien, einst mein Herr, die Beute verteilt hat; oder auch jene, die Lösegeld von König Ethelred von England entgegennahmen oder die einst beim Kaiser in Miklagård dienten. Aber nehmen wir nun ein Drittel der Summe, so macht das zwei und ein drittel Mark und dazu ein Zwölftel; und teilen wir dieses Drittel in die Hälfte, so macht es ein und ein sechstel und ein vierundzwanzigstel Mark. Wir alle haben gehört, daß Agne und Slatte bereit sind, den gewöhnlichen Kaufpreis zu zahlen; zwei Sechstel wären also untergebracht. Nun habe ich mir gedacht, daß es den Verwandten und Nachbarn dieser Männer gewiß nicht zur Unehre gereichte, wenn sie ihnen mit ebenso viel zu Hilfe kämen. Ich kenne Gudmund zu Uvaberg und will nicht gern glauben, daß er knickeriger ist als andere; und eine und einsechstel Mark macht ihm nicht bange, selbst wenn er allein sie aufbringen müßte. Aber es gibt gewiß noch andere, die bereit sind, Slatte beizuspringen, und ebenso mag es sich in Agnes Geschlecht verhalten. Und damit wären auch die vier Sechstel herbeigeschafft und nur das letzte Drittel noch übrig. Und da hab ich mir's so gedacht, daß unter den Schöffen gewiß Männer sitzen, die gern etwas tun wollen, um gute Nachbarschaft zu fördern und auch um ihr eigenes Ansehen zu mehren. Ich wünschte, ich wäre reicher, als ich bin, aber ich will doch einen angemessenen Anteil des Kaufpreises übernehmen, und wenn drei oder vier oder besser noch mehrere bereit sind, ebensoviel zu zahlen wie ich, dann wäre das letzte Drittel gestellt und alles beglichen.«

Als Orm geendet hatte und sich wieder setzte, schauten die Schöffen einander an, und mehrere murmelten Beifall. Sone, der Hellseher, war der erste, der das Wort nahm.

»Es tut gut, zu hören«, sagte er, »daß mit Ugge und

mir die Verständigen nicht aussterben werden, und du, Orm auf Gröning, hast trotz deiner Jugend weise geredet. Ich sage nun nicht bloß, daß der Vorschlag, den wir gehört haben, gut ist, sondern daß auch ich bereit bin, zum letzten Drittel mit beizutragen. Vielen mag das wunderlich scheinen; denn alle wissen, wie groß meine Kinderschar ist; eine solche kann aber auch mitunter von Nutzen sein. Auch wenn ich nicht weniger übernehme als ein Viertel des dritten Teils, so weiß ich mir guten Rat; denn ich lasse es mir von meinen sechzehn erwachsenen Söhnen geben, die meist im Walde umherlaufen. Und nehme ich jedem bloß zwei Felle ab, so werden mir doch noch welche übrigbleiben, nachdem ich mein Teil bezahlt habe; und mit diesen kann ich Agne in Sleven zu Hilfe kommen, denn seine Mutter war im dritten Glied die Base meiner vierten Frau.

Nun aber scheue sich niemand, sondern alle, die mitmachen wollen, mögen frei herausreden und hier auf dem Thing Ehre gewinnen.«

Sogleich erhob sich Toke Grågullesson und sagte, es sei nicht seine Gewohnheit, unter freigebigen Leuten als Geiziger dazustehen.

»Und das sage ich, obschon ich bloß ein Pelzhändler bin und weder großen Reichtum besitze noch je welchen erwerben werde; das wissen viele hier, die sich ihre schlechten Felle von mir teuer bezahlen lassen. Aber soviel habe ich immerhin, daß ich es in dieser Sache mit Orm und Sone halten kann; und so viel, wie sie hergeben, gebe auch ich.«

Ugge, der Stotterer, fing nun zu stottern an, wie immer, wenn er in Eifer geriet; und schließlich brachte er so viel heraus, daß diese Sache sowohl für die Virden wie für die Göinger ehrenvoll sei und daß er ebensoviel hinzulegen wolle wie die andern.

Zwei von den Schöffen der Göinger, Grim, der Schwarze, und Thorkel Hasenohr, riefen nun, daß die Virden hierbei nicht die ersten sein sollten und daß auch sie, die Göinger, mitmachten; und Olof Sommervogel sagte, er sehe nicht gern, daß alle Ehre anderen zukäme, daher wolle er doppelt soviel schenken wie jeder andere.

»Und mein Rat ist, daß wir nun gleich die Anteile einsammeln, denn dergleichen geht am leichtesten, solange der Sinn noch warm ist. Hier ist mein Helm, in den kann gesammelt werden, und du, Toke Grågullesson, der du Händler bist, hast ja wohl das Nötige da, um das von jedem Gegebene auch richtig abzuwiegen.«

Toke schickte seinen Knecht nach der Silberwaage, und nun erhoben sich mehrere Schöffen, sowohl Virden als auch Göinger, und erklärten, sie machten mit; denn nun ließ sich Ehre billiger gewinnen, da das Los eines jeden geringer wurde, wenn viele dabei waren. Aber Olof Sommervogel sagte jetzt, noch habe niemand Gudmund zu Uvaberg etwas über den Teil des Kaufpreises sagen hören, der seinen Anteil und den der anderen Verwandten von Slatte und Agne ausmachte.

Gudmund erhob sich zögernd und mit bekümmerter Miene; er sagte, die Sache vertrüge es, überlegt zu werden, denn was auf ihn und sein Geschlecht entfiele, sei nicht wenig, nämlich vom Ganzen der sechste Teil.

»Es stimmt schon, daß ich nicht zu den Geizkragen gehöre«, sagte er, »das schlimmste ist, daß ich arm bin, denn in diesem hat Orm sich geirrt. Silber gibt es in meinem Hause nicht viel, und ebenso steht es bei Slattes übrigen Verwandten. Für uns wäre das eine schwere Bürde, aber wenn wir mit der Hälfte davonkämen, dann würde es angehen. Und hier ringsum sitzen viel große und angesehene Männer, deren Gürtel mit Silber vollgepfropft sind, so daß sie es wenig merkten, wenn ihr alle nun noch ein halbes Sechstel einsammeln wolltet. Das würde eure Ehre mehren und mir Armem wäre geholfen.«

Aber nun brachen die Richter und Schöffen und sogar der große Volkshaufe in lautes Lachen aus; denn jedermann wußte, daß Gudmunds Geiz noch größer war als sein Reichtum. Als er nun begriff, daß niemand es mit ihm halten wollte, mußte er schließlich klein beigeben, und zwei Männer, die im Namen von Agnes Geschlecht das Wort führten, sagten, daß sie für ihr Sechstel einständen.

»Das beste wäre«, sagte Sone zu Gudmund, »wenn auch du dein Teil gleich einsammeltest, denn hier hast du gewiß viele Verwandte und Freunde, und bei Agnes Verwandten werde ich selbst die Runde machen.«

Toke hatte nun die Silberwaage in der Hand und machte sich ans Rechnen. »Dreizehn machen mit«, sagte er, »und alle zahlen gleich, ausgenommen Olof Sommervogel, der das Doppelte gibt. Auch dem größten Rechenmeister auf Gotland wäre es nicht leicht, zu sagen, was den vierzehnten Teil vom Drittel von sieben und einviertel Mark ausmacht. Aber ein Schlauberger weiß immer Rat, und die Sache wird gleich einfacher, sobald wir in Marderfellen rechnen. Dann berechnen wir den vierzehnten Teil von sechs Dutzend Marderfellen, und das ist soviel wie der siebente Teil von drei Dutzend; und es muß in ganzen Fellen gerechnet werden, denn beim Wägen verliere ich immer ein wenig, das pflegt so zu sein. Dann wird der Anteil eines jeden in Silber ebensoviel wie der Preis von sechs Fellen, und damit haben dreizehn Mann für Geringes viel Ehre gewonnen. Hier habt ihr die Waage und das Gewicht, das jeder prüfen möge, bevor ich mit dem Wägen beginne.«

Kundige Männer prüften nun sorgfältig die Waage, denn die der Händler war oft listig eingerichtet, so daß es sich wohl lohnte, sie näher zu betrachten. Aber das Gewicht konnte nur in der Hand abgeschätzt werden, und als einige Männer dessen Richtigkeit bezweifeln wollten, erklärte Toke sich sofort mit jedem zum Zweikampf bereit, der an solchem Zweifel festhielt.

»Denn es gehört zum Geschäft des Händlers, daß er sich für seine Gewichtsstücke schlägt«, sagte er, »und dem, der das nicht wagt, ist wenig zu trauen.«

»Deswegen soll es keinen Streit geben«, sagte Ugge sehr bestimmt. »Alles Silber, das im Helm gesammelt wird, erhalten Glum und Askman sofort, und welchen Nutzen könnte Toke haben, wenn er falsch wiegt, da ja auch sein eigenes Silber mit dabei ist?«

Jedermann zog nun Silber aus dem Gurt und sein Anteil wurde gewogen. Einige gaben kleine silberne Ringe, andere geflochtenen Silberdraht, wieder andere gaben Silber, das zu viereckigen Stückchen zerhackt war. Die meisten jedoch gaben Münzen, und es gab deren von allen Enden der Welt und aus so fernen Reichen, daß niemand ihren Namen zu sagen wußte. Orm zahlte in andalusischer Münze, denn er besaß deren noch eine Menge; und Olof Sommervogel zog mehrere schön verzierte byzantinische Silberstücke hervor, die das Bild des großen Kaisers Johannes Zimiskes trugen.

Als man mit alledem fertig war, schüttete Toke das eingesammelte Silber in einen kleinen Tuchbeutel und wog alles auf einmal; da zeigte es sich, daß es gut stimmte, so daß das Drittel voll war und noch ein wenig Silber darüber hinaus.

»Das ist zu wenig, um es aufzuteilen und zurückzugeben«, sagte Toke, »denn so kleine Stücke kann ich auf der Waage nicht wiegen.«

»Was soll also damit geschehen?« fragte Ugge. »Mir scheint es unnötig, daß Glum und Askman mehr erhalten, als sie gefordert haben.«

»Geben wir es doch der Witwe Gudny«, sagte Orm, »dann bekommt auch sie etwas für die Kümmernisse, die sie durchgemacht hat.«

Damit waren alle einverstanden, und bald kamen auch Sone und Gudmund mit je dem Sechstel zurück, das sie bei Freunden und Verwandten eingesammelt hatten. Sones Anteil stimmte, aber bei Gudmund fehlte nicht wenig, trotzdem er einen Packen Felle und zwei Kupferkessel mitbrachte, um das fehlende Silber zu ersetzen. Er klagte laut und erklärte sich bereit, einen Eid abzulegen, daß er nicht mehr aufbringen könne. Das Fehlende, sagte er, werde ihm hoffentlich einer der reichen Schöffen borgen. Aber dazu wollte sich niemand verstehen, denn alle wußten, daß sie ebensogut ihr Silber hätten ins Wasser werfen können.

»Du bist widerspenstig, Gudmund, das wissen wir alle«, sagte schließlich Sone, der Hellseher. »Aber es ist doch gut, daß man dich wie die anderen überreden kann. Und nun fällt mir ein, daß Orm Tostesson, als er hier noch ein Neuling war, dich einmal hat überreden können, als du ihm weder Getreide zur Aussaat noch Futter zu angemessenem Preise verkaufen wolltest. Dabei kam auch ein Brunnen vor; aber das meiste habe ich, da ich anfange alt zu werden, vergessen. Während nun du, Gudmund, dir überlegst, wie du dein Sechstel vollmachen könntest, würden wir uns von Orm gern erzählen lassen, auf welche Weise er dich damals überredet hat. Dergleichen zu wissen, kann immer nützlich sein.«

Dieser Vorschlag wurde mit lebhaften Zurufen begrüßt, und Orm erhob sich und sagte, diese Geschichte sei kurz und leicht zu erzählen. Jetzt aber fuhr Gudmund auf und schrie, daß er nichts davon hören wolle.

»Orm und ich haben uns längst deswegen verglichen«, rief er, »so daß jetzt kein Wort mehr darüber zu verlieren ist. Wartet bloß eine kleine Weile, denn mir ist ein Mann eingefallen, den ich vergessen habe; ich werde bald mit dem, was noch fehlt, zur Stelle sein.«

Er eilte davon, aber nun riefen viele, daß sie von dieser Überredung gern etwas hören würden. Aber Orm sagte, danach müßten sie sich bei einem anderen als bei ihm erkundigen.

»Denn es ist so, wie Gudmund gesagt hat«, fuhr er fort. »In dieser Sache sind wir längst verglichen. Und warum sollte ich ihn nun unnütz reizen, da er doch in seiner Angst, die Geschichte könnte erzählt werden, nach mehr Silber gelaufen ist? Nur deshalb hat ja der weise Sone die Rede darauf gebracht.«

Weiter war er noch nicht gekommen, als Gudmund keuchend von seinem Lagerplatz zurückkam und das Fehlende mitbrachte. Toke wog es nun, und alles stimmte; die zwei Drittel von Slattes und Agnes Buße wurden Glum und Askman in die Hände gegeben, und damit erkannten diese die Räuber ihrer Töchter als vollgültige und einwandfreie Schwiegersöhne an. Das letzte Drittel, das Slatte und Agne selbst zu zahlen hatten, sollte erst nach dem Winter und in Fellen erlegt werden.

Aber sobald alles dies geordnet war, sagte Olof Sommervogel, er wolle nun gern hören, wie Orm den Gudmund überredet habe; dazu riefen alle Schöffen Beifall, und Ugge selbst ergriff in dieser Sache das Wort.

»Es ist immer gut«, sagte er, »lehrreiche Geschichten zu hören, und diese ist eine, die ich noch nicht kenne. Mag sein, daß Gudmund sie nicht erzählt haben will; du mußt aber bedenken, Gudmund, daß du uns allen in dieser Sache viel Mühe gemacht hast und daß wir ein Drittel für dich bezahlt haben, obschon du das eigentlich nicht nötig gehabt hättest. Für das viele Silber, das dir so erspart worden ist, kannst du es wahrlich ertragen, daß dieses Begebnis nun hier berichtet wird, und du magst es gern selbst tun, wenn dir das lieber sein sollte. Orm Tostesson ist ja hier und kann dir weiterhelfen, wenn dein eigenes Gedächtnis dich im Stich lassen sollte.«

Jetzt wurde Gudmund rasend und fing nach seiner Art zu heulen an; es war eine alte Gewohnheit, nach der er mitunter »der Heuler« genannt wurde. Er zog den Kopf zwischen die Schultern; sein ganzer Körper warf sich in Zuckungen hin und her, er ballte die Fäuste und heulte wie ein Werwolf. Im stillen hoffte er, man würde das für den Anfang eines Berserkerganges halten, und in seinen jüngeren Jahren war es ihm mitunter geglückt, die Leute damit zu schrecken. Aber nun wollte es dazu nicht recht langen, und je mehr er heulte, desto lauter wurde gelacht. Plötzlich verstummte er und blickte umher.

»Ich bin ein gefährlicher Mann«, sagte er schließlich. »Mich reizt keiner, ohne es bereuen zu müssen.«

»Stört ein Schöffe den Thingfrieden«, sagte Toke, »durch Drohung oder schmähliche Rede, durch Trinklärm oder böses Geschrei, so trifft ihn eine Buße von ... ja, wieviel soll er denn zahlen? Das wissen andere besser als ich.«

»Er soll vom Gerichtsplatz verwiesen werden«, sagte Sone. »Sträubt er sich aber oder kommt er zurück, dann büßt er mit seinem Bart. So will es das alte Gesetz.«

»Bloß zweimal hab ich gesehen, daß einem Schöffen der Bart abgenommen wurde«, sagte Ugge nachdenklich, »und keiner dieser Männer hat die Schande lange überlebt.«

Viele waren nun gegen Gudmund aufgebracht: nicht weil er geheult hatte, denn darum kümmerte man sich wenig, sondern weil die Ehre, die sie durch ihre eigene Freigebigkeit gewonnen, sie so viel Silber gekostet hatte. Daran, meinten sie, sei Gudmund schuld, und es wurde daher nun lärmend verlangt, er solle sich davonmachen, sonst würde er seinen Bart verlieren. Sein Bart war groß und schön und sichtlich gut gepflegt, daher gab Gudmund diesen Zurufen nach und ging lieber, als daß er seinen Bart in Gefahr brachte.

Man hörte ihn aber murren: »Mich reizt keiner, ohne es bereuen zu müssen.«

Nun wurde Orm genötigt, von seiner ersten Begegnung mit Gudmund zu berichten: wie er ihn unter nachdrücklichem Zureden über den Brunnen gehalten hatte. Diese Geschichte vergnügte die Zuhörer über die Maßen; Orm selbst war aber wenig zufrieden und sagte nachher, er werde nun von Gudmund gewiß allerhand zu erwarten haben. Somit war die schwere Streitsache um den Frauenraub zu Ende geführt. Viele hatten dabei Ehre gewonnen, aber alle meinten: Orm auf Gröning und Olof Sommervogel verdienten das größte Lob für das, was hier geleistet worden war.

Während das Thing tagte, hatte Orm erwartet, er werde durch die Finnveder über Östen auf Öre Näheres hören und auch über die beiden Köpfe, die ihm am ersten Abend über den Bach hin zugeworfen worden waren. Als ihm aber nichts darüber zu Ohren kam, beschloß er, selbst herauszufinden, wie es damit stand. Am Abend des dritten Thingtages ging er allein, nachdem ihm Friede zugesichert worden war, zum Lagerplatz der Finnveder, um mit Olof Sommervogel unter vier Augen zu reden.

Dieser empfing ihn wie einen Häuptling. Er ließ für ihn ein Schaffell zum Sitzen ausbreiten, bot ihm gebratene Wurst, saure Milch und Weißbrot an und befahl seinem Knecht, den Gästekrug vorzusetzen. Das war eine hohe Tonkanne mit Henkel, die einen schmalen Hals hatte und mit einem Bleipfropfen geschlossen wurde; man setzte sie vorsichtig zwischen sie auf den ebenen Boden und daneben zwei silberne Becher.

»Man merkt, sowohl auf dem Thingplatz, wie auch hier, daß du ein Häuptling bist«, sagte Orm.

»Ohne Bier dazusitzen, tut nicht gut«, sagte Olof Sommervogel, »und wenn ein Häuptling den andern besucht, sollte es anderes zu trinken geben als Wasser vom Bach. Du bist, wie ich, ein weitgereister Mann und hast, was ich dir nun vorsetzen will, vielleicht schon geschmeckt; hier aber wird es nicht häufig angeboten.«

Er zog den Pfropfen aus der Kanne und schenkte ein.

Orm nickte.

»Das ist Wein«, sagte er, »das welsche Getränk. Ich habe mitunter in Andalusien davon gekostet; dort wurde es im geheimen fleißig getrunken, obschon der Prophet es verboten hat. Und auch später, bei König Ethelred von England, hat man mir davon eingeschenkt.«

»In Konstantinopel, das wir Miklagård nennen, trinkt man es früh und spät«, sagte Olof Sommervogel; »am meisten tun das jedoch die Priester, die es mit Wasser verdünnen und dreimal soviel davon trinken wie andere.

Sie halten es für einen heiligen Trank, ich aber sage: Bier ist besser. Nun trinke ich dir zum Willkommen.«

Sie tranken beide.

»Nach fetter, gesalzener Wurst tut Süßes dem Halse gut«, sagte Orm zögernd. »Doch will ich, was Bier angeht, dir nicht widersprechen. Nun ist es aber an der Zeit, daß ich dir sage, weswegen ich gekommen bin; mag sein, daß du es schon erraten hast. Ich will wissen, ob es Östen auf Öre war, der mir die beiden Köpfe über den Bach zuwerfen ließ; es waren die Köpfe zweier Christenpriester, die bei euch in Knechtschaft geraten sind. Und auch dies will ich wissen: ob Östen, der ja zu deiner Sippe gehört, mir immer noch nach dem Leben trachtet. Wenn er das tut, so tut er es ohne jeden Grund, da ich ihn am Leben ließ und ihn freigab, als er in meiner Gewalt war; er war durch Lug und Trug auf meinen Hof gekommen, um sich meinen Kopf zu holen, wie er's mit König Sven verabredet hatte. Du weißt, daß ich ein Getaufter bin und zu Christus halte; und ich weiß, daß du die Christen als Übeltäter betrachtest, seitdem du in Miklagård viel von ihnen gesehen hast. Aber ich kann dir sagen, daß ich nicht von derselben Art bin; und hier auf dem Thing hab ich wohl verstanden, daß auch du nicht zu jenen gehörst, die an Arglist und niederträchtigen Taten Gefallen finden. Darum bin ich zu dir gekommen; sonst hätte sich's für mich wenig gelohnt.«

»Daß du Christ werden konntest, ist mehr, als ich verstehen kann«, sagte Olof Sommervogel, »denn ich weiß ja, daß du ein Mann von der rechten Art bist. Und aus deinem kleinen kahlköpfigen Priester wird man auch nicht leicht klug, denn ich höre, daß er hier auf dem Thing allen Kranken gern hilft, ohne für seine Mühe Entgelt zu verlangen. Euch beide schätze ich ebensosehr wie solche, die dem Christentum noch nie nahegekommen sind; dennoch mußt du zugeben, Orm, daß ihr mit meinem Verwandten hart verfahren seid, als ihr ihn zwangt, sich taufen zu lassen. Diese Schande hat ihn nun um den

Verstand gebracht, und es mag sein, daß der Axtschlag noch dazu beitrug, den er auf den Schädel bekam. Nun ist er menschenscheu geworden und streift meist im Walde umher, oder er liegt in seiner Kammer und jammert vor sich hin. Zum Thing wollte er nicht mitkommen; aber er kaufte sich die beiden Priesterknechte für teures Geld und schlug ihnen sogleich die Köpfe ab; die schickte er dann mit einem Knecht hierher als einen Gruß an dich und den kleinen Priester. Für seinen Anschlag gegen dich ist er wahrhaftig schwer gestraft worden, denn du nahmst ihm nicht nur seinen ganzen Reichtum ab und zwangst ihn zur Taufe, sondern er verlor obendrein auch noch den Verstand; doch will ich, obwohl er mein Verwandter ist, nicht sagen, er habe mehr aufs Fell bekommen, als er verdient hat. Denn er war zu reich und von zu angesehenem Geschlecht, als daß er sich zu einem solchen Handel mit König Sven hätte hergeben dürfen. Das habe ich ihm gesagt und auch, daß seinetwegen keine Klage gegen dich erhoben werden wird; aber so viel ist sicher, daß er dich bei günstiger Gelegenheit gern töten würde. Er glaubt, erst wenn er dich und den kleinen Priester getötet hat, wird er wieder munter und guter Dinge sein können.«

»Für diese Worte danke ich dir«, sagte Orm. »Nun weiß ich, wie es für mich steht. Was die beiden von ihm geköpften Priester angeht, so ist da nichts mehr zu machen, und mir steht es nicht zu, sie zu rächen. Gegen ihn selbst will ich gut auf der Hut sein, wenn seine Tollheit ihm eingeben sollte, sich noch einmal an mich zu wagen.«

Olof Sommervogel nickte und goß wieder Wein in die Becher.

Es war nun still im Lager, und man hörte nichts als das Atmen der schlafenden Männer. Ein schwacher Wind wehte über die Büsche hin, und es raschelte im Espenlaub. Sie tranken nun wieder miteinander, und dabei hörte Orm im Gebüsch das Gezweige hinter sich knacken. Als er sich nun vorbeugte, um den Becher wieder an seinen Platz zu setzen, hörte er ein Keuchen, wie wenn jemand tief Atem schöpfte; Olof wandte sich halb um, er sah etwas heranfliegen und konnte sich schnell noch tiefer beugen.

»Und es war ein Glück, daß ich ein feines Ohr habe und keine Zeit verlor«, sagte er hinterher, »denn der Speer strich so nahe an mir vorbei, daß er mich im Nakken ritzte.«

Nun hörten sie es im Gestrüpp aufheulen und mit entblößtem Schwert rannte ein Mann hervor. Es war Östen auf Öre; und es war leicht zu sehen, daß er verrückt war, denn die Augen standen ihm wie einem Kobold unbeweglich im Kopf und Geifer hing ihm in den Mundwinkeln. Orm hatte keine Zeit mehr, das Schwert zu ziehen oder auch nur auf die Füße zu springen; er warf sich zur Seite und es gelang ihm, die Beine des Verrückten zu fassen, so daß der über ihn hinstürzte und ihn dabei durch einen Hieb über die Hüfte verwundete. Darauf hörte man einen Schlag, dem ein Aufwinseln folgte, und als Orm auf die Füße kam, sah er Olof Sommervogel mit dem Schwert in der Hand dastehen und Östen wie vorhin am Boden liegen; aber er war jetzt tot.

Nun kamen Männer gelaufen, die das Geheul aus dem Schlaf geweckt hatte. Olof Sommervogel stand bleich da und blickte auf den Toten nieder.

»Da liegt er, gefallen durch meine Hand«, sagte er, »und doch war er von meinem Geschlecht. Aber ich will nicht, daß mein Gast überfallen wird, und sei es auch durch einen Verrückten. Außerdem hat sein Speer meine kostbare Kanne zerschlagen, und dafür hätte ich jeden, wer es auch sei, umgebracht.«

Der Krug lag in Scherben am Boden, und man beklagte Olof sehr wegen dieses Verlustes, denn ein solches Kleinod konnte schwerlich ersetzt werden.

Er ließ den Toten zum Sumpf tragen und dort versenken, wobei man ihm spitze Stangen durch den Körper stieß und ihn so festmachte; denn sonst gingen Verrückte gern um und gebärdeten sich schlimmer als andere abgeschiedene Geister.

Orm war mit einer Schramme im Nacken und einer verwundeten Hüfte davongekommen. Die Wunde war nicht gefährlich, denn die Schneide des Schwertes hatte auf sein Messer und den Löffel getroffen, den er im Gurt trug. Er konnte daher allein zu seiner Lagerstelle zurückkehren, und als er von Olof Sommervogel Abschied nahm, gaben sie einander die Hand.

»Du hast deinen schönen Krug verloren«, sagte Orm, »und das ist schlimm, aber du bist jetzt um einen Freund reicher, und das mag ein Trost sein. Und es wäre gut, wenn ich ebensoviel gewonnen hätte.«

»Das hast du«, sagte Olof Sommervogel, »und somit haben wir beide unseren Besitz gemehrt.«

Fortab bestand zwischen ihnen große Freundschaft.

Am letzten Thingtag wurde bestimmt, daß bis zum nächsten Thing allgemein Frieden gehalten würde, und damit war das Thing am Kraka-Stein zu Ende. Rühmlich, meinten viele, sei es nicht gewesen, da nicht ein einziger richtiger Zweikampf dabei ausgefochten worden war.

Vater Willibald ging zum Lager der Virden, um den Magister aufzusuchen und ihm Lebewohl zu sagen; aber die Katla war bereits mit ihm abgezogen. Orm wollte Toke mit sich nach Hause nehmen, aber der hatte noch Pelzgeschäfte zu betreiben. Sie kamen überein, einander jedes Jahr zu besuchen und ihre Freundschaft gut zu pflegen.

Nun ritt jedermann heim, und Orm war höchlich zufrieden, daß er sowohl den Magister wie seinen Feind Östen losgeworden war. Zum Julfest kamen Toke und dessen andalusische Frau Mirah nach Gröning, und wieviel auch Orm und Toke miteinander redeten, es war ein Geringes gegen das, was Ylva und Mirah einander zu sagen hatten.

Als es Frühling wurde, gebar Rapps Frau einen Knaben. Rapp wurde damit ein Wunsch erfüllt, doch als er die Monate zurückrechnete, wurde er stutzig, da es mit dem Tage, da der Magister Torgunns verletztes Knie besprochen hatte, gut übereinstimmte. Das ganze Hofgesinde, Männer wie Frauen, lobten das Kind und seine große Ähnlichkeit mit dem Vater, und das war Rapp ein Trost, ganz sicher aber fühlte er sich nicht. Der einzige, auf den er sich in allem völlig verließ, war Orm; er ging zu ihm und bat ihn, sich das Kind anzusehen und zu sagen, wem es ähnlich sei.

»In einem ist es dir sehr unähnlich«, sagte Orm, »das merkt man sogleich; denn das Kind hat zwei Augen und du bloß eines. Aber du tätest unrecht, darüber zu klagen, denn von Anbeginn hattest ja auch du zwei Augen. Aber im übrigen habe ich noch nie ein Kind gesehen, das seinem Vater noch mehr geglichen hat.«

Das beruhigte Rapp; er freute sich nun über seinen Sohn und wollte, daß Vater Willibald ihm in der Taufe den Namen Almanzur gäbe; der aber weigerte sich, dem Kinde einen heidnischen Namen zu geben, und so wurde es denn Orm genannt. Und Orm trug es zur Taufe.

Vierzehn Tage nach der Geburt dieses Kindes bekam Ylva ihren zweiten Sohn. Er war schwarzhaarig und hatte dunkle Haut, und er schrie nur wenig und blickte ernsthaft umher; und als man ihm die Schwertschneide reichte, leckte er sie begieriger als seinerzeit Harald Ormsson. Alle waren nur einer Meinung: nämlich, daß hier ein Krieger geboren sei, und darin sollten sie recht behalten. Ylva behauptete, er gleiche Gold-Harald, dem Neffen ihres Vaters, jenem gewaltigen Wiking, den sie in jungen Jahren gesehen hatte; aber Åsa widersprach ihr und meinte, er werde am ehesten nach Sven Rattennase schlagen, dessen Haut ebenfalls dunkel gewesen sei. Aber Sven konnte man ihn nicht taufen und auch nicht Harald, und es endete damit, daß Orm ihm den Namen Svarthövde gab. Während der Taufe verhielt er sich still und ernsthaft und biß Vater Willibald in den Daumen. Er wurde seiner

Eltern liebstes Kind und der größte Krieger der Grenzlande; und nach langer Zeit, als viel sich begeben hatte, gab es bei König Knut, dem Mächtigen, dem Könige von Dänemark und England, keinen Häuptling von größerem Ruf als den Vetter des Königs: Svarthövde Ormsson.

Viertes Buch

Das Bulgarengold

Vom Untergang der Welt und wie Orms Kinder heranwuchsen

Das Jahr, welches den Untergang der Welt bringen sollte, kam heran: damals ging Orm in sein 35. und Ylva in ihr 28. Jahr. Christus, so glaubten die Getauften, werde in diesem Jahre, das nach seiner Geburt auf Erden das tausendste war, als Himmelskönig inmitten glänzender Heerscharen erscheinen und alle Menschen, das Urteil über sie sprechend, zum Himmel oder zur Hölle senden. Orm hatte das den Vater Willibald so oft sagen hören, daß er sich an diesen Gedanken gewöhnt hatte. Ylva wußte nicht recht, ob sie daran glaubte oder nicht; Åsa jedoch freute sich von Herzen, daß sie noch bei Lebzeiten – und daher festlich gekleidet – mit dabei sein und also nicht im Totenhemd aus dem Reiche der Verschiedenen herbeikommen müsse.

Aber es gab zwei Dinge, die Orm Sorgen machten: das eine war, daß Toke sich noch immer nicht taufen lassen wollte. Bei seinem letzten Besuch hatte er ihn ernstlich zu überreden versucht, wobei er alle Vorteile aufgezählt hatte, die jedermann nun bald werde merken können; aber Toke war halsstarrig geblieben und hatte sich über Orms Eifer ein wenig lustig gemacht.

»Wenn Toke nicht mit dabei ist, mag einem im Himmelreich die Zeit abends recht lang werden«, sagte Orm mehr als einmal zu Ylva. »Mir werden dort viele angesehene Männer fehlen, die ich gekannt habe und die nie dorthin kommen werden: Krok und Almanzur und Styrbjörn und Olof Sommervogel und außer diesen noch viele andere. Von Leuten, an denen mir gelegen ist, werden bloß wir und die Kinder da sein, auch unsere Alte, der Vater Willibald, Rapp und das Hofgesinde, dazu der Bischof Poppo und dein Vater, König Harald. Und das ist gut so. Aber noch besser wäre es, wenn auch Toke dabei wäre. Seine Frau ist's, die ihn daran hindert.«

»Laß die beiden es damit halten, wie sie wollen«, sagte Ylva. »Alles mag noch ganz anders kommen, als wie du dir's denkst. Vielleicht hat Gott es gar nicht so eilig mit dem Zerstören der Welt, deren Schöpfung ihm gewiß viel Mühe gemacht hat. Vater Willibald sagt ja, daß uns Flügel wachsen werden; aber denke ich mir ihn oder auch dich oder Rapp geflügelt, dann muß ich lachen. Und ich selbst will keine Flügel haben, wohl aber will ich meine Halskette behalten; doch glaube ich kaum, daß mir's erlaubt sein wird. Darum bin ich nicht so sehr nach alledem aus und will es lieber erst sehen, bevor ich daran glaube.«

Das andere, was Orm Sorgen machte, war die Aussaat. Er wollte wissen, zu welcher Jahreszeit Christus zu erwarten sei; aber darüber wußte Vater Willibald gar nichts. Auch wenn das Getreide bis zur Wiederkunft Christi reifen sollte, so war Orm doch im Zweifel darüber, ob die Aussaat sich lohnte, denn für das Geerntete würde man möglicherweise gar keine Verwendung mehr haben. Aber es gelang ihm bald genug, über diese Besorgnisse hinwegzukommen.

Mehr denn je zuvor trachteten schon zu Anfang dieses Jahres die getauften Frauen nach Liebe. Denn sie wußten nicht, wie es mit alledem im Himmelreich werden würde und wollten daher, solange noch Zeit dazu war, soviel als möglich davon genießen. Denn die irdische Art schien ihnen doch die beste, was auch das Himmelreich ihnen dereinst bieten mochte. Die unverheirateten jungen Mägde wurden widerspenstig und liefen in jedem freien Augenblick hinter den Männern her, und auch bei den Verheirateten ließ sich ein deutlicher Unterschied merken, obschon sie sich sittsam an ihre eigenen Männer hielten; denn so nahe dem göttlichen Gericht schien ihnen das am ratsamsten.

So kam es, daß schon im Frühling dieses Jahres fast jede Frau auf dem Hof ein Kind erwartete. Als Orm sah, daß es sich mit Ylva, mit Torgunn und anderen so verhielt, wurde ihm leichter zumute, und er befahl, die Aussaat wie gewöhnlich vorzunehmen.

»Denn«, sagte er, »im Himmel werden keine Kinder geboren. Sie müssen also noch auf Erden geboren werden, und weil diese Frauen erst zu Anfang des nächsten Jahres so weit sind, kann es gar nicht anders sein, als daß die Gottesmänner sich verrechnet haben oder daß Christus seinen Beschluß geändert hat. Und nun weiß ich ein sicheres Zeichen für seine Wiederkunft: die wird neun Monate, nachdem die Fruchtbarkeit der Frauen aufgehört hat, geschehen. Dann mögen wir uns bereit halten; vorher ist es nicht nötig.«

Vater Willibald hatte nichts anzuführen, was Orm zu anderer Ansicht gebracht hätte, und als es immer später im Jahr wurde, begann sogar er, der Priester, ein wenig unsicher zu werden. Es mochte ja sein, sagte er, daß Gott seinen Ratschluß geändert habe, denn es gebe noch viele Sünder auf Erden, denen das Evangelium noch nicht gepredigt worden sei.

In diesem Herbst kam von Osten her eine Schar Fremder durch die Grenzlande gezogen. Sie waren allesamt Krieger; alle waren von Waffen gezeichnet, und einigen von ihnen bluteten noch die Wunden. Es waren ihrer elf, die um Speise und Nachtlager bittend von Hof zu Hof zogen, und wo sie das erhielten, verweilten sie eine Nacht oder zwei, machten sich aber dann wieder auf. Sie sagten, sie stammten aus Norwegen und seien nun auf dem Heimweg; noch mehr aber mochten sie nicht sagen. Sie waren friedlich und duldsam, und wo man ihnen ein Nachtlager verweigerte, zogen sie wortlos weiter, als berühre sie dergleichen kaum.

So kamen sie nach Gröning, und Orm trat ihnen vor dem Haus entgegen, ihm zur Seite der Vater Willibald. Als sie den Priester gewahr wurden, fielen sie auf die Knie und baten mit großem Ernst um seinen Segen, den er ihnen gern erteilte. Sie schienen sich zu freuen, auf einen christlichen Hof geraten zu sein, am meisten aber darüber, daß sie einen Priester gefunden hatten. Sie aßen und tranken wie Leute, die lange gehungert hatten, und als sie satt waren, saßen sie ernst da, als ob anderes ihnen viel zu denken gäbe, und starrten vor sich hin, ohne auf das, was geredet wurde, viel zu achten. Sie ließen Vater Willibald nach ihren Wunden sehen, am meisten aber war ihnen an seinen Segenssprüchen gelegen, und deren konnten sie gar nicht genug bekommen. Als sie nun hörten, daß der folgende Tag ein Sonntag sei, wünschten sie dableiben zu dürfen, um sowohl Messe wie Predigt zu hören. Das gestattete Orm ihnen gern, obschon es ihn ein wenig verdroß, daß sie nichts über sich mitteilen wollten.

Es war ein schöner Sonntag, und viele Leute, die ihr Taufgelübde gehalten hatten, kamen zur Kirche geritten. Aber ganz vorn durften die Fremden sitzen, und sie lauschten aufmerksam den Worten des Priesters. Wie stets in diesem Jahre redete er davon, daß der Untergang der Welt in Kürze – wenn auch niemand dessen ganz sicher sein könne – zu erwarten sei und daß man daher am besten täte, sich bereit zu halten. Bei diesen Worten sah man einige der Fremden lächeln, doch ohne daß dabei Freude in ihren Mienen zu lesen war; anderen aber rannen Tränen über die Wangen. Nach der Messe baten sie wieder um einen kräftigen Segensspruch, und Vater Willibald tat ihnen den Willen.

»Du bist ein guter Mann«, sagten sie ihm nachher, »aber du weißt nicht, daß der Untergang der Welt schon geschehen ist. Denn Christus hat den König zu sich genommen, wir aber sind hier vergessen worden.«

Niemand konnte verstehen, was sie meinten, und es war schwer, noch mehr aus ihnen herauszubringen; zuletzt aber berichteten sie von dem, was ihnen widerfahren war. Doch taten sie das wortkarg und mit gleichgültiger Stimme, als ob nichts auf Erden ihnen noch etwas bedeute.

Sie sagten, ihr König, Olof Tryggvesson von Norwegen, den sie nächst Christus für den erhabensten aller

Lebenden hielten, sei in einer großen Schlacht gegen Dänen und Svealänder gefallen. Sie selbst seien von den Männern aus Svealand lebend ergriffen worden; denn große Übermacht sei auf ihre Schiffe gelangt, als sie schon sehr müde waren oder auch vor Wunden den Arm nicht mehr hatten heben können; und da habe man sie zwischen die Schilde gepreßt. Die mehr Glück gehabt hatten, seien dabei dem König zu Christus gefolgt. Sie selbst und viele andere habe man auf ein Schiff gebracht, das heimgerudert werden sollte; insgesamt seien es vierzig Gefangene gewesen. Eines Nachts hätten sie vor der Mündung eines Flusses gelegen, und dieser, so sagte man ihnen, heiße der heilige Fluß. Der Name habe ihnen verheißungsvoll geschienen; wer irgend konnte, habe die Fesseln abgestreift und auf die Männer von Svealand losgeschlagen. Die seien zuletzt alle getötet worden, und von ihrer eigenen Schar seien da die meisten zum König gegangen. Aber sechzehn Mann seien übriggeblieben und hätten, solange sie es vermocht, das Schiff stromauf gerudert, bis fünf von ihnen, die die schwersten Wunden gehabt, an den Rudern, froh lächelnd, gestorben seien. Da hätten die übrigen elf die Waffen der Feinde an sich genommen und das Schiff verlassen, um quer durch das Land gen Halland und von dort weiter nach Norwegen zu ziehen. Denn nun, sagten sie, hatten sie begriffen, daß sie von allen Mannen des Königs die schlechtesten seien, denn sonst hätten sie nicht, während alle anderen ihm folgen durften, auf Erden zurückbleiben müssen. Und sie hätten sich des Lebens nicht selbst berauben wollen aus Furcht, er werde sie dann nicht mehr kennen wollen. Sie glaubten, es sei ihnen nun als Buße bestimmt, nach Norwegen zu ziehen und dort von dem, was dem König geschehen, zu berichten. Jeden Tag, sagten sie, hätten sie alle Gebete gesprochen, die sie gewußt – es seien derer leider weniger, als man wünschen könnte, gewesen –, auch hätten sie einander an alle Gebote für christliche Krieger erinnert, die sie je von ihrem König vernommen.

Aber nun, da sie einen Priester getroffen, die Messe gehört und den Segen empfangen hätten, nun seien sie zufrieden, und damit sei es für sie an der Zeit, weiterzuziehen. Denn sie hätten es eilig, nach Norwegen zu gelangen und dort vom Geschehenen zu berichten. Nachher, meinten sie, werde ihnen – vielleicht durch den König selbst – offenbart werden, daß sie, obschon die geringsten von allen, nun würdig geworden seien, zu ihm zu kommen.

Nachdem sie Orm und dem Priester für das ihnen Zuteilgewordene gedankt hatten, setzten sie ihre Fahrt fort; und auf Gröning hat man weder von ihnen, noch vom Ende der Welt je wieder gehört.

Auf dieses Jahr, das ohne irgendein Himmelszeichen zu Ende ging, folgte in den Grenzgegenden eine Zeit großer Stille. Der Friede mit den Småländern war von Dauer, und in Göinge geschah nichts Nennenswertes; bloß gewöhnlicher Totschlag bei Trinkgelagen kam vor und hin und wieder eine Brandstiftung, wo Nachbarn im Streit lagen. Auf Gröning ging alles seinen alten Gang. Vater Willibald wirkte für Christus und klagte nicht selten darüber, daß trotz der Mühe, die er sich gab, die Gemeinde unter seiner Obhut nur langsam wachsen wollte. Besonders bitter stimmte es ihn, wenn jemand kam und erklärte, er wolle sich taufen lassen, doch bloß, wenn man ihm dafür ein Kalb oder eine Jungkuh gebe. Er gab jedoch oft zu, daß es auch schlimmer stehen könnte und daß er annehmen müsse, es seien einige der von ihm Bekehrten nun nicht mehr ganz so tief in Bosheit verstrickt wie vor ihrer Taufe. Åsa tat, was sie konnte, um ihm zu helfen, und obschon sie nun zu altern begann, war sie doch noch rüstig und machte sich viel mit den Mägden und den Kindern zu schaffen. Sie und Ylva kamen gut überein und zankten sich selten; denn Åsa vergaß nicht oft, daß ihre Schwiegertochter von königlichem Geschlecht war. Sagte Ylva gerade heraus, wie sie es haben wollte, so gab Åsa nach, wenn auch ihr anzumerken war, daß es sie hart ankam.

»Denn so viel ist sicher«, sagte Orm zu Ylva, »daß die

Alte noch herrschsüchtiger ist als du, und das will etwas heißen. Und es ist gut, daß es nun geworden ist, wie ich's von Anfang an gehofft habe: nämlich, daß sie nie wagen würde, dir gegenüber ernstlich groß zu tun.«

Orm und Ylva kamen gut miteinander zurecht. Gerieten sie in Streit, so pflegte keiner von ihnen ein Blatt vor den Mund zu nehmen; aber solcher Zwist kam selten vor und war schnell vorbei, ohne daß einer dem andern etwas nachtrug. Orm hatte die Eigenheit, seine Frau nie zu schlagen; selbst wenn er in großen Zorn geriet, übte er in diesem Stück Zurückhaltung, so daß es nie zu mehr kam als zu umgeworfenen Tischen oder einer eingeschlagenen Tür. Mit der Zeit bemerkte er etwas Seltsames: daß nämlich alle diese Zwiste in gleicher Weise verliefen. Denn immer war er es, dem nachher die Mühe zufiel, das Zerschlagene wieder auszubessern, während der Streit zuletzt doch immer so ausging, wie Ylva es haben wollte. Und das, obwohl sie weder Tische umstürzte noch Türen zerbrach, sondern ihm nur mitunter einen Lappen ins Gesicht warf oder ihm eine Tonschüssel vor die Füße schleuderte. Seit er das begriffen hatte, fand er einen Zank mit ihr wenig lohnend, und es konnten Jahre vergehen, ohne daß die Eintracht zwischen ihnen durch harte Worte gestört wurde.

Sie bekamen noch zwei Kinder: einen Sohn, der seinen Namen nach Ivar, dem Weitgreifenden, erhielt und von dem Åsa hoffte, er werde dereinst Priester werden; und eine Tochter, die Sigrun genannt wurde. Toke Grågullesson war bei der Taufe dieser Tochter der vornehmste Gast, und er war es, der ihr den Namen gab; doch geschah das erst nach langem Wortwechsel mit Åsa, der ein christlicher Name lieber gewesen wäre. Aber Toke schien kein Frauenname schöner und in alten Gesängen höher gepriesen als Sigrun, und da Orm und Ylva ihm gern Ehre erweisen wollten, ging es nach seinem Wunsch. Mit der Zeit, sagte er, werde dieses Mädchen, wenn alles gut ging, mit einem seiner Söhne verheiratet werden. An

Orms ältere Töchter sei da nicht zu denken, da er selbst keinen Sohn im passenden Alter habe. Und das sei in Wahrheit schade, meinte er nachdenklich, wenn er dasaß und Oddny und Ludmilla zuschaute.

Diese beiden wuchsen allmählich heran, und man brauchte nicht im Zweifel darüber zu sein, wie sie geartet waren. Sie waren beide rothaarig und gut gewachsen, und beide zogen schon frühzeitig die Blicke der Männer auf sich; aber der Unterschied zwischen ihnen war leicht zu merken. Oddny war gefügig, von sanftem Gemüt und war schon früh in allerhand Frauenarbeit geschickt; sie gehorchte den Eltern willig und bereitete Åsa und Ylva nur selten Verdruß. Geschah das mitunter, so lag das an ihrer Schwester, denn Oddny war anfangs gewohnt, Ludmilla in allem zu folgen. – Ludmilla fiel das Gehorchen schwer, aber um so besser verstand sie sich aufs Befehlen. Bekam sie Schläge, so schrie sie eher aus Wut als vor Schmerz und tröstete sich damit, daß sie bald groß genug sein werde, um die Schläge zurückzugeben. Beim Buttern und Weben zeigte sie große Unlust; viel lieber schoß sie mit dem Bogen; und bald war sie darin nicht weniger geschickt als ihr Lehrmeister, Ulf Frohsinn. Orm vermochte nicht, sie im Zaum zu halten; meist lachte er nur über ihre Hochnäsigkeit und ihren Trotz, und wenn Ylva sich über ihr unbeugsames Wesen bei ihm beklagte und nicht zulassen wollte, daß sie bewaffnet mit ihrem Bogen mit Ulf Frohsinn und Harald Ormsson im Walde umherstrich, so begnügte er sich damit, zu sagen: »Kannst du es denn anders erwarten? Das ist das Königsblut, und davon hat sie viel, nämlich sowohl dein eigenes wie auch Oddnys Teil. Dieses Fohlen wird schwer zu zähmen sein, und wir müssen hoffen, daß ein anderer die größte Mühe damit haben wird, nicht wir.«

An Winterabenden, wenn alle mit ihren Arbeiten um das Feuer saßen, hielt Ludmilla sich wohl auch im Zaum, und beim Schnitzen konnte sie sogar fleißig sein, wenn bloß eine gute Geschichte dabei erzählt wurde; sei es, daß

Orm von seinen Abenteuern in fremden Ländern berichtete, oder daß Vater Willibald die großen Begebnisse schilderte, die sich in König Josuas und König Davids Tagen zugetragen hatten, oder auch, daß Ylva von König Harald erzählte. Am besten gefiel es Ludmilla, wenn Toke auf Gröning zu Gast war, denn er redete gern und viel und kannte alte Gedichte und viele Erzählungen, die von den Helden der Vorzeit berichteten. Und schien es mitunter, als wollte er mit dem Erzählen aufhören, so war sie flinker als alle anderen, um ihm die Bierkanne wieder zu füllen und noch mehr Geschichten von ihm zu erbetteln. Und Toke hatte nur selten das Herz, ihr das abzuschlagen.

Denn mit Ludmilla Ormstochter verhielt es sich seit ihrer frühesten Jugend so, daß Männer ihr nur schwer widerstehen konnten. Sie hatte bleiche Haut, schmale Wangen und dunkle Augenbrauen; und wiewohl ihre Augen von demselben Grau waren wie viele andere auch, so wollte es den Männern, die ihnen nahe kamen und ihrem Blick begegneten, doch leicht scheinen: es fände sich ein solches Augenpaar bei keiner anderen Jungfer der Grenzlande.

Ihre ersten Erfahrungen mit Männern machte sie im Sommer, als sie vierzehn Jahre alt wurde. Da kam Gudmund vom Uvaberg mit zwei Knechten nach Gröning geritten und schlug Orm vor, diese Männer in seinen Dienst zu nehmen.

Seit ihm durch Orm auf dem Thing Verdruß entstanden war, hatte Gudmund sich auf Gröning nicht blicken lassen. Nun aber kam er freundlich daher und sagte, er wolle Orm gefällig sein, damit der alte Groll vergessen werde.

»Ich komme«, sagte er, »und biete dir die zwei besten Knechte an, die es gibt. Sie sind freie Männer, und jeder von ihnen verrichtet wenigstens soviel Arbeit wie sonst zwei. Daß ich sie dir bringe, ist daher ein großer Freundschaftsdienst, aber allerdings bist auch du mir gefällig, wenn du sie übernimmst. Denn sie sind ganz unvergleichlich große Esser, und nachdem ich sie nun vier Monate lang in meinem Dienst gehabt habe, wage ich nicht, sie noch länger zu behalten. Denn ich habe es nicht so reichlich wie du, und sie durchzufüttern, kommt mir allzu teuer. Und wollte ich ihnen die Kost schmälern, so würden sie gefährlich, das sagen sie selber. Denn sie geraten in Raserei, wenn sie sich nicht jeden Mittag und jeden Abend satt essen können. Aber dem, der sie satt machen kann, zeigen sie sich gefügig, und zwei Arbeiter ihresgleichen hat noch niemand gesehen.«

Orm machte dieses Angebot mißtrauisch, und er fragte Gudmund und auch die Männer genau aus. Sie machten aus ihren Fehlern kein Hehl, sondern sagten gerade heraus, wie es sich mit ihnen verhielt und wie sie es haben wollten; und da Orm starke Knechte gut brauchen konnte, kam es schließlich dazu, daß er sie in Dienst nahm. Gudmund ritt zufrieden von dannen.

Die Männer hießen Ullbjörn und Greip. Sie waren jung, hatten lange Gesichter und Flachshaar, und daß sie stark waren, konnte man ihnen leicht ansehen. Mit ihrem Verstand war es aber nicht ebenso bestellt. Ihrer Sprache war anzuhören, daß sie von weither kamen: sie sagten, sie seien aus einem Lande, das Järbäraland heiße und weit oberhalb von Westgötland liege. Dort, sagten sie, wüchsen die Männer und Bären zu gleicher Stärke heran, und gerieten sie aneinander, so sei das Glück dem einen nicht günstiger als dem anderen. Nun sei dort schwere Hungersnot ausgebrochen, und um sich satt essen zu können, seien sie beide nach Süden gewandert. Sie hätten an vielen Orten in Westgötland und in Schonen gedient, aber sobald das Essen ihnen dort knapp geschienen, hätten sie, wie sie sagten, ihren Brotherrn erschlagen und seien weitergezogen.

Orm meinte: sie müßten an recht zahme Brotherren geraten sein, daß diese sich in das Erschlagenwerden gefunden hätten; aber die Männer blickten ihn ernsthaft an und baten ihn, an das zu denken, was sie gesagt hatten.

»Es ist nichts anderes als Berserkergang, der dann über

uns kommt«, sagten sie, »und niemand kann uns standhalten. Bekommen wir aber genug zu essen, so sind wir friedlich und unserm Herrn zu Willen. So steht es nun einmal mit uns.«

»Zu essen sollt ihr so viel bekommen, als ihr in euch hineinbringen könnt«, sagte Orm, »und taugt ihr bei der Arbeit so, wie ihr's behauptet, dann können eure Mahlzeiten gar nicht reichlich genug sein. Aber das sollt ihr wissen: wenn ihr an Berserkergang denkt, so seid ihr hier an den unrechten Ort geraten. Denn mit dergleichen habe ich keine Nachsicht!«

Sie blickten ihn nachdenklich an und fragten, ob es noch lange bis zum Mittagessen dauern werde?

»Denn es kann nun jeden Augenblick so weit sein, daß wir hungrig werden«, sagten sie.

Glücklicherweise wurde gerade, als das Gespräch so weit gekommen war, das Mittagessen aufgetragen. Die Ankömmlinge standen ihren Mann und aßen so gierig, daß alle ihnen staunend zuschauten.

»Jetzt hat jeder von euch für drei gegessen«, sagte Orm, »und nun will ich sehen, daß ihr wenigstens für zwei arbeitet.«

»Ja, das sollst du«, sagten sie, »denn mit diesem Mittag waren wir zufrieden.«

Orm ließ sie zuerst einen Brunnen graben, und er mußte bald zugeben, daß sie nicht zu große Worte von ihrer Tüchtigkeit gemacht hatten; denn bald hatten sie den Brunnen fertig, der breit und tief und bis nach unten hinab mit Steinen ausgelegt war. Oft standen während der Arbeit die Kinder um sie her; die Männer sagten nicht viel, aber es war zu merken, daß sie die Blicke oft auf Ludmilla richteten. Ihr war vor ihnen nicht bange; sie wollte gern wissen, wie denn Berserkergang aussähe. Aber darauf bekam sie keine Antwort.

Dann ließ Orm sie unten am Fluß einen Bootsschuppen bauen, und auch der war bald fertiggestellt und machte ihnen alle Ehre. Ylva verbot ihren Töchtern, sich der

Baustelle zu nähern, solange die beiden Fremden beschäftigt waren, denn niemand könne wissen, sagte sie, was solchen Halbtrollen in den Sinn kommen mochte.

Als der Schuppen fertig war, ließ Orm die beiden den Kuhstall auskehren. Alles Vieh war nun auf der Weide, und nur der Stier stand drinnen, da er allzu gefährlich war, um hinausgelassen zu werden. Der Dünger vom ganzen Winter lag noch in den Ständen, so daß es für Ullbjörn und Greip ansehnliche Tagesarbeiten gab.

Ihre Stärke und ihre seltsame Veranlagung ängstigte sowohl die Kinder wie das Hofgesinde. Ullbjörn und Greip hatten mit anderen Leuten nie viel zu reden, aber mitunter, wenn sie gefragt wurden, berichteten sie in Kürze von ihren Kraftproben und wie sie die Männer, die mit dem Essen geknausert, erwürgt oder bloß mit den Händen ihnen den Rücken geknickt hatten.

»Niemand kann uns standhalten«, wiederholten sie dann. »Aber hier werden wir satt und haben es gut. Und solange es so bleibt, ist keine Gefahr.«

Ludmilla war die einzige, die keine Furcht vor ihnen hatte. Sie ging oft zum Kuhstall, um ihnen zuzuschauen, bisweilen mit ihren Geschwistern, bisweilen auch allein. Die Männer hielten dann immer die Blicke auf sie gerichtet, und obwohl sie jung war, verstand sie sehr gut, was sie dabei dachten.

Eines Tages, als sie allein dastand, sagte Greip:

»Du bist das rechte Jüngferchen für mich.«

»Für mich auch«, sagte Ullbjörn.

»Wenn du nicht bange bist, will ich gern im Heu mit dir spielen«, sagte Greip.

»Ich kann das besser als Greip«, sagte Ullbjörn.

Ludmilla lachte.

»Gefall ich euch beiden?« fragte sie. »Dann steht es schlimm. Denn ich bin eine Jungfrau und von königlichem Geschlecht, und mit dem ersten besten Landstreicher ist mir nicht gedient. Aber vielleicht gefällt mir einer von euch besser als der andere.«

»Bin ich es?« fragte Greip und stellte die Schaufel beiseite.

»Bin ich es?« fragte Ullbjörn und warf den Besen fort.

»Der gefällt mir von euch beiden am besten«, sagte Ludmilla, »der stärker ist als der andere. Laßt mal sehen, wer das ist.«

Jetzt war Leben in die Männer gekommen. Sie standen da und glotzten einander an.

»Wer den anderen unterkriegt, der darf vielleicht ein wenig mit mir drunten am Fluß sitzen«, sagte Ludmilla leise.

Da begannen sie plötzlich, wie Werwölfe zu heulen, und fielen übereinander her. Sie schienen einander an Kraft gleich zu sein, und keiner übermannte den anderen, aber wo sie umhertummelten, knackte es in Gebälk und Wänden. Ludmilla ging zur Tür, um ihnen auszuweichen.

Orm kam vorbei und sah sie dastehen.

»Was ist das für ein Geschrei?« fragte er. »Was stellen sie drinnen an?«

Ludmilla wandte sich ihm lächelnd zu: »Eine Schlägerei.«

»Eine Schlägerei?« fragte Orm und kam näher. »Weswegen denn?«

»Sie schlagen sich um mich«, sagte Ludmilla zufrieden. »Mag sein, daß es Berserkergang ist.«

Damit lief sie geschwind davon, denn sie merkte Orm an, daß er so zornig war, wie sie ihn noch nie gesehen hatte.

An der Wand lehnte ein alter Besen. Orm zog den Stiel heraus und nahm ihn fest in die Hand; und das war seine einzige Waffe, als er jetzt hineinging und die Tür hinter sich schloß. Nun hörte man seine Stimme das Geheul übertönen und drinnen wurde alles still. Aber gleich darauf begann das Geheul von neuem und wurde ärger als zuvor. Die Mägde traten auf den Hofplatz hinaus und lauschten, aber niemand hatte Lust, die Tür des Kuhstalls zu öffnen und nachzusehen, was drinnen vorging. Jemand rief nach Rapp und seiner Axt, aber er war nicht zu finden. Nun flog eine der Türen auf und der Stier kam mit zerrissenem Halfter angstvoll heraus und lief dem Walde zu. Alle, die das sahen, schrien laut auf, und nun wurde Ludmilla bange und fing zu weinen an, denn sie fürchtete Schlimmeres angestellt zu haben, als sie gewollt hatte.

Zuletzt wurde drinnen alles still, und Orm kam heraus. Er keuchte und fuhr sich mit dem Arm über die Stirn. Seine Kleider waren zerrissen, er hinkte, und auf einer Wange fehlten ihm Stücke vom Bart. Als die Mägde ihn schreiend und fragend umringten, warf er ihnen einen Blick zu und sagte, Ullbjörn und Greip brauchten heute kein Nachtessen mehr.

»Und auch späterhin nicht«, sagte er. »Aber wie es um mein eigenes Bein steht, das läßt sich jetzt noch nicht sagen.«

Damit hinkte er ins Haus und überließ sich der Fürsorge Ylvas und des Priesters.

Im Kuhstall war viel zerbrochen und zerschlagen, und in einem Winkel lagen die Berserker. Greip war das spitzige Ende des Besenstiels durch den Hals gebohrt und Ullbjörn hing die Zunge heraus. Sie waren beide tot.

Ludmilla ging nun in Angst vor einer guten Tracht Prügel umher, und die hatte sie, wie Ylva meinte, wohl verdient, da sie allein zu den beiden Männern gegangen war. Orm trat jedoch dazwischen, so daß sie besser davonkam, als sie es sich hatte denken können. So, wie sie das Geschehene beschrieb, konnte kein Tadel sie treffen, und Orm war mit dem Ablauf der Sache nicht unzufrieden, sobald sich gezeigt hatte, daß er wenig Schaden genommen hatte. Denn obschon er es für ausgemacht hielt, daß Gudmund ihm die beiden Männer gebracht hatte, um sich zu rächen, so freute er sich doch, daß ihm die Großtat gelungen war: allein und ohne den Beistand scharfer Waffen zwei Berserker zu übermannen.

»Es war recht geschickt von dir angestellt, Ludmilla«,

sagte er, »daß du sie gegeneinander hetztest, als sie es auf dich abgesehen hatten; denn es ist nicht sicher, daß ich mit ihnen fertig geworden wäre, wenn sie nicht schon vorher miteinander gerungen hätten. Darum meine ich, Ylva, daß sie für ihren Unverstand keine Prügel verdient. Sie ist noch so jung, daß sie ja wohl kaum versteht, auf was für Gedanken Männer bei ihrem Anblick geraten können.«

Dazu schüttelte Ylva zweifelnd den Kopf, aber es blieb bei dem, was Orm gesagt hatte.

»Nun ist alles gut abgelaufen«, sagte er, »und niemand kann leugnen, daß die beiden gewalttätigen Männer hier gute Arbeit geleistet haben. Ich bin durch sie zu einem Brunnen und einem Bootsschuppen gekommen, habe größeres Ansehen gewonnen und dazu Gudmund eine lange Nase gedreht. Alles ist, wie es sein soll. Aber dies soll Gudmund zu wissen bekommen: Versucht er noch einmal, etwas gegen mich anzustellen, dann wird er so gründlich von mir heimgesucht, daß er sich hinfort ruhig verhalten wird.«

Svarthövde saß dabei und hörte dem Gespräch zu.

»Dann will ich mit dabei sein«, sagte er ernsthaft.

»Noch bist du zu klein, um ein Schwert zu tragen«, sagte Orm.

»Ich habe die Axt, die Rapp für mich geschmiedet hat. Er sagt, daß es nicht viele Äxte mit besserer Schneide gibt.«

Orm und Ylva lachten, aber Vater Willibald wurde mißmutig und fand es recht übel, solche Rede von einem getauften Kinde hören zu müssen.

»Das sage ich dir, Svarthövde«, sagte er, »und du hast es nicht nur fünfmal, sondern schon zehnmal gehört: daß du weniger an Waffen denken sollst als an das Gebet, das Paternoster heißt und das ich dir so oft erklärt und dich zu lehren versucht habe. Dieses Gebet konnte dein Bruder Harald schon mit sieben Jahren, und du wirst bald zwölf und kannst es noch immer nicht.«

»Harald mag für uns beide lernen«, sagte Svarthövde still. »Mit der Priestersprache hat es für mich keine Eile.«

So ging die Zeit auf Gröning hin, und nur wenig von Bedeutung geschah; Orm hatte keinen anderen Wunsch, als bis an das Ende seiner Tage in Ruhe auf seinem Hof zu sitzen.

Aber ein Jahr, nachdem er die beiden Berserker getötet hatte, erreichte ihn die Botschaft, durch die er auf seine zweite lange Fahrt kam.

Vom Mann aus dem Osten

Olof Sommervogel kam mit einem Gefolge von zehn Mann nach Gröning geritten und wurde von allen froh willkommen geheißen. Er blieb drei Tage, denn die Freundschaft zwischen ihm und Orm war groß. Sein Vorhaben war jedoch, wie er sagte, an die Ostküste nach Kivik hinunterzureiten, um dort, wo bisweilen Schiffe aus Gotland anlegten, Salz zu kaufen; und als Orm das hörte, beschloß er, ihn in gleichen Geschäften zu begleiten.

Die Zeiten waren nun so geworden, daß Salz, wieviel man für diese Ware auch bieten mochte, kaum mehr zu haben war, und das lag an König Sven von Dänemark und an dessen beständigem Glück. Denn mit größeren Flotten als alle, von denen man je gehört, lag König Sven auf den Meeren, und gegen alle, die ihm begegneten, ging er gewaltsam vor. Hedeby hatte er geplündert und verwüstet; in Friesland, hieß es, sei alles verheert, und es war allgemein bekannt, daß er England zu gewinnen dachte und sobald er Zeit fände, noch mehr. Handel und kaufmännische Geschäfte waren nicht seine Sache, sondern nur Langschiffe und Krieger; und nun war es so weit gekommen, daß letzthin keine Schiffe mit Salz aus dem Westen mehr angelangt waren, weil sie sich nicht bis an die nordischen Küsten getrauten. Alles, was es an Salz noch gab, brachten die Gotländer von den Wenden herbei, und die Küstenbewohner rissen sich darum mit solchem Eifer, daß wenig oder nichts davon das Binnenland erreichte.

Orm nahm sich acht Mann zur Begleitung und ritt mit Olof Sommervogel nach Kivik; dort blieben sie, ein Schiff erwartend, lange liegen, und von allen Seiten kamen viele Leute in gleicher Angelegenheit dort zusammen. Endlich zeigten sich zwei gotländische Schiffe; sie hatten schwere Ladung und gingen ein gutes Stück außerhalb des Hafens vor Anker. Denn der Hunger nach Salz war jetzt so groß geworden, daß die Gotländer ihren Handel mit viel Vorsicht betrieben, um von gierigen Kunden nicht erschlagen zu werden. Ihre Schiffe waren groß, mit hohem Bord und gut bemannt, und die Käufer mußten in kleinen Booten zu ihnen hinausrudern und wurden nur zu zweien an Bord gelassen.

Olof Sommervogel und Orm dingten ein Fischerboot und ließen sich hinausrudern; sie trugen rote Mäntel und blanke Helme, und Olof knurrte, weil das Boot so klein war, denn er wäre gern mit größerem Staat hinausgefahren. Als sie an der Reihe waren, gingen sie an dem Schiff, das das Häuptlingszeichen führte, an Bord und ihre Ruderer, ein Mann aus Olofs und einer aus Orms Gefolge, riefen dabei mit lauter Stimme ihre Namen, damit die Gotländer gleich begriffen, daß es Häuptlinge waren, die jetzt herankamen.

»Olof Styrsson, der Prachtreiche, der Häuptling der Finnvedinger, von vielen Olof Sommervogel genannt«, rief der eine.

»Orm Tostesson, der Weitgereiste, der Häuptling der Seefahrer, den die meisten Orm Rothaar nennen«, rief der andere.

Als diese Namen gehört wurden, entstand Bewegung auf dem Schiff, und einige drängten sich vor, um sie zu begrüßen. Es waren Männer, die Olof während der Jahre, die er im Osten verbracht hatte, gekannt hatten, und andere waren mit Thorkel, dem Hohen, in England gewesen und hatten Orm daher gut in Erinnerung.

Dicht an der Stelle, wo sie an Bord gingen, saß ein Mann an der Reling; er begann heftig zu stöhnen und mit der Hand nach ihnen zu tasten. Er war von großem Körperbau, mit zottigem, schon ergrauendem Bart; über dem Gesicht trug er eine breite Binde, die seine Augen verdeckte, und als er nun nach den beiden Ankömmlingen tastete, sah man, daß ihm die rechte Hand fehlte.

»Schaut doch den Blinden an!« sagten die Bootsleute. »Nun will er etwas.«

»Es sieht aus, als ob er einen von euch kenne«, sagte der Hauptmann des Schiffes. »Ihm fehlt auch die Zunge, so daß er nichts sagen kann, und daher wissen wir nicht, wer er ist. Er wurde von einem Kaufmann, der von Osten kam, an Bord geführt, als wir beim Flusse Düna am Marktplatz der Kuren lagen. Jener sagte, der Blinde wolle nach Schonen. Er kann mit Silber bezahlen, daher nahm ich ihn mit. Er begreift gut, was man sagt, und nach vielem Fragen habe ich verstanden, daß sein Geschlecht in Schonen ansässig ist. Aber mehr weiß ich von ihm nicht, kenne auch nicht seinen Namen.«

»Zunge und Augen und rechte Hand – –«, sagte Olof Sommervogel. »Das sieht so aus, als wenn Byzantiner sich mit ihm zu schaffen gemacht hätten.«

Bei diesen Worten nickte der Blinde.

»Ich bin Olof Styrsson von Finnveden und habe in der Leibwache des Kaisers Basilius gedient. Bin ich der, den du kennst?«

Er schüttelte den Kopf.

»Dann bin ich es vielleicht«, sagte Orm, »obschon ich nicht weiß, wer du sein magst. Ich bin Orm, Tostes Sohn, der Thorgrims Sohn war und der auf Grimstad bei Kullen ansässig war. Bin ich vielleicht der, den du kennst?«

Nun nickte jener eifrig, und Laute kamen aus seiner Kehle.

»Warst du mit dabei, als wir mit Krok nach Hispanien oder mit Thorkel, dem Hohen, nach England segelten?«

Auf dieses gab er verneinende Zeichen, und Orm stand nachdenklich da.

»Du bist vielleicht selbst aus der Gegend von Kullen?« fragte er.

Nun nickte der andere, und ein Zittern überkam ihn.

»Es ist lange her, seit ich jene Gegend verließ«, sagte Orm.

»Aber da du mich kennst, mag es sein, daß wir gleichzeitig dort gewohnt haben. Bist du lange im Ausland gewesen?«

Er nickte langsam und seufzte schwer auf. Dann hob er die Hand, die ihm geblieben war, spreizte die Finger und schloß darauf wieder die Hand. Das wiederholte er fünfmal und hielt dann vier Finger hoch.

»Dieses Gespräch geht besser vonstatten, als man hätte denken können«, sagte Olof Sommervogel. »Wenn ich recht verstehe, meint er damit, daß er neunundzwanzig Jahre außer Landes gewesen ist.«

Der Blinde nickte.

»Neunundzwanzig Jahre«, sagte Orm sinnend. »Da bin ich, als du wegfuhrst, dreizehn Jahre alt gewesen und müßte mich an Leute erinnern, die damals aus unserer Gegend gen Osten gefahren sind.«

Der Blinde hatte sich erhoben und stand nun vor Orm; seine Lippen regten sich und er bewegte die Hand, als wenn er Orm Eile machen wollte.

Plötzlich sagte Orm mit veränderter Stimme: »Bist du vielleicht Are, mein Bruder?«

Etwas wie Lächeln flog über das Gesicht des Blinden, als er nun nickte; dann schwankte er und sank auf die Bank nieder, saß da und bebte am ganzen Körper.

Alle auf dem Schiff staunten über diese Begegnung, und sie meinten, nun habe sich etwas zugetragen, das des Erzählens wohl wert war. Orm stand gedankenvoll da und schaute den Blinden an.

»Es wäre nicht wahr, wenn ich sage, daß ich dich wiedererkenne«, sagte er; »dazu bist du gar zu arg mitgenommen, und es ist lange her, seit ich dich zuletzt sah. Aber du sollst nun mit mir reiten, denn daheim gibt es eine, die dich sofort wiedererkennt, wenn du der bist, für den du gelten willst. Denn unsere alte Mutter, sie lebt noch und es kommt vor, daß sie noch von dir redet; und in Wahrheit, es muß Gott selber gewesen sein, der deine Schritte gelenkt hat, da du als Blinder den Weg zu ihr und mir hast finden können.«

Orm und Olof hatten nun an ihren Salzkauf zu denken, und sie verwunderten sich beide über die Geldgier der Gotländer, sobald es Geschäfte galt. Viele der Bootsleute waren Teilhaber an Schiff und Ladung, und alle glichen einander darin, daß sie gutmütig waren in anderen Dingen, aber messerscharf, was ihren Handel betraf.

»Wir zwingen niemand, weder was Salz noch anderes angeht«, sagten sie, »aber wer herkommt und von uns kaufen will, der muß zahlen, was wir verlangen, oder er geht leer aus. Wir sind reicher als andere und gedenken noch reicher zu werden; denn wir Gotländer haben den meisten Verstand. Und wir sind nicht Räuber und Totschläger wie viele andere, sondern schaffen uns unseren Gewinn durch ehrlichen Handel, und was das Salz jetzt wert ist, das wissen wir besser als ihr. Ehre dem König Sven, der dafür gesorgt hat, daß wir viel fordern können!«

»Wer König Sven rühmt, soll nicht mit Verstand prahlen«, sagte Orm bitter. »Mir scheint es leichter, mit Räubern und Totschlägern zurechtzukommen als mit euch.«

»Solche Worte bekommen wir oft zu hören«, sagten die Gotländer, »und doch hast du unrecht. Schau doch mal deinen armen Bruder an, den du bei uns wiedergefunden hast: er hat Silber im Gürtel, und zwar nicht wenig, und doch hat keiner von uns daran rühren wollen, ausgenommen den Teil, den er für Fracht und Speise hat zahlen müssen. Andere hätten sein Silber genommen und ihn ins

Meer geworfen; wir aber sind ehrenhafte Leute, wenn auch mancher das nicht begreifen will. Nun ja – hätte er Gold bei sich gehabt, dann wäre es ihm schlimmer ergangen, denn wo Gold ist, kann niemand widerstehen.«

»Ich fange an, mich danach zu sehnen, wieder auf See zu sein«, sagte Orm, »wenn auch nur, um einem Schiff wie dem euren zu begegnen.«

»So denken viele«, sagten die Gotländer und lachten, »aber die es je mit uns versuchten, haben nachher an kräftigen Schrammen herumbasteln müssen. Denn du sollst wissen, daß wir stark sind und, wenn es sein muß, vor Kampf nicht zurückschrecken. Styrbjörn, den fürchteten wir, aber nach ihm keinen. Und laß uns nun wissen, wie ihr es haben wollt: ob ihr zu kaufen gedenkt oder nicht; denn noch viele andere Boote liegen hier wartend da.«

Olof Sommervogel bezahlte seine Salzsäcke, ohne viele Worte zu machen, aber Orm hörte nicht auf, zu brummen, als er sein Geld herzählen sollte.

Sein Bruder berührte ihn mit der Hand; in der hielt er eine Faust voll Silbermünzen, die er nun sorgsam Orm in die Hand legte.

»Schaut mal«, sagten die Gotländer, »es ist so, wie wir sagten: an Silber fehlt es ihm nicht. Und nun brauchst du nicht mehr daran zu zweifeln, daß er wirklich dein Bruder ist.«

Orm stand unentschlossen da und schaute das Silber an, dann sagte er: »Von dir, Are, will ich es annehmen. Aber du sollst nicht glauben, ich sei geizig oder arm; denn ich habe genug für dich und mich. Aber es ist immer verdrießlich, Silber an Kaufleute auszuzahlen, und am schlimmsten ist es, wenn sie so sind wie diese.«

»Hier sind sie die stärkeren«, sagte Olof, »und Salz müssen wir haben, koste es, was es wolle. Aber es ist wahr, daß man reich sein muß, wenn man mit Gotländern zu tun hat.«

Sie sagten den Gotländern kurz Lebewohl, gingen mit

ihrem Salz an Land und zogen darauf heimwärts, und Orm wußte nicht recht, ob er froh oder traurig sein sollte, daß er einen wiedergefundenen Bruder in so arg verstümmeltem Zustande mit sich nach Hause brachte.

Während der Rückkehr, wenn sie an den Lagerstellen beisammen saßen, versuchten Orm und Olof durch viele Fragen etwas vom Schicksal, das Are getroffen hatte, zu erfahren. Olof Sommervogel, der selbst in der Leibwache in Miklagård gedient hatte, war ihm dort nie begegnet; aber durch ihr Fragen brachten sie schließlich heraus, daß er auf einem der kaiserlichen Kriegsschiffe Hauptmann gewesen war. Seine Verstümmelung rührte nicht von einem gerichtlichen Strafurteil her, sondern war ihm nach einem Kampf in der Gefangenschaft zugefügt worden; und soviel stand fest, daß es Byzantiner gewesen waren, die ihm das angetan hatten. Weder Orm noch Olof, wie sehr sie es auch mit sinnreichen Fragen versuchten, konnte weiter kommen als bis hierher; denn Are konnte nur Zeichen geben für ja oder nein und ihm war anzumerken, wie sehr es ihn quälte, daß sie die rechten Fragen nicht finden konnten und daß es für ihn keine Möglichkeit gab, ihnen dabei zu helfen. Daß Seltsames ihm geschehen war, etwas, das mit Verrat und mit Gold zusammenhing, wurde ihnen klar; auch stellte sich heraus, daß er um etwas wußte, das er ihnen durchaus mitteilen wollte; aber darüber hinaus war all ihre Mühe vergeblich.

»Wir müssen uns gedulden«, sagte Orm schließlich. »Es lohnt sich nicht, daß wir dich mit nutzlosem Herumraten noch länger quälen, denn wir treffen doch nicht das Richtige. Wenn wir nach Hause kommen, wird der Priester uns helfen können, und zusammen werden wir vielleicht besseren Rat finden. Aber wie das zugehen soll, ist dennoch mehr, als ich begreifen kann.«

»Nichts ist unbegreiflicher als dies«, sagte Olof, »wie er bei seiner großen Hilflosigkeit den langen Weg in die Heimat hat zurücklegen können. Da das hat geschehen können, dürfen wir auch hoffen, daß irgendein Ausweg sich finden wird, so daß wir erfahren werden, was er uns sagen will. Und ganz sicher denke ich nicht daran, von Gröning heimzufahren, bevor ich mehr von dieser Sache weiß.«

Are seufzte, wischte sich den Schweiß von der Stirn und saß reglos da.

Als sie sich Gröning näherten, ritt Orm voraus, um Åsa vorzubereiten, denn er fürchtete, daß Erschrecken und Freude ihr sonst zuviel werden könnten. Und als sie hörte, was Orm zu berichten hatte, wurde sie zuerst verwirrt und fing heftig zu weinen an; aber dann fiel sie auf die Knie, und den Kopf auf die Bank stützend dankte sie Gott, daß er ihr nun den Sohn wiedergab, den sie so lange verloren geglaubt hatte. Sie lief ihm, als sie ihn kommen sah, jammernd entgegen, und es fiel ihr nicht leicht, ihn wieder von sich zu lassen; dann aber fing sie gleich an, auf Orm zu schelten, weil er anfangs nicht recht gewußt habe, ob es Are sei. Nachdem sie ruhiger geworden war, sagte sie, sie werde ihm eine schönere Augenbinde machen, und sobald sie erfahren hatte, daß er hungrig war, wurde ihr besser zumute, und sie ging daran, ihm eigenhändig eines der Gerichte zu bereiten, die er, wie sie sich wohl erinnerte, besonders gern gegessen hatte. Mehrere Tage lang ging sie wie im Taumel umher und konnte an nichts denken als an Are und was sie ihm zu Gefallen tun könnte. Wenn er gute Eßlust zeigte, saß sie glücklich da und schaute ihm zu; als er ihr einmal zum Dank die Hand klopfte, brach sie vor Freude in Tränen aus. Und langweilte sie ihn mitunter durch ihr endloses Geschwätz so sehr, daß er laut stöhnend sich Hand und Armstumpf an die Ohren hielt, dann fügte sie sich und konnte eine Weile lang schweigend dasitzen, bevor sie von neuem begann.

Alle auf dem Hof zeigten sich hilfsbereit gegen Are und hatten Mitleid mit ihm. Die Kinder waren anfangs schüchtern, aber bald mochten sie ihn gut leiden und lernten es, ihm zu helfen. Er ließ sich morgens gern zum Fluß hinabführen und saß dort mit der Angel, wenn jemand ihm beim Auswerfen der Schnur und mit dem Köder behilflich war. Svarthövde war ihm dabei die liebste Gesellschaft und auch Rapp, wenn er Zeit hatte; vielleicht, weil diese beiden am meisten dazu neigten, ebenso schweigsam dazusitzen wie er selbst.

Aber seit Orm das wenige erzählt hatte, was er über Ares Unglück während der Heimfahrt erfahren, waren alle voll Neugier nach noch mehr.

Olof Sommervogel schickte seine Leute mit dem Salz heim und behielt nur zwei Mann bei sich. Er wolle gern so lange bleiben, sagte er zu Ylva, bis es geglückt sei, noch mehr von Are zu hören, denn ihm käme es so vor, als könnten das wichtige Dinge sein.

Ylva freute sich, daß er blieb, denn sie mochte ihn leiden und sah ihn stets gern als Gast; und außerdem glaubte sie zu bemerken, daß seine Blicke immer häufiger bei Ludmilla ruhten, die nun eine vollerwachsene Fünfzehnjährige war und von Tag zu Tag ansehnlicher und schöner wurde.

»Gut, daß du bleibst«, sagte auch Orm, »denn ohne deine Hilfe kommen wir mit Are gewiß nicht weit; du bist ja der einzige, der Miklagård und die Leute dort kennt.«

Aber wie sie es mit Hilfe des Priesters und der Frauen auch anstellten, es wollte ihnen nicht glücken, noch mehr von Ares Vergangenheit an den Tag zu bringen. Das einzige, was sie nun noch erfuhren, war, daß ihn das Unglück am Flusse Dnjepr, im Lande der Patzinaker, getroffen hatte, dicht bei der langen Schleppstelle an den Stromschnellen. Was aber Byzantiner dort zu tun gehabt hatten, das, meinte Olof Sommervogel, sei nicht leicht zu begreifen; und weiter als bis hierher kamen sie durch ihr Raten nicht.

Nun dachte Orm sich etwas aus, das, wie er meinte, sich als sehr nützlich erweisen würde. Are verstand sich auf Runenschrift; und Orm ließ von Lindenholz eine weiße, wohlgeglättete Scheibe herstellen; auf diese sollte

Are mit Kohle schreiben. Are war einverstanden und gab sich lange Mühe; aber das Schreiben mit der linken Hand fiel ihm schwer, und bei seiner Blindheit vermischte er die Runen, so daß, was er geschrieben hatte, unleserlich war. Zuletzt packte ihn der Zorn; er schleuderte Tafel und Kohle von sich und wollte keinen neuen Versuch mehr machen.

Da waren es Rapp und der Priester, die, als sie im Gespräch über diese Sache beisammensaßen, eine bessere Art erdachten. Rapp behaute mit der Axt einen Balken, machte ihn glatt und eben und schnitt Runen in ihn ein, alle sechzehn in rechter Folge hintereinander; und er machte sie groß und deutlich und setzte einen tiefen Strich hinter jede. Sie legten den Balken vor Are hin, damit er ihn betaste, und als er verstand, was sie damit meinten, schien ihm der Sinn leicht zu werden. Nun konnte er mit der Hand eine Rune nach der anderen für die Worte zusammensuchen, die er zu sagen wünschte, und Vater Willibald saß mit Feder und Schafshaut daneben und schrieb die Zeichen hin, auf die Are deutete. Anfangs ging es holperig, wurde aber bald besser, und alle saßen in froher Erwartung da, wenn auf der Schafshaut Verständliches sichtbar wurde. Jeden Abend las der Priester vor, was er tagsüber geschrieben hatte; man hörte begierig zu, und nach drei fleißigen Wochen war die Erzählung zu Ende gebracht. Aber den ersten Abschnitt, der sagte, wo der Schatz verborgen lag, den hörte nur Orm allein.

Die Geschichte vom Bulgarengold

Ich bin der Ärmste von allen, denn Augen, Zunge und rechte Hand sind mir genommen und auch mein Sohn; ihn hat der Schatzmeister erschlagen. Aber auch den Reichsten kann ich mich nennen, denn ich weiß, wo das

Bulgarengold versteckt liegt. Und ich sage jetzt gleich, wo es ist, damit ich nicht vielleicht noch, bevor es gesagt ward, sterbe. Und du, Priester, sollst das meinem Bruder vorlesen und sonst niemand. Er mag bestimmen, ob noch andere davon erfahren sollen.

Im Fluß Dnjepr, bei der langen Schleppstelle, am rechten Ufer, dicht unterhalb der dritten Stromschnelle, wenn man von Süden kommt; genau zwischen der patzinakischen Grabstätte mit den Schädeln und der kleinen Klippe im Fluß, auf der drei Rosenbüsche wachsen; tief im Wasser des schmalen Rinnsals, dort, wo der Fels geborsten hervortritt; versteckt unter großen Steinen, so daß auf dem Grunde des Wassers nichts sichtbar wird – da liegt das Bulgarengold; und ich bin der einzige, der davon weiß. Es ist Gold in vier kleinen Truhen, die mit dem Siegel des Kaisers versehen sind – keine leichte Last für zwei Männer –, und dazu Silber in fünf ledernen Säcken, und die Säcke sind schwer. Es war zuerst der Schatz der Bulgaren, sie hatten ihn hier und dort zusammengeraubt; dann gehörte er dem Kaiser und wurde vom Schatzmeister Theophilus Lakenodrako gestohlen. Und zuletzt war er mein. Ich bin es, der ihn dort, wo er nun liegt, versteckt hat.

Nun will ich berichten, wie das alles geschah. Zuerst, als ich nach Miklagård kam, nahm ich Dienst bei der Leibwache, in der die Nordmänner sind. Da sind viele aus Svealand und auch Dänen und Männer aus Norwegen und aus Island, welches von allen diesen Ländern am weitesten draußen im Meer liegt. Der Dienst ist gut, und der Sold ist reich; aber ich kam zu spät, um bei der Palastplünderung dabei zu sein, die nach dem Tode des Kaisers Johannes Zimiskus vor sich ging. Das war eine gute Plünderung gewesen, von der man lange geredet hat. Denn wenn ein Kaiser stirbt, ist es alter Brauch, daß die Leibwache den Palast plündert. – Viel wäre zu berichten, Priester, aber ich sage nur das Notwendigste, denn dieses Umhertasten auf dem Balken macht müde. Ich habe lange in der Leibwache gedient, habe mich taufen lassen und mir eine Frau genommen. Karbonopsina hieß sie, das ist in unserer Sprache »Kohlenbraun«, und nach Ansicht der Byzantiner war sie aus guter Familie, denn die Schwester ihres Vaters war verheiratet mit dem Mann, der als zweiter Leinenkleiderbewahrer im Dienst der drei Prinzessinnen stand.

In Miklagård war es so, daß nicht nur der Kaiser Basilius, der kinderlos ist, sondern auch sein Bruder Konstantin Kaiser genannt wurde. Basilius aber ist der richtige Kaiser. Er regiert das Reich und schlägt die Aufständischen nieder, und jedes Jahr liegt er gegen Araber und Bulgaren im Feld; aber Konstantin, sein Bruder, sitzt im Palast und spielt mit seinen Schätzen und den Hofleuten und den Verschnittenen, die ihn umlagern. Sagt ihm jemand, er tauge ebensoviel oder noch mehr als sein Bruder, dann schlägt er ihn wohl mit einem schwarzen Stäbchen, auf dem ein goldener Vogel sitzt, über den Kopf. Aber der Schlag ist nur leicht, und nachher erhält der Getroffene Geschenke. Doch kann Kaiser Konstantin, wenn seine Laune wechselt, in anderen Dingen streng sein, und am schlimmsten ist er in der Betrunkenheit.

Er ist der Vater der drei Prinzessinnen, und, vom Kaiser abgesehen, ist ihre Stellung höher als die irgendeines Menschen auf Erden; denn es gibt keinen anderen Nachwuchs von kaiserlichem Geblüt. Ihre Namen sind: Eudochia – die ist pockennarbig, hat einen Buckel und man hält sie verborgen; Zoe – eine der schönsten Frauen, die schon früh für Männer entbrannt war – und Theodora, die fromm ist und nur schwachen Verstand hat. Sie sind unvermählt, denn, sagen die Kaiser, es gibt keine Heirat, die vornehm genug für sie wäre, und das hat Zoe schon längst sehr verdrossen.

Wir von der Leibwache waren bald mit dem einen Kaiser im Feld, bald hielten wir Wache beim anderen im Palast. Viel geschah, woran ich zurückdenken muß, aber dieses hier geht mir zu langsam.

Nun will ich von meinem Sohn reden.

Als er geboren wurde, stand ich im Feld, beim Kaiser, und seine Mutter nannte ihn Georgios und ließ ihn auf diesen Namen taufen. Dafür bekam sie Schläge von mir, als ich heimkehrte, und ich selbst nannte ihn Halvdan, was gut für ihn paßte; und diese beiden Namen trug er, während er heranwuchs. Mit seiner Mutter redete er die Sprache der Griechen, die für Frauen und Priester taugt; mit mir aber die unsere, obschon das nicht ebenso geschwind ging. Als er sieben Jahre alt war, starb mir die Frau, denn sie hatte sich an Muscheln übergessen, und eine zweite habe ich nicht genommen. Denn es ist immer schlimm, eine Frau zu haben, die von fremdem Stamm ist. Die Frauen in Miklagård taugen samt und sonders nicht viel; kaum sind sie verheiratet, so werden sie faul und unüberlegt, und das Kinderkriegen macht sie alt und lose im Fleisch und noch dazu ungehorsam. Züchtigt man sie, so rennen sie mit Geschrei zu den Bischöfen und Priestern. Sie sind nicht wie unsere Frauen, die fleißig sind und die klaren Verstand besitzen und denen das Kinderkriegen gut bekommt. Wir von der Leibwache dachten hierin allesamt gleich; viele von uns nahmen sich jedes Jahr eine andere Frau, waren aber doch nie zufrieden.

Doch an meinem Sohn hatte ich Freude. Er war wohlgestaltet und schnellfüßig, redegewandt und munter. Und Furcht kannte er nicht, ja, nicht einmal vor mir. Schon als er noch klein war, schauten die Frauen ihm auf der Straße nach, und noch geschwinder wandten sie sich nach dem Erwachsenen um. Das war sein Unglück, ließ sich aber nicht ändern. Nun ist er tot, aber er kommt mir nur selten aus dem Sinn; immerzu muß ich an ihn und an das Bulgarengold denken. Und wenn alles besser gegangen wäre, als es ging, dann wäre dieses Gold heute sein.

Nach dem Tode der Frau wurde es so, daß mein Sohn sich viel bei ihren Verwandten, dem Leinenkleiderbewahrer Symbatios und seiner Frau, aufhielt. Sie waren alt und kinderlos; denn der Leinenkleiderbewahrer, der in den Frauengemächern Dienst tat, war verschnitten. Dennoch war er verheiratet, wie das bei den Byzantinern unter diesen Leuten oft vorkommt. Die beiden Alten hatten Halvdan lieb, wenn auch sie ihn Georgios nannten, und sie nahmen sich seiner an, wenn ich mit dem Kaiser unterwegs war. Einmal bei meiner Heimkehr kam der Alte zu mir; er setzte sich und weinte vor Freude. Er sagte, mein Sohn sei nun der Spielkamerad der Prinzessinnen, vor allem Zoes, und er und Zoe hätten sich bereits geprügelt, wobei sich gezeigt habe, daß sie gleich stark seien, denn sie war zwei Jahre älter als er. Obwohl sie sich zankten, hatte Zoe gesagt, sie spiele viel lieber mit ihm als mit den Nichten des Metropoliten Leo, die weinend auf die Knie fielen, wenn sie ihnen die Kleider zerriß, oder mit dem Sohn des Protovestario Nikephoros, der eine Hasenscharte hatte. Die Kaiserin Helena selbst, sagte er, habe dem Knaben den Kopf gestreichelt und ihn einen kleinen Waräger genannt; er dürfe aber ihre kaiserliche Hoheit, die Prinzessin Zoe, nicht an den Haaren reißen, wenn sie häßlich gegen ihn sei. Darauf habe das Kind die Kaiserin mit großen Augen angesehen und gefragt, wann denn sonst er das tun dürfe? Darauf habe die Kaiserin sich herabgelassen, mit höchsteigenem Munde laut zu lachen, und der Alte sagte, das sei die glücklichste Stunde seines Lebens gewesen.

Das sind Kindereien, aber der Gedanke an solches ist jetzt die einzige Freude, die mir blieb. Mit der Zeit wurde es anders; und ich lasse viel beiseite, was zu lang zum Erzählen ist. Aber nach ungefähr fünf Jahren, als ich Hauptmann in der Leibwache war, kam Symbatios wieder zu mir in die Kammer und weinte, aber diesmal nicht vor Freude. Er war an diesem Tag in die entfernteste Kleiderkammer gegangen, wo die Krönungsgewänder aufbewahrt werden, um dort, wo nur selten jemand eintritt, nachzuschauen, ob es dort etwa Mäuse gebe. Statt der Mäuse habe er jedoch Halvdan und Zoe in einem neuen Spiel beieinander gefunden, das ihn über die Maßen erschreckt habe und auf einem Bett vor sich gegangen sei, das aus den Krönungsgewändern, die die beiden aus den Truhen hervorgezogen, bestanden habe. Sie hatten da schnell nach ihren Kleidern gegriffen und waren ihm, der sprachlos dastand, entschlüpft; und die Prunkgewänder von purpurfarbener Seide aus Sererland seien so arg zerknittert gewesen, daß er sich nun keinen Rat wußte. Er habe sie, so gut er konnte, geglättet und sorgsam in die Truhen zurückgelegt. Nur eines, sagte er, habe er zu erwarten, wenn das alles entdeckt würde, nämlich: geköpft zu werden; und es sei ein Glück, daß die Kaiserin krank darniederliege, so daß niemand an etwas anderes denken könne und alle Hofbeamten sich in ihrem Gemach aufhielten. Daher auch habe es an Aufsicht über die Prinzessinnen gefehlt, was Zoe sich zunutze gemacht habe. Und sicherlich sei alles nur ihre Schuld; denn niemand könne glauben, daß ein zwölfjähriger Knabe von sich aus auf dergleichen verfallen wäre. Aber was nun geschehen sei, ließe sich nicht ändern, und dieses Unglück halte er für das schlimmste, was ihn je im Leben getroffen habe.

Ich lachte über diese Geschichte und sagte mir, daß mein Sohn nach seinem Vater geartet sei. Und ich versuchte den Alten damit zu trösten, daß Halvdan noch gar zu jung sei, um der Prinzessin Zoe – so sehr die beiden sich auch bemühen mochten – einen kleinen Kaiser zu machen; und daß der Schaden, den die zerknitterten Prachtgewänder genommen, kaum allzu groß sein dürfte. Aber der Alte hörte nicht auf zu klagen. Er sagte, es gelte nun für uns alle das Leben: für ihn und seine Frau, für meinen Sohn und für mich; denn Kaiser Konstantin werde uns alle töten lassen, wenn er vom Geschehenen erfahre. Und niemand möge glauben, daß Zoe, weil sie mit Halvdan überrascht worden, nun etwa ängstlich geworden sei. Sie sei jetzt fünfzehn Jahre alt, und ihr Sinn gleiche eher dem eines wild entflammten Teufels als dem einer schamhaften Jungfer; daher werde sie es gewiß bald wieder mit Halvdan versuchen; sie habe ja sonst nur

Frauen und Verschnittene um sich. Dann werde alles bald entdeckt werden; die Prinzessin würde von einem Bischof verwarnt, wir anderen aber mit Halvdan getötet werden.

Während er so redete, wurde mir bange. Ich dachte an die vielen von der Leibwache, die zu meiner Zeit vor meinen Augen verstümmelt und getötet worden waren, wenn der kaiserliche Zorn sie getroffen hatte. Wir suchten meinen Sohn auf und hielten ihm vor, was er getan; aber ihm fiel es schwer, das Geschehene zu bereuen. Es sei dies nicht das erste Mal gewesen, und er sei kein Kind, das man habe verlocken müssen, sondern er habe in dieser Sache nicht weniger getaugt als Zoe. Ich begriff, daß nichts sie voneinander fernhalten konnte und daß, wenn sie so fortfahren würden, unser aller Unglück gewiß sei. Darum sperrte ich ihn beim Leinenkleiderbewahrer ein und ging zum obersten Hauptmann der Leibwache.

Er hieß Zacharias Lakenodrako und wurde oberster Schwertträger genannt; das ist bei den Byzantinern ein hoher Ehrenname. Er war ein alter Mann, schön und von hoher Gestalt; er trug rote und grüne Edelsteine an den Fingern und seine Rede war ernst und klug und dazu von großer Verschlagenheit wie bei allen, die in Miklagård zu hoher Stellung gelangt sind. Ich verbeugte mich vor ihm ehrfurchtsvoll und sagte, da es mir in der Leibwache nicht mehr behage, wolle ich für die Zeit, die ich dem Kaiser noch dienen müsse, auf ein Kriegsschiff versetzt werden. Er bedachte sich und fand die Sache schwierig, meinte aber zuletzt, wenn ich ihm einen Dienst erweise, könne er mir den Willen tun. Es sei sein Wunsch, sagte er, daß der Archimandrit Sophron, der Beichtvater des Kaisers Konstantin, gründlich verprügelt werde; denn jener sei sein ärgster Feind und habe letzthin begonnen, ihn beim Kaiser anzuschwärzen. Es dürfe, sagte er, keine mit Waffen verübte Bluttat werden, sondern nur Stöcke sollten dem Archimandriten das Fell gut gerben, und am besten würde das abends, jenseits der kaiserlichen Gärten geschehen, wenn jener vom Palast auf seinem weißen Maultier nach Hause reite.

Ich antwortete ihm, daß ich seit langem schon Christ sei und daß das Prügeln eines heiligen Mannes sicherlich eine große Sünde wäre. Aber er unterwies mich väterlich und sagte, ich sei, was das angehe, offenbar im Irrtum. Denn der Archimandrit sei ein großer Ketzer. »Er entstellt und verdreht«, sagte er, »die doppelte Natur Christi, und daraus entsprang unsere Feindschaft. Ihn prügeln ist also eine gute Tat. Aber es ist nicht leicht, mit ihm fertig zu werden, und du mußt zwei verläßliche Männer zu Hilfe nehmen. Bevor er Mönch wurde, war er nämlich Räuberhauptmann in Anatolien, und noch heute schlägt er mit Leichtigkeit einen Mann mit der bloßen Faust nieder. Daher können nur wirklich tüchtige Leute von der Leibwache ihm die Züchtigung angedeihen lassen, die ihm nottut. Von deiner Kraft und Klugheit erwarte ich das Beste. Nimm gute Stöcke und starke Männer mit!«

So sprach der Protospatharius Zacharias, und so täuschte er mich und verleitete mich zur Sünde. Und weil ich einen heiligen Mann geschlagen habe, hat mich später die Strafe Gottes getroffen. Gewiß: jener war böse, aber dennoch war ihm Heiligkeit eigen. Zu jener Zeit verstand ich das aber nicht. Ich nahm zwei Männer mit, Ospak und Skule, denen ich trauen konnte; ich gab ihnen Wein und Geld und sagte ihnen, daß wir einen Mann züchtigen müßten, der die beiden Naturen Christi entstelle. Sie wunderten sich, daß drei Mann dazu nötig seien, aber als wir dann den Archimandriten trafen, wunderten sie sich nicht mehr. Schon als wir auf ihn zuliefen, traf mich ein Hufschlag seines Maultiers, und mit dem Rosenkranz aus schweren Bleikugeln, der ihm am Handgelenk hing, gab er Skule einen solchen Schlag an die Schläfe, daß dieser hinstürzte und liegenblieb. Aber Ospak, ein bärenstarker und ungewöhnlich tüchtiger Mann von Öland, zog ihn aus dem Sattel und warf ihn nieder, und nun waren wir gereizt und hieben ärger auf ihn los, als wir das sonst wohl getan hätten. Er verfluchte uns brüllend und schrie um Hilfe, aber niemand kam; denn in Miklagård ist es so, daß alles davonläuft, wenn jemand um Hilfe ruft, denn man will nicht gern gegriffen und für den Schuldigen erklärt werden. Schließlich hörten wir Reiter herankommen und wußten, daß es kazarische Bogenschützen von der Stadtwache waren; da ließen wir vom Archimandriten ab, der jetzt nur noch kriechen konnte, und machten uns davon. Aber Skule mußten wir zurücklassen, wo er lag.

Am nächsten Tage ging ich wieder zum Schwertträger Zacharias; der war mit allem so zufrieden, daß er sich ehrlich gegen mich zeigte. Alles, sagte er lächelnd, sei in bester Weise verlaufen. Skule war bereits tot, als die Wache herankam, und der Archimandrit saß nun fest und war wegen Straßenschlägerei und Totschlag angeklagt. Man könne mit gutem Grund hoffen, sagte Zacharias, daß ihm die Ohren abgeschnitten werden würden, bevor er wieder freikäme, denn Kaiser Konstantin fürchtete seinen Bruder, der gegen unruhige Mönche streng war und ungern sah, daß Männer aus seiner Leibwache erschlagen wurden. Daher werde mein Lohn nicht auf sich warten lassen. Er habe schon mit hochstehenden Freunden, die viel in der Flotte zu sagen hätten, geredet; bald würde ich auf einem der roten Schiffe, die als die besten galten, Hauptmann sein.

Und es wurde, wie er gesagt hatte, denn sogar Byzantiner können mitunter Wort halten. Ich erhielt ein gutes Schiff und entging samt meinem Sohn den im Palast drohenden Gefahren. Bald fuhren wir mit der Flotte zum Lande Apulien und bestanden dort Kämpfe mit den Dienern Mohammeds, sowohl mit denen aus Sizilien wie aus den noch entlegeneren Ländern. In jener Gegend waren wir lange, und viel geschah, was zu erzählen zu lang ist. Mein Sohn wuchs heran, wurde schön und stark; ich ließ ihn Bogenschütze auf meinem Schiff werden, und er war gern auf dem Meere. Dort hatten wir es am besten. Aber an Land war er, wie die Jugend zu sein pflegt, unverständig, was Frauen betrifft, und nur deswegen wurden wir zuzeiten uneins.

Wenn wir zum Beispiel in den Häfen des Kaisers, in Bari oder Tarentum, im Lande Apulien lagen, oder in Modon und Nepanto, wo die großen Schiffswerften sind und wo der Sold ausgezahlt wird, dann gab es Frauen genug, unter denen man wählen konnte; denn die scharen sich gern um Seefahrer und deren Beute und Sold. Aber an diesen Plätzen gab es auch kaiserliche Kriegsoberste, die Strategen genannt wurden, auch Hauptleute der Flotte, die silberne Stiefel trugen; dazu hohe Beamte, Sekretiker und Logotheter genannt, die den Sold, das Steuerwesen und anderes zu verwalten hatten. Sie hatten ihre Frauen bei sich, zarte Wesen mit weißen Händen und mit Stimmen wie Tauben; sie waren rings um die Augen bemalt und im übrigen voll Teufelei. Diese taugten für Seeleute nicht, und das sagte ich Halvdan oft.

Er aber hörte nur wenig hin, wenn ich von diesen Dingen redete. Es war sein Schicksal, daß die Frauen sich leicht in ihn vergafften, und ihm selbst schienen nur die allerbesten gut genug für den, der mit der Tochter des Kaisers Liebeslust genossen. Die byzantinischen Frauen sind feuriger Art und schnell bereit, ihre Männer zu betrügen, wenn die Lust sie ankommt. Den Männern aber behagt das wenig; und die Hochgestellten lassen junge Leute, die ihnen verdächtig werden, gern töten, und nicht selten mit ihnen auch die eigenen Frauen, damit sie selbst wieder heiraten können, in der Hoffnung, es nun besser zu treffen. Der Rat, den ich Halvdan stets gab, war dieser: die verheirateten Frauen in Frieden zu lassen und sich an das zu halten, was sonst zu haben war. Hätte er mir gehorcht, dann wäre es uns anders ergangen; er wäre noch am Leben, und ich sähe nicht so aus, wie ihr mich jetzt seht. Und vom Schatzmeister Theophilus und vom Bulgarengolde hätte ich nichts zu erzählen gehabt, und das wäre besser gewesen.

Und doch – er ist um des Goldes willen getötet worden, nicht wegen der Frau. Aber durch sie kam es dahin, daß wir uns trennten, und daraus folgte das übrige.

Nun geschah es, daß der Protospatharius Zacharias Lakenodrako seinem Feinde, dem Archimandriten Sophron, das Abendmahlsbrot ins Gesicht spie; dabei rief er laut vor allen Hofleuten, der Archimandrit habe Gift in das Brot getan. Dafür wurde der Archimandrit, obschon er beim Kaiser längst wieder in Gunst stand, gegeißelt und in ein entlegenes Kloster gesperrt; aber dem Protospatharius Zacharias wurden die Ohren abgeschnitten, und dazu verlor er sein Amt zur Strafe für seine Unehrerbietigkeit gegen Christus. Denn man hielt dafür, daß der Fromme den Leib Christi, sobald er ihn im Munde hatte, zuversichtlich verzehren müsse, auch wenn Gift hinzugetan sei. Als diese Nachricht aus Miklagård kam, mußte ich lachen; denn ich konnte mir nicht darüber klar werden, welcher von ihnen denn der schlimmere war. Aber doch hatten nun beide die gute Tat vollbracht, den anderen seiner Ohren zu berauben.

Aber Zacharias hatte einen Sohn, der Theophilus hieß. Er war schon dreißig Jahre alt und hatte bei Hofe ein Amt. Als nun der Vater mit gekappten Ohren vertrieben wurde, ging der Sohn zu den beiden Kaisern und warf sich ihnen zu Füßen. Er sagte: die Sünde seines Vaters sei in Wahrheit schwer, die Strafe aber so milde, daß ihm beim Gedanken daran die Tränen kämen; er rühmte die Güte der beiden Kaiser mit solchem Eifer, daß Kaiser Basilius ihn bald zum Schatzmeister der Flotte machte. Hinfort war er es, der das Teilen der Beute und das Auszahlen des Soldes besorgte.

Wir kamen mit der roten Flotte nach Modon, um den Schiffen Kielholung zu geben und unseren Sold zu erhalten; Theophilus war jetzt dort Schatzmeister, und er hatte seine Frau mitgebracht. Ich habe sie nie gesehen, aber mein Sohn sah sie bald, und sie ihn. Sie erblickten einander zum erstenmal in der Kirche; und obwohl sie eine hochgestellte Frau und er bloß ein armer Bogenschütze war, so trafen sie einander doch bald im geheimen und hatten ihre Lust miteinander. Davon wußte ich nichts, bis er kam und sagte, er sei des Lebens auf See müde geworden und werde bessere Stellung im Gefolge des Schatzmeisters finden. Denn dieser sehe in ihm nun den Sohn eines Mannes, der einst dem Vater des Schatzmeisters zur Rache am Archimandriten verholfen habe. Es war die Frau, die ihm das hatte zu Ohren kommen lassen, und Halvdan stand nun nicht nur bei ihr in Gunst, sondern auch bei ihrem Manne.

Als er mir das erzählt hatte, sagte ich ihm, wenn er sein Vorhaben ausführe, wäre es dasselbe, als wenn er sich auf der Stelle in sein Schwert stürze.

Und ich sagte ihm auch, er täte unrecht, bloß wegen einer Frau, die bemalte Augen habe, mich ohne einen Verwandten zurückzulassen. Er aber bestand auf seinem Willen und war taub für vernünftige Rede. Jene Frau, sagte er, sei makellos in allem und gleich einer Feuerflamme, und er könne nie und nimmer von ihr lassen. Und überdies werde er im Dienst des Schatzmeisters Ansehen und Reichtum gewinnen und es nicht mehr nötig haben, bloß ein armer Bogenschütze zu sein. Und es sei keine Gefahr, daß er sich verrate und umgebracht werden würde; denn ich solle bedenken, daß er ja halb Byzantiner sei und daher vieles, was Frauen und anderes angehe, besser verstünde als ich. Da wurde ich zornig und verfluchte seine Mutter, und so schieden wir.

Das war mir ein großer Schmerz. Aber ich dachte: er werde zurückkommen, wenn die Frau seiner oder er ihrer überdrüssig geworden sei, und später, am Ende meiner Dienstzeit, werde er mit mir heimkehren, sich hier eine Frau nehmen und sein byzantinisches Blut vergessen.

Die Zeit ging hin, und Kaiser Basilius, der größte aller Heerführer, die je von Miklagård ins Feld gerückt sind, fing wieder Krieg an gegen die Bulgaren. Die sind gute

Krieger, aber auch große Räuber, die ihre Nachbarn arg plagen, so daß sie vielen Kaisern zum Ärgernis gereichen. Nun hatte Kaiser Basilius einen Eid geschworen, daß er ihr Reich zerstören, sie selbst ausrotten und ihren König an eisernen Ketten am Tor seiner Stadt aufhängen werde. Er zog mit einem großen Heer in ihr Reich, und auf seinen Befehl segelte die rote Flotte ins Schwarze Meer, dessen Küsten zu verwüsten.

Aber zwölf der besten Schiffe wurden zu einem besonderen Auftrag ausgewählt, und unter diesen war auch das meine. Wir nahmen Mannschaft vom Heer an Bord, soviel wie die Schiffe tragen konnten, und segelten längs der Küste nordwärts bis zur Mündung des Donauflusses, der größer ist als alle anderen Ströme. Der Anführer der zwölf Schiffe hieß Bardas; er war auf dem größten Schiff, und als wir nebeneinander in drei Schiffsgliedern stromauf ruderten, hörte ich sagen, der Schatzmeister der Flotte sei bei ihm an Bord. Darüber freute ich mich, und ich hoffte, meinen Sohn, wenn er lebte, wiederzusehen. Aber warum der Schatzmeister mit uns gekommen war, konnte niemand sagen.

Wir hörten zum Kampf blasen und gelangten zu einer von Bulgaren gebauten Veste; sie lag hinter Erdwällen und Pfahlwerk auf einem Hügel, nicht weit vom Fluß. Ringsum dehnten sich Einöden und Sümpfe, und nichts war zu sehen als Vögel und Schilf. Wir alle verwunderten uns, daß der Kaiser uns hierhergeschickt hatte. Aber die Soldaten wurden an Land gesetzt, um die Veste zu stürmen, und mit ihnen gingen auch die zu den Schiffen gehörenden Bogenschützen. Die Bulgaren kämpften tapfer auf ihren Wällen, und erst am zweiten Tage gewannen wir die Oberhand. Ich bekam einen Pfeil durch den Arm und kehrte zu meinem Schiff zurück; man zog ihn mir heraus und behandelte die Wunde, und als es Nacht wurde, saß ich auf Deck und sah die Veste brennen und die Leute des Schatzmeisters mit Gefangenen, die schwere Lasten trugen, zurückkehren. Das Schiff, auf dem Bardas und der Schatzmeister waren, lag am weitesten flußabwärts und der Veste am nächsten; darauf kamen zwei andere Schiffe, darauf das meine, und dann, flußaufwärts, hintereinander, die übrigen. Eine Weile nachdem es dunkel geworden war, entstand Unruhe und Lärm auf einem der flußab liegenden Schiffe, und von anderen rief man herüber und fragte, was vor sich gehe. Ich glaubte, daß Bardas einige Plünderer züchtigen ließ. Bald legte sich das Lärmen, und es ward still, und ich, der ich mit Schmerzen im Arm schlaflos dasaß, hörte bloß das Geheul von Wölfen, die Fraß witterten.

Da schwamm ein Mann an das Schiff heran. Ich hörte ihn im Wasser, konnte aber nichts sehen, und weil die Bulgaren auf mancherlei verfallen können, nahm ich einen Speer zur Hand und fragte: wer er sei? Aber die Antwort machte mich froh, denn ich hörte die Stimme meines Sohnes. Ich nahm ihn an Bord, und er saß keuchend da. Ich sagte: »Es tut gut, dich wiederzusehen; ich hatte das kaum gehofft.« Er antwortete mit leiser Stimme: »Bardas ist auf dem Schiff getötet worden, und viele mit ihm. Der Schatzmeister und sein Vater fliehen mit dem Golde. Es ist mehr Gold, als noch je gesehen ward. Wir müssen ihnen nach und es an uns bringen. Hast du Bogenschützen an Bord?«

Ich gab ihm zu trinken, so daß er leichter atmete. Ich sagte, daß gegen fünfzehn Bogenschützen an Bord seien; die übrigen waren noch an Land. Aber ich wollte noch mehr von diesem Gold wissen, von dem ich bis dahin nichts gehört hatte.

Nun wurde er eifrig und sagte, es sei das Gold des Bulgarenkönigs, der es hier versteckt habe. Der Kaiser habe davon erfahren und uns mit dem Schatzmeister, dem er vertraute, hierhergesandt.

»Ich sah das Gold«, sagte mein Sohn, »als es an Bord getragen wurde, und ich half mit, es mit dem kaiserlichen Siegel zu versehen. Aber der Schatzmeister hegt Haß gegen den Kaiser, seit seinem Vater Schmach angetan wurde. Den Vater hat er nun bei sich, und miteinander haben sie alles ausgeheckt. Er hatte sein ganzes Gefolge überredet; und als es dunkel geworden war, wurde Bardas getötet und mit ihm die Hauptleute und alle Bogenschützen, die an Bord waren. Das war leicht, denn sie ahnten nichts. Ich aber dachte: soeben noch gehörte das Gold dem Kaiser, und bloß Übeltäter hätten gewagt, daran zu rühren. Nun hat es der Schatzmeister; und wer ist es, der es ihm wieder nehmen wird? So dachte ich, und ich ließ mich ins Wasser fallen, ohne daß jemand es merkte, und kam hierher. Man glaubt, ich sei getötet und im Fluß versunken. Antworte du mir nun: wem wird das Gold gehören, wenn es jenen wieder genommen wird?«

Ich sagte: »Darum wohl hat der Schatzmeister sein Schiff als erstes flußab gelegt, damit er im Dunkeln sich leicht davonmachen könne. Und sind sie schon unterwegs, dann wird der das Gold haben, der es ihm nehmen und dann auch behalten kann; so ist es auf See stets Brauch. Nun lassen sie sich in aller Stille stromab treiben, und wenn niemand sie hören kann, greifen sie zu den Rudern. Und dann, im Morgengrauen, setzen sie Segel, und bei diesem Wind können sie in Kürze weit auf dem Meere sein. Wüßte man doch, wo sie hinwollen! Diese Sache gibt viel zu denken, und ich will nichts tun, bevor ich weiß, was am besten wäre.«

Halvdan sagte: »Der Schatzmeister hat mir anvertraut, daß wir nach Tmutorokan fliehen und dort, jenseits der Krim, den Schatz unter uns teilen würden; und von dort könnten wir weiter zu den Kazaren, wo wir in Sicherheit wären. Alsdann dürfte ein jeder gehen, wohin er will. Dasselbe sagte er auch anderen, und daher ist sicher, daß er nicht dorthin fährt. Aber als neue Nachrichten gekommen waren, bevor wir uns hierher aufmachten, hörte ich ihn murmelnd mit seinem Vater reden. Der Alte sagte: es sei ihnen günstig, daß der Großfürst von Kiew nun wieder mit Kebsweibern Kinder zeuge und seine hohe Gemahlin, des Kaisers Schwester, nicht mehr in Ehren halte, wodurch die Freundschaft zwischen ihm und dem Kaiser gelitten habe. So hörte ich ihn reden, und daher glaube ich, daß sie nach Kiew wollen.«

Ich sagte: »Halvdan, dein Verstand ist gut und ich glaube, du hast recht geraten. Und gehen sie nach Kiew, so halten sie damit die Richtung, die für uns die günstigste ist, und so helfen sie uns mit der Verfrachtung des Goldes ein Stück Weges heimwärts. Bekommen wir sie so weit, so finden wir wohl auch in Kiew tüchtige Leute, die uns, wenn nötig, an ihrer Stelle gut zur Hand gehen werden. Nun brauchen wir nicht zu eilen, denn wir können ihnen nicht in Sehweite über das Meer folgen; das könnte sie so sehr beunruhigen, daß sie sich in anderer Richtung davonmachen. Aber eine Weile vor Tagesanbruch sollten wir ohne Lärm hier aufbrechen; auch die besten Schiffswachen pflegen um diese Zeit einzuschlafen. Ich habe darüber getrauert, Halvdan, daß du mich verließest, aber es mag das beste gewesen sein, was geschehen konnte, und nun sieht es so aus, als werde es uns beiden zu großem Glück gereichen.«

So sprach ich damals, da ich es nicht besser verstand. Aber man kennt keinen Gott, der es leiden mag, daß die Menschen sich vorzeitig ihres Glückes rühmen.

Ich fragte ihn nach der Frau, die ihn an sich gelockt hatte. Er antwortete mir, der Schatzmeister sei ihrer müde geworden und habe sie in ein Kloster sperren lassen, da es ihr zur Gewohnheit geworden war, wenn er sie züchtigte, zurückzuschlagen. – »Und«, sagte Halvdan, »als ich entdeckte, daß sie auch mit anderen jungen Männern ihre Lust hatte, wurde auch ich ihrer müde.«

Das fand ich gut, und ich versprach ihm viel bessere Frauen, wenn wir einst mit dem Golde glücklich daheim sein würden.

Wir lichteten, als der Augenblick da war, die Anker, und mit eingezogenen Rudern, während die Ruderknechte auf ihren Bänken schliefen, wendeten wir das Schiff in das Flußbett hinaus und glitten stromab, ohne daß ein

Anruf sich hören ließ. Als die Schiffsleute und die Bogenschützen erwachten, ließ ich ihnen bessere Speise und reichlicheren Trank geben als gewöhnlich, zudem ward ihnen gesagt, daß wir Diebe verfolgten, die mit der Beute des Kaisers geflohen seien. Mehr sagte ich ihnen nicht. Es war nicht mein Wille, dem Kaiser ehrlos Schiff und Leute zu stehlen, sondern ich wollte beides nur so lange entleihen, bis mein Vorhaben ausgeführt war. Dazu meinte ich ein Recht zu haben, denn der Kaiser war mir einen Jahreslohn schuldig.

Wir kamen aus dem Fluß hinaus und segelten nun in Ungewißheit über das Meer; aber als wir die Mündung des Dnjepr erreichten, fanden wir dort Fischer und erfuhren, daß eines der kaiserlichen roten Schiffe tags zuvor flußauf gefahren sei. Mein Schiff war kleiner als das des Schatzmeisters, aber ich fürchtete nichts, denn ich hatte lesgische und kazarische Bogenschützen an Bord, die sich im Kampf gut bewährt hatten, und jener hatte bloß die Leute seines eigenen Gefolges.

Nun gab es ein angestrengtes Rudern mit kurzen Ruhepausen, aber ich spendete den Ruderern, wenn sie zu klagen anfingen, ein doppeltes Maß Wein und dachte daran, daß der Schatzmeister mit seinem schweren Schiff es schwieriger haben mochte. Herden weidender Pferde waren an den Ufern nicht zu sehen, auch keine Patzinaker, und darüber waren wir froh; denn wenn die Patzinaker in der Gegend des Flusses plündern oder ihre Herden dort weiden lassen, betrachten sie den Fluß und alles, was ihn befährt, als ihr Eigentum, und dann kann kein Schiffer am Ufer Speise kochen. Sie sind die größten Räuber und die hochmütigsten der Menschen, und sogar der Kaiser erkauft sich jedes Jahr ihre Freundschaft mit Geld.

Am vierten Tage trieben drei tote Männer flußab. An den Zeichen auf ihren Rücken war zu sehen, daß sie Ruderer des Schatzmeisters waren, die versagt hatten. Das schien mir Gutes zu bedeuten, und ich hoffte, ihn an den Stromschnellen zu erreichen. Am folgenden Tag trieben wieder Tote vorbei, aber diese gehörten nicht zu den Leuten des Schatzmeisters. Darauf fanden wir sein Schiff; es war gestrandet und lag leer auf einer Landzunge. Ich begriff, daß er ein Flußschiff angetroffen und es genommen hatte, damit es schneller ginge und er leichter über die Schleppstelle käme. Denn es ist nicht leicht, ein gekieltes Kriegsschiff über Rollen zu ziehen.

Am achten Tag, gegen Abend, hörten wir die Stromschnellen und erreichten die Schleppstelle. Nichts war zu sehen als zwei Ruderer, die man, weil sie zu schwach waren, zurückgelassen hatte. Nachdem man ihnen Wein gegeben hatte, kamen sie zu sich und sagten, der Schatzmeister habe an diesem Tage sein neues Schiff auf Rollen gesetzt. Aber weder Pferde noch Ochsen habe man mieten können, denn das Ufer sei menschenleer, und er habe daher keine anderen Schlepper als die Ruderer gehabt. Die seien aber allesamt müde gewesen. Er mochte also nicht weit gekommen sein.

Das hörten Halvdan und ich mit großer Freude. Wir nahmen die Bogenschützen mit uns und folgten der Schleppspur, und zwischen der zweiten und dritten Stromschnelle wurden wir ihrer gewahr. Wir wichen landeinwärts ab und eilten hinter das schädelgeschmückte Grab eines Patzinakerhäuptlings auf einem Hügel, und dort erwarteten wir sie mit gespannten Bogen. Ich sah den Schatzmeister und seinen Vater in voller Rüstung, mit gezogenem Schwert, neben dem Schiffe hergehen. Vier unserer Bogenschützen sollten auf sie anlegen, die übrigen auf die Männer, die die Schlepper bewachten.

Die Bogensehnen erklangen, Männer stürzten zu Boden, und nun zogen wir alle die Schwerter, erhoben den Heerruf und liefen vor. Die Ruderer an den Stricken rissen sich los und flohen und alles geriet in Verwirrung; aber wer nicht fiel, das war der Schatzmeister und sein Vater, denn der Teufel und auch ihre Panzer schützten sie gut. Allen voran, wie ein Jüngling dahinspringend, floh der Protospatharius Zacharias; ihn hatten die Pfeile bloß geritzt. Aber vor allem hatte ich es auf den Schatzmeister abgesehen. Er hatte sich staunend umgewandt, als Rufe und Pfeile ihn zugleich erreichten; sein Gesicht war weiß über dem schwarzen Bart. Es gelang ihm, die Männer um sich zu sammeln, und er brüllte mit mächtiger Stimme, denn die Trennung von so viel Gold mag ihm nicht leicht gewesen sein. Und alles wäre gut gewesen, wenn er dort stehen geblieben wäre, bis ich herankam.

Halvdan und ich und der Meister der Bogenschützen, ein Lesgier, der Abchar hieß, wir drei waren die ersten, die auf die Männer einschlugen, die ihn schützten. Ich sah ihn die Zähne zeigen, als er Halvdan erkannte; aber die Männer, hinter denen er stand, kämpften tapfer, und wir konnten nicht an ihn heran. Nun kamen auch die Bogenschützen herbei, und die Leute des Schatzmeisters wurden am Schiff zusammengedrängt; aber als wir die vordersten erschlagen hatten, war er selbst schon mit einigen der Seinen entronnen.

Die Dämmerung war nicht fern, und ich war in schwerer Ungewißheit, was nun zu tun sei. Der Meister der Bogenschützen tat stets, wie ihm befohlen war, ohne erst viel zu fragen; ich ließ ihn seine Leute sammeln und mit ihnen, so schnell er konnte, und unentwegt, bis es dunkel würde, die Fliehenden stromauf verfolgen. Ich sagte ihm: der Kaiser habe auf den Kopf des Schatzmeisters einen Preis von hundert Silbermünzen und ebensoviel auf den des Alten gesetzt, und alles das sollte dem ausgezahlt werden, der mir ihre Köpfe brächte. Er eilte mit seinen Leuten hinweg; nun waren Halvdan und ich allein und wir betraten das Schiff. Wir fanden den Schatz hinter Fässern und Säcken im Schiffsraum versteckt; es waren vier kleine Truhen und sieben Ledersäcke, die alle mit dem kaiserlichen Siegel versehen waren. Beim Anblick dieses Reichtums fühlte ich jedoch nur Bangen und große Sorge, denn wie sollte der Schatz heimgeschafft werden, ohne daß andere davon erfuhren?

Halvdan sagte: »Bevor die Bogenschützen zurück sind, muß der Schatz versteckt sein.«

Ich sagte: »Wo finden wir für all dieses ein Versteck?«

Er sagte: »Vielleicht im Strom.«

»Du hast recht«, sagte ich; »bleibe hier und halte Wache; ich werde mich umschauen.«

Ich ging zum Fluß, und da fand ich die Stelle, von der ich berichtet, und das Wasser rann schäumend darüber hin. Wir halfen einander, den Schatz dorthin zu tragen und ihn wohl zu verbergen; aber nach langem Nachdenken ließ ich zwei Säcke mit Silber beim Schiff zurück.

Nun kamen Abchar und seine Leute, und sie brachten drei Köpfe mit, aber es waren nicht die Köpfe, die ich am liebsten gesehen hätte. Wir alle aßen und tranken von dem, was sich auf dem Schiff vorfand. Darauf sagte ich: »Hier, Abchar, siehst du zwei Säcke mit dem Siegel des Kaisers. Der Schatzmeister Theophilus und sein Vater haben dem Kaiser diesen Schatz gestohlen. Ob es Gold oder Silber ist, weiß ich nicht, denn an das kaiserliche Siegel darf niemand rühren. Nun steht es schlimm für uns, denn dieser Schatz muß schnell zum Kaiser und in sicheren Verwahr gebracht werden. Aber er hat mir befohlen, nicht ohne den Kopf des Schatzmeisters zurückzukehren. Wir müssen nun tun, was uns am besten scheint. Ich und mein Sohn werden flußaufwärts ziehen bis nach Kiew, um den Schatzmeister dort zu suchen, und zwei deiner Leute, die uns zu folgen gewillt sind, nehmen wir mit. Du aber und die anderen sollt mit dem Schatz zu unserem Schiff zurück und dem Steuermann befehlen, nach Miklagård zu segeln. Wir anderen müssen nachher selbst zusehen, wie wir heimkommen, nachdem wir hier, was uns obliegt, besorgt haben.«

So sprach ich, und Abchar nickte und fühlte nach, wie schwer wohl die Säcke seien. Er beriet sich mit seinen Leuten, und zwei Kazarer wollten mit uns gehen; er selbst machte sich mit den übrigen und mit den Silbersäcken auf den Weg. Soweit war ich mit dem Gang der

Dinge zufrieden. Die beiden Bogenschützen behielt ich, um weiter stromauf mit ihrer Hilfe eines Bootes habhaft zu werden. Denn dort ließen sich Räuber vermuten und vielleicht auch der Schatzmeister, nachdem er wieder zur Besinnung gekommen war. Ich glaubte ihn nämlich noch immer auf der Flucht, aber das war ein Irrtum.

Wir waren müde, und zuerst hielt ich selbst Wache in dieser Nacht; dann stellte ich einen Kazarer dazu an, aber er mag eingeschlafen sein, auf daß das Unglück geschehe. Denn der Schatzmeister – nebst seinem Vater und vier Mann, die ihm geblieben waren – fiel in dieser Nacht über uns her, als wir bei seinem Schiff alle im Schlaf lagen. Ich erwachte davon, daß jemand über Steine stolperte und sie ins Rollen brachte. Mit gezücktem Schwert sprang ich auf, und zwei Mann liefen mich an. Aber im Mondschein sah ich, daß der Schatzmeister einen der Kazarer niederschlug und dann mit erhobenem Schwert Halvdan anfiel. Der mochte tief geschlafen haben, denn er hatte noch kaum das Schwert gezogen; und mein Leben und alles Gold hätte ich hingegeben, wäre ich rechtzeitig bei ihm gewesen. Die Männer, die auf mich eindrangen, stürzten tot hin, und ich wußte kaum, wie ich sie niederschlug; aber als ich dann den Schatzmeister erreichte, lag Halvdan schon tot am Boden. Da haute ich mit beiden Händen zu, und es war mein letzter Schlag und mein bester: er schnitt durch Helm und Panzerhaube und spaltete den Schädel des Schatzmeisters so tief, daß ihm die Zähne aus dem Maule fielen. Aber da, als der Tod ihn schon gebissen hatte, fuhr mir sein Schwert ins Auge, so daß ich hinstürzte und zu sterben meinte. Aber das war mir gleich, denn ich dachte: Halvdan ist tot, und ich habe ihn gerächt, und nun ist alles aus und zu Ende.

Nun bin ich dieser Schreiberei müde geworden. Ich habe alles gesagt. Das nächste, wovon ich weiß, ist dies: daß ich gebunden lag und daß der Protospatharius Zacharias neben mir saß und lachte, und das war nicht wie eines Menschen Lachen. Er erzählte mir, wie ich verstümmelt werden sollte und krächzte auch viel vom Golde. Ich spuckte ihn an und bat ihn, mir seine Ohren zu zeigen. Nur ein Mann war ihm noch geblieben, und zusammen schlugen sie mir die Hand ab und tauchten den Stumpf in heißes Öl, das sie auf dem Schiff gefunden hatten; denn ich sollte nicht zu bald sterben. Aber er versprach mir einen schnellen Tod, wenn ich ihm sagte, wo das Gold sei. Aber das zu erfahren, gönnte ich ihm nicht; und ich fühlte keine Qual, denn ich war tot in der Seele. Ich sagte ihm, daß das Gold unterwegs zum Kaiser sei, und das glaubte er mir, und wir redeten nicht mehr miteinander.

Das nächste, was ich weiß, ist, daß ich Geschrei vernahm, und ein Mann wimmerte und fing an zu husten und wurde dann still. Später lag ich in einem Boot und wurde über Land geschleppt. Ich bekam zu trinken und wußte von nichts. Dann schwamm das Boot auf dem Wasser, und ich war fast immer gleich einem Toten. Der Mann am Ruder redete viel, und ich konnte manches verstehen. Es war der andere Kazar; er sang und pfiff und war fröhlich. Beim Überfall war er geflohen, um laufend mein Schiff zu erreichen, aber das war nicht mehr dagewesen. Da war er zurückgekehrt; er hatte sich an die zwei, als sie sich mit mir zu tun machten, herangeschlichen und sie mit Pfeilen erlegt. Warum er sich um das, was von mir übrig war, noch Mühe gab, kann niemand wissen; aber er mag ein guter Mann gewesen sein, wie das die Kazarer oft sind. Zwei arme Männer waren vom anderen Strande herübergekommen, um die Toten zu plündern; ihnen hatte er das Schiff des Schatzmeisters mit allem darin geschenkt, wogegen sie ihm ihr Boot überlassen und ihm helfen mußten, mit mir über die Schleppstelle zu kommen. So geschah es, und von alledem weiß ich nur soviel, als er mir davon gesagt hat.

Er lachte viel und rühmte sein Glück, denn er hatte beim Schatzmeister und dessen Vater viel Gold und Silber gefunden, und die Rüstungen und Waffen, die er ihnen abgenommen hatte, waren von erlesener Art. Auch die anderen hatten Schmuck und Münzen bei sich gehabt, und bei meinem Sohn hatte er einen schönen Ring gefunden. Nun wollte er sich in Kiew Pferde und ein paar Frauen kaufen und dann gepanzert, als reicher Mann, zu seinem Volk zurückkehren. Während er mich alles dies hören ließ, pflegte er mich, so gut er es vermochte; und ich trachtete ständig danach, mich aus dem Boot zu wälzen und mich zu ertränken; aber meine Schwäche war allzu groß.

Er wußte, daß ich nach Kiew wollte, und als wir dorthin gelangten, führte er mich zu Mönchen. Ich versuchte, ihm mit Silber sein Tun zu lohnen, denn an meinen Gürtel hatte niemand gerührt, er aber wollte nichts annehmen. Er habe genug, sagte er, und durch das, was er für mich getan, sei er bei Gott nun gut gestellt.

Nun blieb ich bei den Mönchen und wurde von ihnen gepflegt. Und endlich wurde es besser mit mir, und ich begann wieder, des Goldes zu gedenken. Männer aus der Heimat kamen zu den Mönchen und stellten Fragen; sie begriffen, daß ich heim wollte und hörten auch, daß ich bezahlen konnte. So kam ich allmählich flußaufwärts, der eine übergab mich dem andern, bis ich auf das gotländische Schiff gelangte, auf dem wir uns begegnet sind.

Und während dieser ganzen Zeit war es schwer für mich, zu bedenken, daß ich vom Bulgarengolde nichts würde berichten können, auch wenn ich zuletzt in die Heimat und zu Verwandten gelangte. Aber deine Weisheit, Priester, war meine Hilfe, so daß nun alles gesagt ist und ich ruhiger sterben kann.

Mit dem Golde jedoch soll Orm tun, wie ihn gutdünkt. Es ist ein großer Schatz, der für viele ausreicht, und niemand kann sagen, wieviel dieses Gold wert ist und wieviel Blut um dessentwillen vergossen ward. Es liegt an der Stelle, die ich genannt, und für den, der darum weiß, ist es nicht schwer zu finden. Und noch ein anderes Kennzeichen gibt es nahe dem Golde: das sind die von den Krähen reingehackten Knochen des Schatzmeisters Theophilus und des Protospatharius Zacharias – mögen ihre Seelen in Ewigkeit unstet den Fluß umflattern! – Dort liegen auch die Knochen meines Sohnes Halvdan – ihm helfe Gott!

Wie sie sich berieten, um das Gold zu holen

Sobald Orm vom Golde erfahren hatte, schickte er einen Boten zu Toke. »Sag ihm, daß es eine Reise gen Osten gilt, um einen großen Schatz zu holen«, befahl er, »und daß ich mich mit ihm darüber beraten will. Und es wäre gut, wenn er sich mit dem Herkommen beeilte.«

Toke brauchte nicht erst überredet zu werden; er kam nach Gröning, noch bevor Are und der Priester mit ihrer Erzählung zu Ende waren, und zeigte sich begierig, von dem, was man vorhatte, mehr zu hören.

Sobald er begrüßt worden war und Bier erhalten hatte, sagte er:

»Botschaft mir kam
von bauschigem Segel,
von Ruderschlag
und von Gold im Osten.
Weither riefen
mich lockende Düfte
von salzigem Meergischt,
von teerigem Kiel.«

Aber Orm entgegnete ihm nachdenklich:

»Klugheit und zweimal
zwanzig Jahre
reizen wenig
zu unsichrer Fahrt.
Nicht soll hasten

der Heermann, holt er
fernher Gold
aus dem Gardareich.

Aber der Schatz ist unermeßlich groß«, fügte er hinzu, »und noch nie ist mir eine Entscheidung so schwergefallen. Ylva will mir nicht raten. Sie sagt, in dieser Sache müsse ich selbst entscheiden, und eine solche Antwort bekommt man von ihr nicht jeden Tag. Darum habe ich dich zu Hilfe gerufen. Auch Olof Sommervogel ist hier; er ist selbst im Osten gewesen und ist ein sehr kluger Mann. Aber drei sind besser als zwei, wo Wichtiges beraten wird.«

Toke hörte nun von Ares Schicksal und auch vom Bulgarengold; aber von der Stelle, wo es versteckt lag, sagte Orm nichts. »Das behalte ich für mich, bis wir dort sind«, sagte er. »Denn Gold kann viel Unglück anrichten, und wenn zu früh bekannt wird, wo der Schatz liegt, mag das anderen zu Ohren kommen, und jemand könnte noch vor mir dorthin gelangen. Aber soll dieses Gold überhaupt geholt werden, so wird kein anderer das tun als ich, denn ich habe es von Are, der sich schon zu den Toten zählt, geerbt. Und kommt es wirklich zu dieser Fahrt, so wird ohne Knausern vom Schatz an alle ausgeteilt werden, die mir geholfen haben. Es steht schlimm um mich, seit ich von diesem Gold hörte, und die Gedanken an so viel Ungewisses nehmen mir mitunter den Schlaf. Am meisten verdrießt mich, daß ich während dieser ganzen langen Reise mich um den Hof und die hier Zurückgelassenen werde sorgen müssen. Und dann ist auch zu bedenken, daß das Anschaffen eines guten Schiffes viel Geld verlangt und ebenso der Lohn für die Schiffsleute. Und entgeht mir der Schatz zuletzt doch noch, weil ein anderer mir zuvorkam, so ist nutzlos viel ausgegeben worden.«

Toke erklärte sich ohne Zögern zur Fahrt bereit, und er fuhr fort: »Ich rate dir gut, Orm, wenn ich sage, daß du hinausfahren sollst. Denn du wirst sonst immerzu an dieses Gold denken müssen, bis du zuletzt weder essen noch schlafen kannst und dich nie mehr wohl fühlen wirst. Und es kann leicht geschehen, daß du so lange grübelst und dich grämst, bis du gar um deinen Verstand kommst. So begreife doch, daß es dein Schicksal ist, dieses Gold zu holen; und man hat ja schon Schlimmeres als das gehört. Eine lange Reise wird es sein, das ist wahr; aber es ist nur recht, daß du dich eines solchen Schatzes wegen ein wenig anstrengen mußt. Was mich betrifft, so steht es so, daß der Handel mit Fellen schlecht geht und daß meine Frau ein Kind erwartet. Daher kann ich dich begleiten, ohne mir Sorgen zu machen.«

»Auch Rapp hat mir geraten zu reisen«, sagte Orm, »aber das tat er, als er noch glaubte, er würde mitkommen. Als ich ihm dann sagte, er müsse zurückbleiben, um nach dem Hof und dem Gesinde zu sehen, da bedachte er sich und riet mir, das Gold zu vergessen und daheim zu bleiben. Vater Willibald rät mir auf seine eigene Art: er meint, ich sei schon reich und auch alt genug, um nach himmlischen Schätzen mehr als nach irdischen zu trachten. Aber in dieser Sache fällt es mir schwer, so zu denken wie er.«

»In diesem hat der Priester unrecht«, sagte Toke, »mag er in anderen Dingen noch so weise sein. Denn mit dem Menschen steht es so, daß er auf Geld und Gut ganz besonders bedacht ist, wenn er zu altern beginnt. So ging es mit König Harald, sagte mir meine Frau; und er war der weiseste aller Menschen, obwohl es einmal so kam, daß ich ihn an der Nase führte. Und ich selbst ärgere mich Jahr für Jahr mehr über die gotländischen Kaufleute bei Kalmar, auch dann, wenn sie für meine Felle nicht weniger zahlen als ehedem.«

»Auch anderes ändert sich mit den Jahren«, sagte Orm. »Es ist nicht gesagt, daß ich jetzt zu einer Langfahrt ebenso gut tauge wie einst.«

»Ich bin älter als du«, sagte Toke, »und mich drücken

die Jahre nicht. Auch ist es nicht lange her, daß es hieß, du habest mit einem Besenstiel zwei Berserker erschlagen. Das kann man nicht anders als flink nennen und scheint mir ein Beweis, daß deine Jugend noch nicht vorbei ist, wenn auch du selbst daran zweifelst. Jene beiden stellten deiner Tochter Ludmilla nach, wie man sagt; nun wird sie gewiß von den Frauen beneidet, und sicher scharen sich um sie auch viel Mannsleute. Aber nun will ich von dir, Olof, erfahren, wie in dieser Sache dein Rat ist.«

»Orm und ich haben viel darüber geredet«, sagte Olof Sommervogel nachdenklich, »und ich bin ebenso unschlüssig gewesen wie er und habe ihm nicht raten können. Ich weiß besser als ihr beide, wie lang diese Reise ist und welche Gefahren sie bieten kann; aber mit einem Schiff voll tüchtiger Männer kann viel gewagt werden. Orm will, daß ich mit dabei bin, wenn es zur Fahrt kommt, aber für mich gibt es da manche Schwierigkeit. Immerhin, es ist klar, daß ich von nicht geringem Nutzen sein könnte, denn ich kenne den ganzen Weg bis nach Miklagård und auch den großen Strom und seine Gefahren. Nun bin ich endlich zu einem Entschluß gekommen, und mein Rat ist der: Du sollst das Gold holen, Orm, und ich werde dich auf der Fahrt begleiten, wenn du mir dafür deine Tochter Ludmilla zur Frau gibst.«

Orm schaute ihn verwundert an.

»Hab' ich's nicht gesagt?« fiel Toke lachend ein. »Da haben wir den ersten der Freier.«

»Du hast ja schon eine Frau«, sagte Orm.

»Ich habe zwei«, antwortete Olof, »denn so ist es bei den Häuptlingen meiner Gegend Brauch. Aber wenn ich deine Tochter bekomme, jage ich die beiden anderen vom Hofe.«

»An einen schlechteren Schwiegersohn könnte ich gewiß geraten«, sagte Orm nachdenklich, »und viel spricht dafür, sie zu verheiraten, bevor noch andere Berserker sich heulend um sie sammeln. Aber dies ist eine große Sache, und es lohnt sich, über sie nachzudenken. Hast du mit meinem Weibervolk darüber gesprochen?«

»Mit ihnen reden, ohne dich gefragt zu haben – das wär recht übel getan. Aber ich glaube, Ylva wird nichts dagegen haben. Sie weiß ebensogut wie du, daß ich der reichste Häuptling in ganz Finnveden bin, daß ich – ungerechnet die Sterken – siebenmal zwanzig Kühe besitze, und ferner daß mein Geschlecht das älteste ist.«

»Von meinem eigenen Geschlecht will ich nicht reden, obschon es besser sein mag als die meisten«, sagte Orm; »denn der ›Weitgreifende‹ gehört zu meinen Vorvätern, und nach ihm hat mein jüngster Sohn seinen Namen. Aber das Mädchen ist eine Enkelin König Haralds, bedenke das wohl, und in ganz Småland würdest du vergeblich nach einer ebenso vornehmen Ehehälfte suchen. Darum, wenn du meine Tochter haben willst, bin ich der Meinung, daß du die Frauen, die du jetzt hast, weiter wegtreiben mußt als bloß bis zum Brauhause oder in die Hinterstube; und sie wird sich schlecht mit dir vertragen, wenn du dich später nicht einzig an sie hältst.«

»Dieser Ehre ist sie wert«, sagte Olof; »und ich habe schon merken können, daß es mit dem häuslichen Frieden schlecht bestellt ist, wenn man mehr Frauen hat als eine. Aber nun ist es mir eine große Freude, daß du in dieser Sache nicht gegen mich bist, und daher sag ich dir Dank.«

»Danke mir nicht zu früh«, sagte Orm. »Wir wollen zuerst hören, was Ylva dazu sagt. Bestimmen tu ich; aber in solchen Dingen läßt der Kluge auch immer seine Frau ein Wort mitreden.«

Man rief Ylva zur Beratung herbei; und als sie hörte, wovon die Rede war, sagte sie, dieses käme ihr nicht ganz unerwartet.

»Einen solchen Freier darf man nicht abweisen«, sagte sie. »Denn du, Olof, bist sowohl reich wie auch von gutem Geschlecht, so daß es schwer wäre, in diesen Gegenden deinesgleichen zu finden. Dazu hast du einen guten Verstand, und ich hab' immer gemeint, das sei viel wert. Nun wohl: wenn du noch klüger wärst als du bist, dann hättest du dir die milde und gefügige Oddny gewünscht, die ebenso gut ausschaut wie ihre Schwester; aber in diesen Dingen macht ihr Männer es nun mal, so gut ihr könnt, und mehr kann von euch nicht verlangt werden. Mir paßt es gut, daß du Ludmilla gewählt hast, denn sie ist halsstarrig, und mit ihr umgehen ist nicht leicht. Aber das mag sich bessern, sobald sie einen Mann hat.«

»So ist's«, sagte Toke. »Vom Mädel läßt sich nichts Böses sagen. Und ihre Gemütsart ist nicht schlimmer als die deine war, damals als Orm und ich dich zum erstenmal auf dem Königshof trafen. Dennoch bist du recht bald gezähmt worden, und ich habe Orm nie über dich klagen hören.«

»Wie du schwatzen kannst, Toke«, sagte Ylva. »Ich bin gar nicht gezähmt worden. Wir von Gorms Blute können nie gezähmt werden. Wir sind – auch vor Gott –, wie wir sind. Aber Orm erschlug Sigtrygg und schenkte mir Almanzurs Kette, vergiß das nicht, und da begriff ich, daß er mir zugehört; denn kein anderer hätte das getan. Aber kommt nicht, um mir zu sagen, daß ich gezähmt worden bin.«

»Das war eine nützliche Kette«, sagte Orm, »niemand kann das leugnen. Und eine ebensolche könnte auch Ludmilla bekommen, wenn wir das Gold heimholen. Nun magst du selbst mit ihr reden, Olof, und von nun an soll sie als deine Braut gelten. Wenn wir zurück sind von der Fahrt, ist die Hochzeit, falls du deine Frauen dann aus dem Wege geschafft hast.«

Olof sagte, dergleichen mache in Finnveden keine Umstände; es käme nur darauf an, den Frauen gebührend auszuzahlen und sie gehen zu lassen. Das sei bald getan; und ihm scheine es am besten, wenn die Hochzeit noch vor der Reise stattfinde. Aber Orm und Ylva waren dagegen, und er mußte sich bescheiden.

So weit ging für Olof Sommervogel in dieser Sache alles gut, wenn auch nicht in allen Stücken genau so, wie er es sich wünschte. Ludmilla nahm ihn gut auf, und sie hatten viel miteinander zu reden. Man konnte ihr ansehen, daß sie zufrieden war, obschon sie später Ylva und Oddny anvertraute, sie habe von einem solchen Häuptling erwartet, er werde nicht anders als mit den Händen voll von Kleinodien um sie werben. Sie fragte ihn, ob er in der Betrunkenheit bösartig sei und ob er sich morgens am muntersten fühle oder abends; sie wollte auch genau wissen, wie die beiden Frauen aussähen, die er ihretwegen nun vom Hof treiben werde, und wie dieser denn sei und wie die Kühe und was für Knechte und Mägde er habe und welche Reichtümer seine Truhen bärgen. Über alles dieses gab er ihr einen Bescheid, der sie zufriedenstellte.

Aber Vater Willibald setzte eine strenge Miene auf, als er von alledem erfuhr. Denn in der Eile hatte niemand daran gedacht, daß Olof Sommervogel kein Christ war, und das war in Vater Willibalds Augen schlimm. Eine christliche Jungfrau, die er selbst getauft habe, sagte er, dürfe einem Heiden nicht ausgeliefert werden, und diese Heirat könne nur stattfinden, wenn Olof sich taufen lasse. Darüber gab es nun zwischen den Frauen scharfen Wortwechsel; denn Åsa hielt es mit dem Priester, aber Ylva und Ludmilla waren gegen ihn. Schließlich befahl Orm, mit dem Gezänk aufzuhören, denn man habe nun an die Reise zu denken, und nachher würde man reichlich Zeit haben, von anderen Dingen zu reden. Wenn Olof sich dann taufen lassen wolle, sei es gut; wenn nicht, so werde er das Mädchen trotzdem bekommen.

»Nachher wird sie Zeit genug haben, ihn zum Christen zu machen, wenn sie meint, daß es sich lohnt«, sagte er.

Åsa wies ihn dieser Worte wegen scharf zurecht; aber Orm bat sie, doch an Are zu denken und sich darauf zu besinnen, daß es Christen gewesen waren, die ihn so zugerichtet hatten.

Vater Willibald saß düster da. Seit das Jahr Tausend

ohne Jüngstes Gericht zu Ende gegangen sei, diene man Christo nicht mehr mit dem gleichen Ernst. »Und wenn das so fortgeht«, sagte er, »dann siegt zuletzt der Teufel, und ihr alle werdet wieder zu Heiden werden.«

Aber Orm bat ihn, guten Mutes zu sein und nicht so schlecht von ihnen allen zu denken.

»Denn mit Christus bin ich wohl zufrieden«, sagte er, »und ich hoffe, er ist es auch mit mir, wenn auch ich meine Tochter so verheirate, wie ich selbst es am besten finde. Und es gehört viel dazu, daß ich ihm treulos werde, denn er ist mir immer hilfreich gewesen.«

Toke sagte, zu diesem Gespräch könne er durch Neuigkeiten aus Värend einiges beitragen.

»Ihr erinnert euch ja wohl noch des Priesters Rainald«, sagte er, »jenes, der um Christi willen den greisen Styrkar am Stein erschlug. Nun ist die Alte, deren Knecht er hat werden müssen, gestorben, und er ist wieder ein freier Mann, der bei vielen in großem Ansehen steht. Und Priester ist er auch jetzt noch, aber es ist nicht mehr Christus, dem er dient; denn seiner ist er überdrüssig geworden, schon als er der Knecht jener Alten war, und jetzt verflucht er alles, was irgend dem christlichen Glauben zugehört. Stattdessen hält er sich zu Frey und häuft großen Reichtum an durch die Kunststücke, auf die er sich versteht. Alle Frauen gehorchen ihm und halten ihn für den größten Priester, der noch je bei den Virden gesehen ward. Und es heißt, daß Gefolgschaft sich um ihn gesammelt hat und daß er ein echter, rechter Landstreicherhäuptling geworden ist.«

Vater Willibald hörte das mit Entsetzen. Hinfort, sagte er, brauche er also diesen Mann nicht mehr in sein Gebet einzuschließen, und es sei das erstemal, daß er von einem christlichen Priester gehört, der sich offen dem Teufel ergeben habe.

Ylva meinte, jener habe doch auch seine guten Seiten gehabt, und es sei schade, daß es ihm so schlimm ergangen sei.

Aber Orm lachte. »Laß doch jene beiden, ihn und den Teufel, in Ruhe übereinkommen«, sagte er. »Wir haben jetzt an Wichtigeres zu denken.«

Nun war er, was die Fahrt nach dem Golde betraf, nicht mehr unschlüssig. Man beschloß, um Mittsommer zu segeln, wenn bis dahin an der Küste ein gutes Schiff gefunden würde, das verkäuflich sei.

»Aber am schlimmsten ist es mit dem Schiffsvolk«, sagte Orm. »Wir müssen seetüchtige Männer haben, aber hier im Binnenlande sind solche selten; und der Fracht wegen, die wir heimzuführen gedenken, kann es gewagt sein, fremde Leute zu dingen. Vielleicht ist es klug, nur wenige mitzunehmen, dann wäre ja auch die Löhnung geringer; aber noch klüger mag es sein, viele zu nehmen, denn wir wissen nicht, welche Gefahren unser warten.«

Wie sie nach Vi auf Gotland fuhren

Olof Sommervogel zog heim, um sich für die Fahrt zu rüsten und in Halland unter den Männern, die er kannte, Schiffsbemannung zu dingen; und Orm, Toke und Harald Ormsson ritten zur Küste hinab, um ein Boot zu suchen. An der Flußmündung fanden sie eins, das verkäuflich war; sein ältlicher Besitzer wollte es zu Geld machen, um seinen Töchtern ihr Erbgut auszuzahlen. Bei genauer Besichtigung zeigte es sich, daß das Boot in gutem Zustand war; und es konnte als ansehnlich gelten, da es für 24 Paar Ruder gebaut war. Orm meinte jedoch, es hätte nicht geschadet, wenn es noch größer gewesen wäre, und das war auch Tokes Ansicht.

»Denn die damit segeln werden, sind große Häuptlinge«, sagte er, »und dreißig Paar Ruder wären für uns nicht zu viel.«

»An den Schleppstellen«, sagte Harald Ormsson, »dort, wo es, wie Olof Sommervogel uns gesagt hat, über

Land gezogen werden muß, werdet ihr es vielleicht groß genug finden.«

»Du, Orm, hast ja immer Glück«, sagte Toke, »und so steht es denn bei dir so, daß deine Klugheit sich auf die Kinder vererbt hat.«

»Es ist schlimm, wenn ein Mann von seinem Sohn belehrt werden muß«, sagte Orm, »und solange ich zu bestimmen habe, soll das nicht zur Gewohnheit werden. Aber dieses Mal muß ich zugeben, daß der Junge recht hat. Das Schleppen wird jetzt mühsamer sein als damals, da wir die Glocke des heiligen Jakob zogen.«

»Damals waren wir jung«, sagte Toke; »jetzt sind wir große Häuptlinge und brauchen nicht selber die Seile zu fassen. Mag doch das junge Volk im Anspann liegen, während wir mit den Daumen im Gürtel nebenher gehen und uns darüber wundern, wie gering die Kräfte der Jüngeren sind! Und es mag sein, daß ein Schiff wie dieses ihnen reichlich schwer scheinen wird.«

Endlich, nach langem Handeln, kaufte Orm das Schiff.

An der Flußmündung lagen große Höfe; dort kaufte er Ochsen, Schweine und Malz und verabredete mit den Bauern das Schlachten, Räuchern und Brauen, damit das Schiff mit Speise und Trank wohl versehen sei. Er staunte sehr, als er merkte, wieviel Silber das alles kosten würde, und seine Trauer wuchs, als er eine Anzahl junger Männer auf den Höfen zu einjähriger Langfahrt gedingt hatte; so ritt er denn mißmutig mit den andern heim, wobei er vor sich hinmurmelte, daß dieses Bulgarengold ihn noch in Armut und Elend bringen werde.

»Eines habe ich jetzt gelernt«, sagte Harald Ormsson, »daß viel Silber nötig ist, um Gold zu gewinnen.«

»Das ist recht gesagt«, entgegnete Toke, »und machst du so weiter, wie du begonnen hast, dann wirst du noch ebenso weise wie dein Großvater. ›Von Odins Armring tropft jeden Mittwoch ein neuer Ring herab‹, sagten die Alten, so daß er mittlerweile zu recht vielen gekommen sein muß; aber hätte er den ersten nicht gehabt, so wäre er jetzt ohne einen einzigen. Schwing dich nie zum Wiking auf, wenn du nicht viel Silber hast und versuche dich auch nicht als Pelzhändler, das ist mein Rat. Nur Dichter können mit leeren Händen Reichtum gewinnen, aber dann müssen sie sich auf bessere Weisen verstehen als andere. Das ist das Ärgerliche bei diesem Beruf.«

Auf dem Heimwege ritten sie zu Sone, dem Seher, denn Orm hatte dort Geschäfte.

Sones Hof war groß und geräumig, und überall wimmelte es von seinen Söhnen und deren Kindern. Er selbst war nun über die Maßen alt; vor sich hinmurmelnd saß er am Feuer. Orm grüßte ihn ehrfürchtig, und nach einer Weile erkannte ihn Sone; er nickte ihm freundlich zu, fragte nach Neuigkeiten und begann von seiner Gesundheit zu reden. Die sei nun nicht mehr so gut wie einst, jedoch nicht so, daß er zu klagen hätte, und er sei froh, daß sein Verstand nicht gelitten habe; der tauge immer noch mehr als der anderer Leute.

Eine Schar seiner Söhne war hereingekommen, um die Gäste zu begrüßen und Neuigkeiten zu hören; es waren kräftige Männer jeden Alters. Als nun ihr Vater auf seinen Verstand zu sprechen kam, riefen sie: was der Alte da sage, sei dummes Zeug; von Verstand sei bei ihm jetzt nichts mehr vorhanden, nur Zunge und leeres Geschwätz seien noch übrig. Das ärgerte Sone; er hob drohend seinen Stock und brachte sie zum Schweigen.

»Sie reden einfältig«, sagte er zu Orm. »Sie glauben nämlich, es habe mich meinen ganzen Verstand gekostet, sie zu zeugen, so daß für mich selbst nichts mehr übriggeblieben sei. Aber es ist leicht zu merken, daß dies nicht stimmt; denn viel Verstand ist ihnen nicht zugefallen. Mitunter jedoch kommt es vor, daß ich ihre Namen verwechsle oder auch sie ganz und gar vergesse, und im Ärger darüber reden sie schlecht von mir. Aber in Wahrheit verhält es sich so, daß es sich gar nicht lohnt, diese Namen im Gedächtnis zu haben.«

»Ich bin sowohl deinetwegen als auch um deiner Söhne

willen hierhergekommen«, sagte Orm. »Um ein Erbe zu holen, unternehme ich eine Langfahrt gen Osten, ins Gardareich. Ein Schiff habe ich schon gekauft. Es kann eine Fahrt werden, auf der kampftüchtige Leute nottun. Deine Söhne habe ich immer als herzhafte Männer rühmen gehört, daher meine ich, es wäre günstig, wenn einige von ihnen mit mir kämen. Ich zahle, wie sich's gebührt, und geht alles gut, so mag es sein, daß bei der Rückkehr Silber ausgeteilt wird.«

Als Sone das hörte, lebte er auf. Eine bessere Neuigkeit sei ihm lange nicht zu Ohren gekommen, sagte er, und er würde gern eine Schar seiner Söhne mitschicken. Sie könnten es gut brauchen, einmal in die Welt hinauszukommen, um auf diese Weise gesittet und verständig zu werden. Und außerdem würde dann das Gedränge um ihn her nicht mehr so groß sein.

»Nun, da ich alt bin, sind es ihrer zu viele«, sagte er. »Nimm die Hälfte von ihnen mit, davon werden wir beide Nutzen haben, aber nimm nicht von den ältesten und nicht von den jüngsten, sondern ein halbes Schock von den mittleren. Auf einem Schiff sind sie noch nie gewesen, aber wo es Kampf gibt, da taugen sie.«

Einige der Söhne waren sofort bereit; andere wurden nachdenklich und wollten sich erst später entscheiden. Sie hatten davon gehört, wie Orm die beiden Berserker erschlagen hatte, und er schien ihnen ein Häuptling nach ihrem Sinn zu sein. Nun beratschlagte man bis spät in den Abend, und zuletzt wurde es so, daß elf sich zur Fahrt entschlossen. Sie versprachen, sich gegen Mittsommer bereit zu halten; dann wollte Orm sie abholen.

Toke schien das eine gute Werbung, denn diese Männer sahen danach aus, als würden sie ihren Mann stehen. Auch Orm war zufrieden, und als sie am nächsten Morgen weiterritten, war sein Mißmut geschwunden.

Daheim kam man ihnen mit einer traurigen Nachricht entgegen: Are war tot. Man hatte seine Leiche soeben aus dem Fluß gezogen. Nur Svarthövde hatte gesehen, wie er gestorben war, und er hatte nicht viel zu berichten. Er und Are waren beim Fischen gewesen, und dabei sei es nicht anders hergegangen als sonst, nur daß Are ihm einige Male über Wange und Haar gestrichen habe. Nach einer Weile sei er aufgestanden und habe dreimal das Kreuz geschlagen; und dann sei er mit schnellen Schritten ins Wasser gegangen und dort, wo es plötzlich tief wurde, verschwunden, ohne wieder zum Vorschein zu kommen. Svarthövde habe nichts tun können, um ihn zu retten, und es habe lange gedauert, bis sein Leichnam gefunden wurde.

Åsa hatte sich, nachdem dies geschehen war, zu Bett gelegt und wäre am liebsten gestorben. Orm setzte sich zu ihr und tröstete sie, so gut es gehen wollte. Niemand, sagte er, dem es ergangen sei wie Are, hätte am Leben noch Freude haben können, und es verstehe sich von selbst, daß er sich fortgesehnt habe aus seinem Elend, hin zu Gott, nun da er die Angelegenheit mit dem Golde zu Ende geführt habe.

»Bedenke doch«, sagte er, »daß Gott ihn nun wieder sehend macht und daß er seine Hand und seine Zunge wiederbekommt; ja, vielleicht hat er auch schon seinen Sohn dort oben getroffen. Alles das ist kein geringer Gewinn, und jeder Kluge hätte es ebenso gemacht.«

Åsa stimmte ihm zu, fand aber doch, daß solche Trauer schwer zu verwinden sei, und es dauerte drei Tage, bis sie wieder auf den Füßen war. Are wurde bei der Kirche begraben, dicht neben dem Platz, da Vater Willibald die beiden Köpfe der von Östen in Öre getöteten heiligen Männer bestattet hatte. Åsa wollte neben Are begraben werden, und sie meinte, bis dahin werde es nun nicht mehr lange dauern.

Toke ritt heim, um sich reisefertig zu machen, und vor Mittsommer fanden sich sowohl er wie auch Olof Sommervogel wieder auf Gröning ein; jeder mit einer Gefolgschaft von tüchtigen Männern. Olof hatte viel zu besorgen gehabt; seine beiden Frauen hatte er reich entschädigt und vom Hofe verbannt, obschon eine von ihnen damit nicht zufrieden war und sich stark widersetzt hatte. Nun hinderte ihn nichts, Ludmilla in allen Ehren zu heiraten, und er sprach wieder den Wunsch aus, nun gleich Hochzeit zu machen. Aber Orm blieb bei dem, was er gesagt hatte, und hielt es für verkehrt, vor der Reise an dergleichen zu denken.

»Sie ist dir ja doch verlobt«, sagte er, »und damit mußt du dich bescheiden. Ein neugebackener Ehemann taugt wenig auf einer Langfahrt. Wir haben unseren Handel abgeschlossen und dabei soll es bleiben. Zuerst holen wir das Gold, und wenn das getan ist, bekommst du meine Tochter zum Lohn für deine Hilfe. Hier ist es nicht Brauch, zu zahlen, noch bevor etwas geleistet wurde.«

Olof Sommervogel war ein Mann, der in allem rechtlich dachte, und er konnte nicht leugnen, daß, was Orm gesagt hatte, wirklich stimmte. Er selbst hatte nichts dagegen vorzubringen als seine Vernarrtheit in das Mädchen, und die war für alle höchst belustigend. Denn kaum daß Ludmilla in seine Nähe kam, veränderte sich seine Stimme, und er mußte nach Atem ringen; ja, er sagte selbst, daß ihm derartiges noch nie widerfahren sei. Ludmilla dachte, was die Hochzeit betraf, nicht anders als er, aber sie konnte Orm anmerken, daß Überreden nutzlos bleiben würde. Olof und sie waren sich jedoch bald klar, daß sie die Köpfe nicht hängen zu lassen brauchten, denn sie waren sich ja in dieser Sache einig.

Vor der Abreise bestimmte Orm genau, wie es auf dem Hof gehalten werden sollte. Rapp, sagte er, müsse daheim bleiben und in allem nach dem Rechten sehen, wenn auch dieser bis zuletzt darüber brummte und mitfahren wollte. Orm ließ ihm genug Leute, um den Hof bewirtschaften und auch verteidigen zu können. Aber Ylva sollte über alles die letzte Entscheidung haben, und nichts Wichtiges durfte vorgenommen werden, ohne daß man sie gefragt hatte. Harald sollte daheim bleiben, denn Orm wollte seinen Erstgeborenen nicht den Gefahren dieser Reise aussetzen, zu der auch Harald selbst keine große Lust zeigte; aber Ulf Frohsinn durfte mitkommen und schließlich auch sogar Svarthövde, nachdem er Orm und Ylva lange mit seinen Bitten in den Ohren gelegen hatte. Mehr als einmal hatte Ylva vor Trauer und auch vor Zorn und Raserei Tränen vergossen, weil Svarthövde in dieser Sache so halsstarrig war. Sie fragte, was ein Dreizehnjähriger wohl unter Kriegern solle? Aber nichts half. Er sagte, wenn man ihm nicht den Willen lasse, würde er von Hause fortlaufen und mit fremden Schiffen außer Landes fahren.

Und Ulf Frohsinn versprach, noch viel besser auf Svarthövde achtzugeben als auf sich selbst. Das hielt dieser für überflüssig, aber er versprach von sich aus, stets vorsichtig zu sein; dennoch, sagte er, wolle er sich mit allen bösen Männern schlagen, die anderen die Augen ausstechen, falls er solchen begegnen würde. Er hatte nun Schwert und Spieß und fühlte sich schon ganz als Krieger. Orm freute sich, ihn bei sich zu haben, aber wollte das vor Ylva nicht merken lassen.

Vater Willibald hielt zum Abschied für die Seefahrer eine große Predigt und sprach einen langen Segen über sie. Toke und Olof Sommervogel und die heidnischen Männer ihrer Gefolgschaft saßen mit dabei und meinten alle, daß der Segen eine merklich stärkende Wirkung auf sie gehabt habe. Viele traten nachher auf den Priester zu, zogen ihre Schwerter und baten ihn, auch diese zu segnen.

Beim Aufbruch weinten die Frauen viel, und auch unter den Fortziehenden gab es manchen, der traurig gestimmt war. Die meisten aber freuten sich auf die Fahrt; sie versprachen, schöne Dinge mit heimzubringen, und auch Orm war guten Mutes, als er nun mit so prächtiger Gefolgschaft dahinritt.

Sie kamen zu Sone, dem Seher, um seine Söhne abzuholen, und die waren in kurzem reisefertig. Der Alte saß auf einer Bank an der Hauswand und wärmte sich in der

Sonne. Er befahl den elf Söhnen, die jetzt fortziehen sollten, einzeln vor ihn hinzutreten, damit er jedem Lebewohl sage. Sie taten nach seinem Wunsch, und er betrachtete sie aufmerksam und versah sich kein einziges Mal, wenn er sie leise beim Namen nannte. Als auch der letzte vor ihm gestanden hatte, starrte der Alte still vor sich hin, und dann durchfuhr ihn ein Schauder, und die Augen schließend, lehnte er den Kopf an die Wand. Da entstand Unruhe bei den Söhnen; sie wichen zurück und murmelten scheu: »Jetzt schaut er! Seht doch! Jetzt schaut er!«

Nach einer Weile öffnete er die Augen, blickte wie abwesend umher, als sei er aus langem Schlaf erwacht. Dann kam er wieder zu sich, nickte seinen Söhnen zu und sagte, nun sollten sie reiten.

»Was hast du gesehen?« fragten sie.

»Euer Schicksal«, antwortete er.

»Werden wir zurückkommen?« fragten sie eifrig.

»Sieben kehren zurück.«

»Und die vier anderen?«

»Die bleiben, wo es ihnen bestimmt ist.«

Nun umdrängten ihn die elf und baten ihn eindringlich, die vier zu nennen.

»Denn wenn vier in der Ferne sterben sollen, dann ist es besser, sie bleiben daheim, damit ihnen nichts geschieht.«

Aber der Alte lächelte traurig.

»Jetzt redet ihr einfältig, wie so oft«, sagte er. »Ich habe das Gespinst der Spinnerinnen geschaut und weiß: vieren von euch ist nur noch kurze Zeit gegeben. Und ihren Faden kann niemand verlängern. Vier von euch werden sterben, wohin sie sich auch wenden mögen, und ihr werdet es früh genug erfahren, welche es sind.«

Er schüttelte nachdenklich den Kopf, dann sagte er: »Die Finger der Spinnerinnen schauen, das schafft dem Menschen keine Freude, und es sind ihrer nur wenige, die sie sehen. Dieses Schauen kommt über mich, obschon ich gern davon verschont bliebe. Aber die Gesichter der Spinnerinnen haben sich mir noch nie gezeigt.«

Wieder schwieg er. Dann blickte er seine Söhne an und nickte. »Geht nun«, sagte er. »Sieben kehren zurück. Und das ist genug.«

Die Söhne widersprachen nicht mehr, denn Scheu vor dem Alten hatte sie ergriffen, und ebenso war es Orm und seiner Gefolgschaft ergangen. Aber als sie nun fortritten, sagten die Söhne noch eine gute Weile bittere Worte über den Alten und sein absonderliches Wesen.

»Ich hätte ihn gern auch nach mir selbst gefragt«, sagte Toke, »aber ich wagte es nicht.«

»Ich hatte den gleichen Gedanken«, sagte Olof Sommervogel, »aber auch mir fehlte der Mut.«

»Mag sein, daß alles nur loses Geschwätz war«, sagte Orm. »Und doch – es kommt vor, daß auch unsere Alte Gesichte hat.«

»Nur wer Sone nicht kennt, kann es für leeres Geschwätz halten, wenn dies über ihn kommt«, sagte einer der Söhne, der in ihrer Nähe ritt. »Wie er's gesagt hat, so wird es geschehen, denn es ist stets so gewesen. Und durch sein Reden macht er es für uns schlimmer, als er selbst das begreift.«

»Mir scheint, er begreift mehr als die meisten«, meinte Toke. »Euch mag es ja doch ein Trost sein, daß sieben von euch wohlbehalten zurückkehren werden.«

»Das schon«, erwiderte der andere finster. »Aber welche sieben? Nun kann keiner von uns Brüdern einen frohen Tag mehr haben, bevor vier von uns tot sind.«

»Und desto größer wird nachher wahrscheinlich die Freude sein«, sagte Orm.

Aber die Sonesöhne antworteten ihm nur mißmutig mit unverständlichem Grunzen.

Als man beim Schiff angelangt war und die Pferde zurückgeschickt hatte, ließ Orm als erstes den Drachenkopf neu bemalen; denn wenn das Schiff ihnen zur Ehre gereichen sollte, mußte der Drachenkopf rot wie Blut leuchten. Dann wurde alles verladen, und jeder Mann erhielt seinen Platz an Bord. Anfangs war Orm nicht gesinnt, einen Bock für günstige Fahrt zu opfern; aber in dieser Sache stimmten alle gegen ihn, so daß er am Ende nachgeben mußte.

»Sei so christlich gesinnt, wie du willst«, sagte Toke, »aber auf See tut man recht, sich an die alten Bräuche zu halten; und willst du das nicht, so magst du ebensogut sofort kopfüber ins Meer springen, wo es am tiefsten ist.«

Orm spürte, daß etwas Wahres daran sein mochte, obschon es ihm hart schien, daß nun auch noch die Kosten für einen Bock zu den vielen anderen Ausgaben hinzukamen, die ihm die Reise bereits verursacht hatte, noch bevor sie überhaupt angetreten wurde.

Nun war alles bereit, und nachdem sie das Blut des Bockes über den Bug hatten rinnen lassen, segelten sie bei schönem Wetter und günstigem Wind hinaus. Noch aus jungen Jahren kannte Orm das Fahrwasser bis nach Gotland hin, und er hatte es übernommen, das Schiff nach Vi zu steuern. Von dem, was dahinter lag, wußten sie alle nur wenig; man mußte daher einen Steuermann dingen, und bei den Gotländern gab es deren viele.

Orm und Toke machte es Freude, endlich wieder auf See zu sein; es war, als seien plötzlich die Sorgen von ihnen abgefallen, die sie auf dem Festland gedrückt hatten. Als die Gegend von Lister in der Ferne auftauchte, meinte Toke allerdings, daß, wer mit Fellen Handel trieb, gewiß nie sorgenfrei sein könne, aber doch fühle er sich jetzt wieder so unbekümmert wie damals, als er mit Krok hinausgesegelt war.

»Es geht mir über den Verstand«, sagte er, »daß ich mich so lange vom Meere fernhalten konnte. Denn es gibt ja doch nichts Besseres als ein gutbemanntes Schiff. Gewiß, es hat sein Gutes, auf dem Lande sich's wohl sein zu lassen, dessen braucht niemand sich zu schämen; aber weit hinausfahren, dorthin, wo Beute lockt, und dazu diesen Seegeruch in der Nase haben – das ist des Menschen bestes Los und ein gutes Mittel gegen Altern und Langeweile. Es ist seltsam, daß wir Nordmänner so viel daheimsitzen, obwohl wir dieses hier kennen und uns besser als andere auf Schiffe verstehen und wissen, daß die ganze Welt offen daliegt und geplündert werden könnte.«

»Es hängt vielleicht damit zusammen«, sagte Orm, »daß mancher lieber zu Lande alt wird, als daß er auf die Suche geht nach jenem Heilmittel gegen das Alter, das Seefahrern häufig beschert wird.«

»Hier spüre ich gar viele Gerüche«, sagte Svarthövde, »aber keinen, den ich angenehm finde.«

»Das ist, weil du noch nicht an sie gewöhnt bist und dich nicht besser auf sie verstehst«, sagte Orm. »Mag sein, daß der Seegeruch hier nicht so ist wie im Westmeer; da ist das Wasser grüner, weil es salziger ist, und es hat einen stärkeren Geruch. Aber doch ist auch an diesem nichts auszusetzen.«

Svarthövde antwortete darauf nicht, denn jetzt packte ihn die Seekrankheit. Zu Anfang schämte er sich sehr, aber das besserte sich, sobald er sah, daß auch viele Männer, die aus dem Binnenland stammten, bereits über den Schiffsrand hingen; und bald hörte man diesen und jenen mit unsicherer Stimme darum betteln, daß man doch an Land gehen möge, bevor es um sie alle geschehen sei.

»Sie müssen sich daran gewöhnen, die Unglücksvögel«, sagte Orm. »Auch mir ist es einst nicht besser ergangen.«

»Schau dir mal die Sonesöhne an«, sagte Toke. »Jetzt haben sie an anderes als an die Prophezeiung ihres Vaters zu denken. Es dauert eine Weile, bis Landbewohner begreifen, wie gut sie es an Bord haben. Bei diesem Winde können sie speien, ohne daß ihrem Nachbarn etwas davon ins Gesicht fliegt, und unter leicht reizbaren Leuten wird dadurch viel Zank vermieden. Aber man soll nur nicht glauben, daß sie sich über diesen glücklichen Zufall freuen. Umsonst kommt niemand, der auf See ist, zu guter Einsicht; auch Gewöhnung tut not.«

»Die stellt sich allmählich ein«, sagte Orm. »Wird es nun windstill, so müssen sie zu den Rudern greifen und für ungeübte Leute pflegt das ein mühsamer Zeitvertreib zu sein, zumal, wenn die See so hoch geht wie heute. Dann werden sie mit Sehnsucht daran zurückdenken, wie sie noch kurz zuvor friedlich und ohne sich dabei anzustrengen, hatten speien dürfen.«

»Wir machen am besten Olof zum Aufseher über das Rudern«, sagte Toke. »Er weiß, daß man ihm gehorcht.«

»Gehorchen wird man ihm vielleicht«, sagte Orm, »aber seiner Beliebtheit würde es schaden. Das ist immer eine schwierige Aufgabe, und sie ist am schlimmsten, wenn die Ruderer freie Männer sind, die nicht gepeitscht werden dürfen.«

»Aber es würde ihn vielleicht aufmuntern«, sagte Toke. »Er scheint mit seinen Gedanken weit weg zu sein, und ich kann das gut verstehen.«

Olof Sommervogel war der Sinn schwer. Er hatte sich dicht neben den beiden niedergelegt, dämmerte vor sich hin und sprach nicht viel. Aber nach einer Weile sagte er, er wisse nicht recht, ob er seekrank oder liebeskrank sei und ob man wohl über Nacht an der Küste anlegen würde? Orm und Toke meinten beide, das wäre unklug, wenn der Wind anhalte und der Himmel klar bleibe.

»Die Neulinge würden dadurch verwöhnt«, sagte Toke. »Froh, diesem hier entgangen zu sein, würde während der Nacht mehr als einer verschwinden und leicht wieder heim finden. Aber bis wir nach Gotland kommen, wird es ihnen schon besser gehen, und da kann ihnen wieder fester Boden gegönnt werden.«

Olof Sommervogel seufzte und sagte nichts dazu.

»Auf diese Weise«, sagte Orm, »sparen wir auch das Essen, das sie am Lande verzehren und dann ungenützt wieder von sich geben würden.«

Darin hatte er recht; denn der günstige Wind hielt an, und auf der Fahrt nach Gotland konnte bei den Mahlzeiten kaum die Hälfte der Männer ihren Anteil verzehren.

Svarthövde erholte sich bald, und Ulf Frohsinn hatte von der Krankheit nichts gespürt; beide vergnügten sich damit, vor den Augen gar nicht eßlustiger, bleicher Männer die Speisen zu loben und an Knochen zu nagen. Aber sobald man in ruhigeres Fahrwasser gelangt war, holten die Kranken das Versäumte nach, so daß Orm meinte, noch nie ein so gewaltiges Essen gesehen zu haben.

»Aber es sei ihnen gegönnt«, sagte er. »Mag sein, daß sie sich jetzt schon ein wenig an die See gewöhnt haben.«

Im Hafen von Vi auf Gotland lagen so viele Schiffe, daß Orm anfangs im Zweifel war, ob er sich hineinwagen sollte. Der Drachenkopf wurde herabgeholt und der Friedensschild aufgesetzt, und so ruderten sie, ohne gestört zu werden, hinein. Die Stadt war ansehnlich; dort gab es viele Seefahrer und reiche Kaufleute, und Orms Männer hatten dort viel zu begaffen. Da gab es Häuser, die ganz und gar von Stein waren, andere waren nur dazu da, damit man in ihnen Bier trank; und mit Ringen von hellem Gold wanderten muntere Freudenmädchen umher und spuckten jeden an, der nicht gemünztes Silber in der Faust hatte. Aber worüber sie sich in dieser Stadt am allermeisten verwunderten, das war eine Merkwürdigkeit, die sie nicht für wahr halten konnten, bevor sie mit eigenen Augen sie lange betrachtet hatten. Ein Mann aus Sachsenland brachte nämlich den lieben langen Tag damit zu, den reichen Städtern den Bart vom Kinn zu schaben. Dafür bekam er jedesmal von dem, den er so bearbeitet hatte, eine Kupfermünze; auch dann, wenn er ihm blutende Wunden zugefügt hatte. Orms Leute fanden diese Erwerbsart wenig erstrebenswert und hielten sie für seltsamer als alles, was sie bisher gesehen oder gehört hatten.

Olof Sommervogel war nun bei besserer Laune; er und Orm machten sich auf die Suche nach einem tüchtigen Steuermann, und nur wenige Leute blieben an Bord zurück, denn alle wollten die Beine strecken und auch ihren Durst löschen. Aber Toke blieb an Bord, um das Schiff zu bewachen.

»Das gotländische Bier ist so gut«, sagte er, »daß ich mal in jungen Jahren in diesem Hafen recht viel davon getrunken habe. Das machte mich unternehmend, so daß ein Mann erschlagen wurde; und nur mit knapper Not, schwimmend, kam ich mit dem Leben davon. Die Gotländer haben in allem ein gutes Gedächtnis, und es wäre schlimm, nach einer solchen Sache wiedererkannt zu werden, jetzt, da wir doch an Wichtigeres zu denken haben. Ich bleibe deshalb an Bord, und wer an Land geht, möge sich gut in acht nehmen, denn mit Fremdlingen, die Ärgernis geben, hat man hier wenig Geduld.«

Orm und Olof kamen mit dem Steuermann, den sie gefunden hatten, zum Schiff. Er war ein kleiner, untersetzter und graugesprenkelter Mann, der Spof hieß. Er kannte alle östlichen Gewässer, denn er hatte sie viele Male befahren. Bevor er sich entschied, wollte er alles auf dem Schiff genau in Augenschein nehmen. Während das vor sich ging, redete er nicht viel, aber dem meisten, was er sich anschaute, stimmte er nickend zu, und zuletzt bat er, vom Schiffsbier kosten zu dürfen. Dieses hatte Orm an der Flußmündung brauen lassen, und niemand hatte darüber geklagt.

Spof schmeckte davon und stand nachdenklich da.

»Ist das alles Bier, das du hast?« fragte er.

»Ist es nicht genug?« fragte Orm.

»An Bord taugt es gewiß«, sagte Spof, »und ich trinke es gern. Aber sag: Sind deine Leute von friedlicher Sinnesart? Arbeiten sie gern und sind sie schon mit wenig zufrieden?«

»Mit wenigem zufrieden?« fragte Orm. »Wenn die Seekrankheit ihnen nicht zusetzt, begnügen sie sich kaum mit sehr viel. Und ich habe sie nicht gerade gewählt, damit sie ein friedliches Gemüt an den Tag legen. Nach Arbeit und Mühen verlangt es sie gewiß nicht mehr als andere.«

Spof nickte gedankenvoll. »Es ist, wie ich mir's gedacht habe«, sagte er. »Wir kommen in der schlimmsten Sommerhitze zur Schleppstelle, und wenn alles gut gehen soll, mußt du dort besseres Schleppbier haben.«

»Daran hätte ich denken sollen«, sagte Olof Sommervogel. »Es ist so, wie Spof sagt.«

»Schleppbier?« fragten Toke und Orm.

»Wir Gotländer«, sagte Spof, »die wir am weitesten herumgekommen sind, haben vor allem die Flüsse des Gardareiches befahren. Wir kennen die Flußläufe der entlegensten Ferne, jenseits der Schleppstelle der Merer, an die außer uns sich noch niemand mit großen Schiffen gewagt hat. Und es ist das Schleppbier, das uns dort, wo andere umkehren müssen, weiterhilft. Dieses Bier muß von allerbester Sorte sein, so daß es kräftigt und unternehmend macht, und von diesem Bier müssen die Männer trinken, wenn sie Schiffe über die Schleppstellen ziehen. Sonst aber dürfen sie es auf der Reise nie zu schmekken bekommen. Das haben wir Gotländer uns ausgedacht, und darum wird bei uns das beste Bier gebraut, denn vom Bier haben wir unseren Reichtum.«

»Wenn ich mich nicht arg täusche«, sagte Orm, »dann wird dieses Bier nicht billig verkauft.«

»Es ist um so viel teurer, als es besser ist als anderes, ja, vielleicht ist es noch ein wenig teurer«, sagte Spof. »Aber seinen Preis ist es wert, denn ohne dieses Bier gelangt niemand ins Gardareich.«

»Wieviel davon würden wir brauchen?« fragte Orm.

»Laß mich sehen«, sagte Spof. »Ein Schiff zu 24 Rudern, also sechsundsechzig Mann und den unteren Weg bis nach Kiew. Das macht sieben kleinere Schleppstellen, aber sie kosten viel Mühe. Am schwersten ist das lange Schleppen bis zum Fluß Dnjepr. Fünf der größten Tonnen dürften genügen.«

»In den westlichen Fahrwassern reisen Seefahrer billiger, soviel ist sicher«, sagte Orm. Und er war dessen noch sicherer, nachdem er das Bier gekauft und Spof, wie der es verlangte, den halben Lohn ausgezahlt hatte. Als er nachher sein Silber zählte, murmelte er düster, daß er

Kiew am Bettelstabe erreichen werde, nachdem er sowohl Schiff wie Waffen unterwegs an Gotländer verpfändet habe.

»Und doch scheinst du mir ein tüchtiger Mann zu sein, der sowohl Kenntnisse wie Verstand besitzt«, sagte er zu Spof. »Mag sein, daß ich nicht bereuen werde, dich als Steuermann mitgenommen zu haben, obschon du dich reichlich bezahlen läßt.«

»Mit mir steht es wie mit dem Schleppbier«, sagte Spof still. »Ich bin teuer, aber ich tauge auch viel.«

Sie blieben drei Tage in Vi, und Spof ließ die Männer feste Gestelle für die Biertonnen zimmern, bis schließlich alles so war, wie er es haben wollte. Das Bier nahm viel Raum und belastete das Schiff schwer, aber die Männer scheuten keine Mühe, denn sie hatten dieses Gesöff an Land kennengelernt. Schon am ersten Tage hatten viele ihr Silber vertrunken, worauf sie Orm eifrig mit Bitten angingen, ihnen doch schon jetzt den ganzen Lohn auszuzahlen. Aber man hörte von keinem, daß er damit Erfolg gehabt hätte. Einige versuchten, ihre Lederjacken gegen Bier einzutauschen, andere ihre Helme; und wenn die Gotländer auf solchen Handel nicht eingingen, kam es zu Schlägereien, was dann den Rechtshütern Anlaß gab, an Bord zu kommen und hohe Reuegelder einzutreiben. Einen halben Tag lang saßen Orm und Olof mit diesen Leuten zusammen, bis sie die Zahlung auf die Hälfte heruntergehandelt hatten, und auch dann noch schien ihnen die Summe reichlich groß. – Nach diesem ließen sie die Männer nur noch an Land, wenn sie vorher ihre Waffen abgelegt hatten.

Sones Söhne waren wohlhabende Leute, die es sich leisten konnten, an Land fleißig zu trinken; dennoch fiel es ihnen nicht leicht, ihre düsteren Gedanken loszuwerden. Am zweiten Tage erschienen sie alle zusammen – eine Schar von zehn – wieder am Schiff; den elften Bruder trugen sie, denn in ihm war nur noch wenig Leben. Gewiß hätten sie ihn gewarnt, sagten sie, aber trotzdem habe er sich heimlich einem jungen Frauenzimmer genähert, das im Garten hinter einer Hütte Kohl gehäufelt habe. Mit guten Worten und einigen geschickten Griffen habe er bald erreicht, daß sie am Boden lag; aber da sei eine Alte herbeigelaufen und habe ihm die Hacke in den Schädel geschlagen. Und da sei denn nichts mehr zu machen gewesen.

Toke betrachtete den Verletzten und sagte, er habe nicht mehr lange zu leben. Und so war es: er starb in der Nacht. Die Brüder begruben ihn sorgsam und tranken auf sein Heil und auf seine glückhafte Totenfahrt.

Obschon sie den Toten vermißten und ihm nur Gutes nachsagten, war ihnen nun merklich leichter zumute. Denn von nun an, sagten sie untereinander, gebe es nur noch drei, denen Unglück bevorstehe; mithin seien sie ein Viertel ihrer Sorgen los.

Am nächsten Morgen ging das Schiff in See. Spof stand am Steuer; er hielt nordwärts. Orm sagte, es sei ja ungewiß, was die Zukunft bringe, aber eines wolle er doch hoffen: daß es ihm erspart sein werde, je wieder einen so kostspieligen Hafen anzulaufen wie das gotländische Vi.

Wie sie zum Dnjepr ruderten

Sie hielten gen Osten und fuhren um Gotland herum, an Osyssla vorbei und in die Düna. Dieser Flußlauf bildete den unteren Weg nach Miklagård und wurde meist von Gotländern benutzt. Der obere Weg führte über Bålagård und dort, wo die Voter saßen, flußaufwärts zum Ladogasee und dann weiter über Nowgorod an den Dnjepr. Das war der Weg, den die Svealänder zu nehmen pflegten.

»Welcher Weg der längere ist, weiß niemand«, sagte Spof, »nicht einmal ich selbst kann das sagen, obschon ich sie beide befahren habe. Denn es ist nun mal so, daß der Gegenstrom der Mühsal immer gerade auf dem Wege, den man gewählt hat, am schlimmsten scheint, mag es nun der eine oder der andere sein. Aber es ist gut, daß wir spät kommen, so daß die Frühlingsschmelze uns erspart bleibt.«

Als sie die Flußmündung erreicht hatten, waren die Männer guten Mutes, obschon sie wußten, daß nun eine lange Zeit der Mühen für sie begann. Und nachdem bestimmt worden war, daß, wer am Ruder saß, jeden vierten Tag ruhen sollte, ruderten sie durch die Gegend der Liven und Semgallen, wo mitunter am Ufer Fischerboote zu sehen waren; und von da kamen sie in ein menschenleeres Land, wo außer der vom Fluß gezogenen Furche nichts zu sehen war als dichter Wald, der zu beiden Seiten aufragend kein Ende zu nehmen schien. In diesem Lande wurde den Männern bange. Mitunter, wenn sie über Nacht an Land gegangen waren und an ihren Lagerfeuern saßen, hörten sie von fern her ein Brüllen, das von Tieren, die sie nicht kannten, herkam, und sie fragten einander flüsternd, ob dieses vielleicht der Eisenwald sei, von dem die Alten zu reden pflegten und in dem die Nachkommen des Gottes Loke hausten.

Eines Tages begegneten sie drei Schiffen, die schwer beladen und gut bemannt hintereinander flußab fuhren; jedes Schiff hatte nur sechs Ruder. Es waren heimfahrende Gotländer; die Männer waren mager und von der Sonne stark gebräunt; neugierig lugten sie nach Orms Schiff hinüber. Einige erkannten Spof und riefen ihm grüßend zu, und von Schiff zu Schiff redend glitten sie langsam aneinander vorbei. Die Gotländer sagten, daß sie aus Groß-Bulgarien kämen, das an der Wolga liegt; von dort seien sie flußab in das Salzmeer gefahren und hätten mit Arabern Handel getrieben. Sie erzählten auch, daß sie gute Ladung mit heimbrachten: Gewebe, Silbergefäße, Sklavinnen, Wein und Pfeffer; und drei Mann auf dem mittleren Schiff hoben eine nackte Frau empor und hingen sie an Armen und Haaren über den Schiffsbug hinaus, rufend, daß sie – unter Brüdern – für 12 Mark verkäuflich sei. In ihrer Angst vor dem Wasser heulte und strampelte die Frau, und Orms Mannen atmeten tief bei ihrem Anblick; aber als sie wieder ins Schiff gehoben wurde, ohne daß ein Angebot gemacht worden war, schrie und schimpfte sie zornig und streckte die Zunge heraus.

Die Häuptlinge der gotländischen Schiffe wollten wissen, wer Orm sei und was für Waren er führte.

»Ich bin kein Händler«, sagte Orm. »Ich fahre nach Kiew, um ein Erbe zu holen.«

»Das muß eine große Erbschaft sein, wenn die Fahrt lohnen soll«, meinten die Gotländer ungläubig. »Gehst du aber auf Plünderung aus, dann mußt du dich an andere als an uns halten, denn wir segeln stets mit zuverlässiger Gefolgschaft.«

Damit waren die Schiffe aneinander vorbeigefahren und trennten sich.

»Jene Frau war nicht übel«, meinte Toke nachdenklich. »Nach ihren Brüsten zu urteilen, war sie nicht älter als zwanzig Jahre, wenngleich das sich nicht ohne weiteres sagen läßt von einer, die an den Armen hängt. Aber zwölf Mark können nur Gotländer für eine Frau verlangen, auch wenn sie jung ist. Immerhin, ich glaubte beinah, daß du, Olof, ein Angebot machen würdest.«

»Das hätte ich gewiß tun können«, sagte Olof, »aber dann müßte es anders um mich stehen. Denn ich kümmere mich nur um eine einzige, und dergleichen geht nicht so bald vorüber.«

Orm jedoch blickte den Schiffen mit finsterer Miene nach.

»Es wird zuletzt doch noch mein Schicksal werden, mich mit Gotländern zu schlagen«, sagte er, »und das, obschon ich ein friedfertiger Mann bin. Denn ihr Übermut ist groß, und ich werde es allmählich müde, ihnen stets das letzte Wort zu lassen.«

»Wenn anderes uns fehlschlägt, wäre das vielleicht etwas für die Heimreise«, sagte Toke.

Aber Spof gab zu verstehen, daß man sich dann einen anderen Steuermann suchen müsse, denn wo es gegen seine Landsleute gehe, wolle er nicht mitmachen.

Am Nachmittag des gleichen Tages hatten sie noch eine Begegnung. Man hörte Rudergeknarr, und an der nächsten Flußbiegung tauchte ein Schiff auf, das sich geschwind näherte. Seine 24 Ruderpaare waren alle bemannt und wurden kräftig gehandhabt. Als Orms Schiff in Sicht kam, verlangsamten jene die Fahrt; ihr Schiff war voll gewappneter Männer.

Orm rief seinem Schiffsvolk zu, kräftig und gleichmäßig weiterzurudern; die anderen sollten sich bereit halten; und Toke, der am Steuer stand, änderte ein wenig den Kurs, um sich den Fremden an die Seite legen zu können, ohne gerammt zu werden, wenn es zum Kampf kommen sollte.

»Wer seid ihr?« schrie man vom fremden Schiff herüber.

»Männer aus Schonen und Småland«, antwortete Orm. »Und ihr?«

»Ostgoten.«

Der Fluß war hier breit und die Strömung gering. Toke rief nun den Ruderern an Backbord zu, sich noch mehr anzustrengen, und denen an Steuerbord befahl er, die Ruder ruhen zu lassen; dadurch machte das Schiff eine schnelle Wendung auf die Ostgoten zu und beide Schiffe glitten nun nebeneinander stromab, so nah, daß sie kaum die Ruder frei rühren konnten.

»Jetzt hätten wir euch gehabt, wenn wir gewollt hätten«, sagte Toke. »Und das, obgleich euch die Strömung günstig ist. Dergleichen ist uns nichts Neues.«

Der Ostgote sah ihre Kampfbereitschaft, und seine Stimme wurde ruhiger.

»Seid ihr auf dem Fluß Gotländern begegnet?« fragte er.

»Drei Schiffen, heute vormittag.«

»Habt ihr mit ihnen geredet?«

»In aller Freundschaft. Sie hatten gute Ladung und erkundigten sich nach Ostgoten.«

»Sie fragten nach Ostgoten? Sie fürchteten sich wohl?«

»Sie sagten, ohne Ostgoten hätten sie Langeweile.«

»Das sieht ihnen gleich. Drei Schiffe, sagst du? Und ihre Ladung?«

»Waffen und Männer. Gelüstet dich danach?«

»Dann steht es bei ihnen nicht anders als bei uns, und es lohnt nicht, sich zu schlagen«, sagte der andere. »Hör nun meinen Rat. Komm mit, wir wollen die Gotländer überfallen. Das gibt guten Gewinn und wir teilen brüderlich.«

»Hast du etwas mit ihnen ins reine zu bringen?« fragte Spof.

»Sie sind reich, und ich nicht. Ist das nicht genug? Wir haben auf der Heimfahrt kein Glück gehabt. Als wir die Wolga verließen, waren wir noch reich. Aber die Merer lagen an ihrer Schleppstelle im Hinterhalt, und wir verloren eines unserer Schiffe und das beste von der Ladung. Als armselige Bettler wollen wir aber nicht heimkommen. Kommt mit, wenn ihr wirklich so seid, wie ihr ausschaut. Die Gotländer sind die Mühe wohl wert. Es heißt, daß sie jetzt daheim ihre Pferde mit silbernen Hufeisen beschlagen.«

»Wir haben anderenorts zu tun«, sagte Orm, »und das ist eine Sache, die eilt. Aber die Gotländer werden sich gewiß freuen, euch zu sehen. Drei Schiffe gegen eines: das wünschen sie sich wahrscheinlich am allermeisten.«

»Mag es gehn, wie es will«, sagte der andere finster. »Aber es ist so, wie man mir immer gesagt hat: daß die aus Schonen nur an sich selbst denken und nie zu einem Freundschaftsdienst bereit sind.«

»Gewiß«, sagte Orm, »uns kommen Ostgoten nur selten in den Sinn. Das geschieht nur, wenn es sein muß. Aber jetzt haben wir deinetwegen genug Wegstrecke verloren. Lebwohl.«

Orms Schiff wurde nun etwas zurückgehalten, und Toke wandte es wieder gegen den Strom. Aber währenddessen schwoll der Zorn des Ostgotenhäuptlings so an, daß er plötzlich seinen Speer nach Orm schleuderte.

»Da hast du ein Andenken!« rief er, als der Speer dahinflog.

Dicht neben Orm stand Olof Sommervogel, und der tat nun etwas, wovon unter Kriegern oft geredet wurde, was man aber nur selten zu sehen bekam. Er trat einen Schritt vor, ergriff den heranfliegenden Speer dicht hinter dem Beschlag, drehte ihn um und sandte ihn so geschwind zurück, daß kaum jemand begriff, was geschah. Der Ostgote war auf eine so schnelle Antwort nicht gefaßt gewesen, und der Speer traf ihn an der Schulter, so daß er schwankte und niedersitzen mußte.

»Das war ein Gruß aus Finnveden!« rief Olof.

»So ist's recht!« riefen Olofs Mannen und nickten freudestrahlend nach allen Seiten. Und mit ihnen freuten sich alle auf dem Schiff, obschon sie sicher waren, daß die Ostgoten jetzt über sie herfallen würden. Denen schien jedoch der Mut gesunken zu sein; sie setzten ihre Fahrt stromab fort und verschwanden.

»Einen solchen Wurf habe ich noch nicht gesehen«, sagte Orm.

»Hab Dank.«

»Ich führe meine Waffen ebenso geschickt wie die meisten«, sagte Toke, »aber diesen Wurf könnte ich dir nicht nachmachen. Und du mußt wissen, Olof Styrsson, daß Toke Grågullesson das nicht so bald sagt.«

»Man muß Veranlagung dazu haben«, sagte Olof, »und die ist vielleicht nicht häufig. Ich hab' es in jungen Jahren erlernt, habe es aber einem anderen nie beibringen können.«

An diesem Abend wurde im Nachtlager am Flußufer viel von diesem Wurf geredet und auch davon, wie es ablaufen würde, wenn die Ostgoten die Gotländer einholten.

»Sie können nicht mit einem einzigen Schiff drei andere, die kampftüchtig sind, angreifen, wie groß ihre Wut auch sein mag«, sagte Toke. »Aber sie werden hinter den Gotländern herfahren, bis sie im offenen Meere sind. Ist dann, wie sie hoffen, das Wetter schlecht und werden die Gotländer vom Sturm auseinandergetrieben, dann können sie sich mit besseren Aussichten an sie heranmachen. Aber die Gotländer werden ihnen nicht wenig zu tun geben.«

»Ostgoten sind gefährliche Leute«, sagte Orm. »Wir hatten einige mit dabei, als wir mit Thorkel, dem Hohen, nach England fuhren. Sie taugen im Kampf und halten sich selbst für die besten aller Krieger. Daher vertragen sie sich schlecht mit anderen Leuten, doch das kümmert sie wenig. Wenn sie getrunken haben, können sie recht aufgeräumt sein, aber sonst verstehen sie keinen Spaß. Am schlimmsten sind sie, wenn sie meinen, man mache sich über sie lustig; dann kann es vorkommen, daß sie geradezu in die Speerspitzen rennen. Heute nacht muß also gut gewacht werden, denn es könnte sein, daß sie uns jenen Speerwurf nachtragen und zurückkommen.«

Aber nichts dergleichen geschah, und gestärkt durch diese Begegnungen mit Stammesgenossen ruderten die Männer immer weiter in das schier endlose Land hinein. Sie kamen zu einer Stelle, wo das Wasser große Steine umbrauste. Dort wurde das Schiff an das Ufer gezogen und ausgeladen, worauf man es in einer geebneten Spur um die Stromschnelle zog und es dann wieder ins Wasser setzte. Als dann auch die Ladung auf demselben Wege herbeigeholt und verstaut war, fragten die Männer zuversichtlich, ob es nun nicht an der Zeit sei, an das gute Schleppbier heranzugehen. Aber Spof sagte: nur Neulinge könnten auf diesen Gedanken kommen.

»Dieses hier war keine Schleppstelle«, sagte er, »sondern nur ein Übersetzen. Bier wird nur an den Schleppstellen ausgeschenkt.«

Noch mehrere Male kamen sie an ähnliche und an noch schwierigere Stellen. Aber Spof sagte jedesmal dasselbe, und sie fingen an, sich zu fragen, wie denn eine Schleppstelle wohl aussehen mochte.

Jeden Abend, wenn sie für die Nacht an Land gegangen waren, wurde im Fluß gefischt, und man machte stets reichlichen Fang. Daher litten sie keine Not, obschon der größte Teil der Vorräte, die sie an Bord gehabt hatten, aufgegessen war. Während der Fisch gebraten wurde, saßen die Männer mit finsteren Mienen an den Feuern, denn sie sehnten sich nach Fleisch und waren sich darüber einig, daß viel Fisch den Menschen schwermütig mache. Sie fingen nun auch an, des anstrengenden Ruderns überdrüssig zu werden, aber Spof tröstete sie damit, daß sie bald anderes zu sehen bekommen würden.

»Das eigentlich anstrengende Rudern hat nämlich noch gar nicht begonnen«, sagte er. Den Sonesöhnen behagte das viele Fischessen am wenigsten, und sie gingen jeden Abend mit Speer und Bogen auf die Jagd. Sie waren geschickt im Aufspüren der Wildpfade und Tränken, aber trotz aller Ausdauer, und obschon sie stets spät zum Lager zurückkehrten, dauerte es lange, bis sie ein Wild zur Strecke brachten. Schließlich erlegten sie einen Elch, den sie in eine Schlucht getrieben hatten. Dieses Mal kamen sie erst in der Morgendämmerung zum Lager zurück. Sie hatten im Walde ein Feuer gemacht und sich satt gegessen; das Fleisch, das sie mitbrachten, teilten sie nur knausernd im Lager aus.

Von jetzt ab wurde mit größerem Eifer gejagt. Ulf Frohsinn, Svarthövde und andere schlossen sich den Sonesöhnen an, und Orm ärgerte sich, daß er nicht einige der großen Hunde mitgenommen hatte, die ihm nun gute Dienste geleistet hätten.

Eines Abends kam Svarthövde atemlos zum Lager gelaufen und rief nach Männern und Stricken. Nun gäbe es Fleisch genug für alle, sagte er, und das brachte jedermann auf die Beine. Sie hätten fünf große Tiere in einen Sumpf getrieben und erlegt, und viele Männer seien nötig, um sie herauszuziehen. Alle waren mit Freuden bereit mitzuhelfen, und bald lag die herrliche Beute auf trockenem Boden. Die Tiere sahen wie große, bärtige Ochsen aus, wie Orm sie noch nie gesehen hatte. Aber einige von Tokes Mannen behaupteten, es seien Wildochsen, deren es am See Åsne in Värend noch einige gäbe und die man dort heilig halte.

»Morgen machen wir uns einen freien Tag und halten ein Festmahl«, sagte Orm.

Und es wurde ein Festmahl, das allen behagte. Zu dem Fleisch der Wildochsen, dessen guter und kräftiger Geschmack hoch gerühmt wurde, gesellte sich der Rest des Bieres, das an der Flußmündung gebraut worden war.

»Das mag jetzt draufgehen«, sagte Orm. Es war nämlich schon ein wenig sauer geworden.

»In der Stadt der Polotjaner können wir Met bekommen«, sagte Spof. »Aber laß dich nur nicht verlocken, an das Schleppbier zu gehen.«

Als sie sich von diesem Mahl erholt hatten, fuhren sie weiter, und nun hatten sie Glück, denn einen ganzen Tag lang konnten sie Segel setzen. Nun gelangten sie in Gegenden, in denen Menschen sich aufzuhalten schienen.

»Hier fängt das Gebiet der Polotjaner an«, sagte Spof, »aber wir bekommen erst welche zu sehen, wenn wir ihre Stadt erreicht haben. Die in der Wildnis wohnen, kommen nicht hervor, wenn ein Schiff sich nähert, denn sie fürchten, als Ruderer ergriffen und in der Fremde verkauft zu werden.« Spof erzählte auch, daß die Polotjaner keine anderen Götter hätten als die Blindschleichen, die bei ihnen in den Hütten wohnten; aber Orm blickte Spof streng an und sagte, er sei schon früher zur See gewesen und glaube von dergleichen Geschichten nur so viel, als ihm selbst rätlich scheine.

Sie kamen zur ansehnlichen Stadt der Polotjaner, die Polotsk hieß und durch Wälle und Pfahlwerk befestigt war. Viele Männer – jedoch nicht die Frauen – gingen dort nackt einher; denn kurz zuvor war die Steuer eingetrieben worden, und der Stadthauptmann hatte befohlen, daß kein Mann Kleider tragen dürfe, der nicht bezahlt hatte, was er dem Großfürsten schuldig war. Einige dieser Männer sahen besonders mißvergnügt aus; sie erzählten, sie hätten bezahlt, müßten aber trotzdem nackt gehen, da ihnen nach Erlegen der Steuer keine Kleider geblieben seien. Um ihre Lage noch vor der kalten Jahreszeit zu bessern, boten sie ihre Frauen für eine Jacke und ihre Töchter für ein Paar Schuhe zum Kauf an, und Orms Mannen trieben mit ihnen schwunghaften Handel.

Der Stadthauptmann war von schwedischer Herkunft und hieß Faste; er nahm sie freundlich auf und war begierig, Neuigkeiten zu hören. Nachdem er lange dem Großfürsten gedient, war er nun zu Jahren gekommen. In seinem Hause hatte er polotjanische Frauen und viele Kinder, und deren Sprache redete er in der Betrunkenheit leichter als seine eigene. Orm kaufte von ihm Met und Speckseiten und andere Vorräte.

Als sie weiterfahren wollten, kam Faste zu Orm und bat ihn, doch seinen Schreiber mitzunehmen, der einen Korb voller Köpfe nach Kiew zu bringen hatte. Denn der Großfürst wolle seine Stadthäuptlinge diensteifrig wissen, und daher läge ihm viel daran, die Köpfe schwerer Übeltäter zugeschickt zu erhalten. Letzthin habe es aber keine sichere Reisegelegenheit nach Kiew gegeben, und nun wolle er diese nicht versäumen. Der Schreiber war ein junger Mann aus Kiew; er hatte eine Schafshaut bei sich, auf der die Eigentümer der Köpfe verzeichnet waren und auch die Untaten, die sie verübt hatten.

Da Faste sich ihm so freundlich erwiesen hatte, glaubte Orm, ihm die Bitte nicht abschlagen zu können, obschon er nicht gern zustimmte. Die Köpfe weckten in ihm finstere Gedanken, denn er hatte schon früher mit dergleichen zu tun gehabt und zudem fiel ihm ein, wie einst sein eigener Kopf an König Sven verkauft wurde, wenn auch aus diesem Handel nie etwas geworden war. Er hielt daher diesen Korb für ein Unglückszeichen und ebenso dachten auch die anderen. In der Sommerwärme merkte man auch bald, daß die Köpfe anfingen, alt zu werden, und man war noch nicht weit gekommen, als die Männer anfingen, über den argen Gestank zu murren. Der Schreiber schien nichts davon zu spüren, denn er saß unbeirrt neben seinem Korb; er begriff aber, wovon die Männer redeten und schlug selbst vor, den Korb an einem Strick festzumachen und im Wasser nachschleppen zu lassen. Dem wurde eifrig beigestimmt; der Korb wurde gut angebunden und über Bord gehoben. Man hatte nun wieder das Segel gesetzt und fuhr schnell dahin; aber nach einiger Zeit rief Svarthövde, daß der Korb sich vom Strick gelöst habe und weg sei.

»Nun bleibt dir nichts übrig, als ins Wasser zu springen und deine Schätze zusammenzusuchen«, sagte Toke zum Schreiber, »sonst geht es dir schlimm, wie du es auch anstellst.«

Der Schreiber ärgerte sich über dieses Mißgeschick, große Besorgnis merkte man ihm aber nicht an. Denn die Schafhaut, sagte er, sei das wichtigste. Solange er die habe, mache das andere nicht viel aus. Es seien bloß neun Köpfe gewesen, und so viele, meinte er, würde er bei seinen Amtsgenossen in Kiew leihen können. Bei denen gäbe es immer viele Übeltäter, die auf ihre Strafe warteten.

»Um Gottes Barmherzigkeit willen hilft halt der eine dem andern«, sagte er, »und die Köpfe sind alle gleich.«

»Ich höre, daß ihr hier Christen seid«, sagte Orm.

»Wir in Kiew sind Christen«, sagte der Schreiber, »denn der Großfürst hat es befohlen, und es ist am besten, sich ihm zu fügen.«

Sie erreichten eine Stelle, wo zwei Flüsse zusammenliefen. Der von rechts kommende, der Ulla hieß, war ihr Weg, und nun begann die schwere Arbeit an den Rudern, denn hier war die Strömung reißender und der Fluß wurde bald schmaler; immer öfter mußten sie das Schiff über unfahrbare Stellen ziehen. Ein langes und schweres Arbeiten begann, das auch der Stärkste spürte, und mit Sehnsucht gedachten die Männer der guten Tage, die sie auf der

Düna gehabt. Schließlich gelangten sie zu einer Stelle, wo Spof an Land ging, obschon es noch früh am Tage war. Hier, sagte er, sei die Schleppstelle.

Es lag viel bearbeitetes Holz umher, das Reisende, aus entgegengesetzter Richtung kommend, hier zurückgelassen hatten: Stücke von Brettern, Rollen, klobige Kufen. Einiges davon konnte benutzt werden, anderes mußte aus gefällten Bäumen zusammengezimmert werden. Das Schiff wurde ans Ufer gezogen, und es brauchte viel Tischlerarbeit, um zu beiden Seiten des Kiels Kufen zu befestigen. Während das vor sich ging, sah man in einiger Entfernung zwei Männer aus dem Walde kommen und zögernd stehenbleiben. Spof freute sich, als er sie sah; er winkte ihnen zu, hob eine Kanne hoch und rief ihnen in ihrer Sprache nur zwei Worte zu: »Ochsen« und »Silber«. Die Männer kamen näher, man bot ihnen Bier an, und nun zeigte Fastes Schreiber sich nützlich, denn er konnte mit ihnen reden.

Sie hätten Ochsen zu verdingen, sagten sie, aber nur zehn, und Spof hätte lieber noch mehr gehabt. Diese Ochsen waren jetzt tief im Walde auf der Weide, wo Räuber und Steuereintreiber ihrer nicht habhaft werden konnten; aber nach drei Tagen wollten sie mit ihnen zur Stelle sein. Was sie dafür verlangten, war nicht viel: Segeltuch war ihnen lieber als Silber; wenn aber ein Ochse umkommen sollte, wollten sie gut entschädigt werden. Orm fand diese Forderung annehmbar; dergleichen war ihm bisher auf dieser Reise noch nicht vorgekommen.

Nun tischlerte man eifrig weiter und stellte einen breiten Karren her, der statt der Räder starke Walzen aus Eichenholz hatte. Auf diesen lud man das Schleppbier und das meiste der übrigen Schiffsladung und machte alles gut fest.

Die Männer kamen, wie sie gesagt hatten, mit den Ochsen, und als man mit allem fertig war, wurden zwei Ochsen vor den Karren und die übrigen vor das Schiff gespannt.

»Es wäre gut gewesen, wenn wir außer diesen noch sechs bekommen hätten«, sagte Spof; »nun müssen wir selber ziehen helfen. Aber wir wollen dankbar sein für das, was uns geworden ist, denn ohne die Beihilfe von Ochsen ist dieses hier das Schlimmste, was Männer ausstehen können.«

Als das Schleppen begann, gingen einige voraus, um gestürzte Bäume aus dem Wege zu schaffen und die Spur zu ebnen. Dann kam der Karren. Die Ochsen, die ihn zogen, wurden vorsichtig geführt, und als es anfing, aus den Rädern zu rauchen, schmierte man die Achsen mit Schweinefett und Teer ein. Darauf folgte das Schiff, und neben dessen Zugtieren gingen viele Männer, die an Strikken mitzogen. Abwärts oder wo es Gras oder Moos gab, genügten die Ochsen allein; ging es aber aufwärts, dann mußten die Männer alle Kräfte gebrauchen, und wo es besonders schwer war, legte man Rollen unter die Kufen. Die Ochsentreiber redeten unentwegt auf ihre Tiere ein, und mitunter sangen sie ihnen Lieder vor, so daß sie gutwillig zogen; aber sobald Orms Leute ihnen so zusprachen, wie sie es daheim mit den eigenen Ochsen gewohnt waren, dann half das gar nichts, da diese hier nicht begriffen, was sie ihnen sagten. Darüber wunderten sich die Männer sehr; das zeige, sagten sie, daß Ochsen denn doch viel klügere Tiere seien, als man bisher von ihnen geglaubt habe; denn mit diesen ginge es ja genau wie mit Menschen, die die Sprache von Fremdlingen nicht verstünden.

Die Hitze, die Anstrengung des Ziehens und das viele Hin- und Herlaufen mit den Rollen ermüdete die Männer, aber sie hielten unverdrossen aus, denn es war ihnen ein großer Trost, den Karren mit dem Schleppbier vor sich zu sehen, und sie taten ihr Bestes, um sich dicht dahinter zu halten. Sobald sie sich am Abend gelagert hatten, riefen sie nach dem Schleppbier; aber Spof sagte, dieser erste Tag sei so leicht gewesen, daß vorläufig Fastes Bier genügen müsse. Sie tranken es murrend und fielen bald in Schlaf, und am folgenden Tag war ihre Arbeit noch schwerer. Im Laufe des Nachmittags wurden viele der Männer matt; aber Orm und Toke sprachen ihnen ermunternd zu und halfen zeitweilig – und so, daß es gut zu merken war – an den Stricken mit; und als es an diesem zweiten Tage Abend wurde, sagte Spof endlich: nun sei der Augenblick für das Schleppbier gekommen. Eine der Tonnen wurde geöffnet, und alle erhielten ihr rechtmäßiges Teil zugemessen; und obschon sie alle schon in Vi auf Gotland von diesem Gebräu geschmeckt hatten, waren sie doch darüber einig, daß sie erst jetzt dessen vollen Wert begriffen und daß ihre Mühen gut belohnt seien. Orm befahl, daß auch jeder der Ochsentreiber ein Maß bekommen sollte; sie tranken es mit Freuden, und da sie nur dünnen Met gewohnt waren, machte es sie bald berauscht, und sie sangen viel.

Am dritten Tage gelangten sie bald an einen See, der sich lang und schmal zwischen Bergrücken hinzog, und hier wurde den Männern viel Mühe erspart. Der Karren und die Ochsen blieben auf dem Landwege, aber das Schiff wurde mitsamt den Kufen ins Wasser geschoben, und nun segelten sie vor einem sanften Winde den See entlang und lagerten sich an dessen anderem Ende. Nicht weit vom Lagerplatz an einem zum See abfallenden Abhang lag ein Dorf, und unterhalb gab es üppige Weideplätze, von denen eilends wohlgenährtes Vieh heimgetrieben wurde, obgleich es noch eine gute Weile vor Abend war. Das Dorf schien groß zu sein; es war durch eine Verschanzung geschützt, die sich seltsam ausnahm, denn stellenweise bestand sie aus einem hohen Wall von Steinen und Erde, der hier und da von Pfahlwerk aus dicken Balken unterbrochen war; und es schien leicht, diese zu übersteigen.

Die Männer waren gut gelaunt, denn es war der beste Tag gewesen, den sie seit langem gehabt hatten, und der Anblick des Viehs weckte in ihnen wieder die Sehnsucht nach Fleisch. Weder Orm noch Olof waren indessen gewillt, Silber zum Kauf von Schlachtvieh herzugeben, denn nach all den Ausgaben, die sie gehabt, hielten sie das für unnötig; aber viele, die sich nicht beherrschen konnten, beschlossen, dennoch aus dem Dorf das zu holen, wonach ihnen der Sinn stand.

Fastes Schreiber erzählte, daß die Bewohner dieser Gegenden Wilde vom Stamm der Dregovitier seien, denen bisher noch keine Steuer auferlegt sei, daher dürfe man mit ihnen nach Gutdünken verfahren. Spof fügte hinzu, dieses Dorf sei noch im Bau gewesen, als er vor sieben Jahren hier vorbeigekommen sei; damals sei hier kein Vieh zu sehen gewesen, und man habe die Bauleute daher in Frieden gelassen. Orm sagte seinen Leuten, daß ohne Grund niemand im Dorf getötet werden dürfe, auch sollte nicht mehr Vieh geraubt werden als nötig; und damit machten sie sich auf den Weg. Am eifrigsten zeigten sich die Sonesöhne, denn seit man in das Flußbett der Ulla gerudert war, hatte man – der großen Tagesmühen wegen – nicht mehr gejagt.

Die über Land gegangen waren, trafen bald darauf am Lagerplatz ein, und als die Ochsentreiber vom Schreiber erfuhren, daß die Männer sich ins Dorf aufgemacht hatten, um Vieh zu holen, fielen sie vor Lachen um. Orm und die anderen fragten, was ihnen denn so komisch schiene, und der Schreiber brüllte sie an, um es zu erfahren; aber vergebens, sie entgegneten nur, das werde man bald zu sehen bekommen, und dann fingen sie aufs neue zu lachen an.

Nun ertönte vom Dorfe her wildes Geheul und man sah die ganze Schar der Viehräuber, so schnell sie konnten, den Abhang herabrennen. Sie fuchtelten heulend mit den Armen, obschon außer ihnen nichts zu sehen war; einige stürzten hin, wälzten sich am Boden und blieben zuletzt reglos liegen. Aber die anderen erreichten den See und sprangen ins Wasser. Alle im Lager starrten sie an.

»Laufen sie vor Teufeln oder vor Gespenstern davon?« fragte Orm.

»Vielleicht sind es Bienen«, sagte Toke.

Es war klar, daß er recht hatte, und nun lachten alle ebenso wie die Ochsentreiber, die von Anfang an von den Bienen gewußt hatten.

Die Verfolgten mußten eine gute Weile im See sitzenbleiben, wobei sie nur die Nase aus dem Wasser hervorstreckten, bis endlich die Bienen es überdrüssig wurden und heimflogen. Mißmutig und mit verschwollenen Gesichtern kamen die Männer ins Lager zurück; sie saßen wortkarg da und meinten, durch diese Flucht vor den Bienen sich viel vergeben zu haben. Das schlimmste aber war, daß drei Männer dort, wo sie am Abhang gestürzt waren, tot lagen: es waren zwei von Olof Sommervogels Gefolgschaft und einer der Sonesöhne. Man betrauerte sie, denn an ihnen hatte man tüchtige Männer verloren. Orm befahl, daß an diesem Abend den Toten zu Ehren, und um den Zerstochenen schneller aufzuhelfen, vom Schleppbier getrunken würde. Die Ochsentreiber berichteten nun einiges über die Dregovitier, wobei der Schreiber den Dolmetscher machte.

Diese Dregovitier, sagten sie, sind listiger als andere Menschen, und so sind sie denn auf ein sehr eigenes Mittel verfallen, damit man ihre Dörfer in Ruhe läßt: sie halten sich Bienenschwärme, die in den Balken der Verschanzung wohnen und hervorkommen und stechen, sobald ein Fremder die Balken anrührt oder versucht, sie zu übersteigen. Und es ist ein Glück, daß die Männer bei Tage zum Dorf kamen, denn bei Nacht wäre es ihnen schlimmer ergangen. Die Bienen können nämlich nur tagsüber Wache halten; nachts schlafen sie, und darum halten die klugen Dregovitier sich auch Bären, die jung eingefangen, gut behandelt und von ihnen abgerichtet sind; und wenn Räuber nachts einbrechen, läßt man die Bären los. Die zerreißen die Einbrecher und kehren dann zu ihren Herren zurück, von denen sie zur Belohnung Honigscheiben erhalten. Und daher wagt sich niemand an die Dörfer der Dregovitier heran, nicht einmal die grausamen Steuereinnehmer des Großfürsten.

Man blieb auch den folgenden Tag an diesem Ort und begrub die Toten. Um Rache zu nehmen, wollten einige der Männer Feuer in das Dorf werfen; aber Orm verbot das streng, da niemand gegen die Getöteten die Hand erhoben hatte und diese also selbst schuld seien. Doch stand es schlimm um die arg Zerstochenen, denn sie waren schwer krank; aber die Ochsentreiber gingen zum Dorf hinauf, blieben in gebührendem Abstand stehen und riefen den Leuten dort zu. Nach einer Weile kamen sie mit drei alten Weibern zurück. Diese schauten sich die Gestochenen an und legten ihnen eine Salbe auf, die aus Schlangenfett, Frauenmilch, Honig und dem Saft heilkräftiger Kräuter bestand, und bald ging es den Kranken besser. Die Frauen erhielten von Orm Bier und Silber; sie tranken gierig und gaben sorgsam acht, daß kein Tropfen zurückblieb, und für das Silber dankten sie demütig. Den Schreiber, der mit ihnen redete, betrachteten sie ernsthaft; dann knicksten sie und kehrten ins Dorf zurück.

Nach einer Weile kamen Männer mit drei Schweinen und zwei jungen Ochsen aus dem Dorf herab; der Schreiber trat auf sie zu, sie aber schoben ihn beiseite, stellten sich vor Orm und Olof hin und begannen eifrig zu reden. Der Schreiber stand daneben und hörte zu, aber plötzlich stieß er einen Schrei aus und lief dem Walde zu. Nur die Ochsentreiber hatten das Gesagte verstanden, und sie kannten nur wenige Worte von der Sprache der Nordmänner; aber aus Gebärden ließ sich erraten, daß die Dregovitier ihre Schweine und Ochsen Orm zum Geschenk machen wollten, wenn er ihnen dagegen den Schreiber gäbe. Ihn wollten sie den Bären vorwerfen, denn im Dorf hatte man für die Männer des Großfürsten nichts übrig. Orm konnte ihnen in diesem nicht den Willen tun, aber er ließ ihnen Bier geben und bezahlte die Tiere, so daß sie in großer Freundschaft schieden.

Später kamen dann noch andere alte Frauen herbei und brachten Käse, wofür jede von ihnen ein Maß Bier erhielt. Die Männer, die nun bereits das Fleisch brieten, fanden, daß alles sich besser anließ, als zu erwarten gewesen war. Doch meinten sie, es sei schade, daß statt der alten Weiber nicht junge Frauen gekommen seien. Die aber ließen die Dregovitier nicht zum Dorf hinaus.

Angelockt vom Bratengeruch kam der Schreiber gegen Abend aus seinem Versteck hervor. Ihm lag sehr viel daran, daß man sich von diesen Wilden recht bald entfernte; und der Großfürst, sagte er, werde von ihrer Art und Weise erfahren!

Beim Weiterziehen kamen sie zu einem anderen See, der größer war als der erste, und als das Schiff sieben Tage lang geschleppt worden war, erreichte man einen Fluß, den Spof den Biberfluß nannte; bei den Ochsentreibern hieß er Beresina. Alle freuten sich beim Anblick dieses Flusses, und hier wurde das letzte Schleppbier getrunken, denn nun war es mit den Mühsalen der Reise zu Ende.

»Jetzt haben wir für die Heimreise kein Bier mehr übrig«, sagte Orm.

»Das stimmt«, sagte Spof, »aber nur auf der Hinreise ist es vonnöten. Denn mit den Menschen ist es wie mit den Pferden: auf dem Heimweg ziehen sie gutwillig, ohne daß man sie anzutreiben braucht.«

Jetzt wurden die Ochsentreiber bezahlt, und sie erhielten mehr, als sie verlangt hatten, denn Orm knauserte, wenn es Händler zu bezahlen galt, die er für Räuber, wenn nicht für noch Schlimmeres hielt, aber er war freigebig, wenn man ihm gut gedient hatte. Außerdem glaubte er, dem Bulgarengolde nun näher zu sein. Die Ochsentreiber waren ihm dankbar, daher gingen sie, bevor sie heimzogen, mit Spof und Toke zu einem Dorf und beredeten die Leute dort, gegen Entgelt Ochsen für die Heimreise bereit zu halten. Orm ließ ein Versteck herrichten für das Holz, das man auf der Rückfahrt gebrauchen konnte. Die Kufen hatten während der Fahrt über Land dreimal erneuert werden müssen. Den Karren nahm Orm mit, denn bei den Stromschnellen konnte er von Nutzen sein.

Nun fuhr man flußab, vorbei an Fischerhütten und Biberdämmen und freute sich, daß nun die Reise so mühelos war. Schwarz und blank floß der Fluß zwischen üppigen Laubbäumen hin, und die Männer meinten, sogar der Fisch hier sei bekömmlicher als der, den man in der Düna gefangen hatte. Hier brauchten nur wenige Männer die Ruder zu führen; die anderen saßen müßig da, erzählten einander Geschichten und stellten wohl auch Vermutungen an, ob diese Reise ohne jeden Kampf zu Ende gehen werde.

Der Fluß wurde breiter und breiter, und man gelangte zum Dnjepr. Orm und Toke waren sich darüber einig, daß auch die größten Ströme von Andalusien sich mit diesem nicht messen könnten; und Olof Sommervogel behauptete, von allen Flüssen sei nur die Donau noch gewaltiger als dieser. Aber Spof glaubte, daß der gewaltigste von allen die Wolga sei, und er hatte viel von seinen Reisen auf diesem Strom zu berichten.

Sie begegneten vier Schiffen, die sich mühsam flußaufwärts arbeiteten, und einige Worte wurden gewechselt. Es waren Händler aus Birka, die aus der Krim kommend nun auf dem Heimweg waren. Sie waren müde und erzählten, der Handel sei günstig verlaufen, nicht aber die Heimreise. Denn weiter unten bei den Stromschnellen habe es Kämpfe gegeben, bei denen sie viele Männer verloren hätten; denn die Patzinaker seien – Krieg gegen alle führend – westwärts vorgedrungen und hielten nun den Fluß gesperrt. Es sei für niemand rätlich, noch weiter nach Süden zu fahren als bis Kiew, solange die Patzinaker nicht den Fluß verlassen und sich auf ihre östlichen Weideplätze zurückgezogen hätten.

Diese Neuigkeiten gaben Orm viel zu denken, und nachdem man sich von den Kaufleuten getrennt hatte, saß er still und in Grübeln versunken da.

An diesem Abend schlugen sie ihr Nachtlager am Strande nah einem Dorfe auf, wo es Schafe und Met zu kaufen gab. Nachdem sie gegessen hatten, besprach Orm mit Olof und Toke die Neuigkeiten, die man gehört hatte, und sie berieten, wie nun, da man sich dem Ziel der Reise näherte, alles am besten anzugreifen sei.

Sie bestiegen das leere Schiff, um ungestört durch Lauscher reden zu können; dort saßen sie in der Abendstille beisammen, während Libellen über der Wasserfläche spielten und der Fluß sachte glucksend das Schiff umspielte. Orm glaubte viel Ursache zu Besorgnis zu haben.

»Nun steht es für uns so«, sagte er, »daß kluge Pläne geschmiedet werden müssen, wenn alles glücklich ausgehen soll. Außer euch und mir und den beiden Knaben, die zu schweigen verstehen, ahnt niemand etwas vom Schatz; die Männer wissen bloß, daß wir nach Kiew fahren, um ein Erbe zu holen. Nicht einmal Spof habe ich noch mehr als das gesagt. Aber nun müssen bald alle erfahren, daß unser Ziel die Stromschnellen sind und daß das Erbgut dort verborgen liegt. Aber sagen wir das, so weiß bald ganz Kiew davon, denn Männer, die sich in einem guten Hafen ans Trinken machen, halten nicht länger dicht als bis zur dritten Kanne, auch wenn ihnen zur Strafe für ihr loses Maul der Tod droht. Und erfährt der Großfürst nebst seinen Mannen von unserer Sache, dann ist uns Unglück gewiß: denn dann werden viele das Gold und Silber mit uns teilen oder noch lieber uns umbringen und den Schatz für sich allein behalten wollen. Und überdies sind auch die Patzinaker nicht zu vergessen; die lauern uns an den Stromschnellen auf.«

Auch Olof und Toke meinten, daß hier viel überlegt werden müsse. Toke wollte wissen, wie weit es von Kiew bis zu den Stromschnellen sei, und ob man hoffen dürfe, unterwegs Eßvorräte zu bekommen.

»Von Kiew bis zu den Stromschnellen sind es gute

neun Tagereisen«, sagte Olof, »aber Spof weiß darüber besser Bescheid als ich. Als ich dort hinunterfuhr, tauschten wir uns Eßvorräte bei den Hirten am Ufer ein, und auch aus einem reichen Dorf der Severianer nahmen wir viel mit. Aber wenn Unfrieden dort herrscht, mag es anders sein.«

»Es wäre unklug, nach Kiew zu kommen, ohne daß unsere Leute wüßten, was wir vorhaben«, sagte Toke. »Dort mag sich mancherlei finden, was sie anlockt, und viele würden sich vielleicht weigern, noch weiter mitzufahren, da wir immer nur Kiew als Reiseziel genannt haben.«

»Das schlimmste ist, daß der Großfürst sofort viele der unseren wird anwerben wollen, ja, am liebsten uns alle«, sagte Olof. »Ich habe dem Großfürsten Wladimir gedient und weiß, wie es in Kiew zugeht. Reichlichen Sold hat er stets gezahlt, und gibt es jetzt Unfrieden, so zahlt er gewiß noch mehr. Er kann nämlich nie genug Nordmänner in seinem Heer haben; denn er hält sie – was ja auch stimmt – für die besten aller Krieger; und seit einige Männer von Svealand ihm in jungen Jahren auf den Fürstenstuhl verhalfen, liebt er uns Nordmänner über die Maßen. Und er stammt ja im Grunde selbst aus Svealand. Er versteht es, Nordmänner auf mancherlei Art anzulocken, so daß sie in Kiew bleiben, auch wenn es nicht vor allem sein Gold ist, das sie besticht.«

Orm nickte und schaute gedankenvoll in den Strom. »Viel spricht gegen einen Besuch beim Großfürsten«, sagte er. »Aber sein Ruf ist so groß und seine Weisheit so gefeiert, daß es verdrießlich wäre, vorbeizufahren an seiner Stadt, ohne ihn gesehen zu haben. Es mag ja sein, daß er niemand Geringerem gleicht als König Harald. Man sagt, daß er nun in seinen alten Tagen für heilig gilt, obschon ihm lange nicht viel daran gelegen war, es dahin zu bringen. Aber vor allem müssen wir an das Wichtigste denken. Wir haben ein Geschäft, und das ist: den Schatz zu holen. Und haben wir den gefunden, so kommt ein zweites hinzu, nämlich: das Gefundene schnell und unversehrt heimzubringen. Und ich glaube, wir sind uns alle einig darin, daß es am klügsten ist, geradenwegs zu den Stromschnellen zu fahren.«

»So ist es«, sagte Toke. »Aber es wäre doch gut, zu hören, was Spof dazu sagt. Er kennt den Weg besser als wir alle, und vielleicht weiß er auch mehr als wir von den Patzinakern.«

Die anderen nickten, und Spof wurde herbeigerufen. Orm erzählte ihm nun vom Schatz.

»Ich habe dir bisher nichts davon gesagt«, fügte er hinzu, »denn ich kannte dich noch nicht. Aber nun weiß ich, daß du in allen Dingen taugst.«

»Dann wird es eine längere und auch eine gefährlichere Reise, als ich anfangs gewußt habe«, sagte Spof. »Die Löhnung, die ich verlangte, schien dir hoch; aber sie hätte noch höher ausfallen sollen, da es den Weg zu den Stromschnellen gilt.«

»Du wirst um deinen Lohn nicht geprellt werden«, sagte Orm. »Für die Fahrt zu den Stromschnellen magst du hinzufordern, soviel dir billig scheint. Und vor Toke Grågullesson und Olof Styrsson, die ich zu Zeugen nehme, sage ich dir nun, daß dein Anteil am Schatz dir nicht entgehen wird, wenn alles gut geht. Es wird der volle Anteil eines Steuermannes sein.«

»Damit bin ich zufrieden. Wir Gotländer wollen immer gern wissen, wie es bestellt ist mit dem, was uns zukommt.«

Nachdem Spof sich lange bedacht hatte, ging auch sein Rat dahin, daß man geradenwegs zu den Stromschnellen sollte.

»Mit den Eßvorräten hat es keine Gefahr«, sagte er. »Weiter stromab wird es billig; ich habe erlebt, daß man für eine Breitaxt fünf fette Schweine bekommen hat und einen Sack Buchweizen obendrein. Vor uns liegen jetzt bis nach Kiew und auch noch weiterhin reiche Dörfer; dort können wir uns soviel verschaffen, daß es bis zu den

Stromschnellen reicht und wieder zurück. Und wenn du genug Silber hast, so wäre es am besten, daß du – wie du bisher getan – alles bezahlst, was wir benötigen; denn stromabfahrend ist es unklug, Gewalt zu brauchen. Das dicke Ende kann nachkommen, wenn man auf dem Rückwege ist.«

Orm sagte, ein wenig könne er noch mit Silber klimpern, obschon das meiste leider draufgegangen sei.

»Das schwierigste sind die Patzinaker«, fuhr Spof fort. »Es kann so kommen, daß wir uns von ihnen freies Geleit erkaufen müssen. Es mag auch sein, daß sie uns überhaupt nicht weiterlassen wollen. Du solltest mir sagen, auf welchem Ufer und wie weit unterhalb der Stromschnellen der Schatz liegt.«

»Er liegt auf dem östlichen Ufer«, sagte Orm, »zwischen der zweiten und der dritten Stromschnelle von Süden gerechnet. Aber vom Platz selbst soll niemand erfahren, bevor wir angelangt sind.«

»Dann haben wir, vom Anfang der Schleppstellen gerechnet, noch ein gutes Stück Weges vor uns«, sagte Spof. »Es wäre am besten, wenn wir bei Nacht dorthin kämen und wenn wir jemand dabei hätten, der die Sprache der Patzinaker versteht; es könnte sich ja so machen, daß wir ihnen in aller Freundschaft begegnen. Aber da läßt sich ja wohl nichts machen.«

»O doch, es findet sich Rat«, sagte Toke. »Wir nehmen einfach Fastes Schreiber zu den Stromschnellen mit. Auf dem Rückweg kommt er immer noch früh genug nach Kiew. Und bei den Patzinakern findet sich ja wohl einer, der seine Sprache versteht, wenn auch nicht er die ihre.«

Damit war diese Beratung zu Ende. Am nächsten Morgen, bevor es weiterging, redete Orm zu den Männern. Er sagte, daß man noch weiter flußab fahren wolle als bis nach Kiew, an den Ort, wo das Brudererbe versteckt liege.

»Es mag dort Kampf geben«, sagte er, »und zeigt ihr euch als beherzte Männer, so daß dieses Erbe in meine

Hand kommt, dann werdet ihr außer dem guten Lohn, der ausgemacht ist, jeder auch einen Anteil am Erbe erhalten.«

Dagegen hatten die Männer nicht viel einzuwenden. Nur Sones Söhne hörte man untereinander murmeln, daß gewiß zwei von ihnen dort umkommen würden; auch verlangten sie, daß man ihnen Bier zu trinken gäbe und nicht das landesübliche süße Gesöff; denn sie wollten sich gern mit aller Kraft schlagen.

Weiter flußab ging man an mehreren Stellen an Land, um in den reichen Dörfern der Polotjaner Speise und Trank zu kaufen. Damit war man nun ebensogut versehen wie bei der Ausreise. Und eines Abends spät, als Nebel über dem Fluß lag, ruderten die Männer an Kiew vorbei, ohne viel von der Stadt zu Gesicht zu bekommen.

Als sie hier nicht an Land gingen, zeigte sich Fastes Schreiber sehr besorgt.

»Ihr wißt, daß ich beim Großfürsten wichtige Geschäfte habe!«

»Es ist bestimmt worden, daß du zu den Stromschnellen mitkommst«, sagte Orm. »Du verstehst dich darauf, mit den Leuten zu reden, und dort kannst du uns von Nutzen sein. Wenn wir zurückkommen, wirst du hier ans Land gesetzt.«

Der Schreiber zeigte sich nun sehr ängstlich, aber er beruhigte sich, als Orm ihm bei der heiligen Dreieinigkeit und beim heiligen Kyrill geschworen hatte, ihn weder an die Patzinaker zu verkaufen noch ihn zum Rudern zu zwingen. Der Großfürst müsse sich eben gedulden, meinte der Schreiber zuletzt.

Nun wurden die Dörfer am Ufer seltener und hörten endlich ganz auf, und dann begann das Wiesenland der Patzinaker. An den Tränken sah man vom Schiff aus mitunter Pferde- und Schafherden, die von berittenen Hirten bewacht wurden; sie trugen hohe Pelzmützen und hatten lange Spieße. Spof hielt es für günstig, daß die Herden nur am linken und nie am rechten Ufer zu sehen waren. Das komme daher, sagte er, daß das Wasser des Flusses hoch stand, so daß die Patzinaker ihre Herden nicht auf das rechte Ufer bringen konnten, ohne dabei an den Furten viele Tiere zu verlieren. Nun wurde das Schiff abends stets auf das rechte Ufer gebracht, aber doch stellte man an jedem Lagerplatz gute Wachen aus.

Als es dann nur noch drei Tagereisen bis zu den Stromschnellen waren, wurde man noch vorsichtiger und ruderte nur des Nachts; tagsüber verbarg man sich im hohen Schilf der Buchten am rechten Ufer. Am letzten Tage hielten sie sich schon in Hörweite des brausenden Wassers versteckt, und als es dunkel geworden war, ruderten sie zum linken Ufer hinüber, denn dort war es, wo die Schleppstelle ihren Anfang nahm. Durch das Los wurde bestimmt, daß Toke mit zwanzig Mann auf dem Schiff bleiben sollte, um wieder in den Fluß hinauszurudern und dort zu warten, bis vom Lande her der Ruf wohlbekannter Stimmen zu hören war. Toke gefiel das wenig; aber da das Los es so gewollt hatte, mußte auch er sich fügen. Orm hätte ihm gern Svarthövde gelassen, konnte aber seinen Willen nicht durchsetzen.

Orm, Olof Sommervogel und die übrigen folgten nun der Schleppspur, wobei Spof den Wegweiser machte. Er war schon mehrere Male hier gewesen und wußte, daß man – von Norden her gerechnet – bis hinter die sechste Stromschnelle gelangen mußte. Das bedeutete dreistündiges schnelles Wandern, so daß man, wenn das Hervorholen des Schatzes Zeit kostete, schwerlich vor der Morgendämmerung zurück sein konnte. Alle waren mit Schwert und Bogen bewaffnet, und der Karren war von der letzten Schleppstelle mitgenommen worden, um den Schatz an das Schiff heranzufahren. Auch der Schreiber war mit, obgleich ihm das wenig gefiel.

In einer Nacht, die zuerst mondlos war, traten sie ihre Wanderung an, aber der Mond mußte bald aufgehen, und darüber freute sich Orm trotz seiner Unruhe, denn er hätte sonst die Merkzeichen vielleicht nicht finden können, die ihn zum Schatz leiten sollten.

Als aber der Mond aufging, sahen sie bald, daß sie zu Besorgnis Grund genug hatten. Denn das erste, was er erhellte, war die Gestalt eines Reiters in spitzer Mütze und langem Rock, der reglos auf einer Höhe schräg vor ihnen hielt. Bei seinem Anblick blieben sie sofort stehen und verhielten sich still. Um sie her, in der Niederung, war es noch dunkel, aber es sah aus, als spähte der Reiter zu ihnen herüber; vielleicht hatte er das Knarren des Wagens oder ihre Tritte gehört.

Einer der Sonesöhne berührte Orm leicht mit dem Bogen. »Es ist weit dorthin«, sagte er, »und beim Schießen ist Mondschein trügerisch; aber wir glauben, jenen dennoch zeichnen zu können, so daß er bleibt, wo er ist, wenn du das willst.«

Orm war einen Augenblick unschlüssig, dann gab er murmelnd zur Antwort, daß er nicht als erster mit Feindseligkeiten beginnen wolle. Der Reiter auf dem Hügel ließ den Pfiff eines Kiebitz ertönen. Ein zweiter Reiter erschien und hielt neben ihm. Der erste streckte den Arm aus, indem er etwas sagte. Dann hielten beide still, wandten dann plötzlich die Pferde und verschwanden.

»Das waren Patzinaker«, sagte Orm, »und nun steht es für uns schlimm, denn sie haben uns sicher gesehen.«

»Wir sind nun ganz nahe an der fünften Stromschnelle«, sagte Olof. »Es wäre gar zu ärgerlich umzukehren, nachdem wir so weit gelangt sind.

»Kampf mit Reitern, die in der Überzahl sind, soll man nicht suchen«, sagte Orm.

»Bis zur Morgendämmerung lassen sie uns vielleicht in Frieden«, sagte Spof. »Dieser Mondschein ist ihnen ja ebenso ungünstig wie uns.«

»Nun, dann vorwärts!« sagte Orm.

Sie beeilten sich nun aufs äußerste, und als sie unterhalb der sechsten Stromschnelle angelangt waren, begann Orm, Ausschau zu halten.

»Die Scharfsichtigsten von euch müssen mir jetzt helfen«, sagte er. »Hier im Fluß soll es eine Klippe geben, auf der drei Rosenbüsche wachsen. Allerdings, zu dieser Jahreszeit blühen sie nicht.«

»Dort seh ich eine Klippe mit Büschen«, sagte Svarthövde. »Aber ob es Rosenbüsche sind, läßt sich nicht sagen.«

Sie stiegen zum Wasser hinab und fanden noch zwei andere Klippen im Fluß; die schienen aber beide kahl zu sein. Und nun fand Orm die Spalte, in der – wie Are es beschrieben hatte – aus dem geborstenen Gestein Wasser hervorquoll.

»Wenn wir jetzt auch den Hügel fänden, den man die Schädelstätte der Patzinaker nennt«, sagte er, »dann sind wir nicht mehr weit von dem, was wir suchen.«

Es dauerte nicht lange, bis Spof auf einen hohen Hügel deutete, der landeinwärts lag.

»Hier ist, wie man mir gesagt hat, ein Häuptling begraben worden«, sagte er, »und ihm zu Ehren werden hier Schädel auf Stangen gesteckt, wenn es bei den Stromschnellen Kämpfe gegeben hat.«

»Eilen wir also«, sagte Orm, »damit nicht auch unsere Schädel dort aufgehängt werden.«

Er ging nun die Felsspalte entlang, bis er genau zwischen der Klippe mit den Rosenbüschen und der Schädelstätte stand. »Hier müßte es sein«, sagte er, »und nun werden wir bald wissen, ob wir diese Reise vergebens gemacht haben.«

Alle zeigten nun den größten Eifer, und man maß die Tiefe des Wassers am Grunde der Spalte mit Speeren.

»Um hier fischen zu können, braucht es hochgewachsene Leute«, sagte Orm. »Aber dicht an der Felswand liegen, wie ich nun spüre, gestapelte Steine, und das ist, wie es sein soll.«

Zwei aus Halland gebürtige Brüder in Olofs Gefolgschaft – sie hießen Långe-Staf und Skule – waren die längsten Männer der ganzen Schar. Sie waren bereit, ins

Wasser zu steigen und ihr Bestes zu tun. Das Wasser ging ihnen bis an den Hals, und Orm befahl ihnen, zu tauchen und einen Stein nach dem anderen heraufzuholen. Sie gehorchten und setzten diese Arbeit eine Weile fort, was sich als recht anstrengend erwies; dennoch, sobald sie sich von ihrer Atemnot erholt hatten, fingen sie gleich wieder von neuem an. Jetzt sagte Skule, er habe etwas gefaßt, was sich anders anfühle als Stein, aber er könne es nicht freibekommen.

»Pack es vorsichtig an«, sagte Orm, »und nimm zuerst alle Steine fort.«

»Auch ich habe hier jetzt etwas, das gewiß kein Stein ist«, sagte nun auch Långe-Staf und hob einen schweren Klumpen aus dem Wasser empor. Es war ein Sack, so schwer, daß er fest zupacken mußte; und gerade als er ihn halbwegs vor sich auf die Felsplatte gehoben hatte, platzte der Sack in der Mitte, denn er bestand aus Leder, das brüchig geworden war. Alle heulten in Schrecken und Schmerzen laut auf, als ein Strom von Silbermünzen hervorrann und plätschernd ins Wasser stürzte. Långe-Staf tat sein Bestes, ihn mit Kopf und Händen einzudämmen, und die Männer warfen sich übereinander, um den Sack heraufzuziehen und zu retten, was sich noch retten ließ; aber doch floß viel von seinem Inhalt ins Wasser.

»Das fängt ja schön an«, sagte Orm. »Ist das deine Art, mit Silber umzugehen? Wieviel wird wohl, wenn du dich so aufführst, für mich übrigbleiben? Aber nun wissen wir wenigstens, daß wir an der rechten Stelle sind«, fügte er ruhiger hinzu, »und daß niemand vor uns hierhergefunden hat. Aber du, Halländer, sieh dich nun mit dem Rest vor. Es müssen noch vier Säcke da sein.«

Die Männer schalten arg auf Långe-Staf, was ihn so verdroß, daß er aus dem Wasser heraus wollte. Er könne nichts dafür, daß der Sack brüchig sei, sagte er, und hätte er selbst so viel Silber zu verpacken gehabt, so wäre er verständig genug gewesen, um es in besseren Säcken zu verstauen. Nun sollten die anderen sich anstrengen und zusehen, ob sie es besser machen könnten.

Orm und Olof sagten ihm jedoch beide, daß er für das Geschehene nichts könne, und er beruhigte sich und setzte sein Fischen fort.

»Hier ist etwas anderes«, sagte Skule und hob einen Fang hoch, »und es ist schwerer als Stein.«

Es war eine kleine kupferne Kiste; sie war grün und sehr schwer und war kreuz und quer von feinen roten Schnüren umwunden, die mit Blei versiegelt waren.

»Ach ja, die Kisten!« sagte Orm. »Die hatte ich vergessen. Es müssen vier solche Kisten da sein. In ihnen ist allerhand Weiberkram. Aber alles Silber ist in den Säkken.«

Sie hatten nun mehr Glück, so daß sie die übrigen Säcke heraufholten, ohne daß noch etwas verlorenging. Bei jedem neuen Fund stieg die Freude der Männer, und niemand dachte mehr an die Patzinaker und daß die Zeit hinging. Nach den beiden letzten Kisten mußte recht lange gesucht werden, denn sie waren in den Kies des Bodens gesunken. Aber endlich fand man auch sie, und der ganze Schatz wurde auf den Karren geladen.

Nun war der größte Teil der Nacht vergangen, und als man den Rückweg antrat, kam wieder die Unruhe wegen der Patzinaker über sie.

»Sie kommen, wenn es zu tagen beginnt«, sagte Spof.

»Orm hat mehr Glück als die meisten«, sagte Olof Sommervogel, »und auch mir pflegt vieles nicht gerade schlecht zu gelingen. Daher mag es sein, daß die Patzinaker uns ganz und gar erspart bleiben. Denn seit die beiden Reiter uns erspäht haben, ist viel Zeit vergangen, und doch haben wir nun keinen einzigen mehr gesehen. Es kann bedeuten, daß die Patzinaker uns unterhalb der letzten Stromschnelle erwarten, dort, wo die Schleppspur endet; denn sie konnten nicht wissen, daß wir auf halbem Wege umkehren würden. Daher kommen sie gewiß nicht eher hinter uns her, bis sie ihren Irrtum bemerkt haben, und wenn es gut geht, erreichen wir das Schiff noch vor ihnen.«

Aber diese Voraussage war nicht richtig, wenn auch es beinah so kam, wie er angenommen hatte. Denn eine Weile, nachdem es Tag geworden war, und als ihr Abstand zum Schiff nur noch kurz war, hörten sie laut dröhnenden Hufschlag, und die Patzinaker kamen dahergebraust wie Odin im Sturm.

Orm ließ sofort seine Schar haltmachen und mit schußbereiten Bogen sich vor den Karren stellen. Die Männer waren bei bester Laune und bereit, sich mit beliebig vielen Patzinakern um das Silber zu schlagen.

»Niemand soll an diesen Karren rühren«, sagten sie ruhig, »solange noch vier oder fünf von uns am Leben sind.«

Aber die Geschicklichkeit der Patzinaker war groß, und es war nicht leicht, sich mit ihnen zu schlagen. Sie ritten nicht geradeaus auf Orms Mannen zu, sondern trieben ihre Pferde in schnellstem Lauf einen Bogenschuß weit an ihnen vorüber, wobei sie ihre Pfeile abschossen. Dann sammelten sie sich wieder, warteten eine Weile und kamen in entgegengesetzter Richtung zurück. Die meisten in Orms Gefolgschaft waren geübte Jäger und gute Bogenschützen, so daß sie es den Patzinakern gut zurückzahlten; und jedesmal brach Jubel aus, wenn ein Reiter vom Pferde fiel. Aber auch die Pfeile der Patzinaker trafen mitunter ihr Ziel, und nach einer Weile meinten Orm und Olof beide, daß es nicht mehr lange so fortgehen dürfte.

Orm rief zwischen zwei Angriffen Svarthövde und Ulf Frohsinn zu sich. Beide waren guten Mutes, wenn auch von Pfeilen geritzt, und jeder von ihnen behauptete, bereits einen Feind niedergestreckt zu haben. Dort, wo man haltgemacht hatte, zogen sich Klippen zum Fluß hinab, und das war ein Glück, denn daher konnten die Patzinaker von dieser Seite nicht angreifen. Orm befahl nun den Knaben, möglichst ungesehen zum Ufer hinabzueilen und Toke zuzurufen, er solle so schnell als möglich mit allem Schiffsvolk zu Hilfe kommen.

»Und nun hängt es von euch beiden ab«, sagte er, »ob dieses hier ein glückliches Ende nimmt. Denn bald haben wir keine Pfeile mehr.«

Die Knaben waren stolz, mit einer solchen Aufgabe betraut zu werden, und machten sich gleich auf den Weg. Nun kamen die Patzinaker wieder, und dieses Mal wurde Olof Sommervogel von einem Pfeil in die Brust getroffen; der durchschnitt die Ringe der Brünne und saß fest.

»Das traf gut«, sagte Olof zu Orm. »Nun bin ich zu nichts mehr nütze.« Er schwankte, hielt sich aber auf den Füßen und ging zum Karren, auf dem schon andere Verwundete lagen. Er legte sich dort nieder und stützte den Kopf gegen einen Silbersack.

Und beim nächsten Angriff der Patzinaker verschossen Orms Mannen ihre letzten Pfeile. Aber zugleich hörte man die Männer zufrieden murmeln; und dann riefen sie: »Nun ist es so weit! Finn Sonesson ist gefallen. Der Pfeil fuhr ihm durch den Hals, und er ist schon tot. Sein Bruder Kolbjörn fiel schon vor einer Weile. Er war der vierte, und nun fällt keiner mehr.«

Sie behielten recht; denn man hörte den Heerruf vom Schiffe – ein Zeichen, daß Toke an Land gegangen war. Den Patzinakern behagte das anscheinend wenig, denn während Orms Leute eifrig dabei waren, verschossene, noch brauchbare Pfeile aufzusammeln, hörte man Hufgetrappel, das in der Ferne verklang.

Orm befahl, die umherliegenden verwundeten Feinde nicht zu töten. »Laßt sie liegen«, befahl er. »Ihre Stammesbrüder kommen gewiß zurück, um sie zu holen.«

Seine eigenen Verwundeten wurden rasch auf den Karren gelegt. Sieben Männer waren nun tot; sie wurden aufgehoben und mitgenommen, um später, sobald sich Zeit dazu fand, ehrenvoll begraben zu werden. Jetzt beeilte man sich, zum Schiff zu gelangen, bevor die Patzinaker zurückkamen.

Fastes Schreiber war verschwunden. Als jetzt aber der Karren weitergefahren wurde, zeigte es sich, daß er unter diesem eingeschlafen war. Er wurde mit Speerschäften geweckt und gründlich ausgelacht, behauptete aber, da er Steuerbeamter sei, ginge dieser Kampf ihn nichts an, er habe bloß vermeiden wollen, jemand im Wege zu stehen, und zudem sei er von der Wanderung müde gewesen. Die Männer mußten zugeben, daß dieses Schlafen während des Kampfes nicht wenig für ihn sprach.

Nun begegneten sie bald Toke und seinen Männern, und die Freude auf beiden Seiten war groß. Ihm hatten die Feinde nicht viel zu schaffen gemacht; sie waren, als er ihnen mit Pfeilen und Heerruf begegnete, sehr bald verschwunden. Auch ihre Pfeile, meinten die Männer, seien nun wahrscheinlich verschossen gewesen.

Jetzt waren sie beim Schiff angelangt, und Orm schaute sich um.

»Wo hast du denn die Knaben?« fragte er Toke.

»Die Knaben? Die hattest du doch bei dir.«

»Ich schickte sie das Ufer entlang, um dich zu Hilfe zu rufen«, sagte Orm, und seine Stimme klang fremd.

»Was mag aus ihnen geworden sein?« fragte Toke bekümmert. »Ich hörte Pferdegetrappel und Heerruf und sah die Patzinaker hierherreiten und wieder wenden; da ging ich an Land, um dir zu Hilfe zu kommen. Aber von den Knaben habe ich nichts gesehen.«

Nun berichtete einer von Tokes Mannen, daß, bevor das Schiff noch angelegt habe, drei Patzinaker zu Fuß die Klippen herab zum Ufer gekommen seien, wobei sie irgend etwas mit sich geschleppt hätten. Es mögen Tote oder Verwundete gewesen sein. Sie seien zu ihren Pferden gegangen, und er selbst habe nicht mehr daran gedacht, weil das Schiff angelegt und der Kampf begonnen habe.

Orm stand sprachlos da. Er nahm den Helm ab und ließ ihn zu Boden fallen. Barhäuptig, das Gesicht dem Flusse zugewandt, saß er lange am Ufer auf einem Stein, und niemand wagte, ihn zu stören. Die Männer standen flüsternd beieinander und blickten nach ihm hin, und auch Toke schwieg und wußte sich keinen Rat. Spof und der Schreiber trugen die Verwundeten an Bord.

Endlich stand Orm auf. Er trat auf Toke zu und löste das Wehrgehänge seines Schwertes Blauzunge; und da durchfuhr alle, die das sahen, ein großer Schreck.

»Ich gehe zu den Patzinakern«, sagte er. »Warte du hier drei Tage lang mit dem Schiff. Wenn Svarthövde zurückkommt, soll er das Schwert haben. Wenn keiner von uns kommt, bring es für Harald nach Haus.«

Toke nahm das Schwert entgegen. »Nun steht es schlimm«, sagte er.

»Den Schatz verteile gerecht«, sagte Orm, »wie ich, wäre ich am Leben geblieben, es getan hätte. Er hat Tostes Geschlecht wenig Glück gebracht.«

Wie Orm Svarthövde auslöste und einem alten Freunde begegnete

Orm nahm den Schreiber mit sich und machte sich auf, um die gefallenen Patzinaker zu untersuchen. Sie fanden einen verwundeten jungen Mann, den ein Pfeil in die Seite getroffen hatte; ein zweiter Pfeil saß ihm im Knie. Der Mann schien aber guten Mutes zu sein; er saß da und nagte an einem Stück Dörrfleisch, in der anderen Hand hielt er eine lange hölzerne Flasche.

Er schien einiges von dem, was der Schreiber ihm sagte, zu verstehen und war sichtlich froh, daß die beiden nicht gekommen waren, um seinen Kopf zu holen. Orm ließ ihm durch den Schreiber sagen, daß sie ihm auf ein Pferd helfen und ihn in sein Dorf begleiten wollten. Als der Schreiber das mehrere Male wiederholt hatte, nickte jener und wies auf sein Knie. Der Pfeil war hinter der Kniescheibe von einer Seite zur anderen hindurchgegangen, so daß seine Spitze auf der inneren Seite hervorragte. Er selbst hatte nicht vermocht, ihn herauszuziehen. Orm schnitt nun die Lederhose des Mannes auf, lockerte den Pfeil eine Weile lang in der Wunde und schob ihn vor, bis die Eisenspitze hervorsah, so daß sie abgeschnitten und der Pfeil herausgezogen werden konnte. Der Patzinaker pfiff leise, während das vor sich ging, und schnalzte mit den Fingern, und als Orm fertig war, setzte er die Flasche an den Mund und trank sie leer. Den anderen Pfeil hatte er selbst herausgezogen.

Orm holte nun eine Faust Silbermünzen hervor und gab sie ihm. Das machte das Gesicht des Mannes aufleuchten, und er nahm das Geld gern entgegen.

In der Nähe standen einige Pferde bei ihren gefallenen Herren. Sie scheuten zurück, als Orm und der Schreiber sich ihnen näherten, aber auf einen besonderen Lockruf des Patzinakers kamen sie herbei und ließen sich einfangen.

Dem Verwundeten wurde nun auf ein Pferd geholfen. Er legte das verletzte Knie vorn auf den Sattel und ritt in dieser Weise ebenso gewandt wie sonst. Der Schreiber wollte nicht gern mitkommen, aber Orm war kurz angebunden und sagte, es müsse sein.

»Wenn du Umstände machst, drehe ich dir den Hals um«, sagte er. »Ich bin es, der jetzt zum Gefangenen der Patzinaker wird, nicht du.«

Der Schreiber murmelte etwas davon, daß dergleichen nicht zu den Obliegenheiten eines Schreibers vom Steueramt gehöre, aber er fügte sich, und es wurde nicht mehr über die Sache geredet.

Sie ritten nun über das Grasland hin, über das die Patzinaker geboten. Ein nichtsnutzigeres Land, sagte Orm später, könne man lange und wahrscheinlich vergeblich suchen; denn weder Wald noch Wasser, weder Menschen noch Tiere waren zu sehen, sondern nur Gras und die weite Öde; und mitunter auch wohl eine Art großer Ratten, die zwischen Grasbüscheln umherhuschten. Zweimal brachte der Patzinaker sein Pferd zum Stehen und redete, zu Boden weisend, auf den Schreiber ein, bis dieser vom Pferde stieg und die Kräuter pflückte, auf die jener hinzeigte. Die hatten breite Blätter, und der Patzinaker wickelte sie um sein Knie und band sie mit einer Bogensehne fest. Das schien den Schmerz in seiner Wunde zu lindern, und er ritt unverdrossen weiter.

Als die Sonne die halbe Mittagshöhe erreicht hatte, gelangten sie zum Lager der Patzinaker. Es lag in einer Bodensenkung, durch die ein Bach lief, und Hunderte von Zelten standen an den Ufern. Bei der Annäherung der drei Reiter erhoben Kinder und Hunde großen Lärm, und überall sah man Männer und Pferde. Der Patzinaker ritt stolz mit seiner Gefolgschaft heran, und als man ihm vom Pferde half, zeigte er das Silber vor, das er erhalten hatte; dabei wies er auf Orm.

Orm ließ nun sagen, daß er mit dem Häuptling zu reden wünschte, aber niemand schien das zu begreifen, bis endlich ein säbelbeiniger Mann herbeikam, der den Schreiber verstand und ihm in seiner eigenen Sprache antworten konnte.

»Sag ihm dies«, befahl Orm: »Heute nacht, im Kampf bei den Stromschnellen, habt ihr meine beiden sehr jungen Söhne gefangengenommen. Ich bin ein Häuptling und kam hierher, um sie freizukaufen. Und um meine Ehrlichkeit und meine freundliche Gesinnung zu beweisen, nahm ich keine Waffen mit.«

Der Krummbeinige zupfte sich nachdenklich an seinem langen Schnurrbart und redete eine Weile mit dem Verwundeten. Orm schien das eher Eulenschrei als menschliche Rede zu sein, doch konnten jene einander offenbar mühelos verstehen. Viele der Umherstehenden grinsten Orm breit an, indem sie ihre Messer zogen und sich mit ihnen quer über den Hals fuhren. Das war, sagte Orm nachher, der schlimmste Augenblick, denn es hätte bedeuten können, daß sie seinen Söhnen schon den Garaus gemacht hatten. Aber er hoffte, daß sie damit nur andeuten wollten, wie sie mit ihm selbst zu verfahren gedachten, und das war ihm weniger wichtig als Svarthövdes Rettung. Er sagte dem Schreiber: »Frage sie, ob die beiden Gefangenen leben.«

Der Krummbeinige nickte und rief die drei Männer herbei, denen die Gefangenen gehörten.

»Du sollst ihnen sagen«, sagte Orm, »daß ich die Gefangenen für viel Silber freikaufen will. Sie sind meine Söhne.«

Nun begannen die drei eifrig zu schwatzen, aber der Krummbeinige bedeutete Orm und dem Schreiber, ihm zu den Häuptlingen zu folgen. Sie gelangten zu drei Zelten, die größer waren als die anderen, und in das mittlere gingen sie hinein.

Drei alte Männer mit rasierten Köpfen saßen in Lederpelzen kreuzbeinig auf Schaffellen am Boden und aßen Brei aus einer großen Tonschale. Der Krummbeinige blieb am Eingang stehen und bedeutete Orm und dem Schreiber durch Zeichen, sich schweigend zu verhalten. Die drei Alten aßen mit großer Würde, sie pusteten auf die Löffel und schmatzten zufrieden. Als die Schüssel leer war, leckten sie ihre Löffel ab.

Einer von ihnen nickte dem Krummbeinigen zu, worauf jener sich verbeugte und zu reden begann. Die Häuptlinge hörten rülpsend und mit gleichgültigen Mienen zu.

Der Mittlere war kleiner als die beiden anderen und hatte große Ohren. Er legte den Kopf auf die Seite und sah sich Orm genau an. Der Krummbeinige hatte nun fertiggeredet, worauf der Kleine ihm einige Worte zukrächzte. Jener verbeugte sich ehrfürchtig und verließ mit dem Schreiber das Zelt.

»Du bist willkommen, Orm Tostesson. Es wird am besten sein, wenn wir uns nicht anmerken lassen, daß wir vor langer Zeit einander begegnet sind. Und in Wahrheit, es ist lange her. Lebt König Haralds Tochter Ylva noch? Sie hat einst auf meinen Knien gespielt.«

Orm seufzte tief auf. Er hatte den Kleinen, sobald er zu reden anfing, wiedererkannt: es war Felimid, einer der Gaukler an König Haralds Hof.

»Sie lebt und erinnert sich deiner gut«, sagte Orm, »und es ist ihr Sohn, der hier gefangen ist. Das ist nun eine Begegnung, über die man wahrhaftig staunen muß; möge sie uns beiden zum Heile sein! Bist du Patzinakerhäuptling geworden?«

Felimid nickte. »Wenn das Alter herbeigekommen ist«, sagte er, »muß man sich mit dem, was sich bietet, bescheiden. Aber ich will nicht klagen.«

Er redete nun mit den beiden anderen Häuptlingen und rief irgend etwas gegen die Rückwand des Zeltes. Eine Frau kam mit einer großen Trinkkanne herein, die nun bei den Männern die Runde machte und bald leer war. Die Frau füllte sie von neuem, und als sie wieder geleert war, erhoben sich die beiden Häuptlinge mit Mühe und gingen hinaus.

»Die gehen jetzt schlafen«, sagte Felimid zu Orm, sobald sie allein waren. »Diese Menschen werden bald betrunken und legen sich dann nieder, um den halben Tag zu verdösen. Es sind einfältige Seelen. Jetzt können wir, du und ich, ungestört beisammensitzen. Du hast einen langen Ritt hinter dir und bist gewiß hungrig.«

»Es ist so, wie du sagst«, erwiderte Orm, »und nun, da ich dir begegnet bin, ist meine Trauer gewichen. Ich sehne mich jetzt nach drei Dingen: zu essen, zu trinken und meinen Sohn wiederzusehen.«

»Du wirst ihn sehen, sobald wir über das Lösegeld einig geworden sind«, sagte Felimid. »Und er wird dich viel Silber kosten, wenn du auch mein Freund bist; denn sonst würde der ganze Stamm in Raserei geraten. Aber jetzt sollst du mein Gast sein.«

Er rief wieder einige Befehle rückwärts ins Zelt, und sechs Frauen traten ein, breiteten Teppiche auf dem Boden aus und begannen Speisen vorzusetzen.

»Das sind meine Frauen«, sagte Felimid. »Es scheinen

viele zu sein für einen alten Mann, aber so ist es hier Brauch. Und seit Feriad tot ist und das Gaukeln ein Ende genommen hat, muß ich etwas gegen die Langeweile haben.«

»Was du von deinem Bruder sagst, ist mir eine traurige Nachricht«, sagte Orm. »Wie ist er gestorben? Und wie kamt ihr beide hierher?«

»Iß du, und ich werde erzählen, denn ich bin satt. Bier gibt es nicht, aber hier ist ein Getränk, das wir aus Stutenmilch zubereiten. Koste davon; es gibt Schlimmeres als das.«

Es war ein klares, süßsaures Getränk, von dem sich, wie Orm meinte, schwerlich viel Gutes sagen ließ. Aber bald war zu merken, daß es stark war. Erins Meister nötigte Orm, alles, was da war, aufzuessen, und rief den Frauen zu, noch mehr zu holen; inzwischen erzählte er, wie es ihm und seinem Bruder ergangen war.

»Wie wir dir gesagt hatten, als wir uns trennten, zogen wir wieder in die Welt hinaus und kamen zum Großfürsten von Kiew. Bei ihm blieben wir zwei Jahre und genossen viel Ehre, denn unsere Gaukelkünste gereichten allen zur Freude. Aber da merkten wir, daß wir anfingen, rundlich zu werden. Uns packte die Angst, und wir brachen auf, obgleich man uns gern behalten hätte. Wir wollten nämlich, bevor unsere Zeit ein Ende nahm, zum Kaiser nach Miklagård gelangen, denn es war von Anfang an unsere Absicht gewesen. Aber wir haben Miklagård nie zu Gesicht bekommen, denn die Patzinaker griffen uns bei den Stromschnellen. Wir schienen ihnen zu alt, um irgend von Nutzen zu sein, daher wollten sie uns töten, um, wie das ihre Gewohnheit ist, unsere Köpfe auf Stangen zu stecken. Aber da führten wir ihnen einige Kunststücke vor, und obschon es bloß die allereinfachsten waren, lagen sie doch bald rings um uns her vor Lachen auf dem Bauch und beteten uns an. Freilassen wollten sie uns aber nicht, und sobald wir ein wenig ihre Sprache verstanden, machten sie uns zu Häuptlingen.

Dazu hatten unsere Zauberkünste und unsere Weisheit uns verholfen. Wir gewöhnten uns bald daran, denn es ist leichter, Häuptling als Gaukler zu sein. Zudem hatten wir schon seit einiger Zeit begriffen, daß wir nicht mehr die Jüngsten waren, und es stimmt wirklich, was der Erzbischof Cormac MacCullenan in alter Zeit gesagt hat: ›Der Weise, wenn er die Fünfzig erreicht hat, soll sich nicht mehr sinnlos berauschen, soll nicht in der Kühle der Frühlingsnächte verliebt umherlaufen und nicht mehr auf den Händen tanzen.‹«

Felimid nippte an seiner Kanne und nickte betrübt.

»Ja, so ist es«, fuhr er fort, »und das hatte mein Bruder vergessen, als eine seiner Frauen Zwillinge zur Welt brachte. Da trank er viel von der gegorenen Stutenmilch und tanzte dann vor aller Augen auf den Händen, so wie einst auch der König der Juden vor Gott getanzt hatte; und dabei fiel er plötzlich um und blieb tot liegen. Ich habe ihn sehr betrauert und trauere auch jetzt noch um ihn; aber jedermann muß zugeben, daß ein Meistergaukler nicht besser sterben kann. Und seitdem bin ich ruhig bei diesen Patzinakern geblieben. Sie sind wie Kinder, verehren mich hoch und tun nur selten, was mir mißfällt, es sei denn, daß sie Köpfe jagen gehen. Das ist eine alte Gewohnheit, von der sie nicht lassen können. Und nun will ich von dir hören und von allem, was dich betrifft.«

Orm erzählte ihm nun von allem, was er zu hören wünschte. Aber als er zum Schatz an den Stromschnellen kam, sah er sich vor und sagte, der Schatz bestehe nur aus drei Säcken voll Silber. Denn er wollte nicht mehr als nötig davon verlieren, wenn es zum Zahlen des Lösegeldes für Svarthövde und Ulf kommen würde. Zuletzt berichtete er vom Kampf, und als er geendet hatte, sagte Felimid:

»Es war ein Glück, daß deine beiden Knaben am Leben gelassen wurden. Das geschah, weil sie so jung sind. Wer sie gesehen hat, rechnet damit, daß man sie mit gutem Verdienst an Araber oder Byzantiner verkaufen kann. Darum mußt du bereit sein, sie teuer zu bezahlen, und kannst von Glück sagen, daß du einen Schatz zur Hand hast.«

»Ich werde für sie zahlen, was mir recht scheint«, sagte Orm, »und daß ein Enkel König Haralds einen hohen Preis hat, ist nicht mehr als billig.«

»Gesehen habe ich ihn noch nicht«, sagte Felimid, »denn ich kümmere mich nicht unnötig um die Raubzüge meiner Leute. Sie sind an den Stromschnellen ständig nach Menschenköpfen aus. Aber nun ist es wohl an der Zeit, diese Sache zu Ende zu bringen.«

Sie traten aus dem Zelt, und Felimid rief laut seine Befehle. Die beiden anderen Häuptlinge wurden geweckt, und als Felimid sich mit ihnen und Orm am Abhang niedersetzte, kam alles aus dem Lager herbeigelaufen und bildete um sie her einen großen Kreis. Geführt von denen, die sie gefangengenommen hatten, wurden dann die beiden Knaben gebracht. Sie waren bleich, und Svarthövde hatte Blut im Haar. Als sie Orm erblickten, leuchteten ihre Gesichter auf, und Svarthövde fragte als erstes: »Wo hast du denn dein Schwert?«

»Ich bin waffenlos hierhergekommen, um euch zu befreien«, sagte Orm. »Daß ihr gefangen wurdet, war meine Schuld.«

»Sie überfielen uns hinterrücks zwischen den Klippen«, sagte Svarthövde düster, »und da konnten wir uns nicht wehren.«

»Sie schlugen uns auf den Kopf«, sagte Ulf Frohsinn, »und nachher wußten wir von nichts, bis wir gebunden, auf den Rücken der Pferde, erwachten.«

Nun redete Felimid auf die beiden Häuptlinge ein und mit ihnen und den Männern, die die Knaben gefangen hatten, wurde lange überlegt, wieviel Lösegeld verlangt werden könnte.

»Es ist bei uns Sitte«, sagte Felimid, »daß alle, die mitgekämpft haben, am Lösegeld teilhaben, und wer die Gefangenen gebracht hat, bekommt das Doppelte. Nun habe ich ihnen gesagt, daß Svarthövde dein Sohn ist und daß du bei den Deinen das Ansehen eines Häuptlings hast. Aber daß er der Enkel eines großen Königs ist, habe ich verschwiegen, denn sonst würde die Summe allzu groß werden.«

Schließlich beschloß man, am folgenden Tage zum Schiff zu reiten, und dort sollte für Ulf so viel Silber gezahlt werden, als in vier Zipfelmützen der Patzinaker hineinging. Aber Svarthövde sollte mit Silber aufgewogen werden.

Orm schien dieses Lösegeld reichlich viel, aber als er daran dachte, wie ihm an jenem Morgen zumute gewesen war, als er von Svarthövdes Gefangennahme gehört hatte, da fand er doch, daß alles besser ausgegangen war, als er je hatte hoffen können.

»Svarthövde wiegt nicht viel«, sagte Felimid tröstend. »Schlimmer wäre es für dich gewesen, wenn man dich selbst hätte wiegen wollen. Und ein Sohn ist ja doch mehr wert als Silber. Ich kann ihm ansehen, daß Ylva seine Mutter ist, und daß ich selbst keinen Sohn habe, macht mich traurig. Er, den ich einst hatte, starb jung, und nur Töchter sind mir geblieben. Feriads Söhne werden nach mir Häuptlinge sein.«

Später am Tage kehrten die Patzinaker, die ihre Verwundeten von den Stromschnellen abgeholt hatten, in das Lager zurück. Die Gefallenen hatten sie liegengelassen, denn um ihrer Toten willen sich Mühe zu machen, war bei ihnen nicht Brauch, es sei denn, daß es sich um einen großen Häuptling handelte. Aber es verdroß sie, daß Orms Männer ihre Toten fortgebracht hatten, denn so waren ihnen deren Köpfe verlorengegangen. Sie meinten, es sei nicht mehr als recht, daß Orm auch für diesen Verlust aufkäme. Aber Felimid fuhr sie hart an und erklärte diese Forderung für unberechtigt; als sie aber hartnäckig dabei blieben, sagte er Orm, in dieser Sache dürfe man nicht zu streng sein, denn ihre Sucht nach Köpfen sei eine Tollheit, gegen die sich nichts machen ließe.

Orm wurde mißmutig, denn ihm schien, die Patzinaker

wollten ihn bis auf die Knochen scheren; da er aber in ihrer Gewalt war, konnte er nicht scharf gegen sie auftreten, und er bedachte mit Schmerz, daß seine Silbersäcke durch die hohe Kaufsumme viel leichter werden würden, und das noch mehr, späterhin, durch den Anteil, der seinen eigenen Mannen zufiel. Aber nach einigem Nachdenken fand er einen Ausweg.

»Wenn du mir dazu rätst«, sagte er zu Felimid, »werde ich die Köpfe meiner Leute auslösen, und es soll so werden, daß ihnen mehr zufällt, als sie erwarten. Als wir den Schatz holten, hatten wir es eilig; denn wir fürchteten, mit Übermacht angegriffen zu werden. So kam es, daß einer der Säcke platzte und das meiste seines Inhalts ins Wasser rann. Es waren schöne Silbermünzen, und in der Eile konnten wir sie nicht aufsammeln. Der dritte Teil dieses Schatzes liegt daher noch, wo er lag; und wenn deine Männer nicht wasserscheu sind, können sie dort großen Reichtum gewinnen.«

Er beschrieb nun genau den Ort, und wie leicht er durch die auf der Felsplatte angehäuften Steine zu finden sei. Felimid übersetzte seine Worte, und noch bevor er damit zu Ende war, rannten schon junge Männer zu ihren Pferden, um beim Silberfischen die allerersten zu sein.

Felimid ließ nun ein Festessen bereiten, um, wie er Orm sagte, mit ihm fröhlich zu sein und die alten Zeiten zu feiern. Er redete viel von seinem Bruder und König Harald und erinnerte sich auch des Besuches bei Orm, als Feriad und er dem Vater Willibald beim Bekehren der Heiden geholfen hatten.

»Aber nun steht Erins Meister am Ende«, sagte er, »und von guter Gaukelei ist auch sonst in der Welt nichts übrig. Wir zwei waren die letzten vom Geschlechte des O'Flann, das seit den Tagen des Königs Conchobar McNessa vor Königen gegaukelt hat. In meiner Einsamkeit hier habe ich versucht, dem Nachwuchs ein wenig von meiner Kunst beizubringen, aber es hat nicht recht glücken wollen. Die Knaben sind ganz und gar untauglich dazu, und als ich es dann mit den Mädchen versuchte und sie nach Meisterart tanzen lehren wollte, zeigten auch sie nicht genug Verstand, um diese Kunst zu erfassen, obschon ich mich ernstlich mühte und ihnen alles genau vorgemacht habe. Ganz so schlimm wie die Knaben dieses Stammes sind sie aber nicht, und es war unter ihnen eine, die sogar einigermaßen auf den Händen zu tanzen und dazu Flöten zu blasen vermochte. Aber mehr konnte sie nicht, und weder das Blasen noch das Wippen mit den Beinen gelang ihr so, wie es hätte sein sollen.«

Er spuckte aus und schüttelte den Kopf.

»Und obschon sie bloß eine recht törichte Schülerin war«, fuhr er fort, »wurde sie doch so hochmütig, daß ich sie nicht mehr sehen mochte und sie dem Gzak zum Geschenk machte. Von dem hast du gewiß gehört, denn er ist einer der drei Mächtigsten auf Erden. Er ist der oberste Häuptling aller Patzinaker, und seine Herden läßt er meist in der Krim weiden. An jenem Mädchen hatte er Gefallen, denn er ist eine einfältige Seele und versteht von diesen Dingen nicht viel. Später schenkte er sie dem Kaiser in Miklagård; es war sein Dank für das viele Geld, welches er ihm aus Freundschaft gesandt hatte. Was Tanz und Gaukelspiel angeht, mag es in Miklagård schlimm bestellt sein, denn sie tanzte dort vor dem Kaiser und dem ganzen Hof und erntete hohes Lob, bis sie nach einem Jahr an ihrem Hochmut starb. Und daraus ist mir jetzt Kümmernis erwachsen, denn im Winter erhielt ich die Botschaft von Gzak: ich solle ihm wieder solche Tänzerinnen schicken, damit er den Kaiser erfreuen könnte. Und damit gebe ich mich nun ab. Die Einfalt dieser Mädchen und ihr Ungeschick erbosen mich sehr, obschon ich sie mit Sorgfalt ausgewählt habe. Für dich, Orm, lohnt es nicht, sie zu sehen, denn du hast ja einst mir und Feriad zugeschaut. Willst du's aber, so mögen sie sich zeigen; vielleicht, daß deine Knaben an ihnen Gefallen finden.«

Orm sagte nicht nein, und Felimid rief seine Befehle. Da brach tosender Jubel aus.

»Der ganze Stamm ist stolz auf sie«, sagte Felimid, »und ihre Mütter waschen sie jeden Morgen mit süßer Milch, damit ihre Haut weiß wird. Aber richtig tanzen werden sie nie lernen, wie sehr ich mich auch mit ihnen abmühe.«

Auf dem freien Platz vor den Häuptlingen wurden nun Teppiche ausgebreitet, dann kamen Männer mit Fackeln herbei, und unter dem Gemurmel des ganzen Stammes traten die Tänzerinnen vor. Sie schienen dreizehn und vierzehn Jahre alt zu sein und waren gut gewachsen. Auf dem schwarzen Haar trugen sie rote Kappen, und ihre Brust schmückten Bänder von grünen Glasperlen; sie waren in weite, an den Knöcheln zusammengeknotete Hosen von gelber Seide gekleidet, und diese Seide kam aus dem Lande der Serener.

»Es ist lange her, daß ich Tänzerinnen zugeschaut habe«, sagte Orm. »Das war, als ich meinem Herrn Almanzur diente. Aber soviel weiß ich, daß ich niedlichere als diese noch nie gesehen habe.«

»Nicht auf das Aussehen kommt es an«, sagte Felimid, »sondern auf die Kunst. Allerdings, ihre Kleidung habe ich selber ausgedacht, und die mag Lob verdienen.«

Die Tänzerinnen hatten zwei Knaben ihres Alters mitgebracht; die hockten am Boden nieder und begannen, ihre Flöten zu blasen. Und nun hüpften die beiden Mädchen im Fackelschein umher; dem Takt der Flöten folgend machten sie schnelle Sprünge, sie umfaßten einander, eilten bald vorwärts, bald rückwärts und wirbelten auf einem Bein in die Runde, so daß mit Ausnahme von Felimid alle entzückt waren. Jubel brach aus, als sie geendet hatten, und es schien ihnen nicht wenig zu behagen, daß ihr Tanz auch den Fremden gefallen hatte. Dann guckten sie scheu zu Felimid hinüber. Er nickte ihnen gleichgültig zu und wandte sich an Orm.

»Ich will meine Meinung für mich behalten«, sagte er, »denn die würde nicht nur sie traurig machen, sondern auch den ganzen Stamm. Und da Fremde ihnen heute zuschauen, geben sie sich die größte Mühe. Aber am meisten machen die Flötenspieler mir Sorge; die sind schlimmer als die Mädchen, und das, obwohl sie kazarische Sklaven sind, die sich viel haben üben müssen, und Kazaren gelten obendrein als gute Flötenspieler. Das scheint jedoch nur dummes Gerede zu sein.«

Nun begann ein neuer Tanz; aber sehr bald brüllte Felimid wütend auf, so daß alles ins Stocken geriet.

»Mein Bruder Feriad hat Glück gehabt, da er dieses nicht hat anhören müssen«, sagte er zu Orm. »Feriad war noch empfindlicher als ich.«

Er rief den Flötenbläsern zu, und einer von ihnen trat vor und überreichte ihm seine Flöte. Und als Felimid nun selbst anfing, auf ihr zu blasen, da war es, als sei die Flöte mit einem Schlage verzaubert. Es klang, als blase er von Lust und Glück, von Scherz und Lachen, von Frauenschönheit und Schwerterblitzen, von Morgenschimmer über Wald und See und vom Wind, der über Frühlingswiesen dahinfährt. Ulf Frohsinn und Svarthövde wiegten sich am Boden kauernd hin und her; das Sitzenbleiben schien ihnen schwerzufallen; die beiden Häuptlinge neben Felimid nickten selig und fielen in Schlaf, aber die Patzinaker trampelten und klatschten unter Tränen in die Hände, während die Tänzerinnen umherflogen, als seien sie durch Felimids Flötenspiel zu einem Schneesturm von wirbelnden Daunenfedern geworden.

Felimid setzte die Flöte ab und wackelte vergnügt mit den großen Ohren.

»Das ging nicht gerade schlecht«, sagte er.

»Ich bin ganz sicher«, sagte Orm, »daß es keinen größeren Meister gibt als dich. Kein Wunder, daß diese Männer dich angebetet haben, als du zu ihnen kamst. Niemand wird das je begreifen können, wie du dieser Flöte solche Töne entlocken kannst.«

»Das liegt an ihrem guten Holz, doch muß es auch recht geschnitten sein, und das zeigt sich, wenn die Seele dessen, der auf ihr bläst, dieser guten Beschaffenheit verwandt ist und die Geduld hat, das hervorzulocken, was in der Flöte sich birgt. Aber hölzern darf diese Seele nicht sein.«

Da trat plötzlich Fastes Schreiber hervor und fiel vor Felimid auf die Knie. Er bat, die Flöte leihen zu dürfen.

»Was willst du denn mit der?« fragte Felimid. »Verstehst du dich aufs Blasen?«

»Nein«, sagte der Schreiber. »Ich bin bei der Steuerbehörde angestellt. Aber ich will Flöte blasen können. Laß mich bei dir bleiben und es lernen.«

Felimid reichte ihm die Flöte, und er setzte sie an den Mund. Mitunter gelang ihm ein Piepsen, meist aber kam überhaupt kein Laut hervor, und die Patzinaker bogen sich vor Lachen über sein vergebliches Mühen. Er aber, vor sich hinstarrend, fuhr damit fort, und Felimid schaute ihm ernst zu.

»Siehst du etwas dabei?« fragte er.

Der Schreiber gab die Flöte zurück. Er schluchzte haltlos. »Ich sehe, was du soeben geblasen hast«, sagte er.

Felimid nickte. »Du darfst hierbleiben«, sagte er. »Ich werde dich blasen lehren. Und einmal wirst du es so gut können, daß du vor dem Kaiser spielen wirst, wenn ich diese Mädchen so weit gebracht habe. Du magst die Flöte behalten.«

Damit war dieser Abend zu Ende. Gefolgt von vielen Patzinakern ritten Felimid und seine Gäste am nächsten Morgen zum Schiff. Bevor sie aufbrachen, verteilte Felimid Abschiedsgeschenke. Orm, Ulf und Svarthövde bekamen jeder ein Messer in kunstvoller Silberscheide, mit goldverziertem Handgriff; für Ylva gab er ihnen einen Packen serenischer Seide mit. Sie dankten ihm, doch verdroß es sie sehr, daß sie keine Gegengeschenke hatten.

»Es gibt nur wenige Dinge, an denen mir gelegen ist«, sagte Felimid, »und daher ist das Unglück für dich nicht groß; ich habe ja doch eure Freundschaft. Und dennoch gibt es etwas, das ich mir als Gegengabe von euch wünschen könnte, wenn sich Gelegenheit dazu bietet. Sag, Orm: hast du noch deine großen Hunde?«

Orm sagte, sie seien bei ihm gut gediehen, und als er auf die Reise ging, habe es auf dem Hof 14 Hunde gegeben.

»Svarthövde«, sagte Felimid, »du wirst bald zum Heermann erwachsen sein, und da du früh angefangen hast, mag es sein, daß du dich bald auf lange Fahrten begibst. Und kommt es dereinst dazu, daß du nach Miklagård fährst, dann bringe mir drei dieser großen Hunde mit. Die wären wahrlich eine Freundesgabe und die beste von allen, denn diese Hunde stammen, wie ich, aus Erin.«

Svarthövde sagte, so solle es sein, sobald er dieses Weges käme, und damit brachen sie auf. Fastes Schreiber nickte ihnen zu, als sie vorbeiritten; er hatte nun Wichtigeres vor, als ihnen zu folgen, denn er übte sich fleißig bei den kazarischen Sklaven im Flötenspiel. Svarthövde und Ulf wären gern noch länger bei den Patzinakern geblieben, um sich an Tanz und anderen Lustbarkeiten zu erfreuen; aber Orm trieb es zum Schiff und zu seinen Mannen zurück, und zudem sagte er, fühle er sich halb nackt und schwermütig, wenn Blauzunge ihm nicht zur Seite war.

Als sie sich dem Fluß näherten, machten die Patzinaker ein Stück vom Strande halt, um mit Orms Mannen nicht in Streit zu geraten. Weder die Eigentümer der Gefangenen noch die anderen, wollten Svarthövde und Ulf freigeben, solange das Lösegeld noch nicht gezahlt war. Orm ging allein zum Schiff, und als die Männer ihn erblickten, ruderten sie unter frohen Rufen ans Land. Orm berichtete ihnen von Felimid und wie alles verabredet worden sei, und auch vom Lösegeld, das gezahlt werden müsse.

Toke lachte zufrieden. »Auch wir haben Glück gehabt«, sagte er »und brauchen nicht zu klagen. Um deine Knaben zu befreien, brauchst du kein Silber zu verschwenden. Neun Patzinaker sind in unserer Hand; sie liegen gebunden im Schiff. Sie sind ein überreichliches Lösegeld.«

Er erzählte, daß Spof und Långe-Staf und viele andere

sich beim Gedanken an das ins Wasser verronnene Silber nicht hätten bezwingen können. »Sie bettelten und baten, bis ich nachgeben mußte«, sagte er, »Spof und zwanzig Mann gingen das rechte Ufer entlang; dort drohte keine Gefahr. Zwischen zwei Stromschnellen, wo das Wasser nicht tief war, überschritten sie den Fluß, und in der Dämmerung schlichen sie sich dorthin, wo der Schatz versteckt gewesen war. Da hörten sie frohe Stimmen, sahen weidende Pferde und unbewaffnete Patzinaker, die eifrig Silber fischten. Sie alle wurden ohne Mühe übermannt und gefangen, noch bevor sie aus dem Wasser heraus waren. Und obendrein bekamen unsere Männer viel Silber, das die Patzinaker schon für sie aus dem Fluß geholt hatten. Wir beratschlagten nun gerade, ob wir sie ins Lager schicken sollten, um dich und die Knaben zu befreien.«

Orm sagte, das seien in Wahrheit gute Neuigkeiten, wenn auch die Patzinaker anders denken mochten. Er stand eine Weile nachdenklich und unentschlossen da.

»Für die Gefangenen werde ich kein Lösegeld fordern«, sagte er dann. »Aber niemand auf dem Schiff soll deswegen Verlust erleiden; niemand außer mir. Und die Gefangenen lassen wir erst los, wenn die Knaben frei sind.«

»Du bist ein großer Häuptling«, sagte Toke, »und magst handeln wie ein solcher. Aber das wäre eine Freigebigkeit, deren diese Männer kaum wert sind. Denn sie waren ja die Angreifer, nicht wir.«

»Du kennst Felimid nicht«, sagte Orm. »Er ist ein Geschenk wohl wert. Und in dieser Sache soll es nach mir gehen.«

Er und Toke holten einen Sack Silber und trugen ihn zwischen sich zu den wartenden Patzinakern. Diese liefen umher und maßen ihre Mützen, um die allergrößten zu finden. Das ärgerte Felimid; er nahm seine eigene Mütze und befahl, mit ihr das Silber zu messen, und so geschah es.

Man schickte Männer aus, um am Anfang der Schleppstelle nach umherliegendem Bauholz zu suchen; sie kamen mit einer Stange zurück. Diese wurde so über einen Stein gelegt, daß sie im Gleichgewicht war; auf das eine äußerste Ende setzte sich Svarthövde, und über das andere hingen die Patzinaker ihre Satteltaschen; in diese taten Orm und Toke so lange Silber hinein, bis sie sanken und Svarthövde hochstieg. Und dieses Wiegen, meinten die Patzinaker, geschah nach Häuptlingsart; denn viel Silber hätte gespart werden können, wenn man Svarthövde nackt gewogen hätte; und dagegen hätte sich nichts einwenden lassen.

Als das besorgt war, trug Toke den Rest des Silbers zum Schiff zurück, und Orm wandte sich an Felimid: »Auf dieser Fahrt habe ich viel Glück gehabt, und die Begegnung mit dir machte gewiß nicht den geringsten Teil davon aus. Als wir dein Lager verließen, gabst du uns Geschenke, und nun habe ich eine Gegengabe für dich. Schau her.«

Toke hatte den Gefangenen die Fesseln abgenommen, und staunend sahen Felimid und seine Leute sie nun daherkommen.

»Diese ritten davon, um nach Silber zu fischen«, sagte Orm.

»Meine Männer waren in gleichen Geschäften unterwegs und haben sie gefangengenommen. Ich gebe sie dir ohne Lösegeld zurück, obwohl mancher das für sehr einfältig halten mag. Aber mit dir, Felimid, will ich nicht Handel treiben.«

»Das Glück, das du in allem hast, bist du wert«, sagte Felimid.

»Aber mit den großen Hunden soll es so bleiben, wie abgemacht ist«, sagte Svarthövde. »Ich nehme sie mit, wenn ich wieder hier vorbeifahre. Und bis dahin dauert es vielleicht nicht mehr lange, denn seit man mich mit Silber aufgewogen hat, komme ich mir schon ganz erwachsen vor.«

»Und ich hoffe, daß du dann wieder in Milch gewaschene Tänzerinnen bereit hältst, die ebenso schön sind wie jene, die wir gestern gesehen haben«, sagte Ulf Frohsinn.

Felimid kratzte sich hinter dem Ohr.

»Du meinst wohl, dazu taugt der Alte am besten«, sagte er. »Ich soll also Tänzerinnen bereit halten, wenn ihr kommt? Aber ich werde mit Sorgfalt die allerhäßlichsten auswählen und sie mit Jauche waschen lassen, sonst kommt die vorwitzige Jugend noch auf den Gedanken, sie dem alten Felimid wegzustehlen, und das, nachdem ich viel Mühe mit ihnen gehabt habe.«

Sie sagten nun dem alten Meistergaukler und seinen Patzinakern Lebewohl und traten die Heimreise an. Den Verwundeten schien es gut zu gehen, und auch Olof Sommervogel, der am schlimmsten dran war, zeigte sich guten Mutes. Die Männer griffen willig zu den Rudern, obschon jetzt eine lange Reise stromauf vor ihnen lag. Am muntersten waren die sieben Sonesöhne, obschon sie zwei tote Brüder an Bord hatten; die sollten am ersten Rastplatz mit den anderen Toten begraben werden.

Toke schien diese ganze Reise äußerst seltsam, denn sie waren weit gefahren und hatten viel gewonnen, doch ohne daß »Rotschnabel« je ins Freie gekommen war. Aber er meinte, da nun so viel Gold zu bewachen sei, könnte es auf der Heimfahrt mehr zu tun geben. Ulf und Svarthövde waren vergnügt und erzählten den Männern von ihren Erlebnissen bei den Patzinakern. Orm war der einzige an Bord, der in schweren Gedanken dasaß.

»Vielleicht bereust du jetzt, daß du die Gefangenen ohne Lösegeld freigabst?« fragte Toke.

»Das nicht«, sagte Orm. »Aber ich habe allzuviel Glück gehabt. Darum überkommt mich jetzt Furcht, und es täte gut, zu wissen, wie es daheim um die Meinen steht.«

Von der Heimkehr
und wie Olof Sommervogel gelobte, Christ zu werden

Sie begruben ihre Toten an einem Ort, da diese ungestört ruhen konnten, und fuhren, ohne neue Abenteuer zu bestehen, den großen Fluß stromauf, wobei ihnen Wind und Segel gute Hilfe leisteten. Olofs Zustand besserte sich nur langsam; seine Eßlust war gering, und die Wunde wollte nicht heilen, so daß die Rede darauf kam, Kiew anzulaufen und ihn dort pflegen zu lassen. Aber er selbst wollte nichts davon wissen, denn ihm wie auch Orm war an baldiger Heimkehr viel gelegen. Die Männer ruderten gutwillig an Kiew vorbei, denn jetzt fühlten sie sich reich und wollten ihr Silber nicht in der Fremde vergeuden.

Als sie den Biberfluß erreichten und die Arbeit anstrengender wurde, setzte Svarthövde sich zu den anderen ans Ruder; er zählte sich jetzt schon zu den Erwachsenen. Die Arbeit fiel ihm nicht leicht und machte ihm wunde Hände; aber er hielt durch, bis er zur Ablösung an der Reihe war. Dafür wurde er sogar von Spof gelobt, der mit dergleichen sparsam zu sein pflegte.

Im Dorf, das an der Schleppstelle lag, standen viele Ochsen für sie bereit, so daß die Fahrt über Land jetzt weniger anstrengend war. Als sie zu den Dregovitiern kamen, dorthin, wo es Bienen und Bären gab, rasteten sie drei Tage am alten Lagerplatz. Man ließ die weisen alten Frauen des Dorfes kommen, damit sie sich um Olof bekümmerten, denn das Geschlepptwerden über Land war ihm nicht gut bekommen. Sie rieben seine Wunde und träufelten Ameisensaft und Wermut hinein, so daß er vor Schmerz laut schreien mußte. Das galt ihnen als ein gutes Zeichen: je mehr er schreie, sagten sie, desto besser! Darauf salbten sie die Wunde mit Bärenfett und gaben ihm einen bitteren Trank, der ihn merklich stärkte. Schließlich holten sie aus dem Dorf große Bündel von frischem Heu und dazu zwei dicke junge Frauen. Dann zogen sie Olof die Kleider ab, wuschen ihn mit Birkenwasser und betteten ihn auf dem Heu in Bärenfelle, ihm zu seiten die beiden jungen Frauen, damit sie ihn warm hielten. Dann gaben sie ihm noch mehr vom bitteren Trank und bedeckten ihn mit Ochsenhäuten. So schlief er schön warm zwei Nächte und einen Tag, und als er erwacht war, riefen die jungen Frauen: nun fange er an, gesund zu werden! Die alten Weiber wurden gut bezahlt und ebenso die zwei jungen, die ernsthaft den Vorschlag zurückwiesen, auch andere Männer warm zu halten. – Olofs Zustand besserte sich nun rasch. Als man zur Stadt der Polotjaner kam, war die Wunde geheilt, und er konnte wieder ebensoviel essen und trinken wie jeder andere. Hier besuchten die Häuptlinge Faste und erzählten ihm, wie der Schreiber ihnen abhanden gekommen sei, was jenen jedoch wenig zu kümmern schien.

In dieser Stadt fühlten die Männer sich wie zu Hause, und nachdem sie drei Tage lang getrunken und der Liebe gepflogen hatten – was beides zur großen Freude der ärmeren Bevölkerung geschah –, fuhren sie, ohne zu eilen und während die Blätter von den Bäumen fielen, die Düna hinab. Als die Frostnächte anfingen, erreichten sie das Meer.

Eines Morgens bei Ösyssla wurden sie von estnischen Räubern überfallen. Es waren vier vollbemannte kleine Schiffe, die Spof aus dem Nebel auftauchen sah. Er befahl den Ruderern gleich, alle Kräfte anzuspannen, und als die Esten versuchten, von jeder Seite her ein Boot an das Schiff zu legen, um an Bord zu kommen, machte er eine schnelle Wendung und rammte auf diese Weise eines der Boote, so daß es sinkend dem Lande zusteuern mußte. An seiner Statt kam jedoch ein anderes, dem es gelang, Eisenhaken und Greifzangen am Schiffsrande festzumachen; aber bevor noch mehr geschehen konnte, sprangen die Sonesöhne mit Freudengeschrei und ohne Schilde zu den Esten hinüber und schlugen mit Schwertern und Äxten wild auf sie ein, so daß das Schiff ohne viel Beihilfe anderer bald abgeräumt war. Als die übrigen Esten das sahen, meinten sie, an Berserker geraten zu sein, und ruderten schnell davon.

Die Sonesöhne ernteten viel Lob, aber einige von ihnen waren verstimmt und begannen, böse von ihrem Vater zu reden. Denn einer von ihnen hatte im Kampf zwei Finger verloren, einem anderen war die Wange von einem Speer aufgerissen, einem dritten war die Nase zerschmettert, und auch die übrigen waren von Waffen gezeichnet. Die am meisten Beschädigten beschuldigten nun ihren Vater, er habe sie durch sein Geschwätz zu Übermut verlockt, denn sie hätten sich darauf verlassen, daß ihnen nichts mehr geschehen könne. Die anderen aber widersprachen, denn der Alte habe nicht mehr verheißen, als daß sie lebendig wieder heimkommen würden; von Wunden und Kratzern habe er nichts gesagt. Fast wäre es zwischen den Brüdern zu einer Schlägerei gekommen, aber Orm und Toke beruhigten sie mit klugen Worten, und die Fahrt ging weiter, ohne daß sich noch irgend etwas ereignete.

Von Ösyssla bis heim zur Flußmündung hatten sie gutes Segelwetter, und auf dieser Fahrt wurde jedem Mann an Bord sein Anteil am Silber zugemessen. Orm stellte alle zufrieden, denn das Los, das er jedem bestimmte, war größer, als man hatte erwarten können.

Eines Morgens bei Tagesanbruch, als die Männer noch schliefen und Toke am Steuer stand, saß Orm in düsterer Stimmung neben ihm.

»Die meisten würden an deiner Stelle recht vergnügt sein«, sagte Toke. »Alles ist gut gegangen, du hast großen Reichtum gewonnen, und bald sind wir daheim.«

»Mich hat Unruhe gepackt«, sagte Orm. »Es ist das Gold, das mich bedrückt.«

»Wie kann denn das dich bedrücken?« fragte Toke. »Du bist nun so reich wie ein König, und Könige pflegen ihres Reichtums wegen nicht gerade den Kopf hängen zu lassen.«

»Für mich ist es zu viel«, sagte Orm düster. »Du und Olof sollt euer reichliches Teil davon haben, aber es ist dennoch zu viel. Ich habe den Männern weisgemacht, daß nur allerhand Weiberkram in den Truhen stecke. Und dafür wird mich ein Unglück treffen.«

»Du machst dir allzufrüh Sorgen«, sagte Toke. »Niemand weiß, was in den Kisten ist; mag sein, es ist ebenfalls Silber. Und es war klug, von Weiberkram zu sprechen, das hätte auch ich getan; denn auch die Besten werden leicht wilden Sinnes, wenn sie Gold in der Nähe wissen.«

»Nun will ich etwas sagen, und Gott möge es hören«, sagte Orm. »Ich werde eine der Truhen öffnen, und ist Gold darin, so verteile ich es an die Männer. Von den drei Kisten, die dann noch übrig sind, sollst du die eine haben und Olof die andere, und die dritte behalte ich. Und nun, da ich das gesagt habe, ist mir leichter zumute.«

»Tu, wie du willst«, sagte Toke. »Ich brauche jetzt nicht mehr mit Fellen zu handeln.«

Orm holte eine der kleinen Truhen, stellte sie vor sich hin und zerschnitt die roten Schnüre, an denen das kaiserliche Siegel hing. Die Truhe hatte ein starkes Schloß; Orm setzte sein Messer an, nahm auch Tokes Messer zu Hilfe, und endlich gab das Schloß nach. Orm hob den Deckel auf, und beide Männer blickten schweigend auf den Inhalt der Kiste nieder. Endlich sagte Toke fromm:

»Fafner nicht
in früher Vorzeit
brütete
auf besserem Nest.«

Orm entgegnete nichts darauf, obschon er gewohnt war, wenn Toke Verse machte, es ihm gleich zu tun.

Nun war die Sonne aufgegangen und schien auf die Truhe. Das Gold, das sie füllte, war vom Liegen im Fluß nicht dunkel geworden; zum größten Teil waren es Münzen verschiedener Art, und sie füllten die Truhe bis zum Rande. In die Münzen gebettet lag Schmuck: große und kleine Ringe, Schnallen, Ketten, Spangen und anderes, und Toke mußte bei diesem Anblick an schöne Speckstücke denken, die in Erbsensuppe umherschwimmen.

»Das wird etwas für die Frauen sein, wenn wir die Kisten daheim öffnen«, sagte er. »Wenn die nur nicht vor Freude verrückt werden!«

»Es wird nicht leicht sein, dies alles gerecht zu verteilen«, sagte Orm.

Die Männer waren nun allmählich erwacht. Orm sagte ihnen, daß eine der Truhen mit dem Weiberkram unter sie verteilt werden würde und daß der Inhalt die Erwartungen ganz erstaunlich übersteige.

Das Verteilen dauerte den ganzen Tag. Jeder Mann erhielt 86 große und kleine Münzen, und ebensoviel betrug das Los jedes Toten, das den Erben zufallen sollte. Spof erhielt den Anteil eines Steuermannes: also das Vierfache. Am schwierigsten war das Teilen der Schmucksachen, und es kam vor, daß Ringe und anderes in Stücke geschlagen werden mußten, damit die Teilung gerecht würde; aber oft verglichen sich die Männer durch Tausch und gaben Münzen her, um einen schönen Schmuck unversehrt zu erhalten. Andere wiederum gerieten in Streit, aber Orm sagte: erst wenn sie an Land gegangen seien, dürften sie sich schlagen. Es gab da einige Männer, die noch nie eine Goldmünze gesehen hatten; als Spof ihnen erklärt hatte, um wieviel Gold wertvoller sei als Silber, saßen sie mit dem Kopf in den Händen da und starrten vor sich hin, ohne doch, trotz aller Anstrengung, begreifen zu können, wie reich sie nun waren.

Als man mit dem Verteilen fertig war, machten viele Männer sich eifrig ans Nähen, damit ihre Gürtel den ganzen Reichtum fassen könnten; andere rieben und putzten ihr Gold, damit es noch heller würde; und dabei redeten alle vom großen Glück, das sie gehabt hatten, vom Heimkommen und vom gewaltigen Rausch, den sie sich bald antrinken würden.

Sie erreichten die Flußmündung und ruderten stromauf

bis zum Hof eines Bauern, den Orm kannte. Dort wurde das Schiff über krachendes Neueis an das Ufer gezogen und in einen Schuppen gebracht; Pferde wurden gemietet, und einige der Männer zogen heimwärts, aber die meisten blieben bei Orm.

Spof stand unschlüssig da. Es wäre vielleicht das beste, sagte er zu Orm, wenn er hier bei diesem Bauern bliebe, der ein zuverlässiger Mann zu sein scheine; später im Frühling wolle er versuchen, ein Schiff zu finden, mit dem er nach Gotland fahren könne.

»Aber sicher fühlen werde ich mich in diesem Winter nicht«, sagte er bekümmert. »Denn welchem Bauern ließe sich zutrauen, daß er mich nicht im Schlaf erschlüge, sobald er weiß, was ich im Gürtel habe. Und Gotländer tötet man immer gern, ohne erst lange zu fragen, weil man sie alle für reich hält.«

»So komm doch mit mir«, sagte Orm, »und sei über den Winter mein Gast. Das wäre nicht mehr, als du verdienst. Gegen den Frühling magst du dir hier ein Schiff suchen.«

Spof dankte Orm und schloß sich ihm gern an.

Nun machten sich alle auf, und es ließ sich nicht sagen, wer es eiliger hatte nach Gröning zu gelangen: Orm oder Olof Sommervogel.

Als sie dorthin kamen, wo der Weg zu Sones Hof abzweigte, wollten die sieben Brüder nicht weiter; sie standen mürrisch da und kratzten sich den Kopf. Orm wollte wissen, was ihnen nicht recht sei.

»Wir haben es jetzt gut«, sagten sie, »besser als wohl sonst einer, denn wir sind reich, und bevor wir heimkommen, kann uns nichts Schlimmes zustoßen. Aber haben wir erst den Alten wiedergesehen, so ist es mit dem Zauber zu Ende; dann können wir umkommen wie jeder andere. Fürchten tun wir uns davor nicht; aber da wir nun soviel Gold haben, wäre es denn doch recht verdrießlich.«

»So reitet doch mit mir!« sagte Orm, »und trinkt auf

Gröning auf eure glückliche Heimkehr. Ihr seid allesamt tüchtige Männer, und es mag sein, daß es über den Winter genug Schlafplätze bei mir gibt. Späterhin mögt ihr wieder ans Heeren gehen und so leben, wie es euch gefällt.«

Das hörten die Sonesöhne mit Freuden und machten unter sich aus, daß es bis zu ihrer Rückkehr zum Alten noch gute Weile haben sollte. Am geratensten schien es ihnen, wieder in das Gardareich zu fahren.

»So werdet doch meine Mannen«, sagte Svarthövde. »Nach einiger Zeit werden Ulf und ich dorthin aufbrechen.«

»Du fängst früh an, als Häuptling zu reden«, sagte Orm. »Ein wenig warten wirst du doch noch müssen.«

Als sie sich Gröning näherten, wurde Orms Ungeduld so groß, daß er und Olof Sommervogel den anderen vorausritten. Das erste, was sie erblickten, waren Männer, die mit dem Ausbessern des großen Hoftores beschäftigt waren. Dann sahen sie, daß die Kirche niedergebrannt war, und dieser Anblick versetzte Orm so sehr in Angst, daß er kaum wagte, bis auf den Hof zu reiten. Die Männer am Tor bemerkten ihn jetzt und brachen in laute Rufe aus. Da kam Ylva herbeigerannt; da sie also noch da war, wurde Orm etwas ruhiger.

»Gut, daß du endlich da bist«, sagte sie. »Aber es wäre besser gewesen, wenn du vier Tage früher gekommen wärst.«

»Ist ein großes Unglück geschehen?« fragte Orm.

»Räuber haben uns nachts überfallen«, sagte sie. »Es geschah vor vier Tagen. Harald ist verwundet und Rapp nebst drei anderen ist tot. Sie haben Ludmilla gestohlen und auch die Halskette und viel anderes, und auch drei meiner Frauen. Vater Willibald bekam einen Keulenschlag über den Kopf und liegt halbtot da. Ich kam mit den Kleinsten und mit Oddny und der Alten rechtzeitig davon; wir haben den ganzen folgenden Tag im Walde gesessen. Die Räuber waren Smaländer. Auch das Vieh haben sie weggetrieben, aber die Hunde jagten hinterher und haben uns vierzehn Kühe wiedergebracht. Åsa meint, es hätte noch schlimmer sein können, und jetzt, da du nach Hause gekommen bist, scheint es auch mir so.«

»So wie es ist, ist es schlimm genug«, sagte Orm. »Rapp tot, Ludmilla fort und der Priester arg zugerichtet.«

»Und die Halskette weg«, sagte Ylva.

»Über die brauchst du nicht zu trauern«, sagte Orm. »Du wirst Schmuck bekommen, soviel du willst. Gut, daß ich die Mannen bei mir habe, denn dies soll nicht ungerächt bleiben.«

»Du hast recht, Orm«, sagte Olof Sommervogel. »Dieses soll nicht ungerächt bleiben. Weiß jemand, wo die Räuber her sind?«

»Niemand weiß etwas«, sagte Ylva. »Harald wurde gleich anfangs verwundet und verkroch sich ins Badehaus, wo er liegenblieb. Aber wenn Vater Willibald sich erholt haben wird, kann er vielleicht etwas mehr sagen. Sie haben nämlich nur die Kirche in Brand gesteckt, und das ist seltsam. Dort hat auch der Priester den Schlag erhalten. Sie plünderten, soviel sie konnten, und daß sie Smäländer waren, hörte man ihnen an; es war eine große Bande. Ihre Toten haben sie mitgenommen; es waren fünf, die im Kampf am Tor von Rapp und seinen Leuten niedergemacht wurden. Das ist alles, was ich erfahren habe.«

Nun waren Orms Mannen hinzugekommen, und Ylva wurde es leichter ums Herz, als sie Svarthövde erblickte. Als erstes schickte Orm jetzt berittene Männer zu seinen reichen Nachbarn, um Eßvorräte herbeizuschaffen, denn im Vorratshaus hatten die Räuber nicht viel zurückgelassen und erst recht nichts im Brauhause.

Dann sah Orm nach den Verwundeten. Harald war von einem Speer mitten in die Brust getroffen und außerdem durch einen Hieb an der Schulter verwundet, aber er war guter Dinge und meinte, er werde bald wieder gesund sein. Am meisten verlangte er danach, von Ulf Frohsinn oder Svarthövde zu erfahren, was sie erlebt hatten.

Åsa saß beim Priester und pflegte ihn, so gut sie konnte. Sein Kopf war mit Binden umwickelt, und er war noch nicht recht bei sich; aber bei Orms Anblick leuchteten seine Augen auf, und er sagte mit schwacher Stimme: »Willkommen daheim!« Dann versank er wieder in seine Betäubung, und Åsa berichtete, er liege meist vor sich hinmurmelnd da und rede unverständliches Zeug.

Sie war froh, Orm wiederzusehen, aber das hinderte sie nicht, ihm gleich Vorwürfe zu machen, weil er nicht rechtzeitig gekommen sei. Als sie hörte, daß er Ares Schatz mitgebracht hatte, wurde sie sanfter und meinte, verglichen mit dem, was sie in jungen Jahren erlebt habe, sei dieser Überfall recht gelinde gewesen. Und habe sie nicht immer vorausgesagt, daß Ludmilla eines Tages geraubt werden würde, da man ihr einen so unheilvollen Namen gegeben? Vater Willibald werde wieder gesund werden, obschon er jetzt dem Tode nahe sei; er verstehe ja bereits manches, was sie ihm sage, und das sei ein gutes Zeichen. Am schwersten lag ihr jetzt im Sinn, daß das Vorratshaus leer war und daß man alles Vieh verloren hatte.

Toke, Spof und Svarthövde folgten mit einigen Männern der Spur der Räuber, um zu sehen, in welche Richtung sie führe; das werde man bald merken, meinten die Sonesöhne, da es nach dem Überfall nicht geregnet habe. Unterdessen fragte Orm die am Leben gebliebenen Knechte aus; aber er erfuhr durch sie nicht viel mehr, als was Ylva ihm schon berichtet hatte.

Den Tag vor dem Überfall hatte der Priester den Festtag aller Heiligen genannt, er hatte eine Predigt gehalten, und am Abend hatte man den Heiligen zu Ehren getrunken. Dann hatte man bis zum Morgengrauen gut geschlafen und vom Räuberüberfall nicht eher etwas gemerkt, als bis die Hunde anschlugen. Da seien auch schon die Räuber mit Balken gegen das Hoftor gestürmt; das war bald eingeschlagen.

Allen voran waren Rapp und Harald ihnen entgegengetreten, dicht hinter ihnen die anderen Männer, und alle hatten bis zum letzten gekämpft, so daß die meisten Frauen mit ihren Kindern zur Hintertür des Hauses hinauslaufen und den Fluß entlang sich in den Wald retten konnten. Aber die Übermacht sei groß gewesen, und daher habe man den Eingang nicht lange verteidigen können. Den Priester habe das große Unwesen erst spät geweckt, da er letzthin recht schwerhörig geworden sei; als er hinzukam, war Rapp schon tot und Räuber überall! Nun sei der Priester laut rufend zur brennenden Kirche geeilt, und so war es gekommen, daß man die Hunde nicht rechtzeitig losgelassen hatte.

Dies, sagten die Männer, sei alles, was sie wüßten; denn als sie Rapp und mehrere andere hatten fallen sehen und der großen Übermacht gewahr wurden, hatten sie den Kampf aufgegeben und sich versteckt. Erst als die Räuber abgezogen waren, hatte man die Hunde losgelassen; an die hatten die Räuber sich nicht gewagt. Die Hunde seien ihrer Spur gefolgt und nach einem Tage mit mehreren Kühen zurückgekommen.

Orm hörte düsteren Sinnes zu und fand, daß vieles verkehrt gemacht worden sei; aber Tadel lohnte sich jetzt nicht, und er konnte den Männern nicht verübeln, daß sie ihr Leben hatten retten wollen, nachdem Rapp und Harald nicht mehr da waren. Er wußte kaum, ob Rapps Verlust oder Ludmillas ihn schwerer traf, aber je länger er alles bedachte, desto größer wurde sein Zorn und damit sein Wunsch, der Räuberbande bald heimzuzahlen.

Am glaublichsten schien ihm, daß es Männer aus Värend gewesen waren, obgleich Friede herrschte und er dort keine Feinde zu haben meinte.

Am nächsten Tage war Vater Willibald wieder klar im Kopf, wenngleich er sich noch schwach fühlte. Er hatte Neues zu berichten.

Das Tor sei schon gestürmt gewesen, als er kam, sagte er, und als erstes sah er die Flammen eines brennenden Holzstoßes, den die Räuber an der Kirchenwand geschichtet hatten. Er sei dorthin gelaufen, den Mordbrennern zurufend, die Kirche Gottes unversehrt zu lassen.

»Da trat mir ein schwarzbärtiger Mann entgegen«, sagte er. »Er lachte und rief laut: ›Gottes Kirche soll brennen, denn ich habe Gott verleugnet. Das war meine dritte Sünde, und nun gibt es für mich keine Sünde mehr.‹ So sprach er und lachte laut auf. Da erkannte ich ihn; es war Rainald, der Priester, der vor langer Zeit hier auf Gröning gewesen ist und der nachher auf dem Thing den Småländern zugeteilt wurde. Er war es, kein anderer. Daß er sich dem Teufel ergeben hat, weiß man ja. Und ich verfluchte ihn und lief zum brennenden Holzstoß, aber da schlug ein Mann auf mich ein, und mehr weiß ich nicht.«

Alle schrien laut auf, als sie das hörten, und Vater Willibald nickte und schloß die Augen.

»So ist es«, sagte er. »Die Kirche ist niedergebrannt von einem, der einst Gottes Diener gewesen ist.« Da brachen Ylva und Åsa in Tränen aus, denn es schien ihnen über die Maßen schrecklich, daß jener Priester nun ein Teufelsdiener war.

Olof Sommervogel knirschte mit den Zähnen. Er zog sein Schwert und stieß es in den Boden, so daß es feststand, und die Hände legte er um den Schwertknauf.

»Dies gelobe ich jetzt«, sagte er. »Ich will nicht bei Tische sitzen, nicht in einem Bett schlafen noch mit Männern fröhlich sein, bevor nicht mein Schwert den Leib dieses Mannes durchbohrt hat: ihn, Rainald, der einst Gottes Priester war und der Ludmilla Ormstochter geraubt hat. Und hilft mir Christus dazu, daß ich Ludmilla wiederbekomme, dann will ich mich hinfort zu ihm halten.«

Wie sie dem verrückten Magister heimzahlten

Sobald sie vom Überfall und von Orms Heimkehr gehört hatten, kamen Nachbarn mit Gefolgschaft und Pferden nach Gröning, denn sie wollten beim Rachezug gern mit dabei sein. Dergleichen käme nunmehr nur noch selten vor, meinten sie, und es ließe sich viel Vergnügen davon erwarten; und wer von ihnen Christ war, glaubte, die Gewalttätigkeit gegen den Priester und das Niederbrennen der Kirche vergelten zu müssen. Orm hieß sie alle willkommen und wartete jetzt noch auf die Rückkehr der Ausgesandten.

Sie kamen gegen Abend des dritten Tages zurück, nachdem sie die Spur der Räuber weit gen Norden und Osten verfolgt hatten. Am wichtigsten war, daß sie Rapps Frau mit heimbrachten, die ausgehungert und halbtot in der Wildnis umhergeirrt war. Sie war den Räubern entlaufen und weiter und weiter gegangen, bis die Kräfte sie verlassen hatten; die Männer waren mit ihr umgekehrt und hatten sie abwechselnd getragen. Drei hatten schon um sie gefreit, und das hatte ein wenig zu ihrer Stärkung beigetragen; aber, sagten die Männer, sie habe nicht recht glauben wollen, daß einer von ihnen Rapp gleichkommen könnte.

Sie hatte Wichtiges zu berichten. Es verhielt sich so, wie Vater Willibald gesagt hatte: er, den man einst Magister genannt hatte, war jetzt der Häuptling der Bande. Er hatte Torgunn wiedererkannt, auf dem Weg zum Räubernest mit ihr geredet und ihr gesagt, er habe Gott verleugnet und daher stehe ihm nun frei, zu tun, wie ihm beliebe. Die Kirche habe er niedergebrannt, um nicht die Nähe Gottes ertragen zu müssen, und nun gäbe es weit und breit keine Kirche mehr.

Seine Gefolgschaft, sagte Torgunn, bestehe aus Friedlosen, Übeltätern und fahrendem Volk; einige seien von weit her, ja, sogar aus Westgötland und Njudung. Sie alle hätten bei ihm Schutz gesucht und lebten von Plünderung; sie seien zahlreich, fürchteten niemand, und der Magister habe große Gewalt über sie.

Von Ludmilla wußte sie nur, daß sie guten Mutes war und dem Magister gedroht habe: die Rache werde nicht auf sich warten lassen. Auf dem Wege zu ihrem Dorf seien die Räuber von den großen Hunden überfallen worden; die hätten einen totgebissen und sehr zum Verdruß der Bande einen Teil des Viehs mitgenommen. Sie und Ludmilla hatten da zu fliehen versucht, waren aber wieder festgenommen worden.

Das Dorf der Räuber, zu dem sie endlich gelangten, lag am nördlichen Ende eines sehr großen Sees; den hatten sie unterwegs zur Rechten gehabt. Dieses Dorf nannten die Räuber Prästby, das ist Priesterdorf. Torgunn fiel hier durch das Los einem Manne namens Saxulf zu: ein großer, ungeschlachter Kerl, der obendrein bösartig war. Er hatte sie erst gebunden, dann auf die Felle geworfen, ihr aber weder zu essen noch zu trinken gegeben. Obschon sie wußte, daß sie nun Witwe war, hatte es sie doch sehr erzürnt, gezwungenermaßen das Lager mit einem Manne zu teilen, der sich so grob aufführte. Eine Weile nachdem er eingeschlafen war, hatte sie sich aus den Schaffellen gestohlen und eine Teigrolle in beide Hände genommen. Die nötige Kraft, sagte sie, habe Gott ihr gegeben, und noch stärker sei sie geworden durch ihren Zorn und den Wunsch, Rapp zu rächen; und als sie die Teigrolle dem Saxulf an den Schädel geschmettert hatte, sei er still gewesen, nur mit den Beinen habe er ein wenig gezappelt. Darauf sei sie in die Nacht hinausgeschlichen und unbemerkt entkommen. Einen Tag und eine Nacht sei sie in großen Ängsten weitergeeilt, die Spur zurückverfolgend und von Moosbeeren sich nährend. Und zuletzt, als sie kraftlos dagelegen und auf den Tod durch zähnefletschende Tiere gewartet habe, da seien die Männer gekommen, hätten ihr zu essen gegeben und sie auf ihren Schultern heimreiten lassen. Und nun sei ihr bereits viel besser.

So lautete Torgunns Erzählung, und die war von großem Nutzen, denn nun war man nicht mehr im Zweifel, wo das Räubernest lag. Der große See war einigen Männern bekannt, er hieß Åsnen. Unter Olofs Mannen gab es einige, die in diesen menschenleeren Gegenden Wege und Stege kannten und die es übernehmen wollten, die Schar zum Räubernest zu führen; das beste aber würde sein, sagten sie, nach einer Tagereise den Pfad zu verlassen und einen westlicheren einzuschlagen, um von dieser Seite her anzugreifen. Orm und die anderen fanden das klug, denn so würden sie den See im Rücken haben.

Orms Schar zählte nun 112 Mann, und am nächsten Tag sollte aufgebrochen werden. Nur das Bulgarengold machte ihm noch Sorgen; und spät am Abend, als alles schlief, trug er mit Toke, Olof und Svarthövde die Truhen an einen sicheren Ort tief im Walde, weit weg von allen Pfaden. Er machte sich jedoch nicht die Mühe, auch sein Silber dort zu verstecken, denn, sagte er, an Silber habe er sich nun gewöhnt; es mochte in Ylvas Truhen liegenbleiben, obschon dem Hof kein anderer Schutz blieb als die wenigen Männer, die zurückgelassen wurden.

Am nächsten Morgen waren alle vor dem Morgengrauen auf den Füßen. Es war noch manches zu besorgen, bevor man aufbrechen konnte. So mußten die großen Hunde, die mitkommen sollten, an die Neukömmlinge gewöhnt werden, damit es später keine Irrtümer gäbe und nicht die eigenen Leute gebissen würden. An viele gewöhnten die Hunde sich leicht, sobald sie sie einige Male beschnuppert hatten; aber andere mochten sie gar nicht leiden, sie knurrten sie an, als hätten sie sie am liebsten auf der Stelle umgebracht. Das erweckte große Heiterkeit, verstimmte aber die Verdächtigen, die meinten, sie röchen gewiß nicht schlechter als andere; worüber diese wiederum manches zu sagen hatten.

Endlich war alles fertig, und man brach auf. Verläßliche Männer führten die Hunde an Riemen.

Den ganzen Tag lang folgte man der Spur der Räuber,

bis man in die Nähe des Ortes gelangte, wo Torgunn gefunden worden war. Dort schlug man das Nachtlager auf, und am nächsten Tage bog man nach links ab. Nun gingen die beiden Männer Olofs, die hier die Pfade kannten, an der Spitze. Drei Tage lang kämpfte man sich auf schwierigem Boden vorwärts, zwischen Sümpfen hindurch an Höhenzügen vorbei und durch dichten Wald, ohne daß man ein Haus sah oder einem Menschen begegnete. Die Hunde begriffen gut, welch einem Wild man auf der Spur war; denn wenn sie Menschen jagen sollten, hatten sie die gute Eigenschaft, nicht eher Laut zu geben, als bis man sie losließ.

Am Nachmittag des vierten Tages gelangte man dorthin, wo zwei Fährten sich kreuzten; hier wurde haltgemacht und beide Wegführer sagten: nun sei es nur noch ein kurzes Stück bis zum See und zum Räuberdorf. Es war ein ermüdender Marsch gewesen, aber Olof und Orm meinten beide, man solle gleich angreifen, denn mit ihrer Geduld war es knapp bestellt, und zudem reichte die Wegekost nicht mehr lange. Auf einer Anhöhe kletterten einige der jüngeren Männer auf Bäume und konnten nun zeigen, wo das Dorf lag. Orm teilte seine Schar in drei Haufen: Toke führte den einen an, Olof den anderen und er selbst den dritten. Dazu behielt er die Hunde, damit sie nicht etwa im unrechten Augenblick losgelassen würden. Toke sollte von Norden her angreifen und Olof Sommervogel von Süden, und mit Tokes Schar gingen auch Svarthövde und die Sonesöhne, die sich bereits als dessen Gefolgschaft betrachteten. Orm hatte verboten, Häuser in Brand zu stecken und mit Frauen gewaltsam zu verfahren, denn es mochten sich noch andere geraubte Frauen bei den Räubern befinden. Sobald Toke in das Horn stoßen würde, sollten die beiden anderen Haufen vorwärts eilen, doch ohne den Heerruf zu erheben.

Tokes und Olofs Scharen zogen ab, und Orm und seine Mannen schlichen vorsichtig durch das Dickicht, bis sie den Waldrand erreichten, der die Dorfrodung begrenzte.

Hier setzten die Männer sich nieder, um auf Tokes Hornruf zu warten und unterdessen an den Resten ihrer Vorräte zu nagen.

Orm nahm Spof mit sich und kroch in ein dichtes Faulbaumgestrüpp. Von dort spähten sie zum Dorf hinüber. Es sah recht ansehnlich aus; viele Häuser waren neugebaut, und man sah Männer und Frauen ihren Beschäftigungen nachgehen. Spof meinte, es könne dort gegen 150 Männer geben. Diesseits vom Dorf, in einer kleinen Senkung, lag – wie ein kleiner See – die Dorfquelle; eine alte Frau mit einem Tragjoch und zwei Eimern holte gerade Wasser und trabte wieder dem Dorf zu. Dann kamen zwei Männer und tränkten ihre Pferde. Diese wurden unruhig und begannen zu tänzeln, so daß Orm fürchten mußte, sie witterten die Nähe der Hunde. Die aber, hinter Orm stehend, verhielten sich still, obschon sie am ganzen Leibe zitterten.

Die Männer an der Quelle beruhigten ihre Pferde und kehrten ins Dorf zurück, und nach einer Weile kamen drei Frauen mit Eimern in jeder Hand. Neben ihnen gingen zwei Männer, die ihre Wächter zu sein schienen. Orm holte tief Atem, denn die längste der Frauen war Ludmilla, und er flüsterte das Spof ins Ohr; der flüsterte zurück, daß die Entfernung nicht größer sei als etwa ein Bogenschuß. Tokes Horn ließ aber noch auf sich warten, und Orm wollte daher seine Schar nur ungern bloßstellen; aber zwei Männern in seiner Nähe, die bei den Stromschnellen mitgekämpft hatten und die zu den besten Bogenschützen gehörten, gab er ein Zeichen. Sie getrauten sich, sagten sie, die Männer an der Quelle niederzustrecken, und jeder von ihnen stellte sich hinter einen Baumstamm und legte einen Pfeil auf die Sehne. Aber noch ließ Orm sie warten.

Die Frauen wandten sich nun mit gefüllten Eimern zum Gehen; da ließ Orm zweimal den Schrei des Schlangenbussards hören. Es war ein Ruf, den er gern nachahmte und den seine Kinder daher gut kannten; und als dieser

Vogelruf ertönte, streckte sich Ludmilla. Sie folgte den andern langsam noch einige Schritte, aber dann schrie sie auf und stolperte, so daß alles Wasser aus ihren Eimern floß. Darauf kehrte sie zur Quelle zurück, um die Eimer von neuem zu füllen.

Das nahm viel Zeit, und als sie endlich damit fertig war, setzte sie sich nieder und griff nach ihrem Fuß. Die beiden Männer fuhren sie streng an und traten auf sie zu, um sie mit sich zu schleppen. Da legte sie sich lang nieder und fing zu schreien an.

Von Toke ließ sich noch immer nichts hören, aber nun konnte nicht noch länger gewartet werden, denn die Hunde erkannten Ludmillas Stimme und fingen zu knurren an.

Orm gab den beiden Schützen ein Zeichen, und beide Bogensehnen erklangen zu gleicher Zeit. Es waren gut gezielte Schüsse, und die Pfeile saßen dort, wo sie sitzen sollten; aber die Männer trugen dicke Lederjacken und hielten sich daher noch auf den Beinen. Heulend rissen sie sich die Pfeile aus, und Ludmilla sprang auf und schlug dem zunächst Stehenden mit ihrem Eimer über den Kopf, dann rannte sie dem Walde zu. Aber unverzagt setzten die Männer ihr nach; sie waren ihr dicht auf den Fersen, und nun kamen auch zwischen den Häusern Männer hervor, um nachzusehen, warum denn bei der Quelle so laut geschrien würde.

»Laßt die Hunde los!« rief Orm, während er schon aus dem Dickicht hervorstürzte; und im gleichen Augenblick erklang Tokes Horn und der Heerruf.

Aber alles das ertrank im Gekläff der Hunde, und als diese heranstürmten, machten Ludmillas Verfolger vor Schrecken halt. Dann rannte der eine wie von Sinnen davon, bis der schnellste Hund ihn mit großem Satz im Genick packte und zu Boden warf. Der andere Mann war noch soweit bei Verstand, daß er zur Quelle lief und, sein Schwert ziehend, hineinsprang. Aber drei Hunde griffen ihn gleichzeitig an, und obschon er einen von ihnen traf, kam er doch bald zu Fall; er verschwand im Wasser; und nur die Hunde kamen wieder hoch.

Ludmilla erreichte Orm mit einem Freudensprung. Sie wollte gleich wissen, wie es um Olof stand und wie es mit dem Golde gegangen war, und Orm gab ihr über alles Bescheid. Sie selbst war als Häuptlingstochter behandelt worden und hatte bei keinem anderen Mann als beim verrückten Priester zu liegen brauchen, der, wie sie sagte, ein Einfaltspinsel sei; es hätte ihrer Meinung nach noch schlimmer sein können.

Orm ließ Spof und einige der älteren Männer am Waldrand zurück, damit sie Ludmilla beschützten, bis man mit dem Dorf fertig geworden sei. Die beiden anderen Frauen kamen nun auch herbei; sie behaupteten, die Frauen des Priesters zu sein. Sie hatten sich zu Boden geworfen, und die Hunde hatten sie nicht angerührt.

Drinnen im Dorf war der Kampf in vollem Gang, als Orm und seine Mannen hinzukamen. In einer Gasse schlugen sich Olofs Leute mit einer Räuberschar, und man hörte laut, allen Lärm übertönend, den Ruf, daß schwarzbärtige Männer für Olof Styrssons Schwert bestimmt seien. Orm mischte sich in den Streit und verlor einige Männer durch Pfeilschüsse von den Dächern her; aber die Feinde wurden zusammengedrängt und niedergemacht, obschon sie sich tapfer wehrten; bald war Orms Gefolgschaft in die Häuser eingedrungen und schlug sich drinnen. Er sah zwei Hunde, die von Speeren durchbohrt waren, aber unter jedem von ihnen lag ein toter Mann; das rasende Gekläff der übrigen hörte man vom See her.

Orm stieß auf Olof Sommervogel; der war blutig, und sein Schild war arg zerhauen.

»Ludmilla ist gerettet«, rief Orm. »Ich habe sie in Verwahr.«

»Dank Dir, Christus!« rief Olof. »Aber wo steckt denn der Schwarze? Der fällt mir zu.«

Toke hatte gegen eine große Überzahl zu kämpfen, denn viele waren in seine Richtung geeilt, als sie seinen

Heerruf vernommen hatten. Nun griffen Orm und Olof seine Feinde im Rücken an, und hier wurde jetzt am härtesten gekämpft, so daß viele Männer fielen, denn die Räuber wehrten sich wie Rasende. Orm verfolgte einen Fliehenden um eine Hausecke. In diesem Augenblick kam ein Mann in einer Brünne und mit einem Schwert in der Hand zum Hause heraus; mit ihm ein Kahlköpfiger, der eine Axt schwang. Sie griffen Orm gleichzeitig an. Der gab dem in der Brünne einen Hieb, der ihn zu Boden rollen ließ, und der Axt des anderen entging er durch einen Sprung; aber dabei glitt er neben einem Düngerhaufen aus, so daß er rücklings hinschlug; und nun sah er den Kahlköpfigen von neuem die Axt heben. Beim Hinstürzen, erzählte er später, habe er an den Kampf bei Maeldun denken müssen und an die Schilde, die ihn dort gedeckt hatten; nun freute er sich, daß sein nächstes Nachtlager im Himmelreich sein werde. Aber da sperrte der Kahlköpfige Mund und Augen auf und ließ die Axt fallen und sank auf die Hände und Knie, indem er starr vor sich hinglotzte. Als Orm jetzt wieder auf die Füße kam, hörte er von einem Hause her seinen Namen rufen; dort saßen die Sonesöhne rittlings auf dem Dachfirst und bedeuteten ihm durch Zeichen: sie seien es, die ihm rechtzeitig Hilfe gebracht hatten.

Nach diesem fühlte Orm plötzlich Müdigkeit und blickte umher. Große Verwirrung war überall: Frauen schrien, Männer jagten einander von Haus zu Haus; Kühe und Schweine rannten umher, und wer von den Räubern noch am Leben war, floh nach dem See hinunter. Jetzt kamen Toke und Svarthövde herbei. Von Tokes Schwert troff es rot, und er rief Orm zu, er habe seit Jugendtagen nichts Besseres erlebt als dieses. Aber er hatte es eilig, und seinen Mannen rufend lief er den Fliehenden nach. Svarthövde blieb zurück und befahl den Sonesöhnen, vom Hausdach herabzukommen.

Da hörte man lautes Geheul, und ein schwarzbärtiger Mann kam leichtfüßig, die Axt in der Hand, dahergelaufen; hinter ihm Olof Sommervogel. Als der Fliehende Orm erblickte, änderte er die Richtung; er setzte über einen Zaun hinweg und rannte weiter. Svarthövde wandte sich schnell um, sprang vor und traf ihn an der Stirn, so daß er hinschlug.

»Er ist mein! Er ist mein!« rief Olof, indem er keuchend hinzulief. Der Gestürzte wälzte sich am Boden. Da erreichte ihn Olof. Er faßte sein Schwert mit beiden Händen und trieb es durch Brünne und Mann, so daß es im Boden feststand.

»Gott!« schrie der Angenagelte zweimal mit furchtbarer Stimme, und damit verging ihm die Rede für immer.

»So hatte ich es gelobt«, sagte Olof zufrieden.

»Ist es denn auch der Rechte?« fragte Orm. »Er sieht sich ja gar nicht mehr gleich.«

»Im Kampf soll man sich mit geraubtem Gut nicht schmücken«, sagte Olof und beugte sich über den Toten. »Schau her.«

Oben am Rande der Brünne sah man Gold blinken. Olof zog es hervor. Es war Almanzurs Kette.

»Man sieht: es war der Rechte«, sagte Orm. »Und bedenk ich's genau, so gibt es dafür noch einen zweiten Beweis. Denn wer sonst in diesem Nest könnte Gott anrufen? Ich wüßte bloß gern, was er von ihm wollte.«

Wie die großen Hunde Jagd machten

Einige von der Gefolgschaft des verrückten Magisters entkamen in Booten, doch waren es nur wenige, denn sie wurden von Männern und Hunden den Strand entlang gehetzt, und die Verwundeten schlug man als Übeltäter kurzerhand tot. Orm hatte dreiundzwanzig Mann verloren, außerdem waren viele seiner Leute verwundet, so daß man allgemein dafür hielt: es sei ein guter Kampf gewesen, von dem noch lange geredet werden würde.

Bier fand sich reichlich im Dorf, und man schlachtete eine Menge Schweine, um ein Festmahl zu Ehren der Gefallenen abzuhalten, nachdem diese zusammengetragen und ein Hügel über ihnen aufgeworfen worden war. Geraubte Frauen, die sich im Dorf befunden hatten, durften gehen, wohin sie wollten: jede mit einer Kuh und mit so viel Beute, als sie mitschleppen konnte. Auch die beiden jungen Mägde Ylvas stellten sich ein; sie hatten viel über sich ergehen lassen müssen, und seit Torgunn entkommen war, hatte man sie scharf bewacht und eingesperrt gehalten. Nun freuten sie sich über ihre Befreiung und wünschten nichts heißer, als mit verläßlichen Männern verheiratet zu werden.

Die Hunde wurden für alles, was sie ausgerichtet hatten, sehr gelobt; es waren nur zwei von ihnen getötet worden. Als man nun alles Vieh beisammen hatte, sagte Orm, man könne es den Hunden überlassen, diese Beute nach Gröning zu treiben, denn dergleichen seien sie gewohnt. Pferde für die Verwundeten gab es genug, und sobald diese so weit waren, daß sie aufsitzen konnten, verließ Orm das verödete Räuberdorf und zog auf dem kürzesten Wege, dem Seeufer folgend, nach Hause.

Ludmilla saß ebenfalls zu Pferde, und Olof wich nicht von ihrer Seite. Um sie bei guter Laune zu halten, hatte er Orm und Toke inständig gebeten, ihr nichts von den beiden jungen Frauen zu sagen, die ihn bei den Dregovitiern warm gehalten hatten. Beide hatten gelacht und gemeint, er müsse ja wohl ganz verdreht und geradezu von Sinnen sein, daß er mit solchen Kindereien käme. Aber Olof hatte ernst geantwortet: da er soviel älter sei als Ludmilla, könne er gar nicht umsichtig genug sein.

Der Schwerverwundeten wegen zog man langsam dahin: ganz vorn die Hunde mit ihrer Herde, die mit dem Vieh sänftlich und ohne es anzutreiben verfuhren; und wenn einmal eine Kuh ausbrechen oder umkehren wollte, jagten sie sie bald zu den anderen zurück.

Man schlug schon früh ein Lager auf und versorgte die

Verwundeten. Am nächsten Morgen ging es den See entlang, bis man eine Stelle erreichte, die von alten Leuten »Tyrs Weideplätze« genannt wurde. Dort hatte es früher menschliche Wohnstätten gegeben, und in alten Zeiten war hier viel gekämpft worden; davon hatte diese Gegend den Namen. Es hieß: das viele Blut, das hier vergossen war, mache noch jetzt das Gras saftiger als sonstwo. Aber nun gab es hier weder Menschen noch Häuser mehr.

Als man sich diesen Weideplätzen näherte, wurden die Hunde unruhig, so daß die Männer sich fragten, ob sie wohl Bären witterten oder ob vielleicht noch immer Blutgeruch aus dieser Erde steige? Ohne sich länger um die Kühe zu kümmern, stürzten einige Hunde ins Dikkicht und gaben Laut; andere stimmten ein, und bald rannten alle davon, als habe man sie wieder in den Kampf geschickt. Orm schien das seltsam, denn in diese Richtung waren keine Räuber entkommen. Man erstieg schnell eine Anhöhe am Wege, um besser Ausschau zu halten.

Geradeaus, jenseits vom Dickicht, lag offenes Wiesenland und dort sah man Vieh umherlaufen – die Hunde hinterher.

»Wildochsen!« rief einer von Tokes Leuten. »Sie treiben Wildochsen!«

Die Hunde schienen zu meinen, diese Tiere gehörten zur Herde und müßten gleich dieser heimgetrieben werden. Sie gaben sich große Mühe damit, und vom Hügel aus konnte man sehen, wie sie sich mit besonders widerspenstigen Tieren herumschlugen, damit jene die rechte Richtung einhielten. Den Wildochsen behagte das nicht, und ihr Gebrüll mischte sich mit dem Kläffen der Hunde; schließlich aber waren die meisten zu einer Herde zusammengebracht, und als solche verschwanden sie zwischen den bewaldeten Hügeln; die Hunde dicht hinterher.

Gegen dergleichen läßt sich nichts machen, und die

Männer mußten sich dazu bequemen, die Kühe selber zu treiben. Tokes Leute, die über Wildochsen Bescheid wußten, erzählten: zu Anfang des Winters kämen diese Tiere mitunter aus Westgötland zu Tyrs Weideplätzen herab. Alte Leute hielten sie für heilig, da sie auf einem Boden weideten, der Eigentum des Kriegsgottes war; und hier hatten sie stets ungestört Winterrast halten können. Früher, sagten die Alten, seien sie viel zahlreicher gewesen; jetzt konnte man sie in diesen Gegenden nur noch auf Tyrs Weideplätzen antreffen, und auch hier nicht allzu häufig.

Östlich vom Kraka-Stein stieß man auf die Spur der Wildochsen, aber mehr südlich, in den dichten Wäldern, hatten die Hunde schwere Arbeit, denn nach den Spuren zu urteilen, hatte die Herde sich ständig vermindert. Einige Tiere hatten jedoch zusammengehalten, und als Orm zu Hause anlangte, hörte er, daß die Hunde zwei Stiere, fünf Kühe und einige Jungtiere mitgebracht hatten. Die daheim gebliebenen Männer hatten versucht, sie zu erlegen, hatten aber damit kein Glück gehabt, und als die Tiere weiter nach Süden liefen, schienen die Hunde zu meinen: nun hätten sie das ihre getan und gingen müde und fußwund an ihre Futtertröge.

Nachher wurden die Wildochsen an vielen Stellen im Walde angetroffen, und bei den Göingern hatte seit langem nichts so viel Aufsehen erregt. Nun, so hieß es, da man mit eigenen Augen gesehen, daß die Wildochsen wieder da seien, könne alles und jedes eintreffen, und man bedachte den alten Spruch: daß kein König hierherkommen werde, ehe nicht die Wildochsen wieder da seien. Von nun ab, so meinten die Klügsten, müsse man auf das Schlimmste gefaßt sein und Speer und Bogen bereit halten. Einige der Getauften glaubten, daß Christus in einem großen, von Wildochsen gezogenen Wagen nach Göinge kommen werde, aber das glaubten ihnen nur wenige. Die meisten erwarteten König Sven, und als sichere Botschaft einlief, er sei in England – schwarz vor Wut über dessen Bevölkerung – gestorben, da brach bei den Göingern solch ein Jubel aus, daß das Bier zu Ende ging und die Männer heiser und durstig dasaßen und nichts anderes zu trinken hatten als Milch.

Wer aber lange genug lebte, behielt mit dem Warten zuletzt doch recht: als nämlich Knut Svensson, der Mächtige, der König von England und Dänemark, mit der größten Flotte, von der man je gehört, zur Flußmündung kam und auf dem Heiligen Fluß gegen die Könige von Svealand und von Norwegen eine große Schlacht schlug.

Und damit ist die Geschichte von Orm Tostesson und vom Glück, das er hatte, zu Ende.

Er unternahm keine Langfahrt mehr, aber auch später noch gelang ihm das meiste. Nur über eines pflegte er zuzeiten gern zu klagen: das war ein Schmerz im Rücken, von dem nicht einmal der Vater Willibald ihn ganz zu heilen vermochte.

Olof Sommervogel heiratete Ludmilla; sie lebten glücklich miteinander, obschon es hieß, daß er im eigenen Hause nicht mehr so viel zu sagen hatte wie ehedem. Spof freite fleißig um Torgunn; anfangs sträubte sie sich, denn er war ihr allzu graubärtig, auch seine untersetzte Gestalt behagte ihr nicht; aber als er endlich die Vorsicht fahren ließ und vor Torgunn alles ausbreitete, was er im Gürtel trug, da konnte sie nicht länger widerstehen. Das Schiff, das an der Flußmündung im Schuppen gelegen hatte, brachte sie nach Gotland, und mit diesem Schiff fuhren auch Svarthövde und die Sonesöhne, denn sie wollten eine Langfahrt unternehmen. Wie es Felimid versprochen worden war, hatten sie mehrere der großen Hunde bei sich, und sieben Jahre blieben sie außer Landes.

Nach ihrer Rückkehr heirateten Ulf Frohsinn und Oddny; von einem anderen hatte sie nie wissen wollen. Aber Svarthövde fuhr nach England, und er war auf König Knuts eigenem Schiff, als die Schlacht auf dem Heiligen Fluß geschlagen wurde.

Toke Grågullesson hatte viel Freude an seiner Goldtruhe und behängte Frau und Töchter mit so viel Schmuck, daß man es weither klirren und rasseln hörte, wenn sie festlich angetan daherkamen. Er verkaufte seinen Hof in Värend und baute sich einen größeren in der Nähe von Gröning. Orm und er waren viel beisammen und ebenso Ylva und Mirah, obschon Toke und seine Frau sich nicht taufen ließen. Späterhin heiratete Orms jüngste Tochter den ältesten Sohn Tokes, wie das von den Eltern schon längst bestimmt worden war.

Sowohl Orm wie Toke kamen zu hohen Jahren, doch ohne daß es sie lebensmüde gemacht hätte; und wie alt sie auch wurden: sie kamen doch nie zu Ende mit den Geschichten aus der Zeit, da sie das Schiff des Kalifen gerudert und dem Hohen Herrn Almanzur gedient hatten.

Günter Grass im dtv

Foto: Klaus Morgenstern

Die Blechtrommel
Die Autobiographie des Oskar Matzerath, der Wirklichkeit ertrommeln und Glas zersingen kann
dtv 11821

Katz und Maus
Sein abnormer Adamsapfel macht Mahlke zum Helden wider Willen und führt seinen Untergang herbei
dtv 11822

Hundejahre
Der Roman über die Danziger Kleinbürgerwelt in der Zeit von Faschismus und Krieg
dtv 11823

Der Butt
»...eine Geschichte vom Fehlen und Verfehlen... eine Geschichte mit verzweifelt utopischem Ende...«
dtv 11824

Ein Schnäppchen namens DDR
Gesammelte Reden des »vaterlandslosen Gesellen« Günter Grass, gehalten im Jahr 1990
dtv 11825

Unkenrufe
Eine deutsch-polnische Liebesgeschichte, erzählt mit leiser Ironie und satirischer Schärfe
dtv 11846

Jakob Wassermann im dtv

Caspar Hauser oder Die Trägheit des Herzens
Die Geschichte des rätselhaften Findlings, der im Jahre 1828 im Alter von etwa 17 Jahren aufgegriffen wurde und der kaum sprechen konnte, hat die Anteilnahme ganz Europas geweckt.
dtv 10192

Der Fall Maurizius
Leonhart Maurizius sitzt seit 19 Jahren in Haft, verurteilt wegen Mordes an seiner Frau. Der Oberstaatsanwalt zweifelt keinen Moment an der Rechtmäßigkeit des Urteils. Nicht so sein sechzehnjähriger Sohn Etzel...
dtv 10839

Das Gänsemännchen
Der junge Musiker Daniel Nothafft heiratet die in sich gekehrte Gertrud, muß aber schon bei der Hochzeit erkennen, daß seine Liebe ihrer lebenslustigen Schwester gilt.
dtv 11240

Christoph Columbus
Eine Biographie
Jakob Wassermanns psychologisch fundierte und glänzend recherchierte Darstellung der Lebensgeschichte von Christoph Columbus gilt bis heute als eine der besten Biographien, die je über den rätselhaften Amerika-Entdecker verfaßt wurde.
dtv 11504

Mein Weg als Deutscher und Jude
Wassermann »kam immer wieder auf das Grundproblem seines Lebens zurück«, schreibt Hilde Spiel. Von 1904 bis ins Jahr 1933 nutzte er jeden Anlaß, um es neu zu untersuchen, und die Summe seiner Überlegungen ist zugleich die Summe all dessen, was sich über jenen Weg als Deutscher und Jude aussagen läßt.
dtv 11867

Jacques Roubaud im dtv

Foto: Peter-Andreas Hassiepen

Die schöne Hortense
Roman · dtv 11665

Ein Kriminalroman, ein Liebesroman und ein Katzenroman. Und zugleich die Parodie all dessen: ein Feuerwerk an Einfällen, ein literarisches Puzzle, ein Zahlenspiel. Schon das Verbrechen ist seltsam genug. Fünfunddreißigmal haben rätselhafte Täter nachts ein Haushaltwarengeschäft überfallen, dreiundfünfzig Töpfe zu Fall gebracht, allen Besen die Haare ausgerissen und sämtliche Putzmittel zusammengegossen. Keine leichte Aufgabe für die Ermittler Blognard und Arapède, zumal es da einen Kater gibt – Alexander Wladimirowitsch –, der absichtlich die Spuren verwischt.

Die Entführung der schönen Hortense
Roman · dtv 11725

Es ist Mitternacht. Die Kirchturmuhr von Sainte-Gudule schlägt dreiunddreißigmal. Da fällt ein tödlicher Schuß aus dem Hinterhalt. Der Ermordete ist Balbastre, der Hund des alten Sinouls. Wenige Tage später wird auf einem Ball die schöne Hortense, die Geliebte des Poldevenprinzen Gormanskoi, entführt. Inspektor Blognard und sein Gehilfe Arapède nehmen die Ermittlungen auf, unterstützt von einem poldevischen Detektiv mit dem unaussprechlichen Namen Sheralockiszyku Holamesidjudjy.

Das Exil der schönen Hortense
Roman · dtv 11794

»›O nein!‹ dachte Hortense, *›not again‹* (fügte sie in ihrer Verwirrung und auf englisch innerlich hinzu); denn der Neuankömmling, ein Prinz mit Sicherheit, ein grüngekleideter Prinz, sah Gormanskoi zum Verwechseln ähnlich; er glich ihm so sehr, daß ihr davon schwindlig wurde; war er der Gute? War er der Böse? Ihr Instinkt sagte ihr nichts, ihre Liebe schickte ihr keine eindeutige Botschaft.« Gerade erst einer Entführung entkommen, gerät die schöne Hortense durch die Machenschaften des Prinzen Augre auch im poldevischen Exil wieder in Gefahr.